吴翔宇

著

初语的风景

语言变迁与中国儿童文学的现代演进研究

商务印书馆
The Commercial Press

图书在版编目（CIP）数据

初语的风景：语言变迁与中国儿童文学的现代演进
研究 / 吴翔宇著. — 北京：商务印书馆，2024
ISBN 978 - 7 - 100 - 23462 - 7

Ⅰ.①初… Ⅱ.①吴… Ⅲ.①儿童文学 — 文学史
研究 — 中国 Ⅳ.①I207.8

中国国家版本馆CIP数据核字（2024）第048187号

书名题字：丁　帆
封面设计：崔欣晔

初语的风景
语言变迁与中国儿童文学的现代演进研究
吴翔宇 著

商 务 印 书 馆 出 版
（北京王府井大街36号　邮政编码 100710）
商 务 印 书 馆 发 行
山东韵杰文化科技有限公司印刷
ISBN 978 - 7 - 100 - 23462- 7

2024年7月第1版　　开本 670×970　1/16
2024年7月第1次印刷　印张 27¼
定价：128.00元

　　吴翔宇，浙江师范大学人文学院教授，博士生导师。现任浙江省哲学社会科学重点研究基地儿童文学研究中心主任、首席专家，兼任全国师范院校儿童文学研究会会长、中国现代文学研究会理事、中国鲁迅研究会理事、中国闻一多研究会理事、中国写作学会理事。入选浙江省高校领军人才、浙江省宣传思想文化青年英才等。在《文学评论》《人民日报》《学术月刊》《中国现代文学研究丛刊》等刊物上发表论文100多篇，出版专著《鲁迅时间意识的文学建构与嬗变》《五四儿童文学的中国想象研究》等12部。先后主持国家社科基金重大、重点、一般项目共5项，其他省部级项目10余项。研究成果获得教育部人文社科优秀成果奖二等奖，浙江省哲学社会科学优秀成果奖二、三等奖，主持的教学成果获得浙江省教学成果二等奖。

本书为国家社科基金重大项目"百年中国文学视域下儿童文学发展史"（21&ZD257）阶段性成果；

国家社科基金项目"语言变迁与中国儿童文学的现代演进研究"（17BZW030）结项成果；

浙江师范大学出版基金（Publishing Foundation of Zhejiang Normal University）资助成果。

序

　　语言是人类交流的工具，也是人之为人的重要标识。人类生存和发展离不开语言的桥梁作用，文学的传播也得益于语言的表情达意。儿童文学是人之初的文学，是成人奉献给儿童的早期的人生教科书。借由这一教科书，儿童开始接触和习得母语，这成为儿童教育的重要环节。甚至可以说，儿童文学之于儿童的影响是从语言开始的，并一步步跃升于思想、文化的深层。于是，儿童语言、成人语言、儿童文学的语言三者构成了复杂的关系，并嵌入了儿童文学的结构与话语体系之中。从这种意义上说，语言是一种切近儿童文学本体的关键词，类似于"儿童""文学"，它属于"概念的概念"或"符号的符号"。

　　吴翔宇教授的《初语的风景：语言变迁与中国儿童文学的现代演进研究》是中国儿童文学研究领域第一部关于语言研究的著作，其开创意义值得充分肯定。相对于中国现当代文学的语言研究而言，中国儿童文学的相关研究是非常薄弱的。造成这一现状的原因很多，其中最为关键的缘由在于学人的误读。在很长的时间里，儿童文学是"低幼文学"的代名词，其语言自然就烙上了"小儿科"的刻板印象，儿童文学是"浅语"的文学观念不胫而走。显而易见，用"小"而"浅"来概括儿童文学有失偏颇，也降格了儿童文学语言的品格。翔宇教授的大著从纠偏开篇，从儿童文学分层的结构入手开掘了其语言的现代性。应该说，语言现代性的论定提升了中国儿童文学的整体形象，在与思想现代性的统合中锚定了中国儿童文学的性质。

在中国儿童文学的现代演进中，学人们最为关注的是思想现代化，毕竟儿童文学思想的现代化是最为显明且关键的。但是不容忽视的是，语言现代化不仅是儿童文学艺术形式现代演进的标志，而且语言本身亦是思想本体。对于这一内在深微的关系，吴著用墨甚多。在翔宇看来，"道"与"器"、"体"与"用"存在着合一性，因而研究儿童文学语言自然绕不过要对儿童文学思想进行考察，否则就剥离了内容与形式的深层关系。对于这一观点，我深以为然。语言是表达思想的工具，既然如此，就要统摄思想和语言的整体性，从两者的复合关系中去考察中国儿童文学现代演进的内在机理。我始终认为，儿童文学研究要从儿童文学的本体出发，儿童文学语言研究就是这一本体意识衍生出的新的学术增长点，它的研究揭示了儿童文学之为儿童文学的"局内观"，值得浓墨重彩地予以探究和创新。语言和文体是相互关联的范畴，儿童文学的文体中，童话、图画书是非常独特的，这些文体的生成离不开语言现代化的推力和整合，而关于儿童文学语言引发的讨论也推动了儿童文学理论批评的发展，这些研究论域，以前的研究没有充分注意，在翔宇教授的大著中均有涉及并有诸多新观念的绽出。

意识到了儿童文学语言的独特性，我们能规避先验性地以思想性为主导的话语模式。语言自成一体，它受特定的文化语境的影响，但也制造出新的文学思想并反作用于文化语境。我注意到翔宇教授的大著特别关注百年中国儿童文学语言的发展变化，与其说是语言史，毋宁说是语言与思想的交互史。这与前述语言的两重性密切相关，看似讨论语言问题实质上却没有拘囿于语言形式层面，而是从思想与语言的内外两面辩证地考察。难能可贵的是，除了不就语言来谈语言外，吴著还将中国儿童文学与现当代文学有机结合起来，从一体化的高度来观照两者语言的异同。从百年新文学的整体观看，儿童文学与现当代文学是不能割裂的，两者的同源性决定了不能将其绝对二分。同为新文学的子类，两者的语言有着共同的基质，但也有较大的差异。如武断地条块分割，实难深刻地洞悉两者语言的互通，更遑论对各自文学性质的深刻把握。我了解到，翔宇教授近年来特别关注中国儿童文学与现当代文学的"一体化"研究，这是一个有宽度的议题。它要求我们不仅要了解中国儿童文学，还要熟悉中国现当代文学，在此基础上更要把握两者的一体化关系。在这里，一体化不等同于两种文学的"叠加"，而是在确立各自主体性的前提下开展贯通性、整体性的关系研究。其实，中国儿童文学的语言研究也要搭建起上述多层次的结构研究。所幸，我从翔宇的著作中看到了这种理论的自觉，这正是其研究意义的根柢所在。

屈指数来，我进入儿童文学领域已经80余年了，我的知识结构有些老化，对于当前的学术前沿已经不太熟悉，但每每看到年轻人有志于从事儿童文学研究，我都感到由衷的高兴，觉得后继有人了。翔宇教授是我见过的最刻苦的年轻学人，据我了解，他几乎把所有的空余时间都花在儿童文学的领地里，因而成果丰硕，在儿童文学领域有着较高的声望。作为浙师大的同事，我深感后生可畏，也敦促我要继续学习，争取不被时代抛弃。都说儿童文学是儿童教育成人的文学，换句话说，年轻人是用来教育我们这些老者的。我很喜欢和年轻人交流，年轻人思想新锐，精力充沛。我很喜欢翔宇教授大著的主标题"初语的风景"，儿童的语言是动人的天籁之音，也是穿透历史长空的美丽风景。它不仅记录了儿童的生命与沉思，而且也留给成年人太多遐想的空间。作为一个再也回不到儿童时代的老者，我虽不能至，心向往之。

说来惭愧，因能力限制，本人无法对翔宇教授的大著做过多的学理分析，只能凭印象来说些并不高明的话，更多的是对翔宇教授深耕儿童文学领域的敬意。拉拉杂杂地写了上面的文字，只是一孔之见。衷心希望能有更多的学人关注儿童文学这一"朝阳文学"，儿童文学自身发展需要理论与批评的支撑，这是一项关乎国家未来的伟大工程，应值得格外关注和珍视。一代有一代之文学，一代有一代之学术。时代向前发展，学术也从未停歇其向前的步伐。我坚信，儿童文学研究的天地依然广阔，广阔到能容下星辰大海，这是社会进步的必然结果；坚信其会引领儿童文学创作向前发展，更好地服务下一代。

是为序。

蒋　风

2023 年 2 月 10 日

目录

绪　论

　　语言是一种工具，但又不止于是一种工具，它还具有思想本体的价值。意识到了语言的思想本体性是一个重大的理论发现，不仅提升了语言本身的品质，而且为学者的思想研究提供了一个重要的视角。作为哲学的"元概念"，语言具有不可分性，它是思想的"符号"和"载体"，但在表述思想时，语言与思想又具有了"统一性"[1]。一旦将语言与思想置于一个整体的系统，就有效地统合了本体的内外两面，从而给文学研究带来了一场深刻的革命。简言之，语言的价值不在于其仅作为一种"工具"，而在于语言就是思想本身，没有存在于语言之外的思想。这正是传统语言学与现代语言学的分野。从语言的工具论到语言的思想本体论，可以窥见人们对文学与语言关系的理解上升到了一个新的层级。不过，确立语言的思想本体性标尺却并不是以拒斥和否弃语言工具性为前提的，两者不是一种简单的先后取代、替换的关系。相反，如果我们能科学理性地审思两者之间的优劣、关联，这对于文学语言研究是大有裨益的。

　　文学是语言的艺术，从语言变迁的视角可呈现一部中国儿童文学的现代演进史。中国儿童文学语言研究不是文类的语言学研究，而是兼具语言工具性与思想本体性的综合性研究。由于中国古代没有自觉的儿童文

1　高玉：《"话语"视角的文学问题研究》，中国社会科学出版社2009年版，第13页。

学，因而中国古代儿童文学的语言研究无法获得直接的依据或基础。尽管如此，中国古代童蒙读物及口传文学还是构成了中国儿童文学语言研究的"前摄"背景。在古代汉语向现代汉语转换的同一性背景下，中国现当代文学的语言研究可以为之提供"一体化"的方法。但是，中国儿童文学的语言自有其特殊性，因而需要在学科化的内部持守"主体性"的标尺，以此洞悉其语言现代化的生成机制与发展动力。对于中国儿童文学语言问题的研究，目前学界主要从如下三个方面展开过探讨：

第一，从"儿童性"优先于"文学性"的角度反思语言体系的结构性困境。自周作人《儿童的文学》以"儿童的"和"文学的"[1]两面来概括儿童文学始，前者因儿童本体的文化价值与时代发展的主潮契合而一度高扬，而后者则遭受冷遇。班马所谓"语言并非是童年思维性的真正本质"[2]，正是基于语言之于童年思维的非先决性而得出的结论。追本溯源不难发现，"儿童性"与"文学性"的不平衡本源于其发生的机制与语境。在发生期，文学思想的深度成为中国儿童文学的标尺，"儿童性"先于"文学性"也是儿童文学生成的机制，这种机制保障了儿童文学的现代品格。换言之，只有当儿童的问题解决了，才有谈论文学语言的可能。因而，从"儿童性"优先于"文学性"的角度反思语言体系的结构性困境，是中国儿童文学语言研究的必要之径。

受现代启蒙思想的影响，对于"人"的理解超越了本质的先验论的认知，主客二分的认识观奠定了科学精神的基础，人类社会与自然相分离的局面被破除。"人的发现"是一种崭新的关于"人"的知识的建构，不仅是"五四"新文学发生的基点，也是中国儿童文学发生的原点。其内在的逻辑是：唯有先承认"人"（儿童）的主体价值，才会产生"人的文学"（儿童文学）。从这一点看，"五四"新文学与儿童文学具有同源性。"人的发现"

1　周作人：《儿童的文学》，《周作人散文全集》第2卷，广西师范大学出版社2009年版，第272—279页。

2　班马：《前艺术思想——中国当代少年文学艺术论》，福建少年儿童出版社1997年版，第476页。

内含了"儿童的发现",其之于百年中国文学及儿童文学的价值主要体现在"人学"思想的现代变革上。周作人的《人的文学》与《儿童的文学》具有思想的传承性,儿童主体的出场拓展了"人学"的内涵,也刷新了中国现代文学的深层结构。概言之,从"人的文学"到"儿童文学"体现了启蒙知识分子基于"人学"系统的推演,从而将"人"的内涵扩充至成人与儿童"完全生命"的畛域,儿童文学的发生脱胎于"五四"新文学的整体话语体系。

从现代性的角度考察,"五四"新文学观念区别于传统文学观念之处主要表现在时空意识的变化而引发的看待世界和人生的态度的变化,突出地表现为基于"天人关系"的翻转人的主体性得到确立和张扬。[1] 这种"时空"认识的变化以及由此产生的启蒙和救亡意识,最终使中国文学完成了由传统向现代的转型。儿童文学以"儿童"主体为观照对象,将"立人"与"立国"统合起来,在现代民族国家想象的话语体系中获取了政治认同,与"五四"新文学一道造就了国家机构、血缘、地缘性的纽带无法提供的集体想象、感情共鸣与信仰共识,在中国社会现代性转型中发挥了重要作用。在现代意识的推动下,"文学"不仅是一种观念,而且还表现为一种制度性的力量。"文学"学科就是在这种文学制度变革中获取自身合法性的,从而参与现代社会生活及融入现代个体、阶级、民族和国家的思想大潮。文学思想及展开的艺术想象构成了中国现当代文学的两个维度。与此同时,中国现当代文学也被视为中国现当代思想史的"内容"与"表征"。[2] 但是,中国现当代的文学思想不等同于中国现当代思想,文学思想参与中国社会进程的作用及局限始终同在。在新旧转型的框架里,思想优先还是在很大程度上为中国新文学确立现代性积蓄了能量。

与"五四"新文学无殊,中国儿童文学在追索其现代性的过程中特意强化其儿童性、思想性,由此也造成了思想"过剩""过盛"的状况。在

1　耿传明:《天人关系与中国文学的现代转变》,《中国社会科学》2013年第11期。

2　王本朝:《中国现当代文学思想史的对象、理念及方法》,《甘肃社会科学》2020年第5期。

《儿童的文学》中，周作人将思想性与艺术性结合起来阐释儿童文学的概念，但他也将"儿童"置于本质的地位，强调其之于创构儿童文学的重大意义。儿童文学结构性困境是儿童无法为自己立言，被动地成为书写对象。这种要借成人作家来为儿童代言的机制显然无法抑制过剩的成人话语。不过，这种"两代人"的沟通与交流却又赋予了儿童文学更为阔大的话语空间。思想性、儿童性的优先不可避免地对包括语言形式在内的艺术性造成挤压，而这种受缚的艺术形式反过来也阻碍了思想的传达。在儿童文学思想性与艺术性所形成的张力结构中，如果一方力量过大，或者撕裂了这种张力结构，由此必然会导向一元论的窠臼。关于儿童文学内在的张力结构，周作人曾用"太教育"与"太玄美"予以概括。[1]前者强调思想性，后者则倾向于艺术性，如果不能平衡两者的关系，任由一方强势凸显，则会撕裂前述张力结构，导向熊秉真所谓"破坏性措置"[2]的理论怪圈中。关于这一点，方卫平将其归结为儿童文学的"早熟"[3]，吴其南则认为这种彰显思想性的"发明装置"在发现儿童文学时也形成了对儿童文学的"殖民"[4]。杜传坤则以柄谷行人"颠倒的风景"理论洞见了儿童起源"被掩盖"的真实[5]，认为这是制导其内部思想与艺术失范的根由。从学理上看，既然思想和艺术搭建了文学形态的张力结构，那么任何一方的作用都必不可少。对于思想性来说，其之于儿童文学的价值不言而喻，尤其是对于儿童文学精神品质的提升意义重大。在特定的历史语境中，这种思想性使其没有耽溺于艺术性的化境而自我逃遁，而是融入了中国新文学所开创的人文传统中。如果一味地强调儿童文学远离现实人生，弱化其必要的思想性，也会助长儿童文学"走弱"的颓势，显然这不符合儿童文学本体的属性。

1　赵景深、周作人：《童话的讨论三》，《晨报副镌》1922年3月28日。

2　熊秉真：《童年忆往——中国孩子的历史》，广西师范大学出版社2008年版，第8页。

3　方卫平：《早慧的年代——20世纪中国儿童文学理论体系建设回眸之一》，《儿童文学研究》1999年第3期。

4　吴其南：《20世纪中国儿童文学的文化阐释》，中国社会科学出版社2012年版，第65页。

5　杜传坤：《中国现代儿童文学史论》，中国社会科学出版社2009年版，第33页。

第二，从"儿童"与"成人"的对话结构出发探究语言形态的限制与张力。从"儿童文学"概念来看，它特指成人专为儿童创作的文学作品。这其中，成人与儿童"两代人"的话语冲突与互动是必不可少的，也渗透于儿童文学的语言形态之中。成人作家创作的儿童文学作品在语言的风格、修辞、表达方式等方面都无法完全廓清"为儿童"与"为成人"的区隔，因而如何处理两套话语系统的冲突与互动问题也就引起了学界的高度重视。杨实诚认为儿童文学语言的独特性在于它是一种艺术语言，保留着抽象概念的本性。但考虑到儿童读者的特性，又要在艺术语言的基础上施之以"审美的具体形象"[1]。一味地强化"儿童性"，无法洞见儿童文学丰富的语言形态。简而言之，中国儿童文学的语言是成人的语言，铭刻了成人话语的印记。但儿童文学的成人话语不能完全离弃"儿童语言"的特性。毕竟儿童文学有着明确的儿童读者意识，其观照的对象也是儿童。如果不考虑儿童语言的特质，一味地施之以成人话语的表达与渗透，其结果会使得儿童远离这种文学形式。

确实，在研究儿童文学的语言议题时，区隔儿童与成人的话语至关重要。但问题是，儿童文学概念本身内含着儿童与成人的混杂性。尽管儿童文学的创作者是成人，但成人必须顾及儿童特性；同时，尽管儿童文学的接受者是儿童，但儿童又仅是读者而非话语的制造者。这种错位的、非同一性的机制使得儿童文学语言更加多维，话语间的博弈和较量不断发生，也由此确立了儿童文学语言及儿童文学自身的最大的特殊性。朱自强"双重读者结构"[2]与李利芳"主体间性"[3]的提出，为我们理解儿童文学内在结构及其语言特质提供了便利。但如何在这种对话机制中抽绎其语言特性，两位学者同样没有给予进一步的方案。不言而喻，无论是显在的读者还是隐

---

[1] 杨实诚：《论儿童文学语言》，《中国文学研究》1999年第2期。

[2] 朱自强：《儿童文学的双重读者结构及其对创作的影响》，《昆明学院学报》2009年第4期。

[3] 李利芳：《与童年对话——论儿童文学的主体间性》，《兰州大学学报》（社会科学版）2005年第1期。

匮的读者，儿童及成人话语声音的消长都使儿童文学的语言形式和思想阐发之间出现了难以调和的裂隙。对于这种成人／儿童混杂的显隐结构，王泉根将其称为"疑难杂症"[1]。这种具有儿童与成人"双逻辑支点"的结构必然会影响儿童文学的语言走向及形态。由于成人话语的位阶高于儿童话语，成人话语宰制的语言系统呈现出张嘉骅所谓从"语言游戏"向"话语禁忌"的陷落。[2] 为了凸显儿童文学的主体性，贺宜就曾高扬"儿童化"[3]之于语言本体的价值来克服儿童文学内在的冲突。但效果并不乐观，单纯从一个维度来考虑无法真正解决上述难题。殊不知儿童文学语言本体并不限于"儿童性"，也有"文学性"自身的作用。更何况，在前述思想优先、思想过剩的特定语境下，儿童文学语言受到限制与束缚。因而重申中国儿童文学语言的本体性不仅要在百年中国动态文化语境下考察其发生发展轨迹，也要在思想性与艺术性、为成人与为儿童的范畴中考量其特质，以此呈现出的语言形态及品格才真正落脚于百年中国儿童文学语言的论域。

第三，从翻译的角度出发，考察中外儿童文学的跨语际交流。西方的儿童文学翻译起步早，这主要得益于其儿童文学自身的发展程度和水平。法国学者保罗·阿扎尔（P. Hazard）在其专著《书，儿童与成人》中讨论了儿童文学翻译及跨文化传播接受的问题。不过，在该著中语言仅是作为工具性的价值而在的，对于语言的思想本体性几乎没有涉及。在发生期，翻译是创化中国儿童文学的重要途径之一。当时一些学者，如魏寿镛、周侯予、吕伯攸、赵侣青、徐迥千等人，对翻译价值或功用的认识局限于思想层面，对于翻译的语言性及现代性鲜有论及。杨义主编的《二十世纪中国翻译文学史》[4]专设儿童文学翻译的专章，论及了不同时期儿童文学翻译的过程与特点。对于中外儿童文学的译介、转换研究，李丽的《生成与接

1　王泉根：《"成人化"与少年文学审美创造》，《当代文坛》1990年第3期。

2　张嘉骅：《儿童文学的陷落：从"语言游戏的童年"到"话语禁忌的童年"》，《浙江师范大学学报》（社会科学版）2005年第6期。

3　贺宜：《儿童文学创作的一个关键问题——儿童化》，《火花》1959年6月号。

4　杨义主编：《二十世纪中国翻译文学史》，百花文艺出版社2009年版。

受：中国儿童文学翻译研究（1898—1949）》[1]应该算是具有代表性的论著。该著探讨了儿童文学翻译的生成和接受情况，尤其是对一个阶段翻译、接受状况做了诸多统计分析，对儿童文学翻译断代史的研究做了有益的尝试。遗憾的是，该著并未系统考察中国儿童文学"为什么翻译""何以能翻译""如何翻译""翻译的评价"等理论问题。徐德荣的《儿童本位的翻译研究与文学批评》立足"儿童本位"审思儿童文学的翻译研究，该著将"儿童本位"视为一种方法，而不仅是一种思想观念，并借助翻译批评、翻译研究试图找寻"儿童本位"意识从自发到自觉的过程。[2]不过，囿于"儿童本位"的限制，一些儿童文学翻译中"非儿童本位"的翻译实践被忽略，翻译过程中不基于儿童本位而开启的"创造性叛逆"受到盲视。与一般的用文化旅行理论考察翻译不同，惠海峰将儿童文学的改编放到儿童教育的视角中去探究，他从中国的新课标及消费文化语境出发探析了儿童文学语言转译的策略、路径，选取了不同版本的儿童教科书抽样分析，力图"在更广阔的文化语境中探询其变量与不变量"[3]。一般而论，儿童文学改编、翻译必定会受特定的语境的影响，改编不是单纯的语言翻译，而是一种创造性的活动，这种创造性的意涵主要在于目的语的翻译者的主观性考虑，敏锐地联结着意识形态。因而在考察语言翻译的问题时，既要考察翻译本身的功利性，又要考虑语言的工具性与思想本体性，否则难以真正对于"不忠实"于原著的改编做出深入的思考，进而也无法真正洞见语言转译的价值与限制。从这种意义上说，李宏顺呼吁学界将文学理论、翻译理论、社会学理论、伦理学理论和语言学理论"合而用之"[4]，颇有道理。

　　抛开理论的缠绕与难题，研究者还围绕着语言的形式范畴，对中国儿童文学的观念范式所依托的语言形态和美学构架进行了研究。谈凤霞的《论中国现代儿童文学发生期的审美困境》重点探究了"童心主义"制导

1　李丽：《生成与接受：中国儿童文学翻译研究（1898—1949）》，湖北人民出版社2010年版。

2　徐德荣：《儿童本位的翻译研究与文学批评》，二十一世纪出版社2017年版，第9页。

3　惠海峰：《英国经典文学作品的儿童文学改编研究》，北京大学出版社2019年版，第181页。

4　李宏顺：《国内外儿童文学翻译研究及展望》，《外国语》2014年第5期。

的语言"玄美"倾向，揭示了发生期儿童文学存在的审美困境。[1]这种现象实质上体现了发生期思想与艺术的"两难"命题：注重思想性是为了推动中国儿童文学的发生，但思想优先也制约了艺术审美的革新，而这种受阻的艺术形式反过来又影响思想的表达，由此形成了一个悖论式的怪圈。文体是与语言关系密切的另一个重要概念，语言的变革与文体的现代化互为表里。就儿童文学而言，最能体现其本体特质的文体是童话。"童话"作为一种文体符号在中国出现与孙毓修编撰的《童话》集有关，但童话文体在中国的落地经过了一个不短的过程。很多学者从童话文体的形式变迁来考察其生成过程，而对语言变革的作用则较少关注。李玮的《30年代文学语言"口语化"运动与童话文体的发展》有意识地将中国社会文化语境的语言环境和作家的文体选择、文体自觉勾连起来，发掘了语言运动对于童话的文体生成的深刻影响。[2]黄颖通过对文学革命推动下儿童文学语言美学的分析，得出中国现代儿童文学文体的特征是口语化、戏剧化和音乐化的结论。[3]除了童话文体外，其他文体的现代化也与语言变革密不可分。姚苏平的《论儿童图画书中的语言艺术》结合图画书文体特点，认为图画书的语言容易遮蔽于图像世界里，但在图像等系列符号之间起到了"定调"的作用。[4]如果从语言的角度切入来考察中国儿童文学文体的现代化，势必会打开一扇更为开阔的学术大门。在中国儿童文学文体的定型及现代化的过程中，不仅思想观念对其影响甚大，语言的作用也不可低估。

中国儿童文学的发展离不开新文学的引导和推动，儿童文学语言的变革也深植于新文学语言运动的土壤里。这其中，国语运动与新文学运动的"合流"对于儿童文学的兴起起到了至关重要的作用。刘进才聚焦儿童这一"被发现的风景"，发掘了国语运动、国语教科书的变革与现代新型儿

---

1 谈凤霞：《论中国现代儿童文学发生期的审美困境》，《南京师大学报》（社会科学版）2005年第3期。

2 李玮：《30年代文学语言"口语化"运动与童话文体的发展》，《南京师大学报》（社会科学版）2010年第1期。

3 黄颖：《中国现代儿童文学语言美学特征的建立》，《南京师范大学文学院学报》2011年第4期。

4 姚苏平：《论儿童图画书中的语言艺术》，《江苏第二师范学院学报》2021年第3期。

童文学文体之间的双向发力机制：国语运动催生了儿童文学文体，儿童文学进入国文教材巩固了新文学的根基，培养了国民的语言习性，从而扩大了国语运动的成果。[1]儿童文学的语言面貌容易给人的印象是浅显、易懂，这也曾是一种近乎刻板的"语言形象"，好像那些艰涩、难懂的语言无法进入儿童文学的话语系统。如果从接受者的角度看，这有几分道理。但细究儿童文学分层的状况就不难发现，处于"两端"的少年文学和幼儿文学的语言差异最大。如果说幼儿文学注重语言的浅白、易懂，那可以理解。但对于少年文学来说，可能情况并不是这样。更何况，儿童文学与成人文学的区别，并不是以语言的"深浅""难易"作为主要标尺的。林良将儿童文学的语言理解为"浅语的艺术"，曾得到了学界的充分肯定。我们可以说"儿童文学是浅语的艺术"，但反过来诘问：用浅语写就的作品就一定是儿童文学吗？显然，这里存在着并不自洽的逻辑。林良所谓的"浅语"并非是一种简单、"小儿科"的语言，而是一种经过"艺术的处理"[2]的语言。这种经过"艺术的处理"的语言是检验作家是否具有儿童文学创作禀赋的试金石。甚至，关于"浅语"的艺术可以这样理解，作家在创作时还须具备一种"小中见大""见微知著"的能力，因而这个"浅语"并不是"浅人"的"浅语"，而是"深人"的"浅语"。[3]

要廓清中国儿童文学的语言发展历史，就有必要弄清楚中国儿童文学思想发展的历史，在语言与思想相互关联的视域中深入地分析语言变迁之于中国儿童文学演进的影响。以往的研究立足现代中国动态的文化语境，从理论到作品来探讨中国儿童文学语言问题，在儿童文学理论的畛域中解答了一些基本和具体问题，但也存在着一些不足，这主要体现在三方面：一是就语言来谈语言，将语言与文学条块分割，绕开了儿童文学语言本体

1　刘进才：《被发现的风景——国语运动与现代儿童文学的兴起》，《河南大学学报》（社会科学版）2009年第6期。
2　林良：《浅语的艺术》，福建少年儿童出版社2017年版，第23页。
3　林良：《陌生的引力》，福建少年儿童出版社2019年版，第11页。

的基座与内核。二是多从思想和语言的关系上做宏观的理论阐释，未能系统而全面地梳理语言艺术、语言观念的变化与中国儿童文学演进的互动关系。三是多从语言艺术形态的角度来探究中国儿童文学的发展演变，未能将语言的工具性与思想本体性结合起来，没有呈现出两者在现代中国发展过程中深刻复杂的关联。

需要说明的是，本著所指的语言即"汉语"，和语言学中所指的"汉语"是同一个概念，但研究的重点则不同于语言学中所指的"语言"，主要研究汉语的术语、概念、范畴和话语方式的变化对中国儿童文学内在肌理的影响，也研究汉语观念的变化对中国儿童文学发展方向的影响。从语言变迁的角度研究中国儿童文学的现代演进，有助于将外部研究（体制考察）与内部研究（精神阐释）结合起来，在语言变迁和中国儿童文学演进的"同构"框架内深入把握推动中国儿童文学发生发展的"综合性力量"。从语言变迁的角度研究中国儿童文学的现代演进，有助于从语言工具性和语言思想本体性两个层次系统梳理其与中国儿童文学现代发展的内在逻辑关联，揭示中国儿童文学的语言特质，以此来探讨其诗性品质，进而将语言的"微观研究"和儿童文学走向的"宏观研究"融合起来，以凸显中国儿童文学的现代质地。从语言变迁的角度研究中国儿童文学的现代演进，有助于通过文学语言统摄中国儿童文学发展过程诸多本源性的议题，既回到历史，又跳出历史。从语言形式、艺术的角度思考"如何讲述中国故事"，推动中国儿童文学的"中国性"与"民族性"实践，为当下的儿童文学创作与批评、生产与消费提供理论资源。基于此，本著力图以语言变迁与中国儿童文学的现代演进为议题，将儿童文学术语、概念、范畴、语言表达方式的变迁与现代中国社会文化/权利的转换结合起来，以此来观照中国儿童文学的演进之路。在语言的古今演变、中西交流的基础上，集中探究语言变革与中国儿童文学的现代转型、语言运动与中国儿童文学的文体自觉、语言转译与中国儿童文学的现代品性、儿童/成人话语转换与中国儿童文学批评体系、新语境与中国儿童文学的现代化历程等核心问题。

第一章

语言变革与中国儿童
文学的现代发生

　　百年中国儿童文学发展内含了思想与语言的现代化品质。语言的"道器合一"对中国儿童文学的现代发展衍生了"推力"与"斥力"效应。立足百年中国动态文化语境，自然性/社会性、为儿童/为成人的两歧制导了思想性与语言性的失衡，影响了中国儿童文学语言现代化的实践及演进路向。在对"物""意"的表述中，中国儿童文学以"浅语"表现"深刻"，生成了切近儿童文学本体的术语、概念、命题和范畴。返归"元概念"，儿童文学的分层分化及资源取径开拓了其语言本体研究的畛域，而两代人的话语冲突与语言转换形塑了全新的汉语形象。文言本身的模糊性、多义性、隐喻性以及言文不一致的特性阻碍了中国儿童文学的生产与消费，白话文所具有的"口语性"则契合了儿童文学的现代发展，也有助于儿童读者"现代化"和"新人"的养成。语言变革是一场思想革命，言文一致意味着现代思想与现代语言的同向促进，这极大地推动了语言的现代性革新。在"儿童本位"的思想框架里，新旧思想的更替催生了语言变革，而语言的变革又有助于新思想的传达。

中的辅助作用："只是图画的描绘人物动作是固定的，它的传情与发表思想也是死的。而文学的描写确是活泼的，能不断的连续的描写，一直可以描写到人的内心深处，及变化的情感。"[1]随着人们对于图画书认知的深入，图与文失衡也逐渐得到矫正。就图画书的图文关系而言，方轶群认为，两者不是"附庸"和"说明"关系，而是"经纬"关系。[2]这显然与连环画有着较大的差异。连环画的图文关系相对简单，图文是相互对应的；而图画书的图文关系则远比连环画更为复杂。具体而言，图画书的图文关系表现为三重话语：一种是"图"的话语；二是"文"的话语；三是"图"与"文"结合所产生的话语。这即是松居直所谓"文×画"的艺术魅力之所在。尽管存在着"无字图画书"这样看似文字缺席的现象，但这并不意味着否定了图文关系，"它只不过是没有印上文字而已，实际上却仍然存在着支撑图画表现的语言"[3]。

　　作为一种文学门类，儿童文学要借助语言来构筑文学形态。语言既是工具、媒介、材料，也是儿童文学想要传达的思想及意义。研究中国儿童文学的语言问题既要从一般文学的基本特性出发，又要考虑儿童文学自身的特殊性，而这种基于儿童文学特殊性所引发的语言之思则是最贴近本体的研究路向。本着育化"新人"的旨趣，中国儿童文学的发生发展获致了思想现代性的精神气度，同时也因致力于儿童"民族母语"的习得而具有了语言现代化的基质。思想与语言的双向发力，推动了百年中国儿童文学的现代发展。

二、作为表征中国儿童文学性质的语言

　　从文学现代转型的机制看，古代文学的思想观念、语言形式和表述方式无法适应现代性的逻辑，业已成为羁绊新文学发生发展的障碍。在先驱

1　黎正甫：《编制公教儿童文学读物的商榷》，《磐石》第2卷第4期，1934年4月1日。

2　方轶群：《谈谈图画故事》，《儿童文学研究》1957年第3期。

3　松居直：《我的图画书论》，季颖译，湖南少年儿童出版社1997年版，第29页。

第一节　语言本体与母语现代化的归并

母语是人或一个民族最初的语言，习得母语是黑格尔所谓达至"最优秀的东西"[1]的必由之路。儿童文学是儿童母语习得的重要载体，其重要性不言自明。研究中国儿童文学语言议题，契合"返归儿童文学本体"的学理机制。更进一步说，讨论中国儿童文学的语言变革，首先要厘清中国儿童文学的本体特性，然后才能进一步探究其语言的本体。这里的语言不是日常语言、科学语言，而是文学语言。加上"文学"限制的语言有其特指和能指，儿童文学语言则因其特殊的"儿童性"而在前者的基础上又有限定。通过一步步的细化，概念的内涵与外延逐渐清晰明确。整体而论，语言与中国儿童文学之间是一种双向指认的关系，即语言表征了中国儿童文学的特性，而中国儿童文学的独特性也规约着语言。正是对这种关系的确立，为我们系统考察中国儿童文学的语言问题提供了思路与方法。

一、作为指认儿童文学知识集的母语

语言与物之间的关系首先表现为一种命名关系，通过命名将物"召唤入词语之中"[2]。但是，两者又不是一种简单的命名关系，而是一种相互指认的知识集。即语言不仅赋予物名称，而且被赋予了名字、名目的物反过来也会指认和指向相对应的语言。这实际上表征了语言的表意、赋义性。在中国，由语言写就的文学源远流长。文学语言也因不同文体、作家、情境等要素而发生着变化。以文言为主要载体的中国古代文学的"微妙""微言"常被外国人所称道，譬如法国学者弗朗索瓦·于连就对中国语言的"迂回"特别感兴趣，他认为中国对"间接表述"有"明显偏好"。也正是这种"间接的迂回"，才激发于连去深入探索表象与转义、

1　苗力田译编：《黑格尔通信百封》，上海人民出版社1981年版，第202页。

2　马丁·海德格尔：《在通向语言的途中》，孙周兴译，商务印书馆2008年版，第12页。

定义与转调的复杂关系，进而他得出了这样的结论："中国的语言外在于庞大的印欧语言体系，这种语言开拓的是书写的另外一种可能性（表意的而非拼音的）。"[1]言外之意，尽管中国语言存在着诸多的隐喻性、迂回性，但这并不是说其不具有表意性，而恰恰阐明了其表意的可能性、开放性。

当现代汉语进入中国文学生产后，中国文学的面貌发生了巨大的改变。具体来说，这种变化既是工具形态上的，也是思想革新上的。不过，需要明确的是，现代汉语并未丧失语言的隐喻性、转义性。在文学作品中，那种"迂回表达的能力"从未消逝。现代汉语是被改造过的母语，在母语现代化的过程中，一些新词是根据日本翻译西方词汇而引入的，由此也拉开了现代汉语和古代汉语的鸿沟。譬如"自然"看似在中国人的哲学中是存在的，实际上是一个西方术语，是"nature"的中译。中国古代也有"自然"的词组，最典型的出处如《道德经》中所说的"道法自然"。所谓"道法自然"并不是说"自然"是超越"道"而存在的一个实体或境界，实际上"道"才是最高的境界。由此，"道法自然"就解释为"道"只追随自己，不受"天""地""人"三才的干扰。这里的"自然"就是"自己如此"。如是，"自然"在中国古代就不是一个名词，而是一个形容词组（"自己如此"）。这种"天人合一"的思想强调万物之间的互通性，也隐含着语言对万物命名、表达、赋义的自在性。正因为天人之间的感应关系，"语言将万事万物纳于自身，使之凝结为语言空间之中的事与物"[2]，这也正是人通过语言工具认识世界的重要方式。

问题是，这种语言与世界万物之间"零距离"并不一定能达至如胡塞尔所说的"切合"[3]的境地。毕竟语言与事物之间无法形成妥帖的对应关系。一般语言是如此，文学语言更是如此。既然语言形式与意义世界无法构成完全的对应关系，同一语义也可以切换为不同的词汇、短语等表层结

---

1 弗朗索瓦·于连：《迂回与进入》，杜小真译，生活·读书·新知三联书店1998年版，第3页。

2 敬文东：《汉语与逻各斯》，《文艺争鸣》2019年第3期。

3 埃德蒙德·胡塞尔：《现象学的观念》，倪梁康译，上海译文出版社1986年版，第8页。

构，那么如何处理语言文字与意义之间的关系呢？罗杰·福勒主张从作家的意图反向追索语言形式，即根据"表达其意图中的深层结构而选择表层结构"[1]。然而，这种"反向追索"也无法真正克服言与意之间的不对位、不接洽。事实证明，徐志摩所谓"寻求唯一适当的字句来代表唯一相当的意念"[2]多少带有理想主义的色彩。究其实，文学语言不是为了分析、推理事物间的秩序而出场的，它无关真伪判断，最直接服务的主体就是"文学"。换言之，文学语言的科学性、逻辑性并非其主职，这构成了"意思"与"情感"表达的分野。这也难怪陈独秀在胡适《文学改良刍议》提出"言之有物"后，会有"同于文以载道之说"[3]的质疑。在这里，陈独秀的这种审慎的质疑本源于文学不依附于语言工具的主体性。不过，语言与文学的区分固然重要，但如果盲视语言"体用两重性"，实难洞见白话文推动者以工具变革来推动思想启蒙的辩证法。文学语言的精密性与歧义性从来都是聚讼纷纭的话题。法国学者保罗·利科严苛地区分科学语言和诗歌语言的差异，认为科学语言是"系统消除歧义性的言论策略"，与此相对的诗歌语言则是保留歧义性的"非公众的经验"。[4]一种是可证实的语言，另一种是开放的、模糊的、无法证伪的语言。当然，这里的诗歌语言不能与文学语言画等号，但由这种最文学的诗歌语言来洞见文学语言也有可取性。利科坦言，论析两种语言形态的出发点在于弄清楚彼此的相互转换关系，以期在此基础上揭示两者既对立又互补的语言功效。例如诗歌语言歧义所带来的"活的隐喻"对于冲决旧概念和死语言有着重要意义。这其中"活的隐喻""死语言"的说法与胡适"死的文学""活的文学"[5]颇为类似。胡适将"死的文学"的症结归于"死的语言"——文言，即这种与现代思想有着距离的语言工具落伍了，因而这种语言文字写出的文学自然就

1　罗杰·福勒：《语言学与小说》，於宁、徐平、昌切译，重庆出版社1991年版，第12页。

2　徐志摩：《话》，《徐志摩全集》第3卷，天津人民出版社2005年版，第105页。

3　陈独秀：《通信·答胡适之》，《新青年》第2卷第2号，1916年10月1日。

4　P. 利科尔：《言语的力量：科学与诗歌》，朱国均译，《哲学译丛》1986年第6期。

5　胡适：《国语运动与文学》，《胡适文集》第1卷，北京大学出版社2013年版，第141页。

是"死的文学"。以此类推，与之相对应的就是"活的文学"。需要辨析的是，文学语言的歧义如果过大，撑破了言与意之间的张力结构，那么这种语言最终也会丧失突破僵死文学的功能。这正是利科所强调的"相互转换"的辩证法。无论是钱玄同对中国文字"含混"[1]的讽喻，还是鲁迅对文言"语法不精密"[2]的批评，都将矛头指向语言背后中国人"幼稚""糊涂"的思想或思维。

尽管文学语言歧义有着限度，但它身上那种不被概念、思想所固化的特性还是成为作家描述世界和表达自我的工具。从概念的本源看，语言是一种赋义的符号。而在为物赋名的过程中，词与物之间的关系得以通行的条件是"相似性"。对于这种相似性的价值，福柯认为它"使人类认识种种可见的和不可见的事物，并引导着对这些事物进行表象的艺术"[3]。"一词多义"替代了"一词一义"，词汇的再生功能就体现在有限性的语言工具敞开在一个无限话语空间上。作为中国古代书面语的官方语言，文言被人诟病之处在于言文不一致。言文不一致意味着语言与生活脱节，文言的固化特性阻滞了日常生活所提供的鲜活的词汇。胡适所说的"以其耳目所亲见亲闻所亲身阅历之事物"[4]无法成为文学语言表述的对象。从"用"的角度着眼，白话文"乃是一种可读，可听，可歌，可讲，可记的言语"[5]。蒋百里所谓的"活文学"观强调文学语言达意状物的功用，兼容了"视觉文学"和"听觉文学"的共性："不仅是写在纸上，而且要念在口里，听在活人的耳朵里，这才算是真正的活文学。"[6]较之于成人文学来说，儿童文学语言因加入了母语习得功能而使得其"听""赏"特性更为突出。套用郭沫若的话说即是"由儿童的感官以直塑其精神堂奥，准依儿童心理的创

1　钱玄同：《中国今后之文字问题》，《新青年》第4卷第4号，1918年4月15日。

2　鲁迅：《关于翻译的通信》，《鲁迅全集》第4卷，人民文学出版社2005年版，第391页。

3　米歇尔·福柯：《词与物——人文科学的考古学》，莫伟民译，上海三联书店2016年版，第18页。

4　胡适：《文学改良刍议》，《胡适文集》第2卷，第9页。

5　胡适：《逼上梁山（文学革命的开始）》，《胡适文集》第1卷，第136页。

6　百里：《文艺丛谈（三则）》，《小说月报》第12卷第4号，1921年4月10日。

造性地想象与感情之艺术"[1]。可见，儿童文学在融合儿童感官和精神方面有着特别的注意，体现为身心合一诗性特征。如果追溯到儿童文学的早期形态，就会发现口头文学其实就是一种"听赏文学"："从儿童文学的源头看，在世代口耳相传的民间口头文学中，当原始人类有了诗歌和神话时，幼儿就有了儿歌和童话。"[2] "听赏文学"是一种非书面化的文学，这对于识字不多的幼儿来说相对便利。由于掠过了文字视觉的触摸，这种口头文学的传播与接受实质上依赖于成人／儿童共享完成。随着语言文字的书面化，儿童文学逐渐走出了"听赏文学"的初始阶段，语言文字的视觉效应逐渐强化，与之而来的语言感觉也不断扩充。汉字表意之"形"借助感官的交互而形构了多维的感觉系统，一部（篇）儿童文学作品所打开的就是用语言符号搭建的可视、可感、可体验的世界。如图画书那种复杂多维的图文语言所带给儿童的视觉冲击尤其大，那些隐藏于图文语言之中的感官体验能激起读者无限的想象空间。这也是曹文轩"无边的绘本"所阐释的那种没有边际的语言感官效应。不独图画书，其他儿童文学的文体皆有此可感知的语言况味。事实上，儿童文学语言因涉及儿童的母语习得问题而更应该考虑语言与文字、语言与文学的关系。

对于母语习得的注意，并不意味着儿童文学语言就是实用性的教学工具，儿童文学也非儿童教育的副本。但作为"人之初"的文学，儿童文学确实无法回避教育性、思想性对于儿童潜移默化的影响。如果儿童文学语言是古奥难懂或歧义丛生的，那么从接受的角度就取消了儿童文学的本义。同样，如果这些语言沉积了诸多陈旧的思想，那么这种儿童文学就不是儿童的"读物"而是"毒物"。从这种意义上说，语言现代化与儿童文学现代化是同向同构的。为了适应思想、文学的现代化，儿童文学语言以接近儿童生活的口语为主体，语言表意清晰，这是拒斥儿童文学贵族化的必然选择。"五四"时期所推行的语体文学实质上就是新文学、现代文学。

1　郭沫若：《儿童文学之管见》，《民铎》第2卷第4期，1921年1月15日。

2　黄云生：《人之初文学解析》，少年儿童出版社1997年版，第36页。

所谓"语体文学",用黄毅民的话说即是"言文一致的文学"[1]。这是对中国古代言文分离、言文不一致的纠偏。随着文言书面语的失魅,新的语言观去除了传统知识分子内俗外雅的体用分离现象,白话文也开始了从俗到雅的蜕变。陈独秀"文求近于语,语求近于文"[2]阐发了书面语与口语、语言与文学之间相互融通的辩证关系。当"言"和"文"被整合于包括儿童文学在内的现代中国文学体系中时,文学才能回到真正切近生活、读者及文学自身的状态,语言之"形"与"思"才有融合的可能。

儿童文学是文学的一种门类,有着鲜明的文学性的特质。因而,语言文字是儿童文学最基本的载体和材料。值得注意的是,既然语言之于儿童文学有着如此重要的意义,那么被视为儿童文学一种独特文体的"无字图画书"又该如何看待呢?"无字图画书"只有图画,而没有文字,它该如何表述语言,或者说语言是怎样在其中讲述故事?这些问题的提出有助于拓展此前图画书"图文"关系研究的畛域。图画书中的图文关系是不平衡的,一些学人从文学的角度出发认为"文字"的功能是主要的。丰子恺结合为叶圣陶童话集《古代英雄的石像》作插图的经验认为:"图画只能表示静止的一瞬间的外部的形态,文章则可写出活动的经过及内容的意义。况言语为日常惯用之物,自比形色容易动人。"言外之意,插图只是文的补充,他进一步指出,如果处理不好两者先后关系还会出现"无补于文章,反把文章中的变化活跃的情景用具象的形状来固定了"[3]的问题。就此而论,黎正甫与丰子恺关于图文关系的概括如出一辙。黎正甫这样论述图画的好处:"即在于描摹人物的逼真。在儿童的各种读物中,多插图画,既可引起儿童对于书本发生兴趣,又可增加儿童的理解力。因为图画与文学,本来同属艺术的东西。"但他强调"文高于图",图画只是作为其

1　黄毅民:《国学丛论》上册,燕友学社1935年版,第196页。
2　陈独秀:《复钱玄同》,《新青年》第3卷第6号,1917年8月1日。
3　丰子恺:《〈古代英雄的石像〉读后感》,《丰子恺文集》文学卷一,浙江文艺出版社、浙江教育出版社1922年版,第177页。

者文学革命的推动下，语言变革既成为一种颇具现代性的症候，也是现代性的结果。从古代汉语到现代汉语的转向看似是语言领域的现象，实际上也是中国思想文化整体新变的有机组成部分，并在很大程度上成为驱动整个变革系统的抓手。语言变革之所以如此重要，究其实，语言"工具论"与"本体论"合一性彰明了其本有的特性。对于这种互为表里的关系，朱光潜提醒人们，如果语言离开了情感和思想就变成"没有生命的文字组织"[1]。割裂两种属性或单向度地理解语言本身的固有特性，必然会造成理论的偏误，无法真正廓清文学革命与语言革命之间的关系。

语言不仅是人表述的工具，而且还能表征时代与社会的精神风尚。胡适曾肯定语言之于文明再造的社会功用，他认为白话"能代表这个时代的文明程度和社会状态"[2]。除了表征社会的价值外，语言应该还有表征自我的形象功能。关于后者，王一川率先在学界提出"汉语形象"的议题，这实际上是表征民族国家形象的一个至关重要的层面，是母语形象的另一种称谓。他从汉语的语音、文法、辞格和语体等方面所展现的形象来揭橥汉语形象的意涵，由此推断出"文学是汉语形象的艺术"[3]这一结论。确实，汉语是音、形、义的结合体，汉语本身的表达及表述的内容都体现了中华民族思想、文化和精神。从这一点说，汉语形象也就与中国文学形象乃至中国形象是联结在一起的，并深刻地楔入了中国社会文化传统和思维习惯之中。梁启超曾将语言与一个国家的文明程度相提并论：语言"常与民族文明程度之高下为比例差"[4]。语言不仅能描述"物"，而且能在文明向前推进时描述新思想。他认为旧文字、旧语言无法表达新观点，"言文不一"导致了新思想出现后无新语言与之匹配，语言与物之间的关系被撕裂。由此要挽救一个国家"文明之颓"可以从语言文字入手，语言形象与国家形

---

1 朱光潜：《论表现——情感思想与语言文字的关系》，《朱光潜全集》第3卷，安徽教育出版社1987年版，第98页。

2 胡适：《答黄觉僧君〈折衷的文学革新论〉》，《胡适文集》第2卷，第83页。

3 王一川：《汉语形象与文化现代性问题》，《文艺研究》1999年第5期。

4 梁启超：《论进步》，《梁启超全集》第2册，北京出版社1999年版，第684页。

象之间有着内在的同一性。章太炎认为语言文字是"社会学的一部"[1]即有此命意。当然，这一观点有其民族主义的考虑，他将语言文字视为本民族的一部"大史"，从中照见了本民族的根性及生死存亡。也正是如此，章太炎并不主张废弃民族母语。这是基于民族母语"卫国性"而言的，但也由此留下不变革语言文字的后遗症。蔡元培也从文字出发追索国家发展之略："从文字上养成思想，又从思想上发到实事。"[2]不过，他以进化论为武器来理解思想与语言的关系，为语言变革留下了足够大的空间。晚清时期的白话文运动夹杂着新旧知识，以语言的工具性变革为主线，彼时的白话文是文言文的附属，现代汉语还未正式成为主导性的语言体系。[3]而"五四"的白话文运动则与晚清白话文运动有着本质区别，从语言形象的角度可以窥见其差异。

在"五四"文学革命的过程中，语言变革在其中起到了先决的作用。扩而言之，现代中国文学新传统的确立，"得力于它所确立的语言体系"[4]。文学语言的新变是胡适等先驱者推动文学革命的抓手。语言工具与思想内涵之间"内外两面"的辩证关联确立了先驱者的基本思路：从"器"的层面来全面整饬和反思"道"，然后"道器"合一驱动现代思想的创构。有感于"老的语言工具不够用了"，胡适呼吁选取"一个新的工具"。[5]他从进化论的历史观中推导出"活文学"替代"死文字"的结论。为了更好地实施"活文学"，先驱者意见和思路并不完全一致。有人主张向口语学习，有人赞成欧化国语，有人主张从古代俗语文学中寻找资源，还有人则认为可以从文言中汲取养分。思路不一致反映了文学革命之初，先驱者所倚的立场及学养传统的差异，但他们都为了更好地融通语言和文学的关系，致力于中国文学的现代生成。

---

1 章太炎：《东京留学生欢迎会演说辞》，《章太炎政论选集》上册，中华书局1977年版，第277页。

2 蔡元培：《新年梦》，《蔡元培全集》第1卷，中华书局1984年版，第241页。

3 高玉：《晚清白话文与五四白话文的本质区别》，《文艺理论研究》2019年第5期。

4 温儒敏、陈晓明等：《现代文学新传统及其当代阐释》，北京大学出版社2010年版，第202页。

5 胡适：《胡适口述自传》，《胡适文集》第1卷，第279页。

使用文言文还是白话文，在中国古代似乎是一个没有争议的问题。因为中国古代语言文字体制中存在着鲜明的级差，文言文是一种"尊体"，而白话文则在书面语言体制中缺乏话语权。关于这一点，张中行指出，中国古代普及和运用文学是一件不简单的事，文能"典雅"则更是难事。为了体现文人的学养，很多文人在文学系统上"打转转"，大量用典、力求文字古奥为文言的壁垒"添砖加瓦"。[1] 文言文的语义系统设置了诸多壁垒，因其与日常口语表达有很大的差异而成为少数人的专利，具有显明的排他性。用周作人的话说即是"古文是为'老爷'用的，白话是为'听差'用的"[2]。科举考试和官方书面文字均用文言文，这从体制上保障了文言文的正统地位。反过来，文言这种书面语制度也维护了传统中国的等级体制。尽管不同身份的人使用文言或白话的比重不一，但吊诡的是，所有阶层的人都在日常交往中使用白话文，因而语言的层级主要还是表现在"文本状态"中。也正是这种"目治"与"耳治"分离的现象，带来了大众叙述的困境，也是摆在启蒙工程面前的"拦路虎"，不利于思想革命的开展。

与文言文这种排他性的语言系统不同，白话文具有非排他性、口语性的特点，将这种习见的语言转换到书面文体之中也是最为便利的。但中国古代文言文却在官方体制中处于正宗地位，其根深蒂固的地位阻隔了言文一致的现代表达。如果不破除这种语言文字的体制，实难推动中国文学的现代转型，这也是"五四"白话文运动兴起的真正缘由。如果以此判断白话文运动只是一次语言工具的变革（如钱玄同"驱除用典"），显然曲解了先驱者的本义，也窄化了文学革命应有的价值。在考察神话的起源与演变时，茅盾提及了文字学派的著名主张"神话是语言有病的结果"[3]。这种观点与米勒所谓神话是语言施加于思维上的"势能说"[4]思路一致。所不同

1　张中行:《文言和白话》，中华书局2007年版，第28—29页。

2　周作人:《中国新文学的源流》，《周作人散文全集》第6卷，第95页。

3　茅盾:《中国神话研究ABC》，《茅盾全集》第28卷，黄山书社2014年版，第343页。

4　恩斯特·卡西尔:《语言与神话》，于晓等译，生活·读书·新知三联书店2017年版，第35页。

的是，米勒倚重神话与语言的意识结构，而文字学派则更为关注神话历史化过程中的修改、变异。由是，所谓"语言有病"即可理解为：因口耳相传，发音上有了一点小错误，后人不知真义，反加曲解，又添了些注释——藻饰，于是一句平常简单的话竟然变成一则故事了。这也是其"因了语言有病，反产生神话"的前因后果。事实上，白话文的推动者反对的是文言上依附的陈旧思想及国人的复古心理。鲁迅宣称"古文已经死掉"[1]，出发点是要剥离读古书所中的"毒气"，从而否弃那些打着"不读古书做不好白话"的复古论调。基于同样的原因，周作人反对文言的出发点在于"内中的思想荒诞，与人有害"[2]。周氏兄弟的上述主张实际上都将语言的工具性和思想性统一起来了，语言"道器统一"的思维对于突破文言文坚固堡垒无疑是有效的，也有助于将国人的精神和思想扭转至"现代"的视域。

问题的复杂性在于，要改变中国人几千年所形成的传统和惯性并非易事。语言"怎么说"的革故鼎新有赖于思想引领和大众启蒙。类似于国人的思想革命，文言文所构筑的书面语权威不会轻易被取代，而外来语也非直接可以套用。在新旧转换的过程中，思想上的"不新不旧"也带来了语言的"亦新亦旧"。于是，出现了林语堂所描述的这种征象：

> 一些人既认同白话文，但也醉心于旧体诗和文言文。还有一些人使用文言写作，但私底下却阅读通俗白话小说。[3]

对于这种新旧态度的两栖性，叶圣陶讽之以"骸骨之迷恋"[4]。声势浩大的"国语运动"力图整合"文学的国语"与"国语的文学"[5]，由此，语

1　鲁迅：《古书与白话》，《鲁迅全集》第3卷，第228页。

2　周作人：《思想革命》，《周作人散文全集》第2卷，第132页。

3　林语堂：《吾国与吾民》，江苏文艺出版社2010年版，第211页。

4　斯提：《骸骨之迷恋》，《时事新报·文学旬刊》1921年11月2日。

5　胡适：《建设的文学革命论》，《胡适文集》第2卷，第44—46页。

言革命与文学革命内在地统一于新文学整体的革新序列。胡适对创造新文学的次序做了规划，并认定工具革新是其基础。这样一来，白话文所标示的"活文学""真文学"的创构有效地提升了文学在民族国家的地位。在发布白话文取代文言文宣言之初，推动者的态度是决绝的。例如陈独秀在论及这一议题时，使用了诸如"是非甚明""不容反对者有讨论之余地""不容他人之匡正也"[1]等句法，其革新之决心与未来之期待是充满着自信的。然而，尽管白话文运动的理论预设是明晰而有序的，但具体操作起来情况却并不那么简单。对于那场文白之争，瞿秋白将其概括为"鬼门关以外的战争"，他忧心的不是"鬼话"（文言）占据统治地位，而是那种文白混杂的"半人话半鬼话的文学"[2]等句法。这种半文不白的文学样式也屡遭人诟病：林语堂总结了文白分野对垒的"八奇"现象[3]；郭绍虞从文言与白话各自的优劣中洞见了国文教员"漫无准的，莫知适途"[4]的困境。不可讳言，无论是瞿秋白所谓"五四式的新文言"，还是周有光概括的"小脚放大的'语录体'"[5]，都与"文学的国语"之本义有着较大的差距，无法真正推进国语统一和言文一致的目标。

　　一般而论，汉语能创造形象，就像茅盾所说可以构成"民族形式"的鲜明形象[6]。但是，对于汉语自身所呈现出的母语形象就不那么明确了。关于这一点，茅盾还从民族形式和个性风格中窥见了汉语形象本身："文学语言是有'个性'的；这'个性'就构成了他们的各自的独特的风格。"[7]由是，白话文替代文言文意味着改变了过去的语言经验，也刷新了民族母语的汉语形象。作为一种传达思想、观念的工具，语言被新文

1　陈独秀：《通信·答胡适之》，《新青年》第3卷第3号，1917年5月1日。
2　瞿秋白：《鬼门关以外的战争》，《瞿秋白文集》文学编第3卷，人民文学出版社1989年版，第137—138页。
3　林语堂：《与徐君论白话文言书》，《论语》第63期，1935年4月16日。
4　郭绍虞：《新文艺运动应走的新途径》，《国文月刊》1941年第16期。
5　周有光：《中国语文的时代演进》，清华大学出版社1997年版，第42页。
6　茅盾：《漫谈文学的民族形式》，《茅盾全集》第25卷，第599页。
7　茅盾：《关于"歇后语"》，《茅盾全集》第24卷，第346页。

学先驱重视是理所当然的。一个显见的逻辑是传达新思想离不开科学的语言形式。在崇白话废文言的运动中，深受实用主义影响的胡适的基本思路是：以语言变革作为"工具主义"[1]来揭露陈旧思想文化体系的危害。针对文言为主体的语言工具的僵化，他提出要创构"活的工具"[2]。于是，利用"活的工具"创作出"活的文学"也就顺理成章了。由于激活了语言形式的工具作用，利用新的语言开发"民智"也就成了新文化人的共识。当然，这种攻其一点不及其余的激越思想有时代语境及个人学识等方面的缘由，也由此受到"五四"同时代其他学人的批评。在批评者看来，胡适的《白话文学史》戴上实用的工具主义的"观察眼镜"，"乃舍文学本质上的发展"。[3]事实上，胡适等人以语言革命为抓手的策略还隐含了超越工具主义的延伸目标，胡适与陈独秀在致易宗夔的信中指出，"言文一致"并非文学革命的根本目标，而废止"旧文学、旧政治、旧伦理"等"一家眷属"[4]才是其出发点。与胡适这种"工具主义"颇为类似的是，在儿童文学领域，郑振铎也曾提出过"工具主义"的说法。郑氏将儿童文学视为一种"工具"，它不是无所为而为，而是用来传达"智识"的。[5]为此，他认为这是儿童文学与普通文学最大的区别。对于以启蒙为志趣的新文学而言，"新民"的设计和目标的科学性要依循现代语言形式来表达，这也是先驱者要将语言革命置于整个文学革命"先导"位置的缘由。

诚然，语言是构成文学大厦的工具，但语言的意义不止于工具论的价值，它还有着本体论的价值。更为关键的是，文学的生成离不开语言，没有语言也就没有文学。但是，由于理论偏误，在理解语言的形式与思想关系时出现了将两者"二分"的误判。例如梁宗岱的"纯诗"观就认为语言

1　胡适：《实验主义》，《胡适文集》第2卷，第191页。

2　胡适：《国语运动与文学》，《胡适文集》第1卷，第133页。

3　郑振铎：《中国文学史的分期问题》，《郑振铎全集》第6卷，花山文艺出版社1998年版，第84页。

4　胡适之、陈独秀：《通信·复易宗夔》，《新青年》第5卷第4号，1918年10月15日。

5　郑振铎：《儿童文学的教授法》，《时事公报》1922年8月10日。

和思想仅是形式和内容的关系，是可以"二分"的。对此，朱光潜以"平行一致说"予以批评，重申了思想情感与语言艺术"一体化"的观点。这种论辩并非孤例，也不限于诗歌领域，而是贯穿于文学语言流变的过程中。为了形象地阐释语言的意涵，汪曾祺曾以"剥桔子"为例来进行论析：

> 语言不能像桔子皮一样，可以剥下来，扔掉。世界上没有没有语言的思想，也没有没有思想的语言。[1]

正是基于语言"体""用"合一的观点，文学语言才能更好地呈现汉语形象之"美"。进一步说，那种随意化的切割或凑拢，实质上无法廓清文言与白话的实质。毕竟在表达某种思想内容时文言或白话都是可用的语言工具。如果不能洞悉语言工具自身所表征的思想性，就会误解先驱者采用白话文的合法性问题。而先驱者提醒国人注意文言所承载的旧思想，实质上体现了将语言工具论和本体论融合于一体的辩证意识。所谓"活文学"和"死文学"的差异，不仅是文白语言之别，更是新旧思想之异。不过，朱光潜不认同白话文推行者"以文字的古今定文字的死活"的说法，其判定文学"死活"的标尺在于是否"嵌在有生命"[2]的文字中。这样一来，是否启用文言或白话不是一个绝对化的"必选其一"的理论问题，而是一个可以兼容两种语言形式的"如何表述"的操作问题。当然，从前者绝对化的"替代"到朱光潜的"转换"，并不意味着朱光潜的语言观就比白话文推行者要更高明。只是在不同的情境下，两种语言方案均有其现实合理性。放在一起，可为我们理解文学语言变革所出现的论辩、分野等问题提供新的视野。

在很长的时间里，白话文和文言文的区隔主要体现在功能和实践畛域的差异上：前者对应的是文艺文（美文），后者则是应用文。在实用主义

1　汪曾祺：《中国文学的语言问题》，《汪曾祺文集》文论卷，江苏文艺出版社1993年版，第2页。
2　朱光潜：《诗论》，《朱光潜全集》第3卷，第13页。

的语境里，这种分野显然无法中止文言文的有效性，这也是文言文始终存在的真正根源。除此之外，胡适在《国语文法概论》中也驳斥了白话反对者"'应用文'可用白话，但是'美文'还应该用文言"[1]的流俗见解。可以说，如果白话文不能兼顾文艺性与实用性，则难算是真正的成功。在考察言文分离的原因时，鲁迅认为缘由在于文言表意中的"口语摘要"[2]上。所谓"口语摘要"即是承认文言的主体地位，口语仅是书面语的微缩或碎片，而古书中童谣、民歌等就是古人的口语摘要。汉语书写的繁难制造了大众阅读与接受的困境，也拉开了阶级身份的差距。白话文只是文言系统的"摘要""点缀"，由此能窥见文言文与大众的隔膜。从接受对象的角度上看，文字简易、语言浅显是儿童文学区别于成人文学的重要维面。因而在新文学整体性的国语运动中，儿童文学对于语言变革的诉求特别迫切。从儿童接受语言的角度出发，焦颂周论析了儿童文学使用白话的迫切性："儿童知识的进步，十分之二三靠着环境和年龄，十分之六七靠着文学。文字是记载思想的工具，创造文学的利器，文字越是简单，发表思想越是容易，创造文学越是便利。儿童的脑力，发育尚未十分完全，对于繁复的文字，一定不能懂得。吾们中国从前教导儿童的书籍，都是用着文言；虽是句短字少，但是儿童读了，总是不懂。"他认为语言统一对于维系国民情感及关系至关重要，而"国语运动"所推行的白话文有助于儿童文学语言现代化的诉求："将来大家都说了这一种话，自然不会语言不通。并且国语字字都可以写出来，就是一种浅显的文字，极正确的语言，儿童读了，岂不是大有益处的吗？所以儿童文学，一定要用国语。"[3]反观国语教育，儿童文学介入语文教学必然会对语言提出新的要求。从白话文推广的逻辑上看，国语教育与儿童文学应该是互为表里、相互促进的。不过，事情远不只理论预设的那么简单。当时就有人主张"小学教育，说不到文

1　胡适：《国语文法概论》，《胡适文集》第2卷，第310页。

2　鲁迅：《门外文谈》，《鲁迅全集》第6卷，第93页。

3　焦颂周：《儿童文学为什么用国语》，《学生文艺丛刊》第2卷第5集，1925年5月。

学，今所授者，一皆以应用文为主"[1]，"小学教科当以生活教育为本位，授以日用伦常之道"[2]。这种强调文学作为"术"的教育稀释了文学性，实用性、普及性当然必不可少，但缺乏文学性、远离儿童生活的儿童教育显然无助于儿童的成长。

中国儿童文学语言之所以能接续"五四"语言革命的传统，其根由在于儿童文学脱胎于新文学，是新文学所开创的"人学"系统的重要组成部分。既然都是"人的文学"，文学语言就有必要考虑所书写及接受的对象。儿童文学的"儿童性"的内部构造对于"文学性"的塑造作用是始终存在的。这也就是说，儿童文学语言要根植儿童性的特质来运思，所用语言表达出的文学是要让儿童能接受的，反之，这种语言的艺术就不是儿童文学。在编译《童话》丛书时，孙毓修区分了儿童教科书和儿童读物的差异，"专主识字"的教科书语言"宜作庄语，谐语则不典；宜作文言，俚语则不雅。典与雅，非儿童之所喜也。故以明师在前，保母在后，且又鳃鳃焉"。正因为语体不同，那些题材"庄严之教科书"，"恐非儿童之脑力所能任"，而那些"荒唐无稽之小说"，儿童"则甘之"。其根由在于这些小说"所言者，皆本于人情中；于世故，又往往故作奇诡以耸听闻。其辞也，浅而不文，率而不迂"[3]。对于编译《伊索寓言演义》的语体风格，孙毓修将其与林纾作比："以文字论，林译高古，拙译浅近；林译如黄钟大吕，拙译如瓦缶汗尊，贵贱不同，而亦各当其用焉。"[4]不过，尽管孙毓修有意识地启用"浅近"的语言编译儿童读物，但由于设定了诸多思想的教化律条，其重述的语言也流于"太教育"的窠臼，因而语言的艺术性受到限制。对此，赵景深指出："我幼时看孙毓修的童话，第一二页总是不看的，他那些圣经贤传的大道理，不但看不懂，就是懂也不愿去看。"[5]那种

1　盛兆熊：《论文学改革的进行程序》，《新青年》第4卷第5号，1918年5月15日。

2　孙增大：《中国教育政策》，《教育杂志》1915年第2号。

3　孙毓修：《童话序》，《东方杂志》第5卷第12号，1908年12月25日。

4　孙毓修：《演义丛书序》，《伊索寓言演义》，商务印书馆1915年版，第1页。

5　赵景深、周作人：《童话的讨论三》，《晨报副镌》1922年3月28日。

添加了浓厚思想教化的儿童读物显然无法与浅语艺术匹配，即使勉强相容也无法以受抑制的儿童文学语言来传达这种思想。

　　成人对于儿童的期待、设想隐含了儿童观的价值导向。儿童文学的思想与教育的方向性也和成人的文化预设密不可分："一个社会对于儿童的观念是一种自我满足的预言。那些描述孩子真正像什么或真正能够达成什么的观念，可能是不正确的或不完整的，但一旦成人相信了，他们就不仅会让这些观念成真，还会成为全部的真实。"[1]在儿童文学"新人想象"的话语实践中，成人以一种"隔代"和"跨代"的文化预设来构筑儿童观。在此框架内，"谁的语言""语言怎样传达思想""如何评价这种语言"比儿童文学语言是什么更为重要。套用奥斯汀的观点，儿童文学语言"表演性"和"行动力"获致于"儿童文学是什么"的本体特质，是通过一种引用关系依附于这个巨大的系统而生效的。[2]简言之，儿童文学语言的特殊性取决于儿童文学自身的特性，而儿童文学的特性又要放置于整个文学的体系中予以考量，对此议题连续诘问，儿童文学实现了语言的权力运作，是考察"母语现代化"的重要切入口。

　　自康德关于"知""情""意"三分说以来，以审美为主导的文学成为一个相对独立的概念。尽管相对独立，但文学却并非绝缘体，在不同的历史语境下文学与外部的联系始终以各种各样的形态呈现。在这种历史化的关系结构里，"结构的内聚力与吸附力使一批关系按照既定的模式正常运转，各种事物因此得以发挥其现有的功能"[3]。因而担心文学无法区别于其他事物而导致文学的终结纯属多虑。辨析百年中国儿童文学"物""言""意"的关联，意在超越"非文学"与"超文学"的本质主义偏误，力图切近"儿童""儿童语言""儿童文学语言"的本体，来思考

1　佩里·诺德曼、梅维丝·雷默：《儿童文学的乐趣》，陈中美译，少年儿童出版社2008年版，第122页。

2　J. L.奥斯汀：《如何以言行事——1955年哈佛大学威廉·詹姆斯讲座》，杨玉成、赵京超译，商务印书馆2012年版，第43—44页。

3　王伟：《文学性、反本质主义及空间转向》，《文艺理论研究》2012年第5期。

"写什么"及"如何写"的原点问题。同时，返归儿童文学"元概念"，尤其是在成人与儿童"代际话语"转换的基点上探求中国儿童文学语言的主体品格，为整体探究百年中国儿童文学与现当代文学"一体化"研究提供了全新的视角。

三、普及与提高的困结及母语文学主体性构建

对于一般文学而言，不存在"由谁来表述语言""表述谁的语言"和"向谁表述语言"等问题。因为一切似乎都约定俗成，形成定律了：那就是作家的语言表达体系处于恒定的主宰地位。但对于儿童文学而言，这个定律似乎不那么自洽。其根本的缘由在于儿童文学"两代人"非同一性的文类特性上。作为儿童文学的创作主体，成人的语言无法替代和等同于儿童的语言，而儿童也无法取代成人成为创作者，这种语言表达主体间的错位恰是儿童文学与成人文学语言的本质区别。事实上，成人"仿作小儿语"是无法直接转换为儿童语言的，而儿童语言也不等同于儿童文学的语言。对于这一点，贺宜曾以中国古代孝子"彩衣娱亲"来讽刺成人"彩娱'儿'"的丑态。[1] 显然，对于成人故意创造"儿童口语"的扭捏作态，贺宜是不认可的。由于儿童文学的本义规定了成人作为创作者的身份，因而儿童无法用自己的语言来表述自己，只能借成人的语言隔代来传达关于童年的看法。

基于这种非同一性的机制，在研究中国儿童文学的语言问题时，摆在研究者面前的普遍问题是：成人作家的语言能否转述为儿童的语言？这种转述是顺应儿童还是启蒙儿童？如何理解儿童文学语言、思想的普及与提高的关系？这些问题环环相扣，实质上讨论的一个总题是基于儿童文学本体概念而开展语言实践的立场、路径。如果从继承和发扬民族母语的角度出发，就会发现先驱者所推行的语言改革内隐着对民族共同体和未来中国

1　贺宜：《儿童文学创作的一个关键问题——儿童化》，《火花》1959年6月号。

的想象，是一种基于现代性的设计。而这种语言战略在儿童文学门类中表现得尤为突出，既关乎母语习得的现实，又牵连着基于儿童想象的宏大愿景。具备这种视野，就超越了在新文化运动内部看取语言变革的狭小视域，从而在中西文化碰撞语境下理解东方的缓慢变革，及东方知识分子所有"精神震荡的综合表达"[1]。质言之，以语言变革为轴心牵引了中外文化交流史和作家的精神心灵史。

按照本质主义的观点，在解决了"儿童性"这一基本问题后，儿童文学的"发现"似乎就顺理成章了。作家只需根据儿童身心发展的特点来创作相关的文学作品，因而儿童文学的语言形式也被确定了。但事实却并非那么简单，儿童文学的创作既要考虑"儿童"的特点，也要兼顾"文学"的特性。关于思想与语言的关系问题，周作人认为两者是一体两面的关系，但其重要性却并不一样："但我想文学这事物本合文字与思想两者而成，表现思想的文字不良，固然足以阻碍文学的发达，若思想本质不良，徒有文字，还有什么用处呢？"[2]思想性与文学性如能兼顾更好，如若失衡，势必会折损文学本身的品质。然而，对于后发现代化国家而言，包括语言在内的文学领域都受到"文化与意识形态先导性"[3]的影响，思想先于物，思想的变革也早于物质世界的变化。这种思想优先的特性在特定的时期还被演化为"思想崇拜"，其对包括语言在内的"文学性"所造成的压抑也就不难理解了。殊不知受到压抑的文学性并不会正向推动思想的表达，反而会造成负面的效应，这是值得警惕的。

尽管强调从儿童的兴趣和趣味来创作儿童文学，但考虑到儿童涉世不深、社会化程度不完全的特点，在儿童读物中灌输成人的思想教化性也情有可原。被认为最早的西方儿童文学名著《鹅妈妈的故事》本身不含

1　郜元宝：《汉语别史：中国新文学的语言问题》，复旦大学出版社2018年版，第422页。

2　周作人：《思想革命》，《周作人散文全集》第2卷，第132页。

3　殷国明：《"思想"与"思考"：贯穿20世纪的文化纠缠与纠结》，《江西师范大学学报》（哲学社会科学版）2019年第1期。

教训的话语，但其传入英国后却触犯了清教的道德观，被斥为无稽之谈。儿童也被视为本性恶的个体，需要教育使其改恶从善，于是出现了以舍伍德的《菲尔柴尔德一家》为代表的"改进文学"。关于这本书，周作人曾在《夜读抄·缢女图考释》中介绍过，文中流露出周作人对主人公菲尔柴尔德"利用绞架为教材"的教训主义的不满和愤慨。[1]对这种"严肃文学"的反叛推动儿童文学领域出现了"反严肃"的浪潮。对于那种附加严肃的教化文学，舒芜认为，中国儿童虽然没有欣赏安徒生、格林的福气，但也没有出一个中国的菲尔柴尔德写的"绞架文学"，这是中国儿童"不幸中之稍幸"[2]。当然，想要绝对纯粹的非教化性是不现实的，毕竟儿童文学的创作者是成人而非儿童。有必要辨析的是，这种教化性"思想"是否真正符合儿童的需求，以及最终的价值旨归是否指向儿童的发现与发展。

从概念的本源来看，白话与文言都是中华民族的母语，"都是华语的一种文章语，并不是绝对地不同的东西"[3]。而且，两者原本没有明显的优劣之分。只不过在传统中国的演进中，文言逐渐成为官方的书面语，成了一种"贵族语言"。由文言写就的文学、文章也就成了语言改革者眼中的"贵族文学"乃至"死的文学"了。按照语言现代化与思想现代化的统一论的观点，中国儿童文学的现代化必须要从母语文学的主体性上命意，而这种母语的现代化转换即体现在前述语言文字的改革上。文学语言与日常语言有着很大的差异，白话文也不等同于口语。尽管儿童文学对于切近儿童语言的口语性有着特别的青睐，但儿童文学也不是口语的文学。那种为了剥离古奥的文言而醉心于"小儿语"的观念，窄化了儿童文学语言现代化的内在诉求。周作人从麦克林托克"表现具体的影像"和"造成组织的全体"那里引申出"文学的"标准。为了更好地适应儿

1　周作人：《夜读抄》，《周作人散文全集》第1卷，第201页。

2　舒芜：《重读〈彼得·潘〉》，《儿童文学研究》1996年第3期。

3　周作人：《国语文学谈》，《周作人散文全集》第4卷，第483页。

童特性，他还谈及了运用"注音字母"和"插画装帧"[1]的弥补方案。就"注音字母"而言，赵元任、钱玄同曾力倡的"国语罗马字"就是一种拼音文字。[2]与引入"万国新语"无异，以拼音文字替代汉字的方略确实有助于白话文的推行。不过，周作人这里的"注音字母"并不是废除汉字的罗马字拼音，而是汉语拼音。周作人对于外来语和罗马注音文字并不是那么信任，他认为它们与汉语（母语）"那是别一样东西了"[3]，与汉文学的传统相去甚远。这种对于汉字、汉语的保存意识无疑是母语文学的现代性重构的基础。

先"器识"后"文章"是新文学先驱者的共识，这之于儿童文学运动同样是适用的。不过，这种先后关系并不是对语言与思想"道器合一"的悖反。朱光潜著名的"思想是无声的语言，语言也就是有声的思想"[4]形象地概述了语言与思想互为表里的关系。质言之，新文学之"新"不仅体现在语言形式上，而且也表现在思想观念上。一旦涉及思想与语言的融合，就不可避免要遭遇普及和提高这一棘手的关系。两者并不决然对立，只不过在不同的语境下会衍生何者为第一性的讨论。在此进退失据之际，语言改革先驱者不能忽略的一个事实是："民智的开发，要靠社会改良，通过结构的变革，可以使千百万人成为使用汉语的主力。"[5]这种期冀系统的、结构的变革带动语言文字革新的设想遭遇了残酷现实的打击。针对"五四"读者看不懂新文学的现状，茅盾并没有完全归咎于语言的"表面的障碍"，而是认为他们"是不懂'新思想'"[6]。这实际涉及了普及与提高的辩证问题，也从一个侧面反映了这样一个事实：是新思想太过超前制导了传

1　周作人：《儿童的文学》，《周作人散文全集》第2卷，第280页。

2　钱玄同：《中国今后之文字问题》，《新青年》第4卷第4号，1918年4月15日。

3　周作人：《汉文学的前途》，《周作人散文全集》第8卷，第778页。

4　朱光潜：《诗论》，《朱光潜全集》第3卷，第91页。

5　孙郁：《国语、汉字、国语文讨论的再思考》，《华中师范大学学报》（人文社会科学版）2015年第2期。

6　茅盾：《致梁绳祎》，《茅盾全集》第37卷，第50页。

播、接受的障碍，那种过分苛责语言形式之难懂显然是不公允的。当然，这也并不是否弃语言变革的托词。反过来可以这样假设，如果让读者接受了新思想，那么语言工具的障碍是否就取消了？这是一个值得深思并充满悖论的问题：要让民众接受新思想，就有赖于启蒙及新读物的传播，然而由于一些读物语言形式过于晦涩难懂，影响了思想的传播，而这种有阻隔的思想传播又反过来制约着语言变革。

这种悖谬式的恶性循环与前述普及、提高的先后关系扭结在一起，衍生了改造民众还是革新语言的两难问题。对于儿童文学来说，这种困难更加上了"谁的语言"和"如何跨代叙述语言"的理论缠绕。当然，这也注定了围绕母语现代化的语言实践不会耽溺于语言一域，而延展至文学革命、文体革新等更为阔大的研究畛域。为了解决因启蒙民智和语言改革衍生的普及与提高的两难，先驱者对口语与文章语采取"分而治之"的策略，如周作人所谓"文章语重提高而口语重普及"[1]即是著例。这种分工看似问题的针对性更强、语言应对思想的方向性更明晰，但是这种方案依然仅限于民族母语类型的普及与提高问题，依然无法解决纠缠着语言与文学、语言与思想的先后关系及良性互动问题。

中国儿童文学的发生依凭于现代儿童观的出场和与之相适应的语言条件，两者互为表里、缺一不可。围绕着文学语言改革的讨论不仅为语言现代表达、文体创制提供推力，而且也以此扩充了新文学的文化内涵。在儿童文学现代化的进程中，语言现代化重构不能因其涉及的理论困境而丧失母语自信。从这种意义上说，兼顾语言与思想变革的双重性对于母语自信有着重要的理论先导意义，割裂两者现代化的合力作用难以驱动包括儿童文学在内的中国新文学的发展。与成人文学一样，儿童文学对此议题的解决方案也不简单，如能搁置普及和提高谁先谁后的问题，重建语言与思想、文学双向互动的结构系统，借助最适合儿童的文学语言来填充普及与

1　周作人：《国语文学谈》，《周作人散文全集》第4卷，第483—486页。

提高之间的沟壑，那么对于儿童文学的母语现代化来说无疑是有效的。但是，这种语言实践路径始终不能绕开作为新文学整体形态的多元共生语境，也不能溢出现代中国文学所开创的语言传统。借此，儿童文学才不会在"自我封闭"的系统中盲目地探索。依循着儿童文学语言的本体特性，进而融入现代中国文学语言变革的整体系列，才是推动中国儿童文学母语现代化发展的可靠路径。

第二节　语言转型与发生机理的整合

作为文学的第一要素，语言的变革即表征了文学观念的转换，也预示着一种新的文学的诞生。新文化人以语言为切口，从语言运动入手推动文学的革命，这体现了"道器合一"的学理逻辑。为了更好地推动"活文学"的现代发展，先驱者的思路并不完全一致。思路不一致反映了文学革命之初先驱者所倚的立场及学养传统的差异，但出发点基本趋于一致：都是为更好地融通语言、文学与思想的关系，致力于中国文学的现代发生。脱胎于新文学的儿童文学的语言实践接榫了这一传统，与成人文学一道重构了民族母语现代化的伟大工程。具体而论，这种民族母语主体性建设主要依循语言与思想的双向发力、合并语言与文学的现代化，这为母语文学的健康发展提供了资源与动力。

一、兼及"语言"与"文章"的语言转换

据史料记载，胡适非常推崇但丁的俗语、俚语写作观念，尤其是嘉赞但丁《论俗语》所提倡的与官方语（拉丁语）有别的地方语创作。但丁的《论俗语》虽以拉丁语写就，讨论的却是地方语存在的价值。其"光辉的俗语"与普通民众的生活用语非常接近，"是婴儿在开始能辨别字音时，从周围的人们所听惯了的语言，说得更简单一点，也就是丝毫不通过规

律，从保姆那里所模仿来的语言"[1]。地方俗语实质上是一种母语语言，也是一种活的语言。当然，但丁也清楚各地的俗语也并非纯粹、典型，有待"放在筛子里去筛"，从而找出"宏伟的字"。这是希尔斯所谓"传统的进程也是选择的过程"[2]的典型例证。胡适的《文学改良刍议》《建设的文学革命论》《〈尝试集〉自序》都提及了但丁及意大利的"国语历史"，并将希腊拉丁语定位为"死文字"，与之相对应的英法文则是"活文字"[3]。不言而喻，胡适援引这种资源的目的是为了推广白话文，以此撼动文言"尊体"的统治地位。不过，胡适的白话文主张没有但丁"筛滤"俗语那么精细，其"作诗如说话"尚未区隔文学语言与日常语言的关系，只是粗放地想从宏观的角度来提升俗语、口语的地位。

如果说《论俗语》还停留在以拉丁文来为俗语做理论支撑的层面上，那么《神曲》则展现了以俗语为主体语言的独特魅力。值得注意的是，但丁在提出"光辉的俗语"时还附加了"中心的""宫廷的""法庭的"俗语，这些有限度的俗语是否意味着但丁有轻视大众语之意尚且不论，但其"对提高语言和建立统一的民族语言实在是十分必要的"[4]。考虑到中外政治文化有异，语言变革也应有不同的出发点和具体改革的方略。对此，郑敏认定"欧洲各民族否弃拉丁文与"五四"时期否定文言文有着本质区别"可谓切中肯綮。在她看来，拉丁文是政教合一体制下强制性的官方语言，并非母语；而文言本身就是中华民族的母语，只不过是文言丧失了口语功能。因而，"援引欧洲与英国摆脱拉丁语的统治为例来说明文言文是可以消除的，似乎是不伦不类的类比"[5]。郑敏论及的民族母语问题确实非常重要，这为我们理解白话文运动过程中先驱者的理论预设及话语策略颇有裨益。胡适等人有意略过但丁对母语的继承问题，混

1　但丁：《论俗语》（节译），柳辉译，《文艺理论译丛》1958年第3期。

2　爱德华·希尔斯：《论传统》，傅铿、吕乐译，上海人民出版社1991年版，第34页。

3　胡适：《〈尝试集〉自序》，《胡适文集》第9卷，第70页。

4　朱光潜：《但丁的〈论俗语〉》，《朱光潜全集》第10卷，第325页。

5　郑敏：《世纪末的回顾：汉语语言变革与中国新诗创作》，《文学评论》1993年第3期。

杂母语的开创与革新的界限，实质上存在着"向壁虚构"[1]的误读。一旦绕开了母语天然、本能的继承关系，无须考虑语言与使用者、读者之间的复杂关系，白话文运动就可以借由语言为突破口，导向改造思想文化的现代化之途。

但问题是，作为一种民族母语，白话古已有之，而且渗透于人们日常的生活交往中。白话文学在中国古代始终没有断绝，胡适的《白话文学史》正是白话文写作漫长历史的写照。那么，这是否意味着无须新造白话，只要把旧的白话或白话文学直接借用过来就完成了白话文运动的使命呢？答案显然不是。关于这一点，先驱者意识到新旧白话之间有着本质上的区别。陈独秀反对将元明之后的词曲小说与"理想的新文学"[2]等量齐观。钱玄同也坦言从前的白话文学与"现在提倡的新文学"[3]不可同日而语。在这里，陈独秀、钱玄同等人是将语言与思想捆绑在一起的，因而在古今演变中观测出不同时代语言与思想的差异。唯有洞见陈、钱等人依时来判定语言新旧的观点，才能真正理解"五四"时期所推行的白话文运动并非复古，而是着力于民族母语的现代化重建。

事实上，真正对民族母语构成冲击的是外来语。外来语所承载的新思想对于中国文化的更新意义重大，同时，外来语的引入对于"僵死"文言系统的冲击作用更是不可低估。具体而论，汉语的欧化为克服文言的"不精密性"、保障文章的"分析性"起到了重要作用。傅斯年极力主张欧化国语，认为欧化外来语可以"做白话文的第一步"[4]。这种融化外来语与白话的尝试意味着白话文是"一个开放的表述系统"[5]。正是因为这种开放的

1　肖剑:《"中国文艺复兴"晶石上的西方异彩——胡适"白话文运动"与但丁〈论俗语〉之相似鹄的》，《文学评论》2016年第6期。

2　陈独秀:《三答钱玄同（文字符号与小说）》，《独秀文存》第3卷，安徽人民出版社1987年版，第727页。

3　钱玄同:《尝试集序》，《胡适文集》第9卷，第66页。

4　傅斯年:《怎样做白话文》，《新潮》第1卷第2号，1919年2月1日。

5　罗志田:《文学史上白话的地位和新文学中白话的走向》，《近代史研究》2002年第2期。

品格让我们不禁心生疑窦：既然白话文可以与欧化外来语融合，那么是否意味着它也可以与文言文有效调适、结合呢？如果可以，那么废除文言文的主张是否需要更改？这些问题的提出归结为一点，那就是民族母语的主体性问题。傅斯年所主张的欧化国语试图调和外来语与母语之间的关系，预伏着这样一个理论设想：用欧化外来语来融合白话文，以此对抗强大的文言传统。不过，大部分认同欧化语言的先驱者还是认为其"文法严密"，适合"五四"时期的语体文。例如，为了求文学艺术的精进，郑振铎主张"语体文的欧化"，但"非中国人所看不懂的"。[1]严既澄认为，欧化的外来语有诸多白话或文言所不能比拟的优点，是洗练中国人"笼统模糊的头脑"[2]的良方。但是，毕竟欧化的外来语是母语之外的"外语"，这种经过翻译归化的外来语的作用尚须进一步确认，因此作为改革汉语的欧化国语难免出现不接地气的"洋腔调"或"半洋半汉"的现象，在更接近书面语的同时也离口语远了，从而使得民族母语的改革陷入新一轮的困顿中，而这又是先驱者所不乐见的。

较之于口语，文言是经过人为加工、修饰和书面化的语言，可称为"人为语言"。口语具有明晰的日常性和自然性，而文言则因经过了书面化的过程而于儿童母语习得有一定的隔膜。换言之，对于儿童与儿童文学来说，那种僵化的文言是隔膜的，与其自然天性和游戏精神拉开了距离。众所周知，胡适也是为儿童文学鼓而呼的先驱者，其《儿童文学的价值》一改实用主义的导向，提出儿童文学的价值在于"糟蹋时间"[3]。胡适《尝试集》中有一些充满童趣的新诗，这些白话新诗是否能被视为儿童诗仍存在着争议。刘绪源的观点是"《尝试集》中，儿童文学其实占了一半以上"，其立论的依据是"用儿童的语言来写的，也是充满童趣的"。[4]

1　郑振铎：《语体文欧化之我观》，《郑振铎全集》第3卷，第413页。

2　严既澄：《语体文的提高和普及》，《文学》第82期，1923年8月6日。

3　胡适：《儿童文学的价值》，赵景深编：《童话评论》，上海新文化书社1924年版，第191页。

4　刘绪源：《中国儿童文学史略（一九一六—一九七七）》，少年儿童出版社2012年版，第9页。

不过，仔细检视胡适的《〈尝试集〉自序》和钱玄同为《尝试集》所写的序，均未出现"儿童"或"儿童文学"的字眼。该诗集中确实有书写儿童游戏生活的诗篇，语言清新浅白且充满童趣，但严格地讲难以将其界定为"童诗"。从概念的本源看，用儿童的语言创作出的作品不等同于儿童文学。然而，游戏笔墨的出现对新文学思想和艺术等方面的探索之功不容小觑。落实到《尝试集》中的白话诗创作，这种游戏笔法对于中国古典诗歌格律的反叛及新诗的指引功不可没。应该说，《尝试集》只是胡适白话诗的"尝试"[1]，不属于儿童诗的现代"创构"。这应是刘绪源将《尝试集》视为"非自觉的儿童文学"的根本原因。换言之，胡适没有将儿童文学独立出来，该诗集也非专为儿童而创作的。作为参照，刘绪源援引了叶圣陶的童话《稻草人》与其比较，他认为叶圣陶具有专为儿童写作的"分工"意识，"把儿童文学独立出来了，使中国儿童文学像世界儿童文学一样，有了自己独立的疆域和价值体系"[2]。尽管《稻草人》混杂了童话与小说的文体特征，但叶圣陶的本意是要"专为"儿童创构儿童文学的。关于这一点，我们可以通过叶圣陶的其他文字来找到印证。他曾这样反省道："越来越不像童话了，那么凄凄惨惨的，离开美丽的童话境界太遥远了……我在这里提一下，是想说明有些童话可能不属于儿童文学。"[3]在与郑振铎的通信中，他疑虑："今又呈一童话，不识嫌其太不近于'童'否？"[4]叶圣陶耿耿于怀的反思一方面反映了"专为"儿童创作的艰难，另一方面也表明了他心中有"儿童文学"的标准，只是在实践中

1　胡适《尝试集》的开风气之先在当时文坛起到了重要的引领作用，创构了"尝试"形象。例如钱玄同在与陈独秀的通信中，就倡导使用白话来创作，"就和适之先生做《尝试集》一样的意思……若大家都肯'尝试'，那么必定'成功'"（《〈新青年〉改用左行横式的提议》）。这样的例证不一而足。

2　刘绪源：《重评童话集〈稻草人〉——兼论叶圣陶何以中断1922年的童话创作》，《南方文坛》2012年第3期。

3　叶圣陶：《我和儿童文学》，《叶圣陶集》第9卷，江苏教育出版社2004年版，第321—322页。

4　郑振铎：《〈稻草人〉序》，《郑振铎全集》第13卷，第36页。

暂时还没有找到合乎这种标准的具体方法。

在国语运动时，语言改革者深谙那些言之无物的游戏笔墨是文章的弊端，而与思想拉开距离的游戏文章也不利于语言的变革。对于这种游戏笔墨的利弊要做深入细致的分析，才能更好地理解先驱者语言变革的深意。胡适曾自陈其早期创作于北美留学时期的诗歌是"游戏诗"[1]。鲁迅译介日本学者上野阳一、高岛平三郎的"游戏理论"，有力地配合了蔡元培"美育代宗教"的主张。其译作《儿童之好奇心》《儿童观念界之研究》从儿童心理出发，开掘了其游戏精神的内核，为其现代儿童观的确立提供了话语资源。鲁迅早期小说将厨川白村的"余裕说"运用于鞭挞国民性的话语实践中，借助这种最显豁、最本源的"余裕"语言[2]，实现了在嬉戏怒骂中的反讽艺术效果。《故事新编》启用"油滑"替代"游戏"更多的是为了突出"古今互鉴"的思维拓展，而文本中那种文白夹杂、中英文混淆的语言正是鲁迅审思传统文化惯性的突破口。语言之"谐"和游戏态度往往是联系在一起的，但其背后对于本质之真的揭示却是严肃的。张天翼的儿童文学作品浸润了这种讽刺的"质直"，其讽刺艺术超越了朱光潜所说的"谐"的"游戏态度"[3]，进而"没有流为浅薄的嘲笑"[4]。总而言之，尽管胡适、周作人等人所谓的游戏笔墨与儿童文学的游戏精神有诸多相似之处，然而这并非表明新文化人的此类书写即有明确的创构儿童文学语言的意识，其价值旨趣主要集中在"突破禁忌、向更高层次的中国新文学体制建构"[5]的努力上。

细考先驱者有关语言的著述，就会发现：他们所推行的语言革命是兼及语言与文章两个维面的，这是对于中国古代"言"与"文"分离的一种

---

1 胡适：《国语运动与文学》，《胡适文集》第1卷，第130—131页。

2 鲁迅：《革命时代的文学》，《鲁迅全集》第3卷，第442页。

3 朱光潜：《诗与谐隐》，《朱光潜全集》第3卷，第27页。

4 朱光潜：《诗的严肃与幽默》，《朱光潜全集》第9卷，第317页。

5 房栋：《清末民初的游戏文章与"五四"新文学的语言可能性》，《中国现代文学研究丛刊》2020年第6期。

纠偏。简言之，文言包括了文言与古文的双重性，而白话则内含了白话与现代文的意涵。因而，这不是语言学层面的单方面的革新，而是牵连着文学于一体的整体性转向。胡适提倡"国语的文学，文学的国语"及"语体文学"即是这种理论预设的概括。由语言变革出发而衍生出的问题域是向文学革命、思想启蒙周延的。对此，郑敏概而论之为"弄清民族母语、文学写作和文化的继承与发展三方的互相关系"[1]。在郑敏这里，文学语言的切换不止于工具层面，而且还关涉古今中外思想文化的演变。概而言之，在新文学的语义场，语言与文学的现代性、思想与语言的现代性重构是新文学现代化的双重使命，两者并行不悖地推动了中国文学的现代转型。关于这一点，周作人这样概括道："一民族之运用其国语以表现情思，不仅是文字上的便利，还有思想上的便利更为重要：我们不但以汉语说话作文，并且以汉语思想，所以便用这言语去发表这思想，较为自然而且充分。"[2]言外之意，语言文字改革不是简单的文字、文学层面的革新，还牵涉思想上的改弦易辙。

这种集语言、文学、思想于一体的话语纠缠原本也是常态，只不过，在具体的实践中，语言与文学、思想与语言之间的联动是否默契仍有诸多疑问。譬如在儿童教学改革中，"国语教学"与"国文教学"都服膺于国语教育的现代体制，但两者是不同的概念。前者主要倚重于母语习得层面，后者则更趋于文学教育的方面。从表面上看，两者的融合体现了语言与文学的联动，有效地介入了中小学教学体系的内层。但是，在具体的操作过程中，两者的差异性和冲突性还是存在的。在《国文教学的两个基本观念》中，叶圣陶认为"国文"的概念宽于"文学"，它还包括了应用文、记叙文、论说文等非文学的文章——"普通文"。[3]由于存在着文学教育和非文学教育的差异，语言与文学的目标、比重就无法在教

1　郑敏：《世纪末的回顾：汉语语言变革与中国新诗创作》，《文学评论》1993年第3期。

2　周作人：《国语改造的意见》，《周作人散文全集》第2卷，第753页。

3　叶圣陶：《国文教学的两个基本观念》，《叶圣陶集》第13卷，第47页。

学过程中得到统一，这体现了文学与教育的差异，也为此后衍生的普及和提高这一难题埋下了伏笔。

二、语言与思想的双向发力及两歧怪圈

谈论现代中国文学的语言问题，首先必须正视一个问题：语言变革为什么会先于文学革命？或者说，文学革命的抓手或突破口为什么会落到"语言"这一关节点上？考镜源流就会发现，现代中国文学的发生是与语言变革扭结于一体的。究其因，固然因为文学是语言的艺术，任何一种文学门类的产生、发展都离不开语言这一工具，无视语言形态所呈现和表征的文学形态有如无本之末。但更为重要的是，作为思想革命和文学革命的突破口，语言与现代中国的国族想象和文化认同密切相关，因而能从语言革命推延至文学、文化及政治等广阔空间，从而成为关乎国计民生的重大议题。晚清开始的语言变革着力于"言文一致"的目标，为此后的白话文运动的出场蓄势。然而，由于"兴小说和倡白话的人并不完全同一"[1]的根由，语言与文学双向发力的机制并未生成。从这一层面看，夏济安提醒国人要注意白话文是"文学的文字"[2]，则有力地表明了这种语言与文学的隔膜状态。这一现状的扭转，一直要到胡适"国语的文学，文学的国语"的提出才有所改观。在胡适这里，国语运动的推行与文学现代化是同构的，两者互为表里，彼此促进。具体表现为，国语运动要借助文学来发力，而其推动的结果又反过来推动文学的发展。一旦割裂两者的关系，不仅无益于语言的变革，而且会阻滞文学的现代发展。遗憾的是，胡适这种将语言革命和文学革命的联合遵循的是一种循环的逻辑，而且较为笼统，没有先后之分。

由此看来，明确了语言的重要性，并不意味着语言与文学的关系就自然理顺了。一个不能回避的问题是：到底是文学革命驱动了语言革命，还

1　文贵良：《语言理论与中国现代文学研究》，《浙江社会科学》2005年第3期。

2　夏济安：《白话文与新诗》，《文学杂志》第2卷第1期，1957年3月20日。

是语言革命推动了文学革命？绕开这种理论的迷雾，回到历史的语境就会发现，语言、思想和文学的变革都面临极大的困境。对于这种困难的根由，胡适的理解是"因为它普及于群众而为群众所接受的缘故"[1]。但越是艰难，越说明有变革的必要，也就越能激发起先进中国人改造母语文学的斗志。关键问题是，先驱者对于语言革命与文学革命的关系依然是模糊的、有分歧的。对于这种非理性的"症状"，张灏将其归结于"思想的两歧性"[2]。事实上，情况可能更加庞杂，可能远非"两歧"，更确切地说是"多歧"。毕竟思想是一方面，语言又是另外一方面，语言和文学也不是一回事。处于现代中国转型期的语言生态纷繁复杂，周作人所谓"国语、汉字、国语文"的"三大系统"[3]隐含着复杂的关系，所涉语言种类繁多，如文言文、白话文、俗语、方言、外来语等，现代汉语、少数民族语言和世界语的分立也给国语运动带来不小的困境。更为关键的问题是，即使胡适等人将国语运动与文学革命结合起来，语言与文学如何双向互动也仍然限于理论预设的"尝试"阶段，这其中犹有诸多诡谲不定的状况。譬如胡适积极推动白话文，力图去除言文不一致的现象，但他也坦言"言文本来不能一致的"[4]。落实于儿童文学领域，如何借用语言来传达成人作家对于世界及儿童的想象，不仅是文学现代化的问题，还是思想现代化的问题。在这一点上，思想现代化与语言现代化是统一的，文学与语言也是协调一致的。

但问题的复杂性在于，尽管两者有着同向合一性，但更多的时候语言在应对文学、描述作家的生存处境时往往表现出不接洽的尴尬。加之语言变革与文学变革分属于两个不同的领域，两者不存在必然的相互依赖关系。生硬地将语言和文学的变革捆绑起来，并视为"一体化"的逻辑是否

1　胡适：《胡适口述自传》，《胡适文集》第1卷，第275页。

2　张灏：《重访五四——论五四思想的两歧性》，《开放时代》1999年第2期。

3　周作人：《国语与汉字》，《周作人散文全集》第7卷，第377页。

4　胡适：《与胡适之博士谈话》，《时事新报·新灯》1919年5月8日。

存在着漏洞？这是发人深思的。与此同时，时代的外在要求与语言的内在诉求的涨落，在不同的语境中也呈现出不对等的关系，如何平衡时代议题和文学语言变革的落差，依然是一个复杂的问题。加之，国家话语的介入对于文学语言的合法性问题也提出了新的要求。更何况，"语言本身是没有阶级的，但是使用语言的人是有阶级的"[1]，这些都加剧了语言研究本身的复杂性。概而论之，儿童文学语言的变革不仅要整饬内面构造还要兼顾外部生态，既要考虑儿童性，又要在意文学性，想要取得平衡协调发展绝非易事。

在书面语占据主流的语言环境中，儿童文学那种"口语化"的语言特质显得格格不入，因而其所面临的发展困境就不言而喻了。作为第一篇真正意义上"儿童文学"的专论，《儿童的文学》延续了《人的文学》所传达的基本要义，延展了"人学"范畴，是"发现"中国儿童文学的理论檄文。在该文中，周作人从"儿童的"与"文学的"两个层面论析了"儿童文学"的基本特质。整体来看，这两个层面所对应的范畴分别是思想（内容）与艺术（形式）。对于"文学的"阐释，周作人没有依循"文学批评的条例"，而着意于"文学的趣味"。尽管他并没有直接提出儿童文学的语言问题，也未引述当时如火如荼的国语运动背景，但他还是点出了儿童文学语言的基本要求："文章单纯、明了、匀整。"与之对应的思想层面则是"真实"与"普遍"。[2]只不过，周氏上述儿童文学语言的要求较为抽象、宽泛，没有深入语言的内核。但是，与此前过度地强调儿童性、思想性不同，周氏已经具有了辩证的意识。而这种从思想性与艺术性内外两面来界说儿童文学的框架，也成为此后儿童文学研究绕不过的理论来源。在文白之争的语境中，周作人主动站到白话文的价值天平一端，他认为白话文兴起的原因是"由于达意的要求"，文言不足应用事物与思想的复杂，亟需

1　陈思和：《现代文学史的语言问题》，《学术月刊》2016年第7期。
2　周作人：《儿童的文学》，《周作人散文全集》第2卷，第279页。

白话来传达"新的思想"。[1]由此可以看出，周氏的语言观兼及了思想与文学变革的两域，这对于那种语言空洞无物、缺乏思想支撑的"死的语言"是彻头彻尾的颠覆。

与前述从语言与思想共构儿童文学的思维逻辑无异，郑振铎的《儿童文学的教授法》看似讨论的是"教授方法"，实则也是追索儿童文学特质的论文。他认为儿童文学区别于普通文学之处有三个方面：一是格式，二是意义，三是工具主义。概括起来说就是艺术性、思想性与教育性。在郑氏这里，语言分属于格式层面，儿童文学语言特点是"文句多重复，风格多平衍"[2]。因是一篇教育类的文章，郑振铎也没有具体论析儿童文学语言的具体样态和标准，只是从成人讲授儿童文学的层面指出要抄录"美丽的结构很好的句子"，然后用成人的语言"节述"出来。这实质上触及了成人讲授语言与儿童接受语言的转换问题，寻绎出了成人话语与儿童话语的代际交流的机制及立场。由于添加了思想和教育的参照，郑氏才没有堕入空疏的语言工具论的窠臼，而是在思想之"体"和教育之"用"的体系中来切近儿童文学语言特性。语言紧跟思想、思想借助语言，这也是陈学佳的《儿童文学问题》所论述的题旨。只不过，较之于周作人、郑振铎，他在儿童文学语言上提出了更为细致的、明确的标准：一是文句浅显为贵，以单纯句为最合宜；二是有音节的，能使儿童随口歌唱；三是浅显而不失文学的兴味。[3]此后，学界关于儿童文学"浅语艺术"的概括即由此引申而来，儿童文学"口语性""浅语性"的语言特征依循儿童身心发展的特点，而这种语言特征也是区分儿童文学与成人文学的一个重要标志。

由此看来，要整体探究儿童文学的语言变革，有必要深植于儿童文学与成人文学相互融通的本体结构中，廓清语言、思想、文学三者之间的深

1　周作人：《汉文字的前途》，《周作人散文全集》第8卷，第778页。

2　郑振铎：《儿童文学的教授法》，《时事公报》1922年8月10日。

3　陈学佳：《儿童文学问题》，赵景深编：《童话评论》，第170页。

微关系。在这方面，郭沫若的儿童文学语言论可作如上观。他对儿童文学的定位是以否弃的话语来完成的，这是一种迂回的界说方式。即确立了并置的、相悖的话语关系，概念的定义就容易辨析了。在此逻辑中，举凡非"教训文字"、非"通俗文字"、非"妖怪文字"都指向儿童文学的本体，而阐明教训文字、通俗文字和妖怪文字的负面性是为了彰显儿童文学特性的正向价值。无疑，这里的"文字"包括语言形式和思想观念。在非"通俗文字"的界说中，郭沫若批评了那些"滥吹诗竽"的人："做些通俗的白话韵文，加上几个断粘半脱的新式标点，分写成几条行列，便叫它是'诗'。将来恐怕也会发生些滥竽派的儿童文学出来了。"他心目中的儿童诗（儿童文学）与此种拼凑固化的文学完全不同：

　　　　儿童文学当具有秋空霁月一样的澄明，然而决不像一张白纸。儿童文学当具有晶球宝玉一样的莹澈，然而决不像一片玻璃。[1]

当然，郭沫若这种处于澄明之际的境界是一种近乎理想的状态，要达至这种圆融的美学之境依赖"儿童本位的文字"来实现。根据前述价值参照逻辑，非"儿童本位的文字"对应的是教训文字、通俗文字和妖怪文字，这三种类型的文字正是先驱者力图破除的"非儿童文学"的代称。无独有偶，在界定儿童文学的本质时，朱鼎元也采用了郭沫若那种"舍近求远"的迂回策略，他的基本观点与郭氏的《儿童文学之管见》大体无殊，只不过在前述三方面上增加了"不是实实僻僻简短枯窘的文字"[2]。所谓"简短枯窘的文字"指缺失文学趣味、内容空疏乏味的语言，施之以这样的语言必然会折损儿童阅读的兴味。当然，要弥补这种"简短枯窘文字"所衍生的缺憾，必须要解除思想性过剩对文学性的压抑，不能为凸显教

---

[1] 郭沫若:《儿童文学之管见》,《民铎》第2卷第4期，1921年1月15日。
[2] 朱鼎元:《儿童文学概论》，中华书局1924年版，第16页。

化、教训的思想而抑制包括语言在内的艺术性的抒发。这就是周作人所谓"太艺术"和"太教育"的逻辑怪圈："太艺术"容易偏于玄美，"太教育"则偏于教训。[1]周氏的提醒意在建构起思想性与文学性的张力结构，谨防两者失衡而带来的"两极震荡"。由上可知，周作人、郭沫若和朱鼎元都反对儿童文学的"太教育"倾向，认为这是教育家的立场。依此类推，如果用诗人的笔法，给语言形式穿上"玄美的盛装"，那么这种完全纯粹的语言形式也会引起儿童的反感。

较之于成人文学，儿童文学对于民族母语习得的价值功用更为突出。母语这种"祖遗的言语"[2]内在地包括了文言和白话两种语言形式。由于儿童读者的特殊性，过于古奥的文言文无法被其直接理解和吸收，中间还需要经历一次如魏寿镛、周侯予所谓的"翻译加工"的过程。当然，文言文并非一无是处，即使在白话文运动发展得如火如荼之际，推崇古文的人也不在少数。但对于儿童来说，过于繁复的文字、文句还是不利于其接受的。"二次加工"必定会增加接受过程的难度，理解的歧义拉大了儿童读者与文言读物之间的距离。更何况，儿童阅读行为是自发性的，成人"伴读"或"陪读"也是偶而为之，不是常态。在成人缺席儿童阅读的情境下，这种距离的存在会阻滞儿童文学的阅读与推广。因而，用白话文取代文言文之于儿童文学现代化意义深远；同时，建构现代性的母语文学则是摆脱白话与文言"双声话语"[3]混杂的有效途径。

按照魏寿镛、周侯予的说法，对文言进行"翻译加工"能产生很好的效果："文言作品，譬如一个骷髅，儿童看了毫无意味，用白话意译之后，便'有声有色'，像一个'活龙活现'的石膏像了。"[4]可见，翻译的优劣与否，直接影响了儿童的接受效果。这是另一个问题，此不赘述。不过，

---

1 周作人：《儿童的书》，《周作人散文全集》第3卷，第78页。

2 周作人：《国语改造的意见》，《周作人散文全集》第2卷，第753页。

3 杨经建、伍丹：《从"白话文学"到"国语的文学"：胡适对母语文学现代性复兴的"尝试"》，《中国文学研究》2020年第4期。

4 魏寿镛、周侯予：《儿童文学概论》，商务印书馆1923年版，第33页。

如果省去魏氏等人所谓的"白话意译"，直接施之以白话，那么就能避免语义转换而带来的诸多语言的歧义和损耗问题，这也是儿童文学领域重申白话文创作的缘由。更为关键的是，胡适、周作人等人当初提倡白话文的动机在于拓开民间的通道来启蒙民众。要打破贵族化的文言藩篱、开通民间的通道，白话文的语言特性得天独厚。胡适将白话文的"白"定义为"说白""土白""清白"和"明白"即有此意。[1]新文学依靠着语言变革来广开启蒙之言路是如此，脱胎于新文学的儿童文学自然也有此借镜之义，但在白话文书写尚属尝试的阶段，儿童文学的语言改革仍有很长的路要走。

第三节　国语教育与语言变革的互动

百年中国儿童文学具有现代化的品格，是思想现代化与语言现代化的"道器"融合。脱胎于新文学语言变革的整体体系，儿童文学接榫了白话文运动所开创的语言新传统。在国语教育的现代制度下，语言新变与儿童教育双向发力，整体性地推动了中国儿童文学的现代发生。在"国文"向"国语"教育转换的体制下，新文学的现代性质在教育体制中得以确立。胡适、朱自清、叶圣陶、夏丏尊、吴研因等人推动国语教育与语言变革的大潮，在口语训练、教材改革、作文教学、演说练习等环节中介入儿童文学的要素，使得儿童文学的发展具备了儿童教育的实践场域，从而有效地将国语运动与儿童文学运动连接起来，为塑造现代"新人"提供了全新的路径和方略。由此，中国儿童文学语言现代化植根于儿童性和文学性的本体，重构了汉语新形象，并融入"母语现代化"的主潮中。

1　胡适:《答钱玄同书》,《胡适文集》第2卷，第33页。

一、儿童读物国语化接榫儿童文学发生机制

诚如德国学者洪堡特所说："语言仿佛是民族精神的外在表现；民族的语言即民族的精神，民族的精神即民族的语言，二者的同一程度超过了人们的任何想象。"[1]法国作家都德的《最后一课》以儿童为视角将战争与母语的议题陈述出来，儿童对母语迟到的眷恋与民族的情感在战争语境下得到了升华。文中法语教师韩麦尔有一句话揭示了母语和国家之间的深刻关联："我们必须把它记在心里，永远别忘了它，亡了国当了奴隶的人民，只要牢牢记住他们的语言，就好像拿着一把打开监狱大门的钥匙。"从民族国家建构的高度看，统一国语与言文一致的书面制度的确立意义重大。这种价值用蔡元培的话来说即是"对于国外的防御"[2]。尽管蔡元培没有论及国语防御的具体方略，但他还是有意将"对外防御"与"对内统一"结合起来，致力于从语言的层面来构筑其国族想象。受日本文化的影响，黄遵宪是中国最早"言文一致"的倡导者，其《日本国志》提出了"语言与文字合，则通文则多"的观点。他不愿中国的语言文字贵族化，而是要创构"令妇女幼稚皆能通文字之用"[3]的今世文体。

中国儿童文学的发生发展与小学语文教育密切相关。对于儿童文学的概念，《儿童的文学》开篇明义地指出是"小学校里的文学"[4]。既然是小学校，就与大学等其他教育机构有差异，与之相匹配的教育体制、理念、方法不同。这其中语言教育关涉了语文教材篇目、语体形式及教育的实施方案，是小学语文教育的理论重心。在"儿童文学化"的语文教育的改革和推进中，国语改革推动儿童文学的发展，同样，儿童文学也反过来造就国语的建设，由此形成了良性的双向发力机制，惠及小学语文教育。从语

1　威廉·冯·洪堡特：《论人类语言结构的差异及其对人类精神发展的影响》，姚小平译，商务印书馆1999年版，第52页。

2　蔡元培：《在国语讲习所演说词》，《蔡元培全集》第3卷，第426页。

3　黄遵宪：《日本国志》，《黄遵宪全集》下卷，中华书局2005年版，第1420页。

4　周作人：《儿童的文学》，《周作人散文全集》第2卷，第272页。

言变革的人员构成看，白话文运动与国语运动多有重合，文学界与教育界的语言运动有机联动，形成合力："白话文借助国语运动顺利进入小学教育。"[1] 由之，小学教育的 "儿童文学化" 也可理解为语言教育的 "白话化"。这样一来，传统意义上的那些实用性强的知识性的古文就退出了小学语文教材，代之以白话文为主体的儿童文学作品。

考虑到母语转述的困境，叶圣陶主张 "小学国文教材宜纯用语体"[2]。他深谙中国古代没有专为儿童创作的意识，儿童的阅读视线限制在成人读物内，即使是一些童蒙读物也厚积了成人强求儿童做 "圣人"[3] 的思想。同时，他意识到自己的作品依然留有 "太多"[4] 的文言成分，儿童文学化亟需解决这种文白夹杂的问题。然而，这种用白话来创作儿童文学作品并不是对文言的改良，不是在古文诗词中 "摘些好看而难懂的字面，作为变戏法的手巾，来装满自己的作品"[5]；而是重新创造一种真正符合儿童接受习惯的现代白话。尽管文言中也有接近口语的文字、语句，但 "并不是口语贫乏，非借文言的光不可"[6]。

从学理上看，以言文一致和统一国语为旨趣的白话文运动曾在中国大地上掀起了一场革命，体现了新文化运动 "先锋性" 的实绩。不过，现代白话文的推广不是理论或口头上的宣言，最终还要落实于民众的实践之中，并成为一种社会生活形态。由于儿童是未来之民，母语现代化的实施于儿童也就最为迫切。其中，作为儿童教育的社会性场所的学校自然成为先驱者统一国语的实践地。关于这一点，刘复所谓 "应当把小学校所用的各种课本看作传布国语的大本营"[7] 即是显例。然而，由于没有现成的语言

1　罗庆云、戴红贤：《周作人与民国早期小学语文教育的 "儿童文学化"》，《武汉大学学报》（人文科学版）2012年第1期。

2　叶圣陶：《小学国文教授的诸问题》，《叶圣陶集》第13卷，第9页。

3　叶圣陶、夏丏尊：《"忽然做了大人与古人了"》，《叶圣陶集》第13卷，第238页。

4　叶圣陶：《前记》，《叶圣陶集》第1卷，第2页。

5　鲁迅：《写在〈坟〉后面》，《鲁迅全集》第1卷，第298页。

6　叶圣陶：《谈�闲文言成分》，《叶圣陶集》第17卷，第42页。

7　刘复：《国语统一进行方法的议案》，《教育公报》1919年第9期。

可以直接运作于国语教学，陈旧落后的古典经传也适合国语教育，这使得小学校的语文教学变得捉襟见肘。儿童文学作为儿童阅读与鉴赏的对象，自然要接榫这种言文一致的传统，并在其中承担着重要的使命。落实于儿童文学的现代化，拆除文言与白话之间的藩篱、融通文与言的关系是其必经之路。伴随着儿童文学运动的推广，儿童文学的作品也逐渐进入了小学国语教材。在《儿童文学概论》一书中，魏寿镛、周侯予论及儿童文学的来源时多次涉及小学阶段的国语教学，并且他们还关注到了适用于初等小学和高等小学的儿童文学应有所不同。[1]针对"方言太多，不能全国通行"的问题，严既澄认为只能"翻译"。对内而言，不考虑儿童接受者的古材料"全是满篇不接连的句子所凑成的"[2]；对外而言，那种欧化的不接地气的洋材料也无法直接为儿童所阅读。既然内外两种资源行不通，那么只能自主创作儿童文学了。考虑到中国儿童的特性，他强调儿童文学的语言形式"一方面要浅显，一方面须得使儿童浏览之后，能够恋恋不舍"[3]。经由教育体制的推动，国语运动与儿童文学发展构成了互为表里的关系。胡适论析儿童文学与国语教育关系时的论断可作如上观："能够使文学充分地发达，不但可以加增国语运动的势力，帮助国语的统一——大致统一；养成儿童的文学的兴趣，也有多大的关系！"[4]《国语月刊》还将儿童读物视为推动国语统一的载体。不过，这些儿童读物不是陈旧的、西化的，而是"国语化的儿童文学读物"[5]。

一旦儿童文学介入了国语教育的知识再生产体制内，就为其自身的发展提供了合法性的条件。需要强调的是，这种"国语化的儿童读物"绝非机械的"仿作小儿语"。吕坤的《演小儿语》虽意在"蒙以养正"，但文

1　魏寿镛、周侯予：《儿童文学概论》，第31页。

2　白朗：《反对以神话，初民故事和神仙故事作儿童基本读物的理由》，徐侍峰译，《国语月刊》第1卷第1号，1922年2月20日。

3　严既澄：《关于儿童文学之问题》，《大公报》1921年6月24—25日。

4　胡适：《国语运动与文学》，《胡适文集》第8卷，第120页。

5　《发刊辞》，《国语月刊》第1卷第1期，1922年2月20日。

言仿作还是难以切近儿童，其结果只能是"余为儿语而文，殊不近体；然刻意求为俗，弗能"。文言与小儿语之间有着较宽的鸿沟，加上成人不对位的"仿作"，就更难以让儿童接受。难怪周作人会认为"仿作小儿语"仅是"小儿之旧语"[1]。这既无益于国语发展，反而让正统的文言失去了其原有的章法和规范。当然，对于教育者而言，其理念非"注入式"的教育，也非"为人的箴言，替儿童演说"[2]。要从儿童文学中获致国语运动所带来的实绩，或者要考究儿童文学之于国语运动的价值，有必要楔入儿童教育及儿童文学创作、译介、批评的现代制度之中，从儿童文学语体的特殊性中开掘推动儿童教育的资源，借助儿童教育机制来找寻育化儿童文学语言现代化的方法，并将儿童文学创作与批评的实践纳入上述整体系统内。借此，这种语言变革才能夯实于儿童文学现代化的基座上，而儿童文学现代化的推进也使得这种语言新变具有了世界性的视域。

　　不言而喻，"注入式"教育吞噬了儿童的自主性，而制导这种后果的儿童读物与教科书也成了"五四"时期教育界和文学界批评的对象。在分析了历代蒙学读物后，郑振铎认为这些读物危害极大，注入式教育是"腐烂灵魂的反省的道学的人格教育"，根本无视"儿童时代"的存在。这其中，儿童读物的语言文字也充当了奴役儿童的"帮凶"：

　　　　以严格的文字的和音韵的技术上的修养来消磨"天下豪杰"的不羁的雄心和反抗的意识，以莫测高深的道学家的哲学和人生观，来统辖茫无所知的儿童。而所谓儿童读物，响应了这种要求，便往往的成了符咒式的韵语，除了注入些"方块字"的形象之外，大都是使他们茫然不知所谓的。[3]

1　周作人：《吕坤的〈演小儿语〉》，《周作人散文全集》第3卷，第114页。

2　黄海锋郎：《儿童教育》，王泉根评选：《中国现代儿童文学文论选》，广西人民出版社1989年版，第7页。

3　郑振铎：《中国儿童读物的分析》，《郑振铎全集》第13卷，第48页。

通观商务印书馆的《共和国教科书新国文》和中华书局的《中华初等小学国文教科书》中所列的教科书编撰原则，有诸多关乎思想内容的具体设想，独没有关于语言文字方面的要点。不过，随着国语运动在儿童教育领域的渗透，这种局面逐渐发生了变化。很多研究者意识到：如果"舍语言而教文字"，结果便要"徒苦儿童"。[1]相较于传统国文之语，文言常常浮于形式，仅"能押韵而已"，而且"夸而无实""滥而不精""浮夸淫琐"。[2]白话的意义在于其从思想本体的层面来彰显文学语言的现代性。

诚如鲁迅所言，白话文的发表"可以发表更明白的意思，同时也可以明白更精确的意义"[3]。但是，作为一种有着悠久历史的语体，文言本身就是探究传统文化的工具，如果一味拒斥难免产生问题。在教育界，周邦道撰文《儿童的文学之研究》探讨了文言文是否可用的问题，他不主张将文言"一棍子打倒"，使儿童"晓得文言文的读法；凡文言的材料，他便可以去学习，去欣赏，不必限于白话之一隅"。[4]他还从小学与中学"衔接"的角度论析了文言存在的必要性。显然，周邦道上述观念的得出是以教育的实效性为出发点的，这当然是有道理的，尤其是将文言视为切近传统文化工具的看法，也能弥补和修正白话文推行者过于偏激的看法。但其缺憾在于，他没有从根本上认清文言所依附的旧思想，这也是其与白话文运动先驱者最大的区别。

在语言变革的整体情势下，白话文运动对于儿童教科书改革的推动力逐渐显现出来，以白话文为体例的《新式教科书》《新法教科书》《新体教科书》《新制教科书》相继出版，逐渐取代以往文言体的《蒙学读本》《蒙学课本》。自此，文言教科书退出了国语教育体系也成了必然趋势。鉴于当时白话文运动呼声强烈，教育部也在1920年训令各地小学将"国文"

---

1 潘树声：《论教授国文当以语言为标准》，《教育杂志》第4卷第8号，1912年11月20日。

2 胡适：《寄陈独秀》，《胡适文集》第2卷，第4页。

3 鲁迅：《答曹聚仁先生的信》，《鲁迅全集》第6卷，第79页。

4 周邦道：《儿童的文学之研究》，赵景深编：《童话评论》，第144页。

改为"国语"，"国民学校全用国语，不杂文言，高等小学酌加文言，仍以国语为主体"。[1]其实，这场运动的价值不止于确立国语在教育界中的合法性地位，更使得中国的语文教育发生天翻地覆的革命性巨变，无形中也推动了儿童文学的语言变革。

二、现代教育制度与儿童文学语言革新

教育制度的变化为新文学的传播提供某种可能性，尤其可喜的是"儿童文学抬头"[2]，"把儿童文学做中心"的国语课程已成共识，教材内容要改变过去抽象的说明文叙述，必须增加更多与儿童接近的文学元素。但理论预设并不等于现实操作，胡适曾提醒国人，"天下的人谁肯从国语教科书和国语字典里面学习国语？所以国语教科书和国语字典，虽是很要紧，决不是造国语的利器"[3]。在"白话文教学运动"风潮结束后不久，大部分教师仍发现教学效果不佳，其中教材的编写就是摆在面前的主要难题。通行国语教材的语言已改为了白话，但依然存在着诸多问题。对此，何仲英所指出的两点问题代表了彼时教育者的心声：一是"已有的国语文太少，不是过长；就是过短；不是杂乱无章，就是思想陈腐"；二是"难免有拉杂刻露等流弊，而且适合于学生程度的很少"。[4]在系统考察当时小学教材后，吴研因也有类似感慨："文字障碍虽已减轻，而它的形式内容实不过是国文教科书的译本罢了。"[5]由此看来，尽管当时国语教材的语言系统已发生了根本性的变化，但思想性变革却没赶上工具性变革的步伐，内容依旧与原来类似，有些只是对于原来文言文本做了白话转译，思想依旧落后陈腐。

统论之，这些国语课文多是作为一种语体训练的材料，以应用文或者

1　《国语统一进行方法的议案》，《北京大学月刊》1919年第4期。

2　吴研因：《清末以来我国小学教科书概观》，《中华教育界》第23卷第11期，1936年5月16日。

3　胡适：《建设的文学革命论》，《胡适文集》第2卷，第44页。

4　何仲英：《国语文底教材与小说》，《教育杂志》第12卷第11号，1920年11月20日。

5　吴研因、舒新城：《小学国语教学法概要》，商务印书馆1925年版，第2页。

涉及常识方面的文章为主。究其因，语文教育现代化的困境主要有两方面的原因：首先，在当时以白话为主的中国儿童读物的创作尚处于起步阶段，能被作为范文选入国语教材供儿童阅读的较少。其次，域外儿童读物的译介和传统儿童资源的整理已经启动，但只在儿童文学内部受到重视，尚未引起教育界足够的关注。

　　基于上述国语教育存在的问题，教育界从"儿童本位"出发，重新发现了儿童文学之于国语教育的价值，为儿童文学介入儿童教育提供了试验田。率先在国语教学中重申儿童文学价值的是严既澄。在上海国语讲习所讲解教育问题时，他特别指出："真正的儿童教育，应当首先注重这儿童文学。"其立论的逻辑和文学界的先驱者并无二异：科学的儿童教育应该"要拿儿童做本位"。本此旨趣，他呼吁作家多创作"切于儿童的生活，适应儿童的要求，能唤起儿童的兴趣的东西"[1]。严氏对于儿童的文学教育的敏锐性也逐渐引起了教育界乃至文学界的注意。据黎锦熙回忆，国语研究会上海支部成立时，"会员中有提倡'儿童文学'的"[2]。胡适的《国语运动与文学》尽管是一篇专论，但用了较大的篇幅来讨论这一问题。他从卢梭提倡的"教儿童不要节省时间；要糟蹋时间"的观点出发，对国语教育做了有趣的譬喻："种萝卜的，越把萝卜拔长起来，越是不行；应使他慢慢地长大。"[3]在这里，看似是讨论教育理念的问题，实际上却表征了其语言观的意涵。诚然，儿童的国语教育离不开儿童文学之于"术"上的知识教化，但更重要的是还需要用"无意思之意思"的文学去慢慢滋养。在此意义上，胡适的观念较之于严氏更进了一步：严氏论析了为何"文学"，胡氏则阐明了如何"文学"；严氏的观点主要趋向于语言的教育性，儿童文学仅是作为一种手段，而胡氏的语言观已凸显鲜明的文学性——将儿童文学置于教育的"主体位置"，在强调文学性的同时更突显"儿童性"。

1　严既澄:《儿童文学在儿童教育上之价值》,《教育杂志》第13卷第11号, 1921年11月20日。
2　黎锦熙:《国语研究会底年谱和我们底严重的声明》,《国语周刊》第1期, 1925年6月4日。
3　胡适:《国语运动与文学》,《胡适文集》第8卷, 第120页。

在《儿童的文学》中，周作人认为："小学校里的文学的教材和教授，第一须注意于'儿童的'这一点。"[1]而儿童教育要突出儿童性，落实到语言层面则要特别考察儿童语言的特点，儿童语言与成人"仿小儿语"有着天壤之别。李步青重视国语教学中儿童文学的价值，"国语读本，必集合各种儿童文学，以自然之语言，通常之文字，重加组织，便于诵习，而成为教学之工具，可断言也"。在这里，"自然之语言""通常之文字"即其所谓儿童文学的特性。这种特性的传达有赖于依循儿童语言的特点。借此，他认为儿童语言"完全从自身活动与对于事物之感觉而出"，与书面语文法上的衔接不同，"儿童之叙述，分项说明，不求衔接"。[2]对于儿童语言，陈伯吹将其大致分成"国语"和"方言"两类，他并不反对"违反'单一'与'净化'的文学理论"[3]，主张适当将两种语言类型运用于儿童读物的写作中。当然，儿童文学的语言运用并非对儿童语言的模仿、转述，但如果罔顾其特点，则容易在儿童文学创作与教学中脱离儿童性。由于儿童性与教育性、文学性之间并非天然接洽的关系，儿童文学在转化儿童语言时不可避免与教化和审美发生抵牾，如何处理儿童性与文学性、儿童性与教育性的关系是摆在学界面前的理论难题。这实际上涉及了思想性与文学性的辩证统一的核心问题。按照孙季叔"思想和感情是心里的言语，文字是纸上的言语"[4]的说法，思想与文字分属不同的语言系统，两者的辩证统一实质上即是工具性与思想性的合二为一，这是语言的本义。关于这一点，儿童教育与儿童文学都无法排拒语言的双重属性，只不过在两者的权重上有着差异，不同的教育观或儿童观都会制导相异的语言指向性，此后围绕思想性与艺术性所展开论争即有此前因。

教育界与文学界的接榫，打破了此前儿童教育与儿童文学区隔的学科

1　周作人：《儿童的文学》，《周作人散文全集》第2卷，第273页。

2　李步青：《小学国语文学读本之研究》，《中华教育界》第15卷第3期，1925年3月。

3　陈伯吹等：《儿童读物的用字和用语问题》，《中华教育界》第2卷第12期，1948年12月15日。

4　孙季叔：《儿童文章作法》，亚细亚书局1933年版，第3页。

壁垒，国语教育的儿童文学化被提上了日程。针对此前蒙学课本及国文教科书的弊病，《小学国语课程纲要》明确规定要将"儿童文学"进入"小学课程"。在其推动下，国文教材中加入儿童文学作品这一现象已蔚为风潮。与之前的读物相比，新编写的儿童读本能在潜移默化中培养儿童的语言习惯、提升儿童的审美乐趣。譬如庄俞等编写的《儿童文学读本》致力于以"文体解放，内容有趣"来提高教学效果。编者对儿童文学的材料的细分与周作人《儿童的文学》所述如出一辙，所选篇目不仅数量多、内容广，还配上了插图，增加不少浅显易懂的注释，在一定程度上丰富了教材的文体与形式。并且，周尚志、沈柏英等人还编撰了与《儿童文学读本》配套的《儿童文学读本教学法》，体现了儿童文学运动与国语运动的合辙性。必须指出的是，此前的教学大纲并没有对于教材语言的特质提出要求，仅仅要求白话即可。1923年，教育部发布的《新学制课程标准纲要》确定了中学"国文科"的目标。其中，叶圣陶负责《初中国语课程纲要》、吴研因负责《小学国语课程纲要》的起草。叶圣陶将语言与思想视为一体两面，他认为写作的本质是"情思"，而表述这些情思需要借助"符号"，而要将本质化为符号，"须遵社会的律令"[1]。由于遵从"社会的律令"，语言的社会性、口语化特质就彰显出来了。负责起草《小学国语课程纲要》的吴研因是白话文的推行者，他说："中国汉字难学，文言深奥，必须先用白话文表达北京的通俗话'官话'推行全国。"[2]其撰写的"纲要"特地向创作者与编纂者强调："练习运用通常的语言文字，引起读书趣味，养成发表能力，并涵养性情，启发想象力及思想力。"[3]吴研因编制的《新学制国语教科书》（初小）共八册，第一册第一课为"狗、大狗、小狗"，一改过去"天地日月"的识字目标。当然，这也被守旧派批评为"猫狗教育"。吴氏主张儿童文学进入小学国语课本，但反对利用国语进行"思

1　叶圣陶：《小学国文教授的诸问题》，《叶圣陶集》第13卷，第9页。

2　吴研因、吴增芥：《小学教材研究》，商务印书馆1933年版，第88页。

3　张心科：《民国儿童文学教育文论辑笺》，海豚出版社2012年版，第41页。

想教化"[1]。这种去教化的观念也招致国家主义教育学者的批评，罗廷光就曾指出吴研因的《小学国语课程纲要》有违国语教育"鼓铸国民性"的宗旨。[2]辩证地看，吴研因的去教化是为了儿童文学语言的纯化来命意的，对于儿童文学在国语教育体系的推广起到了正向促进作用。当然完全文学化的实践容易脱离教育的实际，在一定程度上也因纯化而阻滞了国语现代化的发展。可以说，教材改革并非国语教育改革的全部，语言现代化也不能一蹴而就，其与思想现代化融合之路依旧漫长。换言之，从"国文"到"国语"的转变仅是儿童观、语言观转变的第一步，其教育理念依旧基于"成人本位"，而更深层次的变革则需要"儿童文学"充当催化剂。儿童文学在教育体制中的试行扩充了其影响的辐面，也促进了其创作、翻译及理论研究的发展。对此，魏寿镛和周侯予这样感慨道："年来最时髦，最新鲜，兴高采烈，提出鼓吹，研究试验的，不是这个'儿童文学'问题么？"[3]

由上可知，儿童文学介入国文教材不仅提升了国语教育的质量，而且对于白话文的推广及儿童语言习得起到了至关重要的作用。高玉曾指出语言对文学的重要作用："文学是语言的艺术，是我们对文学最基本的定义，也是公论，所以从语言的角度研究文学应该是文学研究最重要的内容。"[4]当然，高玉在此指涉的文学自然包括了儿童文学。现实也正是如此，适合儿童的文学语言是儿童文学之本义，也是提升儿童语文水平与审美水准的先决条件。如果说儿童的发现是儿童文学发生的理论依据，那么儿童文学进入国文教材则是儿童语言"再发现"的必要前提。语言的改革表面上看只是一种形式与工具的变革，但实质上也是思想观念的革新。语言与现代教育制度在某种程度上有着天然的同构性、契合性与关联性。一方面，语

1　吴研因：《小学校和初级中校的课程草案》，《教育杂志》1922年第14卷号外（学制课程研究号）。

2　罗廷光：《国家主义与中国小学课程问题》，《中华读书界》第15卷第2期，1925年7月。

3　魏寿镛、周侯予：《儿童文学概论》，第1页。

4　高玉：《文学研究中的语言问题及其思考》，《华中师范大学学报》（社会科学版）2013年第2期。

言的变迁促进了教材的改变，而在改革的过程中又使教育者们在更深层面上重新反思文学观念与教育理念。另一方面，文学观念的变迁依托于现代儿童语言观念的嬗变，这在无形中确立了儿童文学在教材中的主导地位。因此，从"国语教学"到"儿童文学"，其所包含的社会理念正是吴研因所说的"儿童本位"教育观念的构建[1]，而且是从"成人本位"教育观到"儿童本位"教育理念的巨变。

1　吴研因：《小学国语教学法概要》，《教育杂志》第16卷第1号，1924年1月20日。

第二章

资源转换与语言
现代化的生成

　　整体来看，中国儿童文学的现代品格内含了思想现代化与语言现代化两个维度。在现代性的框架内，思想与语言的关系既有双向发力的"共振"，又表现为单向斥力的"异动"。归根到底，这种关系的生成源于中国儿童文学与百年中国动态文化语境的相互作用。然而，中国儿童文学的发生性质不是能动而是受动的，脱逸了先有创作后有理论的文学史规律，呈现出以资源转换带动儿童文学理论与创作发展的特殊面貌。内外两种资源的转换表面上只是语言的转化，实质上也是思想本体上的变革。两者合力参与了中国儿童文学"儿童"之发现及语言品性的现代生成，是对中国话语、中国立场的一种探索和落实。从儿童文学发生学意义上看，这也是具备意识形态建构特质的现代转化。

　　内外两种资源的转换不是各行其是的并置，而是通过驱动思想与艺术的革新，形成合力，共构了中国儿童文学发展的综合性力量。无论是"以中审西"还是"以西审中"，都包含了"义/文"与"述/作"转换的意涵。在世界性目光的烛照下，民族性不等同于古代性或传统性，而是一种以现代性为基质的创新性品格。同理，正因为持守着中国性的立场，同质化的现代性也没有遮蔽异质化的民族性。具体来说，传统资源的转换体现了中国儿童文学内源性的变革，其语言转译经验可为域外资源转化提供民族性、本土性的标尺。同时，域外资源中国化所建构起的世界性视野，可有效突破中国儿童文学自我本质主义的窠臼，从而为传统资源转换提供现代性的参照。在民族性与世界性的辩证体系中，两种资源转换没有堕入"民族主义"或"世界主义"的文化单一路向，而是以"互为他者"的方式介入中国儿童文学的"文学现代化"，这种兼具语言与思想的创造性转换不仅推动了中国儿童文学母语现代化的进程，而且刷新了汉语形象。

第一节　民族母语革新与传统资源的现代化

儿童文学的发展经历了从民间文学向文人（作家）文学转换的过程。这种转换最为明显的标志就是语言的转换。从口头文学到民间文学再到作家文学，离不开作家和研究者对于传统资源的创造性转换。格林童话是格林兄弟在搜集、整理民间故事的基础上润饰创作而成的，先是出现了《儿童与家庭童话集》，此后相继出现了六个版本，对童话集进行了修改，才最终成为家喻户晓的《格林童话》。此外，阿法纳西耶夫搜集编撰的《俄罗斯民间童话集》、卡尔维诺整理编著的《意大利童话》也不例外。在研究方法上，部分受结构主义理论影响的民俗学者往往希图对于民间文学的采集尽可能精准。譬如芬兰历史—地理学派对于故事类型的划分、俄国普罗普对于故事形态的分析，无不是将叙事文本精确为可拆分的情节单元，而较少谈及其中个人敷演润饰的成分。受文化人类学、表演理论影响的学者，则更多关注口头叙事发生过程中的场景、互动等各类影响现场效果的因素[1]，而多未将目光集中于口头叙事对于主体间精神联系的作用。可以看到，西方国家对于民间文学的搜集整理已成体系，但对此的研究则仍可深入。尤其是基于改编、改写、转换过程中语言变迁及对

1　理查德·鲍曼：《作为表演的口头艺术》，杨利慧、安德明译，广西师范大学出版社2008年版，第2—3页。

儿童文学发展关注较少，因而一些悬而未决的问题难以得到进一步解决。

一、从语言"翻译加工"到"本事改写"

对于"文学"的界说，中西有着较大的差异。较之于西方，中国古代资源特别注重语言之美，"任何文体，只要有语言之美，就可以成为文学"[1]。从中国文学演进的议题上看，中国儿童文学的发生发展经历了从民间文学向文人文学转换的过程，而这种转换最为明显的标志就是语言的变革，即从"述"向"作"的方向演化。在撰写《白话文学史》时，胡适重视文学史建构中的民间传统与作家传统，并将中国文学史定位为民间文学与文人文学交互影响的"双重文学史"，从而推导出"演进"与"革命"两种不同的文学史发展路向。[2]按照先驱者的思路，语言变革与思想现代化是互为表里的关系，两者的双向发力助益于中国新文学的发生发展。不过，语言实践远非理论预设的那么简单。在中国新文学发生期，语言与思想、语言与文学的统合是模糊的，如何理解文学革命与语言革命的关系依然存在着诸多争议。对于中国儿童文学来说，情况还更为复杂。关键点在于儿童文学生产中还涉及了儿童/成人"代际"语言的转换问题，牵连着"为儿童"还是"为成人"的语言两歧性。幸运的是，先驱者找准了国语教育与儿童文学语言变革的互动机制，有效地推进民族母语的现代化革新。

民族母语的转译是在中华文化的话语体系内完成的，它不是崇古或复古，而是对传统资源的现代创构。搜集、整理传统资源是创构国语的基础，围绕传统资源"口承—书写"转换的讨论贯穿于中国儿童文学发生的全过程。为了推进中国儿童文学的创生，周作人提出了"上采古籍之遗留，下集口碑所传道"[3]的原则。这其中，搜集是第一步，此后的重释和

1　张法：《从中国文化资源重新定义文学》，《学术月刊》2012年第5期。

2　胡适：《白话文学史》，《胡适文集》第8卷，第139页。

3　周作人：《古童话释义》，《周作人散文全集》第1卷，第343页。

改编也成了语言转换的应有之义。中国古代不存在严格意义上的儿童文学，没有专为儿童而创作的儿童文学作品或读物，但传统资源蕴含着诸多有助于中国儿童文学现代发生的质素。中国古典文学中不乏富于幻想色彩的寓言、神话、传说及民间故事，可惜的是"从不曾译成白话，把它们作为儿童读物"[1]。对此，张梓生发出如下倡议："我们中国也该有人出来，将自己国内流传的大大地研究一下，把有关本民族特性的发挥一番。"[2]胡愈之从建立"国民文学"的诉求出发，认为"研究我国国民性，自然应该把各地的民间文学，大规模地采集下来，用科学方法整理一番才好呢"[3]。当然，一些作家考虑到了儿童的接受特点，以"仿作小儿语"来创作，但效果不理想。这诚如《演小儿语》的作者吕坤所感叹的那样，"余为儿语而文，殊不近体；然刻意求为俗，弗能"。由于成人与儿童之间的语言差异，"仿作小儿语"也仅是"小儿之旧语"[4]。可以说，这种用文言来仿作小儿语的尝试既无法切近儿童的心灵世界，也使正统的文言失去了其原有的章法和规范。

在中国，对传统资源"口承—书写"转换问题的讨论也一直伴随着中国儿童文学研究的历程。早在成立之初，北京大学歌谣研究会便确立了采集的两重目的："一是学术的，一是文艺的。"[5]这一目标是胡适、刘半农等新文化人的共识。在此基础上，胡适的《白话文学史》还明确将中国文学史定位为民间文学与文人文学交互影响的双重文学史。神话、传说、歌谣、谚语、儿歌、寓言等中国传统文化资源中有诸多有益于儿童文学的资源，需要通过语言的现代转化来重新创构。

为了纠正传统童蒙读物"仿作小儿语"造成的语言不对位的弊病，中

---

1 何公超：《写到老》，叶圣陶等：《我和儿童文学》，少年儿童出版社1990年版，第147页。

2 张梓生：《论童话》，《妇女杂志》第7卷第7号，1921年7月5日。

3 愈之：《论民间文学》，《妇女杂志》第7卷第1号，1921年1月5日。

4 周作人：《吕坤的〈演小儿语〉》，《周作人散文全集》第3卷，第114页。

5 《发刊词》，《歌谣》第1卷第1号，1922年12月17日。

国儿童文学先驱用"以西审中"的他者参照策略，曾志忞《教育歌唱集》对儿歌的改写、朱天民《各省童谣集》对童谣的新编、茅盾《中国寓言初编》对寓言的重述等承继了"民族性"质素，也重铸了"成为人"的现代精神。由于传统资源的语言形式是文言文，如果直接将其交给儿童阅读，那么效果肯定是不理想的。文言文与儿童之间有隔膜，需要经过一次"翻译加工"[1]的过程才能被儿童接受。王人路认为："从《史记》中蜕化出来的，这一种材料的制成也和翻译外国读物一样，只能取他的大意而经过儿童化、文学化、国语的制作。"[2]魏寿镛、周侯予撰文指出，作为儿童读物，将文言文译成白话文的时候，应当用"意译法"，取它的内容，用我的形式，把它的组织重新改造，做成"笔墨如生的文字，方才有价值"[3]。可以说，当时的儿童文学创作者意识到儿童更加亲近口语化的白话文，他们认为，如果不从根本上剔除语言带给儿童阅读的障碍，过滤传统思想附加于文字上的陈旧毒素，中国现代儿童文学的发展将受到极大的阻碍和影响。需要注意的是，这种翻译加工是在民族母语的内部转换中完成的，是文言向白话转译的形式变革，也是伴随着语言变革而来的思想变革。因为语言变迁本身就表征了思想变迁，没有思想变革的推力，语言变革也很难实现。

在研究传统资源的化用问题时，以往的研究多从思想转换层面做单向度的考究，考察转换背后的文化动因和思想变革的讯息，而相对疏忽语言与思想变革之间的互动性、一体性。事实上，语言转译不仅是一种形式、工具层面的变化，而且本身就意味着思想本体的变革。正是基于语言所特有的"道器统一"性，新文化人才致力于以语言为突破口来驱动新文学发生。从学理上看，在转换"本事"方面，"据事"与"类义"是基础和前

1　魏寿镛、周侯予:《儿童文学概论》，第33页。

2　王人路编:《儿童读物的研究》，中华书局1933年版，第8页。

3　魏寿镛、周侯予:《儿童文学概论》，第34页。

提。[1]应该说，要探绎"本事"之延传，有必要廓清"本事讲述"与"讲述本事"的内在关系，从而实现融通古今的旨趣。在此方面，鲁迅的《故事新编》和郭沫若的《屈原》可谓成功之典范。尤其是郭沫若所谓"失事求似"[2]原则为文学界改编传统资源提供了全新的方法。也正是如此，在抗战情境下，面对儿童文学"饥荒"的状态，林远就充分肯定了鲁迅和郭沫若"改作"[3]上的成就。值得肯定的是，儿童文学先驱认为整理古代儿童文学资源需注重"时代观念""思想符合现代"等方面，不应拘泥于历史，特别是不能用不合时宜的思想影响和桎梏当下儿童的自然发展。吴鼎将翻译分为两种："一是把外国的儿童文学译成国文；一是把本国古代的有趣的故事，译成语体文，使之适合儿童的口味。"在"搜集"过程中，他认为搜集的方法"除由民间取材料外，还可由定期刊物、报纸、民间流传的小说书报等中间去搜寻，必能有很好的收获"，"在搜寻时也要有很好的眼光，注意其是否为'儿童的'，并且注意是否为现代所需要"。在修改的最后阶段，如果想要把旧书上的内容改编成儿童文学，"则必审慎此篇材料究以何种方式表现出来为最相宜"[4]。不过，强调转换的"儿童性"和"现代性"固然重要，但回到儿童文学概念本体，如果离开了"文学性"，那么传统资源的现代转换无异于缘木求鱼，也不利于"母语现代化"的重构。

老舍的童话剧《宝船》改编自江苏的民间故事，其原型是成人故事。为了服务于儿童，老舍将主人公王小二改写为一个儿童，而且剔除了"大蛇"这一动物意象，增添了"大白猫"的新角色。尤其是在语言上以贴近儿童为正道，"保持那颗童心，跟儿童一样天真活泼"[5]。与此同时，老舍的

1　张均：《转换与运用：本事批评与中国现当代文学》，《中国社会科学》2021年第1期。

2　郭沫若：《历史·史剧·现实》，《郭沫若全集》文学编第6卷，人民文学出版社1986年版，第271页。

3　林远：《解决当前儿童文化食粮的饥荒》，《战时教育》第7卷第10—12期（合刊），1943年2月1日。

4　吴鼎：《现代儿童文学泛论》，《教育通讯》第5卷第28期，1942年10月10日。

5　老舍：《儿童剧的语言》，《文汇报》1962年6月2日。

改编没有盲视时代语境，而是力图"溅上了时代的浪花"[1]。由是，人物及拟人化动物的对立关系被设置为阶级斗争等话语的伏线。正是这种时代话语的介入，使得原作的"人性""道德"等主旨遭受遮蔽，而"革命""主义""人民""阶级""政治"等宏大主题则得以彰显。这种烙上时代印记的改编既体现了老舍的创造力、幻想力，也可窥见其在文学性与思想性之间的游移与矛盾。此外，老舍的儿童歌剧《青蛙骑手》改编自藏族民间故事。由于体裁是儿童歌剧，老舍除了考虑说唱的节奏、音律外，还在故事情节上有所改变，将悲剧的结尾转换为喜剧。这样修改的目的是"为使故事更集中、人物更鲜明些"[2]。同样，改编后文本中也有头人与骑手间"阶级斗争"的影子，在保留民间故事口头传统的同时，戏剧冲突中"阶级仇恨"的因素较为突出，打上了"革命叙事的印痕"[3]。

包蕾《猪八戒新传》对《西游记》的改编又是一例。本着"模仿吴承恩'同志'的'笔法'，来为现代儿童继写一些他们爱看的西游故事"[4]的意识，包蕾改写了师徒四人的"取经故事"，突出猪八戒这一形象的"孩子"内核及借此生发讽喻的艺术效果，这种"新编"式的改写在童话创作上尚属首例，"为童话创作开辟了一条新路"[5]。至于这种新编是否离原著太远，笔者认为包蕾的上述改写并非颠覆原著的基本精神，为儿童新编童话的价值不应低估。无独有偶，童恩正也改编过《西游记》，他以幽默的手笔撰写了《西游新记》。他让孙悟空、猪八戒、沙僧三人"学科技下凡"到美国，开启了一段"宇宙客轰动美利坚"的神奇之旅。在新编过程中，他"故意尽量采用《西游记》对人物、风景、事件描写的原文，略加改动以后再赋予它新的含义，让东方和西方、历史和现实、科学和幻想熔于一

1　钟子芒：《谈〈宝船〉的改编》，《上海戏剧》1962年第2期。

2　老舍：《青蛙骑手》，《人民文学》1960年第6期。

3　周燕芬、李斌：《〈青蛙骑手〉的历史考察与艺术探析——兼及"民族形式"与"文艺审美共同体"讨论》，《中国现代文学研究丛刊》2019年第10期。

4　包蕾：《我的创作历程》，叶圣陶等：《我和儿童文学》，第185页。

5　洪汛涛：《童话学》，安徽少年儿童出版社1986年版，第522页。

炉，达到强烈的对比，从而产生意想不到的幽默效果"[1]。这种民族化的探索意义重大，当然也不可避免地产生了文体归属的困境。童恩正将其命名为"准童话"，即神话不像神话，小说不像小说。不过，这并不影响童恩正探索民族化改编的成就。总体来看，通过对寓言、神话、传说、民间故事、儿歌、童谣的现代转换和改编，中国儿童文学在现代化的道路上积聚了民族性的基因，从而使得民族化与现代化合二为一，并作为一种综合性的力量推动中国儿童文学的发展。

从中国文学的内部系统来看，中国儿童文学的发生发展离不开传统资源的滋养。对传统资源这种"已成之物"的重新阐释、创化的目的是使之成为不断变化的"将成之物"，以实现乐黛云所说的从"传统文化"到"文化传统"的现代转换。[2]该过程实质上就涉及古今的推演与跨域，而这种古今跨域本质上就是古今贯通。洪汛涛的《神笔马良》是根据民间童话和传说改编而成的，属于"得宝型"民间故事。与此前米星如的《仙笔王良》[3]不同，在改写过程中，洪汛涛遵循着"我的道德规范和做人准则"[4]来刻画马良，他没有写成与马良富家小姐喜结良缘的故事，而是着力凸显马良身上的劳动人民立场与反动统治者的反抗精神。此外，阮章竞《金色的海螺》对民间故事《田螺姑娘》的改写、葛翠琳对《少女与蛇郎》《白鹅女》《野葡萄》等民间童话的再创造也都是着力于以传统形式来进行现代转换和改写。任德耀根据民间童话《蛇郎》改编了儿童剧《马兰花》，其故事原型是两姐妹传说，结构和两兄弟童话相近，该童话剧加进来了"老狼"形象，使情节的发展更符合儿童及教育儿童的

1　童恩正：《后记》，《西游新记》，贵州大学出版社2010年版，第282页。

2　乐黛云：《论传统及其变异——基于跨文化对话的视角》《探索与争鸣》2012年第2期。

3　《仙笔王良》原载商务印书馆1928年版的童话集《仙蟹》中，1993年少年儿童出版社出版了单行本《仙笔王良》，该书被列入"童年文库"。1994年《儿童文学选刊》第3期选辑刊发了该童话。

4　洪汛涛：《我写〈神笔马良〉》，《当代中国少年儿童报刊百卷文库（52）：摇篮卷》，同心出版社1997年版，第95页。

社会主题。对此，柯岩认为，《马兰花》运用童话剧的形式展示出"美丽动人的童话世界"[1]，这充分体现了儿童剧的特殊性，因而这种改编是成功的。

新传统不会在静止的状态中产生，新的语言传统注定要在发展中重构。对于传统资源，新文化人没有全盘否定，鲁迅所谓"取今复古，别立新宗"[2]即是显证。正因为有"取今"及"立新宗"的考量，鲁迅这里的"复古"不同于孔子"述而不作"的"好古"，隐含着参与世界潮流但不失固有传统的创发性意识。先驱者也清晰地意识到，改换语言实质上就是重造新思想、再造传统。传统资源厚积着陈旧的儿童观念与思想，难以与儿童的现代育化、新人成长相匹配。因而，要想创构中国儿童文学的现代范式有必要搜集、整理和转换传统资源，"吹进了现代的新空气，使成为我们现代合用的新东西"[3]。否则传统资源只能在"遗传"的"素地"里丧失活力，失去在新的历史语境中获得全新价值的可能。要言之，盲目"信古""笃古"不符合"趣内"的本义，而不尊重历史的转换不仅无法继承传统，而且还会因其"不在历史"中造成传统资源的折损与浪费。

二、双重现代性与民族母语转化的实践

除了要从思想层面来考察传统资源的化用外，语言层面的考察也同样不能缺少。民族母语的转述对于用文言写就的传统儿童文学资源的转换意义重大。民族母语的转译是在中华文化的话语体系内的转换，文言向白话转换体现了中国文学现代化的诉求。由于片面地强调"圣人有所不能尽"[4]的道德教训作用，孙毓修对传统资源的改编还留有较为厚重的"教化性"，未完全走出"半文半白"的语言窠臼。这也难怪赵景深会坦言看不

1　柯岩：《试谈儿童剧》，《柯岩文集》第7卷，四川文艺出版社2009年版，第111页。

2　鲁迅：《文化偏至论》，《鲁迅全集》第1卷，第57页。

3　郑振铎：《研究中国文学的新途径》，《郑振铎全集》第5卷，第308页。

4　孙毓修：《童话序》，《东方杂志》第5卷第12号，1908年12月25日。

懂孙毓修《童话》丛书里"圣经贤传的大道理"[1]。不过，这种情况到了茅盾那里就大有改观。

在充分化用传统资源方面，茅盾力求"把儿童文学古籍里的人物移到近代的背景前"[2]，这种古为今用的思维是茅盾儿童文学创造及改编的重要维度，自觉地将古与今两个视域联系在一起。在将唐传奇《南柯太守传》改编成童话《大槐国》时，茅盾删掉了原作中淳于棼与大槐国宫女调笑等不健康的情节，而其与死去父亲的通信及对豪华婚礼场面的描写也一笔带过，对原作所揭露的热衷功名利禄、趋炎附势的丑态进行了强化。这种删改与茅盾"为人生"的文学观念是很相符的，他结合儿童审美的特点，将中国现实的内容融入其要呈述的故事之中，体现了一种古今参照的文学意识。同样，他的另一篇童话《牧羊郎官》也遵此原则，汉朝卜式的故事在《史纪》等史书上的记载是非常简单的，人物形象也并非丰满，茅盾在刻画这个人物时扩充了故事，重点突出卜式"从事实业"与"报效国家"的民族精神。与此同时，茅盾常常不顾儿童这一童话接受者的阅读习惯，时常以成人叙述者的口吻站出来发表议论，或直接阐释其童话创作的想法。例如《大槐国》有"天下的事，往往祸福相连，可喜的未必可喜，可忧的未必可忧"[3]的评论，《千足绢》中有"古人说的，穷极则通"[4]的劝诫，《负骨报恩》中有"在下却另外要添几句话，说与诸位听听"[5]的议论，《金盏花与松树》中有"在下还有几句话道"[6]的说明。显然，这种叙述者话语的加入对于童话故事的自足性有一定的破坏性，在很大程度上强化了作者（成人）对于接受者（儿童）的话语渗透。除了将"成为人"作为儿童文学"第一目标"外，茅盾特别注重语言"形式"的完满，力图"避免半

1　赵景深、周作人：《童话的讨论三》，《晨报副镌》1922年3月28日。

2　茅盾：《最近的儿童文学》，《茅盾全集》第31卷，第340页。

3　茅盾：《大槐国》，《茅盾全集》第10卷，第446页。

4　茅盾：《千足绢》，《茅盾全集》第10卷，第454页。

5　茅盾：《负骨报恩》，《茅盾全集》第10卷，第464页。

6　茅盾：《金盏花与松树》，《茅盾全集》第10卷，第489页。

文半白的字句"，要写"说得出的现成的白话"[1]，而且"千万不要文字太欧化"[2]。这样一来，思想观念延伸到语言形式中，并在这种形式的"完美性"中有效地传达其育化新人的主旨。

与茅盾相似，叶圣陶也没有漠视这些历史的遗存物，而是用现代的眼光去铸亮它，用白话的儿童文学语言去重述它，使其成为现代儿童喜闻乐见的新的资源。叶圣陶从古典寓言、民间故事中寻找各类语料，从古白话中汲取鲜活素材，创造性地走出了"半文半白"的语言窠臼，为中国儿童文学语言现代化起到了引领作用。基于儿童教育的实践，叶圣陶将儿童文学化与现代教育体制结合起来，从儿童文学教育中找寻语言拓新的路径。这种文学与教育的耦合拓宽了语言变革的疆域，儿童文学语言变革的实绩也可以在小学语文教育中得到检验，这是叶圣陶语言观生成的特殊之处。与当时国语运动同频共振，叶圣陶主张"小学国文教材宜纯用语体"[3]。在他看来，文言文的翻译会消耗文化记忆，最终也会损伤儿童母语习得的效果。不过，他却认为大学一年级同学应该学习文言，"培养阅读文言书籍从而批判的接受文化遗产的能力"[4]。白话和文言的语体不同，在音、形、义、文法等方面都有较大的差异。除此之外，因语言工具的差异而负载的思想更有差异。在教学实践过程中，叶圣陶不仅创作儿童文学作品，而且还编撰国语教材，切实参与到了儿童文学化和母语现代化的系统工程之中。在寻绎传统资源时，叶圣陶深切地感受到了陈旧儿童观对于儿童文学、儿童阅读的桎梏作用。他将中国古代没有专为儿童创作文学作品的缘由归结为成人强求孩子做"圣人"[5]，这实际与"缩小的成人"观念并无他异。为了弥补这种观念造成的危害，在编写课文和创作儿童文学时，叶圣

1　茅盾:《关于"儿童文学"》，《茅盾全集》第20卷，第419页。

2　茅盾:《"给他们看什么好呢?"》，《茅盾全集》第19卷，第475页。

3　叶圣陶:《小学国文教授的诸问题》，《叶圣陶集》第13卷，第9页。

4　叶圣陶:《大学一年级同学学习文言的目标和方法——〈大学国文（文言之部）〉序》，《叶圣陶集》第13卷，第147页。

5　叶圣陶、夏丏尊:《"忽然做了大人与古人了"》，《叶圣陶集》第13卷，第238页。

陶有意从语言"体用合一"的高度来命意，着力推动儿童文学语言的现代发展。

对于文言写就的传统资源，叶圣陶没有完全摒弃，而是看到了它们转换后之于现代儿童的价值："凡是古代书籍中对现代人普遍有用的，应当组织力量把它正确地改写成现代语文，让读者直捷爽快地接触它的实质。"[1]当然，这种价值又不是倒退到陈旧古文字所营造的历史尘埃中去，毕竟"古文是骸骨，我们不能把灵魂装进骸骨里去，使它起来跳舞"[2]。现代白话文不仅因其与口语接近、易于接受，还有益于传播现代思想，因而深受语言变革者的青睐。对于儿童文学而言，重述文言和启用白话共构了语言现代化的两种进路。叶圣陶自幼接受古典文学的熏陶，有着深厚的文言写作和阅读的基础。他从3岁起就在家中描红习字，年仅6岁即在私塾发蒙，"先读《三字经》《千字文》，然后是《四书》《诗经》《易经》，都要读熟，都要在老师跟前背诵"。这种死记硬背的方式是"老中国"儿童教育的常态，深刻地影响了叶圣陶此后的文学道路。他早年曾发表过文言小说，对中国古典文学作品的广泛阅读也让其能自如地进行语言的重述、转换。

在编写《开明国语课本》系列的过程中，叶圣陶谨记编写教材应该"着眼于培养他们（小学生）的阅读能力和写作能力，因而教材必须符合语言训练的规律和程序"[3]。这种从语言转述起步的改编，开启了古今演变与推演的实践。以寓言《守株待兔》的改编为例析之。该寓言最早见于《韩非子·五蠹》："宋人耕田者，田中有株，兔走触株，折颈而死，因释耒而守株，冀复得兔。兔不可复得，而身为宋国笑。"叶圣陶对该寓言进行了改写，改写为《农人与野兔》的儿童叙事诗。诗中，叶圣陶丰富了原文的情节，以"一只野兔迷了路"入手，从农人和野兔两个角度分别展开

1　叶圣陶：《大力研究语文教学　尽快改进语文教学》，《叶圣陶集》第13卷，第199页。

2　叶圣陶：《关于读古文》，《叶圣陶集》第12卷，第45页。

3　叶圣陶：《我和儿童文学》，《叶圣陶集》第9卷，第322页。

讲述，还后续描写了农人"懊恼"[1]得到野兔的心理状态，化理性简洁的论述语言为感性诗性的叙事语言，充分尊重孩子对音律的敏感，以"u"韵作为诗歌的韵脚，并借鉴古典诗词和原文的节奏性语言，将语言作为承载故事的材料，朗朗上口，易于孩童记诵。可以说，叶圣陶这种文体、语言的转换赋予了"守株待兔"寓言故事以新生命，农人的愚钝之处也在诗化的语言中呈现出来。在文体的改写过程中，寓言的教化性融入诗化的语言之中，进而成为青少年乐于阅读的文本。此外，叶圣陶还改编了神话故事《牛郎织女》和传奇故事《孟姜女》。据叶圣陶日记所言，因中学语文课本改编的需要，叶圣陶"自告奋勇"地尝试改写。由于接受对象改为了中学生，而且还要考虑语文教学的语境，他在语言风格上追求语句的"朴素而流畅"[2]，倚重改编后的故事性而非叙事技巧性。《牛郎织女》的蓝本为1910年前后出现的小说《牛郎织女》，是双线交织的爱情故事，原为说书人的底本，"故事文白相杂且有错漏之处"[3]。此后，该文本从语言到内容再到主题都多有修改。到了叶圣陶这里，他贴合初中生的阅读习惯，考虑到了故事性与文学性，将夹杂着俗语、方言的半文不白的语言改造为生动的语体文。以牛郎为角度进行故事讲述是叶氏改编的一大亮点，男性视角的介入打破了此前"说书人"全知全能的故事讲述套路，文学语言的对话性、生活性、故事性对于固化思想性起到了很大作用。其中"牛郎"与"牛"的对话，可被视为牛郎内心独白，而这种"独语"是农民朴素的心灵世界的表征，也折射了农耕时代中国人的生命形态。《孟姜女》则是根据民间孟姜女传说及元曲相关作品改编而成，孟姜女视角的故事讲述也与前述《牛郎织女》如出一辙。叶圣陶用沾染民间色彩的语言讲述给孩子们，既保留民间特色，也让故事更加精彩生动。

1　叶圣陶：《农人和野兔》，《叶圣陶集》第4卷，第458页。

2　叶永和、蒋燕燕整理：《叶圣陶未刊日记（1955年）》，《出版史料》2011年第2期。

3　赵逵夫：《从〈牛郎织女传〉到〈牛郎织女〉考述》，《中国古代小说戏剧研究丛刊》2015年第1期。

中国自古就有俗语，文言中亦有浅显的白话，叶圣陶注重此类古白话的语言转换，并将其视为重造儿童文学语言的来源之一。他对《水浒传》中"武松打虎"的改编即是一例。1922年新华书局出版的《白话水浒传》已标识为"白话"，叶圣陶自述是在此基础上将其改编为《景阳冈》的。比较而言，叶圣陶《景阳冈》的语言转换着眼于韵律化、齐整化，将其改编为节奏感强的韵文，更易于学生进行诵读。在白话转述中，叶圣陶将武松"上山""遇虎""打虎""下山"紧凑地连缀，文体也从话本小说改为儿童诗，并去掉了原文中"说书"的痕迹，删去了过于口语化及过于江湖气的俗话。为了凸显武松的英雄气，《白话水浒传》中"老虎力气早没了一半"[1]被删去，并增加了对武松反击的动作描写："武松举起棍棒尽力打，棍棒折断，却没教那虎受着伤，只把大树连枝带叶打下来，只把那虎惹得更发狂。那虎又直扑到武松跟前，武松丢了棍棒，索性空手去抵挡。他乘势揪住那虎的顶皮向下按，用脚乱踢它的眼睛和脸庞。"[2]如果按照李广田对于语言技巧的概括，叶圣陶这种语言风格体现在化"芜乱"为"丰实"[3]，集中在武松这一人物形象上下功夫，现场感十足地描摹了其打虎的全过程。相对于文言文改编，古白话文改编以增加情节生动性为主导，并从其中找寻诗性的语言遗存。在没有弱化故事性的同时，改编后的文本更适用于新式学堂儿童齐声诵读的需要。

儿童文学作品是专为儿童创作的读物，因而要特别考虑接受者的阅读心理。叶圣陶的童话创作以亲近儿童口语的白话文为语体，充满着民族化和现代化的色彩。值得注意的是，他将教育儿童的经验运作于对自己作品的修改过程中，以实现"再儿童文学化"。具体而论，这种修改主要表现为：将文言词和文言句式修改为更为顺口的白话句式，将省略的字词补

---

1 《白话水浒全传》，新华书局1922年版，第41页。

2 叶圣陶：《景阳冈》，《叶圣陶集》第4卷，第461—462页。

3 李广田：《树的比喻——给青年诗人的一封信》，《李广田全集》第4卷，云南人民出版社2010年版，第279页。

齐。譬如他于1936年出版的《古代英雄的石像》中，有如下段落：

> 骄傲，若非圣人或愚人就难得免。那块被雕成英雄像的石头既不是圣人，又不是愚人，只不过一块石头罢了，见人家这样崇敬他，当然遏不住他的骄傲。……他这话不是向浮游的白云说，白云无心，不能懂他的话；也不是向摇摆的丛林说，丛林絮语，没空听他的话。[1]

在这里，"若非……难得免"为文言表达；"只不过……罢了"又带有古白话的韵味；"白云无心""丛林絮语"虽然语句齐整，但具有古骈文的语气。为了更好地符合儿童的接受习惯，叶圣陶在1978年出版的《童话选》将其修改为：

> 骄傲的毛病谁都容易犯，除非圣人或傻子。那块被雕成英雄像的石头既不是圣人，又不是傻子，只是一块石头，看见人们这样尊敬他，当然就禁不住要骄傲了。……他这话不是向浮游的白云说，白云无精打采的，没有心思听他的话；也不是向摇摆的树林说，树林忙忙碌碌的，没有功夫听他的话。[2]

这种版本修改主要集中于语言形式上，并不涉及意识形态的因素。前者文白杂糅的语言显得生硬，也不够流畅。修改后的文字口语性更强，没有半文半白之感。叶圣陶认为此前自己没有顾及读者群体，暗含了"太多"[3]文言成分，因此进行了大幅度的语言调整。在他的意识中，尽管"文言成分个个都有口语的说法"，但是"并不是口语贫乏，非借文言的光不可"。[4]

1　叶绍钧：《古代英雄的石像》，开明书店1936年版，第4—5页。

2　叶圣陶：《古代英雄的石像》，《叶圣陶集》第4卷，第168—169页。

3　叶圣陶：《前记》，《叶圣陶集》第1卷，第2页。

4　叶圣陶：《谈搀用文言成分》，《叶圣陶集》第17卷，第42页。

为了弥补口语贫乏的问题，他没有从文言中求取滋养，而是借助文言的修改来扩充儿童文学的文学性。于是，文句和词汇上的修正更符合儿童生活的口语性，如将"定了心"改为"放了心"（《皇帝的新衣》），"女娘"改为"姑娘"（《快乐的人》），"恼了"改为"生气了"（《一粒种子》），"道"改为"说"（《蚕和蚂蚁》），"脚声"改为"人声"、"驱逐"改为"赶走"、"急得不可言说"改为"急得不得了"（《稻草人》），等等，以变单音节词为双音节词、改文言虚词为白话虚词等方式，有效地提高了文章的可读性。这也体现出叶圣陶立足儿童性与文学性来化用文言的努力。

由上可知，在儿童文学语言整体性地强调口语性、对话性的语境下，叶圣陶并不是用白话替代或翻译文言来改编，而是对文言文和古白话文采取一种化用的观点。这种创造性地融合文言与白话的做法，并不是鲁迅所说的"在古文、诗词中摘些好看而难懂的字面，作为变戏法的手巾，来装潢自己的作品"[1]，而是以"儿童性"和"文学性"作为其语言重述的标尺。如"耕种的时候总要拣（挑拣）去一些僵土和石块"（《傻子》）、"希奇（稀奇）的景象由（从）远处过来了"（《地球》）、"我送你一尾（条）可爱的小东西"（《玫瑰和金鱼》）、"你们要克勤克俭（无比勤俭）过日子"（《富翁》）等。在保留文言痕迹的同时，叶圣陶也保留了语言本身的古典美和韵律。

方言是否可以进入儿童文学，这是一个值得商榷的问题。在统一国语的驱动下，方言成为一种"异质"的存在。由于方言的差异，为了方便传播，"五四"时期的《歌谣》杂志的征集启事，特别强调"方言成语，当加以解释"[2]。对于儿童文学而言，如果每一个方言都要加注解释的话，势必给儿童的阅读带来新的困境。叶圣陶出生于苏州，受吴方言影响深远。在文学启蒙时，吴方言成为其解释书面语的工具。苏州评弹、昆曲等地方文学也给叶圣陶留下了深刻的影响。叶圣陶是兼及儿童文学与成人文学创作的双栖作家，他注意区隔两者的语言差异，在《多收了三五斗》《倪焕

1　鲁迅：《写在〈坟〉后面》，《鲁迅全集》第1卷，第298页。

2　《本会征集全国近世歌谣简章》，《歌谣》第1期，1922年12月17日。

之》《逃难》等成人文学作品中时常有吴方言的出现，但在儿童文学中，他却在去方言的过程中弱化地方色彩。不过，这种弱化地方色彩的做法却不是以牺牲其"民族性"为代价的，其最主要的出发点是为了儿童文学更好地接近儿童，能更容易被儿童接受。

如前所述，弱化方言并不意味着放弃实用方言。方言的介入对于解决词汇贫弱的问题有着较大的助益。叶圣陶创作的儿童文学不避方言，但也不是随语记录的"方言志"，而是向方言的文学里寻找活的资源，这种活的资源用胡适的话说即是"新血液""新生命""新血脉"[1]。在叶圣陶看来，方言词也可以转成普通话的词，"方言土语的某一个成分的表现力特别强，普通话里简直没有跟它相当的，因此愿意推荐它，让它转成普通话的成分"[2]。对于儿童文学来说，方言俗语都是"活的语言"，它们是国语的重要构成。不过，在创作过程中方言介入的"度"必须把握好。如"弄""搞"等吴方言特色动词在文本中频繁出现，替代了部分较为生硬的动词。不过，叶圣陶所运用于儿童文学作品中的吴方言词汇，多数被普通话吸收，成为地道的童话体语言。《小白船》的出现是叶圣陶童话体语言成熟的标志，白话文的清新脱俗契合了该童话礼赞"自然之子"的思想观念。值得一提的是，在苏州等地传播时也出现了吴方言的版本。同时，叶圣陶也充分吸收了北方官话的特点，大量儿化音的出现增强了儿童文学语言的口语性色彩，例如"尖针儿"（《蜜蜂》）、"逗着她玩儿"（《小白船》）、"男孩儿"（《小白船》）、"女孩儿"（《小白船》）、"沾着些儿血"（《燕子》）。还有一些北方方言，也被叶圣陶纳入写作中，比如"一骨碌钻了进去"（《傻子》）、"他一忽儿升起来，一忽儿下落"（《梧桐子》）等即是著例。

除了童话文体，叶圣陶对民间方言文学的吸收和运用，还体现在儿童诗、儿童剧等体裁中。儿童剧中的唱词有着苏州昆曲的悠扬纯美，伴有回环往复的韵律，深受儿童的喜爱。譬如《风浪》以"摇摇，摇摇，天也摇，

1　胡适：《〈吴歌甲集〉序》，《胡适文集》第4卷，第522页。

2　叶圣陶：《关于使用语言》，《叶圣陶集》第9卷，第1页。

地也摇"[1]开篇，广泛吸纳了苏州本土唱词中对叠词的运用技巧，用音律与歌词的反复增强气氛的渲染效果。叶圣陶的儿童诗也有着苏州方言童谣的韵律感。他对苏州民间歌谣有着充分了解，曾专门收集过本地歌谣，对方言的创作性的吸纳是显见的。《小萤虫》的诗句参考了民间谣谚"地点+人物+事件"排比的写法;《好大的风呀》以拟声词开头进行排比，可被视为山歌歌词的变种;《青蛙》模仿了民间儿童谜语的写法，以未曾言说的名词为谜底。此外，现代通俗小说，尤其是鸳鸯蝴蝶派的小说，亦成为叶圣陶学习和模仿的对象。在阅读《断鸿零雁记》等的过程中，叶圣陶勤于笔记，对其写作产生了重要影响。[2]就语言表现力而言，这种对通俗文学语言的运用，也有助于儿童文学大众化的传播，使其作品具有更为广泛的读者群。

概而论之，叶圣陶以白话文为核心，将方言和文言文进行语言重述及改造，融入儿童文学创作之中，达到语言流畅、表意明确的效果。在这种本土语言资源创化的过程中，叶圣陶紧扣中国本土国文教学实际，将民族性与世界性有机结合，进而融通古今，引领了儿童文学语言现代化的发展道路。对此，有论者概括其语言"很有中国气"[3]，"体现了'中正中见造诣'的艺术原则"[4]即是从这种意义上说的。

第二节　跨语际译述与域外资源的中国化

从中外交流的角度看，依凭翻译活动，不同文化能跨越语言的藩篱进行旅行，其结果是在对话中认识外部事物与自身。翻译之于现代中国思想文化建构的价值是巨大的，尤其是让身处"老中国"的国民没有完全被

1　叶圣陶:《风浪》,《叶圣陶集》第4卷，第436页。

2　曹惠民:《论叶圣陶文学风格的成因》,《中国现代文学研究丛刊》1984年第4期。

3　竹内实:《辩解的辩解》,《读书》1983年第3期。

4　杨义:《中国现代小说史》(上)，人民出版社1998年版，第355页。

锁闭，在接触了域外思想时有了"入于自识"[1]的认知。在"翻译中生成现代性"[2]的展开过程中，强烈的"输血意识"使翻译成为作家重要的言说方式。然而，传统中国言文不一致意味着"口手相异"，这对翻译者提出了难题：到底是用白话还是文言来翻译？在文白之争的近代中国，文言译本和白话译本都有成功的案例，选择哪种译入语与哪本原著一样成为翻译者需要仔细斟酌的问题。

一、翻译现代性与域外儿童文学的译介

从语言层面上说，翻译意味着语言间的转换，其目的在于交流与理解。但翻译又不是简单的语言的转译，它还是一种超脱于技术性的文化交流。即高玉所说的，"文学翻译本质上属于文化翻译"[3]。一旦翻译活动超越了语言工具性的范畴，就表征了人们的翻译观发生了质的变化。同时，作为翻译现象的重要议题的语言也不再是词与物的关系，而构成了人的主体本身。从具体的物的命名上升到人的思想本体，语言的价值得到了提升。这要求我们在理解文学翻译时不能止于语言文字转换的简单比照，还要从文化交流中看待翻译本身的意识形态。从这种意义上说，廓清技术层面的翻译和文化层面的翻译，对于理解语言工具性与思想本体性的关系有着重要的启示意义。不过，翻译活动并不能保障"原语"与"译语"的绝对同一性，毕竟涉及文化间的转换，而语言又具有思想性与意识形态性，因而"创造性的叛逆"的现象屡有发生。当然，不能够"等值"地进行语言转换并不意味着翻译无效，在特定的历史语境下，翻译者的主观性超越了知识转换的固定规则，由此产生的翻译上的重写、仿写、改写即是历史语境与翻译者主观创造的产物。

1　鲁迅：《文化偏至论》，《鲁迅全集》第1卷，第51页。

2　刘禾：《跨语际实践——文学，民族文化与被译介的现代性（中国，1900—1937）》，宋伟杰等译，生活·读书·新知三联书店2002年版，第7页。

3　高玉：《"话语"视角的文学问题研究》，第149页。

与中国现代文学无异，中国儿童文学的发展深受西方影响，更确切地说，它正是在学习和借鉴西方文学的过程中发生的，而西方文学对中国儿童文学的影响又主要是通过翻译文学这一中介来实现的。中国儿童文学如何学习国外文学，学习国外文学的什么，都可以从翻译文学这里得到解释。但翻译文学并不等于外国文学，它与真正的外国文学最大的区别就是它是汉语的，它被赋予了更多的汉语背后的汉文化、汉文学的特性，它实际上是中西方两种不同的文学在交流和碰撞中妥协的结果。所以，从语言的角度研究翻译文学，研究翻译文学对现代汉语的影响以及对中国儿童文学的影响是鞭辟入里的。

儿童文学的翻译可追溯至《小孩月报》，这份画报译述了伊索、拉封丹、莱辛等人的寓言。在晚清译介大潮中，"儿童文学"概念模糊，极少有专为儿童翻译的，更多是旁涉儿童，而涉及儿童文学的译作也被视为"冀我同胞警醒""开发民智"的启蒙翻译副产品。专为儿童编译的当推商务印书馆1908年开始发行的《童话》丛书。其丛书总题的"童话"是从日语中移植过来的概念，其意义比较宽泛。该丛书带有较为强烈的功利性特点，偏重教育性与现实性，相对疏离带有幻想精神的神怪作品，每一册前面和结尾都有冠冕堂皇的教训。在"小说界革命"的推动下，儿童小说的译介比较突出，主要有以《月界旅行》（鲁迅译）为代表的"科学小说"，以《十五小豪杰》（梁启超译）、《鲁滨逊漂流记》（沈祖芬译）的"冒险小说"，以《爱国二童子传》（林纾译）为代表的"爱国小说"，以《馨儿就学记》（包天笑译）为代表的"教育小说"。这类译作中，儿童读者还没有获得一种主体性地位，而是作为历史危机和文化危机中的挽救力量而进入文学活动视野的，它们以国家、社会、教育为着眼点，强调小说对"未来之国民"的新民教育功能，而不是对儿童自身文学需求的满足。用徐念慈的话说即是："鼓舞儿童之兴趣，启发儿童之智识，培养儿童之德行。"[1]如

1　徐念慈：《余之小说观》，《小说林》1908年第10号。

包天笑的《馨儿就学记》（即亚米契斯所著《爱的教育》），与原作相较，从书名到内容改头换面。[1]具体而言，该译作融合了转译、重述、增删等现象。在文本呈现上，包天笑将人名、地名、习俗均进行中国化的处理，增加创作的《扫墓》一节。

20世纪20年代，文学研究会发起的"儿童文学运动"，以翻译国外儿童文学名著、进行儿童文学创作为主要内容，旨在推动当时对于"儿童解放"的诉求。"五四"之前欧美儿童文学翻译大多转译自日本，"五四"之后对受压迫的俄国及东欧国家的儿童文学作品译介较多，这根源于其鲜明的现实主义色彩契合中国现实语境而成为中国儿童文学建设的方向。唐小圃的《俄国童话集》（共6册，收童话24篇）、高君箴与郑振铎合译的《天鹅》里收多篇俄国儿童文学作品、李秉之选译的《俄罗斯名著》、鲁迅翻译的《爱罗先珂童话集》、茅盾对捷克斯洛伐克等国童话的翻译都与"五四""儿童问题"密切相关。具体而论，这一时期域外儿童文学资源的译介在内容上主要有三种路向：一是翻译儿童科幻作品，寄予"科学救国"的理想。二是译介英雄色彩浓厚的儿童文本，彰明"人"的主体价值。三是引入弱小民族的文学，积聚启蒙弱者的精神气度。随着"儿童本位观"的推进，安徒生、王尔德、格林兄弟等人的作品也逐渐被译介至中国，那种纯化的儿童文学作品在这一时期备受译者与读者的青睐，《小说月报》还专门设置了两期"安徒生专号"。开明书店的《世界少年文学丛刊》是民国期间儿童文学翻译出版的代表，译者洞悉儿童年龄特点，译文处理凸显儿童性和可读性。这一时期儿童文学翻译也存在文体混杂现象，安徒生的童话分别被冠以神怪小说、故事和童话等。同时，儿童文学发生期，大多创作都有着鲜明的模仿和借鉴痕迹，许多作家都是在西方儿童文学熏染和启发下开启创作。而很多儿童文学经典的传播还出现了"仿写"或"改写"现象。改写较小的如郑振铎翻译的《列那狐的历史》，郑振铎

1　胡从经：《晚清儿童文学钩沉》，少年儿童出版社1982年版，第105页。

采用了"重述"法，并对该童话的结局进行了改造，由列那狐的"得释"转变为"被处死刑"，其目的在于"不欲使狡者得志"。在其看来，"编译儿童书而处处要顾全'道德'，是要失掉许多文学的趣味的"[1]。这根源于其鲜明的现实主义色彩，契合中国现实语境而成为中国儿童文学建设的方向。然而，域外资源中儿童自然性与社会性的暧昧、杂糅，引发了"五四"儿童文学界关于儿童本位的"童心崇拜"与儿童本位的"民族隐喻"的论争。究其实，多元的域外资源以及中国本土文化的过滤机制，是造成中国儿童文学"错位"或"变异"地接受外国资源的深刻根源。这种选择性译介表明，在新文学框架内儿童文学"为儿童"与"为成人"的现代性的转换与融合并非易事，中国儿童文学扩充"人类意识"与"人学思想"也不简单，预示着中国儿童文学融入世界儿童文学的艰难之旅。不过，这种向外获取资源的选择性译介毕竟突破了自我狭小的自足世界，体现了从吸纳借鉴西方话语到逐渐建构自身理论体系的意识。

在革命与救亡的语境中，"儿童本位论"受到遏制，儿童文学的译介也日趋考虑现实性与教育性的出发点。1935年徐调孚的《丹麦童话作家安徒生》认为，安徒生童话的特色是逃避了现实，躲向"天鹅""人鱼"等乐园里去，认为其是"麻醉品"。[2]金星则将安徒生界定为"是一个住在花园里写作的老糊涂"，他推崇苏联作家伊林的作品"是以物质建设、近世的机械工程、天文地理一切日常生活必要的知识作题材"。因此，"读着这册书的儿童，也跟着那孩子变做了大人"[3]。范泉也认为，"像丹麦安徒生那样的童话创作法，尤其是那些用封建外衣来娱乐儿童感情的童话，是不需要的"。他旗帜鲜明地指出："处于苦难的中国，我们不能让孩子们忘记了现实，一味飘飘然的钻向神仙贵族的世界里。尤其是儿童小说的写作，应当把血淋淋的现实带还给孩子们，应当跟政治和社会密切地

1　郑振铎：《〈列那狐的历史〉译序》，《郑振铎全集》第13卷，第17页。

2　狄福：《丹麦童话家安徒生》，《文学》第4卷第1号，1935年1月1日。

3　金星：《儿童文学的题材》，《现代父母》第3卷第2期，1935年2月。

连系起来。"[1] 自此以西方儿童文学为主体的翻译转向了俄罗斯儿童文学为主体，"把现实还给儿童"成为当时译介的主要导向。从1931年引进"拉普"的"辩证唯物主义创作方法"，到1933年"左联"对这种方法过分强调世界观而忽略艺术方法的清算，再到确立苏联"社会主义现实主义"主导地位，是这一阶段中国社会主义现实主义文艺思想体系建构的基本线索。整体地看，苏联儿童文学资源在中国的传播也是在这条主线上进行的。鲁迅译介了苏联作家班台莱耶夫的《表》，被胡风评为是"对于传统儿童文学最有力的反抗"，使儿童不沉湎于"超现实的世界里"。[2] 尽管本位切换带来了译介思想的变化，但翻译的语言仍呈现出较为稳定的形态。鲁迅认为翻译儿童文学时"易懂"和"趣味"同样重要。这不仅体现在语言的翻译上，而且对于儿童文学创作也同样适用。然而，毕竟涉及语言的转译，加上又要考虑儿童文学的特点，因而也带来了诸多翻译的困难。鲁迅在翻译《表》时就感叹"碰了钉子了"，原因是"孩子的话，我知道的太少，不够达到原文的意思来，因此仍然译得不三不四"。[3] 事实上，鲁迅也曾试图向儿童学习语言，他高度肯定儿童"学话"的本领，尤其是儿童不断"听取""记住""分析""比较""懂意"的过程，"是可取的"。[4] 但真正要转换成儿童自己的语言，在鲁迅看来，也是难以做到的，由此也确证了那种"仿作小儿语"的艰难。鲁迅译介的《表》带动了中国儿童文学思想和题材的变革，王鲁彦的《小红灯笼的故事》、茅盾的《少年印刷工》等受此影响，将儿童文学从超现实中带出来，走向更为广阔的现实生活。在理论界，沈起予翻译高尔基的论文《儿童文学的"主题"论》，茅盾的《儿童文学在苏联》《马尔夏克谈儿童文学》对苏联儿童文学理论的介绍与传播起到很大作用，这一时期的翻译以战争、列宁与斯大林的故

1　范泉：《新儿童文学的起点》，《大公报》1947年4月6日。

2　胡风：《〈表〉与儿童文学》，《胡风全集》第2卷，湖北人民出版社1999年版，第229页。

3　鲁迅：《〈表〉译者的话》，《鲁迅全集》第10卷，第437页。

4　鲁迅：《人生识字胡涂始》，《鲁迅全集》第6卷，第305页。

事、科学文艺（尤其是伊林的作品）等为中心，带有明晰的革命功利主义倾向。意大利作家科诺迪的《木偶奇遇记》被钟望阳改写为《新木偶奇遇记》。主人公匹诺曹的漫游被置于中国的情境下，他蜕变为一个堕落的、任人摆布的木偶。各类标语和宣言式的语言充斥其中，这种改写有抗战救国的内在需要，但艺术上却较为模式化。左健改写的《匹诺曹游大街》尽管延续了原著人物的性格，但在中国的情境下匹诺曹鲜明的阶级意识还是被人为地放大，存在着思想大于形式的问题。英国作家卡洛尔的《阿丽思漫游奇境记》被沈从文、陈伯吹做了中国式的仿写与改编。在仿写过程中，沈从文《阿丽思中国游记》的"用天真打量沉重"的改写彰明其秉持的中国立场，在融入了"社会沉痛情形"[1]的色调后，童话本身的趣味和纯粹想象失去了现实根基。陈伯吹的《阿丽思小姐》并非忠于原著的译介，而是基于时代、时局而做的中国式改编。童话前半部还保留了阿丽思天真活泼的儿童性，到了后半部人物出现了重大的转变，成为一个反抗强暴的小英雄。阿丽思漫游、成长道路上的突变撕裂了儿童与社会之间的张力结构，从而形成了图解时代的童话改编的范例。

新中国成立后，受制于意识形态等因素，欧美儿童文学翻译一度低落，仅有意大利共产党员罗大里的作品有广泛的译介。譬如丰华瞻翻译的十卷本《格林姆童话全集》出版后，施以就认为该全集里面"充满了有害于我们的下一代的毒素"。那么，为什么格林童话在欧洲其他各国如此受欢迎呢？施以的答案是因为这些毒素为西欧"反动的统治阶级所爱好"[2]。尽管此后也有对施以上述批评的"再批评"，但在苏联儿童文学强大的"师者资源"的比照下，施以的批评者也只能将格林童话视为古典著作或外国的某些文学遗产来捍卫。到了60年代中期，格林童话因所谓的"超阶级性"再次成为中国批评界口诛笔伐的对象。与之形成鲜明对照的是俄苏儿童文学在中国的垄断性传播。新中国成立后，最早的俄苏儿童文学译

1　沈从文：《〈阿丽思中国游记〉后序》，《沈从文全集》第3卷，北岳文艺出版社2009年版，第3页。
2　施以：《"格林姆童话集"是有毒素的》，《翻译通报》1952年第3期。

介本是1951年由生活・读书・新知三联书店出版的《论儿童文学及其他》（西蒙诺夫等著，蔡时济等译）。在众多出版社中，又以少年儿童出版社出版的苏联儿童文学作品最多，"苏联儿童文学丛刊"集中出版的儿童文学作品在国内传播最广。这些儿童文学作品的主题主要集中在学校生活、家庭生活、战争生活及儿童自己的生活世界四类。陈伯吹的《在学习苏联儿童文学的道路上》介绍了苏联儿童文学为政治服务、党性、人民性、阶级教育等方面所取得的成就，表征了儿童文学作家对于苏联儿童文学资源的钟爱，体现为一种"单向度"的学习关系。[1]出于社会主义现代性的目的，苏联"红色儿童文学"经典，如《团的儿子》《普通一兵》《小儿子的街》《卓玛和舒拉的故事》《学校》等被大量译介与改写，它们的主人公为"苏维埃新人"，在"儿童—英雄"结构中，以成长为主题传达了爱国主义和乐观主义精神，以及人道主义情怀，这与新中国成立时期儿童文学领域对于"社会主义新人"培养的主题有内在的一致性。据张雨童统计，共和国初期这种改写本主要有三类：一是中国独创的改写本，二是中俄对照本，三是译自苏联的改写本。[2]这三类文本寄寓了作家种植共产主义理想信念的情怀，这与新中国儿童文学培育社会主义新人的主题不谋而合。在改写的过程中，改写者着重将"作为家庭的儿童"改写为"作为国家的儿童"，以凸显儿童的社会性与党性。这种俄苏儿童文学在中国的改写显然既体现了两国意识形态的同向性，又表征了目的语文本基于特定语境的翻译意识形态性。此外，克雷洛夫关于卫国战争的寓言《分红》《乌鸦和母亲》《一列货车》等，谢德林哲理寓言《野地主》《一个庄稼汉养活两个将军的故事》《信奉理想主义的鲫鱼》等，米哈尔科夫的童话剧《神气活现的小兔子》等，以富于政治色彩和战斗精神的内涵契合了这一时期儿童文学的教育性、政治性功用而在国内被译介。

1　陈伯吹：《在学习苏联儿童文学的道路上》，少年儿童出版社1958年版，第8页。

2　张雨童：《共和国初期对"苏联红色儿童文学"的改写》，《中国现代文学研究丛刊》2016年第12期。

新时期以来，域外儿童文学进入多元繁荣的阶段，并对儿童文学探索潮、魔幻儿童文学等产生重要影响。以林格伦的《长袜子皮皮》、塞林格的《麦田里的守望者》为代表的充满现代意识的作品进入中国，为中国提倡游戏精神"热闹派"童话、探索青春期烦恼与憧憬的儿童心理小说带来了诸多灵感。彭懿将日本"幻想文学"带入中国，并策划"大幻想文学"的出版活动，《大幻想文学外国小说丛书》与《大幻想文学中国小说丛书》的出版一改此前儿童文学沉重的实用气息，为儿童文学打开了一片新天地。自2000年《哈利·波特》登陆中国之后，魔幻、惊险题材的图书深受少年儿童的欢迎，少儿版引进图书大幅度增加，《冒险小虎队》《退魔录》《魔戒》《魔眼少女佩吉·苏》等作品大量被译介，这给中国原创儿童文学创新带来了机遇的同时，也增加了诸多挑战。风靡全球的幻想小说"哈利·波特"系列引进国内之后，中国儿童文学界也出现了模仿或仿写的作品，如出版于2008年的四册"魔界系列"（汤萍著），以及2009—2011年间连续出版的八册"萝铃的魔力系列"（陈柳环著）。这两个系列的出版既在一部分国内少儿读者中激起了极大的阅读热情，同时也引来了另一部分读者的质疑。魔法、巫术、咒语、精灵等主要来自西方幻想文学的元素被随意地移植到中文的语境中，在这种转换嫁接中，原文本所具有的丰富文化内容失落了，更多的是魔法与幻想的游戏狂欢。

二、强化与遮蔽：儿童文学跨语际旅行

百年中国儿童文学的萌蘖、发生、发展，既是域外儿童文学传播影响的产物，又是传统文学现代转型的表征。中国儿童文学的发生与文学语言革命紧密融合在一起。西方儿童文学译介语言的选择，经历了从文言到文白参半到白话译介的过程。随着白话文运动的开展，原本简约概要的文言被视为不合时宜与文学发展的障碍，逐渐为白话翻译替代，赵元任白话译介的《阿丽思漫游奇境记》是翻译语言转变的标志性事件。域外儿童文学中国传播的译介主体经历了从传教士到文学大师的转变，

译者主体与译介姿态的转变形成了译本样貌的差异性。

　　基于中国社会语境，中国早期的儿童文学的翻译具有明晰的中国化的问题，而这种意识是建构在中外文化比较的基础上的。郑振铎主张打破闭关孤立的观念，在他看来，中西文化相接触，"这个伟大的接触，一定会有一个新的更伟大的时代出现的"[1]。魏寿镛、周侯予曾提出，从文学本体上讲，要注意翻译外国儿童文学是否有价值；就世界主义讲，是否普遍；就儿童心理讲，是否有效。[2]朱鼎元则认为在选取外国儿童作品进行译介时应考虑其是否有共同性？是否符合国情？是否是本国儿童所想象得到的。[3]应该说，这里的翻译仅限于语言的工具性考虑，对于翻译现代性与语言现代化问题几乎没有涉及，"并非专门研究儿童文学的著作，而是培养小学儿童文学教育师资的教材"[4]。周作人曾忧心一些翻译家抱定老本领旧思想，不会融通，以致"把外国异教的著作，都变作班马文章，孔孟道德"[5]。周作人对于翻译家"有自己无他人"的警惕，茅盾也有同感。对于当时一些出版人将译作的原作者名字去掉、只留译者的习惯，茅盾并不认同，他以《三百年后孵化之卵》为例指出：

　　　　这篇东西，却有原作者姓名，但朱元善把它勾掉了。商务编译所的刊物主编者老干这种事。看内容明明是翻译的东西，题下署名却是个中国人。《小说月报》的大部分小说（林琴南译的除外）就是这样。[6]

　　可以说，域外儿童文学资源在中国的译介、接受、变异和传播，不仅

1　郑振铎：《研究中国文学的新途径》，《郑振铎全集》第5卷，第308页。

2　魏寿镛、周侯予：《儿童文学概论》，第34页。

3　朱鼎元：《儿童文学概论》，第24页。

4　张心科：《民国儿童文学教育文论辑笺》，第4页。

5　周作人：《安得森的〈十之九〉》，《周作人散文全集》第2卷，第57页。

6　茅盾：《商务印书馆编译所》，《茅盾全集》第35卷，第154页。

是域外儿童文学在中国"旅行"、被改造的过程，而且是中国儿童文学基于中国立场对域外"经典"的建构过程。这种向异域求索的作用恰如乐黛云所说，"将自己的理想寄托于'异域'，把'异域'构造为自己的乌托邦"[1]。借此，域外儿童文学的中国化历程，参与了中国"儿童"的发现、儿童本位之儿童观的建立、中国儿童文学诞生发展以及审美品性的形成的全过程，亦是中国儿童文学演进进程中对中国话语、中国立场的一种探索和落实，是带有意识形态的建构兼顾文学的生成，主动吸纳外来文学资源以实现中国本土化转换的过程。

对于中国儿童文学的发生来说，由于缺乏内源性传统，因而外源性的译介被置于优先的位置，这也是"翻译当先"策略的缘由。问题是，在文白转换的语境下，选用翻译的语言至关重要。在译介中，拙劣或优质的译文被表征为对于新学的不同态度，这种与新学挂钩的标准赋予了翻译现代性的品质。但是，这种现代性特质却不能作为选定翻译语言（语体）的条件，毕竟无论是文言还是白话都能指向外国资源中国化、现代性。作为一种"尊体"的文言文，其与大众的隔膜是显在的。更有甚者，一些译者在追索"雅"的境界时落入了模仿古雅文体的窠臼。严复的译文以"古雅深奥"著称，王佐良认为"雅"是严复的"招徕术"，即用这种古雅文体充当"糖衣"，让尚处于酣睡的国民咽下"苦药"。[2]但在言文不一致的语言体系下，文言原本是少数人的专利，那种可以追求古雅的译文显然无益于大众传播，即使在少数的读书人中能传播，那也是极少数的守旧的读者。显然，这种以文言博取守旧读者的策略窄化了"别求新声于异邦"的翻译现代性旨趣。对此，瞿秋白一针见血地指出了严复"信、达、雅"存在的问题："用一个'雅'字打消了'信'和'达'。"他更是反对用文言文作为翻译语："古文的文言怎么能够译得'信'，对于现在的将来的大众读

1　乐黛云:《序》,顾彬讲演:《关于"异"的研究》,曹卫东编译,北京大学出版社1991年版,第2页。

2　王佐良:《严复的用心》,《论严复与严译名著》,商务印书馆1982年版,第27页。

者，怎么能够'达'。"[1]面对"姿态语"的穷乏状态，在瞿秋白看来，翻译可以帮助国民造出新的字眼、句法、词汇，他主张用白话来翻译的目的就是要创造新的言语，并把新的文化的言语介绍给大众，而那种以文言为本位的翻译，其结果是"死的言语"。

不过，对于熟谙文言的译者而言，文言对于翻译域外资源还是有效的。梁启超在翻译《十五小豪杰》时认为"参用文言，劳半功倍"[2]；鲁迅翻译《月界旅行》时"参用文言，以省篇页"[3]，其译作《北极探险记》（已佚）"叙事用文言，对话用白话"[4]。文言的简洁确实在翻译时有诸多便利，关于这一点，刘半农著名的"往往同一语句，用文言则一语即明、用白话则二三句犹不能了解"[5]可作如是观。由于未脱去文言之于其思想、创作之影响，先驱者翻译中语体混用的现象较为明显。"却说""正是""且听下回分解""译者曰"等语言套话也大量出现在译作之中，章回体及教化的色彩较为浓厚。甚至还有译作使用过"双语体"，即译文用白话，译文前后的说明和议论文字多用文言。如果抛开文白之争的语境及创构新语言的迫切性，文言翻译不啻为一种选择。但落实到儿童文学发生的情境下，考虑到"儿童性"与"文学性"的双重标准，半文半白翻译就更容易脱离儿童读者，难以切近儿童的心理，当然就更谈不上对于儿童文学语言的新造作用了。

陈家麟、陈大镫用文言翻译了安徒生《十之九》后，周作人予以尖锐的批评："凡外国文人，著作被翻译到中国的，多是不幸。其中第一不幸的要算丹麦诗人'英国安得森'。"之所以要替安徒生叫屈，是因为周作人洞见了文言翻译所隐藏的陈旧思想："把小儿的语言，变了大家的古

1　瞿秋白、鲁迅：《关于翻译的通信》，《鲁迅全集》第4卷，第381页。

2　梁启超：《〈十五小豪杰〉译后语》，《20世纪中国小说理论资料》第1卷，北京大学出版社1997年版，第47页。

3　鲁迅：《〈月界旅行〉辨言》，《鲁迅全集》第10卷，第164页。

4　鲁迅：《致杨霁云》，《鲁迅全集》第13卷，第99页。

5　刘半农：《我之文学改良观》，《新青年》第3卷第3号，1917年5月1日。

文。"[1]事实上，他最欣赏安徒生的是"辞句简易如小儿言，而文情斐擅，欢乐哀愁，皆能动人，且状物写神，妙得其极"[2]。安徒生那种如"小儿自作"的语言在文言系统里寻不到踪迹，况且，儿童阅读这些文言译本时仍需要经历一次转译，这显然无法直观感受如周作人所评价安徒生的那种"小儿说话一样的文体"[3]魅力。周氏重新用白话文翻译了该童话，其中最传神之处是开头："一个兵沿着大路走来——一二！一二！"顾均正等人对周氏的译文大加赞赏，其原因是白话的语言契合童话情境的韵律及儿童语言的特点，能使读者如身临其境，类似于勃兰特所说"能织入一切歌声、图画和鬼脸在文中"[4]。勃兰兑斯非常肯定安徒生童话开头的"反常规性"：

> 你讲一个故事给儿童听，如果要得他们欢迎，你决不可正襟危坐背书似的讲演；你须得做手势扮鬼脸吹口作气，随时摹拟故事中的动作。换言之，就是要把音乐绘书和扮演，溶合在你的故事里。作儿童故事亦然。要使得你的故事书一开卷就有音乐绘画扮演从字里行间跳出来。抽象的描写没有用，修辞学也没有用；你必须使每字每句式直接诉诸耳目的感觉的。[5]

这种集音乐、画面、诗意于一体的开头如以傅斯年所谓"异常质直"[6]的文言翻译出来，效果当然不佳。陈家麟、陈大镫的翻译"一退伍之兵。在大道上经过"恰恰缺失了上述动态的节律及本来的调子。郑振铎也注意到安徒生语言的特质与童话开篇的"蓄势"艺术："无论谁，如果要写故

1　周作人：《安得森的〈十之九〉》，《周作人散文全集》第2卷，第60页。

2　周作人：《丹麦诗人安兑尔然传》，《周作人散文全集》第1卷，第204页。

3　周作人：《王尔德童话》，《周作人散文全集》第2卷，第543页。

4　郑振铎：《〈小说月报·安徒生号（上）〉卷头语》，《郑振铎全集》第13卷，第20页。

5　勃兰兑斯：《文艺的新生命》，茅盾译，《茅盾译文全集》第8卷，知识产权出版社2013年版，第8页。

6　傅斯年：《怎样做白话文》，《新潮》第1卷第2号，1919年2月1日。

事给儿童看，一定要有改变的音调，突然的停歇，姿态的叙述，畏惧的态度，欣喜的微笑，急剧的情绪——一切都应该织入他的叙述里，他虽不能直接唱歌、绘图、跳舞给儿童看，他却可以在散文里吸收歌声、图画和鬼脸，把他们潜伏在字里行间，成为一大势力，使儿童一打开书就可以感得到。"[1]但是，郑振铎对安徒生语言的归纳还是无法彰明到底该选用哪一种语体。要表达这种复调性的开头，文言文也并非不能做到。问题的症结在于，一旦以古文强调来表述，安徒生"和儿童谈话"式的生趣就荡然无存。

与前述文言翻译儿童文学的态度不同，周作人肯定了赵元任翻译《阿丽思漫游奇境记》时那种语言转译的妥帖、得体，尤其是赞许赵元任"纯白话的翻译，注意字母的实用，原本图画的选入，都足以表见忠实于他的工作的态度"[2]。在翻译过程中，赵元任陈述了自己翻译该书时语言实践的几个问题：一是这书要是不用语体文，很难翻译到"得神"，所以这个译本可以做一个评判语体文成败的材料。二是这本书的"顽意儿在代名词的区别"。三是这本书里有十来首"打油诗"，这些东西译成散文自然"不好顽"，译成文体诗词，更不成问题，所以现在就拿它来做"语体诗"式的试验，这些诗都是滑稽诗，只有诗的形式没有诗的意味。[3]由此看来，周作人和赵元任都认同原作中"没有意思"之于儿童读者的语言体验。在《〈穿靴子的猫〉附记》中，周作人同样肯定《穿靴子的猫》的"没有寓意"，并就译文中的使用的北京话予以说明："读如，意云捉住，赵元任先生译《阿丽思》里写作'歹'的就是此字。"[4]

当然，翻译的实践不仅涉及翻译语的选用，而且还要考虑采用哪种翻译方法。关于翻译过程中"信"和"顺"的关系问题，学界有过争论。争

1　郑振铎：《〈小说月报·安徒生号（下）〉卷头语》，《郑振铎全集》第13卷，第21页。
2　周作人：《〈阿丽思漫游奇境记〉》，《周作人散文全集》第2卷，第531页。
3　赵元任：《译者序》，《阿丽思漫游奇境记》，商务印书馆1922年版，第1—2页。
4　周作人：《〈穿靴子的猫〉附记》，《妇女杂志》第8卷第5号，1922年5月1日。

论的焦点不仅体现在语言转译上，而且体现在翻译思想、观念及所处的语境上。瞿秋白不同意赵景深"宁可错些不要不顺"，也批评鲁迅"宁信而不顺"，在此基础上提出了"绝对用白话做本位"。[1]瞿秋白的"白话本位"是相对于"文言本位"而言的，由于意在融通"信"和"顺"的关系，因而从语体上潜伏着勾连两者的可能性。但是，翻译语体的差异并不能解决上述欧化语言的规划难题。语体选用主要是个人的偏好或天赋，而翻译的归化还关涉语境、动机及文化传统的转换等问题，这并非翻译语体所能包纳的。这与本雅明讨论翻译任务时提醒人们关注"信"与"自由"的两难境况颇为类似。本雅明认为，翻译者既有再生产意义的自由的"宽度"，又要有忠实于原义的"限度"，即"忠实地再生产意义的自由，并在再生产的过程中忠实于原义"[2]。这种戴着镣铐跳舞表征着译者基于特定情境化用外来资源时的状态。要想忠于原著，"直译"是其中常见的方法。所谓"直译"，用周作人的话说即是："竭力保存原作的'风气习惯，语言条理'，最好是逐字译，不得已也应逐句译，宁可'中不像中，西不像西'，不必改头换面。"[3]无论是"逐字译"还是"逐句译"都注重翻译过程的"信"，"尽汉语的能力所及的范围，保存原文的风格，表现原语的意义"[4]。这势必会与那种不能达意的"胡译"有着天壤之别。对于这种尊重翻译本义的直译，钱玄同对其以"不敢稍以己更改"[5]赞誉之，胡适则认为其翻译是"国语的欧化的一个起点"[6]。

　　在译介《域外小说集》时，有感于林纾"任情删易""误译很多"的缺憾，周氏兄弟就有意识规避林纾式的"笔译"，而采用直译的方法。但

1　瞿秋白：《再论翻译——答鲁迅》，《文学月刊》第1卷第2期，1932年3月10日。
2　瓦尔特·本雅明：《翻译者的任务》，陈永国、马海良编：《本雅明文选》，中国社会科学出版社1999年版，第286—287页。
3　周作人：《文学改良与孔教》，《周作人散文全集》第2卷，第78页。
4　周作人：《〈陀螺〉序》，《周作人散文全集》第4卷，第211—212页。
5　钱玄同：《关于新文学的三件大事》，《新青年》第6卷第6号，1919年11月1日。
6　胡适：《五十年来中国之文学》，《胡适文集》第3卷，第231页。

是，硬译的结果却无法避免"句子生硬""诘屈聱牙"[1]的问题。那么，明知道这种直译效果不理想，为何还要采用这种文言翻译方法呢？周氏兄弟看重的是域外资源之于中国本土文化革新的价值，因而着意于"籀读其心声，以相度神思之所在"。想要得其"心声""新宗""神思"，林纾那种转述的意译显然难得精髓。按照钱锺书引用"虚函数意"来概括林纾翻译特质，失真或走样的"讹"是不可避免的，有将"文学姻缘"导向"冰雪姻缘"之弊。[2]从这一角度看，周氏兄弟的直译是为了在理解的基石上达到"思想的密契"的认同。然而，这种接契思想的直译却屡遭人攻讦，被人视为"死译"。梁实秋抱怨鲁迅"死译"的语言之弊在于"文法之艰涩，句法之繁复，简直读起来比天书还难"[3]。鲁迅并非不变通之人，他认为"直译""硬译"较之于"曲译"更能"保存原来的精悍的语气"[4]，这与其"别求新声于异邦"的主旨是一致的。不了解这种翻译的动机，简单地从方法和策略去评判翻译的优劣有失武断。尽管周氏兄弟的文言翻译较之于林纾的翻译有诸多进步的地方，但文言语体还是限制了其普及和推广的效果。其翻译的《域外小说集》发行十年，只销售出21册即是显证。

但问题是，儿童文学的本体特性对于翻译的要求是否会与成人文学翻译有差异呢？或者说，基于儿童文学的本体特殊性会制导怎样的儿童文学翻译方法及策略呢？关于这一点，"五四"时期关于童话的讨论中就涉及了这一议题，值得深入考察。针对赵景深所提"究竟怎样译法（直译，意译或其他）才算合适呢"的问题，周作人依然持守"信而兼达"的直译，他认为这种直译可以称为意译，与增删改窜的"随意译""豪杰译"有本质的区别。与成人文学的直译不同，童话直译的自由度可以更大，"因为

1　鲁迅：《〈域外小说集〉序言》，《鲁迅全集》第10卷，第155页。

2　钱锺书：《林纾的翻译》，《文学研究集刊》1964年第1期。

3　梁实秋：《文学是有阶级性的吗？》，《新月》第2卷第6、7号合刊，1929年9月10日。

4　鲁迅：《"硬译"与"文学的阶级性"》，《鲁迅全集》第4卷，第204页。

儿童一面很好新奇，一面却也有点守旧的"[1]。《域外小说集》中有一篇周作人翻译王尔德的《安乐王子》，该译文由大量古奥文言直译而成，古字与骈散夹杂的直译显然难以让儿童读者接受。周作人与赵景深对话时的上述观点体现了其翻译思想的转变：考虑童话的特性，扩大直译的自由度。而这一思想的实践是从周氏翻译《卖火柴的女儿》开始的，此后《皇帝之新衣》的翻译也延续了这种观念。这不仅提升了安徒生在中国的影响力，而且也为儿童文学翻译提供了可资借鉴的宝贵经验。

三、语言变异：基于本土情境的创造性改写

在儿童文学创始之初，先驱者所开列了"整理""创作"和"翻译"三条路径。这其中，"翻译"是优先考虑的方略，从而开启了中西儿童文学的交流与互动。不过，在翻译之初，这种交流是不对等的，主要是域外资源的中国化。应该说，翻译的效果是明显的，对于中国本土儿童文学的创作起到了积极的推动作用。在众多先驱者中，郭沫若独对这种翻译持保留和谨慎的态度。在他看来，"太偏重翻译，启迪少年崇拜偶像的劣根性，而减少作家自由创造的真精神"[2]。考虑到儿童文学地方色彩浓厚，译本之于儿童效果"未经实验，尚难断言"，因而他的结论还是侧重于"整理"和"创作"。

事实上，"整理"传统资源本身也要经历一次语言的"翻译"，而这种翻译也并非易事。在翻译《表》时，鲁迅也遭遇了不小的困难。一方面他迫切地想要介绍一些外国"崭新的童话"给中国儿童，另一方面又因接受对象是儿童而颇感捉襟见肘：

> 想不用什么难字，给十岁上下的孩子们也可以看。但是，一开
> 译，可就立刻碰到了钉子了，孩子的话，我知道得太少，不够达出原

1　周作人、赵景深：《童话的讨论三》，《晨报副镌》1922年3月28日。

2　郭沫若：《儿童文学之管见》，《民铎》第2卷第4期，1921年1月15日。

文的意思来，因此仍然译得不三不四。[1]

　　鲁迅所言体现了"替儿童译"二次转换的难题，而这种难题的出现还是反映了儿童文学概念的特殊性。成人话语的渗透对于儿童文学创作及翻译都有着先在性，鲁迅的翻译困境恰恰说明了儿童文学翻译与成人文学翻译的差异，即表现在成人译者变换自身语言来切近儿童，而这种切近并不是成人译者的"俯就"就能解决的。归根究底还需要"两代人"基于童年来对话和沟通，因而这种儿童文学的翻译本身就是一次创作。

　　在考察儿童文学的翻译议题时，儿童文学作为母语文学的价值功用性就被凸显出来。译本是经历了语言转译的产物，翻译者不能不考虑儿童文学之于儿童母语习得的潜在影响。于是，对于外来语的翻译必须更加纯粹、更契合儿童的接受心理，这也实际上给语言翻译增添了"母语"的标尺。在周作人白话翻译的引领下，翻译者逐渐祛除不适合儿童语言的弊病，力图切近儿童文学语言本有的特性，以求做到翻译语言、儿童语言、儿童文学语言三者的融合。前述翻译者的白话直译追求"简洁平易"，而且要"生动活泼"，由此才能创造出茅盾所谓"翻译美"的境界："译文皆需简洁平易，又得生动活泼；还得'美'，而这所谓'美'绝不是夹用了'美丽的词句'（那是文言的成分极浓厚的）就可以获得；这所谓'美'是要从'简洁平易'中映射出来。"不过，茅盾提醒翻译者不要"忘记了'儿童文学'应该是'儿童问题'之一"[2]。赵元任翻译卡洛尔的《阿丽思漫游奇境记》时，没有特别在意茅盾所谓"中学为体"的归化意识，而是保留了西方儿童文学"有意味的没有意思"的纯化路径。赵元任认同卡洛尔"没有意思"的美学主张，并将其解释为"不通"的意味。然而，这种"不通"远比译者加上"迁注"要更有意味。在翻译过程中，为了"得神"，赵元任运用语体文来翻译，每翻译一句，就"想想这句的大意在中

1　鲁迅：《〈表〉译者的话》，《鲁迅全集》第10卷，第437页。

2　茅盾：《关于"儿童文学"》，《茅盾全集》第20卷，第418页。

国话要怎么说，才说的自然"[1]。较之于文言语体，用白话文翻译童话时，情节的戏剧性和对话的口语性更生动，语气也更亲近儿童日常生活场景，因而更契合"儿童性"与"文学性"的标准。针对该童话中十几首"打油诗"，赵元任的处理方法是将其当成"语体诗"的实验来译，既符合儿童游戏的情趣，又符合童话的节律和音乐性的内在要求。周作人高度评价赵氏的"纯白话的翻译"，并愿意向那些"心情没有完全化学化的大人们"[2]推荐该译本。

契诃夫曾批评过其本国的儿童文学是"狗文学"。之所以这么"贬抑"儿童文学，其根由在于他意识到一些并非专业的"文学小贩"将西欧文艺作品的译本"零碎拆卖"，改头换面地制造出大同小异的故事。由此看来，契诃夫并不是真的瞧不起儿童文学，而是不满儿童文学翻译本身的质量。对此，茅盾认同契诃夫的上述批评，认为这种译本给儿童阅读"正好像把残羹剩菜拌在一起给狗们吃似的，所以就给题了个刻薄的名字——'狗文学'罢"[3]。这里涉及儿童文学翻译的独特性，即儿童文学的翻译并非普通文学的"改制"。对于儿童读物的翻译而言，一般性的文艺作品经过翻译的"改制"很难满足儿童阅读的需要。问题的复杂性在于，即使找到了"对口"的域外儿童文学作品，翻译本身也困难重重，因而将中国儿童文学的发展完全寄托于"外输"是不现实的。客观理性的观点是内外兼顾、合力发展。

对于《阿丽思漫游奇境记》那种纯粹儿童性的创作理念，王人路认为作家"不是用这本书来提创什么主义的寓言的，而只是拿他纯粹当一种美术品来做的"[4]。然而，就是这本被人称为"没有意思的意思"或"有意味的没有意思"的《阿丽思漫游奇境记》，在译介过程中出现过并不忠于原

1　赵元任：《译者序》，《阿丽思漫游奇境记》，第1页。
2　周作人：《〈阿丽思漫游奇境记〉》，《周作人散文全集》第2卷，第531页。
3　茅盾：《关于"儿童文学"》，《茅盾全集》第20卷，第417页。
4　王人路编：《儿童读物的研究》，第106页。

著的改写。卡洛尔笔下建构的"奇境"与日常世界有着极大的差异，这里的差异不仅指有迥异于现实世界的奇异角色，更在于阿丽思经由"兔子洞"这一中介来到奇境后，文本中出现了大量抵抗和颠覆既定的语言习俗和修辞逻辑的语言表现形式。更为突出的是，幻想世界与现实世界之间存在着裂隙。按照托尔金"第二世界"理论，幻想世界与现实世界并非完全割裂，其内蕴的真实性源自其世界内部运转着丰富且自洽的逻辑规则，它要求作家付出精力和创作技巧以实现第二世界中的"真实的内在的一致性"[1]。在仿写过程中，沈从文用中国人的方式来构思和撰写，《阿丽思中国游记》，尤其是我走自己道路的一件证据"[2]。经沈从文仿写后，不仅故事面貌发生了很大的变化，而且更是更改了"没有意思"的本义。对于沈从文的这种大胆的改写，苏雪林认为是不成功的："这是沈氏著作中最失败的作品，内容和形式都糟。"[3]沈从文也曾表示他将原著"写错了"：

> 我把到中国来的约翰·傩喜先生写成了并不能逗小孩子笑的人物，而阿丽思小姐的天真在我笔下也失去不少，这个坏处给我发现时，我几乎不敢再写下去。我不能把深一点的社会沉痛情形，融化到一种纯天真滑稽里，成为全无渣滓的东西，讽刺露骨乃所以成其为浅薄，我是当真想过另外起头的了。[4]

沈从文所说的"写错了"其实是他对于原作的改动，在中国的土壤里，该童话融入了"社会沉痛情形"的色调，使得童话本身的趣味（"逗小孩子笑"）和纯粹想象失去了现实根基。

这种沉痛的基调，贺玉波认为其伤害了童话本有的特性，"至于童话

1　J. R. R. Tolkien, *The Tolkien Reader*, New York: Ballantine, 1966, p. 41.

2　沈从文：《〈阿丽思中国游记〉第二卷的序》，《沈从文全集》第3卷，第185页。

3　盛巽昌：《苏雪林的童心》，《儿童文学研究》1992年第2期。

4　沈从文：《〈阿丽思中国游记〉后序》，《沈从文全集》第3卷，第3—4页。

里的丰富幻想，优美的情绪，高贵的寓意，以及美丽的文字，在这部作品中都找不出来"[1]。不过，细心的读者依然能被这种错位语境中的社会深思所打动。与前述苏雪林、贺玉波的否定意见不同，徐志摩在为该小说撰写的广告语中盛赞其价值："在中国真是稀贵极了！写长篇难，而写得有结构，有见解，有幽默，有嘲讽……那便是难之又难。"[2]在《阿丽思中国游记》第二卷的序中，沈从文指出，"因为生活影响于心情，在我近来的病中，我把阿丽思又换了一种性格，却在一种论理颠倒的幻想中找到我创作的力量了"[3]。显然，这里所谓的"又换了一种性格"依然是沈从文根据卡洛尔童话原型的再创造，人物有着与第一卷不同的性格，但也不再是原作中的性格了。人物性格的变化只是沈从文自我创作观念变化的体现，它依然与中国社会思潮及文化语境有着密切的关系。尽管在两篇序中，沈从文始终强调他的创作不关乎国内的政党之争，自己也不从属于某些"主义"或"党派"，但是他无法回避中国现实境遇，不可能充当"纯艺术家"的角色。对于一些批评家的误读，沈从文没有直接与之论争，但还是表示批评者没有读懂其"愤懑之后的悲悯"。沈从文之后，阿丽思的原型依然在中国被改写，但是，在引入他者资源时，中国知识分子始终无法排拒中国现实情境的心理暗示，其实用主义的文学功用依然存在。

可以说，改编是另一种方式的创作。既然是创作，就不是抄袭，而是朱家振所谓的"点金术"式的创造。朱家振将改编分为如下几类：第一种是把一篇冗长的文学名著，缩写为长短合度适于儿童。第二种是把较艰深的文字译为成显容懂的文字。第三种是把外国的儿童文学作品中所有冗长的人名、地名以及特殊的风俗和语言习惯加以中国化。第四种是

1　贺玉波：《沈从文的作品评判（下）》，《现代中国作家论》第2卷，光华书局1936年版，第179页。

2　《〈阿丽思中国游记〉广告语》，《新月》第1卷第11期，1929年1月10日。

3　沈从文：《〈阿丽思中国游记〉第二卷的序》，《沈从文全集》第3卷，第147页。

把许多旧时成语演释为具体的故事。第五种是把各种失掉的时代精神的故事加以彻头彻尾的改写。[1]与沈从文无异,陈伯吹的《阿丽思小姐》并非忠于原著的译介,而是基于时代、时局而作的中国式改编:"'九·一八'的炮声使我震惊,也使我醒觉:阿丽思应该从梦游中回到现实生活上来,从游戏生活的途中走上关心国家大事的生活漩涡里去,从浪漫主义转向现实主义。"[2]其改编该童话的动机也正基于此:"让她来半封建、半殖民地的中国看看,通过她的所见所闻,反映给中国的孩子们,让他们从艺术形象的折光中,认识自己的祖国面貌,该爱的爱,该憎的憎,什么是是,什么是非,然后考虑到何去何从,走自己应该走的道路。"针对有人认为童话是远离人生的麻醉品的说法,陈伯吹并不认同。恰恰相反,他认为童话是教育儿童的重要工具。他呼吁"现代的童话作家应把握文学的目的,认清儿童将来的责任,启发、暗示、鼓励他们以将来的职责,使他们深深地了解人间的阴暗与悲惨,激发他们对于革命的信心"[3]。在《阿丽思小姐》的前半部,陈伯吹还保留了阿丽思天真活泼的儿童性,语言还保留着诙谐有趣的色彩,到了后半部人物出现了重大的转变,阿丽思成为一个反抗强暴的小英雄。在这里,人物转变并不是在成长的轨迹中完成的,而是在一系列时事化的现实面前的精神蜕变。阿丽思漫游,成长道路上的裂隙、突变撕裂了儿童与社会之间的张力结构,从而形成了图解时代的童话改编的范例。对于这一点,陈伯吹认为阿丽思从"普通一女孩"转变为"大无畏的小战士"是时局的反映,"只是我没有生活,仅仅看点新闻报道,以致写得内容粗浅,加上艺术性又不成熟,不免有'图解'之讥"[4]。

　　无须讳言,翻译是勾连中外文化的重要渠道,不仅传播了新思想,还

1　朱家振:《论儿童文学之改编》,《时代中国》第7卷第2期,1943年2月20日。

2　陈伯吹:《蹩脚的"自画像"》,叶圣陶等:《我和儿童文学》,第31页。

3　陈伯吹:《童话研究》,《儿童教育》第5卷第10期,1933年5月15日。

4　陈伯吹:《〈阿丽思小姐〉后记》,《陈伯吹文集》第1卷,少年儿童出版社1989年版,第449页。

有新的艺术形式。其中，新语的引入连带着新思想的传入，同理，新思想的传入也衍生了新语，即王国维所说的"新思想之输入，即新言语输入之意味也"[1]。这种新语言与新思想的双向联动对于中国文学的现代化起到了举足轻重的作用。具体的作用表现，黄兴涛的概括可谓切中肯綮：一是双音节新名词增强了汉语语言的准确性，二是提供了新的"概念工具"和"思想资源"，三是体现在思维诱导性、价值倾向性、连锁反应性和不可逆上。[2]黄兴涛所述囊括了语言和思维两个层面，超越了一般意义的语言现象而上升至思想史的高度。新词与旧语的相遇并非天然接洽、融合，也会出现抵牾，但其对于"老中国"文化思想的借鉴、参照早就超过了世俗范畴的价值了。新语言的出现并非凭空产生，而是借助翻译而传入的。翻译行为给中国的语言革命带来的最为显著的影响是"欧化的语言"。傅斯年极力主张欧化国语，认为欧化外来语可以"做白话文的第一步"[3]。这种融化外来语与白话的尝试意味着白话文是"一个开放的表述系统"[4]。正是这种开放的品格让我们心生疑窦：既然白话文可以与欧化外来语融合，那么是否意味着它也可以与文言文有效调适、结合呢？如果可以，那么废除文言文的主张是否需要更改？这些问题的提出归结为一点，那就是民族母语的主体性问题。

在世界儿童文学的体系中审视中国儿童文学不难发现，中西方儿童文学之间存在着较大的"历史时间差"[5]，不在同一文学经纬度上的跨学科融合并非易事。然而，当我们将两者各视为有机生命结构，且在遇合的过程中将其融入整体的文学、文化及文明体系时，中西儿童文学之间跨语际、跨文化旅行就构建起来了。事实上，对中外儿童文学进行跨时空对话的尝

---

1 王国维：《论新学语之输入》，《王国维全集》第1卷，浙江教育出版社2010年版，第126页。

2 黄兴涛：《近代中国新名词的思想史意义发微——兼谈对于"一般思想史"之认识》，《开放时代》2003年第4期。

3 傅斯年：《怎样做白话文》，《新潮》第1卷第2号，1912年2月。

4 罗志田：《文学史上白话的地位和新文学中白话的走向》，《近代史研究》2002年第2期。

5 汤锐：《比较儿童文学初探》，明天出版社2009年版，第48页。

试在中国儿童文学发轫期就开始了。从国内外"异文"中查漏补缺体现了新文化人文化互视、对话的跨域意识。在考察中外民间童话的分类、学派、分支、异同后，赵景深认为引进文化人类学是最科学的方法，因为该方法强调历时与共时的跨域比较："人类学方法便是将许多同类的民间故事归纳起来。基本工作便是要多多的搜集材料；因为相关的事搜集得愈多，归纳的结果一定也愈准确。"[1]在援引和推介西方儿童文学资源时，郑振铎并非不加选择地"拿来"，而是对其价值与局限予以全方位地考察，其评定的标准落脚在中外文化的跨域观照上。在他看来，中外视野的跨域应持守中国的标尺和立场："写中国的事，而使人觉得'非中国的'，则即使其所写的事迹完全是真实也非所谓文艺上的'真实'，决不能感动读者。"[2]由于确立了民族性的价值标尺，中西文化的跨域实践没有被西方话语所宰制。

在接触英文语系作品的过程中，叶圣陶有意识地将外来思想和语言纳入其文学创作实践，既引入了世界性的思想与艺术，又不脱离民族化的本体立场和标尺，从而为外国资源的中国化做出了自己的努力。这样一来，叶圣陶的儿童文学语言没有耽溺于世界化或民族性的一极，而是在内外两种资源"互为他者"的机制中创化了儿童文学语言的新范型。叶圣陶在接受私塾教育的同时接受了完备的新式学堂教育，修习了英文，可以流畅地阅读英文小说。他坦承英文小说对自己的影响，认为"如果不读英文，不接触那些英文写的文学作品，我绝不会写什么小说"[3]。与此同时，域外儿童文学对叶圣陶的创作也产生了巨大的影响，他说："'五四'前后，格林、安徒生、王尔德的童话陆续介绍过来了。我是一个小学教员，对这种适宜给儿童阅读的文学形式当然会注意，于是有了自己来试一试的想头。"[4]这

1　赵景深：《童话概要》，北新书局1927年版，第48页。

2　西谛：《卷头语》，《小说月报》第15卷第5号，1924年5月10日。《郑振铎全集》未收录。

3　叶圣陶：《〈叶圣陶选集〉自序》，《叶圣陶集》第18卷，第316页。

4　叶圣陶：《我和儿童文学》，《叶圣陶集》第9卷，第320页。

种由外而内的影响驱动了叶圣陶儿童文学语言的现代变革。如何处理外来语与民族母语的关系，或者说，如何推动域外语言资源中国化的问题是摆在他面前的首要问题。

针对中西语言之争的问题，叶圣陶曾以"人言人语"对"鸟言兽语"[1]的攻击为喻予以分析。在他看来，这是两种文明之间的交锋，他不满一种语言对另一种语言的绝对性否弃，主张尊重不同语言存在的合理性，并将此提升至道德的高度来看待。不言而喻，欧化外来语严密的词法和语言表述方式深刻地影响了叶圣陶的儿童文学语言实践，赋予了其"以西审中"的视野。在模仿和学习西方儿童文学的过程中，叶圣陶没有被西化，而是立足民族性的立场来创作。叶圣陶阅读了大量一手的外文作品和中译作品，域外文本的语言经过翻译后发生了文化旅行效应，对叶圣陶的创作和语言风格产生了重要的影响。叶圣陶的一些儿童文学作品情节改编自西方儿童小说，是域外儿童小说的缩写或续写。他将《格列佛游记》改编为适合小学低年级学生阅读的儿童幻想小说《小人国和大人国》，删去了大量讽刺性的内容，保留幻想性内容。《稻草人》深受王尔德的《安乐王子》的影响，贯穿着"一种微妙的哲学，一种对社会的控诉，一种为着无产者的呼吁"[2]。

叶圣陶的域外儿童文学接受是通过阅读中国翻译小说来实现的。应该说，经过翻译的西方儿童文学作品已经经过了一次语言中国化过程，并在叶圣陶的改造中实现了二度中国化。这种"再中国化"是叶圣陶化用外国儿童文学的主要手段，经过改造后的故事就变成了中国化了的"西方故事"。在其编选的语文读本中，童话、寓言是其青睐的文体。《这个话不错》出自《伊索寓言》，早在明朝就已经被译介为中文，由法国人金尼阁口授、张赓笔传。林纾曾将其译为《终则抬驴行》，写了老人和孩子听信路人的话而反复改变牵驴骑驴方式的故事。其中一段如下：

---

1 叶圣陶：《"鸟言兽语"》，《叶圣陶集》第4卷，第269页。
2 王尔德：《快乐王子集》，巴金译，四川人民出版社1981年版，第173页。

> 迤近墟矣，复有人曰："驴属君耶？"业磨者曰："然。"曰："吾人
> 百思，亦不意其为尔驴也。果尔，何忍尽驴力？尔驴且惫，尔父子胡
> 不合力共肩其驴？"[1]

林译本是用文言写就的，充满着古风古韵，但缺乏童心童趣，类似于古代的论说文。正如论者所言，"儿童语言的情趣创造是儿童文学的翻译问题"[2]。叶圣陶的改写实质上是一次再创造，他将文中繁复的文言文改为易让儿童接受的语体文：几乎没有故作玄虚的词汇，充分还原欧式民间文学的讲述方式，街头巷尾闲谈的语言多有呈现，而且删去了原文中继承中国古代论说文的总结论述文字。在故事情节的改写方面，他有意将语境改为赶集回家的路上，隐去主人公的职业，加入"这个话不错"的反复，突出主人公取悦路人的愚钝。改写后的语句更趋于口语化、生活化：

> 又走了一会儿，一个老太太看见了他们，忍不住说："小小的一
> 头毛驴，哪儿能经得住两个人压呢？"[3]

在这里，暂且不论文言转为白话的语言转换问题，单就文意来说，这种改写就更契合儿童阅读。叶氏将两个人一起抬着驴的愚钝行为改编为老人自己深思熟虑的结果，而非路人想要这样做，这更符合寓言传达训诫思想的考虑。这样简洁又充满情感的表述，充满了似是而非的戏谑，为后文两人用棒和绳抬驴走的荒唐行为铺垫，将其"合理化"，更贴近心理真实，也更具讽刺意味。因而看似简单的语言增删，更对情节发展产生了一定的影响。这种译本的再创造，广泛存在于叶圣陶对非英语国家文学作品的改编之中。原文经过翻译之后，已经蒙上了异域语言的奇妙色彩，经过

1　庄际虹编：《伊索寓言古译四种合刊》，上海大学出版社2014年版，第145页。
2　徐德荣：《儿童文学翻译刍议》，《中国翻译》2004年第6期。
3　叶圣陶：《农人和野兔》，《叶圣陶集》第4卷，第459页。

再创作，叶圣陶对西方语言的本土化实际上实现了第二次再创造。

除了故事情节的改写外，叶圣陶转换外来资源还表现在对文本的续写上。叶氏的《皇帝的新衣》本源于安徒生的同名童话，不过他并没有忠于原著，而是将其化用为中国的本土故事，整个童话的后续发展成为一个发生在中国宫廷的故事，成为一个人民反对皇帝独裁的故事。文本中国王曾这样说过："你们要自由，就不要做我的人民；做我的人民，就得遵守我的法律。"[1]这是叶氏新增和续写的句子，他进一步将"自由"观念渗透于童话之中，这是其较之于安徒生进一步深化现代思想的地方。叶圣陶认为法律应当不能干涉人民的权益，皇权仅是"一件空虚的衣裳"[2]。显然，这种以西审中的理念贯穿于其童话改编的始终，对当时的专政进行了辛辣的批判。

此外，叶圣陶也根据需要化用了诸多域外资源，其目的依然是推动童话的中国化、现代化的进程。他"有意模仿华盛顿·欧文的笔趣"[3]，《见闻札记》《威克斐牧师传》是他强大的语言宝库。他的外来词汇多来源于翻译，但这种翻译和重写是"中国式"的，其中渗透了坚实的民族化的挑选意识，欧式修辞经他的转化之后也有了中国化的色彩。他坦言自己虽修习英文较多，但并不专研；也曾修习过日文，但也并非通晓，"半通不通"[4]。因之，他对他人的中译本依赖性强，看似不是第一手的语言翻译，但在改写、续写的过程中又完成了一次语言的"再造运动"，而这些域外资源及改写再创造的经验又能为其创作提供养分。譬如科幻作品《旅行家》以"星际旅行"这一时髦的话题为主题，对于"飞艇""天王星""海王星"等科幻文明进行了描摹，展现了中国普通居民对中国现代化、机械化的渴望，对社会贫富差距悬殊的讽刺，以及对"新生活"[5]的美好向往。与科幻

---

1 叶圣陶：《皇帝的新衣》，《叶圣陶集》第4卷，第184页。

2 叶圣陶：《皇帝的新衣》，《叶圣陶集》第4卷，第185页。

3 商金林：《叶圣陶传论》，安徽教育出版社1995年版，第3页。

4 叶圣陶：《谈谈翻译》，《叶圣陶集》第17卷，第92页。

5 叶圣陶：《富翁》，《叶圣陶集》第4卷，第63页。

词汇类似，一些西方语汇的引入也体现了叶圣陶包容中外文化的意识，这对于叶氏儿童文学的语言现代化是有助益的。如"儿童节"（《儿童节》）、"军士"（《"鸟言兽语"》）等，在语言上丰富了中国儿童文学的词汇，也在一定程度上推进了中国儿童文学语言的现代化进程。

概而言之，叶圣陶受域外儿童文学语言的影响具体体现在句式、词汇和故事叙事等方面，并被吸纳于各类儿童文学文体之中。叶圣陶始终认为，翻译和改写要符合中国语言习惯，"接受外来影响要以跟中国的语言习惯合得来为条件，而我所说的用中国字写的外国话，就指那些跟中国的语言习惯合不来的"[1]。显然，中国化了的外国语与用中国字写的外国话是有差异的，前者是融合了中西的产物，而后者只是两种语言的夹杂。叶圣陶基于中国本土立场的创作和改写，可视为对西方文本的中国化，而这种融合的结果必然使儿童受益。二次转化的探索，有效地使异域文明在相遇中发生语言的"化学反应"，继而在文化交流共生中促进中国儿童文学语言现代化的发展。

第三节　语言传统与两种资源转换的联动

与"儿童"类似，中国儿童文学也是一个"现代概念"。既然具有现代性的品质，那么其思维体系和表述方式也应是现代化的。从文学的本体看，语言是文学观念的坐标，语言的变革意味着一种新的文学样式的诞生。借用陈平原的话来理解中国儿童文学的现代化，即是：成人作家如何通过语言载体向儿童读者"建立'表述'的立场、方式和边界"[2]，这包含了"说什么"和"怎么说"两个层面。具体来看，这两个层面都殊异于其他文学类型的语言意涵。要整体考察中国儿童文学语言问题，不

1　叶圣陶：《谈谈翻译》，《叶圣陶集》第17卷，第92页。

2　陈平原：《现代中国的述学文体》，北京大学出版社2020年版，第7页。

仅要从内外两种资源的化用中探究推动语言现代化的综合性力量，而且要返归中国儿童文学的"元概念"来开启两种资源的联动。就传统资源的转换而言，由于持守着现代儿童观，其语言性质与中国古代文学无关，而具有了鲜明的"现代"性。同样，域外资源经由翻译的中国化后，其翻译文学的特性也与外国文学脱钩，而铭刻了民族性的印记。高玉所谓"两种外国文学"[1]的说法正源于译语文学与原语文学的"二分"及翻译文学的主体性。

基于儿童文学概念的繁复性，学界从未停止过如下诘问：中国儿童文学语言主体到底是儿童还是成人？如何理顺内外两种资源转换的先后顺序？怎样理解两种资源转译的相互关系及作用？这些疑惑所引发的讨论只有回到概念的原点才能得出客观公允的回答。因而可以说，廓清儿童文学概念是探析其语言相关议题的原点。如果将儿童文学视为一个"描述性"的概念，那么其本体内涵包括了"儿童的"与"文学的"两个范畴。《儿童的文学》基本上采用这种逻辑来立论。尽管两个范畴是并列和平行的关系，但在具体操作过程中却因时代主潮的涨落而各有倚重，由此生成了以"思想整合"与"形式转换"为内核的互动共生的交流史。[2]在发生期，文学思想的深度成为中国儿童文学的标尺，"儿童性"优先于"文学性"也是儿童文学生成的机制，这种机制保障了儿童文学的现代特性，尤其是在矫正思想"走弱"与"轻逸"颓势方面功不可没。在追索现代性的过程中，中国儿童文学特意强化其儿童性、思想性，由此造成了思想"过剩"的状况，而包括语言在内的文学性则屡遭冷落与抑制。当文学性无力抗拒思想性的制驭时，文学性与思想性的张力结构被撕裂，由此语言的工具性与思想本体性也随之解体，这种被割裂、受缚的语言当然无法表征童年的真实状况。简言之，当这种张力机制失衡时，就会跌入思想"太教育"和

1　高玉：《"话语"视角的文学问题研究》，第161页。
2　王本朝：《中国现当代文学思想史的对象、理念及方法》，《甘肃社会科学》2020年第5期。

语言"太玄美"的两极动荡中。[1]辩证地看，思想性与文学性本是互为表里的关系：思想性的楔入扩充了中国儿童文学语言的精神气度，而这种受现代思想滋养的语言又能更好地表述新思想。反之，一旦思想性与艺术性失范，双向发力就演变成单向阻滞，即受宰制的语言反过来又制约了思想的传达。如是，这又有悖于儿童文学概念的本义。

一、从民族资源内转化的"远传统"

何谓中国儿童文学语言的"远传统"？要回答这个问题，先要弄清楚"远"到底是作为一个时间概念还是一个性质概念。如果是一个时间概念，那么只需从中国儿童文学发生的源头往回溯，返归至中国文学的古代时段，找寻催生中国儿童文学现代发生的思想和精神资源。时间层面的展开敞开了两种视域：一是古与今的演变，二是中与西的对话。如果是一个性质概念，那么这种"远"主要体现在各自质的规定性及文化之"隔"上。不管哪一种视角，要充分汲取"远传统"的资源都需要跨越这一距离，开展古今演变与跨文化的对话，冀望从区隔中搭建文化交流的通道。总而言之，时空层面的转换及文化性质上的融通，为理解中国儿童文学的"远传统"延拓了中外与古今的结构关系。

对于"传统"的理解，艾略特指出："不但要理解过去的过去性，而且要理解过去的现存性。"[2]由此可见，历史性维度是讨论传统的关键要素。尽管前述的"远"涵纳了传统文化与域外文化两重视野，但从传统本身的赓续来看，所谓"远"或"近"主要以同质性的文化内部作为论说的基石，不同质的各种传统本身就无所谓远与近。只不过，在传统内来讨论远近亲疏时，也离不开传统间的参照、作用及影响。基于此，中国儿童文学"远传统"就界定于中国文学的"传统内"，是一种内源性的视角。

1　周作人：《儿童的书》，《周作人散文全集》第3卷，第78页。

2　T. S. 艾略特：《传统与个人才能》，卞之琳译，赵毅衡编选：《"新批评"文集》，百花文艺出版社2001年版，第28页。

"内源"是相对于"外源"来说的，是一种内部的因素，落实于中国文学发展的谱系中，即体现为表征中国性、民族性的质素。用费正清的话说即是"传统中"（within tradition）的综合性力量，浸润于"中国方式和环境的日常连续统一体"[1]中。这种切近内在性的意识对于探寻中国儿童文学的传统非常重要。从描述性概念的角度看，中国儿童文学的本体特质体现在"中国""儿童"与"文学"三个核心要件上。前述传统内的关注正是对"中国"及"中国性"的本体观照，为另外两个要件"儿童"与"文学"的追索提供了逻辑起点。

当我们将视域移至中国文学源远流长的谱系中时，对于远与近的理解会更为客观公允。于是，这里的"远传统"指向中国古代悠久文化的精神积存，而"远"无非就是其与中国儿童文学现代性之间的区隔。由此看来，在强调中国文学传统内的切近、接纳、遇合的同时，也要非常注意其发生发展过程中质疑、对抗与反叛的另一面。这种双向的注意，能助益我们理解传统本身的意涵。传统的动态性及这一历史化情境下的紧张关系，型构了中国文学现代演进的样态。在百年中国的转型过程中，对中国文学自身问题的逼近，已经不再是简单的自我内部的问题，应该在世界范围内来考察。这种视域的延拓比照，不是外在力量强加上的，而是中国人从"天下中心"向"世界之一"转换中深切地体悟出来的，表现为"坚持和凸现中国主体性的存在"[2]。从这种意义上来讨论中国儿童文学的传统问题，势必会深化我们对"中国之世界"及"世界之中国"的认知。即便是论说"传统内"的议题，也会将内外语境及相互关系作为前摄背景，而不至于窄化和固化其丰富之意涵。进一步说，中国新文学传统的生成不仅寄寓于中国社会、思想、文化的动态语境下，而且借助作家对于这种动态语境的

1　费正清编：《剑桥中华民国史1912—1949》上卷，杨品泉等译，中国社会科学出版社1994年版，第10页。

2　张新颖：《20世纪上半期中国文学的现代意识》，生活·读书·新知三联书店2001年版，第4页。

应对、书写，来揭示和彰显中国文学参与现代中国社会进程的努力。

中国儿童文学没有古代形态，或者说不存在"古代中国儿童文学"的说法。之所以如此，与中国古人对"儿童"的遗忘、误读密切相关。在古人的思维意识中，我们很难找到"儿童"作为"完全生命"的论述，儿童依附于成人社会的话语体系内，没有地位，也没有声音。在以成人为本位的家长制中，儿童只是"缩小的成人"[1]，其身心都被成人的主导话语扭曲了。由于看不到儿童之为儿童的主体价值，成人不会专门创作一种文学类型供儿童阅读，儿童文学就不可能产生。这样一来，儿童能接触到的主要是蒙学读物和成人读物。前者替圣人代言的说教性浓厚，而且文学性也不强；后者并非专为儿童创作，其思想、语言和价值都与儿童的接受能力有一定的距离，对于低幼儿童来说这种障碍会更大。成人这种弱化、遮蔽儿童主体性的儿童观，阻滞了儿童文学在中国古代的创生。有缺憾的儿童观扼杀了儿童文学的发生，而没有儿童文学的古代社会又进一步加剧了儿童观的落后。这种恶性循环的最大受害者是儿童，缺乏文学滋养不仅不利于儿童自身发展，而且最终会阻碍社会进步。这也不难理解为什么新文化人在推动文学革命时要极力开创儿童文学，其根由在于改造儿童、推动社会进步。他们预想到了儿童文学能形成郭沫若所谓的"宏伟的效力"，是疗治社会"起死回春的特效药"。[2]不过，在这里，郭沫若高扬儿童文学的社会功用时征用了儿童的新人身份，立人与立国的归并会产生极大的社会效应。这当然是用现代打捞历史的"后见之明"，但这种"发现"对于此后儿童文学的"发明"却起到了不可替代的作用。

没有古代形态，并不意味着找不到传统的根脉，或否弃前传统的价值。中国儿童文学自"五四"始才真正创生，这也不意味着它是缺失本体基石的空中楼阁。儿童文学到底是"古已有之"还是"现代生成"的讨

1　鲁迅：《我们现在怎样做父亲》，《鲁迅全集》第1卷，第140页。
2　郭沫若：《儿童文学之管见》，《民铎》第2卷第4号，1921年1月15日。

论，其意义不在于时间节点，而在于性质的定位。类似于中国现代文学，其历史起点曾引起过诸多争议，王德威的"没有晚清，何来'五四'"[1]说即是其中一例。从时间的先后顺序看，晚清早于"五四"，要系统研究"五四"新文学自然不能忽视晚清文学及其影响。同理，要探究"五四"新文学的传统也自然绕不开晚清文学这一独特的存在。王德威的上述观点将晚清（文学）视为"五四"（文学）的一个重要源头，从"没有……何来……"的句式就能洞见这种逻辑关系。在"五四"新文学的标准界碑下，晚清文学、近代文学尽管没有作为反例而存在，但也常是处于被遮蔽的状态。面对现代性所制造的新文学"神话"，陈思和曾不无感叹地说："我们自己把本来很丰富的传统简单化了，形成了一个想象的传统。"[2]言外之意，要还原原本丰富的传统的样貌，不能运用绝对化、本质化的观念粗暴地切断传统的脉息。从王德威写作《被压抑的现代性》一书的初衷也可说明这一点。他持守着一种"在前现代中发现后现代"观念，其目的在于"打破文学史单一性和不可逆的叙述"。[3]由此说来，释放晚清文学被压抑的现代性是表面，重审"五四"新文学及文学史叙述才是真正的意图。不过，王德威看到了"被压抑"的现代性的巨大反弹力，从晚清文学到"五四"文学，现代性渐次收缩，"五四"文学只是"窄化的收煞"。这种"退化"的现代性的论述让王德威陷入了左支右绌的困境：一方面要拉近晚清文学与"五四"文学的界限，以此照见现代性的演进趋势，另一方面又在"压抑"的作用下断开了晚清文学与"五四"文学的关联，而后者无法为前者提供合理的学理逻辑。这种混杂的话语机制使得王德威的这一学说招致学界的批评，譬如李杨提出的"两种读法"[4]就是适例。将晚清文学的新变与"五四"文学纳为一体看待，有着合理性。毕竟任何一种文学的

1　王德威：《被压抑的现代性——晚清小说新论》，宋伟杰译，北京大学出版社2005年版，第1页。

2　陈思和：《"五四"文学：在先锋性与大众化之间》，《中华读书报》2006年3月8日。

3　王德威：《没有五四，何来晚清?》，《南方文坛》2019年第1期。

4　李杨：《"没有晚清，何来'五四'"的两种读法》，《中国现代文学研究丛刊》2006年第1期。

发生都不是无本之木、无源之水。关键的问题是这种"联结""纳入"不应是一种"取代"或"超越"所能概括的。随意降格"五四"新文学的价值既不符合历史的实际，也不符合文学传统延传的基本规律。对于两种文学形态的关系，温儒敏说得很清楚了："晚清的'新变'还只是'量变'，离'五四'前后的'质变'还有一个过程，'五四'作为重大历史标志的地位，是晚清'新变'所不能取代的。"[1]文学传统本身预设了古今的对话，在这种对话中才能更好地照见文学传统的延传。中国现代文学如此，中国儿童文学也如此。

在儿童文学领域讨论"古已有之"的问题，表面上讨论的是一种文学传统的源头，但实质上却是对其性质的界说。不认同儿童文学古已有之的理论逻辑是中国古代没有"儿童文学"概念、观念，因而难有儿童文学的实际形态。朱自强认为儿童文学不是一个"实体"，其产生有赖于思想与观念的先在性：

> 古代文献里从未出现过"儿童文学"一词，可见古人的意识里并没有"儿童文学"这一个概念。[2]

这种概念先于实体存在的观念显然无视作为一种非自觉的儿童文学的可能性。毕竟儿童文学并非是观念或概念的衍生物，儿童文学的生成有其自身发展演变的规律，其自主性及接受本身的主观性都无法确证儿童文学是一种纯粹观念的产物。而承认"古已有之"的研究者则从中国古代文化中做知识考古，他们发现中国古代孕育了包括儿歌、童谣、民间故事等口承文体，并找出了相关文本予以例证。王泉根从中国古代民间文学向作家的文学即作家创作的文学变迁史中洞见了这样的事实：

1　温儒敏：《再谈现代文学史写作的"边界"与"价值尺度"——由严家炎〈二十世纪中国文学史〉所引发的研讨》，《学术月刊》2011年第12期。

2　朱自强：《儿童文学的"思想革命"》，青岛出版社2017年版，第163—164页。

只要有民间文学的存在，就有文学的存在。中国儿童文学也是如此，只要有民间儿童文学的存在，就有中国儿童文学的存在与发展的前提。[1]

这看似找准了"古代儿童文学"确凿的学理依据，但实际上我们也不能忽视的另一个事实是：任何一种新传统都不可能产生于完全断裂的文化土壤中，因而要想在中国儿童文学与中国古代文学中找到关联点是非常容易的。问题是，中国古代民间的口头文学"述"大于"作"，多是一种"耳治"文学，难以与"目治"的儿童文学类同。关于这一点，周晓波的论断可进一步深入回应这一问题："古代没有专门的儿童文学，现在所说的古代儿童文学，是后人从大量民间文学创作和古籍中挖掘、整理出来的。"[2]换言之，如果真的存在所谓的古代儿童文学的话，那也是后人以一种"后见之明"的思维来拣选中国传统资源，这种挖掘与整理遵循的是"史家的逻辑"而非"历史事件的逻辑"，从而反过来也说明了中国古代不存在专门、自觉的儿童文学的观点。

持"五四"起源论的研究者充分肯定中国儿童文学的现代品格，认为其创生与现代思想观念的变革密切相关。对此，刘绪源曾这样断言："中国本来没有儿童文学，有了'五四'新文学以后，才有真正意义上的儿童文学。——这话很对，这是大家公认的。"[3]"真正意义上"意味着中国古代的作家没有自觉为儿童创作的意识，同时也不可能以现代儿童观来指导其儿童文学创作。与此同时，更多的研究者是从"建构"的"观念"的儿童文学出发来考察中国儿童文学的发生问题的：儿童文学不是一个客观存在的"实体"，只有"建构"的"观念"的儿童文学才是儿童文学，由于中

---

1 王泉根：《中国古代有儿童文学吗》，《文艺报》2018年7月4日。

2 周晓波：《儿童文学文体分类的历史性和新基点》，《浙江师范大学学报》（社会科学版）1993年第2期。

3 刘绪源：《中国儿童文学史略（一九一六—一九七七）》，第3页。

国"古代文献里从未出现过'儿童文学'一词，可见古人的意识里没有'儿童文学'这一个概念"，因此中国古代并没有出现"建构"的"观念"的儿童文学，所以中国古代是不存在儿童文学的。[1]由于确立了现代的儿童观，成人才将儿童视为具有独立个性的主体，因而儿童文学才得以产生。循此逻辑，中国古代没有自觉而现代的儿童观，由此推导中国古代也就不可能生产出专门为儿童创作的儿童文学。

"古已有之"与"现代起源"的论争关涉着儿童文学性质的判定，因而也牵扯出"本质论"与"建构论"这一组概念。中国儿童文学是否存在着本质，引发人们对其元概念的反思。无论是从"儿童"还是"文学"着眼，儿童文学都拥有区别于其他文学门类的术语、概念和范畴，其现象和现实都具有同一性和整体性。这样说来，中国儿童文学的传统存在于连续、断裂的现象之中，将研究的视角聚焦古远的历史是有效的。抛开上述论争的理论迷雾，单从古代遗留下的物质、文化、思想、精神资源中去考察，中国儿童文学的古今对话具备可能性。从维特根斯坦"家族相似"的角度看，中国儿童文学文体的生成可以从古代找寻"亲缘关系"[2]。尤其是"幻想类文体家族"经过转换、变异，对于中国童话文体的现代化起到了重要作用。文体不仅是一种简单的体裁，也是思想和语言的体式。古代神话、传说、寓言、民间故事尽管没有直接化用为儿童文学的现代体裁，但经过"儿童文学化"，尤其是现代化转换后，对于中国儿童文学文体的自觉意义重大，并在民族思想和民族形式的传统延传中获取了新的发展动力。值得一提的是，这种传统内的转换不是简单的语言形式变革，而内蕴着思想、文化、价值的革新。而推动这种转换必须遵循现代性的标尺，逐渐形成更加适合表现现代人思想情感的文学形式与规范，一起更好地服务于儿童的精神成长。

1　朱自强：《"儿童文学"的知识考古——论中国儿童文学不是"古已有之"》，《中国文学研究》2014年第3期。

2　维特根斯坦：《哲学研究》，韩林合译，商务印书馆2013年版，第58页。

二、受新文学育化的"近传统"

不可讳言，中国儿童文学的发生离不开新文学的引领与话语支援。换言之，没有新文学对于古代文学传统的批评，就不可能有儿童文学的创生。新文学最大的功绩是人的发现，当儿童的发现归并于这一现代传统时，就预示着儿童文学融入了新文学的体系中。因而，中国儿童文学的"近传统"就是新文学所开创的现代传统。当立人与立国统合时，这种现代传统之于现代民族国家想象的意义得到了提升。从"儿童的发现"到"儿童文学的发现"体现了一体化的逻辑，没有"儿童"的出场，就不可能有"儿童文学"的发生。这其中，现代思想对于儿童文学的牵引力是非常大的，在"儿童"成了一个现代的概念之时，也育化出同为现代概念的"儿童文学"。

立于新文学传统来考察，就会发现这里的"近传统"之所以"近"，主要在于中国儿童文学与现代文学之间的同源性与同质性。与中国古代文学传统有别，新文学传统之"新"表现为思想和语言及人之新上。"人的文学"替代了"非人的文学"，确立了中国新文学思想的锚点。在《人的文学》一文中，周作人比照了"人"与"非人"的差异，并以此推导出"人的文学"与"非人的文学"的不同在于"人的道德"的本质差异上[1]，也由此拉开了中国新文学与古代文学之间的巨大鸿沟。从古代文学传统中独立出来的"百年新文学"，其意义究竟何在？这其中，"现代"的价值非常关键，是现代之质地刷新了中国文学的传统，赋予了其新的内涵。关于新文学标示出的时间意义，陈晓明的论断可谓切中肯綮：

这一百年可以在中国三千年的历史传承的时间历程中独立出来，如果不是因为它具有"现代"的意义，并且因为这个现代的意义有力量来继承、变革并且确立"传统中国"，那么"百年中国"的独立时

---

[1]　周作人：《人的文学》，《周作人散文全集》第2卷，第90页。

间单位则不可想象，并且也没有必要。只有"现代"使这"百年"独立成史，独立于世，成就自己。[1]

从现代性的角度来看中国社会转型，类似于"新的时间开始了"，古今之变落脚于文学也就是新旧之异。传统中国与百年中国的质的差异性，推衍出百年新文学与古代文学的质的差异性。

中国儿童文学紧跟新文学的步伐，受到新文学传统的滋养，也扩充了现代的精神元气。换言之，是"现代"成就了儿童文学，儿童文学是现代的产物，也是在现代意义上被赋予内涵的。不过，中国是后发现代化国家，其现代化进程是被动而非主动的。在这种情境下，中国儿童文学也铭刻了这种被现代化的印记。具体来说，在对待传统及传统文化时表现出复杂的心态。在新旧转换的框架里，反传统是为了建构新传统，新文化人以西方现代思想为改造中国文化的武器，一股激越的反传统的思潮伴随着思想启蒙而延展至文学等领域。由于中国文化传统的稳固及堕力，修补式的改良显然于事无补，无法撼动中国"主奴"社会的结构。按照黑格尔《精神现象学》对"主奴"关系的概括，维护主人与奴隶关系包括三个环节："统治""恐惧"和"培养或陶冶"。[2]三者具有一体性，体现了历史与逻辑的统一。主奴之间原本是一种控驭与被控驭的权力关系，黑格尔将其置于自我意识发展的过程中，从而洞见了自我意识运动"辩证发展"的事实，这也成为此后学者津津乐道的"主奴辩证法"的来源。在中国社会新旧转型之际，先觉者发现了传统文化之于新文化传统构建的斥力，主奴之间制造了稳固的"文化共同体"，同构了启蒙的"颠倒"。[3]在此情境下，启蒙

1　陈晓明：《现代如何开创？如何成形？——百年中国文学开创的现代面向思考之一》，《文艺争鸣》2021年第5期。

2　黑格尔：《精神现象学》上卷，贺麟、王玖兴译，上海人民出版社2013年版，第186—189页。

3　罗岗：《阿Q的"解放"与启蒙的"颠倒"——重读〈阿Q正传〉》，《华东师范大学学报》（哲学社会科学版）2013年第1期。

者如果低估了传统文化的顽固性、延传性，就无法切断强大的旧文化机制。这也不难理解林毓生所谓"五四式的全盘反传统主义"源自"根基深厚的中国传统"的塑造。[1]至于这种激烈的反传统思潮是否真如林毓生所说是受儒家传统一元论的影响，则值得商榷。"五四"启蒙者确实是将中国的文化传统视为一个整体，反传统者的矛头也指向了中国文化的这一整体性的存在。将中国新文学与中国古代文学界分，是为了凸显前者的特性，奠定了此后"断裂说"的理论基石。循此逻辑，对待中国文化传统的态度不再是盲目的继承问题，而是一个需要进行"创造性转化"的问题。为了修正"五四"知识分子对传统的否定，林毓生提出了"创造性的转化"命题，其内涵是："把一些中国文化传统中的符号与价值系统加以改造，使经过创造地转化的符号与价值系统转变成有利于变迁的种子，同时在变迁过程中继续保持文化的认同。"[2]从"全盘否定"到"创造性转化"无疑是理论自觉的一种趋势，遗憾的是，林毓生将转化的向度锁闭于"有利于自由民主"上，则限制了该命题的理论阐发。

反传统与学习西方具有整一性，两者互为表里、双向发力。即反传统需要西方现代思想的支援，西方资源的引入有助于反传统的推进，促发传统的创造性转换，而转换文化传统又进一步推动学习西方为我所用的诉求。于是，世界性与民族性都介入了中国文化的传统转换之中，两者缺一不可，互为他者。在此意识的引领下，中国新文学以启蒙为手段，开创了有别于中国古代文学的新的文学传统。受惠于新文学开创的人文传统，中国儿童文学不断纳入新文学和世界儿童文学格局。周作人的《儿童的文学》是其《人的文学》的延展与细化。在提出儿童文学概念时，周氏认为儿童是"完全的个人"[3]，有文学的需要，而"圣经贤传"

1　林毓生：《中国意识的危机——"五四"时期激烈的反传统主义》，穆善培译，贵州人民出版社1988年版，第85页。

2　林毓生：《中国传统的创造性转化》，生活·读书·新知三联书店1988年版，第291页。

3　周作人：《儿童的文学》，《周作人散文全集》第2卷，第273页。

显然无法满足儿童的要求，于是基于儿童的主体性而推导出儿童文学，这与其论定《人的文学》时思路如出一辙。作为时空体存在的人取代宗教和社会所界定的人，在文化史上是一次"哥白尼式的革命"[1]。自此，人不再是历史运动之外的他者赋义，而是历史化中自我的确证。于是，人的现代化与社会历史的现代性就具有了同构关系，这即伊夫·瓦岱所谓"时间职能"的现代性内涵，现代性存在于"创造主体和主体的目光中"，这种人成为主体性的事实"使时间成为主体的时间"[2]。"儿童"是"人"的一种具体化的存在，在全新的"人的文学"谱系中推演出的"儿童文学"，必然也是现代的、全新的。概言之，从"人的文学"到"儿童文学"体现了启蒙知识分子基于"人学"系统的推演，从而将"人"的内涵扩充至成人与儿童"完全生命"的畛域，由此铸就了儿童文学与现代文学共有的精神基础。这种一体化的编织、融通确立了中国儿童文学承继新文学传统合法性，在此后的文学现代化大潮中，作为"近传统"的新文学引领了儿童文学的发展。

西方现代思想要想凝聚为中国新文学的资源，必须要经过一次中国本土化、民族化改造的过程。这与中国传统文化的现代化转换一样，没有现成的资源可供直接吸纳，择取、过滤、改造必不可少。中国新文学的发展拥有中外两种资源，两者一远一近，构成了一种综合性的力量。向外扩展世界性的视角、向内汲取民族性的精华，是新文学与儿童文学学人的共识。译介域外资源、整理传统资源、创作本土文学作品是中国儿童文学三种发展进路，这与现代文学不无二异。值得说明的是，三种路径尽管出发点、方式各有差异，但前两者的开展是为育化中国本土文学创作服务的，其主导的路向和重心落脚于现代作家的新文学创作上。存在着"时间差"的中西文化，在彼此相遇时产生了非常大的"文明的震撼"。为了不至于

1　耿传明：《时空意识的嬗变与中国小说的现代性转型》，《山西师大学报》（社会科学版）2020年第5期。

2　伊夫·瓦岱：《文学与现代性》，田庆生译，北京大学出版社2001年版，第41页。

产生"不在历史中"的后果，新文化人不再耽溺于文化的自足、自满，译介域外资源的目的不是无自主性地跟随、认同，而是希望借西方先进文化来涤荡旧文化的弊病，再造新传统。不过，先觉者的心情是复杂的，从文化复兴的角度看，要"不后于世界之思潮"就必须向西方学习，但向西方学习又有可能遮蔽中国文化的传统，进而"失固有之血脉"[1]。鲁迅提醒"骛外"者要特别注重"趣内"，即是从世界性与民族性辩证的角度来说的，于今天依然有意义。经过了民族性、本土化淘洗的异域文化事实上已然成为一种中国化的资源，在这种内化中演化为中国新文学传统生成的有益质素。相对于现代文学接受西方资源，中国儿童文学接受域外资源的范围、数量、层次都相对窄化，主要集中在"儿童"或"儿童文学"相关的领域内。有时这种域外资源的接受不是直接的，而是转借现代文学接受域外资源的成果，这些特质都体现了中国儿童文学与现代文学之间的亲缘关系。

关于地域文化传统，学界有"大传统"与"小传统"之别。费正清高度评价"面海的中国"的"小传统"，也洞见了"农业—官僚政治秩序"这一"大传统"的封闭性。[2]这种地域人文传统的分野看似有些笼统，但对于理解地域文化与中国文学传统的建构有着重要的启发。严家炎认为，地域对文学的作用是一种"综合性"的影响，地域文化是其"中间环节"。[3]近年来，与地域文学相关联的概念"地方路径"也成为学界关注的热点。地方路径的提出实质上是对此前空间地理学意义上的区域文学、地域文学的一种深化。在笔者看来，地方路径和地域文学都是动态的概念，前者意味着将路径动态化，包括路径的获取、形态、运用等方面的内容；而后者的动态性体现在其与其他区域文学、整体文学的联动。相对而言，地方路径更注重其介入整体文学的方案，而地域文学则更突

1　鲁迅：《文化偏至论》，《鲁迅全集》第1卷，第57页。

2　费正清编：《剑桥中华民国史1912—1949》上卷，杨品泉等译，第11页。

3　严家炎：《区域文化：研究二十世纪中国文学的重要视角》，《中国文化研究》1994年第4辑。

出其自足的系统及内在结构的贯通。在文学史的框架内考察地域文学或地方路径，要超越中心/地方的单一性分类，也要改变将文学史等同于区域文学史的总和的观念。无论是地域文学还是地方路径，都要确立其主体性，它们的存在不依赖整体文学的体系才具备合法性，两者自有其独特性及主体性。事实上，地域文学或地方路径也是切近整体文学的一种"方法"，而这种方法和路径的基座是中国。确立了这一坐标后，地域文学与地方路径的动态性才得以夯实于中国大地。从整体到局部来看，受到现代中国文学的整体性、宏观性的影响，地域文学的丰富性、特殊性曾屡遭遮蔽。基于这种自上而下的理论偏误，地方路径这种自下而上的知识装置也就应运而生。在这里，地方并不是溢出整体系统的他者，是"中国"本身。[1] 有此认知，我们不能做简单的条块分割，切断"地方"与"文学中国"的有机联系。从这种意义上说，探究中国儿童文学的"近传统"，从地域文化的角度不啻为一种新视角，整体与局部的关联有效地介入了中国文学传统的内部，助益从文化的流转中看取中国新文学传统的结构及关联。

　　除了"大传统"与"小传统"的差异和互动外，人们通常认为中国文化传统包含了两种资源，一是以儒家思想为主导的古代文化传统，二是"五四"开始形成的新文化传统。[2] 对于中国儿童文学来说，这两种传统中前者属于"远传统"，后者则属于"近传统"。中国儿童文学脱胎于新文学，自然接续了这种表述现代人思想与观念的文学传统。这种"近传统"对于中国儿童文学现代品格、精神气度的生成起到了奠基作用。"近传统"的择取有助于为"远传统"创造性转化提供现代标尺，保障其现代性的方向。中国儿童文学的现代化进程所获取的动力源自新文学传统，现代话语深层次地塑造了中国儿童文学的精神品格，围绕着"儿童"而展开的儿童

1　李怡：《"地方路径"如何通达"现代中国"——代主持人语》，《当代文坛》2020年第1期。
2　王铁仙：《两种中国文化传统：区分、辩证与融通》，《中国社会科学》2010年第5期。

文学实践与现代文学的新人想象有着共同的旨趣。"作为成人的新人"与"作为儿童的新人"有效联结，获取了在"全人"的视域下观照其"为人生"的新传统，从而扩充了百年新文学的深层结构及现代意涵。

三、返归语言本体与新传统再造

从学理上说，新传统的再造是思想与语言转换的合二为一。中国儿童文学语言变革仰赖西方现代思想的传入，在新文学的整体推动下形成了指向儿童文学的现代传统。在这过程中，对西方现代新词汇的译介功不可没。在列文森看来，"词汇"的转换是新传统建构的初级阶段，"语言转变"才是最终的旨归。[1]从"远传统"中汲取民族母语转化的力量是中国儿童文学语言现代化的基石，其具体形态属于"在传统中转变"，但如果受西方思想文化宰制而生成了语言阐释系统，那么这种语言转变则是"在传统之外转变"了。由是，这就涉及了语言作为一种表意与阐释的话语功能。在中西文化碰撞的语境下，外来语言不能替代中国儿童文学语言的阐释系统，否则就可能出现罗志田所谓的"相互失语"式的表达障碍。[2]

思想性与文学性的失衡影响了转换两种资源的标准、方法与意义生成。抛开文化"大传统"与"小传统"关系的迷雾，重返中国儿童文学的发生场域，不难发现：传统文化资源与"五四"文化资源是不相析离的"文化传统"。在笔者看来，传统儿童文学资源类似于一种"远传统"，想要在这种远古的精神积存中找到"直观"或"直接"的语言资源是颇为费力的，更多的只能借助于新思想与语言的重建。相对而言，域外儿童文学资源则更类似于一种"近传统"，但文化之隔使其也无法被直接移植应用，仍需要启用民族性的标尺来过滤、改写。就前述内外资源的转换

---

[1] 列文森：《儒教中国及其现代命运》，郑大华、任菁译，中国社会科学出版社2000年版，第39页。

[2] 罗志田：《文化表述的意义与解释系统的转变——梁漱溟对东方失语的认识》，《四川大学学报》（哲学社会科学版）2018年第1期。

而论，强化"为儿童"或"写儿童"的思想性是为了更好地创构儿童文学的现代性，暗含着对儿童文学概念的重新赋义。但这种思想优先的策略却容易混杂"为儿童"与"为成人"的界限，由此衍生了语言转换时注重时代气候语境的话语整合性。具体来说，"因时转义"与"因地制义"是两者古今贯通与中西交流的主要方略。借助于"异"的视域融合，实现中国儿童文学民族性与世界性的互动，即乐黛云所谓的"纳入'本地'的意识形态"[1]。但问题的复杂性在于，这种基于时空"距离"而产生的语言转译并不能保障思想性与文学性的平衡，两者的权重制导了资源的选择及标准的错位，也由此生成了语言转译"述"与"作"的分野，以及在此基础上的思想本体批评和语言审美批评的失衡。梁实秋认为儿童文学不是"为儿童"的文学，而是"以儿童为中心"的文学。基于这种认识，他反对儿童文学创作与译介沦落为远离中国社会的"逋逃薮"[2]。不过，由于"为儿童"与"以儿童为中心"并不是截然分立的，因而梁实秋的界说难免会有歧义，无法达至概念的逻辑自洽。同样，沈泽民与赵景深围绕王尔德"艺术至上主义"的论争看似起因于读者审美趣味的差异，但实质上却是儿童文学"自然性"与"社会性"紧张关系的表征，背后隐伏的依旧是基于思想与语言两歧而带来的价值观念的取舍。在百年中国动态的文化语境下，儿童文学的发展始终无法平衡"儿童性"与"文学性"的关系，语言的"去教化"与思想的"为人生"的冲突，加剧了中国儿童文学语言实践的困境，也深刻地影响了转换资源的出发点、立场及过程。

　　当儿童文学从"描述性"概念转向"结构性"概念时，关于中国儿童文学转译两种资源的议题就更为复杂。与"描述性"概念相比，"结构性"概念更强调系统化机理，注重概念生成的内外机制及话语关系。解决儿童文学语言结构性难题的方法不是成人作家以"浅语"来弱化思想性，也不

1　乐黛云：《序》，顾彬讲演：《关于"异"的研究》，曹卫东编译，第2页。
2　梁实秋：《现代中国文学之浪漫的趋势》，《晨报副镌》1926年3月31日。

是成人作家模仿儿童的语言来替儿童发声，而是两代人基于"童年"而展开的对话。否则儿童文学完全可以绕开两代人的转换难题，由儿童直接创作儿童文学，以实现"为自己代言"的目的。但是，儿童自己创作文学作品又违背了儿童文学的本义。为什么儿童不能创作儿童文学？其根由是儿童无法超越"儿童所体验的童年或儿童式的思维"[1]，难以超越同代人的生命经验来描写"儿童"丰富的意涵。这实际隐含着成人为儿童文学创作与阅读立法的观念，也为儿童文学的教化隐喻功能提供了合法性的依据。由此看来，儿童文学的语言实质上还是成人的语言，儿童话语难以在成人主导的儿童文学文本系统中浮现出来。关于儿童话语隐匿的缘由，叶圣陶将其归因于"儿童不能自为抒写"，只能由文艺家代之书写这个"最灵妙的世界"。[2]由此，儿童话语的缺席容易促发成人作家"拿儿童说成人之事"的机制，销蚀"儿童视角的文学"与"儿童的文学"的界限，也在一定程度上制约了儿童文学语言的儿童指向性。

问题的关键在于，尽管儿童是缄默者，但它并不缺席。那些盲视儿童及儿童语言存在的文学作品，显然难以称之为儿童文学。这意味着成人作家不可能在"未说出来"的知识集里自说自话，还要顾及儿童这一"影子文本"的他者作用。[3]在《儿童文学的教授法》中，郑振铎将语言归入"格式"范畴，指出"文句多重复，风格多平衍"是儿童文学语言的基本特征，而要达到这种语言标准，成人作家要采用"节译"之法。[4]既然是"节译"，就涉及了代际话语转换及语言转译的问题了。如果说郭沫若的《儿童文学之管见》仅以"儿童文学不是什么"来界定儿童文学语言特性，那么到了郑振铎这里就考虑到了两种话语声音的辩证了。这种纠缠着两重话

---

1 佩里·诺德曼：《隐藏的成人：定义儿童文学》，徐文丽译，中国社会科学出版社2014年版，第153页。

2 叶圣陶：《文艺谈》，《叶圣陶集》第9卷，第21页。

3 佩里·诺德曼：《隐藏的成人：定义儿童文学》，徐文丽译，第9页。

4 郑振铎：《儿童文学的教授法》，《时事公报》1922年8月10日。

语的儿童文学语言必然牵连着"为儿童"与"为成人"的两歧指向，远非单向度的"形象化的艺术语言"[1]或"艺术处理的浅语"[2]所能概括的。隐藏的成人与潜在的儿童读者一道构成了儿童文学双重读者结构，洞悉到这种显隐的"双逻辑支点"看似容易区分儿童文学与成人文学的界限，但实际上并未简化其语言研究的难度。在论及儿童性的发现与遮蔽问题时，佩里·诺德曼道出了儿童文学作家书写的含混性困境："同时赞美和贬低童年欲望及知识，因此既保护儿童不受成人知识的伤害，又努力教给他们成人知识；它既保守又颠覆；它既颠覆它的保守主义，又颠覆它自己的颠覆性。"[3]这其中，不仅有成人"全知"高度对儿童"无知"的转换，而且还涉及转换后能否表述及如何表述等后续议题。横亘于成人作家面前的不是"要不要"的预设，而是"能不能"及"如何能"的实践。

在中国儿童文学发生期，内外两种资源的转译不是各行其是的共在，而是相互参照的共构系统。转译后的两种资源所驱动的思想与艺术的革新，共构了中国儿童文学发展的综合性力量。无论是"以中审西"还是"以西审中"，都包含了世界性与民族性互动的意涵。在世界性的烛照下，民族性不等同于古代性或传统性，而是一种以现代性为基质的创新性品格。同理，正因为持守着中国性的立场，同质化的现代性也没有遮蔽异质化的民族性。具体来说，传统资源的转换体现了中国儿童文学内源性的变革，其语言转译经验可为域外资源转化提供民族性、本土性的标尺。同时，域外资源中国化所建构起的世界性视野，可有效突破中国儿童文学自我本质主义的窠臼，从而为传统资源转译提供现代性的参照。

传统不是固化的成规，它需要在历史化的过程中不断淘洗、淬炼和重铸。中国儿童文学传统的开创离不开古今中外资源的对话融通，并最终在汇入新文学大潮时再造了其自我传统。这其中包含了"一体化"与"主体

1　杨实诚:《论儿童文学语言》,《中国文学研究》1999年第2期。

2　林良:《浅语的艺术》,第23页。

3　佩里·诺德曼:《隐藏的成人：定义儿童文学》,徐文丽译,第9页。

性"辩证的逻辑。中国儿童文学与现当代文学共享了百年新文学所开创的人文传统，集结着共有的"为人生"的现代传统，两者丰富的联动扩大了"全人"的生命结构，并行不悖地参与了中国现代化的宏大工程。但是，这种联结并不能以销蚀中国儿童文学的主体性为代价，也不能淹没和遮蔽各自开创传统的个性。面对新文学所开创的伟大传统，中国儿童文学难免会表现出既"渴望置身他处"又必须"置身于自己的时空"的焦虑。[1]要确立儿童文学传统的主体性，有必要先界定其在新文学格局中的身份。而这种身份探询要以发生学而非本质论的观点为基准，切近百年中国转型的动态语境，在历史与当下对话的情境下去测度中国儿童文学传统生成的价值与局限，从而以更为客观科学的态度审思中国儿童文学的性质与品格，为培育社会主义新人提供理论资源与智力支持。

1　哈罗德·布鲁姆：《西方正典》，江宁康译，译林出版社2011年版，第9页。

第三章

话语变迁与中国儿童
文学知识体系的建构

　　中国儿童文学的现代化得益于其知识体系的建构。中国儿童文学涵盖的知识主要体现在"中国""儿童"与"文学"上，三者的知识意涵及权力关系衍生了新的文学框架。从发生学的机理看，现代概念向现代知识的转换开启了中国儿童文学学科化的自主道路。对儿童文学元概念的界定是确立知识范畴、依据和方法的重要途径，这要求突破描述性概念的知识单面化，向着结构与系统的知识场域跃升。学科界分与跨学科构成了知识生产的完整序列，学科界分是跨学科的理论前提，跨学科又促发了新一轮关于学科界分的思考。中国儿童文学与现当代文学的界分要遵循"一体化"与"主体性"辩证的逻辑，在文学史建制的基础上推动百年新文学知识体系的现代化发展。从语言角度分析，中国儿童文学的发展及精神品格不仅取决于汉语本身的变化及其品性，同时也深受文学批评的影响。文学批评是贯穿儿童文学创作与文学史的中间枢纽。中国儿童文学批评和儿童文学之间是相互依存、相互促进的。语言变迁深刻地影响中国儿童文学批评的变化，进而深刻地影响了中国儿童文学知识体系的建构。

第一节　知识观重构与现代话语的发明

"知识"是人理解自我与外部世界而生成的确定性与体系性的认识，"知识观"则是对于知识的理解及所持的态度，属于精神观念的科学范畴。在中国古代，知识体系的建构经历了从神学垄断到周公制礼作乐再到儒家的大一统的发展过程。"合一"与"合德"同构不仅制约了学界对于知识的学科界分，而且阻滞了国人知识观的革新及知识运用的效能。在现代启蒙思想的推动下，中国人的知识观念发生了深刻的变革，中国文学也实现了新旧转型。从这种意义说，中国新文学的出场得益于知识观的重构，它既是现代知识体系确立的基础，也是结果。随着人们对"儿童"认知的深化，成人社会的"儿童观"朝向更为科学、理性的道路演进，曾经被"视而不见"的儿童被重新发现，儿童的知识内涵也被灌注了"现代"的质素。作为新文学的子类，中国儿童文学是知识观重构的产物，其发生汇聚了现代"人学"的思想资源，有效地推动了新文学知识的生产与传播，进而又深刻地参与到知识观重构的现代工程中来。

一、知识论危机与现代话语阐释困境

危机是驱动知识范式转换的根源，当一种知识或知识论在恒常的情境下失去了实践的有效性或合法性时，也就意味着更换知识工具和观念的时候来临了。伴随着西方新知的输入，中国传统天人观的合法性遭遇危机，陈旧的知识、思想和信仰出现了"连锁坍塌"[1]，"人"的主体性得到了高扬，而回应人与世界关系的知识体系也逐渐朝着形式化、专业化及分科性的方向发展。尤其是现代教育制度的确立，更是搭建起了与知识体系相匹配的运行框架。中国儿童文学的发生深植于这一"人学"知识观重构的文化语境之中，受其推动也反作用于现代知识观的新建。细化来说，这种

1　葛兆光：《中国思想史》第2卷，复旦大学出版社2000年版，第458页。

知识观重构集中体现在"儿童观"和"儿童文学观"两个层面上，是朝向"中国""儿童"与"文学"的现代革新。

按照金岳霖的说法，知识论的主旨是"理解知识"，但也要关注"如何成为知识"[1]。具体化于儿童文学这一知识而言，既要理解"儿童文学是什么"，也要深入洞察"儿童文学如何成为知识"。然而对于"儿童文学"的认知，学界却有诸多争议，甚至引发了关于儿童文学知识论的大讨论。面对这种分歧，人们往往会从儿童文学理论那里去寻求知识依据。然而，儿童文学理论是以儿童文学元概念为知识对象的，于是关于儿童文学的诸多争议最终又指向了儿童文学理论本身，由此生成了汤锐所谓的"倾斜的理论"的悖论。[2]事实上，上述分歧与人们构筑于儿童文学知识本体上的知识观密切相关，并集中体现在发生学的性质上。在中国学界展开的"古已有之"还是"现代生成"的争论，与其说是一个发生学的本源问题，毋宁说是关涉知识本体的观念问题。"古已有之"说认为中国儿童文学是自古就有的客观存在，尽管那时没有儿童文学的称谓，却形成了多样的文类和自足的语体规范。这意味着存在"中国古代儿童文学"的实体形态，要想寻觅儿童文学的踪迹应回溯到中国古代。于是，切实可行的方案是通过知识考古的方式去"发现"它，并与现代儿童文学构成完整的知识谱系。"现代生成"说则持守现代的标尺来界定儿童文学，在对古代口传文学、民间文学的研究中发掘儿童观的"不自觉"或"非现代"的质素。由此，儿童文学的发生不再是自古至今的延传，而是立足于现代思想基础上的建构与发明。概而论之，两者依托的知识观有异，前者是"本质论"，后者则是"建构论"。

暂且不论"本质论"和"建构论"的优劣问题，单从儿童文学发生的路径来考察，就有这样一个疑问：是否存在着既"发现"又"发明"的兼容路径呢？从学理上看，这是不可能的，两者只能取其一。"发现"意味

1　金岳霖:《知识论》，商务印书馆2022年版，第1—2页。

2　汤锐:《现代儿童文学本体论》，明天出版社2009年版，第8页。

着要回到历史的原点，既然这种探源是以儿童文学在古代确实存在为依据的，那么延传到了现代就没必要再"发明"一种新的形态了，只需要做探源性的"发现"即可；"发明"意味着重新创建，如果是重建，那就不是对于既有本质的还原。这是横亘于本质论与建构论之间质的规定性，也体现了"发现"与"发明"知识主体的是非判断。从这种层面上看，刘绪源"在'本质论'基础上存在的'建构论'"[1]与朱自强"建构主义儿童文学本质论"[2]的观点均出于折中的意图，但无论其落脚于何者，都无法解决两者知识不通约及性质相左的矛盾。

不可否定，中国古代确实存在着类似于儿童文学的文体形态，古代的儿歌、童谣及民间故事等文体深受儿童的喜爱，从读者接受的角度可视为"有"和"存在"的证据。同时，这类儿童文学具有浓厚的民族性特质，也成了学人重构中国儿童文学不可或缺的资源。况且，只有植根于中华民族文化土壤的文学转型，才是真正意义的中国气派的儿童文学。但问题的复杂性在于，如果确认了儿童文学"古已有之"的合法性，那么重构中国儿童文学的知识体系就是"发现"而非"发明"。建构论注重特定语境下知识的重述，儿童文学现代生成的知识背景是"人学"观的重构，"儿童"作为一种现代知识的出场即是这种人学观重构的表征。如果按照这种逻辑，以观念先行所建构的儿童文学知识体系就没有做历史探源的必要，其实质是一种"后见之明"的谱系的"发明"。[3]事实上，无论是传统的还原，还是新传统的建构，都没有将儿童文学甩脱出中国文学的谱系外，古今、中外的视域融合为儿童文学注入了现代性与民族性的双重意涵，推动了中国儿童文学的现代发生。

一旦在探源中注入了现代性质素，这种"发现"就不是简单意义上

1　刘绪源：《中国儿童文学史略（一九一六—一九七七）》，第228页。

2　朱自强：《"儿童文学"的知识考古——论中国儿童文学不是"古已有之"》，《中国文学研究》2014年第3期。

3　王泉根：《中国古代有儿童文学吗》，《文艺报》2018年7月4日。

"返古"或"复古"，而是具有现代精神的"择取"和"铸亮"。在《科学革命的结构》一书中，库恩认为，科学知识的事实有一个"发现"的过程，但这一"发现"离不开理论的"发明"。无论是发现还是发明，都要消化反常，直至"把规范理论调整到使反常成为预期为止"[1]。确实，反常能在很大程度上促动发现或发明，但这并不意味着发现与发明在知识论上的界限就此消融，两者质的差异依然存在。在探讨中国儿童文学的知识属性时，应先搁置"发现"还是"发明"的理论缠绕，从儿童文学元概念出发，切近"儿童"与"文学"的本体来考察其发生学性质。只有在洞悉"儿童文学是什么"这一元问题后，探析"儿童文学的知识是什么"才符合本体论和认识论合一的逻辑。必须指出的是，这种推向概念本源的做法并非是要返归中国儿童文学"实有"事件的原点。不妨说，找到了具体时间节点上的确切事件符合知识考古学的"实证"逻辑，但这却远非其真正意图，它追索的是福柯所谓的"话语本身"，并把话语当作"遗迹"来探讨。[2] 在这过程中，起源不同，性质就不同。换言之，"发现"的起点不同，"发明"的结果也就有差异。但前提是，这种回溯本源的发现建立在知识对象要具有原初性的基础上，并且能找到建构该传统的知识理据。非此，传统的发明将无从谈起。柄谷行人将"儿童的发现"视为一种"风景之发现"就是从这种逻辑上立论的，他反复提醒人们注意："所谓风景乃是一种认识性的装置，这个装置一旦成形出现，其起源便被掩盖起来了。"[3] 在他看来，"风景之发现"并不存在于自古至今的直线性历史中，而恰显现于颠倒的、扭曲的时间性中。制造这种认知颠倒的机制表现为，"已有风景"是"风景以前的风景"推理的始点。言外之意，对"已有风景"的发现是发明"风景以前的风景"的基石，而无视这一推演机制的"内在的人"是"掩盖起源"的人。这实际在儿童文学的"发现"中预留了"发

1　托马斯·库恩：《科学革命的结构》，金吾伦、胡新和译，北京大学出版社2003年版，第104页。

2　米歇尔·福柯：《知识考古学》，董树宝译，生活·读书·新知三联书店2021年版，第162页。

3　柄谷行人：《日本现代文学的起源》，赵京华译，中央编译出版社2013年版，第10页。

明"儿童文学的可能，"内在的人"所认知的儿童文学兼及现实与虚构两类，儿童文学的"发明"和"发现"在现代性的内部可找到共通点。

从发生学的角度考察，中国儿童文学既是新文学知识观重构的产物，也是时代与文学合力推动的结果。回溯中国儿童文学的起源，如果从"实体"的角度出发，就会将中国古代存在着的类似于儿童文学的东西"发现"出来，而这些被发现的实体儿童文学中必然存在着向后延传的"基因"。但是，历史基因无法决定未来成长的结果，因而以这种历史传统作为"发明"儿童文学的知识依据并不科学。要客观理性地把握中国儿童文学的性质，还是要从发生学而非本质论的视角来予以考察。从词义上看，中国儿童文学发生学旨在从文学的内部和外部来探求其创生的动因，这就要求立足于动态文化语境来开掘"文学文本生成的本源"[1]。显然，这里的文化语境是一个复合的知识背景，唯有夯实于儿童文学发生的文化语境才能探究后续的内在成因。如果将这种语境置于古代，就应从古代中国的社会文化的系统来考察。同理，如果将其确定为"五四"时期，那么这种考察就离不开"五四"新文化运动的整体语境。由此看来，问题的关节点还取决于中国儿童文学自身的性质，如果不能弄清楚"儿童文学是什么"，那么也就无法确认其发生的真正原因及性质。这种从元概念延伸出的取径又反求诸己的机理，是廓清儿童文学"发现"与"发明"路径的逻辑基点。

围绕"儿童"与"儿童文学"的知识观重构，驱动了儿童观和儿童文学观的深层变革。在聚焦"儿童是什么"时也牵引出"儿童文学是什么"的进一步追问。然而，在探讨儿童文学概念本体时，研究者最为明显的误读是将其视为一个描述性的概念，即将儿童文学描述为"儿童"的"文学"。在《儿童的文学》中，周作人提出的正是"儿童的文学"，而非"儿童文学"，他依循的就是上述界说逻辑，即从"儿童的"与"文学的"两方面来释义。在考察儿童文学的发生机制时，周作人援引了西方人类学

1　严绍璗：《"文化语境"与"变异体"以及文学的发生学》，《中国比较文学》2000年第3期。

的诸多观念，洞见了儿童文学与原人文学的类同性，于是得出了这样的结论：儿童文学"有许多还是原始社会的遗物"[1]。考虑到了原人文学的这种原始性，在类同原人文学与儿童文学时，周氏就不得已要赋予儿童文学类似的"前现代性"。显然，这一推理与儿童文学的知识论构成了悖论。儿童观是成人社会对于儿童的理解、假设与想象，决定了儿童文学的性质，即现代的儿童观推导出现代的儿童文学，反之亦然。回到历史现场，中国儿童文学发生的思想基础是现代儿童观的出场，中国古代的儿童观有诸多缺陷，最为明显的是将儿童视为"缩小的成人"，对于儿童"完全的人"的本体价值存在着偏误，这种有缺陷的儿童观阻滞了专为儿童创作文学的活动开展，销蚀了专为儿童创作文学读物的文化土壤。这反证了中国古代没有儿童文学的观点，也为中国儿童文学的现代发生提供了合法性。这样说来，中国儿童文学就不应该混杂着古代性与现代性，它因与新文学同源而只应具有现代性。

在发生期，从"儿童"概念的历史化来窥探中国儿童文学知识观的演进是有效的。"儿童的发现"是"人的发现"的必然结果，它暗合了现代中国社会转型的题旨，拓展了"人学"的深层结构。于是，利用"儿童"这一现代概念来探究中国新文学的性别、社会和政治想象就进入了学人的视野之中。徐兰君看中了儿童身上汇聚的"中间性""可变性"和"潜力性"等文化价值，认为儿童可构成对成人世界的"反省"或"再创造"。[2]当儿童"新人"身份与中国文学新旧转换同构时，就强化了其能指的象征性和有效性。从这一意义上说，新文化人征用儿童的目的，与其说是对弱者的"发现"，不如说是赋予了现代性内质的"发明"。从现代性建构的视角看，是不是有儿童的实体似乎并不重要，基于儿童的政治隐喻而开启的文学想象才是中国儿童文学发生逻辑的关键所在。对此，杜传坤所谓

1　周作人：《儿童的文学》，《周作人散文全集》第2卷，第274页。

2　徐兰君、安德鲁·琼斯主编：《儿童的发现：现代中国文学及文化中的儿童问题》，北京大学出版社2011年版，第3页。

"儿童文学本身即为现代性中'儿童'的一种生产与建构方式"[1]就阐明了这一机理。在"发现"或"发明"儿童的现代性工程中，新文化人以"儿童本位观"来充当思想资源，以此推动儿童文学知识观的重构。在此知识框架里，儿童不仅是完全意义上的人，而且还是儿童本身。不过，他们在求证儿童主体性的过程中却添加了"儿童不是成人"的义项，从而深陷绝对"二分"的逻辑怪圈之中，反过来又阻滞了儿童的真正发现。质言之，成人作家对儿童的"发明"是出于成人的话语需要，这种借成人来反"成人本位"的发明显然无法保障儿童的主体性，从而在"发明"儿童时又"隐匿"了儿童。

事实上，关于儿童的知识有显在知识与默会知识之别，并且"儿童的发现"与"儿童文学的发现"不能画等号。归结起来，儿童文学不是"儿童"之"学"，而是"儿童"的"文学"。因而，除了要发掘儿童主体性之于儿童文学发生的思想先导外，还要力图再造儿童文学这一新概念，以此"确定新的知识框架与理论体系"[2]。立足于中国新文学的知识场域，这种需要发现的儿童文学植根于中国新文学的母体，但又是被改造和重塑的文学新样式。中国古代存在着的童谣、儿歌等文体体式的芜杂，尚无自觉的知识分类分科的意识，因此需要在新文学的知识观下实现重组和新构。尤其是作为一种新的文学门类，儿童文学有必要在中国新文学体系中确立其身份与定位，以期在知识观重构的基础上创构专属于儿童文学的概念、术语及范畴，并由此推动新文学知识观在儿童文学领域的话语实践。

二、从"词汇"到"知识"转换的现代发生学机理

一个学科成熟的标志是学科自主，缺乏主体性的学科是无法在现代学术体制中获取身份认同的。在现代性工程的推动下，科学、道德和艺术开

---

1 杜传坤:《现代性中的"儿童话语"——从中国现代儿童文学的起源谈起》,《学前教育研究》2010年第1期。
2 余来明:《"文学"概念史》,人民文学出版社2016年版,第288页。

始分立，古典知识的整一化所确立的绝对真理被颠覆，知识生产日趋精细化、专业化和学科化。中国儿童文学在新文学整体性发展的推动下发生，同时，在一体化的人学系统中它亟需建构自己的知识体系，以实现学科自主的诉求。要界定中国儿童文学的知识范畴、找寻知识依据和方法，需要辩证地廓清其与现当代文学的深微关系，科学推进知识学科化的实施。同时，在学科界分向学科互涉转向的链条上，应持守中国儿童文学的学科主体性，开放性地吸纳学科间的知识与智慧，以期深度地参与百年新文学知识生产和传播的伟大工程。

在现代中国的语境下，"儿童文学"是一个现代概念。之所以是一个现代概念，原因在于存在着"无儿童文学"的前摄知识及转型假设。在此前提下，儿童文学的被发现就有了现代意义。关于儿童文学的概念，《简明不列颠百科全书》是这样界说的："儿童一旦被认为是独立的人，一种适于他的文学便应运而生。"[1]这一阐述揭示了儿童文学如下的知识意涵：其一，"儿童"作为独立主体的出场即是现代的表征。其二，作为现代概念的"儿童"引申出另一个现代概念——"儿童文学"。在这里，类似于埃韦斯将现代儿童文学定义为"反权威"文学一样，儿童文学的"发现"是一种浇灌了现代性的后见之明，儿童文学也从"初学者的大众文学"[2]的误读中析离出来。

作为一种现代词汇，"儿童"和"儿童文学"的出场彰明了古典知识体系的式微。于是，在价值论与知识论之间发生着形式化和观念化的转换。价值论是构成知识论的前提，唯有得到价值层面上的肯定，才会有关于知识的跟进研究。中国儿童文学现代知识的获取源自"儿童"价值方面的驱动，使其发现被赋予了价值上的意义。尽管如此，任何一种文学都无法通过自身来为自己正名，它必须进入历史才能获取合法性的认同。落脚

1　《简明不列颠百科全书》第2卷，中国大百科全书出版社1985年版，第794页。
2　艾格勒·贝奇、多米尼克·朱利亚主编：《西方儿童史》下卷，卞晓平、申华明译，商务印书馆2016年版，第476页。

于中国现代转型的历史化语境，新文学是现代思想的产物，"内在地成为了现代知识系统的一部分"[1]。儿童文学的发现则是儿童的发现及新文学思想现代化的衍生物。中国新文学确立了一种有别于古代文学的现代知识，它的内核是人的文学，与古代文学所确立的天人关系及主客不分的前现代知识形态拉开了距离。作为新文学的族裔，中国儿童文学聚焦儿童的主体性及现代化，其知识属性主要体现在"中国""儿童"与"文学"三个关键点上，而这三个方面都充斥着现代性的质素，由此集结的各类力量在历史化的过程中塑造着儿童文学，深层次地介入了儿童文学现代知识生产之中。

由于中国儿童文学没有古代形态，因而这里的"中国"是"现代中国"的指涉，它是借助政治认同建构起来的民族国家概念，时间层面的"传统/现代"、空间层面的"中国/西方"在此复杂集结，成为儿童文学中"儿童"与"文学"知识现身的语境。既然如此，"中国"不仅要与"儿童"和"文学"联系起来看，而且要将中国"问题化"与"再问题化"。[2]作为一种现代概念，"儿童"是人获取自主性之后的一种现代认知。当儿童从"非人"或"非儿童"的状态回归其本位时，儿童的发现就意味着经历了一次现代性之旅。由此获得的关涉儿童的认知也重新被赋予了儿童新的知识内涵，这种内涵是现代的，也从属于现代中国的社会思想。"文学"从来都不是脱离社会生活的产物，而是历史建构和制度化塑造的结果。这一"文学"因限定语"中国"与"儿童"的牵引，在儿童主体性高扬的前提下被赋予了特定的语义。于是，中国儿童文学的思想、语言都具有现代性，并表现为一种制度性、观念性的力量。在此机制中，儿童文学成为"社会结构"与"知识系统"的有机组成，同时其也借助这种网状结构型塑了儿童文学本身。

1　罗岗：《现代"文学"在中国的确立：以文学教育为线索的考察》，《中国现代文学研究丛刊》2001年第1期。

2　陈平原、王德威、藤井省三：《中国现代文学研究的方向》，《学术月刊》2014年第8期。

　　将中国儿童文学从"现代概念"转换为"现代知识"，需要建立起一种文学知识观。类似于知识的新旧要借助历史的标尺来确认，检视中国儿童文学知识的性质，就必须回答"中国儿童文学是怎样被历史建构起来的"这一问题。理性的方法是返归历史现场，从发生学的角度系统开掘中国儿童文学"建制"的历史。这种追本溯源的路径主要有如下两种：一是在中国社会变迁的情境下观照中国文学的现代转型。二是从中国文学转型的语境下推导出儿童文学的现代发生。也就是说，除了由外而内地逼近儿童文学发生的现场外，还要紧扣儿童文学本体属性，由内而外地照见中国社会的历史化语境。但问题的复杂性在于，在廓清儿童文学的现代发生的基础上，还要进一步探询作为现代知识的中国儿童文学是如何被生产的？细化来说，这种知识如何表征现代中国所隐含的文化机理，怎样凸显知识授体在征用、转化该知识的过程中精神心灵演化的印迹。同时，借助这种现代知识的生产，中国儿童文学又是如何参与现代中国的知识体系建构的？

　　如前所述，文学是在历史中建构出来的，它书写和表述着特定时空下人的社会生活。自"五四"始，中国儿童文学的发展已历百年。百年中国儿童文学是关涉"儿童"发展与现代化的文学现实。然而，百年中国所包蕴的思潮异常丰富，各种声音、力量、异质知识共存，不是传统/现代的单一框架所能涵盖的。加之"现代性"概念本身诡谲多变、歧义丛生，使得百年中国儿童文学知识的内涵、依据和获取从不直接显明。仅以笼统而多义的"现代"概念来界定中国儿童文学知识存在着学理上的漏洞。一般而论，中国儿童文学脱胎于新文学。饶有意味的是，新文学有广义和狭义之分，在新文化人那里常指原初意义的新体文学，与中国现代文学并不是完全等同的概念。而从概念范畴看，中国现代文学既包括了新体文学，也包括旧体文学；既包括现代文学，也包括当代文学。[1]随着现代文学学科

1　高玉：《中国现代文学史"新文学"本位观批判》，《文艺研究》2003年第5期。

化的确立，新文学在百年历史发展中获取了更为广阔的含义，"百年新文学"指代百年中国文学的说法也成为学界的共识。抛开概念的缠绕，笔者认为，中国现代文学和儿童文学都是新文学的子类，两者的区别在于，前者是现代的成人文学，后者是现代的儿童文学。由于同属于"现代"，深植于同一文化传统的母体，两者具有同源性与同质性。尽管如此，两者既不是一种主从关系，也不是整体与局部的关系，其知识系统的差异性仍是不可忽视的存在。

从知识的源流看，中国儿童文学似乎难以与现代文学相提并论。现代文学的发生基石是"人的文学"，儿童文学的起点则是内属于"人的发现"的"儿童的发现"。从"人的文学"推衍"儿童的文学"即是这种源流关系的合理逻辑。这样一来，儿童文学就被误解为是从现代文学那里发端的，即先有现代文学，后有儿童文学。而从知识权力论的角度看，既然发生有先后，那么两者的知识等级高下立判，关系反而明朗化了。事实上，这种观点依然混同了新文学与现代文学的关系。中国儿童文学与现代文学都是现代性的文学，其发生时间确有先后之别，但两者是"兄弟"关系而非"母子"关系。新文学所开创的"人的文学"是两者共有的传统，在动态的语境下，两者并行不悖地推动这一新文学传统的落地、储存和延传。这种亲缘性黏合了两者之间的关系，但又因各自的知识特性而没有跌入"从属"或"同一"的窠臼。这一结果不仅呈现了新文学知识体系的多维性，而且也保障了儿童文学与现代文学各自的学科自主性。

中国儿童文学现代知识的获取内隐着国人时间意识转化的线索。自从国人有了现代意义上的"时间"观念后，这一概念迅速地与主体结合，形成自我指涉。作为新人的"儿童"与这种新的时间观念内在地组合在一起，借助时间观念变化及由此产生的启蒙和救亡意识，中国儿童文学汇入了新文学所开创的民族国家想象新传统中。百年中国儿童文学以"新人想象"为价值内核是其对于"儿童主体性"价值择取、认定的结果。为此，有论者指出，中国现代儿童文学更多的是"为儿童"的文学，而不是"儿童"的文学。[1]百年中国儿童文学将"儿童"和民族国家生存发展的动力与思想资源直接关联，从而释放了"儿童"的社会性语义，使它在文学层面上被征用为指向未来的知识资源。因此，"儿童文学"在现代中国浮出历史地表时，它本身就是"中国问题"的知识化形态，并在很大程度上演化为解决中国问题的有效路径。安敏成根据现代中国文学被附加其上的"巨大使命"，论定新文学作家的话语实践都带有"某种特殊的目的"。[2]安敏成所论及的现代中国文学的上述导向，对于儿童文学同样适用。在现代中国动态文化语境中，儿童文学自觉承载着"立国"与"立人"的特殊使命，它们的融合体现了民族国家主体与儿童主体的双重创造，在中国社会的现代进程中很容易转换成民族认同或政治认同。百年中国儿童文学的创作者和阐释者是成人，而非儿童。这种由"成人写给儿童看"的文学在很大程度上强化了儿童的社会性，儿童充当了成人想象中国的知识符码，利用儿童文学实施教化、启蒙也是成人作家的出发点，目的是让儿童意识到自己之于社会、国家的主体价值，彰显其作为现代人的主体价值。从"新人培育"这一价值主线来考察百年中国儿童文学如何参与民族国家主体性建构，势必将有关"儿童文学是什么"的事实认知转向"儿童文学的知识功能何在"的价值认知。

在未被"发现"或"发明"之前，儿童及儿童文学是作为现代的前置话语或他者话语出现的。在被纳入现代民族国家的话语体系后，儿童和儿童文学的"弱者"身份则被转换为现代知识资源。对于这种"弱者"身份，儿童文学作家将其视为一种"认识中介"，"组织起了一个在世界与中国、民族内部与外部之间多重换喻、延展的意义空间"[3]。一旦获取了这种认识视野，儿童文学对于"儿童的构想"便实质上参与了"现代知识"

1　毕海：《中国现代儿童文学的发生与困境》，《福建论坛》（人文社会科学版）2020年第6期。

2　安敏成：《现实主义的限制：革命时代的中国小说》，姜涛译，江苏人民出版社2001年版，第3页。

3　吴舒洁：《世界的中国："东方弱小民族"与左翼视野的重构——以胡风译〈山灵〉为中心》，《文学评论》2020年第6期。

的建构。具体而言，对于儿童弱者身份的体认、反抗、转换蕴含着一种从"旧"而"新"的现代性思维；同时借助于"立人"与"立国"的同构机制，儿童文学所开启的民族性与现代性的双重审思则在世界体系中获致了对现代中国"位置"的重构。这其中，无论是对儿童"弱者"地位和处境的描摹，还是基于"强者"知识体系的抗争都具有了反观中国性质的视野，并在此总体性的认知中探索"现代中国"历史时间的价值。于是，现代中国儿童文学可视为重塑中国的意识形态工具。如果站在民族动员的角度来看，儿童文学所内蕴的民族国家想象无疑具有重构中国历史实践的意义。但是，在肯定"弱者"身份的方法论意义的同时，我们也不要盲目地拔高儿童文学的民族国家想象的实效。毕竟，基于儿童而开启的民族国家构想本身只是一种理论预设，并囿限于文学层面，"想象的知识"解决中国现实问题的能力非常有限。

从知识学理论转向的角度看，知识不是一种对于现实的反映，也不是浅表的经验，而是一个系统的多元结构，并受社会语境的影响。卡尔·曼海姆提出"位系"的概念，意在彰明"问题现实化"的知识生成的机制。[1]探究百年中国儿童文学知识的属性，需要返归其所置身的动态的社会语境，洞见知识与意识形态的复杂关系。百年中国儿童文学的理论体系增添了民族国家想象的现代性话语之后，其知识体系的价值指向更贴近现代中国的社会、历史与人生。中国儿童文学不再游离于社会之外，而是成为观照中国的载体。基于将"儿童中国问题化"的自觉，中国儿童文学的新人书写与历史价值保持着内在契合，由此彰显了其参与现代民族国家"主体性"工程的文学功能。不过，如果将儿童文学的知识都归结于民族国家想象的潜在结构中，便容易抹杀知识主体的主观能动性及文学本身的反抗性，进而陷入决定论的泥淖。这意味着不仅需要厘定中国儿童文学的概念，还要确认其学科身份，从而更好地理解其知识体系建构的价值与局限。

1　卡尔·曼海姆：《卡尔·曼海姆精粹》，徐彬译，南京大学出版社2002年版，第6页。

三、"不可能"的知识集与语言装置

与"儿童"无异，中国儿童文学也是一个现代概念。它的出场彰显了"儿童"与"文学"双重主体的现代性品格，对新文学的知识观的重构发挥了重要的作用。在知识观和现代文学制度革新的语境下，中国儿童文学从现代"概念"转换为现代"知识"。不言而喻，知识观是建立在研究对象"可知"的前提下的，它的工作就是创设"经验之可能性的诸种条件"[1]，以此廓清知识领域的混杂边界，从而有针对性地指导人们的实践。从元问题考察，儿童文学知识观首先需要解决的是"儿童"的认知问题，即这个"儿童"特指"哪个儿童"？是"儿童个体"，还是"儿童群体"？是作为方法的儿童，还是实体的儿童？是文本外的儿童读者，还是文本中的儿童形象？显然，"儿童"身份的含混、多歧给儿童文学的发生带来了诸多困难，制约了人们对于"儿童文学"知识观的理性认知。更为关键的是，知识的对象不是一般性的"物"，而是"观念"。[2]对于观念的认知夹杂着经验、感情、想象和理性，扑朔迷离，难以把握。就中国儿童文学知识构成而言，但凡"中国""儿童"与"文学"中任何一个要素是不可知或不确定的，那么基于三者组合而形成的知识体系将不再是"结构性"的，而是"解构性"的。

饶有意味的是，由"儿童"与"文学"组合的儿童文学就曾遭遇了对其"可能性"的质疑。在西方儿童文学界，儿童文学"不可能性"的提出曾引发了知识论上的一场革命。杰奎琳·罗丝（Jacqueline Rose）曾以《彼得·潘》为案例，提出了"儿童小说之不可能"的知识观。这里的"不可能"并不是对儿童文学非自然、不可靠叙事的默许，而是集中关注儿童是否可知、能否找寻自我的关键问题，并直指儿童文学的内在结构及认知的局限。成人作家与儿童读者的分立，生成了儿童文学的双逻辑支点，也衍

1　J. D. 凯普图：《直视不可能性：克尔凯郭尔、德里达以及宗教的再现》，王齐译，《世界哲学》2006年第3期。

2　乔治·贝克莱：《人类知识原理》，关文运译，商务印书馆2015年版，第22页。

生了知识传递过程中的权力政治：一方面，成人作家"不可能"为表述儿童而完全隐藏自己的声音；另一方面，沉默的儿童"不可能"介入成人作家的儿童文学创作活动。两种"不可能"的知识假设共同推导出一个结论：儿童文学不可能借成人之笔来真正描述儿童的观念。这就是说，儿童文学尽管有"为儿童"之意，但在文学生产中"儿童"却是缄默的存在，其所传达的观念不过是成人话语的容器。儿童文学提供了一种文化空间，这个空间既被高度管控，又被高度忽视。这样一来，儿童就被塑造成"被建构"的客体，其"能建构"的主体性则被遮蔽。对此，罗丝特别指出，儿童小说"文本内"的儿童才是成人话语的预设[1]，"文本外"的儿童读者想要与成人作家沟通是徒劳的。对于儿童小说中出现的儿童，罗丝将其界说为"幻象儿童"或"伪儿童"，这类儿童具有趋向于成人权力的"他物性"[2]，因身处社会与语言之外而无法参与小说叙事，最终被抽离了主体性而演化为一种"在而缺席"的存在。彼得式的"永恒儿童"显然无法单方面化解意识形态缠绕的文化难题，而这正是儿童文学"不可能性"所要阐明的知识阈限。在罗丝看来，这些被成人召唤出的儿童的意义在于，彰明主体性受蔽的欠缺、语言的不确定性，以及存在本身的界限。在这里，尽管罗丝的质疑内隐着对女性主义中激进批评的"挪用"，但其基于儿童文学结构而衍生的话语政治却是认知研究的重要畛域。

那么，是否可以通过儿童自己创作儿童文学来弥补"不可能性"的认知局限呢？这一假设依然与儿童文学的知识观密不可分。在界定儿童文学概念时，赵侣青、徐迥千认为存在着两种"儿童文学"：一是儿童自己发现或创作的"儿童的文学"，二是成人代替儿童自己发现或创作的"儿童化的文学"。[3]《儿童世界》《少年杂志》等杂志曾刊载过诸多儿童自己创作

---

[1] Jacqueline Rose, *The Case of Peter Pan or The Impossibility of Children's Fiction*, London and Basingstoke: The Macmillan Press Ltd., 1984, p. 2.

[2] Nikolajeva Maria, *Reading for Learning: Cognitive Approaches to Children's Literature*, Amsterdam: John Benjamins Publishing Company, 2014, p. 33.

[3] 赵侣青、徐迥千：《儿童文学研究》，中华书局1933年版，第67页。

的作品，但很难将此类创作视为儿童文学。既然儿童具备创作能力，那么为什么儿童创作的文学作品却不是儿童文学呢？究其因，儿童文学主要表征的是成人对于童年的理解，而不是儿童对于儿童自身的看法。相对于儿童与成人的代际沟通，儿童创作文学作品供儿童阅读则属于同代人知识体系内的交流，它没有跳脱"儿童所体验的童年或儿童式的思维"。用诺德曼的话说，这是"真正孩子式的"，但是却"逾越儿童文学的界限"。[1]为什么"真正孩子式的"思维反而无法接近童年呢？这仍归结于儿童观是成人对于儿童社会化的假设与期待，而非儿童对于儿童自己的理解。况且，从知识生产与传播的深广度看，同代人的单向言说不及两代人话语沟通深刻、阔远。可以说，儿童文学只是成人想象出的对儿童适合的东西，判定一个文本是否属于儿童文学并不由儿童所读、爱读来定义，而取决于成人对儿童的态度。

从表面上看，儿童文学的"不可能性"就隐藏于这样的结构关系内：既然儿童不能直接发声，那么就要借助成人间接地传达，而成人又不可能返归"永远的儿童"，因而其创作就不可能抵达儿童话语的深层。这似乎又回到了"弱者能发声吗"的话题上，但"儿童"是成人作家不能不顾及的存在，完全抑制儿童性显然有违儿童文学的本义。在儿童读者与成人作家分立的结构中，成人作家所理解的"儿童是什么"，构成了儿童文学知识形态的内核，表现为文本所涉及的关于现实、文化和文学的"知识集"。[2]关于儿童的不同理解，也生成了有差异的儿童文学知识论。概而论之，至少有如下五种有代表性的儿童文学的理解：一是"写儿童"的文学，二是"为儿童"的文学，三是"儿童写"的文学，四是"儿童本位"的文学，五是"教育儿童"的文学。儿童文学知识论的不确定性加重了知识观重构的难度，但这却意外地接近了儿童文学深层结构和认知视域。为了缝合假借他者来传达自我话语的"不可能性"，学人们引出

1　佩里·诺德曼：《隐藏的成人：定义儿童文学》，徐文丽译，第153页。
2　佩里·诺德曼、梅维丝·雷默：《儿童文学的乐趣》，陈中美译，第23页。

"童年"的概念，童年的假设和想象就此展开。由此，儿童文学不可避免地要在两代人之间进行一场"认识"与"愿望"的商榷。[1]这种围绕"童年"的代际商讨与其说是消解两代人的认知差异，不如说是对其认知限度的超越，从而在人的过去、现在和将来三种时态中开启了对话。成人与儿童之间的话语张力也正是儿童文学永恒魅力之所在：儿童文学总是既正统，又激进；既具有说教性，又具有游戏性。不过，即便如此，它并不能彻底解决儿童与成人之间的文化隔膜，"为儿童"与"为成人"的两歧仍如影随形。

整体来看，有关儿童的知识观主要存在两种分殊的看法：一是存在着内在的"本质"儿童；二是存在着作为成人话语产物的儿童。按照前述知识观重构的理路，前者依循着"发现"的逻辑，在想象的儿童与实体的儿童间能彼此互证。后者则表现为一种"发明"的装置，借成人来言说儿童是其旨趣。显然，罗丝的质疑源自后者。在她看来，《彼得·潘》是断裂儿童主体性的典型案例，那种趋向永恒的"儿童"即是"没有儿童读者参与"的显证。因而，儿童读者不仅无法介入这种文学，反而被其操弄。可以说，尽管存在着所谓"为儿童"而创作的文本，但它内隐的儿童只不过是成人作家所建构出来的。为了修正儿童文学上述生产机制的难题，戴维·拉德提出的方案是缝合"被建构的"和"能建构的"儿童之间的裂隙[2]，以达到伸张儿童"能建构"的目的。罗丝提及的"书本之中"的儿童尽管隶属于成人话语，但因具有能建构的文化属性而获致作为"社会人"的显征。这种对儿童"社会建构"语义的纠偏，重申了从儿童自身的文化可能性去重建儿童文学知识观的可能性。事实上，话语权力不只是压制的，也表现为生产的，借用福柯的话说，"它生产现实，它生产客观的

1　凯伦·科茨、赵霞：《"不同寻常"的意义——关于西方儿童文学创作与批评新趋向的对话》，《文艺报》2020年7月10日。

2　彼得·亨特主编：《理解儿童文学》，郭建玲、周惠玲、代冬梅译，少年儿童出版社2010年版，第29页。

领域和真理的仪式"[1]。如果说"被建构"的儿童依赖成人社会的外在赋值，那么"能建构"的儿童则体现为一种自我赋权的特质。两者型塑了如下权力关系：一方面后者能以自己的主体位置来抵抗前者强势的规训，另一方面后者调适与前者的关系使儿童成为主体。在这里，这两种关系并不绝对冲突，甚至在特定的情境下还能扩充儿童文学话语生产的效能。关键的问题在于，以何种立场来确认儿童的主体性，以及将儿童立于怎样的位置来激活儿童文学知识的可能性。

概而论之，因生物本质论与文化决定论的错位，产生了儿童文学"不可能性"的难题。不过，儿童文学这一结构性特质到了德里达解构主义那里，恰成为推动知识超越不可能性界限的利器，是解构行为中无法解构的东西。[2]循此逻辑，"不可能性"构成了解构的逻辑前提，它拒斥了一切关于确定性的虚妄，对理解儿童文学认知诗学的限度有着启示意义。如前所述，成年与童年的认知界限始终存在，但并不意味着没有认知僭越的可能。"童年"是勾连儿童与成人的一个核心概念。通过创作儿童文学，成年人不仅得以保存其关于童年的经验，而且能为自己及他人重造童年。从这一特性来看，儿童文学"暗藏着成人精神的深渊"[3]的说法似乎忽视了儿童参与儿童文学叙事的潜在性和可能性。在儿童文学知识生产中，儿童被成人社会塑造是不可避免的，但这种看似"简单"的结构却隐藏着未被言说的"影子文本"。显然，儿童不是可有可无的，其存在价值在于以"未完全殖民"的姿态来抵抗被割裂的后果。这正是儿童文学知识形态的独特之处，"差异"与"欠缺"是儿童文学内隐的两代人的话语模式。成人作家深谙单一逻辑和专断的发言无法让儿童产生认同感，否则两者的对话无从谈起，儿童文学也将不可能存在，这也成为"真实的儿童既不会被'发

1　米歇尔·福柯：《规训与惩罚》，刘北城、杨远婴译，生活·读书·新知三联书店1999年版，第218页。

2　雅克·德里达：《文学行动》，赵兴国等译，中国社会科学出版社1998年版，第2—3页。

3　赵霞：《从"可知的儿童"到"难解的童年"——论儿童问题与当代西方儿童文学理论批评的演进》，《文艺理论研究》2022年第2期。

明'，也不会'消逝'"[1]的真正缘由。由于代际间认知的落差，成人不断地调适其与儿童的位置、关系，但始终无法撕裂两者共处的张力结构。由此可见，儿童文学知识观重构应不拘囿于单纯地依赖"儿童本位"，也不能盲目地释放成人的话语权力，儿童文学"不可能性"的超越更取决于如何理解儿童的存在状态，怎样显示儿童与成人各自所设立的边界，以及基于主体性话语的意义协商。

不可讳言，儿童小说的文体有其特殊性，那么罗丝的质询仅是基于儿童小说文体特殊性而言的吗？其实不然，儿童文学的其他文体也曾遭遇类似的质疑。譬如，彼得·亨特就曾提出"儿童诗歌是不可能存在"的论断：

> 尽管诗歌难以从根本上定义，但有一个普遍的、基本的假设，那就是诗歌（至少是浪漫主义诗歌）是静止的、引人深思的、精致的、有技巧的、有哲理的，且往往与性、死亡和内在世界有关。关于儿童的总体看法是，他们不具备任何一个上述特征。因此儿童诗歌是不可能存在的的。[2]

应该说，亨特的上述结论将儿童诗隔绝于一般诗歌体系外，其缘由仍出于对儿童认知的偏见。由于区隔两者时太过绝对化，他强势地设定了儿童诗内容与形式的禁忌，尤其是将儿童诗的意蕴从内在世界中抽离出现的论断显然不符合实情，无形中将儿童诗置于低等文类而曲解了其本有的文体特征。从语言到主题，儿童诗都不是一般诗歌的初始品，举凡语言浅易、思想简单就归于儿童诗的看法显然立不住脚。因此，要克服这种不可

1　张梅：《从"儿童的发现"到"童年的消逝"——关于"儿童"的概念及其相关问题的考察》，《文艺争鸣》2016年第3期。

2　Morag Styles, Louise Joy, David Whitley, eds., *Poetry and Childhood*, Stoke on Trent and Sterling: Trentham Books, 2010, p. 17.

能性，诗歌当然不能"逾越自身的限度"[1]，但对这种"不可能性"的超越将认知推至了阔大的视域。不独儿童诗，儿童文学其他的文体都不是低等的亚文体，其文体意涵不局限单一的"文之体"，而包含了复合性的"文和体"。这些文体并没有窄化地理解人与世界的关系，寓简单于深刻才是其认知僭越的魅力所在。这样说来，将儿童诗理解为"不可能的"不免失之武断。更为突出的是，儿童诗源自一种"耳治"而非"目治"的生命体验，倚重以身体和感官的舒张去连接外部世界，借此实现儿童对唯理性及世俗生活的反拨，这种效果用凯伦·蔻茨的话说即是："领会从世界到我们灵魂的简单的隐喻之弧。"[2]而这种无法言明的"领会"是一次返归儿童及儿童文学本源之旅，它不是儿童文学"不可能性"的表征，反而凸显其超越"不可能性"的文类特质。

落脚于中国儿童文学的发生情境，发现"儿童"是发明"儿童文学"的基础。其遵循这样的逻辑：唯有儿童这一独立价值的人被发现，成人社会才会意识到要创作一种专为儿童阅读的文学样式，儿童文学才会真正地出场。然而，在启蒙的框架中，儿童是"被拯救"的对象，成人对于儿童构想的不及物性也反过来制造了儿童的缺席。在启蒙向救亡转换的语境下，儿童看似实现了从"被拯救者"向"拯救者"的嬗变，但这并未弥补其主体性的"缺失之项"，儿童依然是成人话语的容器，被放逐于"童年的情境外"。[3]不过，特别要指出的是，这种儿童话语隐匿与伴随而来的成人话语过剩，却为儿童文学的发生夯实了思想基础。在人学知识观重构的语境下，现代思想的绽出确证了儿童文学作为"新文学"的合法性，其思想的深度是判定儿童文学发生与性质的尺度及标准。显见的道理是，如果缺失了现代思想的滋养，儿童文学实难走出传统文学的套路，当然也更难

1　张荣翼：《论诗的不可能性》，《河北学刊》2007年第3期。

2　凯伦·蔻茨：《"看不见的蜜蜂"：一种儿童诗歌理论》，谈凤霞译，《南京师范大学文学院学报》2019年第3期。

3　颜健富：《发现孩童与失去孩童——论鲁迅对孩童属性的建构》，《汉学研究》2002年第2期。

满足儿童接受现代社会思想的内在诉求。简言之，儿童文学"不可能"的知识集所制造的现代话语尽管容易绕开儿童主体，却牵引出儿童文学与现代思想的深度融合，进而遇合了以"思想优胜"[1]推导儿童文学发生的逻辑机理，助推了中国儿童文学知识观的重构。但是，不得不承认，由此形成的"早熟"思想则容易折损儿童文学的文学性，而受宰制的文学性反过来也无法有效地伸张其思想性。

可以这样认为，儿童文学"不可能性"不是从现实、语言、概率层面而言的，而是从结构与逻辑方面来归纳的，它显示了知识的权力问题。为了更客观理性地洞见儿童文学的知识权力议题，有必要超越传统知识观的藩篱，将知识观的重构置于儿童文学自身结构与外在社会情境的关系网络中，并以全新的知识观作为儿童文学发生的可靠性背景。具体来说，以儿童的"可知性"为出发点，将文本内外的"儿童"汇集成为一种相互贯通的知识集，搭建儿童"被建构"与"能建构"的知识通道，以寻求超越儿童文学"不可能性"的路径。中国儿童文学的新知识框架也隐含着这种"不可能性"的要素，但这种不可能的结构却顺应了新文学的思想预设，在思想优先的措置中将儿童文学汇入了新文学的主潮之中。

四、"人学"知识观与儿童文学现代话语的联动

寻绎学术史不难发现，经学和文章学占据了中国传统知识系统的高位，造成了文学与其他学科的含混状态，学科独立意识的稀缺决定了中国学术思想的"混沌性"[2]。经学话语式微带来的是"人学"主体性的回归及科学精神的高扬，新文化人得以利用科学等方法论来解释现实问题。人学是一种崭新的关于"人"的知识论，对人的重新定义超越了本质的先验论的认知。源自人内在认知的信仰和求真意志成为现代性的推力，认识世界

1　王本朝：《思想的优胜：新思潮与五四新文学》，《湖北大学学报》（哲学社会科学版）2019年第5期。

2　张宝明：《反思与重构：中国近代学科转型背景下的"人文学"》，《学术月刊》2012年第2期。

变成了改造世界的前提条件，从而将知识与权力统合起来。这种知识权力和科学方法论的有机结合，为新文学知识观的重构提供了依据。在此情境下，这种知识观的重建与新文学发生就具有了同构性，即在知识的反思性运用和主体性重构的基础上赋予了新文学以合法性身份，而新文学的发生又确证了知识观重构的合理性。同理，中国儿童文学的发生不仅提升了儿童在人学体系中的地位，而且也驱动了人学知识观的重构，而这种重构又进一步推动儿童文学的现代化进程。这种双向发力的联动机制，深度契合了儿童文学的发生学逻辑。

中国儿童文学的发生学逻辑在于，新知识观发明了"儿童文学"这一新概念，推动了儿童文学创作、理论与批评的发生。同时，儿童文学本身也是一种现代知识，更表现为一种制度性的力量。在现代性的知识场域中，围绕"儿童文学是什么"这一知识本体的持续发问，逐渐建构起的儿童文学理论批评才是可靠的、可能的。当然，对于"儿童文学是什么"的探询必须以其知识的客观性为前提。但事实证明，人文学科却难以用实证来作为知识生产的方法。那些虚构、想象的文本无须多言，即便是文学史研究中的考据学、文献学也不过是知识客观性的"微弱的证据"[1]。那么，这是否意味着儿童文学可以放逐知识客观性的属性呢？显然不是。以意义生成见长的文学并不排拒时代精神及民族文化等要素，文学对于时代、历史和人的观照也不完全是一种虚构性的存在。人的精神活动始终牵连着主观与客观，客观性从未缺席人对世界的认知过程。儿童文学知识中有"求真"的审美设想，其"真"大体表现为"'认知'内容是孩子们希望的真相"[2]。这种知意形态构成了儿童文学所追索的美好愿望，其情感朴素而真诚。与自然科学领域的其他知识主体不同的是，文学文本更关注知识话语与意义，而不是自然万物或真理，儿童文学的认知也莫能外。中国儿童文学中的"中国"显然不是一种虚幻或假设的义项，而是儿童文学知识现身

1　冯黎明：《论文学研究的知识学属性》，《南京社会科学》2013年第2期。
2　刘俐俐：《"以美均衡真善"的儿童文学价值观念》，《社会科学战线》2021年第1期。

的语境及场域。对于中国儿童文学知识观的考察，要揭示其作为一种"新文学知识"的"儿童文学"存在的社会情境，展现其与社会生活的多维关系。新文学知识借由成人作家之笔嵌入儿童文学的发生机理中，并期望儿童读者从阅读中获取该知识。不过，这种知识的呈现既有明示的，也有隐而不显的，为儿童读者提供了"认知参与"与"审美参与"的知识集。认知与审美的分殊型塑了中国儿童文学发生的两种路径，由此生成了两种截然不同的知识观。

新文学的知识观重建并不是一蹴而就的，特别是在脱逸传统经学的桎梏时，它必须要面对和回应新旧转型而衍生的内在困境。儿童文学的学科归属颇为尴尬，曾长期寄居于儿童学、教育学、社会学、民俗学等学科体系中而模糊了自己的身份，而这些学科的知识生产却无一例外地缺乏文学的理据。这不仅不利于人学知识观的重建，而且阻滞了儿童文学的现代发生。含混的身份无法在学科界分中确立自治的知识体系，也无法为儿童文学研究提供知识依据，更不可能设置相对应的知识评价准则。学科界分意在打破由"神"或"道"主宰的整一性的知识格局，推动知识学科化、专业化的发展，并在这种专业化的指引下实现学科自主。因而，儿童文学要想摆脱前述寄生的知识学危机，必须拥有明晰的知识依据以适应学科体制化的诉求。自此，儿童文学的存在身份不需要倚借他物来确证，只需要从其自身便可找到理据。分科立学是现代性知识体系建构的重要途径，科学、道德、审美的分治打破了整一性的混杂秩序。但是，真、善、美所代表的不同领域却是充满着冲突的，生成了韦伯所说的"不同的神"[1]。这种类似于诸神之战的分化为新文学的发生提供了知识场域，但新文学的知识生产却因这种复杂的关系而困难重重。中国儿童文学的学科知识特性非常鲜明，集中体现在"中国""儿童"和"文学"的语法关系上。这其中，"文学"是落脚点，"中国"和"儿童"起着修饰和限制的作用。由于

1　马克斯·韦伯：《学术与政治》，冯克利译，生活·读书·新知三联书店1998年版，第40页。

中国古代没有自觉的儿童文学，因而这里的"中国"特指"现代中国"，它是儿童文学知识现身的场域。按照舍勒所谓"知识决定社会本性"[1]的说法，有怎样的关于"儿童"的知识，就有怎样的儿童世界的本性面貌，而这种本性面貌也折射出其所置身的文化语境。"中国"与"儿童"的相互作用就体现在上述复杂的关系结构中，并最终影响了"文学"知识特质的生成。

如前所述，中国儿童文学的现代发生依赖于人学知识观的重构，这种新构的知识观表现在对"儿童文学"的重新体认、界定上。从这种意义上说，中国儿童文学的发生既是现代性的症候，也是结果。合法性的问题是讨论发生学的前提，中国儿童文学的发生要解决的首要问题就是知识的合法性。"儿童的发现"是"人的发现"的衍生物，儿童文学被纳入中国新文学的整体格局中，但其知识身份因上述同一性的逻辑而并不显明。特别是当儿童文学与成人文学互为"方法"来推动新文学发展时，更加剧了论证其知识合法性的困难。儿童的文学与儿童视角的文学的混杂即可佐证这一问题。这种基于发生学而纠缠于一体的现象亟需启动分科立学的方式予以区分，否则不仅儿童文学的"儿童性"无法彰显，而且其"文学性"也将丧失知识依据。因而，在儿童文学发生之时就有诸多先驱者为阐释其概念、特征、方法而殚精竭虑。

通过知识与权力的共生来配置资源是现代性的内在诉求，儿童与儿童文学都是需要重新配置的社会资源。为了突出发现儿童的意义，新文化人设置了"非儿童"或"无儿童"的前摄假想。当然，在发生学的推理中，这一假设是否真正切合中国儿童生存状况是可以略过的。譬如熊秉真就发现，中国古代的儿童并非铁板一块，也并不全然是抽象空洞的，其儿童史的研究意在摆脱进步演化的自信与知性的"我执"[2]。借助新与旧的假设参照，儿童成为现代概念，中国的儿童问题也就铭刻了现代民族主义的特

1　马克斯·舍勒:《知识社会学问题》，艾彦译，华夏出版社2000年版，第58页。

2　熊秉真:《童年忆往——中国孩子的历史》，第37页。

质。改变儿童与改变中国就具有了同构性，"儿童"由此被赋予了在知识论层面的现代性意蕴。于是，在启蒙者那里，儿童不再是不可知及不确定的，而是真实可感并可以凭借其身份政治与国家未来命运联系在一起的。与此同时，新文化人借用西方人类学的"复演论"来界说儿童文学，依循着先"类同"后"界分"的方法。通过论定其与原人文学和成人文学的亲疏关系，来达到区隔儿童文学与成人文学的目的。不得不说，这种采取参照旧形势的方式来回应和阐释新形势的方法，类似于霍布斯鲍姆的"传统的发明"[1]。对此，吴其南认为，这种"发明"因将儿童文学类同于原人文学，其结果是"形成了对儿童、儿童文学的殖民"[2]。这并非耸人听闻，如果将儿童文学视为原人文学的翻版，或者划定其与成人文学绝对化的壁垒，势必强化儿童文学自我本质主义的倾向，无益于中国儿童文学的现代发生。应该说，这种人学知识观对于那种非此即彼的知识论有着纠偏的意义。囿于知识观的缺憾，一些研究者在界定儿童文学时存在着此类绝对化的认识倾向。譬如，朱自强这样说道："儿童文学是与成人文学相对照才能存在的一种文学样式。因此，儿童文学的本质论只有在与成人文学的区别中才能建立。"[3]基于"儿童"的独异性，儿童文学也必然有其特殊性，这是毋庸置疑的。但是，"儿童""儿童文学"的本质属性却并不源于"成人""成人文学"的参照作用。这种避开自身知识内核而借助外在参照的观念，依循了一种舍近求远的逻辑，显然无法切近儿童文学的本质。儿童文学确实与成人文学有差异，但并不意味着两者是完全不同的，盲目地切割两者的相似性和关联性失之武断。而且从比较的方法论看，如果两者完全不同，那么以成人文学作为参照来界定儿童文学实际上也不符合推理逻辑。

1　埃里克·霍布斯鲍姆、特伦斯·兰杰编：《传统的发明》，顾杭、庞冠群译，译林出版社2020年版，第2页。

2　吴其南：《20世纪中国儿童文学的文化阐释》，第65页。

3　朱自强：《儿童文学本质论的方法》，《东北师大学报》（哲学社会科学版）1999年第2期。

　　如上所言，中国儿童文学的发生源自新文学的整体推动。那么，要确认中国儿童文学的知识身份就要廓清两者之间的关系。当前学界存在着这样一种误读：由于儿童文学具有独特的"儿童性"，那么它是相对于具有普遍意义的新文学的一种特殊知识。按照哲学的一般观点，普遍性因其存在性的等级高于特殊性，使得新文学所确立的思想观念就成为儿童文学依循的知识框架，这实际上是以一体化的思维遮蔽了儿童文学的主体性，从而制造了儿童文学"发展主义话语逻辑里面的内在叙事悖论"[1]。事实上，中国儿童文学脱胎于新文学，新文学的整体发展也推动了儿童文学的现代发生，这种同源、同质超越了普遍与特殊措置的话语政治，因而也在某种程度上否弃了两者特殊与普遍关系的认知。在现代性的链条中探询中国儿童文学的性质，人们很自然地将其发生所借鉴的思想资源从古代转向西方，毕竟西方儿童文学的知识范型是建构于"儿童发现"的基础上的，体现出一种儿童发展主义的文学知识形态，这似乎很契合中国儿童文学的发生逻辑。于是，就出现了另一种疑虑：中国儿童文学与西方儿童文学是特殊与普遍的关系吗？答案是否定的。中国儿童文学的发生场域是"五四"中国，中国特定语境催生了颇具"民族性"的特质，这本身就具有普遍性的意义，与西方儿童文学有着巨大的文化差异。因而，武断地以抽象的、普遍性知识判断来褫夺个体的特殊性实际上陷入了决定论的泥淖，而丧失了民族性的儿童文学的现代化显然是不可想象的。

　　知识观的重建始于范式危机，也预告了重新界定思想观念的时机已经到来。具体来说，新文学知识观的重构体现在思想现代化与语言现代化两个层面上。从实质上说，知识论也是一种认识论。在可知论的体系下，"语言与逻辑在本质上是等同的"[2]，共同指向了对世界的认知。在"认

---

[1]　安德鲁·琼斯：《儿童如何变成了历史的主题：论民国时期发展话语的建构》，王敦、郑怡人译，《东亚观念史集刊》2013年第5期。

[2]　张法：《中国现代哲学语汇体系之语言分析》，《清华大学学报》（哲学社会科学版）2012年第2期。

识论"向"语言论"转向的过程中，思想与语言的"道器合一"扩充了人类对于世界万物的认知。作为一种自明性对象，语言既是文学审美经验的形式化，又是文学文本意义生成的载体。进一步说，语言既是表述知识的工具，又是知识本体。从语言的"体用"二重性来透析儿童文学的审美经验，彰显儿童文学知识观重建的现代品格。如果运用语言的抽样分析技术，不难发现儿童文学语言的辨识度很高，似可划定指向其知识本体的学科界限。对于儿童文学语言的特性，学界多用"浅语"来概括。这是从儿童特性及其接受心理推理出来的，不过，儿童并非铁板一块，不同年龄段的儿童对于语言的理解和实践都有差异性。说幼儿文学是浅语的艺术没有太大问题，但是用浅语来界定少年文学的语言特性就不太恰当。少年文学的语言形式和表意功能接近成人文学，必然拉开了与幼儿文学的距离。盲视儿童的分龄及儿童文学的分层，笼统地认为儿童文学就是浅语的艺术不符合事实。相较于其他文学类别，儿童文学语言特性主要体现在两代人的"语言转换"及"话语传递"上。这种语言特性的生成不是某一单方主体使然，而是依托于儿童与成人双重主体的共同创造。从口头文学向作家文学转换的过程中，儿童文学语言开始朝向儿童性与文学性的方向转换，进而推至观念与信仰之中，"令语言从隐喻阶段转向转喻阶段"[1]。在新文学知识观的引领下，用现代汉语来表达现代人的思想体现了言文一致的现代品格，也驱动了儿童文学的发生。借此，这种语言与思想的现代化并行不悖地推动了中国儿童文学知识观的重建。

作为表达认知的内容，知识不是处于静止状态的，它"在其各种主观形式中都是倾向性的和期望性的"[2]。具体来说，这种倾向性和期望性体现在知识的再生与建构上，唯有不断地知识生产才能获取更多有效的知识，才能更好地促进知识观的演进。知识的分化与重组衍生了新术语，作为一

---

1 付昌玲：《文学文本意义生成的知识谱系考察》，《文艺理论研究》2022年第4期。

2 卡尔·波普尔：《客观知识——一个进化论的研究》，舒炜光等译，上海译文出版社1987年版，第75页。

个现代新词汇，中国儿童文学的知识来源主要包括古今演变与中西涵化。两种资源的现代转化促发了儿童文学的新义，与之相对应的传统义涵则逐渐消隐。同属于新文学知识体系中的儿童文学与现当代文学具有同源性，两者的界分如果裹足不前，就无法引入明确的学理依据来构建切近自我本体的知识观念。从发生学的性质看，现代文学与儿童文学具有一体性，重构了区别于传统文学的"文化共同体的新伦理"[1]。从一体化的类同中开掘"人学"资源体现了新文学知识观的整体意识，有效地推动了儿童文学的发生。然而，儿童文学并不是现当代文学的附属形态，其知识的独特性保障了其在历史化过程中的主体性。运用现代知识观来考察儿童文学与现当代文学的关系，需要重申"一体化"与"主体性"辩证的逻辑，从发生学而非本质论的角度审思知识观重构的意义及限度，而这恰是从知识观与发生学联动的逻辑中提炼出的现代认识论。

　　中国儿童文学自主知识体系的确立得益于现代知识观的重构，又以其别具一格的知识形态介入了知识观的重建工程之中。这是一种双向联动的机制，有效地统合了知识观与发生学的内在关联，从而为中国儿童文学的发展提供了持续的动力。不过，这种良性的互动并不是凭空臆造的，它存在于历史化的文学场域。在百年中国的情境下，知识观的重构体现在知识本身的"现代"思想、价值、方法等多个维面，并转化为观照中国新文学发生发展的认知论。在百年新文学的进程中，这种现代知识观的重构扭转了中国仅作为知识消费者的尴尬局面，赋予了其现代知识生产者的全新面貌。在现代知识观的指引下，中国儿童文学的发展需要将"儿童问题"纳入"中国问题"之中予以思考，确定了这一前提，儿童文学所深描的"中国问题"才不会沦为无关大局的地方性知识。同时，中国儿童文学理论批评要强化知识观与知识体系的结构性参照，以避免出现知识观的不及物或知识系统的零散，从而造成儿童文学理论实践的碎片化。借助于知识观和

1　陈晓明：《人民性、民间性与新伦理的历史建构——百年中国文学开创的现代面向思考之三》，《文艺争鸣》2021年第7期。

知识体系的重构，中国儿童文学克服了看似"小"或"浅"的知识结构缺陷，为推动百年中国文学自主知识体系的建构提供了有意义的启示。

第二节　元概念关键词与批评话语结构

类似于女性文学、民间文学、通俗文学等文类的概念描述，儿童文学因其独特的"儿童性"而颇具标识度。由于童年与成年的参照作用，儿童文学往往会与成人文学被置于同一议题中做各种类比或区分。"儿童文学是什么"成为儿童文学知识论中最为根本、繁复的元问题。诺德曼和雷默将儿童文学概括为"知识集"[1]可作如是观。囿于陈旧儿童观、儿童文学观的影响，学界长期存在着对于中国儿童文学概念理解的偏误，由此引发了理论批评领域的诸多争论。在知识论重构的前提下，关于中国儿童文学主体性的问题逐渐成为学界关注的热点。而对这一主体性问题的探寻势必会切近中国儿童文学的元概念。所谓"元概念"是指不能再细分的概念。对于中国儿童文学元概念的理解，学界主要有"描述性"与"结构性"两种理路，如何区隔与调适两种界定方式是摆在学人面前的重要理论议题。本节借用笛卡尔"分解式理性"[2]的观点，运用关键词的分解式阐释方法，切近以"中国""儿童"与"文学"为内核的本体，在历史化、整体性的基础上辨析这三个关键词的语法关系及价值功能。基于此，对于这三个关键词的研究不能做静态的意义平列，既要考虑各个关键词动态的转换，又要周延三者之间的复杂关联，并指向中国儿童文学概念及思想本身。

一、儿童文学概念"发明"与话语认同

对文学的重新定义是思想革新的结果，也是知识生产的工具。新文化

1　佩里·诺德曼、梅维丝·雷默:《儿童文学的乐趣》，陈中美译，第296页。

2　查尔斯·泰勒:《自我的根源：现代认同的形成》，韩震等译，译林出版社2001年版，第212页。

人所推动的文学革命的核心内容是对中国文学的重新界定，批判的对象是旧的文学，力图再造新的文学概念，以此确定新的语言与思想体系。从这种意义上说，中国现代文学的发生实质上是人们对于"文学"重新体认的产物，而这种被重新赋义的现代文学也因拉开了与古代文学的距离，而具有了自己的学科身份和属性。中国儿童文学没有古代形态，尽管缺乏"古代儿童文学"的参照预设，但同样需要对儿童文学概念进行现代情境的界定。按照知识社会学的说法，界定概念与其说是对"先前知识的修改"[1]，不如说是知识学科化的开端。不过，对儿童文学进行界定并非轻而易举之事，缘由在于儿童文学自身的多歧性及与其他学科门类的混杂性，尤其是与现代文学之间的暧昧与纠结。中国古代没有析离出专门指向"儿童"的文学类型、文体，蒙学读物看似是儿童接触最多的文本，却负载了厚重的教化色彩，文学性也不甚鲜明。而一般性的文学作品也多指向成人读者，儿童读者混杂其中，难以凸显其主体性。既然无法从古代寻绎出作为知识的儿童文学线索，那么只能根植现代中国语境重建一种名为"儿童文学"的新文学。

要让中国儿童文学进入历史，建构起新的关于"儿童文学"的观念及范式，就要将"传统"引入"现代"的知识体系中，并重构新的传统。"儿童文学"概念在中国的提出，经历了一个由浅而深、从单一到多元的过程。"人的文学"为"儿童文学"的出场发挥了理论总纲的作用。周作人将"女人与小儿的发见"视为"'人'的真理的发见"的薄弱环节。儿童的发现推动了儿童文学的发现，自此，"儿童文学"概念正式进入了新文学场域，并被编织为一种具有现代基质的新体文学。在《儿童的文学》中，周氏推导概念的方法是，要界定"儿童文学是什么"必须先弄清楚"儿童是什么"。这种推向概念"元"要素的知识考古显然是非常有效的，依循的是一种描述性的逻辑：儿童文学是"儿童"的"文学"。"儿童"

1　卡尔·波普尔：《猜想与反驳：科学知识的增长》，傅季重等译，上海译文出版社1986年版，第40页。

的存在限定了"文学"的表达，"文学"要尊重"儿童"的先在性，即周氏所谓"第一须注意于'儿童的'"。"儿童"的知识含义非常复杂，需要辨析到底是"哪个"儿童？"谁"的儿童？是作为"观念"的儿童，还是作为"实体"的儿童？是作为"方法"的儿童，还是作为"价值"的儿童？是文本中写到的儿童，还是作为读者的儿童？这些诘问都要依凭"儿童问题"的中国化来解答，解答的结果则将影响人们对于中国儿童文学知识的价值判断。不过，周氏似乎有意省略了元问题的概念缠绕，直接否定了儿童作为"缩小的成人"的传统语义，用"完全的个人"来转喻现代儿童的知识属性。这看似避免了长期困扰西方儿童文学批评界所谓儿童"不可知"与儿童文学"不可能"的理论难题[1]，但也因其强势地"颠倒"现代风景而窄化了"儿童"本有的知识内涵。窄化的结果是让周氏将儿童文学锁定于"小学校里的文学"，而缺乏对"小学校外"世界的必要关注。周氏的这一观念在儿童文学发生期出版的《儿童文学概论》《儿童文学研究》等著述中均有延续。其中，郑振铎的《儿童文学教授法》也基本沿用此观念。该文第一部分是"小学校为什么要教儿童文学"[2]，名为"教授法"，实质上在讨论儿童文学概念、特质、阅读法时也限制在小学校的范畴。深植于"小学校里的文学"，尽管更便于实施其国语文学的教授法，但显然也限制了中国儿童文学知识生产的实施范围。

不过，这种情况在此后思想启蒙和社会革命的推进下得到了改变，儿童文学的社会功用伴随着人们对其认知的深化而得到了强化。《新青年》曾向社会各界征集过"妇女问题"和"儿童问题"的文章，在新旧转型的语境中，这两组问题都是现代议题，关涉曾被遮蔽、压抑和忽视的妇女与儿童该如何成为现代人的根本问题。当将"儿童问题"这一现代知识纳入儿童文学之中时，儿童文学显然不再是"小学校里的文学"，而是陈独秀

---

1 赵霞：《从"可知的儿童"到"难解的童年"——论儿童问题与当代西方儿童文学理论批评的演进》，《文艺理论研究》2022年第2期。

2 郑振铎：《儿童文学的教授法》，《时事公报》1922年8月10日。

所说的"儿童问题"之一[1]，更是"中国问题"之一。社会现实的牵引只是一方面，中国儿童文学成为现代知识的另一因素还要落脚于"儿童"这一本体上。与处于社会底层的成人（如妇女、农民等）有别，儿童的被启蒙在现代性的框架内被压缩，儿童作为"新人"的价值则被拉升。相对于成人弱者的新旧转化，儿童的转换更为直接显明，因为儿童的成长本身就是"新"或"现代"的隐喻。洞悉了这一现代奥秘之后，先驱者利用儿童文学知识参与社会进程就更为得心应手了。

应该说，中国儿童文学知识体系的建构体现出一种反思性的特质。这里的反思表面上体现为人们对于"儿童是什么"及"儿童文学是什么"的知识性反思，但本质上意味着人将自我视为客体，从而走出传统知识论的狭窄视域。在这种人的主体化与自我客体化同构的结构中，中国儿童文学被赋予了更多反思性而非实证性的意涵。然而，新文学这一母本本身是无法直接确认儿童文学身份的，儿童文学的知识学科化还得"反求诸己"，一步步切近本体身份，从而探求儿童文学知识体系建构的途径与方法。

"儿童本位论"不仅是一种现代知识，而且是确认儿童文学身份的方法。它是杜威"儿童中心主义"中国化的知识表述，由于遇合了新文化人批判旧的儿童观而获得了普遍性的认同，周作人所谓"此外更没有什么标准"[2]便很好地说明了这一点。不过，这一理念在介入中国儿童文学发生时却发生了变异，教育学领域的本位观念被引向人文领域，对教育的反思、社会本位的批判转化为对成人本位的批评。儿童/成人、儿童文学/成人文学的知识参照系由此生成。"儿童本位论"的内涵演绎到极端便将儿童视为"非成人"的儿童。"儿童是儿童"体现了本位论的复指性，但吊诡的是，这一复指意涵的前提是儿童与成人的绝对分殊。这种理解自我的方式实际上是基于一种假设：儿童不仅跟成人"不一样"，而且是成人的"对立面"。其学理逻辑恰如松恩所说，成人根据儿童来定义自我，把自我当

1　茅盾：《关于"儿童文学"》，《茅盾全集》第20卷，第418页。

2　周作人：《儿童的书》，《周作人散文全集》第3卷，第78页。

作"他者"，类似于男性定义女性、殖民者定义被殖民者。[1]显然，这绕开了概念本体，以非他者的指向来界定本体，留下了诸多不自洽的逻辑漏洞。对于造成这种理论偏移的缘由，杜传坤将其归结为"纯真美好童年"与"欠缺式童年"的理论假设。[2]在现代性的整体语境下，胡适、周作人等人似乎没有注意到该理论资源所蛰伏的绝对"二分"思想，也遗忘了杜威对该理论"过于热情的理想化"的反思[3]，因此在儿童与成人绝对分殊的情境下也强行制造了儿童文学与成人文学的界分。戴渭清的界定可作如是观："成人有成人的文学，儿童有儿童的文学。成人文学，是成人真情之流；儿童文学，是儿童真情之流。成人喜欢欣赏成人的文学，不喜欢欣赏儿童的文学；儿童喜欢欣赏儿童的文学，不喜欢欣赏成人的文学。"[4]这种非此即彼的分殊无法真正界定儿童文学概念，其后果在于制导了儿童文学不可通约的自我锁闭。

概念的确立是学科界分的基础，在界分时对立和拉近概念都是具体的运作策略，但更为关键的是要考虑概念的"内在语义结构"[5]，以及外来概念引入的受容与变容。考究中国儿童文学概念在文本与语境中的建构，历时性演变和共时性的关系都不能偏废，该概念的生成能折射出现代思想和新文学发展的信息。值得一提的是，与"儿童本位论"密切相关的"复演论"也介入了中国儿童文学的学科界分。"儿童本位论"的学科界分运用的是一种舍近求远的方法，"复演说"也没有依循"儿童文学是……"的判断性的逻辑，采用的是一种先类同再界分的策略。所谓"复演说"，简而言之是个体的衍化与种系间呈现一种复演的关系，在文化人类学的知识领域有较为广泛的运用。黑格尔还将这种关系化用到了精神现象之中：

1　佩里·诺德曼、梅维丝·雷默：《儿童文学的乐趣》，陈中美译，第147页。

2　杜传坤：《转变立场还是思维方式？——再论儿童文学中的"儿童本位论"》，《山东师范大学学报》（人文社会科学版）2018年第1期。

3　赵祥麟、王承绪编译：《杜威教育论著选》，华东师范大学出版社1981年版，第82页。

4　戴渭清：《儿童文学的哲学观》，赵景深编：《童话评论》，第96页。

5　方维规：《概念的历史分量：近代中国思想的概念史研究》，北京大学出版社2018年版，第7页。

"各个个体，如就内容而言，也都必须走过普遍精神所走过的那些发展阶段。"但他也同时指出，这种个体与普遍精神的复演不是精密的，人们只能认知其"粗略轮廓"[1]。具体到儿童文学领域，"复演论"的中国化运作没有遮蔽新文学的人学传统，只是在"发现"儿童的基点上设置了"原人／原人文学""成人／成人文学""儿童／儿童文学"三组概念范畴。基于"儿童心理与初民心理相类"[2]，先驱者试图类同原人文学与儿童文学。与之相对的是，基于成人与原人的差异性及儿童与原人的趋同性，他们推演出原人文学、儿童文学与成人文学的非同一性。由此，儿童文学通过这种先类同后界分的方式被发现或发明出来。这种理论推演类似于柄谷行人所说的"风景"的颠倒[3]，即以否定反例来界定自己。不过，柄谷行人也道出了以现代"发明"传统存在"'起源'便被忘却"的隐忧。复演论的这种发明扩充了儿童文学的生长空间和资源范畴，但是也容易模糊儿童及儿童文学本有的知识依据。吴其南的警示值得反思："复演论"发明了儿童与儿童文学，也无意中助长了成人对于儿童的支配权，在很大程度上形成了对儿童、儿童文学的"殖民"。[4]换言之，在复演论的知识结构里，儿童文学不仅是被殖民的对象，它在被发现的同时也充当了助力殖民儿童的角色。儿童文学隐伏着成人希望儿童成为其所希望的样子，这是儿童文学隐形的成人话语权力，从而为"儿童文学是教育儿童的文学"提供了知识依据。

　　"儿童本位论"和"复演论"所生产出的儿童文学概念依循的是描述性的逻辑，从而制造了"唯儿童"的知识单面化偏狭，也将其导向了自我本质主义的泥潭。在确立学科知识化的同时也漠视了学科间的互涉。简言之，对儿童文学概念的界定要走出自我封闭的话语系统，在知识体系建构的视野下来审思儿童文学自身。事实上，儿童文学是一个结构与关系的概

1　黑格尔：《精神现象学》，贺麟、王玖兴译，第68—69页。

2　郑振铎：《〈儿童世界〉宣言》，《郑振铎全集》第13卷，第4页。

3　柄谷行人：《日本现代文学的起源》，赵京华译，第264—265页。

4　吴其南：《20世纪中国儿童文学的文化阐释》，第65页。

念，它自身就包含了儿童与成人的代际结构。成人作家与儿童读者的分立生成了儿童文学的双逻辑支点，儿童与成人"两代人"的知识体系突破了"唯儿童"或"唯成人"的绝对论。当这种跨代际的沟通与动态的知识场域相遇时，中国儿童文学的知识生产便被赋予了更为多元的思维视野与价值判断。

儿童文学概念的策略性征用，折射出该概念所创构的历史语境及时代意识。在发生期，儿童文学现代知识的生成实质上是一种思想生产。中国儿童文学的发生倚靠的是现代思想的引领，而儿童文学又进一步发挥现代知识启蒙儿童、改造社会的思想功能。在此预设装置下，中国儿童文学知识学科化倚重的是思想而非文学，思想的深度正是中国儿童文学发生的前提。无论是"儿童本位论"还是"复演说"的实践，都彰显了思想在儿童文学知识体系中的重要性。现代思想参与设计儿童文学，并将其编织于新文学的知识体系中。换言之，儿童文学实是新思想观念预设、引领和主导的产物。由是，中国儿童文学的发展也开启了先有思想观念的绽出后有文学创作的独特范式。显然，这不是中国儿童文学自身发展的结果，而是被新思潮和思想革命催生的"早慧"[1]形态。儿童文学思想优胜限制了文学性的舒张，而这种受缚的文学性又反过来阻滞了思想性的传达。这种悖论式的恶性循环无疑不利于中国儿童文学知识体系的建构和学科自主，如何将思想引入社会现实的深层并恢复它们的"初始关联"[2]，是中国儿童文学现代知识体系建构必须进一步思考的问题。

二、围绕"儿童"关键词的问题陈述

从语言本体的层面看，文学的语言内部研究不能析离"言"与"物""意"的复杂勾连。亚历士多德的"诗学"、黑格尔的"理念"、康德的

1　方卫平：《早慧的年代——20世纪中国儿童文学理论体系建设回眸之一》，《儿童文学研究》1999年第3期。

2　彼得·伯克：《知识社会史》上卷，陈志宏、王婉旎译，浙江大学出版社2016年版，第13页。

"历史理性"、索绪尔的"能指""所指"等概念的提出，都与语言的表情达意功能密不可分。也正是基于语言这种表述、描摹、叙事功能，中国儿童文学得以展开人与世界万物的关系，并形成属于儿童文学特有的概念、术语及范畴。这其中，思想语词与事物语词是最为主要的两类文学语词，也成了中国儿童文学关键词研究的重要视点，而通过考察概念的发生和演变来探究思想的演变发展则是关键词研究的重心。关键词研究主要通过考察概念的发生和演变来探究思想的演变发展，即从概念及其内涵的角度研究问题和主题。

在中国儿童文学研究领域，齐亚敏的《中国当代儿童文学关键词研究》是其中的一本著作。不过，该著与一般意义上的关键词研究不同，其所列的关键词主要分为两类：一是现象关键词；二是主题关键词，包括"儿童观""艺术探索""畅销""阅读""成长""教育""时代""童心""父子"[1]。应该说，这些提炼概括出的关键词确实与中国当代儿童文学密切相关，非常贴近"中国当代""儿童文学"的语境及状况。不过，关键词研究毕竟是以"概念"本体为出发点的，非概念的词（语言）不能算作关键词。齐著所列的一些关键词并不属于"元概念"，而是已经经过多次转喻或引申的关键词，这种关键词研究无法做历时的研究，也难以做意义生成、演变和发展的研究。例如"儿童观"，它属于思想观念，儿童观对于儿童文学的生成、发展产生了非常重要的影响。但是，落脚于中国当代儿童文学，儿童观这一概念具有"当代性"，对于此前国人的儿童观本不具有"知识考古"的义务，而关键词研究注重的又是对概念的历史生成与当代演变的梳理，因而齐著就只能勉为其难地单列一节"儿童观的历史"。解决了历史生成的问题后，儿童观的当代发展应为题中应有之义。遗憾的是，齐著却依然纠结于"童心说""教育型""儿童本位"这些"旁逸斜出"的概念、术语，并未对中国的儿童观做出一个贴近"当代"的叙

---

1 齐亚敏：《中国当代儿童文学关键词研究》，中央编译出版社2015年版，第1—3页。

述。因而这些词语是脱离概念本体的、"不关键"的关键词，"和普通的儿童文学理论研究没有区别"[1]。此外，王泉根的《2009中国儿童文学关键词》也提炼了诸如"60年""双轨并进""定位下移""农民工子弟文学""生态文明""两个一百"等关键词。[2]这对于理解2009年度中国儿童文学的整体状貌无疑是有意义的，但作为关键词，上述关键词并不是2009年才出现的，充其量只是"主题"或"现象"。

不妨说，元概念本源于元问题或元思考，概念描述是对特定情境下问题结构做出应对的精神活动。如何运用关键词的方法对于概念进行问题陈述，体现了学界对于中国儿童文学研究对象的基本看法。显然，"儿童"是儿童文学知识内涵中最具标识度的义项，它不仅是历史与社会的表征，而且能直接或间接地介入历史与社会的进程。概念与时代的互证和共在，有效地为"儿童"概念史与社会史的融通创设了条件。因而，历史沉积于"儿童"概念之中并借由该概念而成为历史。同样，对于"儿童"概念的理解要在历史化中才能获取合法性的理据，这即是科塞雷克"概念内涵的时代化"[3]的生动再现。与此同时，历史化语境下的概念强调生成性，关键词所蕴含的思想是其内核。

历史是人创造的，人是推动历史发展的动力。"儿童"是"人"这一整体中的子类，牵连出特定历史语境下复杂的社会关系。儿童观念的生成源自对这种复杂关系的认知，并重构了社会关系。廓清元概念与社会结构的复合关系，有助于超越单极思维，从而更客观理性地把握"儿童"的本质，以及在儿童文学内在语义中的位置、功能。要揭示儿童文学的内在语义结构，必须弄清楚作为知识主体的"儿童"是如何创生的。在古代中国，陈旧的儿童观与传统伦理道德的桎梏造成了成人社会对于"儿童"主体性的遮蔽，"儿童"亟待在现代话语的重构中浮出历史地表。这样说来，

1　高玉：《文论关键词研究的多重维度》，《中国社会科学》2019年第8期。

2　王泉根：《2009中国儿童文学关键词》，花城出版社2010年版。

3　方维规：《概念的历史分量：近代中国思想的概念史研究》，第6页。

"儿童"是一个具有现代性的概念和知识，其创生源自"人学"知识观的重构。这也意味着，儿童的发现与现代知识思想史的发生发展具有了同构性。"儿童"的知识建构要经历发生、发展演变的过程，这类似于库恩所谓"范式转变"，是一场关乎知识论的科学革命，即从前现代的"缩小的成人"向现代的"完全的人"转变。在库恩这里，知识范式转换是一个连贯和延续的谱系，运用于"儿童"这一知识主体的发现或发明过程中具有较大的启示意义。不过，任何事物的发展和观念的重建都并非铁板一块地连续演进，在整体性的发展中也有断裂或非延续性。为此，库恩特别提醒人们注意危机及对于危机的反应，认为这是科学革命的动力，而对前述连续性和非延续性构成的混乱，库恩将其称为"必要的张力"[1]。与库恩并无二异，福柯的知识考古学也乐意谈论割裂、缺陷、裂口、实证性的全新形式和突如其来的再分配，这种不同于观念史的研究观念更注重话语的有限性法则及更迭主题，其目的是"试图指出更迭如何才有可能存在，而且我们在什么样的不同层次上找到那些有区别的更迭"[2]。可见，差异性的发现是审思知识范式更迭的路径。在"儿童"这一知识主体的创生问题上，成人社会以什么观点看待儿童直接决定了儿童的知识性质。如果不能发现儿童与成人的区别，儿童的主体性将无从谈起，反之亦然。库恩和福柯给我们的启示是，整体性地洞见"儿童"的观念史要破除单向度的方法论，既要有概括式的总结，又要将其置于特定的历史情境中去考辨儿童话语的迭代及具体进路。

　　中国儿童文学的元概念是以"儿童是什么"为原点的观念探索，但对"儿童"概念的探寻并不能溢出现代中国的动态文化语境。因为它既是其知识逻辑生成的场域，也为儿童文学嵌入中国社会历史与文化提供了知识现身的现场。对于成人社会的儿童观，我们不得不考虑的一个问题是：儿童与成人是否共有一个世界？这一问题的提出看似有些荒诞，实则触及了

1　托马斯·库恩：《科学革命的结构》，金吾伦、胡新和译，第132页。

2　米歇尔·福柯：《知识考古学》，董树宝译，第197页。

儿童观念史的内核，即儿童是否具有一个属于自己的"文化"与"世界"？按理说这不应该是一个有争议的结论，成人对于儿童的假设和观念源于同一时代的同一价值体系，这在很大程度上排拒了儿童与成人经验社会的两歧性，但是毕竟儿童要借助成人来言说儿童，观念的错位及话语的隔阂依然存在。这不可避免会产生熊秉真的如下话语措置："儿童的历史不过变成成人为主的历史被动式下的一个受词。"[1]除此之外，对于特定历史的思想观念，与其处于非同一社会文化环境的研究者也难以建立理解的同情，难免会得出一些似是而非的结论。为了确立儿童的主体性，先觉者们煞费苦心地制造儿童与成人之间的断裂，以求恢复儿童独立的世界。但是，这种做法实际上却抽空了儿童与成人作为"人"的共性，搁置了儿童或童年真正的意义，最终也无法廓清儿童与成人之间的真正差异。关于这一点，发生期的中国儿童文学所援引的"儿童本位论"也加重了这种绝对化的断裂，是造成此后儿童文学走向自我本质主义的理论前因，值得深刻反思。

中国儿童文学属于文化实践的范畴，其存在的意义在于"将目标读者社会化"[2]。儿童是儿童文学预设的目标读者，成人作家为儿童创作时也就铭刻了目的性。不过，尽管成人作家拥有较大的话语权利，但儿童文学价值标准的制定却离不开成人作家与儿童读者的共同参与。为了突出发现儿童的意义，新文化人设置了"非儿童"或"无儿童"的背景知识。当然，这一设想是否真正切合中国儿童生存状况是可以略过的，体现为一种"后见之明"的"发明"。古代"无儿童"的预设是立足于新形势而对旧形势的选择性参照，很自然地生成了霍布斯鲍姆所谓的"被发明的传统"[3]。借助新与旧的假设参照，儿童就成为现代概念，中国的儿童问题也铭刻了现代民族主义的特质。这意味着，重造儿童与重塑中国及中国文学之间具有

1　熊秉真：《童年忆往——中国孩子的历史》，第30页。

2　约翰·史蒂芬斯：《儿童小说中的语言与意识形态》，张公善、黄惠玲译，安徽少年儿童出版社2010年版，第8页。

3　埃里克·霍布斯鲍姆、特伦斯·兰杰编：《传统的发明》，顾杭、庞冠群译，第2页。

了同构性,"儿童"也被赋予了知识论层面的现代性意蕴。于是,在启蒙者那里,儿童不再是不可知及不确定的,而是真实可感并可以凭借其身份政治与国家未来命运联系在一起。用柄谷行人的话来说,儿童这一"现代风景"的发现,是一种"认识性的装置"。[1]借助这个装置可以照见新文化人寄寓在儿童身上的启蒙想象与国家叙述,由此刷新了人们对于儿童属性的认知。儿童认识论的更新有赖于"人学"知识观的重构,而这种获取了现代品格的儿童观又反推知识观的革新。然而,不得不提及的是,儿童的发现拓宽了"人的发现"的畛域,但是这种发现是在成人话语想象体系中建构出来的,儿童自身只提供了一个供成人构想的价值符码,但其自身的主体性却难以真正在场。换言之,在启蒙的框架中,儿童始终处于"被拯救"的位置,成人对于儿童构想的不及物性也反过来制造了儿童的缺席。从启蒙到救亡的主题嬗变中,儿童看似实现了从"被拯救"向"拯救者"的身份转换,但他们并未弥补主体性的"缺失之项",依然是成人话语的容器,被放逐于"童年的情境外"。这一认知打破了儿童自己能获取主体性的执念,为学人在"他救"与"自救"的裂隙中找寻"真儿童"提供了别样的思路。

在对儿童文学概念的阐释中,知识内涵与范式转换是应视为关键范畴予以审思的。作为儿童文学一个富有辨识度的关键词,"儿童"的知识论大致有"发现"和"发明"两种进路。"发现"意味着事先存在着一个普遍性本质,儿童的发现即是对于儿童普遍性本质的确认。从文化学的角度看,儿童是事先存在的,但因各种原因可能被遮蔽或视而不见,因而需要发现儿童之为儿童的存在。不过,这种发现不同于哲学那种"概念化"解释的路径:先寻求儿童之为儿童的概念,然后得出儿童的确切定义,最后对儿童的普遍本质做出规定。儿童的发现则要返归历史语境,在动态的语境下辨认儿童的身份、声音、形象等特性,以此印证儿童之为儿童的概

---

[1] 柄谷行人:《日本现代文学的起源》,赵京华译,第10页。

念。这即是说，儿童的发现不是去探询实体的儿童，而是概念或文化意义上的儿童。后者的存在需要具备认同儿童的观念，即这种儿童观能保障儿童之为儿童的权利，维护儿童的普遍性本质。这样说来，儿童的发现实质上是追索上述儿童观的知识考古。"发现"与"发明"仅一字之差，意义却有巨大的差异。如果说"发现"是"有中找有"的话，那么"发明"可以说是"无中生有"。前者类似于本质论，体现了一种历史性的认知路向，而后者则是建构论，表现为一种生成论的逻辑进路。循此逻辑，发现是对本质的切近，既然存在着这种普遍的本质，那么就没必要重新发明了。同理，既然发明是一种新建，那么知识探源的发现则无法实现重新建构的目的。这种认知进路的差异性本源于"儿童是什么"的元问题，也与特定情境下的价值立场和思维方式密不可分。

对"儿童"这一关键词的理论阐释，既要立足于"儿童"概念的语义及具体所指，又要关涉儿童与成人之间的"代际关系"。作为"人"整体系统的两个阶段，儿童与成人各自概念的生成并不相同，却因两者的共性而始终扭结于一体。由于"代"的差异，社会结构才能获取存在的基础，而对于这种代际关系的观念会产生传统与现代观念的分野。从"父为子纲"到"以幼为本"的变迁，反映出中国思想文化的古今演变。儿童与成人之间代际冲突的提出预示着传统社会向现代社会的过渡，因而是"现代性的产儿"[1]。鲁迅的《我们现在怎样做父亲》对于代际问题提出了"幼者本位"的新见解，他站在"现代父亲"的角度重新看取两代人的关系，对以伦理纲常来宰制儿童发展的旧的儿童观予以抨击，其立场显然是"儿童本位"的现代观念。但如果没有"长者本位"这一前摄观念的预设，落脚于新文学的代际革命也就失去了参照和靶子。由此看来，儿童的"发现"或"发明"不能仅是静态地虚设"新儿童"的符号，而要在这种代际关系的现代性装置中催生现代话语的绽出。

1　周晓虹：《文化反哺：变迁社会中的代际革命》，商务印书馆2015年版，第13页。

三、基于"儿童"义项的"文学"概念审思

在儿童文学描述性概念的系统中，"儿童"是一个与"文学"并列的义项，但在其生成过程中两者的关系却发生了偏移。对于两者不相干的并置关系的打破，有助于重塑儿童文学概念意涵及特质。从儿童性与文学性的语法关系着眼，可以窥测出作为一种文学类型的儿童文学概念的生成演化。事实上，儿童文学并不是如描述性概念所界定的"儿童"的"文学"，而是一个结构性的概念，儿童性与文学性的关系始终处于动态的结构中，任何一方处于第一性时都会带来儿童文学结构的震荡，这种此消彼长的关系导源于文学和时代的话语较量。

从字面上理解，文学革命是关于"文学"概念的现代革新，但实质上也是思想观念的古今转换。中国新文学不是对以往文学传统的纵向接续，而是关于"文学"的重新定义，以此重建一种区别于旧文学的新的"文学"体系。简言之，这种新的"文学"中包含了思想与形式在内的新的范型，是触及文学性质革新的知识框架与理论体系。在这种古今的演变中，"文学"作为一门独立学科的出现意义至关重大，这是现代知识观重建的表征，也是结果。知识学科化、分科化将"文学"从传统经学和文章学中脱逸出来，成为独立的知识门类。自此，文学存在的身份不需要倚借他物来确证，只需要从文学自身便可找到理据。分科立学是现代性知识体系建构的重要途径，科学、道德、审美（文学）的分治打破了整一性的混杂秩序。知识的分化与重组衍生了新术语，作为一个现代新词汇，"文学"的知识来源主要包括"古今转换"与"中西涵化"。[1]两种资源的现代转化促发了文学的新意，与之相对应的传统意涵则逐渐消隐。传统文学观中所依傍的政教伦理开始祛魅，道德对文学的"松绑"有助于确立文学自身的独立性，但在追求新的道德时不免陷入超越与回归的"悖论怪圈"[2]。中国儿童文学正是在

1　余来明：《"文学"概念史》，第5页。

2　张宝明：《学科转型语境下的五四"文学"选择》，《文学评论》2012年第2期。

新文学彰显其新质的背景中发生的，它的出场亦是对"新文学"概念及知识属性的重新体认。从这种意义上说，"何为中国儿童文学"不仅特指其概念本身，而且关乎着"新文学"内在语义结构与知识内涵等重大问题。

如没有现代意义的"儿童"出现，恐难有中国儿童文学的真正现身。从发生学的逻辑看，"儿童"的发现让现代作家意识到其主体性的意义，儿童有阅读文学的需要，再也不能让儿童混杂于成人读者群里，阅读那些儿童所不乐见的读物了。于是，儿童文学以其独特的阅读对象和文学审美特质应运而生。这依循的是用新人主体推导新的文学样式的发生机制，与新文学发生的逻辑如出一辙。一旦承认儿童文学应有独立的品格，就应该笃信其具有自足的文学性，进而从此前占主导地位的成人文学中解脱出来，融入新文学的人学潮流。显然，这里所论及的"儿童"的主体性，不是以生物学意义的儿童为基石来立意的，而是从文化学、社会学等角度来寻求儿童在人学总体逻辑框架中的位置。盲视特定语境下儿童的生存现状，则无法揭示专为儿童创作的儿童文学的特质。与此同时，通过对儿童本位主义的质疑和否弃，学界开始重审儿童与成人绝对"二分"的弊病，修正儿童文学自我本质化的倾向，在拓宽儿童文学思想性的同时也守护了其文学性。尽管存在差异，但儿童文学与成人文学所共有的文学性却有诸多相似之处，从文学性的角度无法直接区隔儿童文学与成人文学。关于这一点，丽贝卡·卢肯斯指出，儿童文学与成人文学仅有程度之别，而无种类之异，两者应有相同的评判标准，"如果两者的评判标准不同，事实上就是默认儿童文学比不上成人文学"[1]。姑且不论儿童文学与成人文学是否确如论者所言存在着"文学性"上的共性，单就儿童文学概念来说，如果不注重从文学的角度来界定，则会强化其"儿童性"，从而无法调适儿童性与文学性的深微关系，致使儿童文学概念的本义被曲解。

儿童文学如何变成现代中国的"新文学"类型，这是一个值得深思的

1　Rebecca Lukens, *A Critical Handbook of Children's Literature*, Glenview: Scott Foresman, 1976. p. v.

主题。儿童的发现因符合现代发展的话语而成为历史的主题，这也顺带将儿童文学纳入了"发展"的谱系中。生物/人类、野蛮/文明、童年/成人构成了进化与发展话语的框架，而这一整套框架需要找到文学的载体来展现，于是就衍生了三种有差异的"落地知识"：古代文学、新文学与儿童文学。古代文学与新文学有着质的差异性，中国儿童文学的发生仰仗新思潮的推力，在归并于"人的文学"大潮时也就自然拉开了与古代文学的距离。与古代文学的疏离赋予了中国儿童文学"现代性"的基质，也由此在同源的前提下确证了儿童文学与新文学的亲缘关系。一般而言，学界往往会以是否表述儿童主体性作为确定儿童文学性质的标尺。这里所谓的"儿童主体性"包含了言说、经验、思维和审美等多种主体性的综合。这既是"儿童发现"主题的出发点，又是结果与具体的延伸。不过，当我们逼近儿童文学内在结构时，又会发现儿童文学存在着"不可能"真正传达"儿童主体性"的机制。儿童文学话语的操持者是成人而非儿童，儿童读者想要参与到儿童文学叙事之中几乎是不可能的。罗丝所谓儿童文学"不可能"的提出阐明了儿童文学这一结构缺憾[1]，即儿童缺席于儿童文学知识生产的全过程，儿童文学文本内的"儿童"不过是成人作家言说自我的符号，这些儿童根本无法撼动成人板结的话语系统，成人的话语也无法抵达儿童主体的深处。

　　然而，儿童文学这种"不可能"的结构既非绝对间离了儿童主体性，也不会让儿童文学概念处于不可挽回的混乱之中。诺德曼就持守着这一乐观的看法，他甚至认为这种术语混乱给予整个儿童文学体裁以形状和一致性，"揭示了明显不同的文本以何种方式属于同一种体裁"[2]。不过，诺德曼的说法并没有直接回应罗丝"不可能"难题，尤其是对儿童与成人话语交流及两代人的认知限度等议题缺乏深入的审思。如果不解决和回答这一难题，则无法理顺儿童文学的结构关系，而且无法定义儿童文学这一概念。

1　Jacqueline Rose, *The Case of Peter Pan or The Impossibility of Children's Fiction*, p. 2.

2　佩里·诺德曼：《隐藏的成人：定义儿童文学》，徐文丽译，第141页。

就儿童文学的发生而言，成人话语的强势凸显保障了儿童文学的思想性。即使成人作家将儿童视为言说自我的一种方法，但由此生成的儿童文学也势必会铭刻上"为儿童"的印记，否则会消解儿童文学双逻辑支点的基石。考虑到儿童读者的存在，儿童文学的意义生成实际上包含了成人与儿童的"商讨"，其结果势必如尼古拉斯·塔克所说的"成人对自己设限"[1]。具体来说，这种设限主要表现为成人话语不能撑破由儿童与成人组合的张力结构，成人作家需要考虑儿童这一隐藏的读者，在"说什么"和"怎么说"两个层面都不能蛮横地替代儿童行使权利。当然，不盲视儿童的存在，却并不意味着儿童文学就是成人作家"做减法"的结果，儿童文学也绝非成人作家文学创作的"余墨"。减弱成人话语的程度是为了更好地保障儿童的主体性，从而使儿童文学摆脱成人创作主体一元性的宰制，获取儿童文学之为儿童文学的基本保障。

在儿童文学描述性的语法结构中，"儿童"作为一个前缀优先于"文学"。文学的思想和语言都要围绕"儿童"这一本体来组织，也要契合儿童的本体特质和接受心理。这原本无可厚非，但是如果不考虑文学自身的特性，一味地屈从或迎合儿童的前置义项，那么儿童文学作为一种文学类型就很难得到保障。当然，这并不意味着儿童文学要弃置"儿童的文学"这一描述性的界定，毕竟如无"儿童"绽出，儿童文学的发生将无从谈起。根据儿童的特性，成人作家在创作时必然会考虑适合儿童的语言等艺术形式。从发生学的角度看，将儿童文学的发生置于语言的实践中，是最为合理且有效的"内部方式"[2]。如果说儿童文学的语言具有独特性，那么制造这种独特性的前摄机制是儿童主体。需要辨析的是，简单与浅易并不是儿童文学语言的本体特征，低幼儿童文学的语言可能存在着这一表象，但不能一概论定这是儿童文学语言的特性。儿童文学研究界一直存在

1　Nicholas Tucker, *Suitable for Children? Controversies in Children's Literature*, London: Sussex University Press, 1976, p. 19.

2　文贵良：《文学汉语实践与中国现代文学的发生》，北京大学出版社2022年版，第6页。

着"走弱"的趋势，即以儿童之"小"来推导儿童文学之"弱"，儿童文学语言的上述推断也导源于此。基于儿童的特殊性来概括儿童文学语言的特殊性当然没有问题，但如果弱化了儿童的本体性，注定会造成儿童文学理解的偏误。在语言层面"做减法"来切近儿童文学，这并不科学。埃莉诺·卡梅伦就曾一针见血地指出：

> 不应该因为儿童在意义理解方面和成人有所差别，而觉得自己有必要对情节的复杂程度进行刻意限制；就像作家没有必要对用词进行限制一样。[1]

限制语言的难度来迎合儿童的接受心理的意义是微弱的，甚至会适得其反。有限制或缺憾的语言不仅削弱了儿童文学文本的魅力，而且于童年想象力、创造力的养成也有弊害。事实上，儿童文学描述性的概念界说中蕴含了结构与关系的网络。吉登斯的"结构二重性"的观点意在打破僵化的主客二元论的藩篱，重申行动者不断编织"意义之网"的作用。[2]儿童文学中的"儿童"与"文学"不是主客关系，根由在于儿童文学并不是由儿童创作出的文学。儿童在儿童文学结构中所起到的作用是隐匿地制约着成人作家的创作行为，这种制约力的存在阻滞了成人话语的无限扩张。这样一来，儿童的这种能动性的行为也生产结构，从而确证了结构"内在于"而非"外在于"人的理论事实。然而，儿童文学毕竟是"儿童"的"文学"，而非"儿童"之"学"。一旦"儿童性"过剩，带来的必然是"文学性"的缺失，而缺乏"文学性"的儿童文学显然无法保障"儿童性"的实现。

1　转引自彼得·亨特：《批评、理论与儿童文学》，韩雨苇译，华东师范大学出版社2019年版，第133页。

2　安东尼·吉登斯：《社会的构成——结构化理论大纲》，李康、李猛译，生活·读书·新知三联书店1998年版，第45页。

　　问题的复杂性在于，调适"儿童性"与"文学性"的关系并非易事，两者并非彼此迁就，也非一方压倒另一方，而是需要在保障各自主体性的前提下维系儿童文学结构化平衡。在百年中国的情境下，"儿童性"与"文学性"的此消彼长衍生了诸多儿童文学理论批评的新议题。这其中，儿童性与文学性何者为第一性的论争引起的反响最大。事实上，两者并不天然矛盾，甚至可以产生正向的联动效应。但在儿童文学的结构中，儿童性的危机来源于文学的不及物，当文学的艺术表达无法抵达儿童时，儿童的主体性就受到限制，意味着文学性不足以构成专属于儿童的话语。同理，文学性的危机则与思想性的强势凸显密切相关，思想性宰制文学性的审美表达。儿童文学被视为"教育儿童的文学"即是这一危机的极致表征，应予以深入反思。

四、在现代中国视域下深描"儿童"与"文学"的语法关系

　　儿童文学的发生发展都有其特定的历史语境，离开历史化的情景来讨论元概念是徒劳的。在论及无历史感的哲学研究时，尼采曾将此种研究比喻为"木乃伊"[1]，以此来批评那些僵化的研究范式。作为世界儿童文学的支流，中国儿童文学的概念自有其民族性的特质，其知识形态兼具普遍性与地方性，展现了中国人立足本土社会探寻"儿童之为儿童"与"文学之为文学"的"活态"逻辑。[2]更进一步说，这种局内观为我们理解中国儿童文学元概念提供了立场与视角，即从什么位置和运用怎样的方法来考察这一概念。换言之，只有从中国这一知识内部去理解，才能对于"儿童""文学"有更为深入的了解，也会对"儿童"与"文学"的结构过程得出更为客观理性的认知。概论之，在中国情境下儿童文学有三大问题有待重新认知与阐释：一是儿童观在中国儿童文学研究中的知识定位及功能问题，二是儿童文学作为"概念"还是"知识"的异同何在，三是脱胎于

1　尼采：《偶像的黄昏——或怎样用锤子从事哲学》，李超杰译，商务印书馆2013年版，第19页。
2　克利福德·格尔茨：《地方知识》，杨德睿译，商务印书馆2021年版，第iv页。

中国新文学的儿童文学的性质是什么。这些问题的提出，有着历史与逻辑共在的双重考察，关涉中国儿童文学研究认识论、价值论与方法论的重大议题，对于理解"何谓中国"与"何谓儿童文学"更是意义深远。

中国儿童文学概念的意义生成根植于中国情境，要弄清楚其发生的性质，首先需要深入思考的一个问题是：中国儿童文学到底是自古就有，还是新文化运动的产物。对这一议题的追问关乎中国儿童文学的性质及对现代中国发展的理解。由于发生起点的差异，概念的性质自然就有差异。要言之，这种差异主要体现在"古代性"与"现代性"的基质上。就知识语义看，如果存在着古代儿童文学的说法，那么现代儿童文学仅是这一文学门类的线性延续，古代儿童文学与现代儿童文学就是中国儿童文学完整知识谱系的两种形态。这意味着中国儿童文学的性质中夹杂着古代性与现代性的双重质素，无法得出其是现代性的文学的结论。在《儿童的文学》一文中，周作人论述儿童文学时并没有明确的中国指向，他将儿童文学视为一种普遍性的知识概念，而不是专指中国的特殊知识。耐人寻味的是，他对儿童文学的概括也依循了一种分解式的逻辑，即将儿童文学分解为"儿童的"与"文学的"内外两面。[1]在讨论儿童文学这一具有普遍主义的知识时，周作人以西方文化人类学为师来阐释概念，在类同儿童文学与原人文学时却无意中强化了原人文学自带的原始性，于是顺势赋予了儿童文学类同于原人文学的"前现代性"。这实际上与其前文所述的儿童文学知识论形成了价值冲突，也无法合理整合"儿童"与"文学"的复杂关系。在谈论儿童文学普遍性的构成时，周氏所言说的对象及其置身的语境充满个殊，而以个殊的话语来讨论普遍主义，本身就难以实现逻辑自洽。事实上，儿童文学不仅不是原始社会的遗物，还是指向儿童的现代文学。落脚于中国语境，儿童文学的发生得益于新文学的牵引，为儿童划定了专属的文学样式，而这种文学样式是一种崭新的关于儿童生存与发展的知识。由

---

[1]　周作人：《儿童的文学》，《周作人散文全集》第2卷，第272—279页。

此看来，尽管中国儿童文学中具有民族性，但这种民族性不等同于古代性。同时，中国儿童文学因编织于新文学的谱系中而只应具有现代性。显然，对于儿童文学民族性与现代性的发现，如果跳脱了中国现代思想文化的转型语境是很难想象的。

倘如上述所言，中国儿童文学是新文学的有机组成部分，那么两者之间是一种特殊与普遍的关系吗？显然不是。学界长期存在着这样一种误读：儿童文学具有明晰的"儿童性"，那么它相对于具有普遍意味的新文学而言是一种特殊知识。按照普遍性与特殊性的分层原则，普遍性是顶层，特殊性是基层，这意味着新文学所确立的思想观念就成为儿童文学的知识框架。儿童文学顺应新文学有助于其自身的发展，也扩充了新文学现代性话语实践的场域，这显然不是一种简单的普遍与特殊的分层关系，而是基于同源同质的前提下的整体与局部关系。在现代性的链条中探询中国儿童文学的性质，人们很自然地将其发生所借鉴的思想资源从古代转向西方，毕竟西方儿童文学的知识范型是建构于"儿童发现"的基础上的，体现出一种儿童发展主义的文学知识形态，这很契合中国儿童文学的发生逻辑。于是，就产生了类似于前述疑虑的另一重质疑：中国儿童文学与西方儿童文学是特殊与普遍的关系吗？答案仍旧是否定的。尽管新文化人援引西方的"儿童本位论"来驱动中国儿童文学的发生，但这种思想资源的引入是建构于中国思想文化及中国文学转型的特定语境中的。先驱者所主张的"复演论"，并不是对西方儿童文学的"复演"，而是以儿童文学概念界定为旨趣的发生学"推演"。换言之，即使存在着跨文化的接纳，但新文化人对于儿童文学的理解却处处显示着中国本土化的思想渊源。这样一来，在接受西方儿童文学所谓普遍知识时因中国特定的语境而造成了诸多误读。譬如，黄翼就曾在《儿童绘画之心理》中这样说道："在欧美文化系统以外，我国儿童发展的历程也是一样，毫无疑义。"[1]言外之意，欧

---

[1] 黄翼：《儿童绘画之心理》，商务印书馆1938年版，第104页。

美文化所确立的认知理论涵盖了中国儿童发展的过程，是一种普遍性的知识。这一观点的学理偏误在于，中国儿童文学的发生场域是现代中国，中国特定语境催生了颇具"民族性"的特质，这本身就具有普遍性的意义，与西方儿童文学有着巨大的文化差异。因而，武断地以抽象的普遍性知识判断来褫夺个体的特殊性实际上陷入了决定论的泥淖，而丧失了民族性的中国儿童文学是无力舒张其现代化的。

在论及中国现代文学研究时，王德威用"中国是一个认同的问题"替代"中国问题"的直接表述。之所以如此，他认为必须将中国"问题化"，才能在问题中考察中国的真实意涵。[1]落实到中国现代文学中，"现代"和"文学"的语法关系正源自中国的问题化与再问题化。当然，中国的情境不能直观地为我们提供"什么是儿童文学"，因为文学概念说到底是由文学自身决定的，是一种本体论意义上的文学标准，具有"拒绝外在规定的独特性、创造性和不确定性"[2]。即便如此，经过问题化后它至少可以为我们厘定"什么不是文学"。显然，不存在绝对的纯文学的概念，仅依靠"文学本身"无法真正定义文学，文学的存在离不开其涉及的文化空间及研究者的阐释。这其中，"现代"概念的出场确立了"文学"的性质，如果对"现代"的概念缺乏根本性的洞见，那么也就没有"文学"的概念了。以此类推，在中国的历史化语境中讨论儿童文学，关键的问题是考察这一情境是如何深描"儿童之为儿童"与"文学之为文学"的辩证关系。在这里，"儿童之为儿童"与"文学之为文学"都体现为一种复指的学理逻辑，之所以要阐释这种复指性，主要在于对"儿童"概念被虚化的纠偏。在中国的情境下，"儿童"自然不是普遍意义上的儿童，而是"中国"情境下的"儿童"。加入了限定性的"中国"义项后，"儿童"的意涵将更具针对性、特殊性和当下性。同样，这里的儿童文学也不是泛指的

---

1 陈平原、王德威、藤井省三：《中国现代文学研究的方向》，《学术月刊》2014年第8期。

2 张旭东、蔡翔、罗岗、陈晓明、刘复生、季红真、王鸿生、千野拓政、林春城：《当代性·先锋性·世界性——关于当代文学六十年的对话》，《学术月刊》2009年第10期。

文学，而是"中国"的"儿童文学"，中国性的介入使得文学内部结构变得更有生气，内在的问题也会更具紧张感。"儿童"与"文学"的语法关系被整合为一个结构。作为一个结构，中国儿童文学具备了皮亚杰所说的整体性、转换性和自身调整性的特质。[1]不过，尽管其结构具有自足性，其性质不需要求助于外在无关的因素，但这并不意味着中国儿童文学是一个封闭的世界，在世界儿童文学和百年新文学的格局中来考察中国儿童文学非常必要。毋庸置疑，"中国性"的提出意义重大，它作为一种类似于历史的存在规约了"儿童"与"文学"概念生成的前提及特质。儿童和文学的本质也因这种历史的塑造而具有了中国性，也意味着不存在那种反历史或超历史的"儿童"或"文学"。中国问题的前置设定，使得陈独秀所谓"儿童文学是儿童问题之一"[2]成为启蒙先声，基本上夯定了中国式儿童文学的文类秩序与基调。

但是，在这种中国式儿童文学特质之外还存在着其他难以类同的形态，尤其是文学自身的想象性和虚构性，往往会溢出某一特定情景。简言之，儿童文学与现代中国尽管存在着同构性，但并不意味着前者是后者的"副本"。更进一步说，即使儿童文学发展的逻辑与现代中国的历史具有一体性，也并不意味着儿童文学的发展是对现代中国的复演。这给我们的启示是，"中国""儿童"和"文学"三者各有其独特的意涵，而三者存在本身的政治性经由结构性的衔接而成了现代中国文学中的一种门类。对于中国儿童文学的概念而言，"文学"是落脚点和重心，"中国"和"儿童"的前置设定塑造了"文学"的性质及属性。在将"文学"带入中国历史之中时又设置了专属"儿童"的特性，并因"中国"与"儿童"的现代性，而赋予了这一"文学"的现代性品格，或者说成为现代性历史的有机部分。这实质上是中国儿童文学历史化的一种理性认知，它以现代中国

1　皮亚杰：《结构主义》，倪连生、王琳译，商务印书馆2022年版，第3页。

2　茅盾：《关于"儿童文学"》，《茅盾全集》第20卷，第418页。

的文学表述为始基，最终的目的在于以这种历史化来阐释中国儿童文学的定义。

与其他文学门类无异，中国儿童文学是一种集结着专业性的知识类型，拥有自身的知识话语与学术逻辑。它所涉及的内容与现代中国的社会生活密切相关，必然会有外部响应的机制应对，这就要求在中国问题化后仍需启动儿童文学的历史化。中国儿童文学历史化的结果是"儿童"与"文学"的"再结构过程"[1]，从而实现在空间中理解历史的诉求。换言之，"中国""儿童""文学"尽管构成一种语法关系，但如果缺失一种历史化的意识，则无法把握中国儿童文学的本义。毕竟上述三个关键词的语义及基于其关系基础上的意义生成无法跳脱"历史稳定性"[2]，而这恰是儿童文学之为儿童文学的前提。与古代文学不同，包括儿童文学在内的百年新文学最大的特点是与现代中国的政治、革命密切相关。在现代中国历史化的视域下，中国儿童文学的历史化是动态的，并不呈现出绝对稳定的文学现场。无论是文化体制，还是文学观念，都深层次地介入了中国儿童文学历史化进程之中，从而形塑了并非恒定的"儿童"与"文学"的结构关系。由是，对于中国儿童文学的历史化考察，就要求研究者要将研究对象嵌入"中国之儿童""中国之文学"的思想史脉络中，确定中国儿童文学事实与价值的关系，而这恰恰体现了基于中国本土经验的主体性逻辑。

从哲学层面看，主体是社会历史的中心和创造者。中国儿童文学的主体性根植于新文学所开辟的人学知识体系，从而使其在与现代文学一体化联动时并未丧失其主体身份。通过对"中国""儿童"与"文学"三个关键词的分解式阐释，中国儿童文学元概念的意涵能清晰地呈现出来。显然，这种方法不是剥离中国儿童文学主体的破坏性拆解，而是基于关键词

1　赵世瑜：《在空间中理解时间：从区域社会史到历史人类学》，北京大学出版社2017年版，第7页。

2　吴秀明：《当代文学"历史化"的学科意义及其与外部社会的结构关系》，《山西师大学报》（社会科学版）2021年第1期。

意义生成及结构关系的整体性考察，由此与词典学那种以"语料"归纳"词义"的研究拉开了距离。[1]细而论之，中国儿童文学的元概念可做如下分解式的阐释："儿童"被人们认知并不是天然形成的，在陈旧的知识、思想、信仰的系统中，儿童的发现经历了从受蔽到显现的进程。儿童观念的现代化衍生了为儿童创制文学的诉求，这样一来，儿童文学的产生就是现代观念重构的表征，也是结果。尽管"儿童"的主体性预设至关重要，但是并不能凌驾于"文学"之上。作为一种文学类型，儿童文学不能丧失文学的主体性。确切地说，这种文学性是建构在凸显儿童性的基础上的，但也要警惕因儿童性过剩而折损文学性的现象。更为重要的是，中国儿童文学元概念的意义生成不能脱逸"现代中国"的背景与场域，尤其是当其与"儿童问题"乃至"中国问题"统合在一起时，儿童文学的"中国性"就凸显出来了。这种"中国性"的绽出不仅不会消蚀中国儿童文学的"现代性"，反而能彰显其"中国性"与"现代性"的精神品格，为寻求中国儿童文学主体性提供科学合理的方案。

第三节　思想批评与语言批评的张力

语言体系的构建与动态文化语境中的观念体系互为表里，语言与思想的"共振"或"异动"态势制导着中国儿童文学批评的出发点、标尺和策略，也生成了思想本体批评和语言审美批评失衡的现状。这种失衡状态本源于文本思想与艺术的分野，内隐着一种二元对立的认识论基础，即内容/形式、思想/语言。[2]一旦将两者绝对"二分"，就会造成文本内部张力结构的倾颓，破坏文学本体的完整性和系统性。对于语言来说，它不只是

1　高玉:《文论关键词研究的多重维度》,《中国社会科学》2019年第8期。

2　时世平:《现代中国文学语言本体研究范式与现代文体的创制》,《福建论坛》（人文社会科学版）2021年第1期。

单纯的工具及形式，还是思想和内容的本体，因而一方面对于前述内在的分立保持着敏感和警惕，另一方面也能在一定程度上缝合两者过于激烈的紧张关系。当然，这种"缝合"也是有限度的，不能以牺牲自身自性为代价，对于一般的文学语言来说如此，对于儿童文学语言来说更是如此。

一、"为儿童"与"为成人"的语言两歧

儿童文学语言体系中隐含了儿童与成人的话语立场及关系，这是儿童文学批评发生的理论前提。要洞悉儿童与成人的冲突，必须找到勾连儿童与成人的节点。在《儿童的世界》中，柳泽健原提出了介乎"大人"与"儿童"之间的"第三之世界"[1]的概念，这对于理解"五四"儿童文学内含的儿童与成人的关系有重要的理论价值。立于"第三之世界"能跳出其他两个世界孤立自足的偏见和短视，洞见两者之间的差异与统一。在他看来，童话就是建构"第三之世界"的重要工具。他的这一观念在"五四"儿童文学界引起了较大的影响，在引入这一观念的过程中，知识界的"中国式解读"丰富和深化了这一内涵。赵景深与周作人就安徒生和王尔德的作品进行比较，来阐释他们对于童话的理解：赵景深认为安徒生的大部分童话是"小儿说话一样的文体"，而王尔德的童话"内中很多深奥的语句"，在他看来，"文学的童话现在变迁得愈加利害，安徒生以后有王尔德，王尔德以后又有爱罗先珂，就文学的眼光看来，艺术是渐渐的进步。思想也渐渐进步了！但就儿童的眼光去看，总要觉得一个不如一个……不过文学的童话不单是供给儿童看，不失赤子之心的成人，也未始不可看的，所以童话作品，虽有些在儿童难得确当的鉴赏，在小儿般的成人方面，或者可以引起同情咧！但对于儿童又觉得远了！"[2]

赵景深的此番评论道出了童话发展过程中"思想性"逐渐强化，而适合儿童的"艺术性"却日趋消逝。对此，他认为这于儿童和童话都是不利

1　柳泽健原：《儿童的世界——论童谣》，周作人译，《诗》第1卷第1号，1922年1月1日。

2　周作人、赵景深：《童话的讨论四》，《晨报副镌》1922年4月9日。

的。至于能否有上述柳泽健原所谓的"第三之世界"来融通成人与儿童的关系，他是持否定意见的，毕竟"小儿般的成人"与"儿童"的出发点、心态及价值取向都存在着极大的差异。周作人在回信中也阐明了他类似的看法，他认为王尔德的童话"有苦的回味"，是现实上覆了一层极薄的幕，"几乎是透明的"，所以其创作的童话世界并非"第三之世界"，而是成人的世界；而安徒生的童话是"超过"和"融和"成人与儿童世界的，所以属于"第三之世界"。[1]周作人肯定的是不含教训和讽刺的童话世界，他认为这是一种理想的境地。事实上，意蕴深远的"第三之世界"是兼容思想启迪和社会人生内容的介入的。

不可避免，成人声音的加入造成了儿童文学内部和谐声音的失范，引导和影响了读者的阐释方向。成人声音的显现彰显了儿童作家自觉的"载道"意识，在"发现儿童"的同时被儿童发现：

> 他（她）是某种社会群体的代表，某种特定社会教育观念的载体，某种严肃历史使命的文学使者，一个由于儿童自己不会创作所以不得不聘用来生产儿童文学作品的工匠，一台儿童心理的测量仪，他（她）甚至是发放糖果玩具的圣诞老人，是指点迷津的牧师……总之，他（她）什么都是，唯独不是他（她）自己——一个活生生的、有七情六欲的、有独特生活阅历和情感世界的、有自己独具的审美意趣的、或丰满或欠缺或成熟或幼稚或快活或忧郁性格的"这一个"成年人。[2]

正因为成人作家与儿童的经历相差很大，童年的想象只能根植于个人的记忆，"五四"儿童作家深刻的儿童心理体验实际上是一种"过来人的体验"，是"站在'全知'高度对'无知'的体验，予孩子自身的体验是

1　周作人、赵景深:《童话的讨论四》,《晨报副镌》1922年4月9日。

2　汤锐:《现代儿童文学本体论》,第11页。

增添了成年人的心理支配的"。[1]因而，成人特殊情感的加入也在所难免。从这种意义上说，儿童文学作家尽管赞成"儿童本位"的观念，但依然没有超越"文以载道"的训诫功能，特别是这种训诫的对象又是需要成人"格外启蒙"的儿童。这种训诫的思想除了从儿童本身出发的各种有助于身心发展的方面外，还有对于民族国家所持有的社会责任和担当。

　　一般文学不需要考虑"语言"的两歧问题，因为作家使用的文学语言都与作家的个性、习惯、修养、技法直接相关。同时，也不用考虑读者的接受情况，并不单独为儿童读者预设语言。但儿童文学却不同，成人作家与儿童读者之间具有非同一性和非同代性。成人作家在创作儿童文学作品时不可避免地要考虑儿童这一隐含读者。因而儿童文学语言实质上就存在着成人语言转换的问题。"谁的语言""怎么转换语言"是儿童文学语言研究中必须廓清的问题。不过，两者都存在着难以廓清的理论问题，儿童文学必须考虑儿童与成人两种主体。而两者之间并非天然合拍或平衡的，代表两种主体的语言之间常出现紧张、挤压的尴尬，"成年作家对身为儿童是何感受，并不比身为蝙蝠是何感受更为了解。这是因为，成人和儿童之间有着认知差距，而且是记忆无法弥合的差距"[2]。这正是儿童文学引入认知批评的重要缘由。为了平衡儿童与成人的认知差异，早在中国儿童文学发轫之初，儿童文学史家朱鼎元就主张儿童文学应使用"为儿童本位的文字"[3]，其目的是让儿童文学作品更加切合儿童读者，更好地为儿童提供他们所需要的现代资源。郑振铎推崇安徒生"简易的如谈话似的文字"，认为这种"真朴而可爱的文体"更适合儿童文学及儿童个体，也便于传达明确的现代思想。[4]严文井认为那种"专门咿咿呀呀，结结巴巴"充其量也

1　杨实诚:《儿童文学美学》，山西教育出版社1994年版，第57页。

2　玛丽娅·尼古拉耶娃:《儿童何感：神经科学时代儿童文学的儿童性考察》，何沁雨译，《南京师范大学文学院学报》2019年第3期。

3　朱鼎元:《儿童文学概论》，第7页。

4　郑振铎:《卷头语》，《郑振铎全集》第13卷，第20页。

就是"做作地装儿童腔"[1]，而与此相反的"满口成人腔"当然更让儿童无法接受。到了当下，让成人"仿作小儿语"也非易事。因为不仅要考虑成人"是否愿仿作"，而且也要考虑成人"是否能仿作"。前者涉及成人的主观，后者则是客观的条件。从整体上看，无论是主观还是客观，成人真正"仿作小儿语"是很难实现的。

既然成人传达儿童话语和仿作小儿语无法真正完成，那么儿童的声音和语言该如何表述？这是研究中国儿童文学语言和话语的一个基本问题，即如果儿童真的以缺席的方式存在，那么儿童文学这一概念就变得可疑。因为儿童的缺席、失语会使得儿童与成人所建立的张力结构发生根本性的颠覆。显然，要重构儿童文学这种内在的张力结构，有必要重申"儿童性"的重要性，以确保儿童文学的本体特性。但是这种儿童性的扩充依然是有限度的，如果以绝对"二分"的标尺来切断与成人之间的共通性或沟通，那么这又会从一个极端走向另一个极端。同时，儿童性的扩充也不能以牺牲文学性（语言性）为代价，否则儿童文学的语言就变成一种本质性的语言。

深入中国儿童文学的内部，其独特而鲜明的"儿童性"与"文学性"也是区隔普通文学（成人文学）的重要属性。儿童文学的独特性就在"儿童"二字上。"儿童"的属性之所以重要，是因为它是儿童文学分殊于其他文学门类的显著标志，脱离了儿童本体的文学显然难以纳入儿童文学的范畴。因而，在评判儿童文学读物的好坏问题上，"儿童性"自然就成了首要的标准。唐小圃认同前述儿童性的标准，认为如果不了解儿童心理，儿童读物想要受儿童欢迎是不现实的。他用一个形象的比喻来说明这一问题："中国儿童，只知道神仙能驾云，他偏要把外国神仙请来，硬叫他生翅膀；中国儿童，只知道神仙是庄严可敬，他偏做成一个裸体美人，如

1　严文井：《儿童文学写作浅谈》，《儿童文学论文选（1949—1979）》，中国少年儿童出版社1981年版，第37页。

《西游记》上的女妖一般；儿童情窦未开，他偏要和他们谈恋爱；儿童仅知握手鞠躬，他偏和他们接吻……他们怎么能欢迎呢！"[1]往深处考究，唐小圃界定儿童文学概念遵循的是一种"描述性"的话语逻辑，即从概念生成的语义来界定，"儿童"的"文学"是儿童文学概念的描述性内涵。

　　问题的复杂性在于，关涉"儿童性"的文学作品种类繁多，不能一概论定为儿童文学。如果从接受者的角度来定义儿童文学，情况将更为复杂。例如儿童视角的文学、儿童形象的文学、儿童创作的文学、儿童阅读的文学等都与"儿童"相关，但不能一概都界定为儿童文学，只要举一反例即可力证。对此，班马指出："一部儿童阅读史，就完全打乱了儿童文学和成人文学许多人为界限。"[2]由于儿童选择和理解层面的"模糊阅读方式"，使得研究者难以精确地判定儿童的知识能力，因而要确定一部作品是否适合儿童阅读是一件很艰难的事。更进一步说，儿童文学的接受者到底是儿童还是保持赤子之心的成人，也难有统一的定论。譬如，李泽厚就认为《西游记》是"中国儿童文学的永恒典范"[3]，之所以有此界定，他是从接受者角度来立论的。显然，《西游记》并非专为儿童而创作，其奇幻的想象确实能激起儿童的阅读兴趣，但以此判定其为儿童文学作品难以令人信服。毕竟神话与儿童文学仅是"家族相似"，要经过一个"儿童文学化"的过程才能实现其现代转换。类似的推断俯拾即是。刘绪源将胡适的《尝试集》《尝试后集》视为儿童文学作品，其理由是"即使不是童诗的诗，胡适也是用儿童的语言来写的，也是充满童趣的"[4]；张永健将凡尔纳的《八十日环游记》界定为儿童文学，原因是"历来受小读者所喜爱……大都是为少年读者着想"[5]。如果接受对象从儿童泛化到有赤子之心的成人，

1　唐小圃：《一个童话作家》，《小说世界》1924年第5期。

2　班马：《当代儿童文学观念几题》，《文艺报》1987年1月24日。

3　李泽厚：《美的历程》，天津社会科学院出版社2001年版，第326—327页。

4　刘绪源：《中国儿童文学史略（一九一六—一九七七）》，第9页。

5　张永健：《20世纪中国儿童文学史》，辽宁少年儿童出版社2006年版，第31页。

那么儿童文学的边界就会被打破，从而使儿童文学与成人文学之间的差异性变得模糊起来，由此也加剧了中国儿童文学与现当代文学"一体化"研究的困难。尤其是随着奇幻小说传入中国，在儿童文学与成人文学领域都存在着"文类标识不清、术语使用混乱"[1]的问题，这也加剧了儿童文学元概念界定的困境。此外，还有人将"是否写儿童"作为界定儿童文学概念的标准。这实际上也不够准确，如班台莱耶夫的《文件》和韦伯斯特的《长腿爸爸》都没有写到任何一个儿童，却不能否定它们是优秀的儿童文学作品。

概念的模糊性给儿童文学的界定带来了诸多麻烦，但也激发了学人探求其"元概念"的浓厚兴趣。为了进一步区分儿童文学与成人文学的差异，孙建江曾提出"本位"的儿童文学和"泛本位"的儿童文学。[2]在明确了纯粹的、无争议的儿童文学后，孙建江将一些追求"深沉""凝重"和"深度"的作品列入"泛本位"的儿童文学。毋庸讳言，孙建江的这种归类依然存在问题。即使真有纯粹或非纯粹的儿童文学之别，"深沉""凝重"和"深度"也非区隔儿童文学与成人文学的内在标志。应该说，儿童文学的基调可以"深沉""凝重"，也可以写得有"深度"。儿童文学如此，成人文学也如此。无独有偶，眉睫也提出了类似的"泛儿童文学"观。在肯定作家创作主体性的前提下，他提出，"作品一旦完成——如果小读者接受，那么我们可以认为它是儿童文学作品；如果我们发现小读者读不懂，那么我们大可考虑将之从少儿出版物中剔除"[3]。眉睫的这种观念看似解决了儿童阅读的能力差异、偏好所带来的儿童文学概念的游移问题，但又因泛化儿童阅读选择的能动性而消蚀了儿童文学明确的指向性。事实上，"适合"儿童阅读并不是儿童文学之为儿童文学的基本标尺，离

1　姜淑芹：《奇幻小说文类探源与中国玄幻武侠小说定位问题》，《西南大学学报》（社会科学版）2021年第4期。

2　孙建江：《本位·品种·新人新作——儿童文学创作季评》，《儿童文学研究》1997年第1期。

3　眉睫：《关于"泛儿童文学"》，《文学报》2015年7月23日。

开成人创作者专为儿童创作的指向性显然也会最终离弃"儿童性"本身。对于"泛儿童文学"的理论误区，刘绪源重申了儿童文学创作中成人的主体性："正因为有了自觉为儿童创作的作家群，'儿童文学'这一领域才开始出现，这是人类文明到达一定时候的成果。"[1]只不过，那些"非自觉"为儿童创作的作品最后成为经典的儿童文学作品，也并非没有，比如戈尔丁的《蝇王》即是一个典型例证。

除了"儿童性"外，儿童文学的"文学性"也具有其独特性。当然，其独特性依旧源自"儿童性"的限定。语言是一种"言""物""意"构架，是彰显其文学性的重要标尺。如浅显通俗的语言、充满童趣的讲述方式、切合儿童口味的文体等都显明了儿童文学的独特性。成人文学之所以不是儿童文学，其根由在于它不是专为儿童而创作的，其思想内容、语言形式、审美趣味都不是基于儿童而衍生的。因"读不懂""不想读""不能读"的区隔，儿童文学与成人文学的壁垒就产生了。从表面上看，文体也是区隔儿童文学与成人文学的显在标志。除了小说、诗歌、散文、戏剧四大文体外，最具儿童文学特性的文体是童话与图画书。但是，儿童文学文体间并不是绝对分立的，文体的跨界现象也时有发生。儿童文学是一种"文类"，而不是一种"文体"，这也是造成对儿童文学"元概念"阐述多歧的根由。不过，从文体概念来看，文体既是"文之体"，也是"文与体"，儿童文学文体依据不能跳脱"儿童"及"儿童文学"的前摄义项的限制。在讨论儿童文学与成人文学的美学差异时，仍旧存在着误读的情况。王泉根认为，儿童文学遵循"以善为美"，成人文学则遵循"以真为美"[2]。从表面上看，这种观点有些道理，但事实上，"真"或"善"是无法作为衡量一种文学的美学标准的。显见的理由是成人文学也传达和遵循"美"的原则；同理，儿童文学也没有舍弃对"真"的探求。如果非要给儿童文学冠之以"善"的原则，不仅无法概括儿童文学的特殊性，反而

1　刘绪源:《也谈"泛儿童文学"——读眉睫〈丰子恺札记〉有感》,《文学报》2016年5月26日。
2　王泉根:《高扬儿童文学"以善为美"的美学旗帜》,《文艺报》2004年3月16日。

会窄化儿童文学意涵的丰富性。在这一问题上，刘俐俐"以美均衡真善"[1]的观点更接近前述讨论的内核。为了进一步探究儿童文学的价值观念，她启用了"审美本位"的原则，力图均衡儿童文学"娱乐"与"教益"的功用，从而实现真善美的统一。显然，这种"均衡"的理论预设较为符合儿童文学的特性，因为它考虑到了"美"与"真""善"的融通性，但在具体的实践过程中，由于受制于历史语境，"美"的原则依然无法调适思想性与艺术性的矛盾，最终也无法发挥"娱乐"和"教益"的社会功能。

在成人主导的话语系统中，"写儿童"还是"为儿童"的论争，是长期困扰中国儿童文学理论界的问题。判定一部作品是否属于儿童文学，并非以是否写到了儿童为标准，我们也不能将中国文学中出现了儿童形象的作品都定义为儿童文学。如鲁迅的《孔乙己》《故乡》《风波》等小说中都写到了儿童，也塑造了独异的儿童形象，但这些都不属于儿童文学作品。借儿童来表达对成人社会的思考，是鲁迅创作此类小说的真实缘由。"为儿童"则是从成人的创作动机来考察的，单纯从动机去考察概念的本质属性显然有失公允。为了解决这一问题，任大霖主张将效果放在动机之前："假如只看动机（是否'为儿童而写'）而不看效果（儿童是否接受是否喜爱），那么像《西游记》《社戏》《离家的一年》《寂寞》，还有契诃夫的《万卡》、屠格涅夫的《白静草原》、莫泊桑的《我的叔叔于勒》和都德的《最后一课》等等写儿童生活的杰作统统不能进入儿童文学之门，而不少内容晦涩、形象干瘪、语言乏味，根本不可能被儿童所接受所喜爱的'作品'，却都可以堂而皇之地拥进儿童文学园地中来，只要作家自己宣称这是为儿童（或少年）写的就行。"[2]应该说，任大霖的观点有效拒斥了那些以动机来界定儿童文学的偏颇，但是以效果来判定是否属于儿童文学的推理也有逻辑问题。这种将成人文学合于儿童需要的"拿来"，势必会混杂成人文学与儿童文学的界限，也会在否弃一种极端观点的同时又走入另

---

[1] 刘俐俐：《"以美均衡真善"的儿童文学价值观念》，《社会科学战线》2021年第1期。
[2] 任大霖：《我的儿童文学观》，少年儿童出版社1995年版，第5—6页。

一个极端。客观理性的观点应该是动机与效果并重，儿童文学应该是作家专为儿童创作的产物，同时，所创作的作品又要受到儿童的喜爱。从这种意义上说，鲁兵主张将"儿童文学的定义还给儿童文学"，就避免了上述矛盾："一个作品是否属于儿童文学，只能从作品的本身去检验，这才是最可靠的办法。一个作品是否属于儿童文学，就要看它是否具有儿童文学的特点。"[1]这种返归儿童文学本身的观念有效地规避了成人及成人社会对于儿童的建构性的假设，使儿童文学更好地回到儿童性与文学性的理论畛域。概言之，上述理论争议实际上将"儿童文学"从一个学术概念转换为一个学科概念，中国儿童文学也因其与中国现当代文学之间的复杂关系而没有自我本质化，其作为一门学科的独特性恰恰体现在其与中国现代文学之间既独立又依赖的关系上。

与成人文学相比，儿童文学是相对简单的文学。这种"简单"体现在内容与形式上，从表面上看这是为了迎合儿童相对单纯的情感世界与认知能力，实际上却体现了"隐藏的成人"的期待。赵景深非常肯定安徒生童话预设双重读者的特点：安徒生题名"说给孩子们的故事"，但其童话"要写给小孩看，又要写给大人看"，因为"小孩们可以看那里面的事实，大人还可以领略那里面所含的深意"。[2]这种结构性的特点是成人文学所不需要具备的，也由此区隔了儿童文学与成人文学。这与佩里·诺德曼所说的儿童文学中"影子文本"有着内在的关联。由于在创作中儿童的全程"缄默"，成人无须考虑儿童的意见，只需结合自己的童年经验，简化成人的诸多经验，而这种"做减法"必然使得儿童文学表现为一种"未被说出的状态"。由此，"儿童文学可被理解为通过参照一个未说出来但隐含着的复杂的成人知识集而进行交流的简单文学"[3]。简单文学容易让儿童接

1　鲁兵:《我国儿童文学遗产的范围》，蒋风主编:《中国儿童文学大系·理论（一）》，希望出版社2009年版，第527—528页。

2　安徒生:《我作童话的来源和经过》，赵景深译，《小说月报》第16卷8号，1925年8月10日。

3　佩里·诺德曼:《隐藏的成人：定义儿童文学》，徐文丽译，第9页。

受，但并不意味着儿童文学就是简单文学。由于隐含了"成人知识集"，儿童文学才没有在"儿童"的一极中故步自封，它时刻牵连着成人这一隐含读者的视野。因而，"当儿童通过文学作品认同社会规约，从社会和成人的角度看，就是成长"[1]。也正是这一点，使得儿童文学与成人文学不会完全分道扬镳，两者存在着相互融合的内在逻辑。

二、语言论争与中国儿童文学批评话语衍变

百年中国儿童文学的现代演进深刻地体现在艺术形式的变革，以及与此相联系的文体建设和审美创造方面。现代中国社会发展的深厚文化内涵赋予了百年中国儿童文学持续不断的新现象、新命题，在对新现象、新命题进行"写什么"的回应时，百年中国儿童文学也亟需探究"怎么写"这一关乎其艺术发展的美学问题。在发生期，中国儿童文学的语言首先要变革的就是用白话取代文言，这不仅是语言现代化的需要，也是思想现代化的必然结果。这种语言变革的结果是推动了中国文学的现代转型，对于中国儿童文学而言这种变革则是其发生和发展的原点。叶圣陶、郑振铎等人所做的努力是兼顾语言和思想两个方面的，因而容易形成一种"双向发力"的机制。[2]这种双向发力主要表现在：思想的变革有助于语言变革，而获得了新变的语言形式又反过来推动思想的变革。但即便这样，这种双向发力依然要承受来自新旧、中西话语及文学自身的影响，这使得两者的变革并不如理想状态所预设的那么顺利。这其中必须要考虑动态语境及思想与语言的复杂关系等缘由，对于中国儿童文学语言变革来说更要考虑儿童文学概念本身的复杂性。

为了消除"教化性"或"思想性"过盛的后遗症，先驱者高扬儿童文学的"文学性"，冀望创构一种"为儿童"的纯粹的文学样式。在梳理了"人生的艺术"与"艺术的艺术"的论争后，郭沫若指出："创作无一不

1　吴其南：《儿童文学：并非一味简单的"简单文学"》，《中国社会科学报》2018年8月17日。

2　王本朝：《白话如何成为新文学：语言与思想的双向发力》，《探索与争鸣》2019年第5期。

表现人生，问题是在它是不是艺术，是不是于人生有益。"落实到儿童文学，他的观点是："儿童文学不是些干燥辛刻的教训文字；儿童文学不是些平板浅薄的通俗文字；儿童文学不是些鬼画桃符的妖怪文字。"他一方面强调儿童文学之于社会人生"最是起死回春的特效药"，另一方面他也指出："儿童文学，无论采用何种形式（童话、童谣、剧曲），是用儿童本位的文字，由儿童的器官以直诉于其精神堂奥，准依儿童心理的创造性的想象与感情之艺术。"[1]郑振铎是文学"为人生"的倡导者，他反对把"种种的死知识、死教训装入"儿童的头脑里，而不知道去"启发儿童的兴趣"。他感叹刻板庄严的教科书是"儿童的唯一的读物"，能吸引儿童自觉主动阅读的读物"实在极少"，他创办"《儿童世界》，宗旨就在于弥补这个缺憾"。[2]在其著名的"儿童文学教授法"中，他一方面提出了儿童文学的"工具主义"[3]，另一方面又强调这种工具主义背后的文学策略与教授方略。在理解儿童文学的教化问题上，叶圣陶的观念与郭沫若、郑振铎如出一辙。他反对以教训的方式来创作儿童文学作品，"教训在教育上是一个愚笨寡效的法子，在文艺上也是一种不高明的手法"。在他看来，"儿童文艺绝不含有神怪和教训的因素……儿童文艺里须含有儿童的想象和感情，而有神怪和教训的因素的，决不是真的儿童文艺"[4]。应该说，先驱者们试图调适"儿童性"与"文学性"的关系，兼顾了儿童主体的"自然性"与"社会性"，从而使得儿童文学发展既合乎时代发展的动态语境，又符合其概念的本体意涵。当然，这种调适、整合和兼顾也只是先驱者所预设的理想状态，事实上，只要回到儿童文学的"元概念"，就会发现两者的冲突始终无法真正调适，其张力关系的存在在很大程度上为中国儿童文学学术化建构开拓了广阔的空间。

1　郭沫若：《儿童文学之管见》，《民铎》第2卷第4期，1921年1月15日。

2　郑振铎：《〈儿童世界〉宣言》，《郑振铎全集》第13卷，第3页。

3　郑振铎：《儿童文学的教授法》，《时事公报》1922年8月10日。

4　叶圣陶：《文艺谈》，《叶圣陶集》第9卷，第18页。

　　左翼儿童文学运动时，围绕"鸟言兽语"的论争是关乎中国儿童文学语言本体的讨论。这一时期儿童文学语言由"五四"时期"浅易化""口语化"转向"现实化""生活化"，现实生活的内容打破了之前的语言切近儿童心灵世界的纯粹性，用儿童能接受的语言艺术形式来揭示社会现实的黑暗。人们常以是否拥有语言来作为区别人与动物的标尺，暂且不论动物是否存在着人们难以察觉或认知的"语言"，单从文学来看，动物会说话（"鸟言兽语"）在儿童文学中并不少见。既然读者相信"鸟言兽语"存在的合理性，那么这种独特的语言也就成了儿童文学语言显在的特征。周作人认为儿童的文学里包含了鸟言兽语，"儿童相信猫狗能说话的时候，我们便同他们讲猫狗说话的故事"。当然，这里有一个前提条件是"儿童相信"，一旦儿童懂得猫狗是什么后，或者说儿童"不相信"后，周作人认为"可以将生物学的知识供给他们"[1]。不过，依然有很多人质疑"鸟言兽语"违背了儿童教育的原则。例如学衡派的柳诒徵就认为，"猫话狗话"有悖于"五伦"，是"大错特错"，给儿童灌输这样的教育的结果是："他们由国民学校毕业之后，固然不配做世界上的人，更不配做中国的国民，岂不是要变成猫化狗化畜牲化的国民么？"对此，周作人认为是教化扭曲了文学，正因为童话不讲传统教训才使得儿童不会沦为"猫化狗化"的国民。[2]"五四"儿童文学作家创作了诸多以动物为主人公的童话，"鸟言兽语"不仅是推动故事情节的手段，而且是文学语言的外在表现形式。

　　将"鸟言兽语"写进教科书的做法引起了国民党政府要员何键的不满，他认为将是"一种荒谬之说"。"鸟言兽语"只是童话的艺术手法，它不会在儿童身上种植远离现实的种子，因而也并不背离左翼文学运动的主导思想。何键并非文学界人士，他的这一论断反"鸟言兽语"是表，其真实的目的是"反共产"："此种书籍，若其散布学校，列为课程，是一面

1　周作人：《儿童的文学》，《周作人散文全集》第2卷，第274页。

2　周作人：《童话与伦常》，《周作人散文全集》第3卷，第362页。

铲除有形之共党，一方面仍制造大多数无形之共党。"[1]此论获得了初等教育专家尚仲衣的赞许，他将"鸟言兽语"等神仙故事、童话视为"教育中的倒行逆施"，并为其开具了"五大罪状"："一是易阻碍儿童适应客观的实在之进行；二是易习于离开现实生活而向幻想中逃遁的心理；三是易流于在幻想中满足或祈求不劳而获的趋向；四是易养成儿童对现实生活的畏惧心及厌恶心；五是易流于离奇错乱思想的程序。"[2]面对这种"围剿"童话的荒谬行为，吴研因、陈鹤琴、魏冰心、张匡等人撰文予以反拨。值得注意的是，鲁迅也加入了这次论争。对于那些认为"鸟言兽语"有违共和精神的言论，他认为是"杞人之忧"，他从"为儿童"的立场出发指出童话的"有益无害"："孩子的心，和文武官员的不同，它会进化，绝不至于永远停留在一点上，到得胡子老长了，还想骑了巨人到仙人岛去做皇帝。"[3]鲁迅并不担心"鸟言兽语"这种拟人化的艺术形式对于儿童的负面影响，他真正担心的是儿童不能继续受到教育，"学识不再进步，则在幼小时所教的神话，将永信以为真，所以也许是有害的"[4]。在这里，鲁迅从"儿童会进化"的角度来驳斥何键、尚仲衣将文学论争与政治立场杂糅在一起的观念，护卫了童话这株新苗。鲁迅的这一观念与《儿童的文学》所讨论"猫话狗话"异曲同工，叶圣陶为此还创作了《鸟言兽语》，童话通过麻雀和松鼠的对话引出"鸟言兽语"论争背景，并借松鼠之口说出：

咱们说咱们的话，原不预备请人类写到小学教科书里去。既然写进去了，却又说咱们的话没有这个资格！要是一般小学生将来真就思想不清楚，行为不正当，还要把责任记在咱们账上呢。人类真是又糊涂又骄傲的东西！[5]

1　《何键咨请教部改良学校课程》，《申报》1931年3月5日。
2　尚仲衣：《再论儿童读物——附答吴研因先生》，《儿童教育》第3卷第8期，1931年4月15日。
3　鲁迅：《〈勇敢的约翰〉校后记》，《鲁迅全集》第8卷，第353页。
4　鲁迅：《中国小说的历史的变迁》，《鲁迅全集》第9卷，第315页。
5　叶圣陶：《"鸟言兽语"》，《叶圣陶集》第4卷，第264页。

麻雀和松鼠认为"人言人语"与"鸟言兽语"并无多大差异，无所谓哪一种高贵，哪一种低贱。联系前述左翼批评家批评童话与护卫童话两种不同的路径，不难发现：他们反对的并非童话这种艺术手法，而是批评童话所预设的理想化的虚空幻境。通过这次论争，童话并未在20世纪30年代"阶级政治"主导的语境中被湮灭，随着左翼文学运动的开展，童话不断求取幻想性与现实性的平衡。

不过，随着抗日战争的爆发，关于"鸟言兽语"的讨论仍在继续，其论争的重心在于"鸟言兽语"的艺术手法是否对于抗战有利。立足于抗战的政治语境，当时有人从"儿童教育的本位"出发，认为"鸟言犬吠的教材，无关国家社会，徒使儿童迷惑，应加禁止"。对此，吴研因等人提醒国人，"羊拒狗，狗拒狼"的主题中依然可以洞见"弱者抵抗强者的意识"[1]。心岂从科学性与文学性的角度出发，论定了儿童文学"文学性"的主体地位："违背自然规律比如'猫狗说话'、'雅雀问答'确实不符合科学原理，但最要紧的问题是能否把握住'儿童文学'究竟是属于'文学'范围，而非属于'科学'范围。"[2]作为儿童文学最有特点的文体，童话的艺术手法与思想观念的平衡问题一直是学界关注的热点。在抗战的语境下，思想的显效被提至优先的位置，由于要传达现实的、时效性的思想内涵，艺术性势必会受到思想性的挤压。不过，强调思想性也未必要以牺牲艺术性为代价。事实证明，在当时的童话创作中，作家借助"鸟言兽语"来传达迫急的抗战信息较为普遍。陈伯吹主张童话以"社会与自然"为内容，同时注意儿童阅读的"趣味"的观念[3]，实质上是从内容和形式两面辩证地考察童话的发展方向。那种割裂童话内容与形式统一性，或因童话拥有"鸟言兽语"的艺术形式而排拒童话的做法，显然是不科学、不理性的。

1　吴研因：《儿童年与儿童教育》，《教与学月刊》1935年第3期。
2　心岂：《儿童文学中应否采取物语问题》，《东山》第1期，1935年12月5日。
3　陈伯吹：《陈旧的"旧瓶盛新酒"——关于儿童读物形式问题》，《大公报》1947年4月6日。

20世纪三四十年代，中国文学界关于"大众语"的讨论是基于中国社会语境而衍生的。左翼文学的现代性并未割裂"五四"新文学传统，从整体上看两者都属于以启蒙理性为核心的现代性，左翼文学"大众化"本身就包含了启蒙大众的旨趣。只不过在语境转变后，启蒙的对象、范围、力度、方案发生了改变，不仅关注"个人"，更关注人与社会革命、人与民族国家的命运。如果说新文学的启蒙现代性尚在理论预设、倡导层面，那么左翼文学的现代性则借助"大众化"运动上升至民族国家整体的现代性追求的实践层面，完成"五四"未竟的启蒙重任，开启了从被动现代性到追索主动现代性的道路。无产阶级登上历史舞台后，中国新民主主义革命便确立了现代性目标及阶级性路径相统一的历史过程。在规范革命文学的同时，左翼知识分子提出了基于无产阶级正义标准的革命功利性的诉求，由此推动了左翼文学的发展。左翼革命现代性有明确的政党领导和马克思主义的指导，以革命而非启蒙的方式唤起民众的阶级觉悟，这正是革命文学区别于文学革命的根本所在。从"革命文学"到"无产阶级文学"，中国新文学的价值功用性日趋明确。左翼文学在推动"人"的个性解放的同时也强化了社会解放的意识。"五四"时期"儿童本位"的儿童文学观得到调整，儿童文学被纳入阶级政治的轨道。被纳入左翼文学体系的儿童文学也深受这种革命现代性的影响，被灌输了一种"革命范式"。在抗战的语境下，"个人""阶级"显得渺小，民族解放较之于个人解放和阶级解放更为急迫，革命文学作家也迅速转向。"党派"与"政见"让位于"民族政治"及全民抗战的伟业，儿童文学的特殊性在民族文学整体系统中被弱化，融入抗战文学的主潮中。在"儿童本位"向"民族本位"转型的过程中，儿童文学表现为一种现实型文学体系和文类秩序，其发展被注入了浓厚的时代印记。在此体系下，中国儿童文学在思想层面上更注重民族精神与民族意识，同时在艺术上注重"民族形式"的探索，赋予了"民族文学"极其鲜明的"中国"特征。

"大众化"与"化大众"具有辩证关联性，前者虽是口号，但也是目的；后者看似是过程，但也是结果。对于这一时期包括儿童文学在内的中国文学来说，语言的"大众化"就是要用通俗易懂的形式来教化大众、改造大众。当然，这对作家提出了要求：先自我启蒙，然后再大众启蒙。关于这一问题，当时还引起过争议，争议的焦点是谁的大众化、如何大众化。直到毛泽东发表《在延安文艺座谈会上的讲话》后，才在理论上真正解决文艺大众化的问题，因为它"正确地解决了文艺与群众的结合，与时代结合的问题"[1]。在"语言大众化"的问题上，中国儿童文学本身的浅易性较之于成人文学似乎有着更为便捷的条件。陈伯吹认识到儿童及儿童文学的特殊性，主张"重视儿童心理发展的历程而使读物的内容和它配合、呼应"[2]，他提出"用字"要分清"常用字"和"简体字"，在"造句"方面，"编著儿童读物，在造句方面第一要注意的是'短句'，使得儿童容易阅读，容易了解，这样也就容易发生阅读的兴趣"。同时也要"再该注意的是要写得'生动'，要有力量，要有刺激性与诱惑性，同样的一句，这样写和那样写，断然有着显著的不同"[3]。但儿童文学的作家毕竟是成人，成人作家话语转换并不简易，因而这种语言大众化仍有很长的路要走。对此，郭沫若曾认为文学是不容易的东西，儿童文学更不容易："儿童文学自然是以儿童为对象，更是儿童能够看得懂，至少是听得懂的东西，要使儿童听得懂，自然要写得很显明。"但这些在郭沫若看来还不是最重要的，"顶不容易的是在以浅显的言语达深醇的情绪，而使儿童感兴趣，受教育"。他认为虽然人人都有童年时代，但差不多每个人的童年时代都丧失得非常彻底了，很多人都是自我本位而不是儿童本位。对于儿童写的儿童文学和文学家写的儿童文学，他认为："由儿童来写则仅有'儿童'，由普通的文学家来写也恐怕只有'文学'，总要具有儿童的心和文学的本领

1　周扬：《继承和发扬左翼文化运动的革命传统》，《左联回忆录》，中国社会科学出版社1982年版，第18页。

2　陈伯吹：《陈旧的"旧瓶盛新酒"——关于儿童读物形式问题》，《大公报》1947年4月6日。

3　陈伯吹：《儿童读物的编著和供应》，《教育杂志》第23卷第3号，1947年3月20日。

的人然后才能胜任。"这些问题在当时的中国很难做到，所以他认为："比较捷近一点的路是翻译，还选择国际间的良好作品，尽量地介绍过来，这不仅可以救济儿童，而且可以救济文学。"[1]

　　面对游离于现实与幻想、儿童与成人之间的状况，老舍曾以"脚踏两只船"为喻予以生动的描摹："既舍不得小孩的天真，又舍不得我心中那点不属于儿童世界的思想。我愿与小孩们一同玩耍，又忘不了我是大人。这就糟了。"[2]老舍的比喻道出了中国儿童文学先驱者的心声，如何融合这种代际身份的沟壑，如何处理好现实与幻想的关系，是儿童文学批评应该深入思考的重要问题。老舍的心境并非孤例，叶圣陶等人也有类似的遭遇及困境。受时代语境的影响，童话创生后并没有完全吸纳西方"无意思之意思"[3]的范式，而是渗入了成人及成人社会的诸多现实的成分，"假借童话中的本事，暗示道德，这种利用法，最为上着"[4]。作为中国本土童话的典范之作，叶圣陶的《稻草人》就不是纯粹意义上的童话，夹杂着"为儿童"与"为成人"的两栖性。对于这一点，叶圣陶和郑振铎的对话可作如上观。叶氏带着疑惑向郑振铎请教："今又呈一童话，不识嫌其太不近于'童'否？"郑振铎洞见了叶氏利用小说童话杂糅的文体来描摹其复杂的心境，其批评意见是："前半或尚可给儿童看，而后半却只能给成人看。"[5]"成人悲哀"介入童话文体，使得其文体内部出现了裂隙。为了维护思想性与艺术性的平衡，叶氏所采取的"两套笔墨"看似打破了文体单一的惯性，但也由此获致了双向谛视儿童文学与成人文学的视角。有意味的是，巴金的《长生塔》也与《稻草人》的文体形式颇为相似："它们既非童话，也不能说是'梦话'，它们不过是用'童话'的形式写出来的小说……我的朋友用看安徒生童话的眼光看它们，当然不顺眼。至于孩子不懂，更不能

1　郭沫若：《本质的文学》，《郭沫若全集》文学编第19卷，人民文学出版社1992年版，第353页。

2　老舍：《我怎样写〈小坡的生日〉》，《老舍和儿童文学》，少年儿童出版社1996年版，第457页。

3　周作人：《文学的书》，《周作人散文全集》第3卷，第78页。

4　张梓生：《论童话》，《妇女杂志》第7卷第7号，1921年7月5日。

5　郑振铎：《〈稻草人〉序》，《郑振铎全集》第13卷，第36页。

怪孩子，因为他实在不知道三十年代中国的事情。"[1]与叶圣陶一样，巴金利用了"童话"的文体形式来折射现实，由此创作出的"童话体小说"并非纯粹的儿童文学，其背后的价值重心是成人而非儿童，或者说是兼及儿童与成人的。

前述作家的游离心境及延宕笔墨在冰心那里也有表征，值得深入思考。冰心自称是儿童的"大朋友"，其创作的作品深受儿童的喜爱。与《寄小读者》《再寄小读者》"写大人的事情给儿童看"不同，《三儿》《最后的安息》《寂寞》等以儿童为视角的"问题小说"，是"写儿童的事情给大人看的，不是为儿童而写的"。尽管贺玉波认为《寄小读者》是"一本很适意的儿童读物"[2]，冰心却说自己是"被挤进"儿童文学队伍里的："我没有写过可以严格地称为儿童文学的作品……写儿童的事情给大人看的，不是为儿童而写的。"[3]确实，成人作家要跨越自己的身份来与儿童对话并不容易，要在两代人之间构筑相互沟通的桥梁也非一夕之功。为了开启两代人的精神对话，成人作家被迫以"两幅笔墨"来求取话语的平衡。不过很多时候，成人作家在与儿童、童年对话时，因无法调适两种话语的张力关系而深陷左支右绌的困境中。关于这一点，徐兰君的评论可谓切中肯綮："也许单纯地从儿童文学的角度来看，《寄小读者》确实如冰心自己所说是'失败'，但如果把这些书信作为旅行游记，并将之放置在中国现代文学抒情话语的发展脉络里来考察，则可能另有其意义。"[4]之所以选用"通讯"这种体裁，冰心的解释有二：一是有对象感，二是自由，可以说零碎有趣的事。[5]尽管冰心声明以儿童的口吻来写作《寄小读者》《山中杂记》，但所讲述的还是成人社会的事情，传达的依然是成人话语。批评家

1　巴金：《关于〈长生塔〉》，《巴金全集》第20卷，人民文学出版社1993年版，第587页。

2　贺玉波：《歌颂母爱的冰心女士》，《冰心研究资料》，北京出版社1984年版，第224页。

3　冰心：《我是怎样被推进儿童文学作家队伍里去的》，《冰心全集》第6册，海峡文艺出版社2012年版，第3页。

4　徐兰君、安德鲁·琼斯主编：《儿童的发现：现代中国文学及文化中的儿童问题》，第183页。

5　冰心：《我的文学生活》，《冰心全集》第2册，第327页。

茅盾最早发觉了冰心创作中出现的问题："指明是给小朋友的《寄小读者》和《山中杂记》，实在是要'少年老成'的小孩子或者'犹有童心'的'大孩子'方才读去有味儿。在这里，我们又觉得冰心女士又以她的小范围的标准去衡量一般的小孩子。"[1]应该说，在《寄小读者》等作品中，冰心所持守"母爱""童心""自然"等创作情怀，执着于为儿童创作属于儿童的文艺作品，但尽管如此，她还是无法避免跌入"越写越不像""越写越'文'"[2]的套路中。

不言而喻，成人声音的加入造成了儿童文学内部和谐声音的失范，引导和影响了读者的阐释方向。成人声音的显现彰显了儿童作家自觉的"载道"意识，不过依然摆脱不了在"发现儿童"时"被儿童发现"的魔咒。正因为成人作家、批评家与儿童的经历相差很大，关于童年的想象只能是一种个人的记忆，充其量也只是"过来人的体验"，是"站在'全知'高度对'无知'的体验，予孩子自身的体验是增添了成年人的心理支配的"[3]。那么，"童年"书写是否在成人文学与儿童文学中有同质性呢？何卫青认为存在着"此时此地儿童"与"彼时彼地儿童"两种童年形态。[4]相对而言，"此时此地儿童"的童年书写较为接近儿童文学的童年书写，却较少地出现在成人文学的作品之中；而"彼时彼地儿童"的童年书写尽管常见，但它在中国现当代文学中并非主流的文学现象，往往通过回溯的方式来对人性和生命怀想，是一种较为含蓄、委婉、迂回地对现实社会的观照，很难直观地反映现代中国的社会进程。因而，这种童年书写的特点也限制了中国儿童文学与现当代文学关联的视域，很难据此深度楔入现代中国发展"现代性"的整体体系中。谭桂林认为童年母题文学与儿童文学是两个"不同质"的概念，"外延有着一定的交叉叠合的关系，但其内涵却

1　茅盾：《冰心论》，《茅盾全集》第20卷，第192页。

2　冰心：《笔谈儿童文学》，《冰心全集》第5册，第354页。

3　杨实诚：《儿童文学美学》，第57页。

4　何卫青：《近二十年来中国小说的儿童视野》，《四川大学学报》（哲学社会科学版）2003年第4期。

有着自己质的规定性"。在他看来，童年母题书写是作家对自我人格生成历史的深刻反思，成人的介入较为普遍，而儿童文学则尽量排除成人因素渗入。[1]童年书写承载了较为鲜明的成人即时即地的印记，而这种外在力量反过来会减缓和遮蔽我们对于童年的认知。这即是哈布瓦赫所忧心的以丧失部分童年实质为代价的"童年缩减"[2]。当然，在儿童文学中成人因素是否介入、介入的程度是可以讨论的问题。尽管成人作家意识到教化并非儿童文学的本质使命，但也难免会在儿童文学作品中渗透情感。谭桂林所谓"尽量排除"在很大程度上保留了成人因素渗透的可能。童年书写是成人返归童年的一次情感之旅，是基于现实而想象或建构出的童年景象，而儿童文学则是两代人围绕着童年的情感对话，这里的童年既可以是建构出来的，也可以是现实的。

应该说，如何在儿童世界和成人世界之间找到平衡，避免"太教育"或"太艺术"的偏狭一直是儿童文学作家、批评家关注的核心议题，由此也产生了主张"思想性"或"艺术性"的不同的创作与批评流派。这其中，"童心主义"及"教育儿童的文学"代表了思想性与艺术性的两极，集中地表征了基于"元概念"的中国儿童文学批评的进路。事实上，这种游移于"太教育"与"太艺术"之间的矛盾是中国新文学"启蒙"与"纯美"两种文学观念的具体表征。[3]盲视两者的张力结构无法真正理解中国儿童文学或现当代文学发展的内在理路，也无法真正洞悉两者之间析离或融合的复杂关系，在此基础上的文学批评也无从谈起。

三、批评观念与补全知识话语序列

从知识的获取向知识体系的建构演化是知识社会学发展的趋势。现代

1　谭桂林：《论中国现代童年母题文学的反思品格》，《中国文学研究》1989年第3期。

2　莫里斯·哈布瓦赫：《论集体记忆》，毕然、郭金华译，上海人民出版社2002年版，第86—87页。

3　陈思和：《启蒙与纯美——中国新文学的两种观念》，《笔走龙蛇》，业强出版社1991年版，第23页。

性方案的主题包括了科学知识的客观化、形式化和学科化。这即是说，儿童文学概念在现代中国社会出现后，就不再是一种游离于时代社会的形态，而要在历史化的语境中进行知识学创构。具体来说，这一知识体系建构过程在于以儿童文学作家、作品、现象、思潮、流派等为学案，通过一系列的综合性分析洞见儿童文学的规律、特质，同时推导出"中国儿童文学是什么"。中国儿童文学知识体系建构来源于人们在历史语境中对概念主体的认识和反思，因此它不是纯粹主观的知识认知，而应是一种接近客观性的逻辑推理和理论探究。同时，在演进的过程中，中国儿童文学的知识系统相对稳定，从而形成了指向儿童文学内核的范畴、术语、概念。客观化、形式化知识的确立，为知识学科化奠定了基础。

　　知识的学科化解决的是知识板结、零散、无序的问题，从而确立现代知识的身份与归属，并使其专业化、结构化和学科化。知识学科化的前提是学科自律，而学科自律是为自身知识生产活动构建"元叙事"的实验。[1]在历史化的过程中，从知识的总体性向类型化转换是一种发展趋势。在中国古代，学科的意识薄弱，知识的板块化表现为一种不出儒释道之外的"沟渠化现象"[2]，语言对存在的隐喻揭示构成了彼时知识结构的肌理。显然，这与中国人的生活方式和文化传统密切相关。天人合一的传统观念在中国古代根深蒂固，当这种"合一"指向固化的"合德"时，就为中国古典文学知识生产提供了文化土壤。[3]天人关系的转换既是中国新文学发生的条件，也是结果。天人相分确保了主客的二分，人的主体性被擢升。当前现代的整一性被解体后，知识的同一性不再能表述现代世界中的结构体系时，知识的类型化就成了必然的结果，学科界分伴随着对文学的重新定义也成为学界关注的重点。

　　摆在中国儿童文学学科界分面前的一大难题是其与现代文学的同源、

1　冯黎明：《学科互涉与文学研究的知识依据》，《文艺争鸣》2010年第7期。

2　王本朝：《中国现当代文学思想史的对象、理念及方法》，《甘肃社会科学》2020年第5期。

3　耿传明：《天人关系与中国文学的现代转变》，《中国社会科学》2013年第11期。

同质性。这使得两者从一发生就纠缠在一起，一体性、整体性的关系就此生成。在新文学传统内部的组织结构中进行学科界分无疑是艰难的，这已不是前述以否定"非我"的方式来定义概念那么简单了。它意味着要对一个多元共生的文化母本做条分缕析的解剖，从中确立儿童文学的学科属性和知识体系。更为复杂的是，不同情境下对于该概念性质的讨论都有时代意识的植入，"接着说"或"重新讲"都会造成新一轮的再遮蔽。既然如此，那么是否意味着学科界分是徒劳的呢？显然不是。两者的整一性的好处在于相互参照、双向发力。在《中国新文学研究纲要》中，儿童文学并没有成为朱自清新文学思想的"弃儿"，他将儿童文学运动与国语运动、歌谣征集运动、民间文学征集运动一起纳入新文学研究的"总论"中。[1]文学研究会成员所开启的"儿童文学运动"，在强调"全人"意识时有效地将儿童文学归并于新文学的知识框架，使得儿童文学在发挥"推手"功能时也确立了其主体性。但这种主体性容易在新文学传统的整体性中受到遮蔽，而这也正是其学科合法性屡遭质疑的根本缘由。王哲甫的《中国新文学运动史》开了在中国新文学的视域下研究儿童文学史的先河，但是，他用"整理国故"的背景来套用各大儿童书局的出版情况的观点却失之公允。这种弱化、遮蔽儿童文学主体性的现象的存在，也从反面确证了界定儿童文学学科属性的必要性。

现代文学的学科合法性源自其与传统文学"质"的差异，唯有"分离"才能切断旧质，重建新的文学传统，并汇入世界文学的整体格局。当然，这种文学传统内的区隔不是以"断裂"为目的，其实质是中国文学"符合逻辑的历史变革与发展"[2]，即"回归"和"接续"中国文学源远流长的伟大传统。中国儿童文学的学科性则获致于新文学母本内的界分，属于

<hr>

1 朱自清：《中国新文学研究纲要》，《朱自清全集》第8卷，江苏教育出版社1993年版，第75—76页。

2 钱理群、吴晓东：《"分离"与"回归"——绘图本〈中国文学史〉（20世纪）的写作构想》，《文艺理论研究》1995年第1期。

同质中的疏离与分殊。要实现儿童文学的学科界分，显然要经过先一体化后主体性的步骤。中国儿童文学与现代文学共享着新文学这一"近传统"，两者共同获取了从"远传统"那里难以得到的现代资源，并深刻地介入了思想、语言和人的现代化工程中。在人学系统中观照中国儿童文学与现代文学的一体化，依循的是一种类同的逻辑。类似于维特根斯坦的"家族相似"[1]，在不析离两者亲缘关系的前提下重建各自的主体性，是中国儿童文学学科界分的逻辑基点。然而，在现代性的知识场域，现当代文学犹如"文化金字塔"占据了人学的高位，儿童文学则屈居"亚文化"的位置。尽管其也是一种新的知识观念，但由于受制于书写和接受的儿童主体而招致贬抑。作为新体文学的儿童文学产生于传统的断裂处，要标示儿童文学的现代性，儿童文学与传统整体性的接触必不可少。但在《儿童的文学》中，周作人将传统的优劣在"接触"前就预设好了，因而传统话语在新旧文学的碰撞、冲突中被预先设定的理论简化乃至销蚀，现代话语也因此显示出了强大的力量。事实上，越是强化儿童文学与新文学的一体化运作，也就越难将两者区隔开来，儿童文学的分科立学也就越难实施。要区隔儿童文学与新文学，就要找准"儿童的"特质来配置"文学的"知识谱系，并使儿童文学成为专门之学。饶有意味的是，周氏没有依照《人的文学》中"人/非人"推演"人的文学/非人的文学"的逻辑，而是采用了更为复杂的推理法，即在儿童、成人的比照中加入了"原人"这一新的参照系，继而从原人精神生活中抽绎出"好奇""想象""野蛮"等特性来与儿童类同，以此宣示儿童区别于成人之处。这样一来，单向的决定论被多向的认识论所取代，但也掩盖了前述预先设置现代标尺的意图。

界定儿童文学概念尚不容易，而要在母体中做分科之学并求得公例更是难上加难。周作人《儿童的文学》的界分实质上是一种描述性的界说，紧扣关乎儿童文学最为关键的"儿童"与"文学"展开平行关系探讨，由

---

1 维特根斯坦:《哲学研究》，韩林合译，第59页。

此衍生出思想性与艺术性孰为第一性的难题。对于这一难题，周作人也心有余悸，其所谓"太教育"与"太艺术"的概括即说明了这一点。[1] 这一困局到了郭沫若《儿童文学之管见》那里也并没有解决。郭沫若将儿童文学的价值推至到民族国家生存的议题上，力倡儿童文学的"宏伟的效力"，但他并没有止于儿童文学功能的阐释，而是有意识地要探究儿童文学的本质。这实际上是有了儿童文学知识学科化的自觉意识，只不过他仍未直接下定义。他打了这样一个比方：

> 研究一物之本质，最好是由化学的分析方法，把那物质上所附加的种种混杂不纯的异物驱逐洗刷干净，然后定性定量之结果方不至差之毫厘而谬以千里。[2]

基于此，他用了一种"儿童文学不是……"的表述方式来界说，得出的结论是：儿童文学不是教训文学、通俗文学、妖怪文学。这与胡适《文学改良刍议》中"八不主义"的界说方式如出一辙，不过，胡适这种重形式革命的"改良"还是窄化和限制了文学革命的题旨，这也是陈独秀的《文学革命论》力图补充和修正的地方。郭沫若对儿童文学也限于一种形式上的界分，思想不足的缺憾表露无疑。显然，这种倚重是不全面甚至是不合理的。原因在于语言和思想是合二为一、不相析离的，新文化人的文学革命包含了语言现代化与思想现代化两个层面，不可偏废。在缺乏传统儿童文学比照和新文学思想一体的情境下，以语言形式的分野来间离儿童文学与现代文学实属无奈之举，其结果当然无法科学系统地阐释儿童文学本体。

知识学科化划定了边界，也确定了学科的对象、理据和方法，形成了一个自足自律的系统。如果执迷于这一话语系统而不与其他学科沟通，势

1　赵景深、周作人：《童话的讨论三》，《晨报副镌》1922 年 3 月 28 日。

2　郭沫若：《儿童文学之管见》，《民铎》第 2 卷第 4 号，1921 年 1 月 15 日。

必会造成学科的自我封闭，这也成了讨论跨学科互涉的前因。一旦知识学科化获得了合法性后，中国儿童文学不仅在学术体制中获取了身份，而且在专业化的推动下提升了其育化新人的学术水平。但不可避免的是，这种职业化的专门主义也容易导向知识单面化的歧途。于是，正如库恩所说，"危机是新理论出现的前提条件"[1]跨学科互涉的知识再生产就被提上日程。儿童文学自具跨学科特性，却也加剧了学科界分的难度。从学科界分到学科互涉构成了知识生产的完整链条，而学科互涉并非终点，它也以潜在的方式对学科界分的自主性提出了新诉求。在讨论中国儿童文学的跨学科拓展时，朱自强不认同学科界分先于跨学科的观念，认为两者不是一先一后的逻辑关系，而是并存的共在，"如果在一开始就不对儿童文学进行'跨学科'研究，恐怕不可能指向科学、正确的儿童文学'学科界分'"[2]。朱自强的这一说法颠倒了中国儿童文学知识生产的逻辑顺序，但他颠倒知识生产顺序实质上并未否定有先后之分，这就与其前述非先后的观点形成了自相矛盾。朱自强认为跨学科研究对于推动学科界分起到了作用，这是无可厚非的。但是，即使是跨学科与学科界分同时存在并相互借力，也不能扭曲从"学科"到"跨学科"先后转换的学理秩序。一个不争的事实是，"学科"是跨学科的"先决条件"或"恰当起点"[3]，以具体操作方略来判定过程的顺序显然不符合常理。

　　除了学科界分和跨学科互涉外，中国儿童文学知识体系的建构还得落脚于"文学史"的教育机制中。新文学史写作体现了中国人文学观念和知识体系的转换，"是整个中国现代化进程的有机组成部分"[4]。相比而言，现代文学史写作起步较早，并在新中国成立后获取了学科的合法性。儿童文学在此时被纳入"国家文学"的范畴，尽管确立了中国作家协会、共青团

1　托马斯·库恩：《科学革命的结构》，金吾伦、胡新和译，第71页。

2　朱自强：《中国儿童文学研究的三种方法》，《中国文学批评》2022年第2期。

3　艾伦·雷普克：《如何进行跨学科研究》，傅存良译，北京大学出版社2016年版，第22页。

4　陈平原：《作为学科的文学史》，北京大学出版社2011年版，第394页。

中央双重管理的机制，却依然没有儿童文学史著作的面世。新时期以来，受"重写文学史"思潮的影响，中国儿童文学史写作才得以缓慢艰难地展开。"独立写史"是对此前"寄生"状态的一种反拨，真正开启了中国儿童文学知识学科化自觉的时代。尽管如此，中国儿童文学的"入史"进入现当代文学史也一度成为学界讨论的热点，体现了学人对于百年中国文学学科内部结构的深层思考，粗暴地割裂中国儿童文学与现当代文学显然不符合两者"一体化"的知识结构。不过，"入史"也要谨慎，机械式的"量"的叠加不是正途，接续现代文学发生的文化逻辑至关重要，"质"的现代生成才是要达到的目标。在此基础上，只有统筹中国儿童文学的"独立写史"和"入史"关系，才能合力助推其知识体系的建构。

中国儿童文学现代知识体系是在现代中国动态语境中建构起来的，它既受现代中国思想的影响，又以其自成一体的知识形态和文学形式楔入百年中国思想文化的建构。这即是说，文学知识是中国儿童文学话语的原发点，在对已有知识的生产和再生产中，可以生发出更宽、更广的文学知识，从而为中国儿童文学知识体系的建构提供新的资源。特别要提及的是，儿童文学涵容的"两代人"的沟通是一种代际间的跨界，如何将这种代际话语转换归并于儿童文学知识体系的建构中，仍然是学界的一大难题。由于中国儿童文学还没有具备体制化的、完整的知识体系，其探询学科自主之路仍需从其他学科中获取知识理据，因而在"知识战争"中仍须秉持中国儿童文学的主体性。不过，这种"未完成性"却不断激发着学科间互通的意识，并在学科间性中反推中国儿童文学自主知识体系的构建。

第四章

语言运动与中国儿童文学文体的自觉

文体的生成离不开语言因素，语言是一种文体区别于另一种文体的标志。对于文体的定义，罗杰·福勒认为，"文体即表达方式，可用语言学的术语来描述它"[1]。换言之，文体的特性本源于语言的具体表达方式，对不同语言表达方式的选择生成了相异的文体类型。在讨论"传统"的问题时，希尔斯认为，语言资源为天才型作家提供了文化资源，这其中，特定作品所代表的"体裁"和体现出的"范型"[2]也意义重大。遗憾的是，他没有对语言与文体的关系做进一步的考察，但由此可见语言与文体对于文本的重要作用。中国儿童文学是全文体的文学门类，不仅拥有与成人文学无异的小说、诗歌、散文、戏剧"四大文体"，而且还有童话、图画书两大颇具辨识度的文体。如果以各文体的发展史为纲，可以大致梳理出百年中国儿童文学发展的整体样态。文体的发展离不开语言变革的推动，从语言变迁的视角来研究文体的现代化必然深化中国儿童文学的整体研究。早在1913年，鲁迅就将儿童文学的文体（譬如歌谣、童话、传说）设立为国民文术研究会的工作内容。[3]应该说，中国儿童文学的文体是在发展的过

1　罗杰·福勒:《现代西方文学批评术语词典》，袁德成译，四川人民出版社1987年版，第269页。

2　E.希尔斯:《论传统》，傅铿、吕乐译，第209页。

3　周树人:《拟播布美术意见书》，《教育部编纂处月刊》第1卷第1册，1913年2月15日。《鲁迅全集》未收录。

程中逐渐定型的，在发展过程中曾出现过文体间的杂糅和混合的状态，但整体上看，是朝着界限逐渐明晰、功能日趋细化的道路发展的。

第一节　语言秩序与儿童小说的现代化

中国儿童小说并非古已有之，而是现代的产物，其文体的生成得益于现代小说的出场及儿童观念的革新。借用库恩关于"范式"的理论来解释，小说文体范式的新变源自危机，因为危机预告了"更换工具的时机已经到来"。不过，库恩也提醒人们，新范式的生成并不是一个累积过程，远非对旧范式的修改和扩展，而是在新的基础上的"重建"[1]。在儿童文学学科化的过程中，先驱者不断改造西方"文学概念"，在儿童文学之"文"与小说之"体"的动态结构中汇聚"为儿童"的旨趣，使得儿童小说成为一个中国本土的文体概念。儿童小说之所以能成为一种独特的文体，取决于其语言的组构方式及个性。其文体的自觉体现了融通中国化与世界性的辩证思维，参与了中国儿童文学"儿童"的发现及艺术品性的现代生成。

一、范式危机与重寻"主客统一"的总体性

较之于诗歌、散文、戏剧等文体，中国古代小说的发展相对滞后。《庄子·外物》《新论》《汉书·艺文志》对"小说"的界定都有"琐屑浅薄"的言论与"小道理"之意。《庄子·外物》甚至认为小说的语言也不过是"琐碎之言"而"非道术之所在"。从"神话""志怪"到"传奇""话本"，小说在中国古代的发展，有其发生发展的演变轨迹，折射了中国古代社会、思想、文化的发展状况。小说文体的发展经历了从观念

1　托马斯·库恩：《科学革命的结构》，金吾伦、胡新和译，第70页。

到艺术形式的变革，其变革的动力源于中国文学的现代转型。

　　"小说界革命"对于中国古代小说的冲击是巨大的，其影响和声势远大于"诗界革命"和"文界革命"。究其因，梁启超等人认为小说之于社会和人群的影响更大，变革的迫切性也就更为突出。由是，小说的创作与变革也成了"今日之急务"。梁启超的《论小说与群治之关系》、楚卿的《论文学上小说之位置》、老棣的《文风之变迁与小说将来之位置》、伯耀的《小说之支配于世界上纯以情理之真趣为观感》、陶佑曾的《论小说之势力及其影响》都将小说的重要性提升到了新高度，一改小说的"颓状"，为小说成为现代文学的"第一文体"鸣锣开道。梁启超将小说置于与"新国民"平等的位置："欲新一国之民，不可不先新一国之小说。"他之所以如此看中小说的作用，主要是因为小说受国民关注，有"熏""刺""浸""提"的社会功用。为此，他将"中国群治腐败之总根源"归结于小说，因而"欲改良群治，必自小说界革命始"。[1]在他看来，想要小说能被民众接受，就要激活小说本身所具有的"浅而易解"。从语言层面入手来革新小说文体可谓切中肯綮，因为文体体式是用语言形式来呈现的，这符合"语体"概念的内在精神与诉求。但是，梁启超这种新小说观依然受制于其变法维新的旨趣：贬抑不利于新民的旧小说，推崇政治小说，其俗语文学观影响下的小说语言变革难免受到限制。楚卿将小说视为"文学之最上乘者"，并整体性地考察了小说的"简繁""古今""蓄泄""雅俗""虚实"等方面的特质，这实际上涉及了小说的内容和形式两大范畴。在他看来，造成言文分离的原因在于"中国文字衍形不衍声"[2]。此外，他还讨论了小说语言的雅俗问题，而"简繁"和"虚实"也在一定程度上与语言问题有关联。遗憾的是，他没有从思想和语言的关系来整体考察小说文体变革，对于语言的理解也仅停留在工具层面，并未上升至思想本体的高度。

1　梁启超:《论小说与群治之关系》,《梁启超全集》第2册，第886页。
2　楚卿:《论文学上小说之位置》,《新小说》1903年第7期。

用新的文体形式来传达新思想，这是一种辩证的思维，即体用的融合、道器的统一。晚清知识分子意识到了语言文体形式变革的重要性，但并未将思想与语言统合起来，这也是其屡遭"五四"新文化人批判的根由。尽管如此，晚清知识分子依然致力于利用小说文体来营构一个盛况空前的"小说中国"图景。然而，"小说界革命"依然没有从根本上改变小说的地位。对此，有论者认为造成这种状况的原因在于清政府压制、普通读者隔膜，还有"新小说"提倡者内心根深蒂固的"轻视小说的观念"[1]。同时，新小说自身也有诸多局限。例如康有为就认为，小说能"启童蒙之知识，引之以正道"[2]。这种强化小说"教化"特性的观念有助于现代新学思想的传播，但过剩的思想性又反过来抑制了小说文体艺术性的新变。这种状况一直要到"五四"时期才得以改观。现代小说经过鲁迅等人创造性地重构后与"为人生"的议题融合于一体，在"人学"的系统下其影响力达到了新的高度。

随着"五四"以来翻译文学的兴起、白话文学的提倡、现代教育制度的推动，现代小说成为最受关注的文体。尤其是西方现代文学观念和美学体系的引入，使中国现代小说彻底摆脱传统儒家经学体系的桎梏，而获得了现代知识体系的支撑，最终确立了其在现代文学格局中的重要地位。从本质上而言，现代小说是对于古典史诗传统的反叛，是反讽世俗和解构经典的文学形式。卢卡奇认为现代小说不仅能反映广阔的社会时空现实，而且表现历史的规律，更能以"心灵史诗"形式，在"第二自然"的异化统治人类的社会，通过心灵的"反讽"，重新为"主客统一"的主体法则，寻找总体性的力量。作为"人学"体系中"个人性的史诗"，现代小说是个人通过心灵自我建构、自我立法，利用"赋形"的方式，重寻"主观的"总体性与有机性，它是"心灵的主观"得以克服客

1　乔以钢、宋声泉：《近代中国小说兴起新论》，《中国社会科学》2015年第2期。

2　康有为：《〈日本书目志·教育门第十·小学读本挂图二十二种〉书后》，《康南海先生遗著汇刊（11）》，宏业书局1987年版，第415页。

体世界分裂的一种方式。[1]也就是说，现代小说从其本质而言，是在碎片化的时代仍试图从总体上来理解世界的文体。确立了这种整体性、现代性的标尺，现代小说才能更好地在人和世界的关系中叙述现实，进而更好地诠释海德格尔所谓"世界成为图象"与"人成为主体"[2]的协调统一问题。"五四"兴起的现代小说主要是从学习西方小说起步的，现代小说实际上是化用了古今中外小说而成的新概念，它既不同于中国古代小说，也不同于西方小说，是一种全新的中国本土化的现代小说。

对于现代小说与中国古典小说的差异，陈平原以"叙事模式"为着力点，借鉴了西方叙事学理论资源予以分析。由是，透过叙事的时间、角度、结构等都可以发现古今小说的区别。值得一提的是，陈平原特别注意到了"新小说"与"现代小说"的区别，认为前者偏向于"史传"传统，后者则更倾向于"诗骚"传统。[3]沿袭传统并不意味着复古或返古，两者迥异于古代小说是不争的事实。由于受到现代媒介的影响，现代小说区别于古典小说之处还体现在传播形态上，"说/听"的单一模式被"写/读/写"的立体模式所取代。王德威曾以"说话"为切入点分析中国白话小说叙事模式的变化，这为我们洞悉现代小说与古典小说的异同提供了启示。王德威发现，自宋代始，说话的修辞策略就被文人模仿，到明清时更是达到了高的境界。由"说话人"引入"现场情境"，为小说"讲故事"提供了便利，有助于作者与读者的沟通。不过，这种虚拟的沟通情境主要是"市集中说话人与听众间的唱和"[4]。"说话人"仅限于是一个语言传达者，而作为特定时空的具体的人，其语言传达也无法脱离现实的境地，必须在特定文化所能容许的范围内发声。"说话人"本身不是故事的主角，他仅是沟通作者与读者的中间人。这种不指向故事、人物的角色设定在很大程

1　卢卡奇:《小说理论》，燕宏远、李怀涛译，商务印书馆2012年版，第35—36页。

2　马丁·海德格尔:《林中路》，孙周兴译，上海译文出版社1997年版，第89页。

3　陈平原:《中国小说叙事模式的转变》，北京大学出版社2004年版，第64页。

4　王德威:《想象中国的方法：历史·小说·叙事》，百花文艺出版社2016年版，第82页。

度上限制了小说叙事模式的开放、敞开。

中国古代小说脱胎于"史传"，因而小说的文体形式与"言而有据"的史传传统一脉相承，由此展开故事与情节也就"从头开始"，体现为一种基于时间、地点、人物的纵剖面叙事。这种有着纵深感的小说叙事模式曾蔓延至晚清时期，受晚清翻译小说的影响，西方小说大量传入中国，从语言到叙事模式都与中国传统小说有着较大的差异。在巨大的差异面前，先驱者融通中西两种资源，着力创构符合现代人思想和阅读习惯的现代小说。现代小说与古代小说的差异首先体现在语言形式上。现代小说所用白话不是俗语的简单筛滤，而是以白话文为语言形式，以实现胡适所谓"文学的国语"与"国语的文学"辩证[1]，从而助推现代思想的表达与传播。与此同时，现代小说摒弃了传统小说重事轻人的传统，"人"和"我"的思想感情成为现代小说的核心内容。这是"人的文学"推动的结果，也反过来有助于"人的发现"。寻绎中国传统小说不难发现，从叙事学的角度看，传统小说的作者总是以"说书人"的角色存在，有着较为明晰的读者意识。但这种角色以一种公共性的立场来讲述故事，相对而言作家自我的主体性却相对薄弱。现代小说并不运用公共性的、非个体性的语言，而是在彻底抛却了"说书人"元叙事后直抵"人"的主体性。公共性的"讲述"转换为一种私人化的"交流"，人物进入故事，故事也塑造人物。叙述人的转换彰显了个体化的人、世俗的人的主体意识，拉近了小说与生活、小说与人之间的距离，从而奠定了人本主义的思想基石。

同时，时间意识的转换也是现代小说与传统小说差异的显在标志。进步主义的时间叙事打破了传统循环论的目的论，从而使得现代小说获取了现代性的内在精神。这样一来，历史的开端不再是宗教的"起源"[2]，以

1　胡适：《建设的文学革命论》，《胡适文集》第2卷，第42页。

2　耿传明：《时空意识的嬗变与中国小说的现代性转型》，《山西师范大学报》（社会科学版）2020年第5期。

"人的时间"为起点的现代性叙事占据了新高地。以鲁迅的小说《狂人日记》为例，小说开篇这样写道："今天晚上，很好的月光，我不见他，已是三十多年；今天见了，精神分外爽快。"鲁迅的叙事和中国古代小说有着极大的差异，它不再是历时性的叙事方式，而是一种向个体敞开的横断面的手法，"我"在篇首醒目地被标示出来。它放弃了"旧说部"隐含的"书场"对话场景，用白话来构筑与阅读者"书面"交流，是一项艺术的"发明"。[1]当历时性的"讲述故事"转换为共时性的"故事讲述"时，一种建构在主客"二分"基础上的"人"的思想、情绪、心理就被充分地显现出来。显然，这种写法深受西方现代小说的影响，与"五四"时期"人的发现"的时代精神非常契合，深植于"人学"的话语系统内。尽管鲁迅曾自谦地说，《狂人日记》的形式"很幼稚""是不应该的"[2]，但较之于中国古典小说而言，其思想的先锋性是巨大的，而这种思想先锋性与伴随而来的文体变革也是没有先例可循的，是属于现代小说的。至于《狂人日记》是否有"读者市场"，则并不是判定其是否具有开创性的标尺。

受现代启蒙思想的影响，对于"人"的理解超越了本质的先验论的认知，主客二分的认识观奠定了科学精神的基础，人类社会与自然相分离的局面也随之被破除，从而新构了在"自然宇宙的秩序上"来考察人的新的科学精神。[3]时间与空间是联系在一起的，现代性的小说时间转换衍生了空间形态的变革。当人从"天人合一"的古典幻境走向主客二分时，小说文体的话语空间挣脱了天下主义的羁绊，朝向民族国家主义发展。这种时空认识的变化以及由此产生的启蒙和救亡意识，最终使中国小说完成了由传统向现代的转型。随着"人的文学"的不断延展，现代小说与其他文体一起造就了国家机构、血缘、地缘性的纽带无法提供的集体想象、感情共鸣与信仰共识，在中国文学的现代性转型中发挥了重要作用。

1　计文君：《呐喊着诞生——中国现代小说叙事的"初场景"》，《南方文坛》2021年第1期。

2　鲁迅：《对于〈新潮〉一部分的意见》，《鲁迅全集》第7卷，第326页。

3　恩斯特·卡西尔：《人论》，甘阳译，上海译文出版社1985年版，第18页。

二、语言"风景"的发现与"文体"的再发现

儿童小说脱胎于现代小说，是现代儿童观和小说文体现代化融合的结果。别林斯基认为："文体是思想的浮雕性，可感触性；在文体里表现着整个的人；文体和个性、性格一样，永远是独创的。"[1]文体是浸润着思想的"有意味的形式"，探究文体如果离开了人或思想，或孤立地将其视为一种文学形式，都是不科学的。这给我们的启示是，要系统探讨儿童小说的文体现代化，有必要厘清"儿童"的思想生成史。中国古代，"儿童"是一个被忽视和遮蔽的概念，因而无法获致一种指向儿童的文学门类，这即是儿童文学在古代中国以非自觉的方式存在的主要根由。"人的发现"是一种崭新的关于"人"的知识的建构，不仅是中国新文学发生的基点，也是中国儿童文学发生的原点。"人的发现"内含了"儿童的发现"，其之于百年中国文学及儿童文学的价值主要体现在"人学"思想的现代变革上。从"人的文学"到"儿童文学"体现了新文化人基于"人学"系统的推演，从而将"人"的内涵扩充至成人与儿童"完全生命"的畛域，扩充了"人学"的内涵，也刷新了中国现代文学的深层结构。

无论是西方还是中国，"儿童"的概念从来都不是理所当然或不证自明的，亟待成人社会对其进行一次社会学的"定价"[2]。尼尔·波兹曼认为，中世纪没有童年。虽然希腊人把童年当成一个特殊的年龄分类，却很少给予它关注。好在希腊人热衷于教育，因此，虽然他们并没有创造童年，但是他们为童年的诞生做出了巨大的贡献。罗马人在继承希腊的教育传统的基础上发展出了超越希腊思想的童年意识，将成长中的儿童与"羞耻观"联系在一起，在童年概念的诞生过程中迈出了很大的一步。罗马帝国消亡后，欧洲进入了中世纪，随之而来的是读写能力的消失、教育的消失、羞

---

1 别林斯基：《1843年的俄国文学》，《别林斯基论文学》，梁真译，新文艺出版社1958年版，第234页。

2 维维安娜·泽利泽：《给无价的孩子定价：变迁中的儿童社会价值》，王水雄译，华东师范大学出版社2018年版，第5页。

耻心的消失以及由此导致的童年的消逝，一切又回到了原点。中世纪的儿童身处一个以口语沟通的世界里，与成人共处于一个社会范围，"儿童"混杂于成人社会，其自主性被遮蔽，"在儿童面前，成人百无禁忌；粗俗的语言，淫秽的行为和场面；儿童无所不听，无所不见"[1]。总而言之，在识字文化时代尚未到来之时，没有教育的观念，没有羞耻的观念，童年的概念是看不见摸不着的。菲力浦·阿利埃斯的《儿童的世纪》发现，西方16世纪之前的绘画、日记之中，儿童作为独立"人"的存在价值几乎是被忽视的，人类与生俱来的"童年"实质上也是缺席的："传统社会看不到儿童，甚至更看不到青少年。儿童期缩减为儿童最为脆弱的时期，即这些小孩尚不足以自我料理的时候。一旦在体力上勉强可以自立时，儿童就混入成年人的队伍，他们与成年人一样地工作，一样地生活。小孩一下子就成了低龄的成年人，而不存在青少年发展阶段。"[2]而这种状况直到中世纪后期才得以改变，学校教育而衍生的"知识差距"使得儿童与成人的区隔成为可能，儿童被放归社会既是时代进步的反映，也开启了儿童独立主体建构的空间。

在中国古代"父为子纲"的语境中，儿童概念是隐而不显的。与此相关的是，出现在文艺作品中的儿童形象多有被挪用、误读或扭曲的现象，这也成了研究者探究现代观念、文明起源的审思对象或反例。在中国文学现代转型的过程中，儿童观也亟需转换以适应现代的需要。王稚庵的《中国儿童史》（1932年）被标示为"儿童史"，实际上是一部儿童故事集，更准确地说是一部"模范儿童事迹综录"[3]。尽管它不是一部严格意义的儿童史，但依然能在儿童教育领域有所助益。据撰序人黄一德所说，该书有助于成人"对儿童讲抽象的名词"[4]。由于儿童教育本身的困境，成人抽象

1　尼尔·波兹曼：《童年的消逝》，吴燕莛译，广西师范大学出版社2004年版，第14页。

2　菲力浦·阿利埃斯：《儿童的世纪：旧制度下的儿童和家庭生活》，沈坚、朱晓罕译，北京大学出版社2013年版，第329页。

3　王子今：《从"儿童视窗"认识中国历史与文化》，《文汇报》2018年6月1日。

4　王稚庵：《中国儿童史》，儿童书局1932年版，第2页。

的名词难以传达给儿童，但儿童的示范作用确实在一定程度上催生了现代儿童观的出场。熊秉真曾对中国古代社会"家里的孩童""学校的学生"和"店铺的学徒"三类幼童进行过系统的分析，洞见了"老年文化"里儿童"不许有自我的声音主见"。[1]儿童主体被压抑和遮蔽的主要根由是严苛的伦理制度。在代际伦理中，父母给予儿童生命，因而儿童有义务赡养父母。这原本无可厚非，但也就是这种基于血缘的承续而衍生的伦理原则确立了"成人本位观"，这也成了新文化运动"伦理革命"的基本出发点。关于这一点，英国学者约翰·洛克曾深刻地揭露了伦理关系的障眼法。他并不否定子女对父母应承担的义务，但也尖锐地指出："这绝不是授予父母以对其子女发号施令的权力，或是制定法律并任意处置子女的生命或自由的权力。"在他看来，"应该敬重、尊崇、感激和帮助是一回事，要求绝对遵从和臣服则是另一回事"[2]。在"成人本位"观念的主导下，儿童话语受控于各类"庭训""诫语"等有形力量的主导，儿童的地位和权利很难得到保障。此外，教化色彩浓厚的蒙学读物也以"道德""伦理""孝悌"之名将儿童异化为"缩小的成人"，进而推波助澜地将儿童主体驱逐出成人话语的体系之外。

正是因为"儿童"长期被淹没于成人的话语系统而失声，启蒙思想者才要揭开儿童受蔽的历史根由和文化源头。这其中，他们对于文化奴役儿童的无形力量的剖析与批评尤其犀利。王人路曾这样描述中国古代儿童教育的状况："拿《三字经》，《千字文》，《百家姓》，《幼学琼林》，《四书》，《五经》，用一枝朱笔，一根藤鞭，和一副私塾先生的道学面孔，栽灌到一般天真的儿童的肚子里去。"[3]在儿童尚未真正发现之前，儿童文学自然也不可能真正出场。可供儿童阅读的读物非常少，即使有也多是成人

1　熊秉真:《童年忆往——中国孩子的历史》，第50页。

2　约翰·洛克:《政府论（第二篇）》，顾肃译，译林出版社2016年版，第87页。

3　王人路编:《儿童读物的研究》，第1页。

读物。王平陵所说的"是毒物，并不是读物"[1]可作如上观。对于传统社会
"从来如此"的驯化、奴化儿童的行为，新文化人秉持现代启蒙的立场，
力图唤醒那些尚处于蒙昧状态的儿童，进而希冀其觉醒来为民族国家想象
提供崭新的"人学资源"。

　　如前所述，现代小说接续了新文化运动所开创的"为人生"传统，儿
童小说的产生源自"儿童问题"的提出及其与"中国问题"的有效叠合。
顾名思义，儿童小说是以"儿童"为书写对象的现代小说类型。儿童主
体的绽出扩充了小说文体的思想畛域，也带来了艺术形式的变革。这里
的"现代"，不仅是语义上的时间性的概念，而且内蕴着一种指向未来的
价值判断和历史意涵。在《请为儿童写作小说》中，徐念慈呼吁著者、译
者多为高等小学以下的学生出小说，他分别从装帧、开本、形式、体裁、
文字、旨趣、字数、图画、定价等加以论说。[2]语言是确立人主体性的先
决条件，用拉康的话说即是："起始处是语言，并且我们生活在它的创造
中。"[3]叶圣陶的《啼声》以儿童独白的方式，彰显了"儿童"主体的在场。
在小说中，新生女婴和父亲是作为"两代人"的身份而在的：

　　　　她不仅是她，也就是人间无量数的子女和学童。我听了她的话，
　　同时也听了人间无量数的子女和学童的话。我不仅是我，也就是人间
　　无量数的父母和教师。我在听着，人间无量数的父母和教师也在听
　　着。她和我都变化了，一个就是众多，众多就是一个。[4]

　　这其中的"个"与"类"的转化颇有深意，儿童主体借助小说的叙
事人称来表征，以"个"与"类"的结合体与成人对话："这时候我觉得

1　王平陵：《新时代的儿童文学》，《文艺先锋》1944年第5期。

2　徐念慈：《请为儿童写作小说》，王泉根评选：《中国现代儿童文学文论选》，第13页。

3　拉康：《精神分析学中的言语和语言的作用和领域》，《拉康选集》，褚孝泉译，上海三联书店
2001年版，第282页。

4　叶圣陶：《啼声》，《叶圣陶集》第5卷，第51页。

'我'和'我们'竟是意义相同，可以随便换用的两个代词了；而'她'和'他们'、'你'和'你们'也一样。"[1]在这里，儿童不再是小写的人，也不再是孤立的个体，而是具有独立精神价值的主体。

问题的复杂性在于，儿童小说关涉的"儿童"到底是书写对象还是阅读者，这是一个有争议的议题。"写儿童"与"为儿童"的两歧性衍生了儿童小说文体的混杂性。这其中，"儿童视角小说"与"儿童小说"容易混为一谈。"儿童视角"的引入是对古典小说说书人"全知视角"的叙事限定，由重情节转向了重人的表现与情感。值得一提的是，"儿童视角小说"类似于一种怀旧的童年书写，常以回忆的笔法与结构来叙事，由此拉开了与成人视角小说的间距，即使是回忆性叙事中"再纯粹的儿童视角也无法彻底摒弃成人经验与判断的渗入"[2]。儿童视角小说多是借"儿童"来说成人之事，并不属于儿童文学的范畴，因而不能与儿童小说类同。为了更好地区隔儿童小说与"儿童视角小说"，何卫青提出了一个新的概念"小说儿童"。这里的"小说儿童"特指现代文学中的儿童形象，它是叙事虚拟的人物，是"儿童想象式存在的方式"[3]。换言之，这种虚拟的人物并非实体儿童，只是为了叙事的需要而想象出的人物。那么，为什么要虚构一个非实体的儿童呢？其实，这依然是"儿童视角的文学"与"儿童的文学"本质差异使然。关于这个问题，我们可以援引柄谷行人所谓"作为方法的儿童"的理论来理解。在他的观念中，"儿童"是一个历史建构的概念，"所谓孩子不是实体性的存在，而是一个方法论上的概念"[4]。循此逻辑，以儿童为研究视角并非完全出于其本身研究的意义，更为重要的则是"以儿童为方法"，勾连出儿童与成人这组相辅相成概念的复杂关系。如果说"儿童"或"童年"可以是一个被创造、被发明的概念，那么是否写

1　叶圣陶：《啼声》，《叶圣陶集》第5卷，第51页。

2　吴晓东、倪文尖、罗岗：《现代小说研究的诗学视域》，《中国现代文学研究丛刊》1999年第1期。

3　何卫青：《小说儿童——1980～2000：中国小说的儿童视野》，中国海洋大学出版社2005年版，第13页。

4　柄谷行人：《现代日本文学的起源》，赵京华译，第124页。

了儿童就真正为儿童呢？这暗合了戴维·拉德"儿童既是被建构的也能建构"[1]的观点，表征了在生物本质论和文化决定论之间存在着极大的话语裂隙。进一步说，作为成人他者的"儿童"是成人操控话语的前提条件，成人的话语权力依托代际间的文化生产而获得。被建构的儿童是成人召唤出的一个"文化存在"，"借儿童来言说成人话语"才是其真实的目的。譬如王统照的《湖畔儿语》就透露出了"虚构性儿童"的存在，作者提及的"仿佛有一篇小说中的事实告诉我"，表明主人公小顺命运的隐喻性与普遍性，他是"底层儿童"的虚构性代表，仅是王统照批判成人社会弊病的借代。由此，被征用的儿童可以为成人话语的建构提供一种现代的认知装置，其叙事功能仅是一种借代、征引的符号，尚未创构凸显儿童主体精神的本体话语。鲁迅的《孔乙己》《社戏》《孤独者》等小说中的"儿童"不仅是一种视角参照，而且参与了作家批判国民性及再造"新人"的整体工程。但这些小说依然不属于儿童小说，其根本缘由在于他们并非是鲁迅专为儿童创作的，其预设读者不限于儿童。

中国现代儿童小说的文体自觉始于"五四"时期，但创构专为儿童阅读的小说的设想则始于晚清。晚清时期翻译、改述域外的儿童小说主要基于科学救国、开启民智的变革政治的诉求。遗憾的是，这种译介考虑儿童自身需要的方面较少，为儿童的意识较为薄弱。针对小说"无一足供学生之观览"的现状，徐念慈提出："专出一种小说，足备学生之观摩。其形式，则华而近朴，冠以木刻套印之花面，面积较寻常者稍小。其体裁，则若笔记，或短篇小说，或记一事，或兼数事。其文字，则用浅近之官话；倘有难字，则加音释；偶有艰语，则加意释。"[2]不过，徐念慈的这种小说观实际上仅是将儿童小说"作教科书"，并未跳出教化儿童的窠臼来讨论儿童小说的观念与艺术。"五四"儿童小说有了更为明确的书写对象，"儿童"作为"新人"的身份被充分开掘出来，在儿童本位的推动下，儿童不

1　彼得·亨特主编：《理解儿童文学》，郭建玲、周惠玲、代冬梅译，第46页。
2　觉我：《余之小说观》，《小说林》1908年第9期。

仅是"人"，而且还是"儿童"。淡化成人色彩、凸显儿童的本体性对于儿童小说文体的自觉有着重要的催生作用。考虑到了儿童的主体性，与之相匹配的语言、文体等形式也随之发生了转变。"用现代人的语言来表达现代人的思想"[1]体现了先驱者自觉的现代意识。以此类推，如果不用现代人的语言就难以表达出现代人的思想，如果不用儿童能接受的语言就难以表达出儿童的思想。这种语言与思想的同一性及关联性为儿童小说文体现代化的生成起到了决定性的作用。因而，用儿童能接受的语言来讲述儿童的故事成了儿童小说的基本方法，强调语言与思想的同向发展及双向发力也成为儿童小说文体自觉的标志。这即是约翰·史蒂芬斯所概括的儿童小说的意识形态："儿童小说无疑属于文化实践的领域，其存在的宗旨是将目标读者社会化……为儿童写作通常是有目的的，其意图是为了在儿童读者中养成对某些社会文化价值的正确认识，而这些价值被假定成是作者和读者所共有。"[2]

从学理上看，儿童小说的文体自觉源自新文学领域"问题小说"。冰心、王统照、徐玉诺、叶圣陶、赵景深等人的儿童小说没有离弃"问题小说"的范畴，将儿童的书写置于民族国家想象的框架内，以儿童的生存困境、精神境遇来折射中国艰难的现代化之旅。这样一来，"儿童问题"就上升为"中国问题"，儿童文学深刻地介入了"为人生"的主潮中。然而，问题小说并非专为儿童创作，其中关涉到"儿童"问题的小说也不等同于儿童小说。因而，儿童小说文体自觉还有待廓清"为儿童"还是"为成人"的两歧，从儿童观、文体观及儿童文学观三个维度来设置其"表述"的立场、方式与边界，以期推动儿童小说文体现代化的发展。

三、结构与解构：从语体"界分"到文体"互渗"

文体的自觉既是学科化的结果，也是推动学科化的途径。落实到儿童

1　杨联芬:《晚清至五四：中国文学现代性的发生》，北京大学出版社2003年版，第4页。

2　约翰·史蒂芬斯:《儿童小说中的语言与意识形态》，张公善、黄惠玲译，第8页。

小说而言，儿童文学"分科立学"是儿童小说文体自觉的原点。即如果不能确立儿童文学学科界分的标准，跳脱儿童文学学科特性去讨论儿童小说的文体议题，那么这种讨论无异于舍本逐末。朱鼎元的《儿童文学概念》依循的就是这种学理逻辑：要弄清儿童文学的本体问题，首先需要了解"文学"作为一门独立学科的"发现"过程。这种对学科概念做知识考古的探究，有助于探绎"文学""儿童文学""儿童小说"的内在结构及意义推衍，从而抽丝剥茧地逼近儿童小说文体的本体。

在传统中国，经学一统的知识和学术传统使得"文学"与其他知识门类混杂在一起，文学的独立品格并不明确。因而，近代以降的学术独立与文学寻求独立身份具有同一性：其意在传统经学、文章学的体系中确认自我的位置与身份，进而实现传统知识与学术的现代转型。方孝岳反对"以文学概各种学术"的错误看法，认为唯有"分工而功益精"。[1]傅斯年结合中国人国民性中"混沌之性"来讨论中国学术的独立问题，指出学术发展的关键在于"分疆之清"。[2]陈独秀的《学术独立》则从"分科立学"的高度来讨论学术的独立性问题。他不满文学攀附"六经"妄称"文以载道"及"代圣贤立言"的观念，认为这是中国学者"不知学术独立之神圣"[3]的缘由。在新文化人的推动下，传统经学逐渐式微，一种知识分工更加明晰的学科观念更深入人心，重构了"中国学人的知识分类概念"[4]；同时，也在很大程度上扩大了文学在现代知识分类体系中的地位。自晚清至"五四"，国人的"文学"观念逐渐清晰。这与西方"文学概论"的输入密不可分。鉴于西方标准的参照，夹杂着教化、文以载道的中国传统文学显得不纯粹，是典型的"杂文学"。文学的纯化实质上是其析离之前杂糅状态、返归文学本位的自律性的行为，有助于推动文学学科化的建构。

1　方孝岳：《我之改良文学观》，《新青年》第3卷第2号，1917年4月1日。

2　傅斯年：《中国学术思想界之基本误谬》，《新青年》第4卷第4号，1918年4月15日。

3　陈独秀：《学术独立》，《新青年》第5卷第1号，1918年7月15日。

4　张宝明：《反思与重构：中国近代学科转型背景下的"人文学"》，《学术月刊》2012年第2期。

儿童文学的学科界分并非易事，其原因在于它长期寄居于民俗学、儿童学、教育学等学科门类内部，其本有的学科性质难以绽出。对此，张圣瑜所谓"儿童文学是建立在诸多人文科学的基础之上"[1]的论断也反证了这一尴尬处境。1997年美国《儿童文学》杂志曾推出《"交错书写"与儿童文学研究概念重建》的专辑，集中探讨因本位重叠而出现的儿童文学概念新变的问题。这体现了儿童文学界力图走出"自我封闭系统"的努力，解决了这一根本问题，后续的文体界分与互涉才能提上日程。可以说，儿童文学的发现一方面来自现代儿童观的出场，另一方面也源自学科化所确立的主体性。儿童小说的文体自觉有赖于儿童文学学科主体性的确认，离弃儿童文学"元概念"来讨论儿童文学的文体是不得其法的。

如前所述，儿童小说与儿童视角小说存在着难以完全界分的现象，区分两者的主要标准源于儿童文学"元概念"。如果一篇小说是成人作家专为儿童所创作，并且预设了两代人的话语转换与沟通，那么就属于儿童小说；反之，则不是儿童小说。至于语言浅易性、教育的方向性、儿童年龄的结构性等都不是区隔两者的标准，只要找到一个反例即可以推倒这种标准。抛开这种暧昧的文类混杂，重新审思儿童小说不难发现：儿童小说与其他文体出现过杂糅最为明显的是"小说童话"。儿童小说和童话关系长期纠缠不清，从赵景深"童话是神话的最后形式，小说的最初形式"[2]就可见一二。由于没有廓清两者的关系，以至于在文体界分时常出现偏误。譬如鲁迅曾将班台莱耶夫的儿童小说《表》称为"中篇童话"[3]。又如徐志摩创作的童话《小赌婆儿的话》被编入《中国新文学大系·小说一集》，周全平创作的童话《烦恼的网》被编入《中国新文学大系·小说三集》，凡此种种都是与上述文体混杂密切相关。就叙事而言，童话与小说的文体之间确实有诸多相似之处。顾均正就曾认为"童话是一种特别的文学形

1　张圣瑜：《儿童文学研究》，商务印书馆1928年版，第2页。

2　赵景深：《童话学ABC》，世界书局1929年版，第4页。

3　鲁迅：《〈表〉译者的话》，《鲁迅全集》第10卷，第436页。

式——短篇小说"[1]。基于此，他以小说的文体特征"人物""结构"和"处景"来探究童话的文体特征。应该说，从小说的角度来研究童话在国外并不罕见，但在中国，顾均正的这种研究却属首次。

文体界分是文体互涉的前提，而文体互渗又是推动文体界分的动力。儿童小说与童话互渗的典型之作是叶圣陶的《稻草人》。《稻草人》不是单一的童话或儿童小说，"成人的悲哀"介入使得童话结构中添加了小说的要素，"两套笔墨"打破了文体单一的惯性，从而使得文体内部出现非单一性的特质。叶圣陶曾这样反省道："越来越不像童话了，那么凄凄惨惨的，离开美丽的童话境界太遥远了。"[2]他的这种疑虑还体现在其与郑振铎的通信中。[3]关于这一点，除了给《稻草人》写序的郑振铎察觉到外，赵景深也看得很清楚："叶绍钧君的《稻草人》前半或尚可给儿童看，而后半却只能给成人看了。"[4]贺玉波也认为："虽然还保存着童话的形式，却具有小说的内容，它们是介于童话和小说之间的一种文学作品。"[5]思想的两歧带来了文体杂糅，也使得叶圣陶深陷左支右绌的创作困境。叶氏的疑虑与反思表明了"专为"儿童创作的艰难，他心中有"儿童文学"的标准，只是在实践中没有找到合乎这种标准的具体文体。区隔是为了建构，"小说童话"具备儿童幻想小说的主要元素，兼具"小说"和"童话"的文体体式。这种现实与幻想结合在一起的形式看似存在着文体错位性，但实质上也有统一性。彭懿曾提醒人们注意幻想小说中的"小说"二字，但实际上"小说需要把幻想写得像真的一样"[6]也只是一种理想化的预设。正因为在写实问题上的差异，小说才与童话分道扬镳。如果不能处理好幻想

1　顾均正：《童话与短篇小说——就小说的观点论童话》，王泉根评选：《中国现代儿童文学文论选》，第497页。

2　叶圣陶：《我和儿童文学》，《叶圣陶集》第9卷，第321页。

3　郑振铎：《〈稻草人〉序》，《郑振铎全集》第13卷，第36页。

4　赵景深：《研究童话的途径》，《童话论集》，开明书店1927年版，第4页。

5　贺玉波：《叶绍钧的童话》，《现代中国作家论》第1卷，第180页。

6　梅子涵等：《中国儿童文学5人谈》，新蕾出版社2008年版，第94页。

与现实的关系，小说童话的文体混杂会撑破两者的张力结构，进而放逐小说与童话的文体兼容性。幻想小说与儿童小说的差异主要在于它无暇顾及"儿童问题""社会问题"，而在幻想的作用下追求一种更为抽象的真实。但事实上，幻想是有限度的，幻想离弃了现实将难以施展其自由的力量。曹文轩"让幻想回到文学"[1]何尝不是对于无边幻想的一种纠偏？当幻想回归到"文学"的正道，幻想小说才没有溢出整个文学系统。

文体界分与文体互涉并非绝然对立，表现为"结构"与"解构"的图示，共构了文体现代化的悖论形态。一方面，文体需要确立基本的体式范型，这有助于文体主体性的建构；另一方面，文体界分又容易阻滞跨文体的实践，反过来不利于文体现代化的发展。这种悖论给作家创作实践带来了焦虑，驱散这种焦虑的方略是返归儿童小说概念的本体。儿童小说文体可以分殊为"文之体"与"文和体"两种形态。前者是一种描述性的线性形态，后者则是一种结构性的系统形态。从"文之体"的角度看，它属于小说文体范畴的一个子类，"儿童"是一个限定性的范畴，并不具备界定小说之"体"的先决性。但从"文和体"的视野看，儿童小说则是"儿童文学"之"文"与"小说"之"体"的综合。既然是综合，那么本身就意味着"文"与"体"的明晰界限。不管如何界分或组合，都要遵循"话语秩序"与"文本体式"的规范[2]，共同指向儿童文学"元概念"的本体意涵。文体界分是为了确立文体的主体性，但因这种界分而带来的文体不可通约及自我封闭是值得警惕的。文体间设置了严苛的界限阻滞了文体互涉，也限制了基于跨文体而来的学科互涉，最终会消解文体界分的初始意义。

总而言之，儿童文学"元概念"是儿童小说文体研究的原点。不廓清儿童文学概念的特殊性，就很难真正切近儿童小说文体现代化的内核。问题的关键在于，儿童文学并不是"儿童性"与"文学性"的单向度的并

1　曹文轩:《大王书·黑门》，接力出版社2012年版，第193页。

2　童庆炳:《文体与文体的创造》，云南人民出版社1994年版，第1页。

置，而是儿童与成人"两代人"的话语关联。由此，在返归儿童文学原初概念时，儿童小说文体现代化不仅要"辨体"和"破体"，而且还要进一步顺融通"文"与"体"的关系，并将这种关系置于百年中国动态文化语境中予以考察。具体而论，从描述性概念出发，理顺儿童小说思想性与文体性之间的先后秩序，使之生成双向发力的机制；从结构性概念入手，则要在代际话语的沟通中重构儿童小说的新体式。借助"循文释体"与"因体认文"的良性互动，合力推动中国儿童小说"民族性"与"现代化"的现代发展。

第二节　语言新变与儿童诗的文体界分

　　语言新变对于中国儿童文学的发生的作用，不仅体现在语言工具的变革上，而且还体现在借助这种工具革新衍生了思想本体的革故鼎新，从而锚定了中国儿童文学"现代性"的学科属性。在中国文学传统转换的语境中，儿童诗从儿歌、童谣的口头文学体系中脱逸而出，开启了"儿童"之"文"与"诗歌"之"体"的文体自觉。儿童诗的文体现代化根植于儿童文学现代发生的语境中，体现了语言现代化与思想现代化的融合。语言与思想的双向发力，使得儿童诗文体兼具"文之体"与"文与体"的双重特性，从而规避了儿童诗"不可能"的理论难题。

　　中国古典诗歌并不缺乏如杜甫《北征》、韩愈《南山诗》那种气势恢宏的气象，但囿于传统格律及诗人伦理观念的限制，中国古典诗歌多停留在诗人狭小圈子的"浅吟低唱"上。这种诗歌的美学境界难以适应现代社会的发展需要，也无法彰明诗歌语言这一"文学审美之实践活体"[1]的价值。与古典诗歌"诗言志""歌咏言"的传统不同，现代诗歌从伦理情怀

1　韩经太、葛晓音、冯胜利：《走向诗性语言的深层研究——中国诗歌语言艺术原理三人谈》，《文艺研究》2021年第5期。

的狭小圈子里挣脱出来，其哲学精神逐渐指向探求宇宙奥秘及追求真理。在中国文学的现代化历程中，文体的现代化既是新文学的表征，也是其发展的必然结果。当然，文体的现代化并不是一蹴而就，其生成意味着文学思想和语言的双重变革。正如论者所言，"把文学的发生置于语言的实践过程中思考，能最为合理且有效地揭示中国现代文学发生的内部方式"[1]。同理，讨论儿童诗文体的现代化离不开儿童文学的现代发生，儿童文学的出场驱动了包括儿童诗在内的文体的革新。与此同时，新诗的出场对于儿童诗的文体自觉也起到了推动作用。真正意义上的儿童诗是从现代新诗中演化而来，其文体现代化借力于新诗的"诗体革命"，在对童谣、儿歌等相似文体的界分中逐渐朝向稳定和自觉的方向发展。

一、口承语言传统与儿童诗的知识考古

在中国，儿童诗有着较为悠久的口承传统。在很长的时间里儿歌和童谣被视为儿童诗的早期形态。因而，对这种语言口承传统的知识考古非常有必要。儿歌混杂于蒙学韵文与民间童谣之中而体式芜杂，有的近歌谣，有的近谚语。中国最早的儿歌集《小儿语》对当时的民间童谣进行改写，剔除一些不具备教化意义的歌谣，收录了大量具有生活常识、承载道德观念的歌谣。编者认为："儿之有知而能言也，皆有歌谣以遂其乐。"[2]由此看来，儿歌与歌谣之间存在着交叉之处，难以绝对分殊。对此，周作人所谓"儿歌者，儿童歌讴之词，古言童谣"[3]可作如上观。在形式上，儿歌和童谣的语言都简练浅近，适合儿童口头诵读。在内容上，两者都贴近儿童的日常生活，是一种保留了音声的"耳治"文学形态。

不独儿歌，童谣也深受儿童喜爱，并代代相传。追本溯源，不难发现，早在先秦时期，中国就出现了童谣。顾名思义，童谣是儿童之歌

1　文贵良：《文学汉语实践与中国现代文学的发生》，第6页。

2　周作人：《吕坤的〈演小儿语〉》，《周作人散文全集》第3卷，第114页。

3　周作人：《儿歌之研究》，《周作人散文全集》第3卷，第297页。

谣。诚如杨慎所言："童子歌曰童谣，以其出自胸臆。不由人教也。"[1]不过，杨慎认为童谣不是成人所创，而是儿童自己创作的韵词。此后，"女谣""小儿谣""婴儿谣"[2]等也被归入童谣之中。"童谣"的别称还有"孺子歌""小儿语""童儿谣""儿谣"等，不一而足，由此也能洞见其文体的混杂状况。除此之外，就童谣的分类和功能而言，古代童谣也有讽喻时政的童谣和颇具游戏教育性的童谣之别。这两种童谣都是中国古代童谣不可或缺的组成部分，共同构成了中国古代童谣的靓丽风景。

　　作为中国第一部儿歌总集，吕得胜的《小儿语》延续《千字文》《三字经》等蒙学教养传统，但语言更加通俗浅近，易于儿童接受。受制于教化性的制约，文学性也相对薄弱。为了促进女子教育，吕得胜还编写了一部《女小儿语》，其创作理念与《女儿经》颇为相似，教授女孩女德、女言、女工；且考虑到接受对象的实际情况，采用浅语来编撰。另有通论和杂言，大体按照古代《女论语》等其他女童蒙学读物的样貌进行编写，处处主张"三从四德"和卑微处世的价值观念，主张妇女安分守己，在生活中多加谨慎，只是语言上融入了俗语谚语，在一定程度上推动了女性教育类儿歌的兴起。另外，吕得胜之子吕坤的《续小儿语》对儿童歌谣进行了再创作。陈宏谋认为，如若将《小儿语》视为"天籁"的话，那么《续小儿语》则可被视为"人籁"。[3]由于增加了诸多"作"的痕迹，《续小儿语》较之《小儿语》的语言更为书面化，其文学性也相对得到强化。此后，吕坤还对当时的童谣进行整理、改写和编排，改编成《演小儿语》。虽为改作，但文中仍保留了原语，开启了文人创作与民歌相互融合的先河。《小儿语》和《女小儿语》都利用民间语言来行训诫之事，《续小儿语》更注重传达伦理道德观念而轻视"歌谣"性，而《演小儿语》则力图将教化性与文学性结合起来，形成一种文人用词与民间用词套叠、民间歌谣引导出

1　杨慎：《丹铅总录笺证》中，王大淳笺注，浙江古籍出版社2013年版，第214页。

2　杜文澜：《古谣谚·凡例》，中华书局1958年版，第1页。

3　陈宏谋：《五种遗规　养正遗规》，团结出版社2019年版，第113页。

文人创作儿歌的特质。对此，周作人曾认为，"从这书里选择一点作儿童唱歌用，也是好的，只要拣取文词圆润自然的，不要用那头巾气太重的便好了"[1]。不过，周作人还是道出了成人"演"小儿语只是"小儿之旧语"。如果不能从语言思想上变革，成人替儿童的发声也无法推导出具有现代意义的文学。除了民间性外，《演小儿语》中还具有诗性和艺术性，常常前两句写景，后两句论理，写多少景讲多少理，形式对称，朗朗上口，适合记诵。在语言层面上，它突破了蒙学读物拘泥于四言和六言的窠臼，铺陈讲理的训语罗列为生动有趣的歌谣所取代，为儿歌的现代发展打开了新思路。在"述"到"作"转换的框架内，儿童歌谣从民间取材，经由作家的改写重述后，成为儿歌或童谣文体自觉的重要路径。但是，儿歌和童谣并不等同于儿童诗，尽管都适合儿童阅读，但儿童诗更注重作家之"作"，尤其是在褪去了"蒙以养正"的教化性后的文学性。

为了更好地推动儿童诗的发展，先驱者势必会在民间搜寻有用的资源。那么，对于域外资源又是一种怎样的态度呢？杜传坤认为，与儿童小说的翻译几乎完全取代创作的状况相比，晚清民初的儿童诗歌领域则正相反，"几乎全是创作而无翻译"[2]。事实真是如此吗？其实不然。译介域外儿童诗歌的情况是存在的。早期从事儿童诗译介活动的新文化人多有海外留学的背景，其在域外的所见所闻也为儿童诗文体发展提供了条件。在对外考察中，他们就曾记录过国外的歌舞剧表演，其中也包括儿童歌舞剧。在参观国外学校时，诗歌是一种重要的表演方式和社交活动。戴鸿慈就曾整理过清末官员访问美国的日记，他发现，"学生唱歌欢迎"[3]是迎接外宾的重要活动之一。譬如，同治五年（1866），同文馆张德彝等三位学生随清朝官员斌椿父子组团出游欧洲。在观赏英国的歌舞表演后，有人记录下一

1　周作人：《吕坤的〈演小儿语〉》，《周作人散文全集》第3卷，第115页。

2　杜传坤：《中国现代儿童文学史论》，第66页。

3　戴鸿慈：《出使九国日记（清末出洋考察宪政的五大臣之一的日记）》，湖南人民出版社1982年版，第97页。

段汉译英诗："你可知你可知，//如何种如何种。//随我来，随我来。//大家种，大家种。"诗末标注"此童曲也"[1]。这首诗还附有英文翻译，是一首押韵的英国儿歌。根据该日记所录，这首儿歌深深打动了张德彝的心。在国事交往的过程中，互赠诗歌也是惯例，有助于诗歌的译介。也正是因为接触了域外诗歌，张德彝对西方诗歌产生极大的兴趣，译介了不少西方诗歌。翻译不仅是一种语言行为，也是思想文化的交流。类似于域外现代新诗的译介，西方儿童诗的翻译为口承民间儿歌和歌谣提供了另一种参照的诗歌形式。在译介了诸多域外民谣与童诗后，张德彝的基本结论是"外邦诗文，率多比拟，无定式"[2]。这种不定式的自由体式为中国儿童诗的发生提供了参照。

近代以降，"诗界革命"对于中国古典诗歌格律和句法的冲击是非常大的。尤其是，现代词汇和新语的运用涤荡着旧思想、旧观念、旧伦理的根基。这为新诗的出场和儿童诗的文体自觉奠定了基础。这一时期，学堂乐歌是儿童诗发生的先导，并进入儿童教育系统。1902年，《钦定学堂章程》中规定了新兴学堂设立"乐歌"一科。1904年，"唱歌"正式成为全国通行的课程，各学堂创作的歌谣也蓬勃发展。"大家传唱声琅琅，振刷精神同努力，奋兴忠爱矢激昂"[3]，社会上掀起歌谣传颂的热潮。自1907年始，初等小学开设"乐歌"课，进一步推动了儿歌的发展。儿歌从学堂开始并向外围扩散，大量有识之士开始投入谱曲与歌词创作中。相对于中国古代的"填词"，学堂乐歌的"歌词"在题材、观念、语言等层面都更具现代意味，并成为其进行国民"德育"的手段。当然，也不乏关注儿童生活情趣、自然性情的乐歌。如沈心工的《燕燕》语言充满童趣，运用自然流利的语言描摹了儿童的日常生活，与中国古代那种追求"高古""填砌"的语言风格拉开了距离。不过，学堂乐歌的语言是一种过渡性的形态，介

1　张德彝：《航海述奇》，湖南人民出版社1981年版，第88—89页。

2　张德彝：《欧美环游记（再述奇）》，湖南人民出版社1981年版，第191页。

3　金保权：《议说：劝学歌》，《江西官报》1906年第4号。

乎古典诗词与现代歌词之间，其语言趋于通俗，不及古典诗词古雅，更具可唱性而非徒诗化。[1]但由于偏重于寓教于乐的教育效果以及对于古典音律方面的依赖，学堂乐歌的文学性还是受到一定程度的抑制，这也意味着其文体和语言尚未定型。

梁启超等人积极推动"诗界革命"，其出发点在于破除中国古典诗歌中陈陈相因的旧思想，扩充诗歌的思想境界，传达新思想、新理想。梁启超推崇西方诗歌所表达的"真精神真思想"，也深谙诗歌语言"太雅则不适，太俗则无味"[2]，力倡诗歌的语言变革。在其创办的《新民丛报》上，他曾译介不少他国的儿童诗，以"棒喝"的方式来唤醒中国学生。从域外译介而来的儿童诗，如《日本少年歌》刊载于《新民丛报》，提升了、展示了效仿西方、改良救国的决心。在其创办的《新小说》上，梁启超开辟了"杂歌谣"专栏。他在第一期上发表了四首"少年歌"——《爱国歌》。该诗表达了他真挚的爱国主义情怀，他以儿童的未来想象为主线来寄予国家重生的观念。与此同时，《杭州白话报》也开辟了"新童谣"专栏，仿照歌谣的形式来指摘时弊。新童谣的主题集中，具有一定的启蒙意识，内容涉及讨论女子教育、辩论缠足之害、讽刺富家子弟吝啬、批判新学治标不治本、哀叹军人士气薄弱、谴责鸦片祸害一生、感叹国土割让、恨列强霸占中国等。梁启超将启蒙、爱国等宏大议题介入儿童诗歌之中，不可避免会引发儿童性与文学性之间的紧张关系。此后，新童谣这一文体也在各大报刊上不胫而走。例如《国民日报》的"黑暗世界·诗歌类"专栏就刊载了数十首童谣，这些童谣不是纯粹的表述儿童自然性，而是具有明晰的政治诉求。整体地说，这类"新童谣"虽冠以"童谣"之名，但成人话语却占据了思想道德的高地，儿童只是作为成人作家意识形态的"方法"。由于儿童性的受缚，成人思想的强势绽出就很容易抑制此类童谣文学性的显现。换言之，这类童谣虽有明确的儿童指向性，但事实上却仅是成人作

---

1 陈煜斓：《近代学堂乐歌的文化与诗学阐释》，《中国社会科学》2006年第3期。
2 梁启超：《诗话》，《梁启超全集》第9册，第5356页。

家传达自身思想观念的工具。由于思想的错位，这种童谣文体难以调适"儿童"之"文"与"诗歌"之"体"的关系。

当然，当时也存在着避开政治而指向儿童生活的歌谣。譬如，《中国白话报》曾专辟"歌谣"栏目，力求刊载"各种好玩的歌谣"。在"发刊辞"中，编者这样写道："教孩子们唱唱，也可以着实长进他们的识见畅快他的性情，你看外国人教小孩子都是用那种好好的歌谣来教他，因为那唱歌比念书容易些，又是很好玩的，又是容易记的，如今这报上也做了几首好歌谣，送把各位阿哥姑娘们唱唱，虽是些俗语，却比那寻常的小儿谣好玩的多了。"[1]这种追索纯粹儿童性的导向，对于儿童诗文体现代化的生成无疑是有意义的。如刊登于该专栏的《美哉中国歌》《劝学歌》等儿童诗多效仿西方音乐教育，隐匿了成人明确的思想倾向，而相对提升了文学性，语言较为浅易，深受儿童读者的喜爱。

有感于中国学校的诗歌过于高深不利于儿童接受，曾志忞主张向欧美学习，"以最浅之文字，存以深意，发为文章"[2]。曾志忞将传统的诗歌称为"诗人之诗"，与儿歌的修辞方式有着较大的差异性。他弃置了古代诗人惯用的"高古""曲"技法，改之为"自然""流利"，不仅有益于儿童的阅读和理解，而且也在很大程度上接榫了近代语言革新的大潮，对于中国儿童诗的文体生成起到了重要作用。在曾志忞的倡导下，沈心工编辑出版了《学校唱歌二集》《学校唱歌三集》，这些诗集大多通俗浅易，却浅而有趣，诗歌中带有较强的爱国情愫，在小学校中广为传播。此外，《杭州白话报》的"新童谣"专栏、《童子世界》的"歌词"专栏、《中国白话报》的"歌谣"专栏都极力讨论儿童与歌谣之间的关系，极大地推动了乐歌的发展。

值得一提的是，周氏兄弟非常关注儿歌或童谣的整理和理论建构。不过，他们的努力主要集中于民俗和教育层面，对于儿歌和童谣的文学价值

---

1 《中国白话报发刊辞》，《中国白话报》1903年第1期。
2 曾志忞：《〈教育唱歌集〉序》，王泉根评选：《中国现代儿童文学文论选》，第10页。

还缺乏特别的关注。当然，对于如何整合口承和书面形式的关系则更为缺乏必要的注意。这一现象随着"五四歌谣运动"和新诗发生后才逐渐进入研究者的视野，并在此后的儿童文学发展中运作于文体界分的现代性工程之中。"述"与"作"原本并不矛盾，在推动儿童诗文体自觉的过程中，一方面要整理和搜集散落于民间的儿歌和童谣，另一方面又要从现代新诗中开掘专属于儿童的质素以创构儿童诗。两者的良性联动才能推动儿童诗文体的自觉，并在儿童诗文体的现代化的基础上推动整个中国儿童文学的现代发展。

二、语言标尺与儿童诗文体的界分

从文体自觉的角度看，将儿童诗从此前文体杂糅的状态中界分出来是第一要务。这其中，语言作为形式规范的价值就被凸显出来了。在歌谣运动的大潮中，周作人是最先对儿歌文体进行厘定的先驱者，他率先从"民间童谣"中找寻切近儿歌的资源，在指出民间童谣"义不连贯"问题的同时，也肯定其音韵与"乐府一也"的特点。对于童谣、儿歌被误解为"鬼神凭托，如乩卜之言"的现象，周作人认为这是谬误。他指出儿歌之于儿童母语习得的价值在于："儿初学语，不成字句，而自有节调，及能言时，恒复述歌词，自能成诵，易于常言。盖儿歌学语，先音节而后词意，此儿歌之所由发生，其在幼稚教育上所以重要，亦正在此。"[1]不过，周作人也不认同有人将童谣视为"乐府遗意"[2]，在他看来，童谣并非那些失却童心的文人所能创作的。这种重视民间口传传统而疏远文人创作的观点体现了周作人对于儿歌、歌谣文体的本体认识，也反映了儿歌、童谣内在"音"与"义"隔膜所衍生的独立成体的困境。

针对有人将歌谣与诗歌混为一谈的现象，朱自清并不认同："死了的歌谣可以称'歌谣'，也可称'诗'；活着的，还在人口里活着的，却只

1　周作人：《儿歌之研究》，《周作人散文全集》第3卷，第298页。

2　周作人：《童谣佳作：艺文杂话（十一）》，《周作人散文全集》第1卷，第318页。

能称为'歌谣'，不能称为'诗'。"在这里，朱自清立论的关节点在于"出于平民，艺不精而体不尊"[1]。在这里，朱自清还是以雅俗作为区隔歌谣和诗歌标准的，但雅俗的语言标准却难以界分诗歌与歌谣。冯国华将儿童文学分为两大类：韵文—诗歌、散文—故事。具体而言，儿歌、民歌和新诗属于前者，而童话、小说和传记则归属于后者。同样，他并没有具体区隔儿歌、民歌和新诗，而是聚焦儿歌的内容、形式、选择等层面来论述。从语言的思想性看，他提出了儿歌"不妨没有意思"的观点，这与周作人、郑振铎的观点颇为类似。就语言的工具性而论，他则主张合于儿童口语、用字要俗。[2]对于韵文学类的儿歌、童谣、儿童诗而言，要理清彼此的差异与共性的关节点还是要聚焦于语言的工具性与思想性上。例如要区分童谣与诗歌，单纯从韵律的角度是无法实现的，但童谣之"童"的特质是其天然的文体特性。这也难怪朱自清会说："童谣虽然不必尊为'真诗'，但那'自然流利'，有些诗也可斟酌的学。"[3]由于中国古代歌谣文体边界的宽松，"谣"和"谚"常常混杂在一起，这也是诟病歌谣为"谣谶"之说的缘由。周作人、朱鼎元、储东效等人力避俗谚而致力于"真的诗"。周作人认为，"从民歌里去考见国民的思想，风俗和迷信，言语学上也可以得到多少参考的材料"。他将儿歌视为民歌的一种，并借鉴欧洲学者"母戏母歌"和"儿戏儿歌"的分类法，将儿歌分为"事物歌"和"游戏歌"。他指出："儿歌研究的效用，除上面所说的两件以外，还有儿童教育的一方面，但是他的益处也是艺术的而非教训的"，对于吕坤的《演小儿语》改作儿歌以教"义理身心之学"的想法，周作人是持批判的态度的，他认为这样做"道理固然讲不明白，而儿歌也就很可惜的白白的糟掉了"。[4]在周作人的基础上，钟敬文进一步区分了"童谣"与"儿

1　朱自清：《歌谣与诗》，《朱自清全集》第8卷，第273页。

2　冯国华：《儿歌底研究》，《民国日报·觉悟》1923年11月23日。

3　朱自清：《真诗》，《朱自清全集》第2卷，第387页。

4　周作人：《歌谣》，《周作人散文全集》第2卷，第548页。

歌"，即"用'童谣'两字，来表示民间自然的儿童所歌及他们母亲所唱的歌谣，而儿歌一词，则用以包括一切儿童与母亲及文人们为他们所唱作的歌"[1]。储东效自觉将儿歌与谣谚分隔开来，其标准是"文艺的，不是历史的"。在他看来，文学与环境关系密切，儿歌中含有浓厚的地方色彩，"儿歌因为不著于文字，仅凭口授，于转相传述的时候，往往因各地风俗、物产、人情、方言的不同，或稍加增减，或略事修饰，也是常有的事"。褚东郊强调儿歌实质与形式的统一，实质方面包括催眠止哭的、游戏应用的、练习发音的、知识的、含教训意义的、滑稽的等内容；形式方面包括用韵、体裁和句法。[2]

"不重辞意"和"重音轻义"符合童谣、儿歌的文体特征，即在"口传"的基础上强调"趁韵""叠句""织巧"等"诗法"，有意识地区隔儿歌与文言体系下的"唱曲""民歌"，淡化民间童谣的"民间性"，这样一来，儿歌就从民间童谣中分离出来了。[3]当然，儿歌文体的自觉也为廓清儿歌与儿童诗之间的边界提供了条件。"五四"时期的儿童诗脱胎于现代新诗，新诗的思想立场是现代而非传统的。为了突破古典诗歌的音韵与格律，刘半农倡导"增多诗体"[4]，"无韵之诗"的增添契合新诗的"白话运动"。这种纳入非韵律要素的儿童诗是一个更为开放的诗体，童话诗、拟儿诗的出现就是例证。儿童诗主要是成人为儿童创作的类型，较之于儿歌，它更注重诗人的创作而非民间的传统，而且注重"音"和"义"的融合，在特定的历史时期，儿童诗可以发挥其思想动员的功能，如蒲风的《关于儿童诗歌》就提出建立起"适应于大时代的进化"[5]的新儿童诗。在抗战救国的情境下，思想性与艺术性的天平开始倾斜，儿童诗与其他新

1 钟敬文：《关于〈孩子的歌声〉——序黄诏年君编的儿歌集》，《中国诗坛岭东刊》第1卷第5、6期，1939年6月20日。

2 褚东郊：《中国儿歌的研究》，王泉根评选：《中国现代儿童文学文论选》，第578页。

3 李玮：《文学语言变革与"儿歌"文体的自觉》，《南京师范大学文学院学报》2011年第1期。

4 刘半农：《我之文学改良观》，《新青年》第3卷第3号，1917年5月1日。

5 蒲风：《关于儿童诗歌》，《中国诗坛岭东刊》第1卷第5、6期（合刊），1939年6月12日。

诗的思想性被激活，起到了"广场朗诵"的动员效应。在文学革命的推动下，胡适、刘半农、沈尹默等人的新诗考虑到儿童的特性，创作的一些表现儿童生活、游戏的诗歌就成了儿童诗的早期形态。儿童诗那种兼及思想性与艺术性的自觉已不是民间童话或儿歌的形态了。尽管如此，儿歌、童谣作为儿童诗"话语资源"的作用依旧非常重要。关于这一点，周作人有感触地指出，新诗固然不是建构在民歌和童谣基础上的，但其"研究观摩"可为新诗提供诸多启示。[1]

毋庸置疑，中国古代"诗教"传统对于儿童诗的发生有着密切的关联。"诗教"是儒教传统的一种，在维系中国古代社会伦理关系方面发挥着重要作用，其具体过程是以《诗经》为教育的资源来"言志"，其意是以"诗"为"教"[2]；由于包括了"教诗"和"赋诗"等具体过程而对中国诗歌创作与传播有着推动力。诗教的对象并非限于儿童，但包含了儿童，因而是探询古代儿童观的有效路径。囿于儒家的政治教化，诗教的弊病也暴露出来了。这种以古代诗歌为"经"的教化难以育化现代人。由是，诗教传统的现代转换成了时代发展的必然要求，这种转化不仅体现在培养教育"什么人"上，还体现在用"怎样的"诗歌培养现代人的问题上。两者统而言之就是用什么的方式培养什么样的人的问题，新的诉求驱动了包括儿童诗在内的整个诗歌的变革。

"五四"时期，随着现代白话新诗的发生，以文学性为内核的儿童诗才逐渐出现在学界的视野之中。胡适、刘半农、刘大白、冰心、俞平伯等人尝试创作儿童诗，他们创作的儿童诗显然不是现代新诗的"余墨"。正式以"儿童诗"之名出现在中国文坛的是程菀的《镜中的小友》，该诗发表在1922年5月11日的《晨报副镌》上。程菀给《晨报副镌》记者的信附在该诗之前：

1　周作人：《读〈各省童谣集〉》，《周作人散文全集》第3卷，第146页。
2　方长安：《中国诗教传统的现代转化及其当代传承》，《中国社会科学》2019年第6期。

　　记者先生：要想在副镌旧有各栏外暂时添加"儿童诗"栏一次，刊我的"镜中的小友"，不知我的试作有刊登的价值吗？[1]

　　该诗晚于1919年8月胡适的白话新诗集《尝试集》。不过，标示"儿童诗"字样的也未必是儿童诗。针对有人认为泰戈尔《新月集》是一部写给儿童看的书，郑振铎并不认同，他认为："这是他们受了广告上附注的'儿歌'（Child Poems）二字的暗示的缘故。实际上，《新月集》虽然未尝没有几首儿童可以看得懂的诗歌，而泰戈尔之写这些诗，却决非为儿童而作的。它并不是一部写给儿童读的诗歌集，乃是一部叙述儿童心理、儿童生活的最好的诗歌集。这正如俄国许多民众小说家所作的民众小说，并不是为民众而作，而是写民众的生活的作品一样，我们如果认清了这一点，便不会无端的引起什么怀疑与什么争论了。"[2]这即是说，儿童诗是新诗这一现代文体的有机组成部分，它是从成人文学中逐渐分离出来的文体形式，具体而论，是在白话文运动和小诗运动的推动下分化出一种为儿童的诗歌形式。

　　在《儿童文学的乐趣》中，诺德曼和雷默指出："儿童诗集的编者往往对儿童诗和成人诗兼收并蓄，因为他们认为成人欣赏的诗也会给孩子们带来乐趣。"[3]事实上，这种混杂既有主动性，也有被动性。成人无意识或带有主观偏见的因素都存在，但不管如何，作为一种文体，确定其应有的规范非常必要。儿童诗的界分意味着这一文体从混杂走向澄明，体现了一种关于文体自觉的现代认同意识。当然，这种界分不是浅层次的分类或分割，而是需要从此前粘连的知识结构中树立独属于儿童诗的文体标尺。尽管文体不等同于语体，但文体的生成实质上也是语言的规范。儿童诗的文体界分需要廓清其与儿歌、童谣的关系，落脚于语言来说，关键的问题是

1　程菀：《镜中的小友》，《晨报副镌》1922年5月11日。

2　郑振铎：《〈新月集〉译者自序》，《郑振铎全集》第20卷，第5页。

3　佩里·诺德曼、梅维丝·雷默：《儿童文学的乐趣》，陈中美译，第437页。

探究"述"与"作"的语言传统，以此重建儿童诗的民族性与现代性的张力结构，进而为儿童诗的文体自觉夯实学理依据。

三、"语体解放"与儿童诗文体的自觉

"五四"现代新诗运动就是以语言革命为突破点，即打破古体诗的格律，创构现代白话新诗，追索一种"诗体的大解放"。那些束缚现代思想的文言格律自然就成了众矢之的："对于诗体变革来说，五四诗坛与晚清诗坛的差别不仅在于思想内容变革力度的差异，更在于将思想诉求'置换'为整体性的语言变革，从而冲击诗体，促成诗学体系的根本转型。"[1]新诗本质上是自由诗，是散文入诗，语言上是白话诗。新诗主要是学习西方自由诗而来，所以，新诗之"诗"与西方的"诗歌"概念具有一致性。所以，汉语现代"诗歌"实际上是概括了古今中外一切诗歌现象而提出来的一个新概念，既包容了中国古代"诗歌"概念，也包容了西方"诗歌"概念，且中国古代各种形式的"诗歌"在这个概念中具有了统一性。它要求高度集中地概括、反映社会生活，饱和着作者丰富的思想感情及想象，语言精练而形象性强，一般分行排列。"散文诗""诗化小说""诗剧"等不属于"诗歌"，它们属于交叉文体，属于诗与散文、诗与小说、诗与戏剧的交叉，"散文诗"是用散文的方式写诗，"诗化小说"是用诗的语言写小说，"诗剧"是用诗体的方式写戏剧。在论及编选《中国新文学大系》"诗集"的出发点时，朱自清就坦言是要看看启蒙诗人"努力的痕迹"，从中洞见其"怎样学习新语言，怎样寻找新世纪"。[2]确实，新诗领域的先驱者以西方为师，引入西方诗学的理论来创构自由的新格律，继而传达新的思想。

胡适的《尝试集》表征了"尝试者"的形象，其语言方面的价值低于诗歌思想史和文学史意义，尤其是对人生存境遇的关注，这是古典诗词所

1　朱晓进等：《作为语言艺术的中国现代文学发展史：文学语言变迁与中国现代文学形式的演进》，人民出版社2015年版，第53—54页。

2　朱自清：《选诗杂记》，《朱自清全集》第4卷，第382页。

欠缺的。不过，新诗的现代化不局限于语言的现代化，还有思想现代化的考虑。郭沫若的《女神》被闻一多高度评价的缘由是其"精神完全是时代底精神"[1]。可以这样认为，对于新诗的价值评估不能仅从读者传播、接受的层面来考量，还要看新诗"是否推进了中国社会新旧转型、是否推进了文化现代化建设、是否参与了现代诗学建构"[2]等。事实上，这种将新诗放置于历史语境及本体层面的考量方式符合"历史"和"审美"的标准，也有助于在历史中看待历史，而不脱离诗歌自身现代化发展的整体脉络。当然，胡适《尝试集》的语言自由和诗体解放尽管适合儿童阅读，但它并不是儿童诗。毕竟《尝试集》并非胡适专为儿童而创作，而是针对全年龄段群体和整个新诗而做的"探索"，但也正是这种努力起到了为儿童诗的发生探路的作用。

新诗运动推动了语言和思想现代化的发展，而语言和思想现代化又反过来推动了新诗运动的发展。从语言层面来理清儿童诗与一般诗歌的区别非常有必要，自然、童趣、浅显都是儿童诗的特点。俞平伯《忆》的意象简单，语言接近日常化和儿童自然性，没有古诗词里那种古奥的文言和隐喻的微言大义，而是在儿童日常生活中呈现诗意。朱自清认为这首诗是俞平伯"回到儿时去"的写照，是从儿童"口语里找出幽默来"。[3]除了这种"及物""状物"外，儿童诗的美学特征是充满音乐性、童趣和想象力。冰心的《繁星》《春水》尽管没有直接冠之为"儿童诗"，但其明晰的儿童读者意识及贴近儿童语言和生活的艺术形式深得儿童喜爱。冰心将"爱"视为人文主义的世界观，形成了一种"诗意儿童文学范式"。具体来说，冰心楔入了一种"抒情"的诗意，并借助第一人称的叙述方式予以强化，从而彰显了儿童诗主体性与自我表现性。与清末民初的儿童诗在民族主义旗帜下高扬的民族国家意识不同，冰心的儿童诗更注重从儿童的自然性出

1 　闻一多：《〈女神〉之时代精神》，《闻一多全集》第2卷，湖北人民出版社1993年版，第110页。

2 　方长安：《传播建构与现代新诗评估范式的重建》，《复旦学报》（社会科学版）2018年第3期。

3 　朱自清：《诗与幽默》，《朱自清全集》第2卷，第337页。

发，更强调世界性和诗意的现代性。当然，这种世界性并不掩盖中国本土性和民族性，而是体现为一种世界性与民族性的融合，这体现的是冰心博大鸿远的人类意识和宇宙情怀。在"人道"和"世俗"两面上，冰心没有顾此失彼，而是兼而有之且互相参照。冰心这种诗意、感伤的抒情主义观念与"五四"新文学拉开了差距，但并不是决然分立，只不过多少带有一些浪漫主义的色调。

冰心的"白话小诗"深受泰戈尔的影响，以口语化的语言来探讨人与世界的关系，去除了"半文半白"的腔调，为儿童所喜闻乐见。冰心将"零碎的思想"写成"篇段"[1]，奉于读者之前。于是，这些朴素的人生道理通过诗的语言的点缀，于阐述道理中更添一重诗意的美感。周作人曾这样评价这些"随感式"的小诗："情之热烈深切者，如恋爱的苦甜，离合生死的悲喜，自然可以造成种种的长篇巨制，但是我们日常的生活里，充满着没有这样迫切而也一样的真实的感情；他们忽然而起，忽然而灭，不能长久持续，结成一块文艺的精华，然而足以代表我们这刹那的内生活的变迁，在或一意义上这倒是我们的真的生活。如果我们'怀着爱惜这在忙碌的生活之中浮到心头又复随即消失的刹那的感觉之心'，想将它表现出来，那么数行的小诗便是最好的工具了。"[2]周作人对冰心这些清新隽永的小诗的评价可谓是切中肯綮的。实际上，冰心的诗歌创作除了凝结其"随感式"的想法之外，还深受泰戈尔诗歌的影响，这一点在其诗集《繁星》《春水》中均有所体现。印度诗人泰戈尔的《飞鸟集》等诗集一直深受中国读者的喜爱与关注，这是因为《飞鸟集》在神秘中夹杂着对万事万物的思辨，在思辨中又不乏体察万物的脉脉温情。因此，对于泰戈尔风格的"追随者"冰心而言，她除了在诗歌的语言形式方面对泰戈尔有所继承以外，实际上她在某种程度上还继承了泰戈尔的审美思想，即一种借自然万物的兴衰变迁来揭示人生真相的抒情方式，从而表现出一种情感的语言

---

1 冰心：《〈繁星〉自序》，《冰心全集》第1册，第236页。

2 周作人：《论小诗》，《周作人散文全集》第2卷，第558页。

节奏。尽管中国新诗的发展之路非常漫长曲折，但是每一位尝试新诗创作的诗人所做出的贡献都不容忽视，而儿童诗的创作也参与了这场新诗的审美创造实践。从整体上来看，冰心的新诗创作兼及儿童文学与成人文学两域，在秉承着其一贯的清新恬淡风格的同时，其思想境界和艺术造诣仍略显单薄，但这不是冰心一人所面临的处境，这是存在于"五四"这个文化转型时期许多作家都曾面临的困境。受"五四"新文化思想熏陶的冰心没有遁入女性温情诗意的狭小世界，她始终认为："新旧文学的最大的分别，决不在于形式上的语体和文言，乃在于文字中所包含的思想，某一时代特具的精神。"[1]思想与语言的合并使冰心的儿童诗摆脱了旧格律的桎梏，在不失抒情的氛围中加入了现代思想的色调。儿童诗的语言应该是形象化的语言，是"活的语言"[2]。歌谣运动强化了国人重视中国民间文学的意识，整理民间歌谣、童谣，使之为儿童诗所用，成了儿童文学先驱者的共识。

在西方，儿童诗很难与一般意义上的"诗歌"相提并论。彼得·亨特所谓"儿童诗歌是不可能存在的"[3]论断是基于儿童诗不具备一般诗歌所包蕴的哲理性、概念性、技巧性特质。这与儿童文学在整个文学系统里的遭遇颇为类似。对于上述偏见，英国学者凯伦·寇茨主张从身体与体验出发来开掘儿童诗的价值向度。借助儿童诗感官系统的扩张，儿童可与物质世界、自己的本性及成人重新联结，这即其所概括的"看不见的蜜蜂"[4]效应。无独有偶，在讨论《彼得·潘》时，英国学者杰奎琳·罗丝提出"儿童小说之不可能"[5]的理论命题。罗丝"儿童小说之不可能"的提出源自其对于儿童文学结构的质疑，在她看来，以成人为主导话语的儿童小说难以

---

1 冰心：《论文学复古》，《冰心全集》第1册，第527页。

2 金近：《谈儿童诗》，《文艺学习》1956年第10号。

3 Morag Styles, Louise Joy, David Whitley, *Poetry and Childhood*, Stoke on Trent and Sterling: Trentham Books, 2010, p. 17.

4 凯伦·寇茨：《"看不见的蜜蜂"：一种儿童诗歌理论》，谈凤霞译，《南京师范大学文学院学报》2019年第3期。

5 Jacqueline Rose, *The Case of Peter Pan or The Impossibility of Children's Fiction*, p. 1.

抵达儿童主体。该质疑构筑于儿童文学借成人来反成人的逻辑上，触及了儿童文学的"本体问题"。由于创作者是成人而非儿童，使得儿童文学结构中内含两代人的话语转换与沟通。从儿童文学的内在结构来看，儿童与成人的"代际"关系构成了其主要的话语秩序。这给我们的启示是，无论是儿童小说还是儿童诗都内隐着其与成人领域相对应文体的冲突、互动关系，不能撇开这层关系孤立地讨论"不可能性"问题。

在中国儿童文学现代化的基质中，儿童诗的文体兼具"文之体"与"文与体"两个向度。具体来说，"文之体"遵循一种描述性的话语逻辑，即从"儿童"的"诗歌"这一单向度的描述中概括儿童诗文体的基本属性。这是一种相对简便的路径，无论是"儿童"还是"诗歌"，都以自身概念的规约性廓清了儿童诗的文体边界，将"非儿童"或"非诗歌"的要素剔除，从而导向了儿童诗的文体本身。然而，问题的关键在于，文体的自觉并非简单的界分就能解决的，况且文体界分本身就非易事。事实上，儿童诗的文体还有"文与体"的层面。"文与体"是一种结构与关系的文体形态，它的落脚点不限于"诗歌"层面，而是基于"儿童"与"诗歌"的视域融合。由此，儿童诗的文体现代化就不是单纯的诗歌语言问题，而是兼及儿童与诗歌双重主体的融通关系问题。这实际上类同于儿童文学元概念的结构逻辑，儿童诗的文体现代化中出现的"不可能"质询也就直指儿童文学的元概念。儿童诗"不可能"仅是对两代人认知限度的揭示，其中蕴含的跨代际融合反而给予了儿童诗突破文体限制的"可能性"，这正是儿童文学文体的独特价值所在。

第三节　语言革新与儿童散文的文体自觉

在中国古代，散文是与诗歌并列而在的重要文体，也是一个杂糅着诸多文类的复合文体，举凡非韵文都可以划到散文这一杂文体中。"散文诗"

和"诗化散文"都不是单一文体，而是散文与诗的文体交叉。正是因为这种文体混杂的特性，古代散文的纯化、学科化始终没有完成，散文的文体自觉也处于"未完成"的状态。关于散文与诗分殊的讨论，自古有之。如果说亚里士多德《诗学》讨论的还仅是散文与诗的风格不同，那么黑格尔《美学》关于两者思维与审美区别的讨论就演变为"掌握方式"[1]的差异。要讨论儿童散文的发生发展，不仅要了解散文现代转型的动态语境，而且要考察基于儿童文学"元概念"而衍生的文体新变。这其中，中国儿童文学与现代文学的"一体化"演进及其"主体性"发展，是儿童散文文体自觉的学理逻辑与发生机制。

一、"文界革命"与"语言革命"统合

现代散文的兴起与晚清以来报纸杂志的流行密切相关，意在破除古文范式的"报章体"，是散文文体变革的先声。梁启超"文界革命"的出发点是为了打破桐城派古文的藩篱，推行一种更为自由、平易、畅达的新文体。他认为："欧美日本诸国文体之变化，常与其文明程度成正比例。"[2]言外之意，中国文体存在的问题与中国文明状况有着内在关联，要改变这种现状，文体革命势在必行。梁氏的这种新文体的文辞与古文的"义理""考据""辞章"有较大的差异，即拒斥古文的"义法"使其走向了散文"自解放"[3]的新路。由是，"欧西文思"取代圣贤经典章句，大量现代新思想涌入新文体之中，极大地推动了散文的现代转型。

对于这种域外思想的传入，王国维认为，"新思想之输入，即新言语输入之意味也"[4]。以此类推，新言语从域外输入中国，也意味着新思想的传入，两者是互为表里的辩证关系：新语言承载新思想，新语言表达新思

1　黑格尔：《美学》第3卷下册，朱光潜译，商务印书馆1982年版，第19页。

2　梁启超：《绍介新著〈原富〉》，《新民丛报》1902年第1期。

3　梁启超：《清代学术概论》，《梁启超全集》第5册，第3100页。

4　王国维：《论新学语之输入》，《王国维全集》第1卷，第126页。

想。梁启超引入"欧西文思"的目的在于新民，"播文明思想"的对象包括了儿童在内的所有国民，"使学童受其益"再推及成人群体是具体的方略。既然受众层次多元，那么文章"太务渊雅"就不利于思想传播和大众接受。关于这一点，严复与梁启超的观念分歧较大。严复反对文辞太近俗，批评"报馆之文章"为"大雅之所讳"，学理之文"非以饷学僮而望其受益"[1]，可见其目标读者不是浅学之人。梁启超与严复的争论实质上涉及了散文语体的根本问题，即选用哪种语言表达方式对于散文文体的现代发展至关重要。尽管梁启超等人主张的这种"新文体"承担着启蒙"新民"的功利主义色彩，但其"文界革命"还是将散文的品格提升到与社会文明等量齐观的地位，这为现代散文的变革和文体自觉提供了必要的保障。

　　从晚清的"文界革命"到"五四"的"文学革命"，这其中有着内在的逻辑关联。既然都是"革命"，就意味着革新、新变，包括思想与语言两个层面，并预设了被革命的参照系。相对而言，"文学革命"革新的范畴比"文界革命"大，其革新的对象是整个旧文学。尽管陈独秀等人说理时常用散文举例予以说明，但其所指的"文学"不局限于散文，而是全文体的文学。不过，两者在致力于文学与时代及文明之发展时却是同步的，都主张借鉴欧西思想来冲涤旧文学的迟暮与短视。为此，要真正撼动旧文学的基石，"革新"要从语言、文体等形式入手，进而触及旧思想的深层。由此看来，平易通俗、流畅锐达所带来的不仅是新的文体形式，而且引领的是新的文风。梁启超的《少年中国说》《过渡时代论》《呵旁观者文》等散文立论鲜明、议论纵横捭阖、语言文字浅显、气势激昂，是一种政论性散文，与那些私人性散文或"代圣贤立言"的古文大相径庭。胡适认为梁氏的新文体"有魔力"，概括来说就是"文体解放""条理分明""辞句浅显""富于刺激性"[2]。在启蒙思潮的推动下，新文学推崇"人"的个性主

1　严复：《与〈新民丛报〉论所译〈原富〉书》，《新民丛报》1902年第7期。

2　胡适：《五十年来中国之文学》，《胡适文集》第3卷，第200页。

义，为散文的现代化提供了精神动力，也取得了突出的成果。这如鲁迅所说："散文小品的成功，几乎在小说戏曲和诗歌之上。"[1]按照鲁迅的说法，散文小说"原是萌芽于'文学革命'以至'思想革命'"。他没有将源头归于"文界革命"，其根由还是要为"文学革命"蓄势，所持的立场也是新文学的立场。

现代散文是新文化人改造西方"文学概念"的产物。"文学革命"既是语言革命，也是思想革命。有感于此前古文"文胜质"的弊端，胡适《文学改良刍议》的"八不主义"就从"文"与"质"两面来立论，这也成了包括散文在内的文体现代化的重要原则。胡适反对过窄地界定散文概念，也反对用理论预设来制囿散文创作。他的文体学见解也深受同时代学人的推崇，例如朱自清就认为胡适散文是"标准白话"，"笔锋常带感情"，与梁启超颇为相似。[2]但是，不容忽视的一个问题是，此前散文文体所指范畴较广、种类繁多，各种笔记、杂谈、书信、序跋等都归入了散文文体内。中国古代文学中，散文有广义和狭义之分，广义的散文是除诗歌以外的所有散体文字，狭义的散文主要是"古文"，有时骈文和辞赋也属于散文。可以说，散文文体概念实质上是一个大杂烩。周作人所谓"叙事与抒情夹杂"[3]就是对此有感而发，表征了散文的文体自觉还任重道远。在《论文章之意义暨其使命因及中国近时论文之失》中，周氏论定"纯文章"与"杂文章"中都有散文文体的存在，确证了散文文体界限的不明确性。周作人"美文"的提出实质上有重新规整散文文体秩序的努力，但遗憾的是他未能清理出让人信服的方略。在这方面，王统照沿着周作人的这种方向往前探索，他提出了"纯散文"[4]的概念，这是对艺术散文缺失的一种修正。当政论性、批评性的散文在推动新文化运动中发挥重要作用时，艺术

1　鲁迅：《小品文的危机》，《鲁迅全集》第4卷，第592页。

2　朱自清：《〈胡适文选〉指导大概》，《朱自清全集》第2卷，第209页。

3　周作人：《美文》，《周作人散文全集》第2卷，第356页。

4　王统照：《纯散文》，《晨报副镌》1923年6月21日。

散文容易被盲视和遮蔽，亟待重新认识并实践。由于难以遇合新文学的主题，加之语言和修辞缺乏明确的理据，纯散文的发展也面临诸多难题。为了进一步推动纯散文的发展，王统照将散文分为五大类：历史类散文、描写类散文、演说类散文、教训类散文、时代类散文。[1]应该说，这些类别的散文既包括纯散文，也包括非纯散文。王统照分类的缘由在于提升散文的地位，以此与小说、诗歌、戏剧等文体拉开距离。在周作人与王统照等人的倡导下，小品散文、随笔散文的实践也随之展开。将纯散文从学术文、政论文的"文章"中抽离出来，不仅扩充了散文的内涵，而且更明晰地标示了其作为"文艺作品之一体"的特质。

从语言修辞上看，散文之"散"直观地体现在文句之"散"上。如果没有"散乱"的形式就很容易归于诗歌、词赋等文体内。在文学革命的理论预设中，思想和语言并举，语言与文体的变革逐渐带动文学现代化发展。在此逻辑中，文体革命与语言革命、思想革命有着内在的相通之处。在界定散文时，刘半农并未停留在"文字的散文"的层面上，而是主张"文学的散文"[2]。"文字的散文"与"文学的散文"看似只有一个字的差别，其实内涵差异颇大。在这里，"文学"的含义远大于"文字"，除了在汉字方面，还兼顾了语言和文学的内涵。中国古代散文类属于散体文学，但依然受到"古文义法"的限制，无法真正成为自由的文体。当然，古代散文中依然有"修辞立诚""师心使气"的传统可供后人借鉴。在新旧转型时期，先驱者一方面承续这种传统，另一方面又借鉴西方散文表现个性的资源，充分激活随物赋形的散文文体特质。

散文之"散"，在内容、行文和结构上均有表现，体现为率性而谈，文句无拘束、无格式、无限制。它是最切近现实生活的一种文学样式，夸张、变形、象征、魔幻、意识流、戏剧化等手法对它无用，它是一种推崇"真景""真境"的艺术，它的主要特质是将个人的主观的情感、性灵、人

---

1 王统照：《散文的分类》，《晨报副镌》1924年1月24日。

2 刘半农：《我之文学改良观》，《新青年》第3卷第3号，1917年5月1日。

格表现出来。这与新文学所提倡的自由精神合拍，鲁迅、刘半农、胡适等人都是现代散文大家，他们从郁达夫所谓"心""体"两个维度来突破传统散文的"械梏"[1]，利用散文之"散"来表现个人的主观情感、性灵。郁达夫概括散文特性是"没有韵的文章"，这样就拉开了与诗歌文体的界限。同时，散文的随性而作、随意而谈又与小说、戏剧有较大的差异。与西方"非小说性散文"传统接轨，"现代意义的文学散文，比非韵非诗的古典散文观增多了非小说的限定"[2]。这种散体文体进而冲破了古体散文的文体限制，呈现出语言现代化与思想现代化合一的品格。尤其是白话文的运用，打破了"美文不能用白话"的禁区。郁达夫认为现代散文最能表现个性，是自叙传的，这与其"人学"思想是同向的，在新文化运动的大潮中能发挥其特定的功用性。基于此，散文的现代转型为儿童散文的发现及文体自觉提供了基础。

二、"风景之发现"推演"文体之变"

在中国古代，没有儿童散文这种文体类型。这当然与当时陈旧的儿童观有关，即使有供儿童阅读的蒙学读物，如《幼学琼林》《三字经》《千字文》等，其本身也不是儿童文学，因而无法将其纳入儿童散文的范畴。受惠于现代散文文体的革新及现代儿童观的出场，儿童散文也从散文文体中被发现，成为专门书写儿童生活和供儿童阅读的一种文体。这样说来，儿童散文的文体自觉有赖于散文的现代化及儿童文学"风景"之发现。套用陈平原论析"述学文体"的话，儿童散文文体的创制体现了中国学人建立"表达"的立场、方式与边界。[3]具体来说，作家借助儿童散文文体所要表达的是"儿童是什么"的儿童观。与"儿童"一样，儿童文学也是一个

---

1 郁达夫：《中国新文学大系·散文二集·导言》，《中国新文学大系·散文二集》，上海良友图书印刷公司1935年版，第4页。

2 汪文顶：《现代散文学的整合与建构》，《中国社会科学报》2015年10月13日。

3 陈平原：《学术史视野中的"述学文体"》，《读书》2019年第12期。

"现代"概念。以此类推，"儿童散文"是因这种"现代风景"的发现而被发现出来的产物。这样说来，"儿童散文"也是一个"现代"概念，是文体新变的样本。

散文文体自古有之，其现代新变既是文体自身发展的内在诉求，也是时代发展的必然。在新文学的大潮中，传统文章遭遇了"现代性"危机，散文这种最具"文章"特征的文体也逐渐"文学化"，现代散文理论也由"文章"转入"文学"。[1]在此语境下，古代散文文体的危机和西方散文文体学的介入合力推动散文的现代化。由于涉及内源性和外源性的"合力"，在探究儿童散文时不能做单向度的分析，而应统筹联动传统内外的两种资源。概而论之，思想和语言的现代化构成了散文新变的两个向度。思想现代化的驱动无须多论，它赋予了包括儿童文学在内的中国文学以"现代"品格，也有效地牵引出文体的变革。如果说思想现代化的驱动是一种外在力量的话，那么语言现代化则是更贴近文体革新的质素。白话文运动驱动了包括散文在内的"四大文体"的语言革新：祛除文言背后依附的陈旧思想、创构全新的现代言说方式。从发生学的角度看，文体学起源于修辞学，文体本身就是一种语言与思想的修辞，后来学界将这种文体修辞与文学批评融合起来，构成了西方文体学的基本框架。由此看来，文体是集结着语言与文学的综合体，这与语言的工具性和思想本体性"道器合一"[2]耦合，生成出一种系统性的文类。不过，尽管存在着外源性文体学的介入，儿童散文的"体"仍是一个典型的"中国本土文学概念"[3]。之所以说是"本土文学概念"，主要是基于中国动态文化语境下民族性这一标尺而言的。在中国文学的新旧转型及"人的文学"大潮的推动下，中国散文文体向现代化方向跃升，一种适合儿童主体阅读的散文——儿童散文应运而生。

整体来看，儿童散文的文体自觉源于现代儿童观的创构。如果没有

1　王尧：《跨界、跨文体与文学性重建》，《文艺争鸣》2021年第10期。

2　高玉：《"话语"视角的文学问题研究》，第13页。

3　吴承学：《中国文体学：回归本土与本体的研究》，《学术研究》2010年第5期。

"儿童"或无视"儿童"，那么成人创作的作品就不可能真正指向儿童，相对应的文学作品的文体也难以让儿童接受。在《我们现在怎样做父亲》中，鲁迅对于"儿童"做了全新的界定。他将"父亲"分为两类：一种是"孩子之父"，另一种是"'人'之父"。两者的区别在于前者是"生而不教"，而后者则是"生而有教"。这其中，教育是将孩子与"完全的人"联系起来的渠道。正因为有了教育，儿童才能逐渐远离神圣父权的奴役，在进化的大道上"发展生命"。鲁迅以一种自审的方式来考量父子关系，他强调以"亲情"代替"孝道"，从儿童的独立来重审"人"的价值：

> 子女是即我非我的人，但既已分立，也便是人类中的人。因为即我，所以更应该尽教育的义务，交给他们自立的能力；因为非我，所以也应同时解放，全部为他们自己所有，成一个独立的人。[1]

鲁迅"幼者本位"观念的提出与其所洞悉的"善种学"有着内在的关系。从生物学的科学理念出发，"善种学"的落脚点是儿童，唯有儿童才能冲决历史遗传与循环往复的死寂文化，这为其推行指向未来的儿童观提供了科学的基础。然而，从"善种学"的理念中鲁迅又发现了"遗传的可怕"。换言之，要想儿童之"种"在中国的土壤里兴旺发达，起决定性作用的是遗传学意义上的父辈，而非儿童。然而，一旦这种儿童"种"的希望根植于"老中国"里的父辈时，鲁迅又陷入了迷茫与绝望："父母的缺点，便是子孙灭亡的伏线，生命的危机。"这意味着鲁迅不仅要毁破"铁屋子"（文化土壤），还要彻底颠覆遗传学、文化学意义上的传统。这使得鲁迅陷入了借遗传学来反遗传学的悖论之中，其结果是"幼者"难堪历史主体的重任。[2]对待"儿童"问题的复杂态度，源于鲁迅等先驱者对于新旧过

1　鲁迅：《我们现在怎样做父亲》，《鲁迅全集》第1卷，第141页。

2　孙尧天：《"幼者本位""善种学"及其困境——论"五四"前后鲁迅对父子伦理关系的改造》，《文艺研究》2020年第7期。

渡时期儿童"主体"的深刻反思。当儿童被视为真正的"人之子"出场时，不仅成人被赋予了"人"的意涵，而且儿童"人"的品格也同时被赋予。

尽管鲁迅没有明确自己创作过儿童散文或其他儿童文学作品，甚至坦言"我不研究儿童文学"[1]，但这并不意味着他不关心儿童文学、不了解儿童文学文体。有一个问题值得深思：到底是思想现代化驱动了语言现代化，还是语言现代化推动了思想现代化？在笔者看来，思想优先的确是儿童文学发生的前提，"儿童性"的高涨势必会带来"文学性"的变革。但不可否认的是，语言变革不止于工具层面的革新，其本身就是思想本体的更新。因而，可以这样认为，现代儿童观催生了儿童文学语言和文体的变革，同样，这种儿童文学语体的新变又能更好地传达、表征现代儿童观念。要言之，语言（文体）与思想构成了一种"双向发力"的机制。鲁迅的散文《风筝》所揭示的主题是反思虐杀儿童天性的教育，这种明晰的儿童观借助于"野草体"来表述颇为得法，尤其是，鲁迅将对"温和"的"春天"的向往与前述严苛的儿童教育形成一种话语张力，非常贴近现代散文"说理"与"有情"的文体特质。[2]不过，《风筝》看似讨论的是兄弟关系，关涉儿童问题，但并不是写给儿童看的散文，因而不能界定为儿童散文。鲁迅散文集《朝花夕拾》对"旧事"的"重提"凝聚了其对于教育成长的"整本书"意识。[3]一般而论，《朝花夕拾》与儿童散文扯上关系是因为写到了"儿童"，浸透着鲁迅对童年的一种怀想。在"怀旧"的散文笔法中，鲁迅同样贯彻了其对"全人"问题的深刻思考，没有儿童读者的特定预设，可以说它不属于儿童文学。但是，里面的一些篇章讨论和评析了语体问题，可为理解儿童文学文体提供启示。在《二十四孝图》中，鲁迅尖锐地批评了那些阻挠儿童读物运用白话的"别有心肠的人们"，他们

1　鲁迅：《致颜黎民》，《鲁迅全集》第14卷，第66页。
2　文贵良：《文学汉语实践与中国现代文学的发生》，《学术月刊》2021年第12期。
3　陈思和：《作为"整本书"的〈朝花夕拾〉隐含的两个问题——关于教育成长主题和典型化》，《杭州师范大学学报》（社会科学版）2021年第1期。

"竭力来阻遏它，要使孩子的世界中，没有一丝乐趣"[1]。他肯定扬雄的"言者心声"的观念，痛悼自己童年无书可读的经历，不仅读的枯燥，看到题着"文星高照"四个字的恶鬼一般的魁星像，来满足其幼稚的"爱美的天性"。鲁迅用一种揶揄的反讽来揭露童书短缺的本质：成人对儿童的无视，而这种代际的分殊让其洞见了儿童文学语言的特性，他认为"有益"和"有味"是儿童文学语言的两大特征[2]，与成人不同，儿童天生就有"学话"的禀赋，更爱懂那些"明白如话"的词句。所以他提议向儿童学习，"从活人的嘴上，采取有生命的词汇，搬到纸上来"[3]。这种融合儿童性与现实性的考虑贴近儿童语言特点，成为鲁迅等先驱者译介、创作儿童文学及创制儿童文学文体的重要原则。

颇有意味的是，在讨论鲁迅关乎童年的作品时，梅子涵认为鲁迅"为儿童"计，在写作时与其他作品保持了不同的风格："可能意识到会被孩子们阅读到，于是他的惯常的很多东西被拦截了，只余下了美好、有趣，有些伤感，可是很淡，不是令心头特别重。"[4]暂且不论鲁迅是否真有考虑儿童读者的意识，单从鲁迅关乎童年的作品来看不可一概而论。鲁迅的童年故事在其小说和散文中均有涉及，《朝花夕拾》诸散文确实有"儿时"纯净而短暂的温情，但这种温情在整体性的压抑氛围里难以为继。在《祝福》《故乡》等小说中，温情也迅速转向，返归故乡反而深陷"吾丧我"的境地。显然，鲁迅并未为了儿童读者而减缓其批评的锋芒，也没有掩盖"老中国"的"恶"的本质。事实上，鲁迅深刻地意识到作为弱者的儿童的"失语"现实，他也无心在此类作品中去顾忌儿童读者阅读体会，而采取了整体性地批评国民性是其破毁"主奴共同体"的策略。这种策略是为了"人"的解放和自由来考虑的，并非单纯为了儿童。因而，"为儿童"

1　鲁迅：《二十四孝图》，《鲁迅全集》第2卷，第259页。

2　鲁迅：《〈表〉译者的话》，《鲁迅全集》第10卷，第436页。

3　鲁迅：《人生识字胡涂始》，《鲁迅全集》第6卷，第306—307页。

4　吴其南：《从仪式到狂欢——20世纪少儿文学作家作品研究（下）》，人民文学出版社2014年版，第79页。

也非判定其是否属于儿童文学的绝对标准。

如果说鲁迅关乎"儿童"的散文尚不足以建构儿童散文的范式，那么到了冰心那里，这种情况大为改观。为了解除成人与儿童的隔膜，冰心的《寄小读者》以书信的方式与儿童进行谈心、交流，她以儿童的"朋友"身份来讲述自己的儿童观念。这种交流和谈心尽管是成人作家的单向度叙述，却预设了"小读者"这一交流对象。冰心对"作品中人物嘴里所说的都是那些'小大人'或'大小人'式的呆板晦涩的话"[1]非常反感，因此其创作都充溢着一种清新活泼、浅近有趣的氛围。平等的交流沟通是《寄小读者》的一大亮点，"我常常引以自傲的：就是我从前也曾是一个小孩子，现在还有时仍是一个小孩子"。因为拉近了两代人的距离，语言没有高位与低位之分，个性的舒张也变得自然晓畅。当冰心"俯身"与小读者对话时，这种儿童散文就不是"成人语"或"仿作小儿语"，小读者与冰心的身份差异在共情中得到了调适。《寄小读者》之所以能增进冰心与儿童读者的亲近感，是因为"用通讯体裁来写文字，有个对象，情感比较容易着实。同时通讯也最自由，可以在一段文字中，说许多零碎的有趣的事"[2]。借此，这些散文就有了"及物"与"及人"的品格，借助于"代际"之间的对话形构了儿童散文范型。

冰心的语言风格一直深受读者的喜爱与好评："她的诗似的散文的文字，从旧式的文字方面所引申出来的中国式的句法，产生了一种'冰心体'的文字"[3]，"化古文为新词，纳自然成诗情，写出前所未见的清丽、清新的美文，形成一种恬淡自然、典雅隽永的风格"[4]。冰心特别注重儿童文学的读者意识，即言之有物。但是要把握和融通儿童与成人话语并非易事，由于无法调适思想性与艺术性的关系，其儿童散文创作难免陷入困

1　冰心：《1956年〈儿童文学选〉序言》，《冰心全集》第3册，第485页。

2　冰心：《我的文学生活》，《冰心全集》第2册，第327页。

3　范伯群编：《冰心研究资料》，知识产权出版社2009年版，第192页。

4　张锦贻：《冰心评传》，希望出版社2009年版，第2页。

境："刚开始写还想到对象，后来就只顾自己抒情，越写越'文'，不合于儿童的了解程度，思想方面，也更不用说了。"[1] 这里所谓的"文"是一种概念式、抽象的散文体式，先入为主的思想占领了文学语言文体的高地，是一种脱离书写对象和读者的主观臆造。冰心的困惑反过来力证其明确的读者意识，《寄小读者》就体现了这种"有儿童"与"有自己"的双重意识。她说过：

> 半个世纪以前，我曾写过描写儿童的作品，如《离家的一年》、《寂寞》，但那是写儿童的事情给大人看的，不是为儿童而写的。只有《寄小读者》，是写给儿童看的……[2]

如果说《离家的一年》《寂寞》等小说是"写儿童的事情给大人看"，那么到了《寄小读者》那里就转变为"写大人的事情给儿童看"。这种叙事视角的转换体现了文体的差异，更是其思想观念转换的表征。当然，有儿童读者意识并不意味着冰心弃置了其一贯的新文学立场。事实上，"写大人的事情给儿童看"就铭刻了其启蒙儿童的印记。既然是"书信体散文"，《寄小读者》所用的句法就是陈述句，口语化的语言非常符合儿童读者的接受心理。冰心以"游记"的方式将所见的域外风景介绍给儿童，这种游记见闻改变了古代游记的空间体验，"轮船旅行"的方式所营造的"无地空间"为两代人文化交流提供了新的视界，成为观照"人间相"的透镜。这其中，故乡、故土、爱等主题在乡愁的诗意中被烘托得更具现场感。当夜深人静的时候，李清照等中国古典诗人的诗句总是"不请自来"，让儿童流连忘返。在"写大人见闻给儿童看"的叙述中，冰心的儿童散文将域外文学的现代词汇输入两代人的对话情境，华兹华斯等浪漫主义文学作家的诗文是全新的词汇，也是现代思想的表征。按照列文森的观

1　冰心：《〈小桔灯〉后记》，《冰心全集》，第284页。
2　冰心：《我是怎样被推进儿童文学作家队伍里去的》，《冰心全集》第6册，第3页。

点，外来影响有"词汇利用"与"语言改变"之别。[1] 显然，冰心儿童散文所引入的域外风景只是利用新词汇来扩充儿童的现代见闻，新词汇的借用尚不具备冲击或颠覆民族母语。不过，两种文化的并置、碰撞、缱绻、置换还是折射出冰心儿童散文的独特个性，世界性与民族性的融合在其儿童散文文体创构中发挥了重要作用。

从儿童观与现代散文观的双重视野来创构儿童散文是先驱者的共识。丰子恺是儿童的礼赞者，他批判成人异化人性源于其对儿童自然性的认同："在那时，我初尝世味，看见了当时社会里的虚伪骄矜之状，觉得成人大都已失本性，只有儿童天真烂漫，人格完整，这才是真正的'人'，于是变成了儿童崇拜者，在随笔中、漫画中，处处赞扬儿童。现在回忆当时的意识，这正是从反面诅咒成人社会的恶劣。"[2] 基于儿童僭越为"小大人"的事实，他提出"绝缘说"，意在绝对区隔儿童与成人："大人像大人，小孩像小孩，是正当的、自然的状态。像小孩的大人，世间称之为'疯子'，即残废者。然则，像大人的小孩，何独不是'疯子'、'残废者'呢？"[3] 进而，他将这种"儿童成人化"的病态概括为四种表现："儿童态度的成人化"、"儿童服装的成人化"、"玩具的现实化"、"家具的大人本位"。与此同时，他认为大人早已失去了赤子之心，变得"虚伪化""冷酷化""实利化"，"失去了做孩子的资格"。他以一种原罪的深刻指陈成人的异化："我眼看见儿时的伴侣中的英雄，好汉，一个个退缩，顺从，妥协，屈服起来，到像绵羊的地步。我自己也是如此。"[4] 在他看来，从儿童迈向成人阶段不是成长，而是退化的反成长。值得提出的是，丰子恺这种"绝缘说"是制造"儿童本位"神话的有力保障。不过，其造成的儿童与成人绝对"二分"还是需要警惕的。丰子恺的儿童散文《华瞻的日记》

1　列文森：《儒教中国及其现代命运》，郑大华、任菁译，第39页。

2　丰子恺：《我的漫画》，《丰子恺文集》艺术卷四，浙江文艺出版社、浙江教育出版社1992年版，第388页。

3　丰子恺：《关于儿童教育》，《丰子恺文集》艺术卷二，第237页。

4　丰子恺：《给我的孩子们》，《丰子恺文集》艺术卷一，第256页。

不同于鲁迅《狂人日记》那种成人启蒙者"独语"式的愤慨与激越，也不同于王鲁彦夫妇《婴儿日记》那种"记录体"的"科学育儿经"[1]，而是以"日记体"的形式描摹了儿童之间的友情。"日记体"是一种指向日记撰写者主体的文体形式，因而借儿童的语言来写儿童的生活具有强烈的情感共情性，而且并不销蚀成人与儿童之间的互视和参照。《给我的孩子们》则非常类似冰心的《寄小读者》，有着明晰的儿童读者倾向，是一种对话交流的文体。在其中，丰子恺没有"替成人代言"的优越感，两代人的对话交流传达了代际之间朴素而深情的人间情谊。

可以说，儿童散文的文体自觉并不取决于是否"写儿童"或"有儿童"，儿童视角的散文、儿童形象的散文看似与"儿童"相关，但并不会直接构成儿童散文的文体要素。相对而言，成人作家"为儿童"而创作的散文切合儿童文学概念的内核，作者与读者"两代人"分立于"非同一性"结构中，由此生成的对话沟通才是符合儿童散文文体要求的。散文的文体虽然以"散"为特质，但其关注的核心问题却是人的生存体验。落实到儿童散文那里，儿童的时空体验是其生存体验的基石。因而，以时空意识来观照儿童散文的文体自觉不啻为一种好的路径。前述"两代人"语言的转换、表述、沟通也寓于人与世界的繁复关系之中，其深层次的问题依然是人对其生存奥秘的界说。只不过，这种言说是由两代人围绕"童年"展开的商榷与问询。

三、从描述性的"文之体"到结构性的"文和体"

文体的自觉离不开语言变革的推动，从语言变迁的视角来研究儿童散文文体现代化必然深化中国儿童文学的整体研究。对于语言与文体的关系，杨振声认为语言是"划分艺术文类的根据"[2]。言外之意，文学语言是区分文体的一个标志，以此类推，文体间的区别也集中体现在语言的差异

1　鲁彦、谷兰:《婴儿日记》，生活书店1935年版，第3页。
2　杨振声:《中国语言与中国戏剧》，《晨报副刊》1926年7月15日。

上。在讨论"传统"的问题时，希尔斯指出，语言资源为天才型作家提供了文化资源，这其中，特定作品所代表的"体裁"和体现出的"范型"[1]具有初始意义。由于语言是呈现文体范畴化最为明晰的方法，因而"语体"常被视为一个"集合体"来理解。语言的变革推动了中国文学文体的现代化，而这种文体现代化表现为文体的类分及文学思想的现代性上。

文体的自觉是学科化的产物，儿童散文文体体制的确立离不开"分科立学"的学科化运作。遗憾的是，这些儿童文学文体并未自觉，文体间存在着杂糅、寄居与多歧的现象，阻滞了儿童文学学科化及文体现代化的发展。究其因，这与先驱者误读儿童文学"元概念"密切相关。但从整体上看，中国儿童文学文体自觉是伴随着儿童观、儿童文学观的现代化而逐渐定型的，并朝着文体日趋多元与细化的方向发展。当然，文体的界分并非文体现代化的全部，而文体互涉所衍生的艺术审美效果同样有价值。例如周作人就认为《语丝》"没有什么文体"，却获致了"可以随便说话"[2]的自由。可以说，文体界分与文体互涉表现为"结构"与"解构"的图示，构成了新文学文体现代化的悖论形态。从学科界分的词义上看，"文体"既可以理解为"文之体"，又可以阐释为"文和体"。前者是单一的概念和范畴，后者则是复合或组合的体系。中国古代文论中有"体"的诸多阐发，但并没有"文体"的概念，因而无法完整、全面地阐释"文""体""文体"的内涵及关系。回到儿童散文的"元概念"，如果按照"文之体"的观念来理解，它显然属于散文范畴中的一个子类，"儿童"仅是一个限定性的词语，并不具备覆盖散文之"体"的决定性。但如果从"文和体"的结构关系看，类似于"儿童文学"内蕴"儿童的"与"文学的"两面，儿童散文属于"儿童文学"之"文"与"散文"之"体"的综合。既然是组合、综合，那么就意味着"文"与"体"是有明晰界限的。但必须明确的是，界限的划分不能以销蚀"儿童性"或"儿童的特

---

1 E. 希尔斯：《论传统》，傅铿、吕乐译，第209页。
2 岂明：《答伏园论"语丝"的文体》，《语丝》1925年第54期。

性"为代价，并且儿童文学之"文"与散文之"体"不是简单叠加与随意组合的，要遵循"话语秩序"与"文本体式"的规约。[1]唯有进入"文"的系统，"体"才有明确的语言、章法、表现形式。同样，因为"体"的规约，"文"才能辨析和确立。这即是"循文释体"与"因体认文"的辩证法。对于两者之间关系的认定，现代文学批评的"辨体"与"破体"不啻为重要的方法，其旨归在于区别和融通"文"与"体"的关系。当然，如果不能与"语体"的范畴化结合起来，那么文体界分很难落到实处。

问题的复杂性在于，"文体"的"体"既有体裁、体制之义，又有体认、体味之用。两者分殊于本体论与认识论，不能类同而需要勾连。从哲学的角度看，为了识得本体，要以知识论、认识论作为方法，但离弃本体的启悟又是不得其法的。因而，要洞悉儿童散文文体之堂奥，要在"用"的"化迹"中去窥测，运用"体用合一"的观念来解答"体不可说"的难题。[2]这给我们的启示是，探究儿童散文的文体自觉，有必要在儿童文学"本体"的范畴内来考量儿童散文的"体"与"用"。更进一步说，只有将儿童散文纳入儿童文学本体范畴，才能探究其知识论等范畴的意涵。非此，如果绕开"元概念"，无异于舍本逐末。一旦跳脱了儿童文学本体，在"写儿童"还是"儿童写"的问题上就会出现"两歧"性。正如林良所说，儿童散文指的是"为儿童写作的'文学散文'"[3]。儿童散文不仅要"写儿童"，而且要"为儿童"。所谓"为儿童写作"倚重的是成人作家的主体性，这显然符合儿童文学内隐的"代际"话语的结构逻辑。

抛开儿童文学"元概念"的质的规定性，儿童写的散文是否是儿童散文呢？这一诘问直抵儿童文学概念的本体。"儿童能否成为创作主体"历来众说纷纭。冰心曾力图推动儿童来创作作品，《晨报副刊》应冰心的建议添设了《儿童世界》一栏，并向儿童征稿。关于征稿的出发点，冰心

---

1 童庆炳：《文体与文体的创造》，云南人民出版社1994年版，第1页。

2 夏静：《文气话语形态研究》，商务印书馆2014年版，第24页。

3 林良：《浅语的艺术》，第19页。

也在《寄小读者》中这样阐述："'儿童世界'栏，是为儿童辟的，原当是儿童写给儿童看的。我们正不妨得寸进寸，得尺进尺的，竭力占领这方土地。有什么可喜乐的事情，不妨说出来，让天下小孩子一同笑笑；有什么可悲哀的事情，也不妨说出来，让天下小孩子陪着哭哭。只管坦然公然的，大人前无须畏缩。"[1]然而，囿于当时的社会语境及儿童自身的文学水平，冰心的设想并未获得成功："一天两次，带着钥匙，忧喜参半的下楼到信橱前去，隔着玻璃，看不见一张白纸。又近看了看，实在没有。无精打采地挪上楼来，不止一次了！"[2]为了推广儿童文学，赵侣青、徐迥千认为，儿童自身创作和成人替儿童创作的文学作品都是儿童文学。[3]这也与冰心的上述观点不谋而合，所不同的是赵侣青、徐迥千的实践只是理念的，而冰心则是观念与实践的合一。

据周博文统计，郑振铎任《儿童世界》主编（第1—4卷，第5卷第1期）时，曾刊发了数量不少的儿童创作的文学作品，其中儿童诗67篇、儿歌18篇、童话24篇、小说13篇、笑话5篇、散文2篇、故事18篇、戏剧5篇、文字游戏1篇。[4]从数量上看，相较于成人创作的文学作品而论，儿童创作的作品数量还是偏少的，且主要集中于体制短小的诗歌或儿歌等文体上。此外，还创作了数量不少的自由画，不过这些并非文学作品。让儿童投身于文学创作的实践，除了冰心、郑振铎外，身为教育工作者的叶圣陶也多有示范和实践，在《文艺谈》中叶氏就曾谈及此事。不过，叶氏并非像赵侣青、徐迥千那样明确论定儿童创作的作品是儿童文学，而是从儿童文学教育的角度来探讨这种实践的有效性。与前述不同的另一种观点是，儿童不能成为儿童文学的创作主体。中国学人明确提出这一观点的是杨慈灯，他指出："所谓儿童文学，绝不是儿童所作的文学。"[5]至于这一观

1　冰心：《寄小读者》，《冰心全集》第2册，第14页。

2　冰心：《寄小读者》，《冰心全集》第2册，第19页。

3　赵侣青、徐迥千：《儿童文学研究》，第7页。

4　周博文：《叶圣陶与中国现代儿童文学》，安徽大学出版社2018年版，第50页。

5　杨慈灯：《再谈怎样写童话》，《泰东日报》1939年12月19日。

点的理论逻辑何在，杨慈灯却语焉不详。事实上，并不是儿童不具备创作文学的能力，儿童创作自己的文学看似最为合适，但从儿童文学产生的机制来看，它没有超越"儿童所体验的童年或儿童式的思维"，因而"逾越了儿童文学的界限"[1]。这实际隐含着成人为儿童文学创作与阅读立法的观念，为儿童文学的教化隐喻功能提供了合法性的依据。

从上可知，廓清儿童文学"元概念"是儿童散文的文体研究的原点。如果不能辨析"何为儿童文学"，就很难深入儿童散文生成的内在机理。颇费周章的是，儿童文学的概念有描述性与结构性之别。前者是"儿童性"与"文学性"的并列关系，后者则是"两代人"话语间的结构关系。落实到儿童散文的文体发生学，前者需要理顺思想性与文体性之间的先后秩序，使之生成两者双向发力的机理。后者则要求廓清儿童与成人话语的配置及转换，在代际话语的作用中寻绎儿童散文文体发生的综合性力量。循此理路，从中国散文现代转型的语境出发，开掘儿童散文文体新变的语言因素，并将语言与思想的变革有效勾连，能正本清源地洞见儿童散文文体生成的内外根由。质言之，儿童散文文体新变没有离弃中国现代散文现代性的传统，在去除"古文义法"的基础上敞开儿童与成人的"代际"交流，从而使得个性化与自我化的文体内部增添了非同一性的双逻辑支点，而这种"对话主体"的存在扩充了现代散文的语言系统，为传达现代思想提供了有力的保障。

第四节　语言革命与儿童剧的发展

语言变革与文体现代化关系密切，文体学也构成了中国文学话语体系的组成部分。童庆炳指出，文学语言作为"表层"，其"里层"负载着"人

1　佩里·诺德曼：《隐藏的成人：定义儿童文学》，徐文丽译，第153页。

格内涵"与"社会的文化精神"。[1]文学语言如此，文体也如此。现代戏剧的发生经历了一次艰难的"戏剧革命"。严复、夏曾佑的《〈国闻报〉馆附印说部缘起》指出，小说与戏剧因语言浅易、形象生动，有"使民开化"的作用。继"小说界革命""文界革命"后，梁启超还提出了"曲界革命"[2]的说法。柳亚子的《〈二十世纪大舞台〉发刊词》《春柳社演艺部专章》、蒋智由的《中国之演剧界》、陈独秀的《论戏曲》颠覆了国人对于轻视戏曲的旧观念，将其与改良社会、人生的价值联系起来。黄远生提出"戏剧乃复合艺术之圣品"的观点，认为剧本要兼顾"为剧场"与"为文学"的使命。[3]

　　"戏剧"在文学的意义上主要是指剧本，主要是指话剧。话剧完全是从西方引进的。现代中国，古代戏剧比如京剧以及各种地方戏没有如其他古代文学体裁一样被搁置，虽然没落，仍然有市场。所以，新文学之后，戏剧是旧文学中唯一能与新文学并行不悖的文体。现代"戏剧"概念实际上是西方"戏剧"与中国"戏曲"的合体。蔡元培曾将戏剧与讲演及小说相比较，道出了戏剧的独特价值："讲演能转移风气，而听者未必皆有兴会。小说之功，仅能收之于粗通文义之人。故二者所收效果，均不若戏剧之大。戏剧之有关风化，人所共认。盖剧中所装点之各种人物，其语言动作，无一不适合世人思想之程度。故舞台之描摹，最易感人；且我国旧剧中之白口，均为普通语言，听之者绝无隔膜之弊……"[4]作为戏剧的一种类型，儿童剧也必然会在语言及思想等方面发挥作用，其语言的新变折射出该文体的现代化。

一、戏剧革命与儿童剧的发生

　　文体是一种语言表达的呈现方式，儿童剧的语言表征其文体的风格

1　童庆炳：《文体与文体的创造》，第1页。

2　梁启超：《释革》，《梁启超全集》第2册，第760页。

3　黄远生：《新剧杂论》，《小说月报》第5卷第1期，1914年1月10日。

4　蔡孑民：《在北京通俗教育研究会演说词》，《东方杂志》第14卷第4号，1917年4月15日。

及体式。在讨论演说的技艺时，亚里士多德曾提醒人们注意"风格的艺术"，但他也认为这只是一种"炫耀"[1]，是语言"说服"的手段。如前所述，因要考虑戏剧表演的公共性，儿童剧语言在适合儿童接受时又增添了对艺术风格与语言的要求。意识到了语言之于文体生成的重要性，就不难理解儿童剧中"儿童"与"戏剧"各自的意涵及彼此间的语法关系了。不过，中国儿童剧文体的生成并不是自然生就的，而是伴随着戏剧革命及儿童剧的发生而一步步走向自觉。

《新青年》推出的"易卜生专号"和"戏剧改良专号"对于戏剧现代化的发展意义重大。胡适总结了易卜生戏剧的两大特性：一是写实主义；二是个性解放。[2]这与中国传统的戏剧有着质的区别，胡适的论述暗含了对于传统戏剧的批判，这也成了中国戏剧改革的宣言书。两者与"五四"思想解放和文学革命的主张非常契合，将矛头指向传统戏剧的"瞒"和"骗"。傅斯年将中国旧戏概括为"杂戏体""百衲体"[3]，欧阳予倩认为旧戏只是"一种之技艺"[4]，胡适从文学进化论的角度出发，指出传统戏剧缺乏悲剧观念和文学经济方法[5]。这其中，也有中国旧戏的坚守者，张厚载的《我的中国旧戏观》指出"中国旧戏不能废除"，因为它"是中国文学美术的结晶"，要在中国提倡话剧，是"凭空说白话""绝对的不可能"。[6]尽管出现了新旧两派，但戏剧的改革已是时代发展的必然趋势。戏剧本源于民间传统，但被纳入皇权文化体系后，其气韵折损大半。民间化的形体被台阁化，其本有的民间化本色难以显现。[7]旧戏在"五四"时期的式微除了缺乏审美现代性外，更为重要的原因是其儒教体制与新文学整体反传统

1　亚里士多德：《修辞学》，罗念生译，上海人民出版社2006年版，第162页。

2　胡适：《易卜生主义》，《胡适文集》第2卷，第431—443页。

3　傅斯年：《再论戏剧改良》，《新青年》第5卷第4号，1918年10月15日。

4　欧阳予倩：《予之戏剧改良观》，《新青年》第5卷第4号，1918年10月15日。

5　胡适：《文学进化观念与戏剧改良》，《新青年》第5卷第4号，1918年10月15日。

6　张厚载：《我的中国旧戏观》，《新青年》第5卷第4号，1918年10月15日。

7　孙郁：《鲁迅戏剧观念的几个问题》，《湖北大学学报》（哲学社会科学版）2021年第5期。

发生了抵牾。在"人的文学"的大潮下，先驱者从主题、结构、语言、人物选择等方面着眼，力图将现代戏剧改革的方向指向"人的戏剧"。

　　儿童剧的发生仰赖现代儿童观的出场，当儿童被视为"人"的主体时，一种为儿童专门创作的儿童剧（本）就由此诞生。周作人从儿童"游戏性"的角度探讨了儿童剧的必要性，他说：

> 儿童的游戏中本含有戏曲的原质，现在不过伸张综合了，适应他们的需要。在这里边，他们能够发扬模仿的及构成的想象作用，得到团体游戏的快乐。[1]

　　在这里，周氏是从游戏的"实演"功能来论说儿童剧的作用的，对于儿童剧的语言及如何创作等问题却并未论及。到了《儿童剧》一文中，他呼吁一种"美而健全"的儿童剧本的出现，具体的创作方法是"作者只要复活他的童心（虽然是一件难的工作），照着心奥的镜里的影子，参酌学艺的规律，描写下来"[2]，可以说，对于文学性的强调并不折损儿童剧的品质，反而能提升儿童剧表演性的伸张。对此，郑振铎、黎锦晖等人的主张颇为类似，对于中国儿童剧的发生产生了重要的影响。郭沫若创作于1919年11月的《黎明》真正拉开了儿童剧的大幕。受梅特林克的《青鸟》和霍普特曼的《沉钟》的影响，郭沫若尝试以戏曲的方式来创作儿童文学。尽管他自谦地认为"是我最初的一个小小的尝试"[3]，却开创了有别于传统戏曲的童话剧。这种区别主要体现在思想和语言两个层面上。就语言来说，白话文更贴近儿童的接受心理，同时剧本中出现了如"曙光""明耀""辉光""太阳""飞鸟""解放""太平""醒了""凯旋"等大量表征自由、解放的新词，集中反映了"黎明"时段"太阳出海"的现代主题，

1　周作人：《儿童的文学》，《周作人散文全集》第2卷，第279页。

2　周作人：《儿童剧》，《周作人散文全集》第3卷，第47页。

3　郭沫若：《儿童文学之管见》，《民铎》第2卷第4号，1921年1月15日。

这与旧戏曲中散布忠孝伦理的旨趣有着极大的差异。但也因为只是"尝试"，《黎明》的语言主要表现了"五四"时代的精神，语言中成人化的色彩较为明显，这在此后的儿童剧《广寒宫》中仍有体现。

黎锦晖童话歌舞剧的出现为儿童剧增添了新的表现形式。"歌舞"介入戏剧丰富了儿童剧的语言，歌词采用诗的形式，饱含着节奏与韵律，为儿童剧剧本带来了抒情的基调，深受儿童读者和观众的喜爱。在《最后的胜利》一剧的"旨趣"中，黎锦晖就"辞句如何地浅易，小朋友才能了解"[1]的问题展开了探讨，他身体力行地创作童话歌舞剧，为儿童剧的国语化和儿童化做出了不可磨灭的贡献。为了突出儿童剧《神仙妹妹》的语言趣味，黎锦晖在其中加入了"老虎叫门"的儿歌，语言通俗易懂而且充满童趣。基于"学国语最好从唱歌入手"[2]的主张，他将语言的音乐性和表演的动作性融于一体，极大地彰显了儿童剧语言的诗性特征。《葡萄仙子》将"爱"与"美"灌注于歌舞的表演之中，语言中淡化了旧戏曲的教化色彩，相应地强化了唯美意蕴，其意在为儿童提供"知""美""情"的艺术感受。此后，越来越多的研究者注意到了儿童剧作为一种文体的主体性，儿童剧的语言研究也因其文体的自主性而走向深入。譬如，朱鼎元将儿童剧分为"历史剧""故事剧"和"趣剧"三类[3]，王人路对儿童剧"歌剧"与"话剧"的划定[4]，陈济成、陈伯吹对儿童剧"时间""空间""表演"艺术的区隔[5]，都从语言的角度论析了儿童剧文体的现代性。

儿童剧的前身是学校剧，它诞生于中小学校，所用的剧本也多来自教师的编写，题材广泛，有古今传说、外国童话，有的来自课本，有的涉及学校生活。艺术形式也多样化，包括歌舞剧、话剧和哑剧。梁启超认为，西方学校剧是高贵的艺术，"欧美学校常有于休业时学生会演杂剧者。盖

1　金燕玉：《中国童话史》，江苏少年儿童出版社1992年版，第216页。

2　黎锦晖：《卷头语》，《麻雀与小孩》，中华书局1928年版，第7页。

3　朱鼎元：《儿童文学概论》，第53—62页。

4　王人路编：《儿童读物的研究》，第51—79页。

5　陈济成、陈伯吹编：《儿童文学研究》，上海幼稚师范学校丛书社1934年版，第95页。

戏曲为优美文学之一种，上流社会喜为之，不以为贱也"[1]。他极力推动日本的"演剧"传入中国，力图将中国戏曲的音律与西方戏剧融合起来。当然，这种儿童剧是中小学校的修身课，只是课外活动的一个环节，其剧本经常改易且尚未出版发行。这与儿童诗产生之前出现的各种儿歌等口传形态一样，难以真正进入文学史的视野。关于这一点，郑振铎在其主编的《儿童世界》中有过如下概述：

> 儿童用的剧本，中国还没有发见过。近来各小学校里常有游艺会的举行，他们所用的剧本都是临时自编的，我们想隔二三期登一篇戏剧。大概都是简单的单幕剧，不惟学校里可用，就是家庭里也可行用。[2]

在这里，郑振铎意在呼吁中国本土儿童剧的剧本创作。同时，他认为新剧运动不是简单地去掉锣鼓、增添布景，而在于精神的革新。[3]同样，在译介日本剧作家神田丰穗的《学校剧本集》后，徐傅霖感叹道："在一面学校演剧气象极盛一面闹剧本荒的今日，我们应当怎样维持这矛盾的现象？我们时常受学校方面的委托，要替他们选剧本，试问中国已出版的剧本，够这许许多多的学校拿来挑选试演么？我们又应当怎样去回答这困难的委托？"[4]在此之前，儿童剧剧本多从域外引入，或改编自域外儿童文学作品，亟需创制符合中国儿童需要的儿童剧剧本。

学校剧产生于中世纪的神秘剧，曾在德国盛极一时，究其因"在教育上之补修，盖利用之以操练拉丁语，实习演说谈话，乃发挥美术之思想，有种种便益也"[5]。它既可以在大学里演出，也可以在中小学校园里演出。

1　梁启超:《诗话》,《梁启超全集》第9册，第5366页。

2　郑振铎:《〈儿童世界〉宣言》,《郑振铎全集》第13卷，第4页。

3　郑振铎:《光明运动的开始》,《郑振铎全集》第3卷，第408页。

4　徐傅霖:《译者序》，神田丰穗:《学校剧本集》，商务印书馆1924年版，第1页。

5　《学校剧之沿革》，徐中玉编:《中国近代文学大系1840—1919》第1集第2卷文学理论集，上海书店出版社1994年版，第591—592页。

儿童剧是学校剧的有机组成部分，黄祖培将其命名为"儿童学校剧"[1]。儿童剧属于戏剧的一种，自然不能离弃戏剧的文体特点。就戏剧的语言而言，傅斯年认为是"人生通常的语言"[2]。儿童剧的语言更要考虑儿童读者的接受状况，要采用儿童能看懂的语言。可以说，儿童剧的产生也离不开现代话剧运动的滋养，是在"人学"的系统中分离出来的特殊一翼。儿童剧、儿童小说均以"讲故事"的陈述语言为主，故事"语料"也有诸多相同的范畴，同时兼有"说理"的审美指向。在文体演进过程中，儿童剧在"歌舞"（表演性）与"对话"（口语性）中不断强化寓教于乐的语言效应。借助于国语运动的推力，儿童剧的创作与表演提升了中小学生的语言能力，而学生语言能力的提升则进一步推动了儿童文学的发展。作为国语教育的一个环节，演说练习曾进入了小学课程纲要，国文教材也选入了"演讲文体"[3]。这些都极大地推动了国语教育儿童文学化的进程，为儿童文学母语现代化的生成提供了条件。

范寿康将学校剧的价值概括为能够综合地陶冶儿童的感情，附带地陶冶儿童的理知和意志，使儿童生活的内容格外充实，使儿童人格的发达格外圆满，与儿童以慰藉和休养，培养儿童协作互让的精神，启发儿童表现的能力，使儿童讲口明白、儿童行动大方。他还特别指出学校剧的道白，"在可能的情况下应该使用标准语"[4]。周锦涛认为中国的学校剧仿自欧美，当时演剧的目的只是"点缀佳期良辰"，并不是"补救死读书的弊病"。学习欧美"艺术教育"后，中国的学校剧的功能得到彰显，有助于打破沉闷空气、增加记忆力量、达到语言统一、培养合作精神、启发发表能力、辅助儿童理知、帮助学校训育、合于职业陶冶。[5]不过，范寿康和周

1　黄祖培：《欣喜与激奋——学校剧漫谈》，《儿童文学研究》第27辑，1988年7月1日。

2　傅斯年：《戏剧改良各面观》，《新青年》第5卷第4号，1918年10月15日。

3　刘进才：《语言文学的现代建构：语言运动与中国现代文学再探索》，北京大学出版社2015年版，第135页。

4　范寿康：《学校剧》，商务印书馆1923年版，第18—19页。

5　周锦涛：《学校剧导演法》，儿童书局1931年版，第7—13页。

锦涛都并未严格区分学校剧与儿童剧，由此其所说的学校剧的功能价值难以完全与儿童剧等量齐观。到了阎哲吾那里，这种情况才得以改变。《学校戏剧概论》有意识地专辟"关于学校剧与儿童剧"一章，认为儿童剧的功能主要表现在"能修炼记忆、调和声音、涵养优美的丰度、行动大方"[1]上。阎氏的《学校剧》更是对儿童剧做了专题研讨，围绕着"儿童与演剧""戏剧与儿童教育""怎样制作儿童剧本""儿童剧的导演工作""儿童剧的音乐""儿童演剧的时间与场所""开办常设儿童剧场的建议"七个方面展开论述。其关于儿童剧的价值较之于《学校戏剧概论》所述，增加了培养儿童团体的团结精神、统一语言、帮助学校训育等内容。[2]此后，尽管也出现了毛秋白梳理国外学校剧与儿童剧历史演进的《儿童剧与学校剧的变迁》[3]，但依然未明确学校剧与儿童剧的价值认定，其落脚点仍然在于"儿童德性"与"儿童教育"层面，没有延伸至儿童与社会的价值功用上。

二、走出学校剧与儿童剧语言的公共性

文体的分类对于中国儿童文学学科建构及理论批评的发展意义重大。现代学科的建构，使得中国文体学知识传统发生了"断裂"。就其价值而言，在舞台的"表演"上容易发挥其广场宣传的作用。保守的教育家宁愿培养"文质彬彬"的君子，不愿意儿童登台表演儿童剧。至于"把儿童戏剧和文学、艺术、教育之类的名词连在一起，更不是他们所能想象"[4]。较之学校剧那种相对狭窄的表演空间，儿童剧的公共性得到了扩充，儿童剧不再是教科书和教学实践的外化，其参与社会问题的功用性得以强化。在这种社会性、开放性的场域中，儿童剧的语言也朝着公共性和文学性的方向发展。更为关键的是，由于演述人在公共场域的表演行为，促发了儿童

1　阎哲吾:《学校戏剧概论》，中央书店出版社1931年版，第88—89页。

2　阎哲吾:《学校剧》，商务印书馆1936年版，第50—52页。

3　毛秋白:《儿童剧与学校剧的变迁》，《教与学》第1卷第6期，1935年12月1日。

4　包蕾:《儿童戏剧的地位与价值》，仇重、柳风等编:《儿童读物研究》，中华书局1948年版，第96页。

剧的"副语言"（身态语言等）信息[1]，这是儿童剧语言最具独异性的体现。

对于儿童剧的重要性，陶行知认为不是把"儿教"当作"儿戏"，而是将"儿戏"化为"儿教"[2]。诚如陶行知所言，较之于其他儿童文学文体，儿童戏剧这种表演上的教育意义更为突出，而且还有效地克服了"旧戏气味"。对此，周作人认为儿童剧的教育效用是广义的，"决不可限于道德或教训的意义"[3]。在论及儿童剧的特性时，陈济成、陈伯吹认为它非常适合"头脑简单的人"，因而是最易收效的"教育工具"，成为"儿童教育的利器"[4]。黎锦晖是儿童歌舞剧的先驱，他在儿童剧中加入了音乐的元素，极大地丰富了儿童剧的艺术教育效果。针对儿童剧的价值，他指出："我们表演戏剧，不单是使人喜乐、感动，使自己愉快、光荣，我们最重要的旨意，是要使人类时时向上，一切文明时时进步。"[5]王人路肯定黎锦晖歌剧"为中国的小学教育或者说儿童界里开辟了一个新纪元"。然而，黎锦晖让儿童成为戏剧舞台的主人公并未获得成人家长、教育者的普遍认可，甚至引来了诸多诋毁与批评，"他是第一个叫中国的女孩子露着大腿表演歌舞的，而被那些一般假道学的活死人，于看了他的歌舞之后再出以无感情的毁谤和压迫"[6]。欧阳予倩将学校剧表现内容上的社会意义界定为"文学性倾向"[7]。范大块也是儿童剧的推动者，他认为儿童剧在"表现人生、批判人生、创造人生"方面更有利于践行儿童教育的使命，而这种教育对儿童来说是全方位的："很容易给儿童们以知识上的进益，戏剧的美妙的文字辅助了他们的语文课程，戏剧的和谐的声音，辅助了他们的音乐课程。"[8]

1　朝戈金：《论口头文学的接受》，《文学评论》2022年第4期。

2　陶行知：《儿戏与儿教》，《生活教育》第2卷第7期，1935年6月1日。

3　周作人：《儿童剧》，《周作人散文全集》第3卷，第47页。

4　陈济成、陈伯吹编：《儿童文学研究》，第93—94页。

5　黎锦晖：《旨趣》，《神仙妹妹》，中华书局1928年版，第1页。

6　王人路编：《儿童读物的研究》，第114页。

7　欧阳予倩、胡春冰：《本年元旦中上学校独幕剧比赛的评判》，《欧阳予倩全集》第4卷，上海文艺出版社1990年版，第117页。

8　范大块：《论儿童剧》，《新教育旬刊》第1卷第14期，1939年4月7月。

以前儿童剧的提倡者和改革者从思想层面的现代化入手，考虑儿童剧的社会性、思想性、教育性，但从语言、艺术、审美层面考虑还是不够的。当然，这不仅与中国儿童文学所置身的文化语境有关，而且也与中国儿童文学所吸纳新文学传统有关。在战争等特殊的语境下，儿童剧的思想性和艺术性之间的失衡也是不可避免的现象，语言等艺术形式让位于思想性，最终还是折损了儿童剧现代探索的努力。

尽管黎锦晖、范大块等人没有盲视儿童剧的社会性，但这种社会性却并未上升至公共性。"五四"退潮后，黎锦晖的儿童歌剧受到了质疑，类似于"播撒了坏的种子""没有多大教育意义"的批评之声不绝而缕。当遭遇民族政治和阶级政治时，纯粹和唯美的儿童剧必然会遭受批评。换言之，一旦儿童剧具有了公共性，其语言就发挥了奥斯汀所谓的以言行事的"施为"效应。[1]在社会本位、政治本位取代儿童本位的情境下，儿童剧所发挥的社会功用被充分调动起来，"不是一个平常的戏剧表演，而是一个教育活动"[2]。更具体地说，儿童剧是宣传抗战的中介，构成了"战时教育"的核心部分。譬如，瞿秋白主持的高尔基戏剧学校组织了战地剧团，演出了《我——红军》《武装起来》《阶级》等儿童剧目，为儿童文学发挥社会功用做出了有意义的探索。

"孩子剧团"的巡回演出为中国宣传抗战起到了不可替代的作用，扮演了"大时代的小战鼓"的角色。刘渠念对儿童剧团的工作表达由衷的赞赏："他们不断的工作着，锻炼着自己，现在已经是一个强有力的健全的组织，虽然他们只是一群孩子们，却经常的如成人那样的工作者，为着抗战，尽了他们所有的力量。"他认为儿童剧团的组织非常系统，从推选干事、安排剧务、布置灯光、开会都有明确的负责人，半年来陆续演出了十多个剧本（如《帮助咱们的游击队》《火线上》《打鬼》等），而且还自编自演儿童剧，例如《仁丹胡子》《抓汉奸》《街头》《梦游北平》《团结起

1　J. L. 奥斯汀：《如何以言行事——1955年哈佛大学威廉·詹姆斯讲座》，杨玉成、赵京超译，第5页。
2　熊佛西：《〈儿童世界〉公演感言》，《战时戏剧》第10卷第3期，1938年4月5日。

来》等。对于这种公益的巡回演出所取得的效果，刘渠念认为这些儿童"不会忘记了做小先生，在这种方便的机会里，他们教育着别的儿童，组织着别的儿童。同时他们利用了座谈会及将外人演讲的方法去教育自己，研究演剧的基础知识，研究时事问题，研究社会科学"[1]。茅盾将孩子剧团赞誉为"抗战的血泊中产生的一朵奇花"[2]；陶行知评价孩子剧团为"炸不散的学校"[3]；时任长沙儿童剧团团长的何茜丽认为儿童剧团为抗战所做的贡献应载入史册，"大先生们再也不会说'小孩没用了'"[4]；赵景深将"孩子剧团""新安旅行团"以及八路军的"小鬼"赞誉为"中国的凡尼亚"[5]。由新安旅行团集体讨论、张早执笔的《抗战中的儿童戏剧》梳理了当时的儿童剧目，如许幸之的《最后一课》、崔嵬的《墙》、姚时晓的《炮火中》、吴祖光的《孩子军》、张季纯的《上海小同胞》、熊佛西的《儿童世界》等。与《麻雀与小孩》《蝴蝶姑娘》《葡萄仙子》等儿童剧"多半是童话式的，剧情多半是美丽的，圆满的"不同，这些儿童剧"拿现实的事件做题材的，能让儿童直接的了解到国家现在的危亡"[6]。值得一提的是，战争语境下的儿童剧中常常会有鼓动性的主题词，这与黎锦晖儿童歌剧中的唱词有着较大的差异，其政治性、战斗性和思想性更为突出。昆明儿童剧团的儿童剧《小主人》中就有这样一段主题歌："孩子是国家的小主人，孩子是国家的小主人！他们该有幸福与天真，他们该在欢乐的童年中长成！可是，中国的孩子们，被烙上了惨痛的创痕：千百万……谁忍看孩子们冻饿而夭殇？谁忍看孩子们骄奢而迷惘？祖国在生死的边缘上动荡，孩子在苦难的歧途上彷徨！救救孩子啊！请为下一代着想！"[7]由于介入现实政治和凸显教育效

---

1 刘渠念：《从孩子剧团说到孩子演剧》，《战时戏剧》第10卷第3期，1938年4月5日。

2 茅盾：《记"孩子剧团"》，《茅盾全集》第11卷，第540页。

3 陶行知：《生活教育目前的任务》，《战时教育》1939年1月10日。

4 何茜丽：《介绍儿童剧团》，《青年生活》第4期，1939年3月1日。

5 孔海珠编：《茅盾和儿童文学》，少年儿童出版社1990年版，第442页。

6 张早：《抗战中的儿童戏剧》，《戏剧春秋》第1期，1940年11月1日。

7 董林肯：《忆昆明儿童剧团》，《儿童文学研究》第6辑，1981年1月1日。

应，儿童剧语言也容易出现口号式、标语化的倾向，各类"忏悔词""决心词"曾引起了当时批评家的注意，但并未从实质上改变这种现象。

在全民抗战的整体语境下，主要从事成人戏剧创作的田汉也认准儿童剧特殊的动员效应，"我们要广泛而普遍地用儿童剧来教育他们，动员组织他们"[1]。但是，田汉还是从《两年来》的演出效果看到了中国儿童剧"落在时代后面"[2]的问题。儿童剧发展滞后，除了缺乏优秀的剧本及剧作家外，还在于无法处理思想性与艺术性两难上。对于这个难题，许幸之认为儿童戏剧家应当采取最积极的、最现实的、最有教育意味的、最能引起儿童关心和引起儿童兴趣的题材，即"一切现实的对抗战直接间接有利的题材，一切因这次解放斗争所产生的故事或罗曼斯，一切从历史上、童话或神话上所采取来的题材，都可以把他们编制成完美的儿童戏剧"[3]。在语言方面，他重申了"浅近易懂"的重要性。由董林肯等人推导的《立化儿童戏剧丛书》，着眼于儿童教育的目的，开展剧本改编、演出等儿童剧运动，在此基础上创办立化学校，试行"教师舞台化，教材戏剧化"，以达"教育立体化"之理想体系，使教育与戏剧趋于一元。[4]当然，这种儿童剧运动有着特定历史语境的作用。在和平年代，儿童剧作为戏剧的一种，作为舞台艺术，其依靠戏剧冲突推动剧情发展的文体特点依然没有改变。相对而言，儿童小说则更趋于故事的"叙事性"与"现实性"，两种文体的语言要求和文体规约逐渐清晰，文体的审美价值和思想意蕴得以彰显。

与古代戏曲相比，包括儿童剧在内的现代戏剧更为重视"说"，而非"唱"。"唱"原本包含了语言的"说白"，但这种"说白"是从属于"唱词"，其文学的语言性被未真正地彰显。现代白话之于戏剧文体的意义不仅是改变了"说"与"唱"的语言形式，而且还置换了两者的主从关系。

1　田汉：《从民族战争谈到儿童剧》，《抗战独幕剧选》，上海抗战读物出版社1937年版，第124页。
2　田汉：《关于"儿童剧"》，《扫荡报》1939年7月22日。
3　许幸之：《论抗战中的儿童戏剧》，《小英雄》，光明书局1939年版，第146页。
4　董林肯：《立化儿童戏剧丛书总序》，《小主人》，立化出版社1948年版，第1页。

除此之外，语言变革还推动了现代戏剧话语模式的转化，即从叙述向代言的方向转向。[1]"代言"话语模式有助于新文化人利用白话文推广新文化思想，因而也成为其驱动戏剧文体革新的重要推手。落脚于儿童剧，成人剧作家的思想教化浸润于"代言"的话语结构之中，白话的说唱艺术形式能更好地传达其现代思想。

从"文"到"文体"表征着中国文学在追索"文学"内在形式和精神层面上的发展演变。作为文体的构成要素，语言与文体的关系密切。李建中认为汉语文体学研究的三大分支之一就是语言学。[2]从两者互为表里的关系看，透析语言的发展变化实质上也是观照文体生成发展。儿童剧的文体具有特殊性，这种特殊性主要表现为文学性与表演性两个层面。但是，文学性与表演性却不是绝对分离的，文学性要考虑表演的顺序、场景、形态等问题，而表演性也要顾及文学的语言、思想和主旨等内涵。于是，作为文学第一要素的语言对于儿童剧文体的生成就起到了无可替代的作用。儿童剧的文体生成不仅要切近儿童文学语言的特性，而且还要贴近表演形态的口语化、对话性等特点。语言的革新带动了包括儿童剧在内的儿童文学文体的自觉，而这种文体的自觉又反过来推动了语言变革的进程。

第五节　语体重构与童话的现代生成

根据语言形式的差异，格林曾区分了自然诗与艺术诗。自然诗是一种简单的形式，具体包括神话、童话、传说等，而艺术诗是经过诗人的艺术创造的艺术形式，包括了史诗、长篇小说、传奇故事、戏剧等。"简单的形式"与"艺术的形式"的分野主要通过语言来呈现，用约勒斯的话说即

1　王佳琴：《文学语言变革与戏剧文体的现代转型》，《内蒙古社会科学》2016年第6期。

2　李建中：《文体学研究的路径与前景》，《江海学刊》2011年第1期。

是"在语言中自行发生、从语言中自行获得、由自身造成"[1]。童话属于简单的形式，但并不能说，童话是一种语言的简单形式。因为包括童话在内的所有文体（文类）都不是一种文学形式的名称，即便说语言是文学的基本构架，也不能用语言形式来替代文学本身。

在中国，"童话"最早取自日文，日文的原意是儿童读物，即除教科书之外，主要供儿童在课外阅读的作品，包括文学读物、知识读物、历史读物、科学读物等。孙毓修所编选《童话》集取的主要也是这层含义。《童话》集中所载作品，有文学的，如神话、寓言、民间故事等，也有相当数量的历史小品、科学小品、人物传记以及各种各样的知识读物等。这一文体选择标准到1917年茅盾续编《童话》后也仍如此。张梓生认为，"童话和神话、传说，都有相连的关系"。他对"童话"的界定是："根据原始思想和礼俗所成的文学。"于是，要了解童话，"非用民俗学和儿童学去比较不可"。由于历经现代人润色，童话也随之改变，因而"我们研究童话，于变迁上所应该注意的，就是其中流传既久，不免有传闻异词的地方；我们总该细心推想，万不可轻意妄断，失掉他本来的精意"。在此基础上，张梓生将童话分为"纯正的"与"游戏的"两类，这与周作人的"自然的童话"和"人为的童话"颇为相似，他意识到传统儿童资源中传统"思想"和"习俗"需要加以修正，才能将童话真正推向儿童这一接受者的面前："我们要利用童话去教育儿童，必须单纯的讲述他的本事，切不可于本事外面，妄自加上着诚训的话头；因为童话中怪诞不经的事实里面的道理，只可使儿童自己无意中去领会出来，倘若有人勉强加上一番大道理，儿童非但不易懂得，或者还要为此发生厌倦心，全功因此尽弃哩！"但同时，张梓生非常肯定格林兄弟的民间童话对于中国童话有较多借鉴价值，他提出"我们中国也该有人出来，将自己国内流传的大大的研究一

---

1 安德烈·约勒斯：《简单的形式：圣徒传说、传说、神话、谜语、格言、案例、回忆录、童话、笑话》，户晓辉译，河北教育出版社2018年版，第3页。

下，把有关本民族特性的发挥一番"[1]。基于此，本节拟从童话与神话的文体界分中探寻童话文体的现代化，以此照见童话的语言特质。

一、杂糅的童话与神话童话化

如前所述，孙毓修在编辑出版《童话》时，"童话"是作为一个笼统而空泛的概念，几乎包纳了幻想类的文学类型，如寓言、民间故事、传说、神话等。甚至可以说，"童话"是与"儿童文学"可以等同的概念。这种混杂的状况无疑不利于童话的文体自觉，童话的语言也不可避免处于漂浮和不稳定的状况。在此情境下，如何区分民间童话和文学童话是摆在学界面前的重要问题。在白话文运动的推动下，童话文体的口语性、对话性被凸显出来，童话文体的修辞意义的增加促使其与志异分离。[2]类似于作家文学的兴盛掩盖不了口头文学的存在，从童话发展的方向看，文学童话尽管有逐渐替代民间童话之势，但并不意味着民间童话完全被文学童话所覆盖。不过，由于民间童话的思想性不太纯粹，亟须进一步现代化，并且文学童话的文体更具完备性，这都有助于文学童话从语言形式上贯彻儿童化，成为童话文体建设的基点。周作人的童话文体学思想来源于格林童话和安徒生童话，两者有民俗学和文体学之别。在周氏的诸多著述中，他有意识地对两位域外童话作家和文体风格做比较，但其关注的重心却在安徒生那里。原因很明显，以安徒生为代表的文学童话更适合做文体学的研究，也更便捷地为中国童话的文体发展指引道路。

为了改变这种现状，赵景深和周作人之间的通信，揭开了中国儿童文学史上关于"童话的讨论"的序幕。在给周作人的信中，赵景深就"童话"的概念提出了自己的主张，他认为童话不是神怪小说，也不是儿童小说。在他看来，"神怪小说里所说的事是成人的人生，里面所表现的是恐怖，决不能和童话相提并论"。而"儿童小说所述的事，近于事实，少有

1　张梓生：《论童话》，《妇女杂志》第7卷第7号，1921年7月5日。

2　李玮：《论文学语言变革与中国现代童话文体的发生》，《江苏社会科学》2009年第4期。

神秘的幻想。一个故事，太实在了，决不能十分动听的，必须调和些神秘的色彩在里面，才能把儿童引到极乐园里。所以童话和儿童小说的分别极明显，前者是含有神秘色彩的，后者不含有神秘色彩的"。他总结道："童话这件东西，既不太与现实相近，又不太与神秘相触，它实是一种快乐儿童的人生叙述，含有神秘而不恐怖的分子的文学……童话就是初民心理的表现。"在回复赵景深的信中，周作人指出，童话这个名称是从日本来的。"童话的实质也有许多与神话传说共通。但是有一个不同点，便是童话没有时与地的明确的指示，又其重心不在人物而在事件，因此可以说是文学的。""只要淘汰不合于儿童身心的发达及有害于人类的道德的分子便好了。教育这两个字不过表示应用的范围，并不含有教训的意义，因为我相信童话在儿童教育上的作用是文学的而不是道德的。"[1]两人的对话看似没有涉及童话的语言问题，却从源流开掘童话的概念，为后续的探讨提供了基础。

在此后的讨论中，赵景深指出，"有人把童话分为两类，神秘的称为童话，不神秘的称为故事。还有的把寓言也和童话分开了"。对于这种文体的区隔与差异，赵景深有些疑问，提出来向周作人请教。周作人的回答是："童话与故事的区别，我想不应以有无超自然的分子为定，最好便将故事去代表偏重人物的历史的传说，便是所谓saga这一类的作品……至于寓言与童话，因为形式上不同，似乎应当分离。动物故事原是儿童文学的一支，但是文章简短，只写动物界的殊性，没有社会的背景，因此民俗学家大抵把它分开，不称它作童话了。"[2]赵景深认同周作人对于童话研究太教育的和太艺术的评价。他结合自己的经历来说明："我幼时看孙毓修的《童话》，第一二页总是不看的，他那些圣经贤传的大道理，不但看不懂，就是懂也不愿去看。"他的观点是："我以为一篇好的儿童文学产物，虽不另加任何的教训和玄美，那些都已在其中。只要把那事实写得极真切，儿

1　周作人、赵景深：《童话的讨论一》，《晨报副镌》1922年1月25日。
2　周作人、赵景深：《童话的讨论二》，《晨报副镌》1922年2月12日。

童就可以渐渐地受感化了，只要除去太不美的事实，儿童就可以觉出那美妙来了。"与周作人不同的是，他认为"儿童文学会有教训和美妙，都是自然生出，不是造作出的"，在信的最后，他提出这样的问题："你说，'童话在儿童教育上的作用是文学的而不是道德的'。我则以为文学的涵养，便仍归到道德上去了。"在给周作人的另一封信中，赵景深指出："我以为各人的志趣不同，自然对于童话的利用的方法，也各不同，童话虽不能不用民俗学去揭示，但是却不必只从民俗学上去研究。"他概括道："我的志趣，便是先研究童话中的原人社会，和儿童社会比较，再设法把童话供给儿童。"最后，赵景深还就翻译的问题向周作人提出了这样的疑问："你说教育童话，他那意思可用消极的选择，但是文学方面，若介绍童话给儿童看，究竟怎样译法（直译，意译或其他）才算合式呢？"针对赵景深的疑问，周作人予以解答："我本来是赞成直译的……但是直译也有条件，便是必须达意，尽中国语的能力所及的范围以内，保存原文的风格，表现原语的意义，换一句话就是信与达。"他进一步概括道："我所主张的翻译法是信而兼达的直译，这其实也可以叫作意译，至于随意增删改窜的译法只能称作随意译而已。童话的翻译或者比直译还可以自由一点，因为儿童虽然一面很好新奇，一面却也有点守旧的。"[1]

童话与神话的关系一直是学界讨论的焦点，伊利亚德认为神话的基本特性是以"超自然生命体"的行为来解释现实的来源。对于早期人类而言，"神圣就是力量，而且归根到底，神圣就是现实"，借助这种神圣的权威，神话能为所有的仪式、人类所有有意义的行为"确定出范式"。[2]神话的幻想性与童话颇为相似，因而有研究者把童话看作是孕育在神话体内的新生事物，童话是神话发展中的衍生物："童话'寄生'于神话、民间故事和传说等口头传承的文学形式之中，但又有着独特的个性特

1　周作人、赵景深：《童话的讨论三》，《晨报副镌》1922年3月28日。
2　米尔恰·伊利亚德：《神圣与世俗》，王建光译，华夏出版社2000年版，第4页。

征。"[1]在西方，就曾有人将一些神话改编成童话故事给儿童阅读。例如法国的弗朗索瓦·费纳隆将《奥德赛》改编成传奇小说《忒勒马科斯历险记》，英国作家威廉·戈德温根据古希腊罗马神话创作了《万神殿》；等等。尽管如此，童话却不等同于神话，只不过继承了神话中的某些因素，并利用自身的特点消解着传统神话的权威性和神圣性：首先，童话消解了原有神话中的代表权威、统治力的和不可抗性的神力，将力量进行了弱化和分解。其次，童话中对于命运的书写并不像神话那么严肃。在格林改编的《铁约翰》中，男孩经不住金球的诱惑打开铁笼将野人释放，在野人的帮助下力克敌军，迎娶了他国的公主并继承了铁约翰的财产。这种命运似乎是可以选择的，假如男孩克制住了欲望没有去捡笼子里的金球的话，恐怕就不会发生后来的事了。在《侏儒怪》中，侏儒怪可以帮助困惑的少女获得纺织的能力，并让一个王子娶她为妻。这种能力虽然也带有一定的神话色彩，可以帮助少女摆脱生活的烦恼，跨越当前阶级，左右少女的命运，但相较于传统神话来说，这种命运的安排显然是保有一定自主性的，故事中少女是自愿与侏儒怪发生交易，少女的命运并非完全受到外力主宰。此外，有的童话时常将原有神话中神秘力量聚集于宝物或者器物上，起到了一定的力量分解作用，使得这种力量具有一定的可控制性。《铁约翰》故事里的野人将马匹和一群武士借给了男孩，男孩由此帮助国王赢下了每一场战争的胜利。这里的战马和武士可以看作神力的变形与分解，这两样"宝物"可以任凭主人公男孩指示，并且帮助他赢得了战争的胜利。最后，不具备任何魔法神力的童话也出现了，例如在《格林童话》中的《神偷》，故事中没有提及任何超自然的魔力或者神奇的宝物，神偷仅凭借自己的聪明才智便完成了伯爵的三个考验，符合现实的逻辑。利用童话想象力对于权威进行颠覆体现了早期资产阶级意识形态的旨趣，而这其中童话也显示出了它的革命性潜能，进而被德国浪漫派作家广泛应用，童话

1　戴岚：《女性创作与童话模式——英国19世纪女性小说创作研究》，上海文化出版社2010年版，第32页。

不仅是一种历时性的文学产物，而且还是"社会历史进程的结果"[1]。然而，在童话的发展过程中，它与社会文化不断地融合，还是逐渐表现出一种"神话化"的趋向。齐普斯发现古典童话在很大程度上已经被固定化了，在口耳相传中，它们被僵化入基督教和父权制的文字当中，最终成为资产阶级的古典童话。由此看来，童话与神话确实是相互关联的文学门类，要弄清童话的概念有必要援引神话来予以对照辨析。

神话与童话的关联源自其内在相通性。在神话的历史化过程中，其特有的幻想性、仪式性及文学性都与童话密切相关，尤其是文体的"家族相似"拉近了两者的距离，成为讨论两者融通关系的原点。寻绎神话的谱系，不难发现其与先民的实践活动及原初想象密切相关。先民不具备抽象和归纳的能力并不妨碍其对于世界的认知，这种艺术抽象对于其创作神话却是异常有利的，那种混杂、混沌的意象和仪式在神话体系中被创构出来。以原始思维来寻绎艺术抽象观念的方法，在现代中国的神话研究者那里可以找到诸多例证。梁启超指出，神话是语言文字产生之后"发表思想的工具"[2]；鲁迅认为神话之作"本于古民"的"神思"，是"文章之渊源"[3]；黄石将神话视为想象的产物，并从神话中开掘了"人类思想的原料"[4]；谢六逸专注于神话的自然与社会现象的研究，认为这是探究"宇宙之谜的一管钥匙"[5]。应该说，鲁迅等人的神话研究都是基于先民对于"世界是什么""世界为什么是这样"等人类存在奥秘的探寻，在人和世界的关系中开辟了神话与哲学、自然科学、文学综合的体系。然而，随着文明的不断推进，尤其是在"子不语怪、力、乱、神"的控驭下，中国神话这种文类被迫潜沉于民间，成为一种民间资源。尽管中国神话发端较早，但

1　杰克·齐普斯：《冲破魔法符咒：探索民间故事和童话故事的激进理论》，舒伟译，安徽少年儿童出版社2010年版，第71页。

2　梁启超：《中国历史研究法》，《梁启超全集》第7册，第4108页。

3　鲁迅：《破恶声论》，《鲁迅全集》第8卷，第32页。

4　黄石：《神话研究》，开明书店1927年版，第63页。

5　谢六逸：《神话学ABC》，世界书局1928年版，第2页。

始终受到正统文学的挤压和遮蔽。之所以出现这种情况，并不能简单归结于中国人理性意识过剩而感性、幻想力缺乏，还与中国人的人文传统及动态文化语境密切相关。由此，如何重新激活被置于边缘状态的神话，并使其在新的历史语境中焕发生机，是中国神话研究界关注的核心问题。

在廓清中国文化传统之于神话的关系后，需要弄清楚神话何以能介入儿童文学的现代体系之中这一问题。这里有一个由"为什么要"到"何以能"的学理逻辑。对于神话这种被压抑的资源，如果想要让其重新获取生命，就有必要将其视为一种思想资源，在古今演变的视野中去发现和铸亮它，而不是将其弃置在历史的尘埃里。有感于"中国神话不但一向没有集成专书，并且散见于古书，亦复非常零碎"[1]的问题，茅盾的态度是不回避、不盲视。他借用鲁迅《中国小说史略》的话来引证中国神话"仅存零星"之故。经过研究，茅盾发现南北神话差异很大，北方神话在商周之交就已经历史化了，而受压抑较少的南方神话的历史化尚未完成，没有处于"僵死"状态。那里不仅有解释自然现象的民间神话，还有文人释放想象力的历史神话，这些都构成了理解"人和世界"的文本资源。于是，关涉神话的保存、修改及在此基础上的"再造"议题也成为其神话研究的重心。在系统梳理《庄子》《列子》《淮南子》《楚辞》《山海经》等书中神话的保存情况后，茅盾连缀零碎的神话，却意外地获取了整体的古神话景象："中国神话之系统的记述，是古籍中所没有的；我们只有若干零碎材料，足以表见中国的神话原来也是伟大美丽而已。"[2]概言之，这种沉入民间的边缘文体却并未因远离中心而消散，反而在民间的口承传统中绽放出独特的光彩。这既得益于民间生态中的幻想精神传统，也归功于文人对于神话的保存及重述。

在中国新文学的整体格局中，神话这种文类表面上难以完全融入"为人生"的主流话语体系，却并未离弃新文学的主潮。尽管神话难以在现实

1　茅盾：《中国神话研究ABC》，《茅盾全集》第28卷，第303页。

2　茅盾：《中国神话的保存》，《茅盾全集》第28卷，第197页。

主义中获得合法性，但它却能在浪漫主义、自然主义、原始主义那里找到立足之地。对于中国儿童文学而言，神话是一种精神资源，与儿童的心理精神相通。同时，它也是一种独特的文体。例如胡适就将神话视为儿童文学的一种类型，主张将其引入儿童教育的过程中，"近来已有一种趋势，就是'儿童文学'——童话、神话、故事——的提倡"[1]。在《论民间文学》中，胡愈之将"民情学"分为三种类型：一是故事，二是歌曲，三是片段的材料。[2]这其中，故事的细目中除了童话、寓言、演义、趣话、地方传说外，还包括神话。事实上，神话与其他文体混杂的状态始终存在，这当然与神话所包蕴的文学特性及文体特征有关，文体界分并非易事。暂且搁置上述文体分类是否合理的问题。胡愈之这种分类以"故事"之名将大部分幻想类文体囊括于此，从而也因其与童话等文体的复杂关系，而使神话的文体归属成为儿童文学界重点关注的对象。在另一篇文章中，胡愈之认为民间资源有诸多可整理和化用的有益基因，搜集民间故事、神话等资源可窥测民族的思想和情感。他呼吁作家不妨也做些神话与童话，"立下儿童文学的一个根基呢！"[3]这种从民族精神和传统出发的意识，不仅提升了神话自身的质地，而且也从另一个侧面推动了神话资源与儿童文学的对接、互动。

问题的复杂性在于，神话与童话等文体尽管有着诸多相通之处，却并不能完全等同。关于神话与传说、民间故事内在关系的讨论自古有之，儿童文学界的此类讨论可谓"接着说"和"重新说"。如张梓生就指出"童话和神话、传说，都有相连的关系"[4]，周作人也认为"童话的实质也有许多与神话传说共同"[5]，而赵景深所谓"童话是神话的最后形式，小说的最初形式"[6]则在学界影响甚大。如若仅从主人公是人还是神、讲述的是超自

1　胡适：《国语运动与文学》，《胡适文集》第8卷，第120页。

2　愈之：《论民间文学》，《妇女杂志》第7卷第1号，1921年1月5日。

3　蠢才：《童话与神异故事》，《文学旬刊》第6号，1921年6月30日。

4　张梓生：《论童话》，《妇女杂志》第7卷第7号，1921年7月5日。

5　周作人、赵景深：《童话的讨论一》，《晨报副镌》1922年1月25日。

6　赵景深：《童话学ABC》，第4页。

然还是人的故事来区隔这些文体，显然曲解了神话的文体特点，反过来也会窄化其他相似文体的特点。由此看来，如何界定神话的身份归属不仅对其自身有着重要意义，而且对于与之相邻的童话（尤其是民间童话）、寓言、传说、民间故事等来说也是如此。

先类同再界分是新文学先驱考察神话与儿童文学关系的学理逻辑。在这方面，周作人的研究是最早、最系统的。他的研究主要立足点是对童话文体的界定，因而看似讨论神话，实质上却是要作为其界定童话文体的参照。换言之，神话研究只是其童话研究的基础，或者说是一种参照方法。于是，在如下的概括中我们能窥见周氏思想的旨趣：

> 神话与传说形式相同，但神话中所讲者是神的事情，传说是人的事情；其性质一是宗教的，一是历史的。传说与故事亦相同，但传说中所讲的是半神的英雄，故事中所讲的是世间的名人；其性质一是历史的，一是传记的。这三种可以归作一类，人与事并重，时地亦多有着落，与重事不重人的童话相对。童话的性质是文学的，与上边三种之由别方面转入文学者不同，但这不过是他们原来性质上的区别，至于其中的成分别无什么大差，在我们现今拿来鉴赏，又原是一样的文艺作品，分不出轻重来了。[1]

可以说，这种界说与社会人类学的神话研究如出一辙。按照社会人类学的观点，如果故事里的主人公是人，而不是超自然的神，这类故事就不是神话，而是传说。如果传承下来的故事与非神的超自然人物有关而又不属于系统神话体系的一部分，这类故事通常被称为民间故事。[2]区隔是为了确立概念本体，也是为了更进层级的融通。区分上述概念后，周作人进

1　周作人：《神话与传说》，《周作人散文全集》第2卷，第562—563页。

2　M. H.艾布拉姆斯、杰弗里·高尔特·哈珀姆：《文学术语词典》，吴松江等编译，北京大学出版社2020年版，第461页。

一步探究了神话是科学还是非科学的问题，这一问题对于神话介入儿童读物及如何化用神话资源为儿童服务有着非常关键的意义。他从"退化说"和"进化说"两派中看出了中国研究界存在的问题："中国凡事多是两极端的，一部分的人现在还抱着神话里的信仰，一部分的人便以神话为不合科学的诳语，非排斥不可。"[1]他有意绕开这一学科史的争议，主张归并学术史与文化史："我想如把神话等提出在崇信与攻击之外，还他一个中立的位置，加以学术的考订，归入文化史里去，一方面当作古代文学看，用历史批评或艺术赏鉴去对待他，可以收获相当的好结果。"[2]与周作人一样，在界定童话与空想的问题时，冯飞也将神话作为参照系来切近其研究议题。他指出神话和传说是"童话之母"，神话传说的发生全出于未开民族之丰富的空想，"小神仙的空想"里隐藏着"一种自然神秘主义"，"巨人的空想……其实是伟大民族性的表象，"要研究条顿民族国民性所以强大发展的原因，则其巨人传说，万不能付之等闲"。[3]在冯飞这里，童话这种泛指儿童文学的文类可依循神话、传说的母本，在空想的作用下，表征着集体无意识的民族性和国民性。

由此看来，神话资源介入儿童文学现代化生产不是一个"要不要"的问题，而是一个"如何做"的问题。如果说周作人、冯飞的神话研究主要集中于神话原型批评层面的话，那么赵景深的神话研究则更重视神话的符号指向系统。赵景深对于神话的界说没有离弃"传说"和"童话"这两个相近的概念。从时间层面看，神话与传说发生较早，童话发生较迟。在"口传"向"书面"演变的过程中，神话、传说与童话的差异就显现出来了："神话和传说都是民族文学，由民族全体创造出来的，不是一个人创造出来的；并且是口述，不是笔书的。"不过，如果系统梳理童话的演化过程，不难发现赵景深所说并不完全符合实情。童话也曾经历了一个由民

1 周作人：《神话与传说》，《周作人散文全集》第2卷，第562—563页。
2 同上。
3 冯飞：《童话与空想》，《妇女杂志》第8卷第8号，1922年8月1日。

间童话到文人童话的过程，而民间童话也具有集体的、历史的、口述的特性，不可一概而论。从叙事的层面看，神话传说是原始人类对世界的一种理解方式。很多研究者把神话和传说看作严肃的故事。因之，与童话那种淡化时空背景不同，"神话传说都有时间，地点，人名可据，神话是记神的事，传说是记半神和英雄，伟人的事。这是神话与传说传说与童话不同的地方"。与此同时，神话、传说之间又彼此关联，相互转变，"倘世上真有神仙的话；现在将神的事拿来加在人的身上便成了传说"。通过传播，神话逐渐成了传说。但是，"原始信仰渐到人民知识开化时便会失去其效力，于是'信以为真'的故事便不得不改为'当他是真'的故事，这样传说便成了童话"[1]。廓清了这种关系，童话的文体特征也就更为清晰了。在赵景深看来，神话是板着面孔的，好像戏台上的正生；童话是嬉皮笑脸的，好像戏台上的小丑，即"神话是'严肃的故事'（serious story），而童话是'游戏的故事'（play story）"[2]。从上可知，赵景深从变与不变两个层面来界说神话，必然会遵循在动态的过程中看取神话文体的原则，因而所得出的结论也是回到历史那里、回到神话那里的。

　　"先类同后界分"类似于一种分科立学的方法，它有助于从母本中区隔子类并考察其相互关系，但类同是有条件的，界分的结果取决于类同的历史语境及出发点。除了上述研究理路外，并不意味着没有其他的方法和路径。不过，此后中国神话研究基本走的还是历史化、学术化的道路。在神话与传说之外，许地山还提及了一种时人相对陌生的"故事"类型——"野乘"。深受佛学思想影响的许地山细述了三者的区别：神话和传说一般被界定为"认真说"，野乘则视为"游戏说"。由此也有了神话、传说与野乘之间的高下之分——凡"认真说"的故事都是神圣的故事，"游戏说"则是庸俗的故事。对于儿童文学而言，游戏精神是题中应有之义，但它也并不拒斥严肃、认真的态度及题材，因而三者都可视为儿童文学的有

1　赵景深:《童话概要》，第10—11页。

2　赵景深:《童话学ABC》，第4页。

益资源。从教化的层面出发，许地山延伸出野乘向寓言转化的趋势："野乘常比神话和传说短，并且注重道德的教训，常寓一种训诫，所以这类故事常缩短为寓言（Fables）。"[1]此后，围绕着神话、传说与童话所展开的文类差异的讨论屡见不鲜，为神话的文类界分及与儿童文学关系问题的思考提供了学理支撑。譬如黎正甫的看法是："神话是原始人信仰心理发达的表现；传说是原始人口授的历史；而童话则为原始人想象的文学。"[2]又如徐子蓉认为："神话是初民时信以为然传说着的故事。"因此单从神话的著作上来看，可分两种："一种是神话式的童话，一种是现实主义的童话"；另外还有一种介乎两者之间的"中间层的童话"。但无论是神话式的童话、现实主义的童话还是中间层的童话，"它们和神话的关系比较和儿童小说的关系更为密切"，而童话"是介乎神话和儿童小说中间的童话"[3]，它和神话的关系当然较儿童的小说加倍密切了。上述观点均是一家之言，各家观点也存在着可商榷之处。但是，这种相邻概念类比的思路确实有助于界定神话文体的特性。

受西方"复演论"影响，周作人提出童话与"神话""世说"等同源，这实际上将童话视为"亚文体"而依附于民俗学、人类学等学科门类中，"民俗童话"在很长时间里成为童话的代名词。到了《儿童的文学》那里，周作人根据儿童四个年龄段开列了每个阶段的文学，童话就与诗歌、寓言、传说、天然故事等区分开来。周作人、赵景深、张梓生三人的通信围绕着"童话"文体的界定、内部结构、美学性格展开，将童话纳入民族复兴与个性解放的民间话语体系。"文学童话"突出语言修辞的"儿童性"与"文学性"，着力于从民俗学"述"向文学层面上的"作"迈进。[4]事实上，中国自古就有"整述"与"创作"系统的分野。不过，在此后发展过程中，"述"

1　许地山：《序》，戴伯诃利：《孟加拉民间故事》，许地山译，商务印书馆1929年版，第1—2页。

2　黎正甫：《编制公教儿童文学读物的商榷》，《磐石》第2卷第4期，1934年4月1日。

3　徐子蓉：《从表演法上研究童话的特殊性》，《光华大学半月刊》第5卷第2期，1936年11月7日。

4　李玮：《论文学语言变革与中国现代童话文体的发生》，《江苏社会科学》2009年第4期。

与"作"逐渐合体,"创"与"袭"也逐渐合一。[1]对于中国本土童话创作而言,"文学童话"在沿袭民间资源的同时也注重文学化的创作,这无疑是基于民族性与现代化而适时而生的,极大地推动了中国童话的现代进程。由此看来,从相邻概念出发来厘定文体特性要考虑历史化过程中的"常"与"变"。尤其是要将这种关系的考察置于神话"述"与"作"的传统之中,从而更为深刻地洞悉历史化的神话与中国儿童文学现代化的内在关联。

二、"述"与"作"的语言传统及路径选择

中国儿童文学的发展得益于童话资源的现代转换,神话资源的价值不止于题材、文体和文类的拓展,还具有资源取径的方法论意义。神话资源楔入儿童文学的现代化,源自两者文体的"家族相似"及新文学的整体推进。依循先类同再界分的逻辑,儿童文学先驱们有效统摄两者的关系,但限于儿童观或神话观的制囿,其化用神话资源时难免陷入"泛化"或"窄化"的窠臼。神话童话化是一种文体互涉的形态,它有效地归并了神话的"述"与"作"传统,在立足于新文学立场的前提下发明了中国儿童文学的现代传统。神话资源的化用有助于扩充儿童文学的意涵,促进其艺术形式的跃升,但这种文体跨界融通需要具备神话"儿童文学化"的条件,否则这种融通会以销蚀一方的主体性为代价,进而造成思想资源的浪费。科学理性地转换神话资源的路径是在廓清儿童文学"元概念"的基石上,确立神话与儿童文学"互为主体"的价值标尺并深度介入中国儿童文学"民族性"与"现代性"的人学系统,从而凸显中国儿童文学兼具"儿童性"与"文学性"的学科特性。

神话的现代转换本身就是历史化的过程,历史化的神话经历了从"述"到"作"的演变过程。"述"注重口语文学的讲述性,而"作"则更强调作家之于神话本身的创作性。这种演化影响了神话童话化的路径选择,也决定了其与儿童文学之间的关系并不恒定。闻一多认为,神话具有

1　江宝钗:《中西书写伦理的差异与冲突》,《南国学术》2020年第2期。

文学性的缘由在于"它是一种记述"[1]。既然是"记述"也就有文学性。从这种意义上说，神话完全可以独立文学性来成为儿童文学的有机的组成部分，也可以作为一种思想资源推动儿童文学的现代化。但在很长的时间里，囿于特定的儿童观和神话观，童话被视为一种"亚文体"寄居于神话、世说等文体，这阻碍了神话的儿童化，也不利于神话资源的现代转换。为了扭转这种文体杂糅的现状，中国儿童文学先驱着力神话的文体界分。而这种辨析从"文"与"学"两面分而治之，同时，关注"为儿童"的价值旨趣，致力于神话的整理、研究与重述。因儿童与先民有相似之处，神话这种民间资源自然受到儿童的喜爱，因而也颇受儿童文学创作者所喜爱，而向儿童推介、改编、改写神话成了儿童文学运动的重要取径。

受西方"复演论"的影响，新文化人注重用文化人类学的方法来择取中外资源。值得一提的是，尽管当时整理民间资源是创化中国儿童文学的途径之一，但其关注点主要集中在"作"的神话上，相对忽略"述"的神话。究其因，"作"是一种显的转换，而"述"的转化较为隐匿，儿童文学的概念是一种书面形态而非口承形态。针对当时一些较为保守的人认为童话故事里"多荒唐怪异之言，于儿童无益而有害"的言论，郑振铎认为"这都是过虑"。在他看来，儿童喜欢的"正是这种怪诞之言"，这是"儿童期的爱好所在"，对儿童将来的心理成长"是没有什么影响的"。他还指出，"因为儿童的心理与初民心理相类"，因而在《儿童世界》里"更特别多用各民族的神话与传说"。[2]与郑振铎观点不同，美国学者白朗认为用神仙读物"作儿童的基本读物还是一个待斟酌的问题"，其立论的基础是"它们的价值是很有限的，并且还有他种材料是更有价值的"。不过，他也坦言："并不是说此种性质的故事绝不可令儿童读。"之所以会出现上述模棱两可的结论，其缘由依然在神话题材中的荒诞、恐怖因素的辨析上。他还指出，神话、初民故事和神仙故事的编写在当时占主要地位，"一半也是因为

1　闻一多：《中国上古文学》，《闻一多全集》第10卷，第43页。
2　郑振铎：《〈儿童世界〉宣言》，《郑振铎全集》第13卷，第4页。

这些材料是已经被编成故事的体裁了，但是在这一方面，我们似乎忘了故事体裁原始目的了。最初主张用故事者原为补救当时的弊病，因为当时儿童的读本材料全是满篇不连接的句子所拼凑成的"[1]。在这里，白朗讨论的是神话进入中小学语文教材的问题。既然是教科书，自然就与一般意义上的大众阅读有差异。关于教科书中神话的取舍问题，吴研因强调过一个原则："要不惹起惶恐，引起迷信，而且足以破绝妄念。"[2]为此，他提醒国人要区分神话与物话这两个易混淆的概念，进而明确神仙故事和神怪故事的差异。他的结论是前者可以进入教科书，后者则不能。此后关于"鸟言兽语"的论争，吴研因也加入讨论，重申了其神怪故事不宜进入教科书的观点。

　　无论是口头"记述"，还是书面"创作"，都推动了神话的传播。在化用神话资源时，最应考虑的是神话资源之于儿童文学的有用还是无用的问题。这直接影响到神话资源的选取和实施效果。在神话题材的选取问题上，张周勋也提出过"神话有害"的观点。他指出，本来神话也是儿童文学的故事的一部分，但用神话作为教材"实有百害而无一利"。不可讳言，神话的结构以神鬼为中心，以此等荒诞不经的故事作为儿童的教材，其危害的预防与评估不容小觑。张周勋反对神话进入儿童教材基于如下三个原因：一是神话有害于科学，二是神话有害于儿童的理想，三是神话易使流入幻想。实际上，这些理由的概括都存在着武断性。神话与科学的关系并非有害或有益可以概括的，儿童的理想也不会因为阅读神话而丧失，而幻想的特质恰恰是儿童最易接受的。因之，他的结论就显得无力而苍白："总而言之，在这科学时代，处在这科学落后的中国，我们加倍努力使我们的后代科学化，以赶上人家的科学，犹恐不及，哪能再开倒车，自己情愿回到野蛮世界去呢？"[3]语文教科书是一种公共阅读行为，更为注重

1　白朗：《反对以神话，初民故事和神仙故事作儿童基本读物的理由》，徐恃峰译，《国语月刊》第1卷第1号，1922年2月20日。

2　吴研因：《国语课程纲要草案说明书》，《初等教育季刊》1923年第1期。

3　张周勋：《神话采作教材的商榷》，《文化与教育》第132期，1937年7月20日。

对于学生的文学教育、母语习得，兼及社会知识和道德的影响，而一般的大众阅读却属于私人阅读行为，并未预设特定的目标。即便如此，武断地将神话赶出儿童教科书也有失公允。毕竟神话有着人类童年期和儿童共有的集体无意识，其有益的质素应予以重视。白朗、张周勋等人的观点不自洽还在于并未言明哪种神话适合充当儿童读物，当然也就不可能再进一步探讨神话进入语文教材的方案。

当然，如果将白朗等人的"未竟研究"与严既澄的观点相互参照，似可更为清晰地找寻此议题的解决之径。《神仙在儿童读物上之位置》一文，是严既澄基于时人对神话存在偏见的有感而发。针对有人对其编写的《儿童诗歌》中所选用的"神仙一类的资料"心存疑虑，严氏撰写该文的目的是"打算说几句话答复那位先生"。他并不否定这种批评的普遍性，"这种见解，不但我国人有，就是那以儿童研究著名的美国人也未尝不有"。为了论证自己的观点，他还提及两篇文章：一是1911年美国《教育杂志》中白朗的《反对以神话、传说、神仙故事等东西来做儿童读物的基础》，二是1922年美国《教育杂志》上克拉克的《替神话辩护》。两篇文章，观点殊异，如何取舍，如何评判？严氏的思路是先弄清楚"儿童是什么"，然后再讨论"儿童读物应当怎么样""神仙是什么"及"儿童读物上有没有神仙的需要"。这种论证逻辑与周作人《儿童的文学》界定"儿童文学是什么"时颇为类似，即要阐述"儿童文学"概念必须先厘定"儿童"的定义。严氏质疑那种掠过儿童主体的"注入式教育"，肯定儿童"自有儿童独立的生命"，要实施儿童教育，"便不能不拿儿童做本位"。这种儿童本位观保障了儿童文学（儿童读物）选取素材时儿童性的立场。他认同生物学家所提及的"回复原理"（Recapitulation theory）："幼儿时代的心思和动作，都和野蛮时的人类相同；渐长而入于原始民族时代，也是一样。"[1]这种生物学上的"回复原理"与文化人类学上的"复演论"类似，

1　严既澄：《神仙在儿童读物上之位置》，《教育杂志》第14卷第7号，1922年11月7日。

两者并行不悖地推动了儿童与成人的"二分"。根据儿童的特性，严氏认为最要紧的还是"要承认儿童的独立的生命，看他做现时就是社会上的一个人"。必须警惕的是，承认儿童"完全的个人"特性并不是以排拒儿童与成人共同性为代价的。儿童与成人的"二分"所带来的不仅有儿童独立的身份，也不可避免地产生了两代人难以逾越的鸿沟，而这又会反过来颠覆儿童本位观。

　　需要指出的是，在转化神话资源时，一味地迎合儿童的喜好容易造成"文学性"的缺失，从而削弱儿童文学的现实性。究其因，儿童文学包含了"儿童的"与"文学的"内外两面，择取一方而不顾及整体性容易跌入非此即彼的窠臼。显然，严既澄还是落入了上述理论推理的俗套中：他承认儿童的感觉、兴味、想象和要求，但也预设了理论前提：儿童"都和成人的不同，我们不能拿他做成人来处理"。事实上，没有纯粹的儿童观，也没有完全真空的儿童性，否定这一事实来讨论儿童本位是不得其法的。解决了"儿童是什么"这一本体问题后，就为考察"儿童读物应当怎么样"提供了诸多便利。立足"儿童"这一主体，严氏表达了自己的基本结论：一是教育要以受教的儿童为主体，为本位；二是教育是动的，不是呆板固定的，它的目的是转变的。回到前述问题上来，神话中含有恐怖、荒诞的内容，那么是否可以作为儿童读物呢？严既澄援引白朗的观点予以辨析："现时儿童学家所提倡的，只是把儿童所爱听的东西弄到书本上，叫他们自己去读而已。以成人的利害的眼光，去禁绝儿童所需要的供给，已是我们武断的不大合理的事情。""儿童本来有一种同情性，然而每每因为想象不发达之故，这种天性发泄不出来，久而久之，便使他麻木了。所以发达儿童的想象，也是教育上的一个重要的目的。就儿童的本身言，神仙故事等读物对于他们，就恰如音乐、诗歌之对于我们成人一般。"由此看来，严氏的观念不像白朗那么纠结、犹疑，甚至可以说是以白朗之矛攻白朗之盾，其结论当然是肯定神话之于儿童读物的正面价值："儿童在初近书本的那五六年间——自五六岁到十二岁——应当以神仙故事、神话、传说和童话这一类东西，做他们读物的主要材料。"[1]神话历史化的过程中，有口传传统的"述"与书面传统的"作"。问题在于，"述"与"作"绝非线性的替代关系。在一定的时期里，两者是并置的共在。因而，武断地将神话历史化视为走向书面文学的终极结果是站不住脚的。切实可行的路径是考察"述"与"作"的权力关系及话语结构，在此基础上来考察神话资源的化用议题，才能避免走入片面的歧途。这样一来，神话资源的化用就沿两种传统而分出了岔路，在儿童文学分层的读者群里表现为不同的样态。

抛开"述"与"作"方式的理论缠绕，单从神话资源的儿童文学化看，神话是否于儿童有益、神话是否可以充当儿童读物的材料等一系列问题的论争，最终都要回到"童话是什么""神话是什么"的本体上来，才能科学理性地辨析。如果按照《儿童的文学》所标示"儿童的"与"文学的"标准来看，神话无疑是适合该双重标准的，应该可以成为儿童文学的有用资源。譬如龚约翰就认为："神话不仅是文学，并且是一种社会的产物，并且是个时代的生活和思想的反映。"[2]只不过，无论是中国古代神话，还是西方神话，都有一个转换或中国化的问题。美国学者齐普斯所关注的"神话童话化"和"童话神话化"即是著例。"神话童话化"更偏重在历史过程中的儿童性、文学性依归，是互渗性思维的落地；而"童话神话化"则偏向于自觉的文学创作中的神话倾向，和物我不分的互渗性思维不是完全无关但也关系不大。[3]齐普斯援引伊利亚德"随和的孪生体"[4]来论析神话与童话的关系，可谓切中肯綮。不过，齐氏依然预设了这样的前提："童话并非负担着在想象和梦想的层面上重新发明'启悟试炼'的任务。"简言之，剔除了"权威的""法典化"的"启悟试炼"仪式的神话才能与童话具有了同根同源

---

1 严既澄：《神仙在儿童读物上之位置》，《教育杂志》第14卷第7号，1922年11月7日。

2 龚约翰：《序文》，黄石：《神话研究》，第4页。

3 吴其南：《中国古代童话文学研究》，海燕出版社2020年版，第184页。

4 杰克·齐普斯：《作为神话的童话/作为童话的神话》，赵霞译，少年儿童出版社2008年版，第3页。

性。不理解这一点，妄谈两者的共同性会曲解齐氏"神话童话化"的本意。

三、文体本位与神话资源转换的反思

文学童话虽从神话中演化而来，但这种经过文人"改作"的童话显然不再是神话的"副本"，而且童话对神话既定模式和范型的反抗也是巨大的，甚至在西方16世纪时期童话被视为反抗神圣权威的"象征性代表"[1]。童话的这种革命性潜能本源于"神话化"的传统意识形态的前摄力，是历史进程的结果。既然神话资源与儿童文学的接榫并不是盲目的，那么以此判定神话是迷信或对儿童有害也就不符合逻辑了。不过，神话毕竟不是专为儿童创作的，因而在作为儿童读物之时必须要进一步廓清其来源，甚至还要经历一次儿童文学化的过程。对此，郑振铎所说可谓切中肯綮："神话、传说、神仙故事等等，并不是为儿童而写的，它们是人类的童年时代的产物。固然人类的'童年时代'和今日的儿童，其间智慧和情绪有几分的相同处，却也并不能把野蛮时代的'成人'的出产物，全都搬给了近代的儿童去读。我们在其中必须有很谨慎的选择。"[2]

一旦回归"文学"本体后，神话就从意识形态的坚固壁垒中走出来，成为一种独特的文学门类。可以说，神话文学化既是历史化的产物，也是文学自身发展的结果。新文化人对神话资源的化用最为重要的举措是对其"祛魅"和"复魅"。自此，神话获取了发展的动力。周作人不认同那些把神话当成迷信的说法。在他看来，"神话在儿童读物里的价值是空想和趣味，不是事实和知识"。针对神话反对者以"事实和知识"为评判标准的观点，周作人重申了"事实和知识"与文学的辩证统一问题。他提醒读者，不要误读神话的目的是为求取知识与教训，其在激活儿童的想象力方面也功不可没。他也不认同学界所谓"从神话到传说再到童话"的研究发现。就童话而言，周作人认为童话没有一定的时地和人名，童话的主人公

1　杰克·齐普斯：《冲破魔法符咒：探索民间故事和童话故事的激进理论》，舒伟译，第31页。

2　郑振铎：《儿童读物问题》，《郑振铎全集》第13卷，第43页。

多是异物，"童话中也有人，但率处于被动的地位，现在则有独立的人格，公然与异物对抗，足以表见民族思想的变迁"[1]。周作人是"复演论"的推行者，将儿童与原人的类似复演了儿童文学与原人文学的类同，由此也拉开了与成人文学的距离。对于神话，他也从上述理论出发予以辨析："神话是原始人的文学，原始人的哲学，——原始人的科学，原始人的宗教传说，但这是人民的信仰的表现，并不是造成信仰的原因。说神话会养成迷信，那是倒果为因的话，一点都没有理由。"当然，周氏的这种"复演论"并非为所有人所接受。汪懋祖就有此质疑："儿童与原人之想象，虽多相似；而其环境既已不同，故意识之发展亦异。"通过比照，他发现，"原始人见不可解释之自然现象，目为神怪，虔拜所以求富佑。儿童决无此观念，是原人富于宗教性，儿童则全乎为艺术性"。在儿童本位的标尺下，科举思想、专制思想、遗传之旧故事，都在剔除之列。这实际涉及了神话适应儿童的生产问题，要想确立儿童文学的上述标准，就"必深究儿童生活，教育原理；又须具有文学训练，方言知识"[2]。整体来看，汪懋祖与周作人观念的出发点看似不同，但推动神话童话化的实际效果却殊途同归。

从语义上看，神话童话化实质上是神话儿童文学化的一种形态。其中涉及神话的改造、化用以适应儿童身心发展的需要。如果不经过这一改造过程，直接将神话交给儿童读者阅读，显然没有顾及神话中不适合儿童阅读的负面因素，不利于儿童的阅读与接受。在《续〈神话的辩护〉》中，周作人延续了《神话的辩护》里的思想，充分肯定神话的空想和趣味对于儿童阅读和培养的正面效应。同时，在论述了德国缪勒为代表的言语学派存在的问题后，他认为中国神话研究刚起步时，应特别注意神话的解释意义，"不要走进言语学派的迷途里去才好"[3]。他反对那种将神话定义为荒唐无稽之言的言论，认为神话不仅对民俗学研究有价值，而且还和文学关系

1　周作人：《神话的辩护》，《周作人散文全集》第3卷，第332页。

2　张圣瑜：《儿童文学研究》，第2页。

3　周作人：《续〈神话的辩护〉》，《周作人散文全集》第3卷，第402页。

密切。在其划分的神话的四种形态中，周氏细致地区分了神话与传说、故事和童话的关系。就神话与传说这两种最为切近的文类而言，周氏没有落入"一体化"的套路，而是看到了两者性质相异的事实："神话中所讲的是神的事情，传说中所传的是人的事情，故其性质，一是宗教的，一是历史的，但其形式则相同。"不在同一文学层面讨论神话，必然会拓宽神话的论域："在表面上看神话似乎没有多大用处，中国人很反对对小孩子谈鬼说怪，怕引入迷信，这话是错了。我们对于神话拿研究文学的眼光看来，是有价值的，有趣味的；又从心理学上看，那更是不可漠观了。所以我对于神话与对于其他的科学是一样看重的。"[1]然而，一旦祛除了窄化神话的执念，又会衍生来自道德、伦理、哲学等领域对神话的质疑，例如所谓神话"不道德"的言论就是其中显例。不过，这种言论的偏狭还是被研究者所发现。黄石认为那种以"道德"标尺来评定神话是不足为训的："我们要知道原人的道德观念，和我们不同，我们之所谓'不道德'，有许多在原人却视为当然的。"[2]显然，要向神话寻求道德的教训，只是"道学家"的一厢情愿。针对张雪门提出"童话包含有神话物话两种"[3]的观点，周作人并不认同，他跳出文学"一体化"的框架来论证自己的观点："神话与童话截然是两件东西，虽然古代的神话也可以流落为现代童话，别国的神话的内容在本国也会与童话相同，不过成了童话便不是神话了，因为神话的性质是宗教的历史的，而童话是文艺的。"[4]深耕于儿童文学领域的周作人没有窄化神话资源本有的意涵，将神话拓展到历史、哲学、人类学等领域必然会对神话资源的儿童文学化产生重要影响，也间接地对神话资源化用的原则、标准和立场提出了新的要求。

关键的问题是，不同质的神话与童话何以能有效地融合呢？对于这一

1　周作人：《神话的趣味》，《周作人散文全集》第3卷，第535页。

2　黄石：《神话研究》，第70页。

3　雪门：《儿童和玩具》，《晨报副刊》1925年1月18日。

4　周作人：《桃太郎之神话》，《周作人散文全集》第4卷，第49页。

难题，仅依靠文艺形式的类同是不够的，还需要在神话童话化的过程中加入一种可通约的标准与立场，使之演化为一种助益儿童文学现代化的手段。具体来说，这种标准和立场是新文学所开创的人文传统，在尊重神话和童话本体特性的前提下服膺于育化"新人"的价值旨趣。在确立上述原则、标准和立场之前，神话研究者已经注意到了神话的分类和演化问题。从顾颉刚的"层累说"到杨宽的"分化说"，神话的历史研究走向了新的阶段。这些研究方法极大地影响了化用神话资源的思维和路径。按照麦苟劳克《小说的童年》中的观点，童话的分类与分系是有差异的，前者是按照人类来分，后者是按事件来分。考究神话的分类或分系对于研究神话资源的化用是大有裨益的。这不是对神话整体结构的肢解，而是更有助于在神话网状结构中找准与儿童文学的连接点。郑振铎曾对中国神话进行过谱系学的研究，将《西游记》约分为十二系，并分系为四大类。[1] 茅盾运用人类学派的心理学方法，将民间故事分为偶然说、假借说、印度发源说、历史说、阿利安种说、心理说等六大派系。结合神话的"历史说"一派，茅盾认为其将神话等同于古代历史的认识是不成立的，因此衍生出来的观念都是站不住脚的。而假借说、印度发源说与阿利安种说，虽然名目不一，但从本质上来说，都是对"那些故事（神话）是发源于一个中心点，或系民族间互相授受"[2] 说法的笃信。在破除了前述理论迷雾后，茅盾重新确立了自己对神话的分类："解释的神话"和"唯美的神话"。这两类神话内混合着合理的和不合理的质素。较之于外国神话，他认为中国的神话合理的元素最多，但不合理的元素仍旧存在。"解释的神话"从原人对万物的解释中而来，对其化用不可避免要转化为儿童对世界的认知、想象，其转换的标准是现代的、儿童的；"唯美的神话"去除了道德教化，其转换较之于前者更应突出儿童性与文学性。针对有人认为"没意思的野蛮的思想乃是各民族神话的本来面目，而美妙伟大的思想却是后人加进去的"的

1　赵景深：《童话概要》，第78页。
2　茅盾：《各民族的神话何以多相似》，《茅盾全集》第28卷，第156页。

说法，茅盾并不认同。他否定神话思想的好坏取决于后人修改的观念，其反驳的理由是："我们固可假定现代文明民族的神话是经过修改的，然而不能说现代野蛮民族的神话也已经过文人修改；可是现代野蛮民族的神话内却已有不少合理的质素了。即此可知神话是自始就包含着合理的和不合理的质素的。"[1] 尽管后人的修改可能会导致神话思想出现好坏之分，但这并不是神话思想优劣的全因。用"解释的神话"和"唯美的神话"的分类演化来论证，能有效推进神话的历史研究。

一旦确立了"中国化"和"现代化"的双重标尺，神话资源在儿童文学领域的化用就被置于现代中国的动态语境，也被纳入现代中国人"为儿童"的文化创造工程中。经由诗人、作家的修改，神话不再停留在先民瑰丽、奇诡的层面上，而是被不断赋予新的形式与内涵。这其中自然包括神话的保存与修改。对于这种由诗人修改的神话形式，茅盾并非一味地接纳，他还洞见了修改背后可能存在的问题："一方面固使朴陋的原始形式的神话变为诡丽多姿，一方面却也使得神话历史化或哲学化，甚至脱离了神话的范畴而成为古代史与哲学的一部分。"任何资源在经历了重新书写、讲述后，都不免会产生"习得"与"误读"的两歧。循此逻辑，茅盾研究发现，在文字未兴之时，神话的传布主要通过"口诵"，祭神的巫祝当此重任。随着文化跟进，"弦歌诗人"取神话材料入诗。那时的弦歌诗人转述神话诗，往往喜欢加些新意上去，"这使得朴野的神话美丽奇诡起来了。后来悲剧家更喜欢修改神话的内容，合意者增饰之，不合者删去，于是怪诞不合理的神话又合理起来了"。后来的历史家，"把神话里的神们都算作古代的帝皇，把那些神话当作历史抄了下来"。经过"半开明的历史家"放手删削修改，"结果成了他们看来是尚可示人的历史"。茅盾推断其结果是"中国神话之大部恐是这样的被'秉笔'的'太史公'消灭了去了"[2]。言外之意，修改必定会添加诸多修改者的主观思想，于是本来朴野

---

[1] 茅盾:《神话的意义与类别》,《茅盾全集》第28卷，第217页。
[2] 茅盾:《中国神话研究ABC》,《茅盾全集》第28卷，第320页。

的、简短的故事也可能在修改过程中被改得面目全非。茅盾的忧虑主要在于文人和历史学家修改神话的主观性和随意性，至于这种主观随意的修改是否会产生意想不到的创造型的新质，难以一概而论，有待进一步考察。

从发生学的角度看，中国儿童文学的现代化受益于各类思想资源的介入、化用。这其中，神话所起到的作用不可低估。作为"方法"的神话并不是为了推动儿童文学取消其主体性，而是要搭建"互为主体"的融通机制，即通过建构他者来建构自我。在这种双向互动的结构中，中国儿童文学化用神话资源的立场、标尺得以确立，彰显了中国儿童文学民族性与现代性的品格。同时，也正是基于中国儿童文学本体特性的确立，厘定了神话之为神话的文体特质。显然，如何理顺神话与儿童文学的先后关系并兼顾历史语境的复杂性，这是一个学术难题。神话如果不加任何修改就进入儿童读物之中，难免泥沙俱下，容易将裹挟了毒素的资源填充至儿童文学体系中，不仅阻碍神话的现代转换，而且也不利于儿童文学的发展。同理，如果强制性地修改神话的本义和形式，则有违神话本有的精神，其结果还是无助于儿童文学创造性地接受。解决上述难题方案的主动权不在神话资源或儿童文学的单一层面，而是两者的合力协作与推动。具体而论，神话资源的转换以儿童文学本有的儿童性与文学性为前提，而儿童文学也要打破对神话的偏见，拆除阻隔神话资源"儿童文学化"的壁垒，敞开怀抱，创造性地接纳。在这一过程中，神话作为一种"方法"，其意义在于开启了儿童文学跨文体、跨学科的学科化之途。这种跨界突破了儿童文学自我封闭的本质主义困局，在类同比照的思维下打开了对话与沟通之门。从这种意义上说，"作为方法"可理解为"互为方法"和"互为主体"，它突破了某一方对另一方的路径依赖，自主、自觉地纳入中国儿童文学的民族化与世界性的进程中。基于此，在民族化和世界性"互为他者"视野中的神话才能更好地发挥其作为思想资源的作用，更好地推动中国儿童文学的健康发展。

第五章

动态语境与百年中国儿童文学的语言发展史

　　研究中国儿童文学的语言问题是一项复杂而艰难的工程，它不仅要弄清楚作为儿童文学的"语言"到底具有怎样的特性，这是研究的基础，具有"牵一发而动全身"的效应；它还关系到儿童文学与新文学的关系，更关涉到儿童文学的定位、属性与特征。在探究中国现代文学语言变迁史时，张卫中归纳了如下两种路径：一是以作家的"个人语言"归纳"时代语言"的特质，二是从"时代语言"中辨认"个人语言"的特点。[1]简而言之，前者是归纳法，而后者是演绎法。大体而论，这与中国儿童文学语言变迁史研究颇为相似。百年中国的语境对其语言的生成与发展有着重要的影响，不同的历史语境生成出不同的儿童文学语言形态。同时，这种变动的儿童文学语言也表征了百年中国动态的文化语境。纵向梳理不同历史阶段的语言形态，有助于从整体的视野来观照百年中国儿童文学发展的状貌。

第一节　白话文运动与"五四"儿童文学的语言转型

　　新文学的发生要借助语言革命来整体推动，而新文学的出场也反过来

1　张卫中：《20世纪中国文学语言变迁史》，中国社会科学出版社2013年版，第240页。

推动了语言革命的进程。作为新文学延伸的中国儿童文学接续了语言革新的现代传统，将语言革新与思想革命有机融合在一起，驱动了儿童文学"为儿童"的现代工程。在新文学"国语运动"的大潮下，郭沫若、叶圣陶、冰心、郑振铎等人注重整合国语教育和儿童文学运动的关系，以儿童为书写主体，超越了半儿童化的语言姿态，"在文字方面千万请避免半文半白的字句，不必要的欧化""千万用些活的听得懂说得出的现成的白话"[1]。这种强化语言的生动性和浅易性，尝试着朝语言的现代化方向迈进，显示了其与传统文学迥异的思维品格，融入于儿童文学的世界潮流中。

一、语言"玄美"的追索与矫正

在文言—白话转换的语言格局中，传统的语言表达方式和符号形态发生了质变，中国儿童文学的文学经验及经验标准也由此开启了新的路向，这种文学经验的置换需要语言传统的重新确立才能进入新的语言系统之中。在此结构中，表面上这只是语言表达方式的转变，实际上则是现代中国文化/政治权利的转换。在"童心主义"的主导下，中国儿童文学向着儿童化、文学化的道路演进，然而"儿童中心主义"的思想形态也滋生了语言过于"玄美"的形式偏狭。

出于为儿童写作的机制，儿童文学语言因阅读对象的特殊性而具有了不同于成人文学的特点。对此，有论者认为，儿童文学语言"是考虑到儿童读者的欣赏水平，将语言这一抽象概念与具体形象联系一起加以改造，或选择形象感较强的词加以运用，或将词语按照一定的语法加以多样组合"[2]。这种根据儿童读者来运用文学语言的特质，使得儿童文学的读者意识非常突出。隐藏的成人和潜在的儿童读者之间思维观念的交流，要借助文学语言来传达。作为儿童具象思维与艺术抽象思维的桥梁，儿童文学语言以抽象符号引发读者具象思维，由此推动儿童读者的身心成长。作为儿

1　茅盾：《几本儿童刊物》，《茅盾全集》第20卷，第462页。

2　杨实诚：《论儿童文学语言》，《中国文学研究》1999年第2期。

童教育者，叶圣陶对儿童非常熟悉了解，在儿童文学的创作中，考虑到基础教育中听、说、读、写的要求，注重从整本书上体悟"语感"，从而开创了属于叶圣陶儿童文学独特的语体。

从儿童文学的本体来看，如果缺乏了儿童读者，那么这种读物也不能算作真正意义的儿童文学。叶圣陶十分注重儿童文学的可接受性，认为儿童读物是在"懂"的基础上才能实现教育的目的。他的儿童文学语言不流于玄美、不忸怩作态，而是"文字很浅明"[1]，是一种浅语的艺术品。他从教育的链条中来看取儿童阅读诉求，将国文教育视为"儿童的需求""发展儿童心灵的学科"[2]。由此，在创作儿童文学时，他始终惦记儿童这一读者群体，时刻记得"写东西给人家看"[3]。这种鲜明的读者意识驱使他去了解儿童、掌握儿童文学语言的特点，并借助这种文学语言讲述深受儿童喜爱的故事。在域外儿童文学的改写过程中，他持守着民族化的立场，致力于文学语言的清晰明了、朴实易懂，并将这种儿童文学语言作为儿童"母语习得"的素材。在诺德曼看来，儿童文学少有复杂的语言和结构，"简单的风格和对行动的聚焦是一个文本可能以儿童为目标的第一个，也是最明显的标记"。[4]基于"为儿童"和"写儿童"的儿童文学观，叶圣陶的儿童文学创作并没有耽溺于刚性的、单一的成人话语，而是从"两代人"平等交流对话出发来组织语言，尤其是在国语课本编写过程中，叶圣陶充分顾及儿童生长发育的阶段性，"分龄""分级"地编撰相应的文本。这些读本的语言也依据儿童不同年龄特点来考虑，比如在初小的《开明国语读本》中，叶圣陶编入了幻想小说《小人国和大人国》、儿童诗《景阳冈》、儿童诗《云》等，这些文本普遍文字浅易、句法结构较简单，适合幼童朗读、想象；在高小的读本中，叶圣陶编入儿童诗《卖菜的老人》、儿童诗

1　郑振铎：《〈稻草人〉序》，《郑振铎全集》第13卷，第39页。

2　叶圣陶：《小学国文教授的诸问题》，《叶圣陶集》第13卷，第7页。

3　叶圣陶：《动笔之前和完篇之后》，《叶圣陶集》第9卷，第312页。

4　佩里·诺德曼：《隐藏的成人：定义儿童文学》，徐文丽译，第8页。

《打铁》、儿童剧《钓鱼朋友》等。而那些体量更大的民间故事，如《孟姜女》《牛郎织女》等则被编选入初中文学课本中。相较于初小课文，这些篇目难度更大、篇幅更长、情节更加丰富，并有着清晰的文章层次。整体来看，尽管有层级之别，但总体的语言要求则是言文一致、文辞不艰深。这样由浅入深、由易到难、循序渐进的阶梯式阅读，有助于提高儿童的阅读能力，建立阅读自信心，提高语文教学的有效性。

与改写、译介域外资源或传统资源无异，叶圣陶的儿童文学语言也贯彻了鲜明的读者意识。但是，其语言要与所置身的语境结合起来，就必然会在多元思想碰撞中确立统一的语言风格。基于特定的现实语境，如何兼顾语言的"自然性"与"社会性"是叶圣陶需要解决的问题。鲁迅曾高度评价叶圣陶的童话，认为其"给中国的童话开了一条自己创作的路"[1]。这种评价肯定了叶圣陶童话的"民族性""现代性"，其童话不是域外童话的直接复制、模仿，当然也不是传统民间童话的替代品，而是中国全新童话的创制。在语言方面，叶圣陶弥补了古典志怪小说和笔记小说文白夹杂的缺憾，为中国儿童文学语言与思想的现代化开拓了一个崭新的范式。《稻草人》是童话小说，兼及童话与小说的双重文体特点，这种文体的杂糅必然会带来语言的非恒定性。叶圣陶一方面接受了童话幻想唯美的特点，用诗意唯美的笔调营造了"稻草人"的生活环境。如在描写稻田景色时，叶圣陶使用了如诗如画的景色描写："他知道露水怎么样凝在草叶上，露水的味道怎么样香甜……"这样富有韵律感的排比句，有着儿童般看待野外世界的巧妙诗思；另一方面却更多地融入了对现实的深切思索与关怀，后者成为《稻草人》的基本色调，也成为行文语言的重要特色。

在为《稻草人》作序时，郑振铎指出，现代的人生是最足使人伤感的悲剧，而不是最美丽的童话，"在成人的灰色云雾里，想重现儿童的天真，写儿童的超越一切的心理，似乎是不可能的企图"，在现实的境遇面前，

1　鲁迅：《〈表〉译者的话》，《鲁迅全集》第10卷，第437页。

倾心营构"美丽的童话人生"总不免显得幼稚和廉价，"所谓'美丽的童话人生'在哪里可以找到呢？现代的人世间，哪里可以实现'美丽的童话的人生'呢？"针对一些人的疑虑，"带着极深挚的成人的悲哀与极残切的失望的呼音，给儿童看是否会引起什么障碍？"他明确地表明，"把成人的悲哀显示给儿童，可以说是应该的。他们需要知道人间社会的现状，正如需要知道地理和博物的知识一样，我们不必也不能有意地加以防阻"[1]。正是源于对于现实人生的深刻认知，叶圣陶没有遁入安徒生所谓"美丽的童话"的幻境，其语言也兼具童话的诗化性与小说的现实性的特质。如在描摹"成人的悲哀"时，语言基调是压抑而低沉的："除了稻草人以外，没有一个人为稻子发愁。"这种隐忍、悲悯、痛心又无奈的氛围需要文学语言来表达，而这又与充满幻想和诗意化的童话文体有着内在的紧张关系。正是这种"为儿童"与"为成人"的博弈，让《稻草人》的语言表达既要切近现实，又要跳脱于现实，从而呈现出"童话体小说"独特的语言风貌。关于这一点，不仅叶圣陶意识到了这种语言的游离性，细心的研究者也注意到了。贺玉波对《稻草人》语言的"两歧性"有着敏锐的发现："在《稻草人》里便可以看出来，那里面的作品是显然地有两种不同的风格。"在他看来，儿童读物最好是不要带有成人的灰色的悲哀，但是给一般将近成年的儿童去看，也未尝不可。他也是第一个对其"小说童话"文体做深入界定的："叶绍钧的童话，并不是普通一般的童话，它们象这篇小说一样，对于社会现象有个精细的分析；虽然还保存着童话的形式，却具有小说的内容，它们是介于童话和小说之间的一种文学作品，而且带有浓烈的灰色的成人的悲哀。所以，我们与其把它们当作童话读，倒不如把它们当作小说读为好。"[2]

叶圣陶指出，在儿童教育方面，应将儿童所固有文艺家的宇宙观善为保留，一方面须使其获得实际生活所需的知识，一方面更须以艺术的陶冶

1　郑振铎：《〈稻草人〉序》，《郑振铎全集》第13卷，第40页。
2　贺玉波：《叶绍钧的童话》，《现代中国作家论》第1卷，第180页。

培养其直觉、感情和想象，做到"实际生活能和艺术生活合而为一"[1]。可以说，"儿童本位"绝不是"儿童至上"或"唯有儿童"。他说过："我很怕看见有些儿童读物把世间描写得十分简单，非常太平。这是一种诳骗，其效果只能叫儿童当发觉原来不是这么一回事的时候喊一声'上当！'"[2]由此看出，叶圣陶没有将儿童文学视为脱离现实人生的读物，其文学语言的运用势必会负载着对儿童的社会化期待。在文本中，"稻草人"物性（无能）和人性（温情）交织并行，形成感同身受却又无能为力的局面，让儿童读者宛若身临其境，感知人性在面对不完美现实时的忧郁悲凉："无数革命青年被屠杀了，有些名流竟然为屠夫辩护，说这些青年幼稚莽撞，受人利用，做了别人的工具，因而罪有应得。我想让这些受屈的青年出来申辩几句。可是他们已经死了，怎么办呢？于是想到用童话的形式，让他们在阴间向阎王表白。"[3]叶圣陶的儿童文学作品跳脱单纯浪漫的想象，牢牢扎根于现实生活，从现实的语境下"生长"出平民化的修辞。在全知的旁观者的语言表述中添加了亲历者的生存体验，再在叙述中与叙述对象形成共情，进而引起儿童读者的共鸣。需要明确的是，尽管混杂着不同文体的语言风格，但并不意味着叶圣陶没有明晰的儿童读者意识。相反，正是基于明确的读者意识，才使得文本呈现出多维度的、有层级的语言形态。

针对儿童模仿性强这一显著特点，叶圣陶鼓励儿童在阅读的过程中学习写作。他重视文字的锤炼，对句法的严谨性、文法的流畅性具有极高的要求。他重视母语的运用与普及，并着力于对自己的文本进行修改完善。以《含羞草》的一段话的修改为例析之：

　　又是一阵羞愧通过小草的全身，篦箕样的叶子立刻合拢，而且垂下了；正像一个害羞的孩子，低下了头，又垂直了臂膀。他代替不合

1　叶圣陶：《文艺谈》，《叶圣陶集》第9卷，第23页。

2　叶圣陶：《〈给年少者〉序》，《叶圣陶集》第5卷，第408页。

3　叶圣陶：《我和儿童文学》，《叶圣陶集》第13卷，第321页。

理的世间羞愧，要兴造壮丽的市场，却又不管人家住在什么地方的事情！[1]

为了响应"正确地使用祖国的语言，为语言的纯洁和健康而斗争"[2]的号召，叶圣陶的修改更强调文学语言的准确、规范，贴近儿童性和文学性。上述文段修改为：

> 又是一阵羞愧通过小草的全身，破梳子般的叶子立刻合拢来，并且垂下去，正像一个害羞的孩子，低着头，垂着胳膊。它替不合理的世间羞愧，要建筑华丽的市场，却不管人家有没有住的地方。[3]

修改后的文段生僻词被删去，改为更加常见、更能让儿童理解的词汇，将不常见的词汇改成口语词，文句更通顺、更合乎语法、更容易让儿童理解。持守着"文艺语言是文艺作者的唯一武器"[4]，他追求语言的文学性，不以不合适的语言折损文意，坚持"用活的语言做文章"[5]，以贴近鲜活的社会现实。对于叶圣陶文学语言修改的特点，朱泳燚将其概括为"同义词的精选替换""炼词""句式的选择换用""删削简缩""改用口语"[6]等方面，其目的是为了提高作品的可读性，增强作品的感染力。他将"用词要精""造句要工""要简洁明快""要明晰畅达"作为修辞的"基本要求"[7]，从客观的效果来看，叶圣陶的大多数儿童文学作品的语言，也达到

1　叶绍钧：《含羞草》，《古代英雄的石像》，开明出版社1931年版，第64页。

2　顾黄初：《叶圣陶语文教育活动七十年》，刘增人、冯光廉编：《叶圣陶研究资料》，北京十月文艺出版社1988年版，第230页。

3　叶圣陶：《含羞草》，《叶圣陶集》第4卷，第203页。

4　叶圣陶：《〈叶圣陶选集〉自序》，《叶圣陶集》第18卷，第316页。

5　叶圣陶：《写话》，《叶圣陶集》第15卷，第123页。

6　朱泳燚：《叶圣陶对语言的修改》，刘增人、冯光廉编：《叶圣陶研究资料》，第759页。

7　叶圣陶：《从〈语法修辞讲话〉谈起》，《叶圣陶集》第15卷，第138页。

了这种标准，能够带领读者尤其是儿童读者走进文本的艺术世界。当然，这种寻求语言与思想双向融合的观念并不限于叶圣陶，但从叶圣陶域外资源的转换、传统资源的化用及儿童文学创作的整体看，他对文学语言的实践体现了先驱者知行合一的思想。对此，有学者将其界定为"语言大师"[1]，可谓切中肯綮。颇有意味的是，在修改过程中，叶圣陶主张运用朗读法来修改文句，"自己先来检验一下，写下来的那些语言上不上口"[2]，以此来提高文句的流利度。这种以朗读带动文字理解的语言习得的方法，对儿童"语感"的培养至关重要。语感，用叶圣陶的话说即是"对于语言文字灵敏的感觉"[3]。而要培养"语感"，必定要考虑语境，同时更要提高语言的应用能力，而非对着字典里的语词学习。提高阅读能力，则是提高语言应用能力的不二法门。

新中国成立后，叶圣陶更加致力于语文学科的建设。而"语文"，则是一个建立在学科概念上、相较于西方提出的范畴，"原来国文和英文一样，是语文学科"[4]。对于语文的学习，叶圣陶主张运用"听说读写"[5]的综合训练，在识字写字、用字用词、辨析句子、文章结构方面下功夫，提高学生的能力。语文的学科概念大于语言，融合了语言与文学的内容。本着"思想和语言是分不开"[6]的原则，他有效地将语文教学和文学语言的创造结合起来，从而打通了儿童文学与儿童教育之间的学科壁垒。他没有将教师之"教学"与"创作"绝对地区隔开来，而是将其视为一个整体。语文教育不仅可以培养儿童良好的语言文字运用习惯，而且也可以为儿童塑造未来的人格。因此，"文"与"道"在语文教育上形成统一。语文教育通过语言传递情感态度和价值观，陶冶学生的情操，让儿童在听说读写的综

1　彦火：《笔耕逾半个世纪的叶圣陶》，刘增人、冯光廉编：《叶圣陶研究资料》，第169页。

2　叶圣陶：《一些简单的意见》，《中国语文》1953年第1期。

3　叶圣陶：《文艺作品的鉴赏》，《叶圣陶集》第10卷，第32页。

4　叶绍钧、朱自清：《精读指导举隅》，商务印书馆1944年版，前言第11页。

5　叶圣陶：《听、说、读、写都重要》，《叶圣陶集》第13卷，第220页。

6　叶圣陶：《认真学习语文》，《叶圣陶集》第13卷，第180页。

合训练中培养语感，建立通古今、晓中西的知识结构和思想观念，厚植儿童成长的语言基石。

概而言之，叶圣陶的语言观受白话文学运动的影响，其文学实践对于"母语现代化"做出了努力。在论及中国语文现代化的问题时，周有光概括道："中国语文的现代化开始于清末鸦片战争之后，今天还在前进中。前进的方向是，从只会说方言的单语言生活（monoglossia）到又会说共同语的双语言生活（diglossia），从只会写汉字的单文字生活（monographia）到又会写字母的双文字生活（digraphia）。"[1]显然，叶圣陶就是这种双语言、双文字的形态下的改造者，方言和普通话的互动，汉字与音节的互动，进而创构了适应儿童读者、立足中国的文学语言形态。通过语文教学的渠道开通了儿童文学化及语言现代化的路径，助益于儿童的阅读接受，为儿童建立起中西合璧、古今相通的思想观念提供了有效载体。

二、"中国问题"的提出与语言的及物性

在现代知识体系中，"儿童文学"是一种特殊性的知识。之所以"特殊"，主要是指其是一个由目标读者所定义的文本集。具体来说，儿童文学有着明确的"儿童"指向性，成人围绕"儿童是谁"而展开的假设构成了儿童文学的意识形态。[2]正因为如此，儿童文学在整个文学体系中也自成一格，成为不可忽视的文学的子类。类似于"儿童"之于"人"的关系，儿童文学也不是固化封闭的知识体系，它内含了特殊性与普遍性的统一。正是儿童文学学科知识化的建构，使其能为人类奉献出专属的知识形态，并在具体的实践中推动现代知识的系统更新。在建构自身知识体系的过程中，中国儿童文学没有盲视儿童所置身的社会情境，将"中国问题"内化为发现、解放和发展儿童的背景及方法。

毋庸置疑，人文学科的现代知识体系的确立离不开现代人文传统的建

1　周有光:《中国语文的现代化》,《教育研究》1984年第1期。

2　佩里・诺德曼、梅维丝・雷默:《儿童文学的乐趣》,陈中美译,第122页。

构。自此，人从宗教、道德等知识体系中解放出来，成为知识文化的创造者和立法者。伴随着知识的分门别类，人们对于人与世界的关系有了更为科学理性的认知，对于社会历史中人的思考也趋于深刻。同时，不拘囿于僵化的分科立学，在跨学科的引领下，知识的碰撞、组织、融通给人们提供了动态的语境，人们对于知识的择取、运用也有一个阔大的前摄背景。现代知识体系的"现代"显在地体现在知识本身的现代上，更为重要的在于这些知识不是适用于某一国度、地方的特殊性知识，而是具有人类共通性和普遍性的知识。那么，这是否意味着现代知识是没有特指性、落地性呢？显然不是。现代知识体系的建构尽管起源于人类理性主义的觉醒，但任何知识的获取与运用都有适用范围和实施目标。这即是说，普遍性知识的生成离不开特定民族、国家、地方的知识性汇聚，不存在超越历史、文化和国家的普遍性知识。

在中国儿童文学知识体系中重提"中国问题"，是为了破除儿童文学给人留下的那种远离现实人生的错觉。儿童文学注重幻想，思想相对简单、语言浅易，似乎容易与百年中国的社会现实脱钩，无法呈示中国问题。在论及儿童文学的学术史时，针对儿童文学不是"一个可供研究的对象"的说法，彼得·亨特认为这种误读的根源在于，将儿童文学特有的文本特征和低层次的、"劣质的"成人文学特征混淆在了一起。[1]更有甚者，儿童文学还被视为一种保守的文学。罗斯认为儿童文学的保守源自其"排斥文学现代主义"，在创造力方面有依赖性。[2]其实，儿童文学的保守性只是表象，其隐含了成人以"发明"儿童来确证自我现代身份的殖民心理。[3]尽管儿童文学具有简单、保守的特性，但是我们不能武断地将其视为一种单独的亚文化，而应理性审思其参与社会文化的可能性。按照贝克莱"人

1　彼得·亨特：《批评、理论与儿童文学》，韩雨苇译，第26页。

2　金伯利·雷诺兹：《激进的儿童文学：少年小说的未来展望和审美转变》，徐文丽译，中国少年儿童出版社2021年版，第10页。

3　吴其南：《儿童文学是一种保守的文学？》，《吉首大学学报》（社会科学版）2019年第5期。

类知识的对象是观念"[1]的观点，儿童文学的知识体系建构离不开人们对于儿童的观念，即成人社会的儿童观。儿童文学发生的原点是儿童观，或者说，成人对于儿童的设计与想象决定了儿童文学的知识生产，而成人的儿童观的生成不仅无法析离儿童这一主体，而且也不能超逸出特定的历史文化语境。

　　从描述性的语义看，"中国儿童文学"的概念中就内含了"中国"这一议题。"中国性"的绽出意义重大，它不仅彰显了文学的民族性、本土化的质素，而且也扭转了中国仅仅作为知识消费者的窘态，重拾了中国文学的主体性，确证了其现代知识生产者的身份。在儿童文学中彰明"中国问题"是其应对世界性与民族性纠葛的解决之策，它内在地包含了如下两种话语逻辑：一是中国自身实际的逻辑，二是儿童文学自我发展的逻辑。不过，由中国儿童文学提出"中国问题"看似非常便利，实际上却容易走入单向度的歧途，即以"内在人"的视角来审思自我。简而言之，对于自我的言说如果缺乏"外来人"的观照，很多问题的解答可能会衍生"身在此山中"的短视和遗忘。但同时，如果绕开自我主体直接施之以外来他者的视野，那么对于"中国问题"的理解也是有偏误的。

　　在百年中国的语境下，儿童问题实质上是中国问题的具体体现，成人对于儿童的规划、设计及想象构成了其之于未来民族国家构想的内涵，体现了其直面中国的现代沉思。这即是说，讨论中国儿童文学的理论问题，不能拘囿于文学的内部，而应视为思想文化问题乃至社会问题，这样才能更好地获取儿童文学问题的解决方案。当儿童文学介入了中国社会的儿童问题时，其基本命题、思考方式、艺术构思都是中国式的，为中国文学参与现代中国的社会进程做出了其应有的贡献。与其他知识门类相较，包括儿童文学在内的中国新文学对于中国现代化的思考是内敛的，文学反映中国问题时也是若隐若现的。由于文学自身的审美性追求，这使得其在思考

1　乔治·贝克莱：《人类知识原理》，关文运译，第22页。

中国问题时必须兼顾思想性与艺术性的平衡，走入任何一个极端都不利于中国儿童文学的现代化。

在西学东渐的过程中，中国人是作为现代知识消费者的角色存在的。他们学习西方先进的人文知识和观念来再造新文化，这种以西为师的姿态不断地蚕食着传统文化的根基。新文化人的焦虑在于，他们必须借用西方的"武器"来改造中国传统文化，但又忧虑这种外来资源会销蚀中国文化的母体。尽管有此自省的意识，但他们意欲将现代知识的消费者转换为生产者的想法依然困难重重。基于现代化的难题，新文化人的文学想象变得相对单一，即将立人与立国归并，以思想启蒙带动中国社会的现代变革。这种思想现代化的牵引在很大程度上提升了新文学的现代质地，它不再是孤立的、个人性的唱和，而是关乎着时代、文化与人等宏大的命题。但是，这种沉重的现代性诉求还是压抑着作家的创作生命力，甚至还限制了其知识体系建构的想象力。在论析新文学思潮时，王本朝指出，新文学运动的目标脱离了文学的旨趣，所关注的是"思想"而不是"文学"[1]。借用到儿童文学的发生学上，可以得出这样的结论：儿童文学的本质不是"文学"的议题，而是关乎"儿童"思想本体的问题。显然，如果没有现代思想的引导，中国新文学无法斩断粘连在知识形态之上的陈旧质素，从而难以真正实现文学的现代转型。但是，不可回避的是，中国新文学思想优胜带来了艺术审美上的偏狭，而这种受缚的艺术形式又反过来限制了思想性的创造与传播。由是，现代知识分子被现实关怀而牵制，"无力依从纯粹的学术逻辑来建构其知识体系"[2]。当然，如果没有百年中国社会思潮的牵引，包括儿童文学在内的新文学也无法在中国的文化土壤中获取强大的思想资源和精神动力，现代知识体系也将缺失民族性和本土性的滋养，而这又是现代知识分子不乐见的。

1　王本朝：《思想的优胜：新思潮与五四新文学》，《湖北大学学报》（哲学社会科学版）2019年第5期。

2　任剑涛：《现代知识体系的中国议题设置》，《文史哲》2022年第5期。

　　作为现代中国的产物，中国儿童文学的发生发展都铭刻了百年中国的深厚印记，它深度地参与到了现代中国新文化创造的伟大工程之中。在人学的知识系统中，新文学"立人"及"为人生"的现代传统催生了儿童文学。同时，中国儿童文学也以自己独特的方式参与了新文学知识体系的建构。百年中国不仅是儿童文学无法绕开的历史背景，而且还是探究儿童文学知识体系建构的思想母体。因而，重建百年中国与儿童文学各自主体性的对话非常有必要，两者之间的同构性在很大程度上简化了人们对于文学与时代关系的理解。但文学不是政治的副本，文学与政治的关系非常暧昧、多歧。用时代的风云变幻来套用、比附中国儿童文学的发展变化，显然无法切近儿童文学的本体，也势必消解中国问题的现实性与当下性。中国儿童文学界围绕"思想性"与"艺术性"何者为第一性问题的讨论从未停歇，其根由在于中国儿童文学结构的独特性。如何理顺儿童文学与百年中国的关系，实质上体现了儿童文学正视"中国议题"的自觉意识。具体的方案是尊重文学与时代各自的主体性，借用汪晖的话说即是要实现"从对象的位置上解放出来"[1]。具体而论，这意味着不再将百年中国视为当代价值观和意识形态的注释，而是要重建儿童文学与百年中国的对话关系。在确立儿童文学与百年中国各自的主体性的基础上开展对话，洞见时代语境对于儿童文学的组织、编织与塑造等作用力，同时也考察中国儿童文学的发生发展对于时代语境的反作用力。

　　在中国儿童文学中思考中国问题，除了将"儿童"作为知识主体外，还要考察其作为一种文学门类是如何设置中国问题、烛照中国经验与中国道路的。中国问题包罗万象，既有悬而未决的老话题，又有时代促发的新议题，在时间层面上关涉了中国的过去、现在和未来，在空间层面上则事关世界的格局与走向。因而，在时空的视域下审思中国问题要依循"在世

1　汪晖：《对象的解放与对现代的质询——关于〈现代中国思想的兴起〉答问》，《书城》2005年第4期。

界中的中国"这一文化模式。[1]走出了自我本质主义的窠臼后，中国问题才会在更为开阔的视野中被予以正视与解答。作为世界体系中的一员，中国的思想和知识也是世界的一部分。那种武断地割裂中国与世界联系的看法，显然不利于中国主体性的确立。在确定了"世界中的中国"的前提下，中国问题才不至于弱化为一种无关大局的地方性知识，而是牵连着世界整体走向的问题。值得一提的是，将中国置于世界整体体系中考察固然重要，但也不能忽视另一个同样重要的环节："在中国中看取中国。"落实于中国儿童文学这一文学门类中，则要从其对中国问题的择取、反映、应对中立意，将儿童文学的外部问题纳入作家的写作之中，并进入儿童文学的内在的肌理，以此返归"儿童文学是什么"与"儿童文学怎么样"的本体论域。

中国儿童文学描述历史和展示社会现实有其独特的方式，那就是凸显儿童的情感结构及在此基础上的精神品格。中国问题是社会史和历史学的命题，儿童文学对于这种历史、社会细节的把握有其细腻情感的人学经验的参与。具体来说，它注重以"两代人"心灵情感的交流来触摸历史理性的深度，催生了思想性与艺术性的双向发力，从而更好地阐释了人学的丰富意涵。应该说，不存在超越文学性而在的主体性，文学形式与主体之间构成了动态关系，探讨文学的形式问题可理解为"主体的建构与生成的问题"[2]。饶有意味的是，儿童文学心智结构的敞开有助于更好地回应中国问题，在中国问题的历史化中释放儿童文学的文学性，并用这种独属于儿童文学的文学性来体认中国问题的现实性和未来性。毋庸置疑，中国儿童文学的基本性质是现代性的，它包含了思想现代性、语言现代性和儿童的现代性三种形态。对三者的叙述和追索，可开掘中国儿童文学知识体系的现

1　刘康：《什么是文科？——现代知识的型塑与体系》，《上海大学学报》（社会科学版）2021年第2期。

2　吴晓东、姜涛、李国华：《在"世界"与"地方"的错综中建构诗学视野——关于20世纪40年代中国现代文学的对话》，《文艺研究》2022年第7期。

代品格。现代具有当下性，同时也会成为历史，当中国问题的现代性与儿童文学的现代性相遇时，延展过去、现在和未来的时间意识至关重要。儿童文学"中国身份"的确认需要返归中国问题的现代场域，从儿童文学反映中国社会结构的关节点入手，融通儿童文学本体论与价值论的复杂关系。

　　辨识本体论是探询中国儿童文学语言问题的逻辑前提。如果不能弄清楚儿童文学是什么，那么探究与此相关的其他理论问题将是徒劳的。文学对于社会人生的思考只能通过专属于文学的符号和叙事来呈现。对于这种独特的功能作用，安德森将其归纳为通过"文字（阅读）来想象的"。[1]在儿童文学本体中，"儿童"是一个有鲜明辨识度的关键词，它作为限定语规约了儿童文学的知识结构。从表面上看，尽管"儿童"是"完全生命"的人，但是它似乎无法指涉"人"的整体，毕竟还有另一种群体成人是天然存在的。意识到这一点，就不难理解诸如儿童文学是"省略东西的文学"或"排除和限制的文学"等论说了。单一化的所指及简单的语言与思想是儿童文学给人的初步印象，这在很大程度上也造成了人们的误解。事实上，儿童文学的结构中包含了儿童与成人的双逻辑支点，成人作家与儿童读者的分立使得儿童文学涵纳了"两代人"的互动共生模式。这样一来，即使是出于"为儿童"或"写儿童"的考虑，其文本意涵却不限于狭小的、虚幻的儿童世界，而是关涉"童年"与"成年"的完整板块，是一种关乎"全人"的文学门类。因而在表述和呈现"中国问题"时，儿童文学并不缺席，它简单的背后隐含着对于世界和人更为复杂的"影子文本"[2]。这里所谓的"影子文本"是一种处于未被说出的状态，却实际存在的、可理解到的知识形式，中国问题自然也包含于其中。

　　成人作家是儿童文学话语的实际操控者，这意味着儿童文学知识体系

1　本尼迪克特·安德森：《想象的共同体：民族主义的起源与散布》，吴叡人译，上海人民出版社2005年版，第9页。

2　佩里·诺德曼：《隐藏的成人：定义儿童文学》，徐文丽译，第207页。

中必然要贯彻成人之于儿童的假设。与此同时，这种成人话语的浮现也不是无限制的，儿童读者的特性是不能忽略的结构性因素。因而，儿童文学中呈示中国问题实际上是成人与儿童共同商讨的结果。这种双逻辑支点共在的特性决定了儿童文学表述中国问题时既不是"孩子式"的，也不是"超孩子式"的。即便如此，儿童文学还是要围绕"儿童主体"展开历史的、社会的、文化的观照，将儿童问题具体化、历史化，从而贴近儿童所置身的历史文化语境，更好地阐释"儿童是什么"及"儿童文学是什么"的根本议题。既然儿童是社会系统中的儿童，它的及物性牵引出儿童文学的及地性。在中国儿童文学知识体系中探究中国问题，体现了这种及物性与及地性的辩证统一。从元概念来看，儿童文学实质上包含了生产与消费两个环节，成人和儿童分别为儿童文学的生产者和消费者。儿童文学价值生成的主体是儿童而非成人，因为只有儿童阅读儿童文学后这种价值才会显现。落实到儿童文学表述中国问题时，儿童对于中国问题的接纳、理解和吸收才是检验儿童文学价值的标尺。

事实上，一旦将儿童文学置于生产与消费的完整链条中考察，就不难发现中国问题对于儿童文学知识体系建构有着价值论的意义。本体论与价值论并不割裂，理顺了"儿童文学是什么"之后，"儿童文学何为"也被提上日程。在百年中国转型的情境下，儿童文学最为主导的价值在于助力儿童身心发展并借此推动人类的进步，"从儿童本位与中国社会实际发展需求这两个支点被致以价值关怀"[1]。由于儿童作为受众的被动性，儿童文学的教育性被充分彰显。这就要求儿童文学既要反映社会结构，又要将具体化的中国问题传达给儿童读者，从而发挥儿童文学的社会功用性。这实际上就将儿童文学的本体论与价值论联结起来了，中国问题也得以在两者的延伸中"祛魅"，展现出一幅立足于儿童与中国的复杂图景。为此，对于中国儿童文学价值论的评估也应予以高度重视。从发生之日起，中国儿

1　李利芳：《中国儿童文学价值论纲要》，《吉林大学社会科学学报》2022年第5期。

童文学因其致力于儿童发现等宏大命题而与中国社会现代化进程融为一体，在反映和表呈中国问题时也彰显了其独特的文学个性与精神品格。

与本体论相比，中国儿童文学的价值论发展相对滞后。这固然有着逻辑的先后顺序：先要弄清楚"儿童文学是什么"，才有进一步追问"儿童文学怎么样"的可能。但更为关键的是，要进一步审思我们设立的儿童文学价值的标准，对于儿童文学的性质和批评标准应予以深层次的重审。朱自清认为文学有"不自觉的"与"自觉的"标准之分，前者是一种不加辨析地接纳传统，后者则是对传统的修正和革新。[1]新文学显然属于后者，它的发生导源于人们对传统文学的批判与反思，是一种新的尺度。中国儿童文学发端于新文学，是人学体系中重要的组成部分。自此，新文学的标准一度成为评判百年中国文学的价值尺度。于是，在这一标准的统领下，举凡"为人生""人道主义""立人""启蒙""革命""个人主义"等现代命题都被编织于新文学传统之中。这种自觉的纳入有助于中国儿童文学价值坐标的下沉，但这种贴近现实、注重教化的意识又与儿童文学的本义有差异，进而影响了人们对于儿童文学本体、性质的判断，加剧了儿童文学在自然性与社会性、为儿童还是为成人等问题上的判断难度，学界关于"儿童文学是教育儿童的文学"的论争则本源于此。由此看来，对于儿童文学价值的评估需要建构专属于儿童文学的标准。具体来说，这种专属于儿童文学的标准要切近其性质，在"中国性""儿童性"和"文学性"三个关键词上来考虑问题。更进一步说，三者构成了相互参照的语法关系，任何一个关键词都要借助其他两个关键词来获取意义生成的条件，切断其他两个关键词的统摄和关联都是不科学的。特别需要说明的是，这一关乎儿童文学性质的标准具有相对稳定性的特征，但在百年中国发展的过程中又有着流动性和变异性，不能僵化地予以整一性的征用。

整体来看，"中国问题"并非一成不变，在不同的历史语境中有着不一

1　朱自清：《文学的标准与尺度》，《朱自清全集》第3卷，第130页。

样的内涵。中国儿童文学聚焦、设置、表述中国问题，让新文学所开启的人文传统得以在此领域落实和延传。离弃儿童文学，成人文学承续的新文学传统将是不完整的。重申中国儿童文学知识体系建构的中国命题，不仅有助于科学认识儿童文学的性质，而且能扩充新文学的人学畛域，在人的完整序列中彰显了百年新文学的民族性与现代性。伴随着对"中国问题"的持续发问，中国儿童文学自觉地统合儿童本位与国家本位，在"立人"与"立国"一体化的机制下进一步凸显了其知识生产的社会效用。同时，借助中国问题的书写及传播，中国儿童文学弥补了其"小"且"浅"的结构缺失，为育化儿童这一新人发挥着无法取代的作用，而这种构筑于中国文化土壤的儿童文学也必将在推进儿童成长的道路上获取更大的精神动力。

第二节　范式切换与左翼儿童文学的语言基质

20世纪三四十年代，社会各界对于"儿童"的理解也较之"五四"时期有了新的变化，儿童的再发现也是摆在作家面前的新问题。阶级意识和政治意识的强化加剧了中国儿童文学语言的变革。文学语言由"五四"时期"浅易化""口语化"转向"现实化""生活化"，现实生活的内容打破了之前的语言切近儿童心灵世界的纯粹性，用儿童能接受的语言艺术形式来揭示社会现实的黑暗。政治上的革命将中国儿童文学与大众结合起来，抗战时期这种语言大众化的诉求更是提到了新的高度，"五四"时期语言的"玄美"让位于语言的"大众化"，红色语言在各类儿童文学文体之中开始出现。语言直白、社会现实的讨论也浸润于文本世界内，儿童剧演绎着大时代的"小战鼓"，儿童小说以生动活泼却不乏政治立场的语言述说着"小英雄"的传奇故事，童谣则以节奏明快的语言来彰明其现实主旨。延安整风后，文艺为工农兵服务的方向被确立下来，语言变革成为作家思想改造的手段。延安文学注重语言的纯洁性和阶级性，不断纠正"五四"时期语言过于欧化的偏狭，在语言大众化的基础上统合其与"人民文艺"的关系，确立"人民的语言"[1]的创作规范，这为儿童文学语言变革创设了条件。

一、"稻草人主义"的隐退与张天翼语言模式新变

"五四"时期叶圣陶的《稻草人》开创了融合童话与小说的"稻草人主义"传统，将儿童文学拽入了启蒙文学的整体潮流。如果说《稻草人》中的诸多"话语裂隙"体现了叶圣陶"为儿童"与"为成人"两难困境的话，那么到了阶级政治与抗战政治的语境下，这种多声部的混杂被同一性的主题所整合，一种表征政治现实主义的儿童文学范式由此生成，张天翼即是这种范式的先行者与推动者。张天翼"两套笔墨"的默契与融合更为自如，跳脱出了"稻草人主义"的模式，胡风评价张天翼童话"取了和《稻草人》完全不同的崭新的样相"[2]就是显证。这种范式不仅包括思想，还包括了语言。何公超非常认可张天翼儿童文学语言的技法："往往是他自己创造出来的，强调不是纯粹的真实的儿童大众的用语，至少是没加工的半制品。"[3]张天翼这种真正走入儿童内心并运用儿童语言写出的文学作品，必然会受到儿童读者的青睐。

语言和思想的辩证关系，促成了彼时儿童文学作家对"儿童文学需要一种怎样的语言"的深入思考。由于其题材和受众的特殊性，儿童文学在审美倾向和表达形式上与成人文学存在一定的游离和分野，围绕着儿童文学的语言问题产生的分歧也引发了一系列讨论。实践证明，无论是"娃娃腔"还是"一味地成人化书写"都不适用于儿童文学的语言表达，儿童文学创作迫切需要真正意义的"儿童化"。尽管周作人、张天翼等人提出了一系列主张来呼唤专职的儿童文学作家和创作尊重儿童主体地位的文学作

1　毛泽东:《在延安文艺座谈会上的讲话》,《毛泽东选集》第3卷,人民出版社1991年版,第851页。

2　胡风:《关于儿童文学》,《胡风全集》第2卷,第81页。

3　陈伯吹等:《儿童读物的用字和用语问题》,《中华教育界》第2卷第12期,1948年12月15日。

品，但作为一个新的文学类型，儿童文学的语言实践还亟待在儿童与成人的语言转换中找寻平衡。作为左翼作家的主力干将，张天翼十分关心少年儿童读者的文化生活，尽管他已经在成人文学领域成绩斐然，但还是以拓荒者的姿态进入儿童文学创作的探索中。难能可贵的是，尽管身兼两域，张天翼的创作并未割裂儿童文学与成人文学，不仅恰当地处理了思想和语言的关系，并且将其在成人文学中的创作经验带入儿童文学的天地，并开创了全新的儿童文学面貌。

从工具论的角度来看，儿童文学中语言的思想功能和审美功能是不平衡的，这与成人文学语言有着较大的差异。从思想论的角度来看，语言并非是客观实在符号的简单集合，"语言就是思想"[1]。"五四"儿童文学的语言是白话文，但由于启蒙话语的制导，粘连着较为沉重的启蒙思想的儿童文学语言出现了"太教育"的倾向。叶圣陶的《稻草人》虽然试图接近儿童的阅读习惯，但"成人的哀伤"却不自觉地充斥其中，衍生了"童话小说"这一语体杂糅的现象。到了张天翼这里，这种情况得到了改变，"成人的哀伤"没有消退，却幻化于诙谐幽默的语言之中。张天翼一贯提倡创作中语言形式要大众化："意思要非常明显，文字要非常浅近，一句句子里千万不可自命得意地把句子堆得山样高。"[2]而他在创作儿童文学作品时不仅考虑了儿童的认知能力、审美需求，而且还尽可能彰显出自己的语言风格。张天翼认为，选择哪种表现形式要从写作目的、读者类型和接受效果等方面综合考量，做到内容决定形式，"学龄前的孩子，你给他讲道理，他不懂，非得讲猫猫狗狗，虽然浅薄，但解决问题"[3]。这一观点决定了张天翼儿童文学创作中的意象选择。在张天翼的创作中，传统童话故事中的小朋友、小动物、王子公主及各种想象中的妖怪随处可见，这些角色不仅能够增强童话的幻想性，也能拉近人物和儿童读者的距离，用儿童单纯的

1　高玉：《"话语"视角的文学问题研究》，第28页。
2　张天翼：《文学大众化问题征文》，《张天翼文学评论集》，人民文学出版社1984年版，第9页。
3　张天翼：《从人物出发及其他》，《张天翼文学评论集》，第263页。

视角来处理略显复杂的成人观点。在《金鸭帝国》中，张天翼将现实生活中的阶级对立和压迫统治以一种戏谑的形式表现出来：上帝成了一只金色的鸭子，它生的蛋成了这世界上的男人和女人，它的形象和观点也被后人随意挪用，变成一本本"圣经"。在《山兔之书》里，人们勤劳团结、互相帮助，但是到了《鸭宠儿之书》和《金蛋之书》里，金鸭上帝就变得自私邪恶，它制定的《余粮经》成了划分阶级、压迫"石人"的依据。《金鸭帝国》将政治与文学熔于一炉，文学性和政治性都得到了充分的抒发。在其中，成年读者能够清晰地从中读出政治隐喻，《山兔之书》《鸭宠儿之书》和《金蛋之书》象征着不同的政治形态，有主张互相帮助、勤劳致富的共产主义，也有践踏人权、剥削压迫的资本主义和帝国主义。儿童读者虽然难以理解这其中的深刻内涵，但也能被大粪王、格隆冬、格尔男爵这些生动的形象所吸引，进而感受到童话中的政治教育内涵。张天翼将对黑暗现实的批判转变成能够引孩子们捧腹的情节（现实中的资本工厂变成了大粪王的大粪生意），成人读者读来尽显荒诞，而儿童读者也能在夸张幽默的戏谑剧情中了解世事与人性，进而辨析善恶与对错。

除此之外，张天翼还力求语句表达简洁利落、词组搭配直观形象，在朴素的句型结构外通过形象的修饰词来增强小说的画面感。关于这一点，胡风是这样论析张天翼童话的语言特色的："第一是简明，第二是口头的语汇。"[1] 在《大林和小林》中，风把大林吹到了富翁岛，为了表现富翁岛的奢华无度、财宝遍地，张天翼用了一段充满色彩冲击力的景观描写："遍地都是金元和银元，还有闪光的钻石。红艳艳的红宝石，夹着绿莹莹的绿宝石，扔得满地都是。有时候一脚踏下去，就会踩着许多透明的酱色石头——仔细一看，原来是琥珀。"在这里，张天翼想要展现出贪财的大林在面对如此多的财宝时内心的震撼与满足。考虑到儿童读者缺乏对金钱这一抽象概念的理解，张天翼使用了"红艳艳""绿莹莹"这些ABB式的颜

1　胡风:《张天翼论》,《胡风全集》第2卷，第53页。

色词组来强化读者的认知，遍地瑰丽夺目的石头对于儿童读者的震撼要大于抽象的"宝石"这一概念。"扔""踏""踩""看"等一系列动词的使用实现了读者与人物感官的统一，读者仿佛也和唧唧一样置身于财宝遍地的富翁岛。同时，在这短短的一个段落里，描述性表达和行为性表达交替使用、错落有致，让文字在充满艺术感染力的同时也注入动感。毫无疑问，正因为从少年儿童的真实生活和阅读需求出发，张天翼才能创造出如此具有想象力和戏剧性的情节。

游戏是人类童年时期的天性，和一本正经的叙事比起来，儿童文学中加入一些插科打诨式的调笑和诗歌更能吸引儿童读者的兴趣。关于这一点，有论者认为："儿童欣赏故事，最喜声音的模拟，如能于讲述之际，插入呼声、鸣声以及开窗、闭户、吐痰、咳嗽、走路、拍掌等声，则'废寝'、'忘食'、'不知肉味'之境界，不难复演于今日。"[1]在张天翼的小说中，随处可见这些"漫画式的""夸张性的"充满童趣和诙谐的桥段。《大林和小林》中出现了如"不怕羞/一个红鼻头/一条牛/一条狗/一缸油"等多首打油诗。打油诗的设置有助于形象化地营造氛围和想象空间，儿童读者能体会到这是小林在嘲笑国王哭鼻子，非常契合他们真实生活中的语言场景。语言重复也是张天翼惯用的技法，譬如小林日记出现的大量语言重复："星期五。起来拿早饭。后来剃胡子。后来做工。后来挨打。后来我哭了。后来睡。星期六。起来拿早饭。后来剃胡子。后来做工。后来挨打。后来我哭了。后来睡。"一连五天小林的日记只有日期变更了，内容丝毫不差。从成人文学的角度来看，这类似于浪费文字的流水账，但是在儿童读者的阅读体验中，重复的语言本身就是日常游戏的一部分，并且儿童读者也能从这一字不差的文字中感受到小林悲惨枯燥的生活，增加阅读的临场性，同时对四四格代表的资本主义对小林的压榨有更深的理解。

1　赵侣青、徐迥千:《儿童文学研究》，第95—96页。

　　值得一提的是，张天翼的政治教育童话看似思想性显明，但依然能够顾及儿童的阅读习惯和生活趣味。应该说，能达致思想性与艺术性的平衡取决于张天翼对于"儿童"的理解。在左翼的话语体系中，儿童是大众的组成部分，围绕着"儿童"而展开的大众化实践也成了左翼儿童文学的主线。对此，金莉莉认为，"儿童"是张天翼回应"大众化"讨论的策略，体现为以儿童的成长来探索"化"大众的思路。[1]这无疑是切中肯綮的，不过，需要进一步追问的是，张天翼的儿童书写是如何借助语言来传达儿童这一大众话语的？张天翼的语言书写又是如何在思想性与艺术性之间寻找平衡的？语言游戏性的运动在很大程度上淡化了思想教化的刚性，从而有助于儿童读者的理解及接受。如果没有"格咕噜，格咕噜"重复地出现，宝葫芦"活灵活现"的吸引力必然大打折扣；如果没有老师教授的全是错误的打油诗，《大林和小林》中"挂羊头，卖狗肉"的皇家小学校就少了几分荒诞之气。张天翼的政治教育童话兼顾到了思想性与工具性、审美性与游戏性，让故事本身在满足时代命题之外收获了儿童读者真正的认同。当然，张天翼并没有耽溺于那种儿童的游戏世界里，而是将语言的幽默加入到世俗人生的描摹中。在成人文学领域，张天翼以讽刺小说著称，漫画式的幽默、讽刺是其特有的艺术风格。在儿童文学创作中，张天翼对这种风格做了"稚化"处理，以漫画的方式来刻画人物性格及揭示主题。具体来说，这种漫画技法不止于讽刺，还有描绘儿童世界的功能；并且这种技法在描写成人时具有讽刺效果，描写儿童却反而增添了童趣。这种"分而治之"的技法体现了张天翼出入儿童文学与成人文学的艺术自觉。

　　新文化运动中的白话文运动鼓励作家摒弃艰涩的文言，转而用更加直白简易的白话文进行创作，但张天翼一针见血地指出："五四式的白话叫名是白话，其实还脱不了文绉绉的劲儿。"在他看来，即便是摆脱了老八

---

[1]　金莉莉：《儿童与大众：左翼文学的另一种叙事路径——以张天翼的儿童书写为中心》，《中国现代文学研究丛刊》2021年第11期。

股的语调，半洋半白、半古半今的杂糅还是让新式白话无法真正融入大众，"真正的普通话，那也许只有像小学教科书那样的文字"[1]。禁锢在小学教科书式的语言表述中，儿童文学的思想性传达必然受到影响与限制。张天翼认为，只有使用民众日常的口语进行创作才能打破文本与现实的"文口隔阂"，达到形式与内容的统一，为此他在写作中不惜加入了方言，使其童话的语言更为生动真实。在论及如何创作儿童文学作品时，张天翼肯定"从人物出发"的作用，即要深入真实生活，真正从儿童的立场去思考问题，进而"回到儿童那里去"。他认为古典小说语言存在的主要问题在于，"作者让他说他这号人物非这样说不可的话——符合他这个人物性格特点的话，而不让他说第二种话"[2]。这看似很符合从人物性格出发来组织语言的文学艺术原则，但这种被框定的语言也在很大程度上固化了人物的性格。对此，张天翼特别指出："作者的生活……产生出他的主观。他的主观决定他的内容。他的内容决定他的形式。"[3]对于胡适"死文学"和"活文学"的界定，张天翼很认同，并进一步将文学语言区分为"死话"和"活话"。在他看来，"读书人是读书人，但读书人也有程度的高低。有些文章是连高中程度的都看不懂，其余的更不必说。而且在创作本身说，也应当写活话，不该再用从前的死话了"[4]。但是，想要写出"活话"，作家就要重视"为谁而写"这一核心问题。在儿童文学创作中，判断语言"死活"或"活话"的标准在于"儿童"，这就要求作家始终有"儿童读者"的意识。那些盲视儿童接受心理或阅读水平的成人语言是无法成为"活话"的，反之亦然。

"五四"退潮后，儿童文学创作出现了鲁迅所说的"向后转"。当时儿童读物的内容，"依然是司马温公敲水缸，依然是岳武穆王脊梁上刺

1　张天翼：《关于三个问题的一些拉杂意见》，《张天翼文学评论集》，第11页。

2　张天翼：《关于人物性格与典型问题》，《张天翼文学评论集》，第269页。

3　张天翼：《什么叫做文学作品的内容与形式？是形式决定内容呢，还是内容决定形式？》，《张天翼文学评论集》，第23页。

4　张天翼：《关于三个问题的一些拉杂意见》，《张天翼文学评论集》，第15页。

字；甚而至于'仙人下棋''山中方七日，世上已千年'；还有《龙文鞭影》里的故事的白话译"[1]。对于中国古代《神童诗》《幼学琼林》《太公家教》等粗制滥造的儿童读物，鲁迅认为并不有益于儿童。正是如此，鲁迅认为对于儿童当以"养成适应时代之思想为第一谊"[2]。为了纠正那种遁入中国古代传统典籍的误区，鲁迅提出了儿童文学"有益"与"有味"的双重标准。[3]张天翼在《大林和小林》《秃秃大王》中以"反其道而行之"的方式讽喻"求神仙的'好处'"[4]，对于那种廉价的童话幻境，张天翼一针见血地指出：

> 是假的呀！是哄人的呀……这是我们不懂的东西。我们不知道它。跟它一点也不认识。世界上并没有这种东西……还有一些人，简直就是欺骗小朋友。他们告诉你：要是你受了欺侮，你不要反抗。他叫你等神仙来帮忙……这些故事，原来就是这些欺侮人的人做的？……只要不是一个洋娃娃，是一个真的人，在真的世界上过活，就要知道一点真的道理。[5]

张天翼的儿童文学作品，在天马行空的想象背后，蕴含着强烈的政治倾向和对真实社会的关注，但他巧妙地将尖锐的观点包裹、变形，形成了一种独具特色的语言张力。在"有益"与"有趣"方面，张天翼力图将"益处"置于"有趣"之前。[6]这样一来，就造成了思想性与艺术性难以接洽的困境。从时代的召唤看，这种主题先行的创作观念原本无可厚非，儿童文学作为文学的一种类型，没有离弃社会现实而加入了全民抗战的洪

1　鲁迅：《〈表〉译者的话》，《鲁迅全集》第10卷，第437页。

2　鲁迅：《致许寿裳》，《鲁迅全集》第11卷，第369页。

3　鲁迅：《〈表〉译者的话》，《鲁迅全集》第10卷，第436页。

4　张天翼：《为孩子们写作是幸福的》，叶圣陶等：《我和儿童文学》，第76页。

5　张天翼：《〈奇怪的地方〉序》，《张天翼文学评论集》，第328—331页。

6　张天翼：《〈给孩子们〉序》，《张天翼文学评论集》，第350—351页。

流。但是从艺术的层面看，这种过剩的思想性的前置还是压抑了艺术形式的抒发。关于这一点，胡风敏锐地观测到了："当然，作者的目的是想简明地有效地向读者传达他所估定了的一种社会相理，但他却忘记了，矛盾万端流动不息的社会生活付与个人的生命决不是那么单纯的事情。艺术家的工作是在社会生活的河流里发现出本质的共性，创造出血液温暖的人物来在能够活动的限度下面自由活动，给以批判或鼓舞，他没有权柄勉强他们替他自己的观念做'傀儡'。"[1] 即使《大林和小林》中也有诸多幻想的成分，但这种幻想还是被"功能化"，蕴含着一种教育儿童的创作旨趣。对此，方兴严评论道："张天翼的《蜜蜂》与《大林和小林》的语气和格调，极合于儿童趣味，虽然大林和小林的叙述形容得有些过分夸张，却能在儿童生活中发生极深刻的影响。"[2] 此后张天翼创作的《秃秃大王》《金鸭帝国》也延续了其传达"真的道理"的创作意图，在注重思想显效性的同时折损了艺术审美性。

显而易见，上述有缺憾的艺术形式还是在很大程度上制约了思想性的表达。不过，值得注意的是，张天翼并没有忽视儿童文学是写给儿童阅读的这一事实，除了要"有益"外，他还注重以幽默的方式来传达思想。"幽默"既是张天翼语言艺术的手法，也是传达思想的中介。在他看来，"幽默跟讽刺原是一对双胞弟兄，模样儿很像。可是讽刺呢，他明明白白有根针戳到了对象身上。他否定那个对象。他带了些批评态度：也就是所谓主观"[3]。具体来说，这些讽刺效果主要是通过语言和角色的关系表现出来。比如《大林和小林》中红鼻头王子仗势欺人，把一个老人的胸口打出血来，包包大人不分青红皂白反问老人："你为什么要用胸口打王子？"简单的一句话，就将包包大人作为法官却颠倒黑白、阿谀奉承的嘴脸揭示出来。除此之外，张天翼营造幽默氛围的手法是叙述人称的变化。相较于第

1　胡风：《张天翼论》，《胡风全集》第2卷，第39—40页。

2　方兴严：《儿童文学创作三条路》，《战时教育》第7卷第10、11、12期合辑，1943年6月。

3　张天翼：《什么是幽默》，《张天翼文学评论集》，第25页。

三人称所展现客观中立的立场，第一人称能够在拉近作者和读者关系的同时产生一种微妙的反讽效果，而第二人称则完全打破了文本和现实的屏障，直接与读者进行对话。在论及中国小说的传统时，王德威提出："中国的说话人与其说是具体化的个人，倒不如说他代表着一种集体的社会意识。……中国的说话人是被设计用来激发如史登（J.P. Stern）所说的'适中的距离'（middle distance）之用：不让我们太接近所要描述的对象，也不能太远离它；促使我们以认知日常生活的方式去看待它。"[1] 换言之，叙述人称的改变也影响着文本的可靠性和读者与文本的情感距离。在这一点上，张天翼的叙述人称运用既切合儿童文学的主题生发，又不折损艺术审美的自然表达。《蜜蜂》以书信体来书写儿童，为了突出儿童性，张天翼有意在信中出现大量错别字及重复语句，由此与紧张的时局拉开了距离。在《金鸭帝国》中，开头的《山兔之书》采用了第三人称叙述，讲述了金鸭上帝造人和鼓励人劳动致富的故事。但是在《鸭宠儿之书》里，鸭宠儿采用第一人称口吻，称自己为救世主，并且称《山兔之书》为伪经，认为金鸭上帝只跟自己一个人说话，还把压迫和剥削认定为上帝的旨意："金鸭之子孙啊！被金鸭上帝所宠爱的人有福了。看哪，鸭宠儿有那样多的石人，有那样多的余粮使他享受。鸭宠儿到底是谁？就是我。金鸭之子孙啊！所以你们要相信我的话，因为我的话就是金鸭上帝要说的话。"和《山兔之书》较为客观的叙述比起来，《鸭宠儿之书》里充满了自我吹嘘，以宗教的名义去包装自己自私邪恶的企图，显得虚伪而讽刺。

　　不言而喻，张天翼儿童文学语言风格的生成受中外文学的影响。张天翼短篇小说的幽默讽刺笔法有着《儒林外史》的印记，他甚至说阅读《儒林外史》时舍不得放下，"好像要留住一个好朋友不放他走似的"[2]。对于《西游记》的理解，张天翼跳脱了人云亦云的俗套，认为它"是以神魔鬼怪的故事作为外壳，用夸张的手法，诙谐的语调，描摹各种世态的一部很

1　王德威：《想象中国的方法：历史·小说·叙事》，第86页。

2　张天翼：《读〈儒林外史〉》，《文艺杂志》1942年第1期。

好的讽喻小说"[1]。张天翼深受鲁迅讽刺批评意识的影响，并以"重写《阿Q正传》"[2]作为其儿童文学创作的方向。此外，我们也能在张天翼的儿童文学作品中找到狄更斯、果戈理、契诃夫等人的技法。他将幽默和讽刺运作于儿童文学创作之中，让人在发笑之余多一丝回味，并增添了主观性的批判与反思。从笑声中认识世界、从讽刺中洞见真实，这正是张天翼儿童文学作品寓严肃于幽默的旨趣，也是其能够兼顾趣味性与思想性，并能在两者平衡的基础上获得儿童喜爱的重要原因。

二、大众语与茅盾儿童文学语言艺术的遇合

"左联"成立后，中国新文学语言紧跟文艺大众化的浪潮，开始探索大众化和化大众相融合的发展道路。大众语的出现是对"五四"时期启蒙话语的反思和推进。启蒙话语所确立的精英语言与大众相剥离，无法让民众真正接受，文学语言变革势在必行。左翼儿童文学语言的大众化倾向助益儿童的阅读接受，也有助于推动当时的识字运动，以便于向儿童宣传革命道理。值得一提的是，1930年3月29日召开的"大众文艺第二次座谈会"就如何建设革命儿童文学进行了讨论，讨论的内容涉及儿童文学的主题、题材和大众化等问题，对于左翼儿童文学语言建设及变革起到了重要的推动作用。

茅盾早期儿童文学作品受传统文学的影响，语言上基本保留了文言的特点，如1917年翻译的科学小说《三百年后孵化之卵》《二十世纪后之南极》等，以古文介绍新兴之科学。在长期担任孙毓修助手的时候，茅盾整理、译介中外资源不可避免受其影响。在兼治成人文学与儿童文学的过程中，他深切地感受到了两者之间语言的差异。对于儿童文学语言，他的基本观点是"在文字方面请避免半文半白的字句"，要写"说得出的现成

1　周颂棣：《我和天翼相处的日子》，沈承宽、黄侯兴、吴福辉编：《张天翼研究资料》，知识产权出版社2010年版，第58页。

2　张天翼：《我怎样写〈清明时节〉的》，《文学》第6卷第1号，1936年1月1日。

的白话"，要减少"死板枯燥的叙述"。[1]而后不到一年的时间，茅盾的使用白话写作的语言意识不断增强，1918—1920年他编写或编译了《大槐国》《十二个月》等二十八篇童话。这些童话的改编依托于传统资源，茅盾运用现代的精神予以重造，力求构筑"一个全新的属于儿童的文学话语系统"[2]。不过，在改编的过程中，茅盾对原文不易领会的注解"僭加删改""俾就浅明"，同时在文中"略加评语"[3]，语言上也带有文言的痕迹，但绝大部分作品运用了流畅的白话文，促进了语言形态顺利过渡。

针对儿童智识得不到满足的问题，茅盾提出了编译儿童读物的原则："选定比较'卫生'的材料，有计划地或编或译，但无论是编是译，千万不要文字太欧化。"[4]《孩子们要求新鲜》《论儿童文学读物》等几篇评论，都将语言的文艺性问题再次搬到台前，这不仅仅立足于文学语言的现代化，而且将语言的民族性也视为发展的方向。语法是民族语言的结构方式，体现着一个民族的特色。从古代语法到现代语法的演进折射的正是语言现代化的一个重要方面。"五四"期间，有人曾将"欧化"作为写作的追求，王力把现代汉语的欧化现象归纳为六种情况："复音词的制造""主语和系词的增加""句子的延长""可能式、被动式、记号的欧化""连接成分的欧化""新代替法和新称数法"[5]。实际上，欧化的语法并不能完全算是中国现代语法，只能算作特别语，茅盾反对过分依赖句调繁复的欧化语言，无论是创作还是翻译，他追求的仅仅是"简洁平易"的国语。

除了整理传统资源外，茅盾还译述了希腊神话和北欧神话故事。他认为译介外国文学作品，一半是为了"介绍他们的文学艺术"，一半也是为了"介绍世界的现代思想"，而后者更为重要："若漫不分别地介绍过来，

1　茅盾：《关于"儿童文学"》，《茅盾全集》第20卷，第419页。

2　朱自强：《中国儿童文学与现代化进程》，《朱自强学术文集》第2卷，二十一世纪出版社2015年版，第36页。

3　茅盾：《商务印书馆编译所》，《茅盾全集》第35卷，第146页。

4　茅盾：《"给他们看什么好呢?"》，《茅盾全集》第19卷，第475页。

5　王力：《中国现代语法》，商务印书馆1985年版，第334—373页。

委实是太不经济的事。"就翻译的语言而言，他特别注重保留译文的"神韵"，在他看来，"译本如不能保留原本的'神韵'难免要失了许多的感人的力量"[1]。要得儿童文学翻译的神韵，就不能忽视儿童的特性。在译介《十二个月》时，茅盾运用简洁平易且不失生动活泼的语言来翻译。其中有一段讲述玛罗希珈在雪山上遇见了十二个月神的描述可作如上观：

> 忽然她见前面有一道亮光。……她看见有十二个人坐在这些石墩子上。十二个中间，三个最老，须发全然白了；三个半老；三个中年；还有三个，是美貌的少年。他们都不说话，他们静静地看着那堆火。他们就是十二个月的神。[2]

该文句大多采用汉语的主谓宾顺装式，句子短，读起来毫无障碍，"三个半老""三个中年""还有三个，是美貌的少年"，省略人称，直接用年龄指代神，是汉语惯用的"指代法"。他没有直译成"三个老年神""三个中年神""三个少年神"来增加句子的累赘感，这极大地保留了文句语言的简洁和明确。他曾翻译过安徒生的童话，基本保留了安徒生"简洁的对话"的语言风格。对此，金燕玉赞誉道："茅盾的译文虽然是从英文转译的，但仍然不失安徒生那纯美的语言风格。"[3]

叙述语言是文学作品的粘合剂，叙述语言在极大程度上体现着作者的语言风格。茅盾意识到，因为儿童的天性是爱"奇异"，爱"热闹"，爱"多变法"，爱"泼剌"，爱"紧张"的，所以"儿童读物的文字，不仅是平顺无疵的白话，还得是泼辣的，美丽的，dynamic 而且明快"[4]。非此，则难以培养儿童的文艺趣味，这一点也被茅盾巧妙地运用到自己的创作中。

1　茅盾：《译文学书方法的讨论》，《茅盾全集》第18卷，第94页。

2　孔海珠编：《茅盾和儿童文学》，第165页。

3　金燕玉：《茅盾的儿童文学翻译》，《苏州大学学报》（哲学社会科学版）1986年第1期。

4　茅盾：《几本儿童杂志》，《茅盾全集》第20卷，第465页。

茅盾擅长运用生动贴切的修辞，尤其是比喻和拟人两种艺术手法。在《大鼻子的故事》中，大鼻子帮老婆子代管公厕，卖草纸得到了一些铜子，钱越来越多，积累到第十二枚时，大鼻子做起了"猫捉老鼠"游戏。茅盾在故事之中加入游戏性的元素，进而生动形象地将孩童的贪玩和天真充分呈现了出来：

> 十二个铜子呢！寸把高的一个铜柱子。象捉得了老鼠的猫儿似的，不住手地搬弄这根铜柱子，他掐断了一半，托在手掌里轻轻掂了几下，又还过一个去，然后那手——自然连铜子！——便往他的破短衫的口袋边靠近起来了。然而，蓦地他又——象猫噙住了老鼠的半个身子却又吐了出来似的，把手里的铜子叠在纸匣里的铜子上面，依然成为寸把高的铜柱子。[1]

不盲视儿童的自然天性是茅盾儿童文学创作的一大特质，而这种自然天性需要借助符合儿童心智的语言来描绘出来。在《寻快乐》中，作者将钱财、勤俭、玩耍、经验这些抽象概念具象化，赋予了人的性格和行为习惯，而且每一个概念的特质都描摹得入木三分，极富个性。如对钱财的描写："钱财那人，生得圆头肥脑，满身俗骨，喜管闲事。无论何事，他一插身，便弄得是非不明，皂白不分，君子化为小人，铁汉变做软汉，真是世上最坏的东西。"看似在讲述钱币腐蚀人性和意志的道理，但茅盾所运用的语言却是生动细致的，做到了语法"单纯而又不呆板"，词汇"丰富多采而又不堆砌"，句调"要铿锵悦耳而又不故意追求节奏"。[2] 为了解决"把政治性和教育意义等同起来"[3]的问题，茅盾重视儿童语言的"自然法

1　孔海珠编：《茅盾和儿童文学》，第347页。

2　茅盾：《六〇年少年儿童文学漫谈》，《茅盾全集》第26卷，第256页。

3　茅盾：《中国儿童文学是大有希望的——对参加"儿童文学创作学习会"的青年作者的谈话》，《茅盾全集》第27卷，第396页。

则"，并力图转换两代人的语言。如《大鼻子的故事》中描写"奇遇"天气时有这样一句："何年何月何日弄不清楚，总之是一个不冷不热没有太阳也没刮风也没下雨的好日子。""不冷不热""没有太阳""没刮风""也没下雨"这些语言的表述，尽管有些琐碎，却非常接近儿童日常语言，将一个天真烂漫又带点无赖的大鼻子形象生动地描摹出来了。

对于儿童文学思想与语言的关系问题，茅盾始终没有割裂两者的辩证关联。他主张儿童文学应该有教训意味，但并不是要将儿童文学变成"说教"的文学，而是以"启发"和"满足"为主，"要满足儿童的求智欲，满足儿童的好奇好活动的心情，不但要启发儿童的想象力，思考力，并且应当助长儿童本性上的美质：天真纯洁，爱护动物，憎恨强暴与同情弱小，爱美爱真"[1]。茅盾欣赏凌叔华《小哥儿俩》《搬家》《凤凰》《小英》《开瑟琳》等五篇习作，正是因为这几篇作品没有正面说教的姿态，而是竭力描摹儿童的自然天性。在他看来，这种单纯的"白描"于小读者自会发生好的、道德的作用。

随着"五四"的退潮，"民族政治"与"阶级政治"成为制导中国文学发展的重要因素。儿童文学的发展也不例外。对于"阶级"或"阶级意识"的认知，儿童是如何建立起来的呢？"遗传"或"后天"说都各执一词，各有各的道理。对于这个问题，茅盾主张从阶级论的角度来整体考察：

　　在阶级社会内，儿童自懂事的时候起（甚至在牙牙学语的时候起），便逐渐有了阶级意识，而且，还不断地从他们所接触的事物中受到阶级教育（包括本阶段和敌对阶级的），直到由于自己的阶级出身和社会地位而确定了他们的阶级立场。[2]

1　茅盾:《再谈儿童文学》,《茅盾全集》第21卷，第62页。
2　茅盾:《六〇年少年儿童文学漫谈》,《茅盾全集》第26卷，第269页。

　　茅盾的上述观点是建构在"阶级社会内"的语境下的，儿童的阶级意识获致既来自自己的出身，也成型于阶级社会的语义场。这种融合了出身与阶级社会语境的阶级身份与意识，体现了历史与逻辑的统一。受左翼思潮的影响，俄苏资源在中国文学界的传播不断加速，并占据了"压倒性"的地位，苏共文艺政策和观念深刻地影响了成人文学与儿童文学界，而这种转译俄苏资源的翻译文学与中国儿童文学之间具有一体性。茅盾的《儿童文学在苏联》比较系统地介绍了苏联儿童文学的发展现状及"儿童文学大会"的决议。[1]他以其翻译的《团的儿子》为例指出："向来有一种'理论'，以为儿童文学是应当远离政治的，但在苏联，这种'理论'早已破产了。"[2]他推崇苏联作家马尔夏克，认为马尔夏克在儿童文学上确已开辟了一个"新的世界"，他指给儿童们看的世界是一个"新的世界"[3]。在他看来，马尔夏克的作品"和旧时代的儿童文学不同"，展现的是"苏维埃的新世界"，是"劳动人民劳作的成果"。[4]除了接受域外资源的思想外，茅盾也极力推崇专属于儿童文学语言的翻译法，并以此助推中国儿童文学语言民族化的发展。

　　1934年，茅盾创作了以儿童为视角的儿童小说《阿四的故事》。在孔海珠编撰的《茅盾和儿童文学》与金燕玉主编的《茅盾与儿童文学》中，《阿四的故事》均被列为儿童文学中的小说文体。此外，张之伟的《中国现代儿童文学史稿》等一些儿童文学史著也将其纳入儿童文学的范畴。那么这篇小说是不是儿童文学呢？按照茅盾的本意，《阿四的故事》是不属于儿童文学的。在《一年的回顾》中，他认为当时出现了一种新文体——"速写"："我写的速写，有八篇是农村题材，如《大旱》、《桑树》、《阿四的故事》等。"关于"速写"这种新文体，他也坦言与迫急的时代之间关

1　茅盾：《儿童文学在苏联》，《茅盾全集》第33卷，第511—512页。

2　孔海珠编：《茅盾和儿童文学》，第442页。

3　茅盾：《儿童诗人马尔夏克》，《茅盾全集》第33卷，第659页。

4　茅盾：《马尔夏克谈儿童文学》，《茅盾全集》第13卷，第315页。

系密切，"它在新进入阵地的生力军手里，就好像是一时来不及架大炮，就用白刃，用手榴弹应战"[1]，其目的是为了增加作家表现生活的"横断面"[2]的能力。该小说引入了儿童的视角，阿四这一儿童形象贯穿于小说的始终，他是一个"疾病儿童"的形象，"绿油油浓痰似的脏水"等外在恶劣生存条件使他"瘦弱如猴"，在其父母眼中，"死了倒干净"。在"儿童与时代"互为表里的故事框架内凸显了文本的思想与艺术价值。

茅盾儿童文学的语言中不仅出现了诸如"阶级""革命""斗争""帝国主义""敌人"等政治性词语，而且这些语词直接主宰着文学语言的叙事语式、语气以及情感的抒发方式。相比《子夜》等成人文学作品，茅盾在儿童文学的作品中常常省略大篇幅的时代背景描写，而是通过小主人公日常生活状况来启发小读者对时代的理解。譬如在《大鼻子的故事》开头，写大鼻子和野狗们一样，趴在垃圾箱旁捡吃的。茅盾运用了很多动词来写这个场景，诸如"掏摸""挤""抢""伏""钻"等，简单的雕琢却充分描绘出了主人公的饥饿和窘迫，暗示乱世动荡。即使政治性词语频繁出现，茅盾也没有撕破思想性与文学性的张力结构，进而保障了其儿童文学作品没有沦为思想性或政治性的副本。

现实政治介入儿童文学，儿童文学与成人文学之间的差异性逐渐弱化，两者合力发挥着宣传、鼓动和教育功能，其同一性过程应置于文学与政治的张力关系中予以辩证的考量。强烈的意识形态的参与意识深化了茅盾儿童文学的主题意蕴和精神气度，为超越纯文学的狭小天地打开了一条新通道。左翼时期、"五四"时期属于儿童文学的"价值单元"的自然性在很大程度上被"手段化"了，儿童文学普遍具有生活"教科书"的性质，成为帮助儿童实现"社会角色"的有效途径。不过，这种追求手段的功利化也在一定程度上限制了儿童文学审美意蕴的彰显，进而这种受限的艺术形式反过来制约了思想文化的传达。

1　茅盾：《一年的回顾》，《茅盾全集》第20卷，第344页。
2　茅盾：《西柳集》，《茅盾全集》第20卷，第323页。

三、民间童话辑录与民族母语转换

与"儿童"一词无异，中国儿童文学是一个"现代"概念。溯其根源，它的发生受文人传统与民间传统的交互影响，是胡适所谓的"双重的文学"[1]。"双重的文学"体现为"双重的语言"的复调，即"述"与"作"两种语言所形构的文学形态。"五四"以降，中国儿童文学的发生拓展了"人学"的话语系统，但这种现代发生依然属于"传统内的变化"，即使作为一种现代化产物，"仍然是在继承下来的中国方式和环境的日常连续统一体中发生的"[2]。作为"遗传"的"素地"，传统资源在与域外资源的相互参照中"增入异分子而不失其根本的性格"。[3]从这种意义上说，民间童话辑录就是一种"传统内"的现代转换，同时也是民间口述童话向作家创作童话转换的中间环节，背后隐伏了世界性与民族性的双重要素。林兰民间童话辑录既为中国儿童文学发展提供了经由语言转译实现思想革命的路径，也为中国本土儿童文学创作提供了可借鉴的资源。

（一）"大众化"语言诉求与民间童话辑录的意图

从世界范围看，儿童文学的发展经历了从民间文学向作家文学转换的过程。搜集整理民间资源是推动两种文学转换的关键步骤，而语言新变则是两者转换的显要标志。在德国，格林兄弟持守"忠实"的原则，搜集出版了《儿童与家庭童话集》，并在其后45年的时间中不断改写修订，七易其稿，这才成就了陪伴儿童成长的《格林童话》。格林兄弟的努力使得人们认识到民间童话对于保存民族语言和促进儿童成长的重要性，也由此驱动了采编民间文学的风潮。譬如，彼·阿斯别约恩生和约·姆厄合编了《挪威童话》，阿法纳西耶夫搜集整理了《俄罗斯民间童话集》，约瑟夫·雅各布斯编选改写了《英国童话》，卡尔维诺整理编著了《意大利童

1　胡适：《中国文艺复兴运动》，《胡适学术文集·新文学运动》，中华书局1993年版，第288页。

2　费正清主编：《剑桥中华民国史1912—1949》上卷，杨品泉等译，第10页。

3　周作人：《国粹与欧化》，《周作人散文全集》第2卷，第517页。

话》，安德鲁·朗格广泛采编汇集的《朗格彩色童话集》等即是显例。受民族主义等思潮的影响，上述民间童话故事的采编者格外重视文本的语言表述，在忠实于民间口语的基础上将其转化为书面语言，并期冀以民族语言的转换为推手，重构民族精神。

20世纪初，这股始于欧洲的民间童话采编风潮逐渐蔓延到东方。探绎中国童话发展脉络，不难发现：古代并无"童话"一说。除神话外，具有幻想色彩的叙事性作品无外乎"志怪""传奇"之类，从文体划分上看，均属于中国古代小说的一种。及至晚清，在译介域外资源的浪潮中，不少域外童话名篇被翻译到国内。如周桂笙的《新庵谐译初编》中既有《一千零一夜》《格林童话》等民间童话，也有《豪夫童话》等文学童话。然而，在界定该集子的文体属性时，周桂笙的说法是，"尝出泰西小说书数种"[1]。"童话"一词在我国最早出现于1908年11月，取自孙毓修主编的《童话》丛书。不过，这一取自日本的"童话"是一个混杂的概念，"泛指整个供少年儿童阅读的文史类读物"[2]。经赵景深、周作人、张梓生等人关于"童话"的讨论后，学界才逐渐廓清其与神话、传说、民间故事、寓言、儿童小说等文体的界限。随着民间童话和文学童话的分类深入人心，"童话"文体自觉的时代才真正到来。

1924年7月12日，《晨报副镌》上发表了署名"林兰女士"的《徐文长的故事》（三篇）。该事件成为林兰民间故事集出版的开端，并由此开启了辑录中国民间故事和民间童话的热潮。日本学者加藤千代认为，林兰丛书是抗战前"民间故事资料的集大成之作"[3]。抗战后，此类中国民间故事的辑录工作也因战事而逐渐式微。1924—1933年间，北新书局以"林兰"的名义编辑出版民间故事约40种，包括了《民间童话》丛书、《民间趣事》丛书和《民间传说》丛书三个系列，其中标明为民间童话集的有八

1　胡从经：《晚清儿童文学钩沉》，第150页。
2　吴其南：《中国童话发展史》，少年儿童出版社2007年版，第121页。
3　加藤千代：《两种中国民间故事类型索引简说》，刘晔原译，《民间文学论坛》1991年第5期。

部:《换心后》《渔夫的情人》《金田鸡》《瓜王》《鬼哥哥》《菜花郎》《怪兄弟》《独腿孩子》，共辑录民间童话154篇，主要通过杂志征稿编辑而成。《语丝》曾为北新书局刊登过一则"征求民间故事"的启事，对语言提出了如下要求:"记述故事，请用明白浅显的语言，如实写出，勿点染增益以失其真。"[1]这具体可细化为三个方面:其一，童话辑录须来源自民间口述，但不避书面材料与异文;其二，收录用白话文写就的童话，但适当保留活泼、有生命力的土言俗语;其三，语言风格要求"明白浅显"，忠实于民间口语的叙述风格。总体而言，林兰民间童话辑录原则与《格林童话》相似，都追求一种"如实写出"的语言，这也与赵景深、李小峰为北新书局制定的出版方针——"以质取胜，面向大众"[2]相吻合。启事刊登之后，北新书局的编辑收到了全国各地寄来的稿件，他们从来稿中精心筛选出地道的、充满幻想色彩的童话，单列出一个系列，即为林兰民间童话集。

　　林兰虽然从1924年就开始了民间故事搜集整理工作，但民间童话丛书系列的搜集、整理、出版却集中于1929—1932年。在这个时间段里，白话在文学中的运用臻至成熟，文学革命转向革命文学，"大众"与"大众语"被纳入革命文学的新轨道。概言之，林兰辑录民间童话集处于由白话文向大众语转换的语境中。中国儿童文学的现代化包含着语言与思想两个层面，这其中，语言变革既是思想革新的手段，也是内容，而语言变革又推动了文学革命，于是"新的语言'先于'新的文学"[3]。从晚清时期的"言文一致"到"五四"时期的"白话取代文言"，语言变革为绵延几千年的中国文学带来质的变化，突破了语言与文学的隔膜状态，继而成为文学革命的推手。而从20世纪20年代的白话文运动到30年代的大众语运动，文学语言变革进一步落地于化大众的实践中，用鲁迅的话说即是"将

1　《征求民间故事》，《语丝》第4卷第1期，1927年12月17日。

2　赵易林:《赵景深与李小峰》，《新文学史料》2002年第1期。

3　郜元宝:《汉语别史:中国新文学的语言问题》，第422页。

文字交给大众"[1]。林兰辑录民间童话的初衷是以白话的形式整理中国本土的故事，而出版的成果必将助益于儿童文学的大众化。

在文学革命之初，胡适将语言革命的主题概括为"活文学"代替"死文字"[2]。具体而言，"活文学"指的是以白话文写作的文学形式，"'白话'有三个意思：一是戏台上说白的'白'，就是说得出，听得懂的话；二是清白的'白'，就是不加粉饰的话；三是明白的'白'，就是明白畅晓的话"[3]。在胡适看来，"白话"的范畴比较宽泛，它以口语为主，但又不局限于口语，还包括古白话书面语、成语、诗词等，特指在人们日常生活中依然具有"活性"的那部分语言。由此观之，文学的现代化需要建立在民众口语的基础上，以统合"国语的文学"与"文学的国语"。相对于成人文学而言，儿童文学因其面向儿童读者而更需要语言的浅显易懂。换言之，"口语化"原本就是儿童文学最基本的语言特质，使用口语的迫切需求促使新文化人跳脱文言的藩篱，重新审视口耳相传的民间文学，并从中汲取新文学所需的养料。

所谓"大众语"，按照陈子展的理解即是"大众说得出、听得懂、看得明白的语言文字"[4]。针对"欧化国语"和"半文半白"的偏狭，"五四"以后，学界重新思考语言变革的新方向。为了抵制复古派的反攻，上海进步文化界重审文言与白话的关系，提出"大众语"概念。"五四"兴起的白话文运动无疑拉近了文学和民众的距离，不过，启蒙文学本有的精英姿态又拉开了与民众的距离，并且当白话阶级化时这种距离也就越来越大。白话与大众语原本并不冲突，但在儿童观转换后的30年代，语言变革被提出了新的要求，民间口语的转换也意味着要选用新的路径。

作为民间文学的一种，民间童话自诞生以来便具备文体上的特殊性。

1　鲁迅：《门外文谈》，《鲁迅全集》第6卷，第97页。

2　胡适：《逼上梁山（文学革命的开始）》，《胡适文集》第1卷，第146页。

3　胡适：《白话文学史·自序》，《胡适文集》第8卷，第147页。

4　陈子展：《文言——白话——大众语》，《申报·自由谈》1934年6月18日。

首先，童话与神话一脉相承，它们都扎根于民族深层土壤之中，反映了生活形态的底层逻辑，包孕着朴素的大众精神，其语言形式也是民族语言的表征。其次，民间童话相较于神话而言更亲近儿童。当然，它的受众不止于儿童，还包括农民、手工业者、新式产业工人、小商人、店员、小贩等"大众"。基于知识局限性，儿童与大众都有被启蒙的诉求。同时，儿童身心的成长性、可塑性与"大众"的革命性又内在相通。因此，儿童与大众的语言是相通的，其要义在于听得懂，且儿童的文学和大众的文学都内在地含有提高的要求，即"化大众"。作为一种讲述给儿童的文学样式，民间童话从自身找寻通向"大众化"的途径，也成为实现语言现代化的思路之一。

可以说，大众语运动是白话文运动的继续和发展，而林兰民间童话集基于民间口语的编写方式，既体现了语言变革的内在诉求，也为白话文的大众化提供了一种新思路。当然，辑录并不等同于对材料的机械搬运与堆砌，语言与思想的合力发展至关重要。口语和书面语并非同一性的语言体系，落实到民间童话的辑录上体现为"述"与"作"的差别。林兰童话主要篇目来源于乡民的口述，经辑录者润色并转化为书面语，极少几篇则来自古代的书面材料，辑录者将文言文转译为白话文。这两种转换皆为"传统内"的现代转换，其必要性导源于如下两方面：

第一，中国儿童文学的学科化离不开传统资源的现代创构。成立之初，文学研究会便在宣言中确立了"研究介绍世界文学，整理中国旧文学，创造新文学"[1]的宗旨，该宗旨明确了中国新文学发展的三个基本方向：一是译介外来资源；二是整理传统资源；三是创作本土作品。这其中，"整理中国旧文学"便包括了旧的书面文学和旧的民间口头文学，由此可见民间文学的采集之于新文学发生的重要作用。新文学和旧文学是"对立统一"的关系：旧文学既是新文学的对立面，二者互为他者；又是

1　《文学研究会宣言》，《新青年》第8卷第5号，1921年1月1日。

新文学民族化的源头，其间蕴藏着有待发掘的现代资源。作为新文学的有机组成部分，中国儿童文学现代化同样依循着译介、整理与创作三条路径。实际上，在向外译介、向内整理的一体化体系中，相较于对域外资源的引进，内源性的传统资源整理是比较容易被忽视的。有感于内源性与外源性失衡的现状，周作人曾呼吁："有热心的人，结合一个小团体，起手研究，逐渐收集各地歌谣故事，修订古书里的材料，翻译外国的著作，编成几部书，供家庭学校的使用，一面又编成儿童用的小册，用了优美的装帧，刊印出去，于儿童教育当有许多的功效。"[1]在周作人看来，收集各地歌谣故事对于家庭学校教育和儿童的阅读具有重要意义，是建设儿童文学的必要路径之一。

民间文学与儿童文学具有割舍不断的亲缘关系，并在现代儿童文学发生与发展中起着极为关键的作用。相较于作家创作，民间文学相对远离中心话语控制，也更容易激活幻想力。这些特质与儿童文学相契合，"在现代意义上的儿童文学出现之前，儿童的文学感悟、知识传授或道德教化及娱乐快感等内容，便都由民间文学来承担。传统的民间文学在历史上曾一直涵养了儿童文学"[2]。儿童文学继承了民间文学诸多传统，从思维方式、主题内涵到表现形式，都与民间文学相通。"儿童的精神活动中，最占势力的为想象。……儿童的想象格外活泼，格外蓬勃茂盛。"[3]在儿童文学的体裁中，童话与"想象"关系最为密切。为了迅速扩充儿童文学的骨架与血肉，搜集整理民间资源便被先驱者提上日程，民间童话是其中的重要阵地。需要注意的是，民间资源不等同于儿童文学，从民间资源到儿童文学要经历"文学化"与"儿童化"的现代性转化过程。北新书局推出的林兰童话为民间资源向儿童文学现代性转化做出了全新的尝试。

1　周作人：《儿童的文学》，《周作人散文全集》第2卷，第279—280页。

2　陈华文：《传统是一种血液——论民间文学与儿童文学的关系》，《浙江师范大学学报》（社会科学版）1999年第4期。

3　饶上达：《童话小说在儿童用书上的位置》，赵景深编：《童话评论》，第158页。

　　第二，儿童文学与儿童教育的接榫，推动了语言的变革。中国儿童文学语言现代化既是建立现代民族国家语言系统的助推器，也是语言变革的成果。在国语教育的推力下，儿童文学的语言现代化直接促进了国文教材的更新与教育水平的提升，而国语教育所确立的儿童教育本位观又反过来推动儿童文学的语言现代化。在论及文学革命的意义时，瞿秋白指出，文学革命的任务应当是"替中国建立现代的普通话的文腔"，文学的责任则在于将现代普通话"加以整理调节，而组织成功适合于一般社会的新生活的文腔"。[1] 言外之意，立足于"新生活"，才是创构新文学语言的前提。国语教育即是儿童文学语言创构的"新生活"，影响了儿童文学整理传统资源的出发点与方向。

　　作为中国儿童文学语言现代性转化的方式之一，民间童话辑录在推动国语教育发展中发挥了独特的意义。辑录民间童话实际上也可视作建立一个白话文语料库的过程。民间童话原本就是人类口头传承下来的精神遗存，相较于书面语言体制下的文言，其语言形式更加浅显易懂、清新活泼。但即便如此，也"不能把野蛮时代的'成人'的出产物，全都搬给了近代的儿童去读"[2]，需进行现代转换。经由"述"到"作"的转化后，民间童话既保留了口语化的基本特征，又过滤了一些不规范或不合适的语言，并加以文学润色，形成了成熟的白话文范式。因此，辑录成集的民间童话可以为儿童提供更加系统化的阅读文本，有助于儿童在阅读中习得母语。

　　不妨说，民间童话辑录是一个运用新的语言形式传递新的思想以育化"新人"的过程。童话在此时发挥了它的本义——人类对于美好生活的幻想。同时，童话的幻想是一种植根于现实生活的幻想，对民间童话语言的重视也寄寓着民族国家的现代想象。北新书局以出版青少年读物为主，林兰童话的目标读者主要为成长中的少年儿童。林兰童话一经出版，便产生

1　瞿秋白：《鬼门关以外的战争》，《瞿秋白文集》文学编第3卷，第138页。
2　郑振铎：《儿童读物问题》，《郑振铎全集》第13卷，第43页。

极大社会影响，当时很多大城市的儿童都阅读过这些故事，并使得这些书籍多次再版。出版的畅销反过来力证了林兰童话为何要在辑录过程中实现语言现代化的意图。

（二）被发明的传统：由"述"到"作"的语言转化路径

受西方"复演论"影响，周、赵二人认为民间童话是"原始社会的文学"[1]，儿童的思维是原始思维，相信万物有灵，因此民间童话较之文学童话更贴近儿童的心灵。在其看来，民间童话是民族精神之所在，其价值远在个人创作之上，采编时应当如实地记录。在《关于菜瓜蛇的通信》中，周作人详细说明了记录故事的原则："记述这类传说故事，最要紧是忠实，在普通话通行的地方最好是逐句抄写，别处可用国语叙述，唯原本特别注重，系用韵律语表出者，亦当照写，拼音加注，至于润色或改作最为犯忌。"[2]在为《蛇郎精》所作的案语中，他再次强调："如实地抄录，多用科学的而少用文学的方法……不增减不改变地如实记录，于学术上固然有价值，在文艺上却也未必减色。"[3]忠实于民间口语的编写原则，为现代知识分子构建民族母语主体性提供了方向。但当口口相传的故事经文人之手记录于纸上时，在语言层面上必然会经历一个由"述"到"作"的过程，即民间资源向儿童文学现代性转化的过程。

概论之，儿童文学语言的现代性转化的主要问题聚焦于两点：一是谁的语言？二是如何叙述语言？前者关系着儿童与成人之间的主体性，后者则涉及口语与书面语的融合转化。民间童话在被记录于纸上之前一直作为口头叙事文学而存在，它的传播方式是"讲述"。在讲述中，"讲述者"和"受叙者"分立于叙述链的两端，以确保讲述行为得以运行。不同于其他文学样式，儿童文学的"讲述者"和"受叙者"分属两个群体：成人和

1　周作人：《童话的讨论一》，《周作人散文全集》第2卷，第586页。

2　雪林、周作人：《关于菜瓜蛇的通信》，《渔夫的情人》，北新书局1930年版，第53页。

3　林兰编：《渔夫的情人》，第63页。

儿童。因为讲给儿童听，讲述的语言必然要让儿童乐于接受，但又因为是成人讲述，故事的语言不完全等同于儿童语言，必定会经过成人语言的润饰及改造，这就造就了故事语言内部的张力。当其由口语转化为书面语时则更加明显，毕竟书面语更是成人独断的一种话语。由此，在由"述"到"作"的过程中，林兰既要考虑语言的儿童性，也要考虑语言的文学性，在充分保持故事口语性的同时还不能折损辑录者的主观创造性，这注定是一次创造性的改写实践。

民间童话是成人讲给儿童听的故事，在人们的潜意识里，讲述者往往是年长的女性，"母亲"似乎最适宜做一个讲述者。《鹅妈妈故事集》的"鹅妈妈"和《格林童话》的"玛丽奶奶"皆是"适宜"的讲述者。这在北新书局以"林兰"的名义编辑民间故事集，及蔡漱六以"林兰女士"身份与小读者见面中可以得到印证。因为儿童更愿意接受童话讲述者是一名女性，所以这套书的编者便署名"林兰女士"。因为儿童更喜欢温柔可亲的女性，所以出席读者见面会的人便是蔡漱六女士。北新书局的这一番操作自然有商业利益的考量，但也折射出童话传统的文化因袭。更确切地说，这是立足当下重建过去的"传统的发明"。

在深入考察两性故事家的传承活动后，江帆发现，中国男性故事家因社会经历丰富且更关注外部世界，其讲述的故事多为民间传说；而女性故事家因囿于家庭生活且更关注人的内心世界，其讲述的故事多为童话与生活故事。于是，出于强烈的母性意识，一代代中国女性本能地用故事去塑造儿童，"称民间文学是'女性的文学'或'母亲的文学'也并不为过"[1]。颇有意味的是，林兰童话集中《菜瓜蛇的故事》后附有周作人与苏雪林的《关于菜瓜蛇的通信》。苏雪林在信的开头写道："前读语丝杜鹃鸟和苦哇鸟两段记事之后，又见先生说起什么《蛇郎》内有以人化鸟之说，不禁使我忆起小时在乡间听见母亲所说的几种鸟和菜瓜蛇的故事来，便请母亲叙

1　江帆：《民间口承叙事论》，黑龙江人民出版社2003年版，第63页。

述一遍，照伊的语气，记录下来。"在信的末尾处又言："当我听我那久病的母亲在雨窗灯影之下，怯怯弱弱的，用和婉的音调，叙述这些故事时，我恍惚又回到童年时代，心灵里充满了说不出的甜蜜和神秘的感想。故事的优美不优美，且不问他，但听讲时那一种愉悦，却是十余年所未曾感受的，因为她们能引起我过去的粉霞色的梦幻来！"[1]这恰到好处地为"林兰女士"的文化隐喻做了注解，道出童话读者心中最理想的讲述者即为女性，尤其是作为"母亲"的女性。

问题在于，"五四"之前的女性和儿童并不被视作完全的人，"人的问题，从来未经解决，女人小儿更不必说了"[2]。女性和儿童同属于被忽视的群体，在主奴结构中都是"失语者"。在此语境下，以女性的名义为儿童辑录民间童话就成了文化启蒙的策略。在周作人看来，"凡是对儿童有爱与理解的人都可以着手去做，但在特别富于这种性质而且少有个人的野心之女子们，我觉得最为适宜。本于温柔的母性，加上学理的知识与艺术的修养，便能比男子更为胜任"[3]。如果说成人与儿童存在着代际隔膜的话，那么同属"失语者"的女性则更容易以同一境遇来贴近儿童。以女性形象出现在读者面前的"林兰"，用女性声音、语言讲述记忆中的童话，这体现为一种智性的语言策略，既传承着民间童话的历史传统，也传达了新文学"新人"书写的现代想象。

在民间口承童话向儿童文学转化的过程中，林兰童话如何把握"述"与"作"的关系问题，值得深入探讨。根据文本整理的程度，万建中将民间故事分为"口述本""记录本"和"写定出版本"三种，并论定林兰民间故事为写定出版本，即"民间故事由口头语言转化为书面语言的经典"[4]。值得注意的是，《蛇郎精》后附有周作人回复记录者张荷的信，信中

1　雪林、周作人：《关于菜瓜蛇的通信》，《渔夫的情人》，第50—51页。
2　周作人：《人的文学》，《周作人散文全集》第2卷，第86页。
3　周作人：《儿童的书》，《周作人散文全集》第3卷，第78页。
4　万建中：《20世纪中国民间故事研究史》，北京师范大学出版社2011年版，第6页。

交代："我很想编一本小册子，集录故乡的童话，只是因为少小离家而又老大不回，所以这些东西几乎忘记完了，非去求助于后生家不可。这项事业值得专门学者毕生的攻究，现在却还没有人出来。"[1] 周作人的回信饱含着对"故乡的童话"的热爱，由当地人记录当地童话也是林兰辑录民间童话的主要路径。譬如，孙佳讯所录《黄口袋》后附有案语："类此之传说流行于吾乡者甚多"[2]；古万川所录《旱魃》后的录者案曰："据我们望都县底乡间传说"[3]；郑玄珠所录《雨仙爹的故事》后亦附言："雨仙爹的故事很多，我们生长潮梅的人，谁都可知道一点"[4]；都可说明这一点。记录者的案语表明林兰童话尤其注重历史价值，所辑录的故事来源于全国各地，由于记录者熟谙故乡的风土人情与当地方言，所记录的故事自然纯粹，是对故乡童话的一种"复魅"。"当地人记录当地童话"固然承载着文人思乡情怀，但又何尝不是辑录者对于"述"的语言传统的追求？基于录写故乡童话的初衷，林兰童话的方言色彩浓厚，呈现出方言与白话混合的语言状态，"全体叙述可用简洁的国语，但其中之韵律语，特殊名物，及有特别意义的词句，均须保存原本方言，别加注释"[5]。例如采集于浙江新市的故事常使用当地的方言用语："丘咾丘"（很坏）、"夜快"（傍晚）、"放生"（遗弃）；采集于江苏灌云的童话则频繁出现"毒怪"（厉害）、"派"（应该）、"拉巴"（两腿摇摆，不便行动之貌）等方言词汇。这些方言词汇因自然地编织于文本的情境之中，并不会对小读者造成太大的阅读障碍，即使部分词汇过于生僻，记录者也给出了注释。

在民间资源的"儿童化"与"文学化"时，辑录者往往遵循"如实写出"的原则，但并不是一成不变的"述"，还要进行一次语言层面的"作"。中国有着悠久的"述"的历史，《论语·述而》中即有"述而不

1　林兰编：《渔夫的情人》，第63—64页。

2　林兰编：《换心后》，北新书局1930年版，第77页。

3　林兰编：《渔夫的情人》，第31页。

4　林兰编：《瓜王》，北新书局1933年版，第9页。

5　林兰编：《渔夫的情人》，第63页。

作，信而好古"的主张，但孔子编纂"六经"却经过删述，严格说来属于"即述即作"[1]。可见"述而不作"也只是一个大致的原则，那种忠实的"述而不作"难以彰显述者的主体性。瞿秋白认为"写"的语言和"讲"的言语是有区别的："书本上写的言语应当就是整理好的嘴里讲的言语，因此，它可以比较复杂些，句子比较的长些，字眼比较的细腻些。"[2]换言之，书面语言是加工过的口头语言。在整理民间童话的过程中，文人传统与民间传统往往相互纠缠、彼此影响，加之搜集整理出来的民间童话又是供儿童阅读的，因此思想与语言之"作"都要考虑到儿童的身心特征，最基本的要求是：思想健康与语言晓畅。在彭懿看来，即使是一直强调"忠实"与"真实"原则的格林童话也是"基于口头来源的一种有限度的文学创作"[3]。在与赵景深讨论如何为儿童编写童话时，周作人赞成对民间童话做"最小限度的斟酌"，他认为："只要淘汰不合于儿童身心的发达及有害于人类的道德的分子便好了。"[4]可见，童话关乎"儿童身心的发达"与"人类道德的分子"，指涉儿童生命完备的现代性话语。因此，民间童话从口头语言转换为书面语言并供儿童阅读时，"作"不仅是一种语言转换，还意味着新思想的创构。

"异文"是探求述与作关系的重要概念，林兰童话的一大特色是有意识地收集故事的异文。顾名思义，异文是指"主题和基本情节相同的同一个故事，在细节上有不同的说法，或不同讲述者的讲述"[5]。主题之"同"与文本细节的"不同"是异文存在的前提：不同讲述者对同一故事有着不同的讲法，不同辑录者在将其转化为书面语时又会再次衍生不同的写法。同一主题或情节的反复出现无疑将帮助读者迅速锁定故事的思想意涵，而

1　陈赟:《孔子的"述"、"作"与〈六经〉的成立》,《哲学分析》2012年第1期。

2　瞿秋白:《鬼门关以外的战争》,《瞿秋白文集》文学编第3卷，第164页。

3　彭懿:《走进魔法森林：格林童话研究》，外语教学与研究出版社2010年版，第269页。

4　周作人:《童话的讨论一》,《周作人散文全集》第2卷，第586页。

5　《中国民间故事集成编选工作会议纪要：一个民间故事集成编纂工作的指导性文件》,《民间文学论坛》1991年第4期。

当思想意涵相似时，读者的注意力则更多地会投放在表述思想的语言形式上。异文的特征主要表现在两方面：在空间上，传播区域愈广，细节愈多样化；在时间上，传播时间愈久，立意变化愈大。[1]这即是说，不同地区的异文体现了民间童话"述"的宽度，不同时代的异文则彰显民间童话"作"的广度。口语本就具有多样性和丰富性的特点，顾及不同地域的故事版本方才能忠实于"述"的原则。然而，随着时代的发展，同一个故事由不同的讲述者以不同的细节说出，其所传达的思想往往铭刻讲述者的时代印记与个性色彩。由此观之，不同地区、不同时代的异文表现了讲述者不同的话语实践，综合考察各种异文有助于厘清辑录者在"述"与"作"上的取径。

林兰童话不避重复，其文本构成是繁复的，基本上以民间口述故事为本事，也包含少部分神仙志怪类书籍中所录的故事与文人创作的故事，兼及"述"与"作"。周作人在给张荷的信中写到，应当收录"近似以至雷同的故事，以便查考传说分布的广远"[2]。林兰童话集中某些母题、角色、功能项会反复出现在异文中，如"百鸟衣""蛇郎""老狼婆""兄弟分家""龙女报恩""猫狗寻宝"等。更甚者，在正文结束后，记录者还会另附几个相似的故事以作比较研究之用。在写给周作人的信中，张荷表示因读了苏雪林所录的《菜瓜蛇的故事》，所以想把流传在家乡杭州的《蛇郎精》记录下来。在《旱魃》正文后，古万川额外补充了故乡流传的另一种旱魃故事。此两种情况皆为民间口承故事的异文。而在《仙姑洞》正文后，孙佳讯详细交代了该童话的本事来自民间，最早由干宝《搜神记》和刘义庆《幽明录》以文言记述，后经文人多番演绎，至林兰童话再次"还原"为白话文。在这个过程中，故事"刘阮遇仙"的内核不变，但故事的语言随着时代语境而转变，形成一种白话与文言间独特的异文。此外，孙佳讯还介绍了与《仙姑洞》相似的域外童话："美国文学家华盛顿·伊尔

1　赵景深：《徐文长故事与西洋传说》，《童话论集》，开明书店1927年版，第92—94页。

2　林兰编：《渔夫的情人》，第63页。

文见闻杂记李迫大梦便是属于这一类（仙乡淹留传说）的；格林的彼得牧人和高加索的求不死国的人也都是属于这一类的。"[1] 较之《幽明录·刘晨阮肇》和《李迫大梦》，孙佳讯所录《仙姑洞》强化刘、阮二人的少年形象，并为他们的奇遇安排了一个美满结局，增添了成长的意涵，语言也童趣盎然："仙姑的脚下有个白兔子，转眼跳过来，转眼跳过去，跳过来就青草青，跳过去就青草枯，洞口的花，不住的开谢。"[2]

按赵景深的说法，彼时的杂志一般不采录重复的故事，但林兰童话却反其道而行之。语言重复涉及口述故事、白话故事、文言故事与海外故事。这与北新书局"不论已经古人记录与否，皆所欢迎"[3]的征稿启事不谋而合。一篇童话故事被重复讲述的次数越多，越能见出本事的生命力，这也与儿童喜欢反复聆听故事的心理需求相适宜。异文之于"母语现代化"的价值便在于扩容口语语料库与提供语言转换的参照，从而助力儿童在阅读过程中习得母语、了解社会。

（三）生成性文学场：语言与思想的双向发力

"林兰是谁?"学界已有定论。林兰并非某个人，而是一个编辑群体，包括北新书局创办人李小峰和夫人蔡漱六及主编赵景深等人。甚至可以说，林兰童话是周作人与赵景深二人的童话理论在出版界的实践。在考察民国时期上海的民间文学出版时，郑土有发现，编辑家、出版商和研究者共同参与建构了上海民间文学的学术空间。[4] 林兰童话的出版也确证了民间童话"集体性"的特质。在国外，由文人辑录的较成熟完备的民间童话集不胜枚举。周作人、赵景深等人关于童话文体的系统研究，为此后民间童话的辑录提供了理论准备。

---

1 林兰编：《鬼哥哥》，北新书局1930年版，第34页。

2 同上，第31页。

3 《征求民间故事》，《语丝》第4卷第1期，1927年12月17日。

4 郑土有：《研究者、编辑家、出版商共同构建的学术空间——试论民国时期上海的民间文学研究与书籍出版》，《民俗研究》2006年第3期。

在讨论辑录民间童话时，研究者要特别关注其"口语性""集体性""变异性"的特质，这些特质都关涉了儿童文学语言的书写、传播等议题。思想与语言是一体两面的关系，思想革命引发语言变革，而语言变革又反过来推动思想革命，体现了道与器的合一。于是，在先驱者眼中，语言不仅仅具有工具性，还具有思想本体性，从语言变革着手开展新文化运动的用意在于发挥语言的思想启蒙作用。未接受过教育的民众是看不懂文言文的，被视为"缩小的成人"的儿童更是如此。想要思想启蒙，必须采用民众看得懂或听得懂的白话文。由此，语言变革自发生起便与思想革命扭结在一起。

在中国古代的历史长河中，文言一直是作为统治阶层的语言而存在的。官方书面语言与科举考试均使用文言文，进而使得文言成为一种"尊体"，逐渐远离大众的生活。实际上，文言文的排他性排斥的是民众的话语权。与文言文不同，白话文建立在民间口语的基础上，所有阶层在日常交往中都可以使用这种语言。因此，白话文更具包容性，也更贴近民众的生活。白话文运动的兴起是为了破除旧的语言文字体制，推动中国文学的现代转型。白话文运动看似是语言革新，实质上也是思想革命，先驱者反对的是依附在文言之上的旧思想。儿童文学界辑录传统资源的出发点在于借语言变革来推动思想启蒙。

然而，在语言变革的实践中，白话文运动所希冀的思想启蒙并没有真正抵达底层民众，反而因在思想高度上的偏倚，白话文学也演化为远离大众的精英文学。伊格尔顿认为，"文学中真正的社会因素是形式"，而形式体现了"感知社会现实的新方式以及艺术家与读者之间的新关系"。[1]由此观之，新文学作家和读者的关系从俯视走向平视的关键在于文学语言形式的转变。儿童文学的大众化还是要借助民间文学的口语形式。文学现代化生成的诸要素中，语言的现代化愈发成为首当其冲的问题。早在20世

1　特里·伊格尔顿:《马克思主义与文学批评》，文宝译，人民文学出版社1980年版，第29页。

纪20年代中期，成仿吾就提出了"民众艺术"[1]的口号，到了20世纪30年代初期，瞿秋白的"大众文艺"[2]理论则注重语言的大众化与化大众。语言"大众化"意味着"化大众"的思想启蒙更具可能性，但"化大众"同时也内含着对"大众"接受水平的更高期待。这实际上关涉了普及与提高的辩证问题，也是文学语言现代化难题的症结所在。

"民间"的发现彰明了现代知识分子对民间智慧、民众的重认，其落脚点依然是人的发现。在《歌谣》的"发刊词"中，先驱者论析了歌谣运动的出发点："一是学术的，一是文艺的。"[3]从学术上来说，民间文学的搜集可作民俗学资料和民族语言的保存之用；从文艺上来说，民间文学的整理既是对历史进程中凝结而成的民族精神的一种回溯，又可为新文学提供精神资源。先进中国人以现代启蒙为旨趣，发现了"传统"，并试图再造"传统"，使之成为新文学的现代资源。从这种意义上说，林兰童话即是上述现代思想改造的产物。在诠释学视域下，它的"如实记录"所凭据的并非口语本身，而是对现代启蒙思想的"先行理解与信靠"[4]。

民间童话的语言是民族性最重要的表现之一，"每个民族也把自己的独特性、自己的特点、自己的心理体现在自己的创作中"[5]。同时，作为一种观念的符号，民族还具有人文性，"是现代人对于自我身份的一种理论建构"[6]。在再造的传统中，民族性与个体现代性具有同构性，"我们对过去的感知会在我们的生命之中放入一个强烈的他者"[7]。普罗普认为，民间童话的基本结构是主人公遭受某种危害或希望拥有某种东西从而离家，遇见

---

1 成仿吾：《民众艺术》，《创造周报》第47号，1924年4月5日。

2 瞿秋白：《大众文艺的问题》，《瞿秋白文集》文学编第3卷，第12页。

3 《歌谣·发刊词》，《歌谣周刊》第1号，1922年12月17日。

4 姜哲：《"据文求义"与"惟凭〈圣经〉"——中西经学诠释学视域下的"舍传求经"及其"义文反转"》，《学术月刊》2022年第2期。

5 阿·符·古留加：《赫尔德》，侯鸿勋译，上海人民出版社1985年版，第177页。

6 高玉：《"话语"视角的文学问题研究》，第442页。

7 约翰·史蒂芬斯：《儿童小说中的语言与意识形态》，张公善、黄惠玲译，第206页。

赠与者,与敌手决战,最后以登上王位并结婚的方式归来。[1]他相信,所有民间童话都是在上述结构基础上的延展、变形,其底层逻辑是人类的成人意识。约瑟夫·坎贝尔对于英雄历险故事的归纳与普罗普的上述观点有着异曲同工之妙:"神话中英雄历险之旅的标准道路是成长仪式准则的放大,即启程—启蒙—归来。这可以被命名为单一神话的核心单元。"[2]两者都强调童话故事与成长仪式的对应关系,这也是西方童话基本的故事结构与语言形式。在对154篇童话进行结构分析后,黎亮将林兰童话划分为五种类型:"得宝型""失宝型""考验型""离去型"和非程式的"滑稽型"。[3]林兰童话的基本结构符合"核心缺失发生—针对性行动—结果"的序列逻辑[4],及"启程—启蒙—归来"的成长逻辑,其各个类型都在诉说着童话的永恒主题:"成为人",指向"个体的自由与完备"这一现代性话语。在辑录过程中,语言现代转换也自然要表达这一核心话语。然而,正如陈思和所说,民间童话故事拥有宗教、哲学、文学艺术等多种传统背景,"民主性的精华和封建性的糟粕交杂在一起,构成了独特的藏污纳垢之形态"[5]。民间资源良莠不齐,甚至一些民间童话还沉积着陈旧的思想因子,不适合新思想的传播,亟须用现代的精神去打捞和改造。

在林兰"考验型"童话中,主人公受到不公正对待,想要获得正义,只能通过阶级跃升的方式来实现。如《鸡毛衣》中的国王强抢剪刀匠妻子,剪刀匠抢回妻子的途径是在妻子的帮助下穿上国王的衣服,从而获得了国王的身份。在这个过程中,剪刀匠并未完成本质的成长,他和妻子取胜的关键在于阶级的改变。齐普斯将这类民间童话的主题概括为"强权创造公理"。民间童话主要讲述"一个男人最终获得最大的权力和最多的财

1 弗拉基米尔·雅可夫列维奇·普罗普:《神奇故事的历史根源》,贾放译,中华书局2006年版,第4页。

2 约瑟夫·坎贝尔:《千面英雄》,黄珏苹译,浙江人民出版社2016年版,第23页。

3 黎亮:《中国人的幻想与心灵:林兰童话的结构与意义》,商务印书馆2018年版,第72页。

4 王尧:《论民间故事的计量单位——核心序列》,《西北民族研究》2022年第3期。

5 陈思和:《中国当代文学关键词十讲》,复旦大学出版社2002年版,第139页。

富"，但他提醒人们要警惕背后隐藏的"强权政治的严峻现实"。[1]在林兰"离去型"童话中，不少篇目揭露了旧社会对于女性权利的掠夺。在《天河岸》中，牵牛郎盗取织女的宝衣，违背织女意愿强行与之成亲，这场婚姻的实质是对织女的压迫与囚禁。宝衣是织女蔽身的衣物，也是她飞翔的工具，象征女性反抗外界侵害的力量，宝衣被藏则对应着男权社会对女性话语的抑制。从最初的结合到最后的出逃，织女在不平等的婚姻中一次次发声（恳求牵牛郎将宝衣还给她），却一次次被拒绝。最终织女决定反抗，但她的反抗在旧文化制度下只落得个"大团圆"结局。在逃离追逐战中，有这样一段描写："（牵牛郎）急忙解下捆包袱的索子，向河东一摞，正好套住织女的脖子。"[2]被绳索套住脖子的情节表征了女性丧失"作为人"身份的残酷现实。此外，这则童话还反映了男性在婚姻中对上层女性的期望，及女性对处于社会底层男性的排斥，是社会阶级分化的产物。

在辑录《鸡毛衣》《天河岸》时，林兰童话追求语言的明白晓畅与清新活泼，但其所传达的思想却是陈旧落后的，其"如实写出"的辑录原则导致语言和思想的错位，折损了其作为儿童文学本有的现代品质。回到林兰童话的辑录语境，白话文运动利用白话反对依附于文言之上的旧思想，语言的现代化表征着思想的现代化。然而，作为白话文基础的民间口语一方面对抗着文言文的迂腐，一方面却又沉淀着旧时代落后的思想残渣。用"明白浅显的语言，如实写出，勿点染增益以失其真"的辑录原则，在充分尊重民间口语的同时也抑制了创作的主体性，导致其在还原民间口语活性的同时也丧失了思想的现代性。

上述辑录原则决定了林兰童话的主要作用在于承担着记录和整理的功能，文本语言上的转化有之，但个人创作成分极少。当然，林兰童话集中也不乏"作"的范本。比如《蛇的报恩》中，童话语言的运用是文学化的：

---

1 杰克·齐普斯:《冲破魔法符咒：探索民间故事和童话故事的激进理论》，舒伟译，第39页。
2 林兰编:《换心后》，第56页。

当天夜里，他就踌躇起来了！夜阑人静，他想起这屋中有妖精，实在有些害怕，万一真的出来，岂不白白的送了命么？呵！想起家中，老母亲还等着，此来一去不返，老母亲的眼不要望穿了么？呵！既然有今，我悔不当初了！这时窗外的风呼呼地吹着，天空更黑的如漆一般，他孤灯独坐，往事如潮般地涌起来，真使他难过到极点，忧愁到极点——不一会，昏昏沉沉，他就上床，想死生有命，富贵在天，我又何必如此？但是转一想家里的老母亲呢？……呵！他镇定不想了，就闭着眼睡。[1]

为了适宜讲述和传播，民间童话一般具有相对固定的叙事程式和鲜明单纯的主题，这种建立在二元对立基础上的叙事传统使得童话表现出简洁明快的叙述风格，因此并不会投入大量笔墨来进行人物的心理描写。如麦克斯·吕蒂所言："民间童话不提及心灵深处看不见的范围。因此可以说，民间童话将一切内心世界的东西改写成表面的东西，将所有隐藏在灵魂阴暗处的事物变得显而易见，清清楚楚。"[2] 这即是说，人与人、人与自我之间的冲突都是通过情节和事件来表达的，人物形象则是通过人物的外在行动和对话来塑造的。依此来看，《蛇的报恩》中那段情感充沛、文笔细腻的心理独白出现在民间童话故事中显然是突兀的。从"夜阑人静""孤灯独坐""往事如潮"等词汇的使用可以看出，这是记录者田绍谦在本事基础上进行的二次加工，是由民间口语向书面语转化的再创作。此外，该文本中"爱""同情心""小康""上学""读书""赞美""自由"等词汇的频繁使用也反映了一种现代意识。日本民俗学家西村真志叶认为，不同国家的个性和时代社会的变迁最先体现在可替换的词汇上。民间童话很少以特定时代历史为背景，因而极具包容性，"历史词汇和现代词汇的互相并存，

1　林兰编：《金田鸡》，北新书局1930年版，第7—8页。
2　麦克斯·吕蒂：《童话的魅力》，张田英译，社会科学文献出版社1995年版，第123页。

很大程度上体现出幻想故事的个性"[1]。个性化词汇与现代词汇的使用有助于凸显童话人物的情感，并传递辑录者的个人情感和时代讯息。然而，这在一定程度上又折损了原故事的口语特色，造成了语言与思想的错位。民间童话辑录者所要思考的正是如何在现代转换的过程中维系语言与思想之间的平衡。

针对民间童话中历史词汇和现代词汇并存的现象，袁学骏提出"还原法"，即"把握讲述者的口语标准时，应当强调换下那些现代味儿太浓的与传统口语不和谐的词语，而酌情保留那些农村比较通用的现代词语"[2]。袁学骏的"还原法"从故事的基本单位入手，试图在历史词汇和现代词汇间寻得和谐。然而，供给儿童阅读的童话不但要考虑故事的"民间"属性，还要考虑故事的"儿童"属性，"儿童"属性决定了辑录下来的故事是否属于儿童文学作品。刘守华将"似与不似之间"作为改写故事的标准："所谓'似'，就是它应具有民间故事的特殊韵味，不同于纯粹个人创作的小说之类；所谓'不似'，即它不是简单重述或抄袭那些流行的书面故事文本。"[3]"似与不似之间"或许也可以作为民间童话现代转换的参考系。辑录者在搜集整理童话时，既要立足于民族性，以民间口语为基础，保持故事的原始风貌与精神内核，也要充分考虑现代性和儿童性，以儿童文学的美学特质为基准过滤故事中不合时宜的思想与语言，强化故事的趣味性、游戏性。当语言和思想之间出现错位时，要从儿童的现实生活着手，将儿童性融入民间童话，以彰显"传统内"转换的民族性与现代性。

民间童话是人类经验与心灵的想象表达，核心主题是"成为人"。它们连接着过去与将来，既传承着民族精神，又寄寓了现代想象。民间童话辑录是对语言现代化的实践，也是对思想现代化的推进。林兰民间童

1　西村真志叶：《中国民间幻想故事的文体特征》，中国社会科学出版社2018年版，第22页。

2　袁学骏：《试论民间故事语言科学性的把握》，《耿村民间文化大观》（下），北京图书馆出版社1999年版，第2978页。

3　刘守华：《论民间故事的"改写"》，《民俗研究》2017年第1期。

话有着中国社会历史的独特印记，是传统资源的民间智慧的集中演绎，其意义在中国儿童文学的演进中获取了现代性体认。林兰童话将现代意义上的"儿童"的内涵植入民间智慧，重塑了民间童话的现代性品格。而这种现代性品格自然包含了语言现代化的内涵，也借此擦亮了遥远古老的民间童话的生命底色。林兰童话出版后的20世纪三四十年代，中国童话向政治化倾斜，张天翼、应修人、叶刚等人或改编民间童话，或植根于口语传统创作童话，其创作实践以育化新人为旨趣再造了民间童话新范型，推动了中国本土童话的现代进程。

第三节　国家文学与新中国儿童文学的语言形态

新中国成立后，包括儿童文学在内的中国文学都被纳入国家体制，隶属于党委宣传部门，真正成为一种"国家文学"。在"一体化"的文学体制下，文学的自主性发生了裂变，成为国家意识形态的重要组成部分。中国儿童文学的政治文化是通过经验性的信仰、表达符号及语言的修辞三者交织成的体系。在这一时期的儿童文学文本中，语言是表征身份的符号，语言的表意功能与政治意识形态的"道德内指"表现为同一性的特点，即语言表达的分野与身份伦理的分立具有一致性。澳大利亚学者斯蒂芬斯认为，意识形态是由语言促成并在语言中形成的，"语言中的意思由社会性决定"[1]。在政治一体化的时代，即使是儿童，儿童的语言也溢出了其本有的"儿童性"的语言特点，而受政治意识形态的配置。同时，儿童文学所特有的语言浅易性、口语化、趣味性也为一体化、透明化的文化体制所规训，出现了"洁化"叙事的倾向。人物语言表达的权重也与其所归属的身份阵营密切相关，语言的接纳与排斥系统是判定人物身

---

[1] 约翰·斯蒂芬斯:《由儿童写作，为儿童写作（一）——图式理论，叙述话语和意识形态》，谈凤霞译，《东方宝宝》（保育与教育）2015年第2期。

份归属与政治伦理的重要标尺，中国儿童文学的语言系统被编织进这一时期政治信仰与价值判断的宏大叙事结构中。

一、重述历史与语言的意识形态化

作为"人民的文学"一部分的儿童文学，在自觉地确证新中国合法性时将红色历史的重述作为必要途径。这种"红色历史"的书写与叙述并非限于思想层面，而在语言的层面也渗透了意识形态的方法与策略。进一步考察不难发现，思想与语言的双向互动共构了这一时期文学一体化的图景。在革命历史题材的儿童文学作品中，成长叙事内蕴着"新人想象"的题旨。儿童的成长与革命的成长是共构的，这意味着"新人"在叙事之前就会被作家给定一个以某种抽象阶级本质为依归的"位置"。[1]"位置"的确定意味着身体、精神及语言的配置，进而厘定了主体的归属与价值。这其中，儿童主体的私人性与公共性被分门别类，语言是上述两类特性的表征和具体呈现方式，即语言也基于人的阶级、革命、政治归属而分层，达到了语言与思想的同一。想要在此类作品中窥见语言与思想之间的脱逸现象是很难的。

可以说，文学语言实际上是融合着语言与文字的，体现了视觉性与听觉性的合二为一。在这一点上，儿童文学也不例外。这其中，汉字又是集"声"与"体"于一体的，这是以音为本体的外文或拼音所无法比拟的。文学对语言的要求制导了百年中国文学的语言变革，然而，囿于追索功利主义的工具性，语言溢出文学变革诉求而充当了先锋，在新旧思想转换的过程中以语言工具来引领思想变革越来越成为常态。对于儿童文学而言，口语性的语言非常贴合儿童阅读，但这并不是以牺牲文学的书面语为代价的，以"音本位"替代"字本位"显然窄化了文学语言的意涵。于是，以汉字的"修辞"来弥补语言"诗性"不足，也就成为修正前述过分欧化或

1　张均：《1950—1970年代文学中的"新人"问题》，《文艺争鸣》2020年第6期。

口语化的方略。[1]由于汉字的修辞功能，新中国儿童文学语言出现了精确与模糊之别。

中国儿童文学在为革命意识形态确立合法性时，势必要借助语言的精确性来传达红色革命话语。因而，在遣词用句方面，过于抽象、模糊的语言就很难准确地表述政治话语。语言的精确性问题是从表意的角度提出的，但精确与否却只是相对而言的。高玉认为，"精确"本身就是一个意会的概念。[2]之所以是相对且只能意会，既源于语言本身，又因人、时、地等因素的差异而有别。作为文学的一个门类，儿童文学语言必然会有着虚构性的特点，而文学语言本身又有着诸多转义或隐喻，因而要在文学语言中区分精确与模糊的界限并不容易。这种界限的模糊是一般文学的常态，但在特定的历史语境下，这种儿童文学语言必定会与主流的话语保持或近或远的关系，而这种关系的维系依靠语言的修辞来实现。瑞典学者尼古拉耶娃从社会语言学中发现了作为权力的语言，她以《记忆传授人》为例分析了"语言的操控权"。在该文本中，所有当权者严重负面的词语在语言中都能准确地表意。"语言准确"也就成为一种"镇压的办法"。由于抽离了一些词语，语言在给物命名就出现问题，缺失了语言的世界致使意义失据。她的结论是："如果你把描述人们感知的词语拿走，那就很容易拿走他们的感知。"[3]对于新中国儿童文学的语言规范性而言，要确立其经典化必须要符合新人成长的意识形态的基本要求，而这也要求语言能准确、明晰地传达主流话语，因而需要彰明语言的精确性以保障思想性的传达。与此同时，文学语言又与日常语言、科学语言不同，它的精确性是有限度的，或者说它是通过文学的形式来表意的，这其中言与意之间存在着距离乃至隔膜，"言不达意""言不尽意"的现象是常态。因而，面对儿童

1 张卫中：《20世纪中国文学中汉字修辞的流变》，《天津社会科学》2013年第4期。
2 高玉：《"话语"视角的文学问题研究》，第229页。
3 玛丽亚·尼古拉耶娃：《儿童文学的美学研究》，何卫青译，中国少年儿童出版社2021年版，第235页。

文学语言的精确性与模糊性的双重特点，作家必须要调适两者的关系，以免出现语言内部的分歧与损耗。换言之，在创作儿童文学的过程中，作家充分融合精确语言与模糊语言，并且在两者之间达成了默契，共同服膺于革命意识形态的要求。

袁鹰在创作儿童诗时十分注重社会主义文学艺术的党性原则与共同使命，他认为儿童文学应该"遵循毛主席所指出的为工农兵服务、为无产阶级政治服务的文艺方向，自觉地担当起教育下一代的神圣职责"[1]。借助于精确语言的使用，袁鹰突破了以往儿童文学对待政治题材"不愿说""不敢说"的态势，新建儿童文学的语言方式以适应同一化的机制，与成人文学共同参与到国家体制主导的"高度组织化的文学世界"[2]。新中国成立之初，文学语言与思想存在着相互转化与渗透的关系。从思想层面看，袁鹰认为儿童文学应该积极主动地反映政治，脱离政治生活与社会现实等于"阉割了儿童文学，儿童诗歌的灵魂"。他批评了那种"过分强调儿童文学特点而有意无意地忽视或否认社会主义文艺为工农兵服务"的创作倾向。他认为，儿童诗"有自己的特殊艺术规律"，但是应"自觉地担当起教育下一代的神圣职责，努力使自己的笔同伟大的时代紧密结合起来"[3]。从语言层面上看，为了准确地传递具有时代性的主流话语，儿童文学需要利用语言的精确性来保障思想的准确与明晰。袁鹰儿童诗中的精确语言传达了他所秉持的社会主义文艺思想，起到了文学与政治间的桥梁作用。袁鹰儿童诗语言的精确性首先体现在对语词的应用。语词包含了词汇和话语，是儿童诗语言的组成部分。就时间维度而言，袁鹰儿童诗融通了过去、现在和未来三相，其语言贴合不同的主题来展现多元立体的政治文化。从空间维度上看，袁鹰儿童诗不仅反映中国农村的斗争与生活，还涉

1　袁鹰:《序言》,《儿童文学诗选（1949—1979）》上，人民文学出版社1979年版，第3页。

2　洪子诚:《问题与方法：中国当代文学史研究讲稿》，生活·读书·新知三联书店2018年版，第19页。

3　袁鹰:《序言》,《儿童文学诗选（1949—1979）》上，第3页。

及城市、边疆、革命战场、其他国家等多个空间场域，其语言质感也有所区别。总体上看，袁鹰儿童诗的语词包孕着新中国成立初期的时代烙印，在诗歌语言的表述中形成了与社会意识形态的互动。

　　在扩大儿童文学题材的基础上，袁鹰增加了儿童文学的语汇，将一切能够表现社会主义建设的"新"名词纳入儿童诗的语言组成部分。1953年，新中国的第一个五年计划提出"集中力量发展重工业"的战略目标。对于儿童文学作家来说，如何反映祖国的工业化建设是一项具有挑战性的课题。一方面，儿童并非工业建设的直接参与者，缺乏相关科学知识和切身体验。书写工业建设题材的作品无法避免对机器设备与专业技术等词语的运用，容易写得晦涩难懂。另一方面，工业建设题材在儿童文学中是一块"未经开垦的肥沃土地"，想要将其写好不是一件容易的事情。诚然，工业建设并非常见的文学题材，与儿童文学所追求的"儿童性""文学性"之间有一定的距离。早在"五四"时期，梁实秋曾认为无产阶级、共产主义、社会改造、革命等字句"丑不堪言"，不应该在诗歌文学中表现这类语词："世界上的事物，有许多许多——无论是多数人的或少数人的所习闻的事物——是绝对不能入诗的。"[1]梁氏以贵族阶级的视角看待诗，实则神话了诗的价值，脱离了文学所依附的人民性与现实性。周作人批判了梁氏对美与丑的主观论断，认为"'世界上的事物'都可以入诗，但其用法应该一任诗人之自由"[2]。一般的诗如此，儿童诗也应当如此。鲁迅改译的童话《小彼得》取自劳动人民的生活，原匈牙利作家将"煤矿、森林、玻璃厂、染色厂"等名词作为童话故事的背景，鲁迅称赞其作品是"致密的观察，坚实的文章"[3]，强调了儿童文学语言的现实底色。应该说，袁鹰一直致力于书写儿童文学作品中的新中国面貌，大胆将工业建设的词汇引

1　梁实秋：《读〈诗底进化的还原论〉》，《梁实秋散文集》第2卷，时代文艺出版社2015年版，第302页。

2　周作人：《丑的字句》，《周作人散文全集》第2卷，第682—684页。

3　鲁迅：《〈小彼得〉译本序》，《鲁迅全集》第4卷，第155页。

入儿童诗，并且把新名词与儿童所熟知的意象相结合，在描摹新社会实况发展的同时引导儿童对相关领域的关注。如"工地上成堆的器材和砖瓦，转眼就变成工厂和高楼；跨过河流，穿过隧道，新的铁路每天在往前走"（《时光老人的礼物》），"轧钢厂里火星溅，金色的火蛇往外窜。金蛇窜到原野上，变成铁轨奔远方"（《少先队员游鞍山》），"在鞍山的炼钢炉旁，你会看到今年的第一炉钢；在荒山和深谷里，钻探机迎着烈风歌唱"（《幸福的时刻》）。较之于成人文学，中国儿童文学鲜见对工业化主题的描写，难以寻觅诸如"砖瓦""钢炉""轧钢厂""钻探机"等现代化工业词汇的身影。论及儿童文学在反映祖国工业建设时，任大星提出尤其要重视语言的表达："不仅文笔需要浅显生动，更为重要的是故事的情节安排、细节描写、景物描写、人物对白等等，都应该适应儿童的思想感情和接受能力。"[1]涉及政治、经济、科技等专业领域时，袁鹰对相关概念和术语的精确表述提升了其儿童诗的历史感、时代性和未来指向，并且一定程度上缓和了儿童对新领域的陌生化情绪，拉近了儿童与社会生活的距离。

除了罗列社会性名词，袁鹰也重视思想性词汇的运用。他认为，只有抓住了构成民族文化的思想性词汇，才能切中问题的核心，抓住思想转变的关键。在转述政治意识形态的话语时，袁鹰注重词汇之间的组合与修饰，在响应"主旋律"的同时深化儿童文学的方向性。如"红旗插到哪里，就把你们种在哪里"（《小树种，你飞过大海去吧！》），"数不清的社会主义鲜花，红红开满山"（《红花开满山》），"英雄们用顽强的战斗，在走过的路上插上胜利的旗帜"（《篝火燃烧的时候》），"凝望烈士墓，豪气依然在。东风吹松树，想念烈士旧风采"（《春花献烈士》），"吹一口气，吐一道光，把一切帝国主义强盗统统打倒"（《彩色的幻想》），"让那沸腾的血，烫死一切侵略者"（《黎巴嫩小孩》），"在反革命暴徒的眼里，红色，是能烧毁他们的烈焰"（《保卫红领巾》）。这些诗歌用"红旗""旗帜""豪

1　任大星：《试谈儿童文学作品反映祖国工业建设的问题》，《儿童文学研究》1959年第1期。

气""红花"等词语歌颂中国共产党的旗帜精神，表达人民对新民主主义革命胜利的喜悦，对革命先烈的赞美，而"打倒""烫死""烧毁"等词直接反映出诗人对阶级敌人的憎恶。这些词语本身带有强烈而明晰的情感色彩，袁鹰将其与红色革命话语相结合，精准地抒发人民的内心呼声。

　　精确并不意味着内容的单薄和浅显，而是借用语言的"明确性""方向性"达成某种思想的传递。袁鹰巧妙地借助诗歌语言的灵活性，利用同步、重复等手法明晰地传达了新中国的政治意识形态。例如："红领巾"是新中国儿童文学的重要意象，也是袁鹰儿童诗中出现频率最高的词语之一。1950年，第一次全国少年儿童工作干部会议将"红领巾"确立为少先队员的标志，由此"红领巾"与"少先队员"两词在内涵上紧密联系。袁鹰创作了《红领巾颂》《保卫红领巾》《我也要红领巾》等一系列以"红领巾"为题的诗歌，"红领巾"与"少先队员"两词的同步出场呼应了政治文化语境的基本要求。如《红花开满山》中的"山上每一朵红花，是一条红领巾；我们的少先队大队，在荒山上造林"，《第一个十年》中的"红领巾水库水清清，象蓝天下一面明镜，您问湖水为什么这般美？它藏着少先队员的一片心"等。在其笔下，"红领巾"与"少先队员"的意义在诗歌语言中形成了双向建构的趋势。《红领巾颂》中的"在人潮旗浪的最前列，走来的是一大片红领巾""红领巾啊红领巾，革命事业的接班人"以"红领巾"来隐喻"少先队员"，形成了词语间的同义互换。《保卫红领巾》出现"红领巾"多达16次，其政治隐喻性不言自明。袁鹰通过"红领巾"一词的出场调动诗歌的节奏与情绪，加深了词语本身的文化感染力。"'红领巾上/染满了/先烈的血，这是/红旗的一角，/我们/少先队员/继承父兄的事业，/要高举着/红旗/一直往前走，/在暴徒面前/取下/红领巾，不就等于/向反革命/低头？'/九个少先队员/感谢/匈牙利叔叔的关怀，九条红领巾/始终没有/取下来。"[1]面对反革命的暴徒，几位中国的小

---

[1]　袁鹰:《保卫红领巾》，中国少年儿童出版社1959年版，第32—33页。

演员毫不畏惧，坚持不肯摘下胸前的红领巾。诗歌不仅对"红领巾"的含义进行了解释，并将"红领巾"视为共产主义信仰的喻体，彰显了少先队员对红色革命的珍惜与肯定。"新人"建构是新中国儿童文学的职责之一。与"五四"时期中国现代文学中的儿童形象不同，袁鹰儿童诗中的"少先队员"形象一改旧社会背景下的孱弱、无力和绝望，多与积极乐观、热情饱满的语言基调进行搭配结合，充满了胜利后的喜悦和对未来的憧憬。在新中国文学的话语体系中，儿童成长与国家发展是一个同构的过程。因此，为了塑造符合共产主义接班人的"新人"形象，需要建立一套完整严密的话语逻辑。换言之，在意识形态的逻辑框架中，为了明白清楚地传达政治思想和教育目的，袁鹰对社会主义"新人"的描摹仍需使用精确化的语言，这样的语言常常包孕着以集体主义为中心的思想性和以教育为目的工具性。

从袁鹰儿童诗呈现的效果来看，对语言精确性的追求似乎成了联通文学与政治的有效方法。文学语言的直白、精准，顺应了政治意识形态话语逻辑，同时缩小了儿童文学因"晦涩""玄美"而与读者产生的隔阂。在与蒋风的访谈中，袁鹰曾说："十七年的文艺事业是基本上执行了党的文艺路线的，看看儿童诗就可以说明问题。当然不是说一点也没有坏的东西。但总的说来方向是对的，步子是健康的。它和我国革命道路是一致的。它参与了我国建国以来的一系列重大斗争。儿童诗中有相当大的一部分，反映了我国革命的进程，反映了整个国家前进的步伐。"[1]所谓"坏的东西"，袁鹰实指作品语言的"艺术性""文学性"被政治话语、革命话语所占据。在新中国文学的背景下，政治对文学的介入使得文学语言容易偏离原有的轨道，语言的精确性虽然有助于确立儿童文学的"合法"地位，然而对政治的过度偏向在一定程度上导致了儿童文学本体性的受损或遮蔽。

1　蒋风：《这份礼物比什么都珍贵——诗人袁鹰谈儿童诗》，《西湖》1981年第6期。

在重述红色历史的整体叙事中，儿童文学的语言是被建构的，是一种具体的实践形式。当革命意识形态的伦理置于儿童文学的话语空间时，儿童文学语言就具有了特定的指向性，即完成了在空间中归置了语言的行为。关于这一点，福柯有关话语的配置与格式化理论也很能说明儿童文学语言与话语的关系问题。《小兵张嘎》《小电报员》《小游击队员》《我和小荣》《小英雄雨来》《侦察兵》《一个小红军的故事》《两个小游击队队员》《野妹子》《红色小哨兵》《黎族少年刘信文》《英雄的儿童团长谢荣策》等革命题材的儿童小说，塑造了红色小英雄的形象。为了彰显这些红色小英雄的成长议题，其身体与语言都被统合于革命意识形态所认可的话语体系中，这其中，身体与语言的革命性、公共性遮掩了其私人性、儿童性，成为表征儿童与革命成长同构的话语策略。在新中国儿童文学"身体体制化"的研究中，吴其南概括了儿童身体在一体化体制下出现了"边缘化、出局和不在场"[1]的现象。这种基于工具主义的身体观容易忽视一个事实：身体在认定制度规则的同时又有反规训的本能。作为儿童，与成人身体的差异，是区分阶级、政治、位置的标志，然而，儿童身体的私人性是隐含于冰冷体制之中最为微妙的要素。无限地压制、压抑、克制身体的私人性看似导向了整体性的制度的内部，但对儿童自身话语的传达却是不利的。《小兵张嘎》里的嘎子最为基本的儿童性就是"嘎气"。作者徐光耀说他是紧扣"嘎"这一个性来表现人物的，这是其"从生活出发"和"从人物出发"所得出的认识。他说：

　　我是紧紧抓住并通过"嘎"这一个性来表现的。生活中的素材，凡符合"嘎"这一个性特征的，就吸取就保留，凡不符合的，就淘汰。他对敌仇恨带"嘎"，对党忠诚也带"嘎"，他一切思想行为都带"嘎"，从"嘎"掌握这一人物，也从"嘎"塑造此一性格。[2]

1　吴其南：《成长的身体维度——当代少儿文学的身体叙事》，复旦大学出版社2017年版，第23页。
2　徐光耀：《从〈小兵张嘎〉谈起》，《儿童文学论文选（1949—1979）》，第165页。

　　不过，按照革命成长的范式，嘎子有待在革命意识形态的规训下逐渐弱化其私人性（嘎气），在修正这种"缺点"后成为一个符合规定的革命战士。颇有意味的是，小说特意安排了大伯、伯母与嘎子谈论"成家""娶媳妇"的场景，嘎子以连续三个"不要那个"予以回绝。这种去"私人性"的策略都是为了激发和推动嘎子的抗日情感。在此情境下，"小战士"因其人格、思想、观念符合革命正义而与成人战士或英雄一样是推动历史发展的主力，这极大地彰显了儿童作为"人"的社会属性，但不可避免的是儿童性却受到了压抑和规训。

　　整体地看，相较于成人文学来说，儿童文学语言受缚的程度相对较弱，身体与语言之间的松动、裂隙依然存在。但这并不是说儿童文学就没有受到这种集体的、公共的意识形态的规约。具体来说，这一时期塑造"新儿童"的工程中，对儿童文学语言的控驭是非常严苛的，具有鲜明的"革命内容"色彩。[1]通观这一时期革命历史题材的儿童文学作品，不难发现儿童游戏精神及语言游戏几乎难以找到，儿童的成长史抑制了这种最具儿童文学特质的自然性。如前所述，要让儿童的成长进入国家成长的序列，就必须克服儿童的私人性来"缝合"两种成长的隔膜。《小兵张嘎》一方面顺应了这种革命的话语逻辑，另一方面却似乎有意"溢出"这种伦理规则。小说的语言没有其他红色儿童文学那种固化的套路与叙事，革命战争的严肃性中依然闪现出游戏的光彩。尤其是对于张嘎子"嘎气"性格的描摹，作家徐光耀活灵活现地刻画了其身体形象。在充满恐惧与紧张的氛围中，嘎子"呲开小虎牙"的形象消解了战争的沉闷与紧张，"那一脸的机警和嘎气，是多么的照眼啊！"对于战争，嘎子"像玩着恶作剧似的"，全然没有概念化的空洞的"气概"，儿童的自然性依然存在。对于这种偏离主流话语的历史叙事，韩雄飞认为这是一种"搁置政治化"的策略，"狂欢化、游戏性的儿童身体背后隐藏的是儿童文学对战争的多义阐

1　杜高：《新的儿童文学的诞生》，《文汇报》1950年6月20日。

释"[1]。作为身体在场的儿童，在战争语境下其身体所传达的语言应该是政治性的，但《小兵张嘎》中儿童的身体感受中却似乎看不到战争的严酷、血腥。

相对而言，新中国成人文学的类似题材却更以革命信仰、激情来浇灌英雄人物的精神意志，在身心统一的层面上阐发了革命终将走向胜利的旨趣。那么，这种游离出一体化逻辑的游戏性是儿童文学文类的必然要求吗？事实上，小兵张嘎的英雄形象塑造之所以丰满，就是这种儿童自然性与一体化政治意识形态融通的结果，缺少了这种自然性、游戏性的语言叙事，张嘎很难成为"这一个儿童"。如果套用班马的"儿童反儿童化"[2]的观点来看，《小兵张嘎》中的张嘎确实存在着处处模仿成年人物的特点，从身体到语言再到精神都超越了儿童阶段的特性。这种僭越当然有革命意识形态的召唤，但难能可贵的是，小说并没有完全遮蔽张嘎身上的私人性及游戏精神，在语言的描写中也没有一味地成人化、政治化，前述充满童趣的场面、细微儿童心理感知等就能说明这一问题。

即使在文学一体化的语境下，儿童被塑造成"小英雄""小能手"等形象，但儿童本有的特性没有被完全抑制，在坚硬和同质化的话语体系中潜在地表现出来。在这方面，刘真的儿童小说以贴近儿童的"真"来反映时代的变迁值得肯定。刘真的儿童小说多是以战争为背景，战争语境塑造了儿童，但儿童没有被先验性地书写成"无儿童性"的儿童。刘真并没有离开现实、儿童来书写儿童，也没有矫揉造作地增加"水分"，反而是那些生动的细节的描写增添了作品的真实性。简言之，撬开一体化话语、呈现儿童自然性与社会性的裂隙是不易察觉的儿童心头的"秘密"[3]。对此，刘真将这种真实性归结为童年经验："我童年不平常的生活，使我写起儿

1　韩雄飞：《身体的变迁：中国儿童文学与儿童形象（1917—2020）》，浙江大学出版社2021年版，第99页。

2　班马：《中国儿童文学理论批评与构想》，湖北少年儿童出版社1990年版，第42页。

3　袁鹰：《关于少年儿童文学创作的一些问题——在全国青年文学创作者会议上的发言》，《儿童文学论文选（1949—1979）》，第4页。

童来的。如果叫我写那时候大同志的生活，我会写不成的，因为，除了我自己所接触到的，我并不完全了解他们。"[1]然而，在政治化一体化的语义场中属于儿童的细节容易受抑。刘真却非常重视细节的作用，她说过："作为动人的东西往往在于细节。作品的高度、深度，决定的因素也往往在于细节。"[2]正是因为这些儿童日常生活细节的描摹，使得其儿童小说没有堕入公式化、模式化的套路里。《核桃的秘密》的小刘真儿是一个小革命战士，他政治立场坚定，但也有属于儿童特殊的爱好：贪吃、淘气和好奇。在描写刘真儿偷吃军属老大娘的核桃时，作家没有漠视儿童的天性，并以偷吃核桃而引起的风波为主线来书写儿童在战争语境中的成长。《长长的流水》里的开篇这样写道："十三四岁的时候，我是多么不懂事啊。"这句话几乎成了"我"在战争语境下的真实写照。儿童日常生活场景及情感的介入弱化了战争本身的残酷性，同时也使得儿童文学的特性更为显性地呈现。《我和小荣》里的小王既是一个小英雄，同时也稚气十足，充满着天真幻想。在黑夜中给八路军送信的路上，他想把月亮放在蓝天当中，想把太阳从地球那一面抱回来；遇见了白胡子的孙大爷，他觉得孙大爷像奶奶故事里的"活神仙"。于是，就出现了这样的疑问：这是作家"抹黑"战争儿童吗？或者说这种书写脱逸了政治话语的框架吗？显然不是，构筑于战争情境下儿童性的"在场"恰恰是作家现实主义观念的具体表征。对此，吴其南认为，刘真儿童小说的这种"溢出"是在承认、遵从大的社会框架前提下的儿童真实的写照。[3]

事实上，发掘儿童身上没有被同质化话语遮蔽的细节体现了一种"文学的反抗"，即在同一化的语境中潜隐的文学样态，这种裂隙并不意味着中国儿童文学脱逸了整体化的政治结构，相反，恰是这种"儿童性"的存

---

1 刘真：《一些往事的回忆》，叶圣陶等：《我和儿童文学》，第353页。
2 《谈谈儿童文学——作家刘绍棠、邓友梅、刘真、王若望发言选录》，《儿童文学研究》1980年第4辑。
3 吴其南：《从仪式到狂欢——20世纪少儿文学作家作品研究（上）》，第119页。

在使得中国儿童文学没有失去其本体性。萧平的《玉姑山下的故事》《三月雪》都没有人为地拔高儿童的政治觉悟及阶级归属，而是在战争的公共区间开辟了儿童私人化的日常生活场景。在前述同一化的文学生产中，新中国文学与国家政治之间保持着默契的关系，尽管也存在着一些人物性格、精神或命运与主导的政治话语有一定的张力，但并不影响文学同一性的整体形态，反而反映了同一化本身的复杂性。在这一点上，儿童文学也概莫能外。

此外，童话、儿童诗等文体较之于儿童小说而言，其观照现实相对较弱，儿童文学的语言没有被思想固化，在儿童性、文学性方面表现出独特的状貌。关于这一点，严文井这样说道："在儿童文学领域内，童话和寓言固然不能说一定优于别的形式，但至少也不是别的形式所能完全代替的。"[1]严文井在论述时预设了儿童文学与时代互动的前提。童话对时代的观照和思考并不是直接的，因而时代的感召、思想的显效对于童话、寓言的影响较小。但也并不意味着童话、寓言可以脱逸时代、现实的烛照。基于此，严文井的儿童文学语言保留了充分的文学性，他擅于将音乐性楔入儿童诗及童话创作中，"我特别不能忘记一些音乐大师，他们在我灵魂里装进了一些美感，使我可以凭直觉来调整我作品里的旋律和节奏"[2]。《小溪流的歌》可视为一部童话诗，诗歌的语言与童话的幻想发生着化学反应，凸显了其语言的画面感："小溪流一边奔流，一边玩耍。他一会儿拍拍岸边五颜六色的石卵，一会儿摸摸沙地上才伸出脑袋来的小草。他一会让那些漂浮着的小树叶打个转儿，一会儿挠挠那些追赶他的小蝌蚪的痒痒。……小溪流笑着往前跑。有巨大的石块拦住他的去路，他就轻轻跳跃两下，一股劲儿冲了下去。什么也阻止不了他的奔流。他用清亮的嗓子歌唱，山谷里不断响着的回声也是清脆的，叫人听了就会忘记疲劳和忧愁。"这里既有山谷的景色，也有小溪流的状态，顺着语言的流动，伴着诗的旋

1　严文井：《泛论童话》，《儿童文学论文选（1949—1979）》，第213页。

2　刘大櫆：《论文偶记》，人民文学出版社1959年版，第5页。

律和节奏，小溪奔腾、玩闹的场面随即进入了小读者的脑海，这正是严文井"无画的画帖"[1]的语言效应。

在一体化的语境下，思想与语言、政治与艺术实际上都是统一的。缺乏政治、思想引领的儿童文学的主题难以得到深化和拓殖，其后果是容易偏离主流话语、堕入较为狭窄的视域。而缺乏艺术支撑的儿童文学作品不仅远离儿童，而且不可能传达思想主旨。因而，如何敞开儿童文学语言与思想主题之间的张力关系，创构两者协作发力的组织机制，对于新中国儿童文学发展有着至关重要的影响。

二、话语机制与经典化的组织

一般而论，儿童文学是相对简单的文学形式，如集中的主题、简约的情节结构、浅易的语言形式等。这种简单、简约的文类比较容易传达、贯彻意识形态的内容。由于儿童文学的话语主宰者是成人而不是儿童，儿童实际上处于无声或失语状态下，因而这种简单的文类最容易契合同一性的话语机制。关于这一点，吴其南从儿童心理结构出发，洞见了儿童文学贯彻"红色"题旨的便利性：儿童的认知能力多是粗线条的，"基本层面的区分简约，细部的区分幽深；简约的东西涵盖面宏大，幽深的东西涵盖面尖细，传统的民间文学、儿童文学的内容涵盖面都是倾向简约和宏大"，其效果是"因'红'而'宏'，因'宏'而'红'"。[2]化用到语言层面即是：语言浅易明了、表意清晰容易表述宏大主题。尤其是当这种宏大主题暗合了历史叙事的正义原则时，它要求语言必须契合这种同一性的机制，从而与成人文学一道汇入了整体性的国家文学的体系中。

然而，正如佩里·诺德曼所说，简单的词语、词汇暗示了"一种未说出来的复杂性"。这种"未说出来"的部分是隐匿的，必须越过文本所描

1　严文井：《英文版〈严文井童话选〉前言》，《严文井文集》第3卷，湖北少年儿童出版社2000年版，第381页。

2　吴其南：《20世纪中国儿童文学的文化阐释》，第159页。

述的直白语言才能发现的"影子文本"[1]。言外之意,儿童文学不仅依靠简单、直白的语言来构筑文本,而且也借助这种"聪明的方式"来言说隐藏的知识与意义。落实到新中国儿童文学的语言策略,成人作家一方面要运用清晰明白的语言来表达同一性的宏大主题,另一方面又必须考虑到儿童文学的思想与艺术之间的关系。思想与艺术既双向发力又相互牵制,如果撕裂了两者的张力结构注定会适得其反。由于考虑到了这种内在的复杂关系,新中国儿童文学尽管主题明确,但依然没有在语言等艺术形式上完全陷入公式化的窠臼。中国作家协会《关于发展少年儿童文学的指示》明确地指出:提高少年儿童文学作品的思想性和政治性完全必要,但"不要在作品中千篇一律地对孩子说教、训诫,不要生硬地在作品里附外加政治口号"[2]。遗憾的是,当思想性的力量占据绝对的制高点时,儿童文学语言因失去了其自主性而基本丧失了叙述功能,这是值得深入反思的。

语言具有思想本体性,这主要表现为没有语言之外的思想性,即思想性就存在于它的语言之内。同样,艺术性也存在于语言中。明确了这种观点,就不难理解新中国儿童文学一体化系统中语言的独特性质。因而,要讨论新中国儿童文学的语言问题,就必须进入这一时期的历史语境,了解儿童文学基于时代语境而开启的经典化运作机制,以此洞见儿童文学语言的特性与意识形态之间的深刻关联。应该说,这一时期儿童文学语言与思想之间是同构的关系,即儿童文学语言表征这一时期整体的思想观念。更为关键的是,儿童文学语言又不是简单的思想观念的工具,它本身就是思想,是一种意识形态。关于这一点,儿童文学自身的结构与机制更好地实施了这种语言的思想本体性。儿童文学的教育性是在任何一个语境下都无法忽略的,它或显或隐地体现了成人对于儿童的影响。正是因为这种教化、教育性,儿童文学很容易成为实施政治意识形态的抓手和工具。这也是"儿童文学是教育儿童的文学"的观念在这一时期出场的根本原因。这

---

1 佩里·诺德曼:《隐藏的成人:定义儿童文学》,徐文丽译,第9页。
2 《中国作家协会关于发展少年儿童文学的指示》,《儿童文学论文选(1949—1979)》,第6页。

种观念脉络可上承20世纪40年代严文井的童话创作，他关注儿童"思想品德"与救治的问题，其创作是抗战救亡主题的一种反映。到了新中国成立后，则成为一种更为明确的目标和题旨而被国人接受。在此观念的影响下，儿童文学的语言被动地受思想指挥棒的牵引，语言作为思想的载体的附属性得到了强化，相对而言的语言自身的思想性、主体性则受到压抑。

这实际涉及了儿童文学语言与话语的问题。"话语"在西方歧义丛生，引入中国后也有颇多争议，但将话语引入语言研究还是能发现诸多此前被遮蔽或忽视的问题。话语不等同于语言，但与语言之间存在着诸多关联。福柯惯用语言符号的能指、所指来分析话语，他所谓"陈述"作为话语元单位的说法即是从语言的层面引申而来的。[1] 从话语的生存论来看，陈述意味着"展示"[2]，是人存在的显征。概而言之，语言与话语相互关联，语言的陈述可以参与话语的建构，而话语又可以嵌入语言之中，进而实现对语言的控制。确实，语言的句法、排列、语气、重复、断句等都能呈现出不同的含义，而这又发挥着不同的符号功能，与主体、存在、权力、知识等范畴密切相关。作为一种特定的知识生产形态，新中国儿童文学不仅是文学的一种类型，还是一种指向当时社会历史文化情境的存在物。在培育社会主义新人的总题下，儿童文学承担着宣传意识形态的功能，服膺于确证新中国合法性的整体机制。不同于个人性的言语，语言是一种社会的产物，新中国儿童文学话语依靠同一性的机制实施权力的规则，具体来说，代表着国家意志和机器的成人作家与作为"新人"的儿童读者之间的主客顺序、位置、对应关系都体现为国家文学的话语。儿童文学被创作出来，其就成为意识形态再生产的产物，儿童文学语言在这其中充当了重要的角色。

话语强化和伸张一个维度也就意味着要限制和弱化另一个维度，这样才符合辩证法的规则。在新中国儿童文学的整体话语中，树"社会主义新

1　福柯：《知识考古学》，董树宝译，第133页。

2　马丁·海德格尔：《存在与时间》，陈嘉映、王庆节译，生活·读书·新知三联书店1986年版，第16页。

人"是贯穿其中的题旨。在此题旨下，儿童形象从身体到精神都发生了巨大的改变，儿童文学的主题更为集中及归于一致，儿童文学的语言也积极创造这种与时代契合的话语体系，这其中包括了一系列的组织、控制、选择、命名、配置等程序。在新的历史语境下，儿童是人民的重要组成部分，也是"社会主义新人"或"社会主义的新一代"的代名词，被赋予"最好的人类品质"[1]，受到了社会各界的高度关注。以张天翼的《罗文应的故事》为例，罗文应散漫的习惯、意志力薄弱经常耽误大事，同时又有入队的迫切要求。在两种力量的博弈中，罗文应身上的"儿童性"屡次胜出，意识到错误时还爱找借口："难道我玩得舒服么？我心里可生气呢！"为了凸显罗文应思想复杂性，张天翼运用了很多疑问句来表呈，如他在市场门口不放心风中的小乌龟："真的，爬虫类会不会感冒的？""去看一看罢，啊？……不许！""光去看一看小乌龟，别的什么都不看，行不行？——这总可以通融通融吧？""喂，别走的那么快！倒好好考虑一下看……不行。"应该说，这种心里复杂情绪的表露还是很贴近儿童心理的，通过语言描述给读者的感觉不是"静"的，而是"动"的。[2]解放军叔叔的来信发挥了强大的教育功能，并最终使其改正缺点而成为一名少先队员。这里的教育即体现了意识形态"说服—训练"的话语功能，而这种意识形态的作用则通过"领路人"（解放军叔叔和学习小组）来实施。令人费解的是，家庭教育和引导却"缺席"了罗文应的成长。而且，用给解放军写信的形式来叙述全文的写法增强了上述话语引导的效果。关于这一点，贺宜曾提出了批评意见，认为"那样长的信以及周密地描写罗文应对学习不专心态度的转变过程，有些小朋友会表示怀疑"[3]。应该说，正是借助这种有些"生硬"的教育作用，罗文应完成了自我改造，进而实现了主体性的建构。在这里，学习小组的李小琴是一个被组织化、成人化的人

1 《加强少年儿童工作》，华东青年出版社1952年版，第4页。

2 刘厚明：《试谈儿童心理活动的描写》，《北京文艺》1961年第4期。

3 贺宜：《读张天翼的几篇儿童文学作品》，《文艺报》1954年第3期。

物，"李小琴从来不撒谎"隐喻了组织代表的性格特质，不过，"李小琴们"的先在性也预示了罗文应的转变并非自律性的成长，而是其儿童性之外政治化的组织和引导的结果。当然，罗文应思想内心"努力想被同化"[1]的声音也契合了前述外在的政治引导，最终成为"李小琴们"中的一份子。此外，金近的《我真想入队》、张有德的《小刚的红领巾》、郭墟的《杨司令的少先队》、徐迪的《一对红领巾》等小说也继续采用上述语言叙述方法，将儿童的"新生"和"成长"置于教育与训练的体系下。伴随着"不被同化"的特性消逝，这些儿童的成长归入了历史、时代的发展潮流。而正是这种充满着意识形态功能的"教育"概念的介入，折射了儿童所置身的环境、天地及时代的变革。

在一体化的语境下，儿童文学不是超然物外的存在，其与成人文学一道在传达政治意识形态方面发挥着重要的作用。由于儿童文学的特殊性被取消，因而其语言的特殊性也就无从说起。这恰是意识形态控驭文学话语的重要策略，基于此，"儿童文学的创作必定源自社会群体的需求，必定以表达某个时代、某个社会群体的理想为最高原则，作品从主题性质、题材范围、情节构思、人物塑造、语言表达等都有明确的规范，合乎伦理的范围"[2]。严文井的《"下次开船"港》遵循了"发现儿童缺点—帮助认识改正—服务社会建设"的教育叙事模式。顽皮的唐小西的外号叫"玩不够"，每次做作业都想推到下一次去做，于是"下一次"就成了他的口头禅。为了教育唐小西，严文井设置了"'下次开船'港"这样一个地方。由于没有时间观念，这里的云彩凝固、鲜花不开，而洋铁人、灰老鼠则横行霸道，欺负小玩具。只有当唐小西认识到时间的重要性，才召回了时间小人、拯救了布娃娃，"'下次开船'港"才苏醒过来。虽然《"下次开船"港》是在教育范式下创作的童话，但严文井还是巧妙地运用了幻想与虚

---

1 凯伦·科茨：《镜子与永无岛：拉康、欲望及儿童文学中的主体》，赵萍译，安徽少年儿童出版社2010年版，第59页。

2 汤锐：《中西儿童文学的比较》，《浙江师范大学学报》（社会科学版）1990年第4期。

构、拟人与夸张等艺术手法，将幻想与现实有机地结合在一起。文中出现了许多诸如"六点就六点！你，小大人儿，才不怕你！""一个最好玩儿的地方。那简直比好玩儿还好玩儿，比快乐还快乐。那儿玩具多极了，要什么有什么，爱玩儿多久就玩儿多久。而且，根本用不着做算术题""他真会想！咱们原来老玩儿，老玩儿，都玩儿腻了，可是刚一做功课，就又想玩儿了"等许多儿童式的、孩子气的语言，在字里行间或自觉或不自觉地流露出对儿童思维和儿童精神的熟悉。在用文学范式去规范儿童的时候，他们内心对于童心、童年的赞美之情溢于字里行间与之对抗。

　　要缝合政治话语与儿童文学之间的裂隙，仅依靠语言的"精确性"来书写是不够的，袁鹰立足儿童文学的本体，在儿童诗的语言中融入了"模糊性"的特征，丰富了儿童诗语言的文学色彩。袁鹰十分注重儿童文学语言的特殊性，始终将"简明、朴素，注意到儿童的生活习惯和心理特点"[1]作为其创作儿童诗语言的要求。在保障文学的社会功用性的前提下，袁鹰对儿童诗语言进行修饰、改造，给作品增添了因模糊性带来的审美趣味，使之溢出了原有体制文学的束缚。这一定程度上弥合了文学受制于政治的情况，推动了中国儿童文学自主性的发展。

　　模糊与精确是一组相对的概念，文学语言有精确与模糊之别。作为一种象征符号，语言本身就带有一定的模糊性。所谓模糊语言，是指文学语言具有朦胧而又广远的语义外延。[2]换言之，文学语言并非一维的、明确的，而是多维的、开放的，给读者存留了思考和想象的空间。明人谢榛曾说："凡作诗不宜逼真，如朝行远望。青山佳色，隐然可爱，其烟霞变幻，难以名状，及登临非复奇观，唯片石数树而已。远近所见不同，妙在含糊，方见作手。"[3]言外之意，文学的意境"宅藏"于语言的模糊性之中。

1　袁鹰：《关于少年儿童文学创作的一些问题——在全国青年文学创作会议上的发言》，《儿童文学论文选（1949—1979）》，第39—52页。

2　毛荣贵、范武邱：《模糊语言的审美特征》，《外语教学》2005年第6期。

3　谢榛：《四溟诗话》，《历代诗话续编》下，中华书局2006年版，第1184页。

事实上，人们对模糊语言的认知态度在不断地改变，王明居将其概括为"模糊—精确—模糊"[1]的过程。从"五四"时期的白话文运动来看，用白话文取代文言文的语言革命是驱动文学革命及思想革命的起点。先驱者肯定白话文的"精确性""界定性"，认为白话文"可以发表更明白的意思，同时也可以明白更精确的意义"[2]，反之却摒弃文言文具有的"模糊性""隐喻性"等特征，认为其不适应现代科学发展，也不利于新思想的传播。在新旧文化的转换中，文学语言中的"模糊性""隐喻性"等富含艺术表现力的语言功能有所弱化，在很大程度上也造成了文学语言活力受限的问题。对此，朱晓进指出"五四"语言革命胜利的代价是"牺牲局部的文学的本体特性"[3]。对于中国儿童文学来说，语言改革为之提供了相适应的文学语言条件。以白话代文言的语言革命冲破了中国旧社会"语言与文字不一致"[4]的藩篱，白话语言自带的"直白""口语"等特点增加了儿童读者"接受"文本的可行性。问题在于，在新中国的文学体制下，儿童文学参与到社会主义建设的大潮之中，必须服从国家文学的规范和导向。一方面，儿童文学利用语言的"精确性"来规范政治意识形态话语的传输；另一方面，儿童文学有发展自身本体特性的诉求，这就需要依靠语言的"模糊性"来保障其"儿童性""文学性"的独立品格。

袁鹰对模糊语言的运用首先体现在对文体语言的混杂与融通上。袁鹰的文字生涯除了儿童诗，还创作了大量散文、古体诗、新闻、报告文学等。这种创作身份也影响了袁鹰儿童诗语言的风格，多种文体语言资源杂糅是其显在的特质。换言之，袁鹰广泛吸纳了多种文学文体语言的特色，并将其统合于儿童诗的文体形式之中，提升了儿童诗的语言表现力。对中国古典文学资源，袁鹰予以扬弃和化用，将其改造并融入于儿童诗的现代

1　王明居：《模糊美学和模糊数学》，《文艺理论研究》1991年第2期。

2　鲁迅：《答曹聚仁先生信》，《鲁迅全集》第6卷，第78页。

3　朱晓进：《从语言的角度谈新诗的评价问题》，《文学评论》1992年第3期。

4　王人路编：《儿童读物的研究》，第104页。

语言当中。年幼时，袁鹰曾在祖父的指导下上过旧式的私塾，接触了大量浅近易懂的中国古典文学，有着深厚的文言功底，"童年时代就对古诗古文有了浓厚的兴趣和爱好"[1]。十岁举家搬迁到杭州，袁鹰进了新式小学，"接触到'五四'以后的新文学，大开眼界"[2]。在"旧学"与"新学"的双重影响下，袁鹰汲取了两者的优点，型塑了其现代儿童文学观。对待文言文，袁鹰并不全盘否弃，而是将其视为儿童文学的语言资源。

　　为纪念李大钊烈士牺牲三十五周年，袁鹰的《春花献烈士》直接引用了两节李大钊创作的文言诗词："大陆龙蛇起，江南风雨多。斯民正憔悴，吾辈尚蹉跎。不闻叱咤声，但听呜咽水。夜夜空江头，似有蛟龙起。"这奠定了全诗由弱及强的情感基调。从诗歌整体来看，袁鹰在白话文为主的语言中夹杂了文言文的韵味，与李大钊的旧体诗形成了呼应。"山鸟啼，红花开，阳光照大路，少先队员扫墓来。"袁鹰发挥文言文带有的模糊性，以古诗词的语言开场，"啼""开""照"等动词精简而又有意味，配合山鸟、红花、阳光等意象生动地描绘了一幅少先队员上山扫墓的风景画。在"江水不呜咽，高歌奔大海；蛟龙升九霄，喜看新世界"的诗句中，袁鹰特意选用李大钊诗词中的意象，与前文形成了互文效果，借助诗歌语言将其革命探索者的精神气度描摹出来。

　　不言而喻，民间文学与儿童文学之间有着不浅的渊源。童谣、民歌的语言具有丰富的模糊性和可塑性，袁鹰儿童诗借鉴民间文学语言的特征，以口头语、俗语相互组合来追求诗歌的节奏感和趣味性。《沙土地》的"沙土地儿，跑白马，一跑跑到姥姥家，姥姥留我住，送我一个大西瓜"打破了常规语法的限制，灵活拆解句子的各个成分，以倒装的形式生动地再现了小男孩在沙地上奔跑的场景。《我的牛》是一首谜语诗，谜面"牛"和谜底"板凳"均为生活中的常见事物，易于引发儿童的联想。作为谜目的诗歌语言通俗顺口，同时也带有民间儿童谜语的口传性。《小星

1　袁鹰：《袁鹰自述》，大象出版社2010年版，第6页。

2　袁鹰：《自传》，《袁鹰研究专集》，浙江文艺出版社1992年版，第8页。

星》改编自欧洲民谣，原歌由莫扎特谱曲，简·泰勒作词，已在世界范围广泛流传达两个世纪。相较于原儿歌语言的平缓整齐，袁鹰的《小星星》语言长短参差，语调流转富有变化。同时，袁鹰在语言的内容上进行了"中国化"处理，使整首诗在语言上贴近中国儿童的喜好。"东方一个小星星，西方一个小星星……星星跟着星星走，好朋友永远不分手。"在这里，东方和西方既可作为天空中星星的方位，又可以表示观察者所处在的地理位置。借助模糊语言的运用，整首诗歌的内涵可以理解成赞美儿童友谊的纯洁亲密，也可以理解成弘扬民族之间的血脉亲情和国家之间的深厚情谊。《李子树》也在语言结构上进行变通，以通俗浅易的语言风格介绍了三姐妹的职业与特色，"三段式"的诗体结构中蕴含着民间故事的叙事印记。在对民间文学资源进行转化、利用的同时，袁鹰又将儿童诗语言附着于政治意识形态的着力点上，增添了体制文学话语的活泼性。换言之，民间文学资源的化用进一步消解了政治话语介入儿童文学而产生的"威胁性"[1]。在文学"一体化"的语境下，袁鹰用模糊语言满足儿童本能的兴趣与趣味，履行了"对儿童的现象世界进行规范、制约"[2]的责任使命。

袁鹰儿童诗向儿歌习得的另一个方面便是对于声音的修饰。韦勒克曾说："每一个文学作品首先是一个声音的系列，从这个声音的系列再生出意义。"[3]儿童诗与儿歌都讲究语言的音乐性，声音之美对之于儿童文学的重要意义是不言而喻的。早在清末民初，曾志忞在《〈教育唱歌集〉序》提出"诗人之诗……要皆非教育的，音乐的者也"，将音乐性视作儿童诗歌的最高标准。在语言方面，曾氏主张以"自然""流利"为特征的"最浅之文字"取代旧式歌词语言中的"填砌""高古"，力求"童稚习之，浅而有味"[4]。周作人立足儿童"听觉发达，能辨别声音"的特殊性，从教

---

1 佩里·诺德曼、梅维丝·雷默：《儿童文学的乐趣》，陈中美译，第104页。

2 杨实诚：《论儿童文学语言》，《中国文学研究》1999年第2期。

3 韦勒克、沃伦：《文学理论》，刘象愚等译，生活·读书·新知三联书店1984年版，第166页。

4 曾志忞：《〈教育唱歌集〉序》，王泉根评选：《中国现代儿童文学文论选》，第10页。

育的角度肯定了"有韵或有律之音"[1]在早期儿童语言习得中的重要价值，认为悦耳动听的语言能够调动儿童的审美情绪，从而增加诗歌的传唱度。为了实现儿童诗的音乐性，袁鹰尤为讲究语言的押韵。总体上看，袁鹰儿童诗的篇幅或长或短，形式多变，但每一小节的最末一行总能和前文押相似或相同的韵。在传达政治话语的前提下，整体押韵的诗歌语言可以保障思想传递的有效性，但同时也成为儿童诗创作的一大难点。袁鹰对儿童诗的结构进行了调整，以四行为一节的循环结构为主，追求严整的韵律感，或打破常规的语法和词性来达到押韵的效果。此外，袁鹰还从词汇和语句入手，在儿童诗中融入富有音乐性的节奏和语调。在词汇方面，袁鹰运用叠词、拟声词来丰富语言的灵活性，并通过重复、平仄来调整语句的通畅。例如，"高又高来大又大""盖好了，给谁住呀？谁要住，谁就往里面搬吧"（《盖房子》），用儿童游戏时的口语组成通俗流转的语调，并用自问自答的形式展现了儿童语言的活泼生气；"轰隆隆，轰隆隆，火车开来了。大家快上车，火车就要开来了"（《开火车》），以儿童嬉戏时的话语和拟声词相结合，由悠长缓慢的旋律过渡到具有动感的口语中，改变了诗歌的节奏，并且用反复的语言渲染了音调的变化。《烈士墓前》由《春花献烈士》改编而成，后被人谱写成曲。袁鹰保留了原诗语言的凝练、庄严的情感特色，以循环重复的流转结构来抒发抑扬顿挫的情绪感召力。从某种意义上说，袁鹰在儿童诗中对音乐性的追求是20世纪三四十年代新诗"歌谣化"倾向在儿童文学领域的延伸。虽然袁鹰儿童诗的声音之美在今天看来似乎缺乏足够的吸引力，但在新中国的文化背景中，运用模糊语言来实现诗歌的音韵感无疑是儿童文学本体性的体现。不妨说，袁鹰顾及了儿童读者的特殊性，以一种"俯就"儿童的倾向贯彻了儿童文学创作的审美要求。

　　幻想与现实是儿童文学的"鸟之双翼"。如何处理幻想与现实的比重

1　周作人：《儿歌之研究》，《周作人散文全集》第1卷，第297页。

是新中国儿童文学的一大难题。袁鹰认为儿童之所以喜爱诗歌，是因为诗歌中含有"儿童现实生活的描述，有神奇美妙的幻想"[1]。袁鹰儿童诗虽以表现新中国的现实生活为主，但始终将幻想视作儿童诗语言的组成部分。郭沫若曾说："儿童文学当具有秋空霁月一样的澄明，然而绝不象一张白纸。儿童文学当具有晶球宝玉一样的莹澈，然而绝不象一片玻璃。"[2]在传输政治意识形态话语时，如果仅靠语言的精确性来表现确切的思想内容，儿童文学就落入了郭氏所说的"一张白纸"或"一片玻璃"的窘境。从袁鹰儿童诗对政治题材的书写来看，模糊语言是平衡现实与幻想的方法，表现"思想性""教育性"的话语因被纳入儿童本位的视野而被赋予了新的内涵，最终指向他对于新人构建与国家想象的实践层面。

《仙杖在哪里?》一诗即是袁鹰利用模糊语言糅合文学性与思想性双重话语的典范之作。全诗共七节，开篇以传统寓言为引，利用民间故事中的幻想性质吸引儿童读者的注意力，却将诗歌的整体内涵立足于社会主义事业的当下与未来。"一个勤劳的农夫遇到仙人，仙人给他一根拐杖，能叫沙土变成黄金。""仙杖"本是独具民间特色的传统器物，亦是整首诗的诗眼，它"能叫沙土变成黄金"。但整首诗的童话式语言仅保留了一节，自第二节开始，诗歌的叙述者"我"便开始将目光投身于家乡沙地的建设。我们不听老爷爷的劝告，"今天去给它浇水，明天去给它施肥，风雨连天的日子里，我们就轮流去当守卫"，最后"我"终于明白，仙杖其实就是自己的双手。诗歌用"点石为金"的魔力比喻日夜辛勤的劳动，展现了"我"的态度由最初的了解仙杖，期盼拥有仙杖，到最后明白仙杖魔力的真正内涵是靠自己的劳动去实现的心理转变过程。值得注意的是，诗中个人的愿望也发生了转变，农夫得到"仙杖"之后，想要将沙土变成黄金，而我"则"想改变家乡的环境。这种"个人—集体"的愿望诉求对比隐含了新中国对少先队员的道德要求。袁鹰并未在诗歌语言中具体描述少先队

1　袁鹰:《序言》,《儿童文学诗选（1949—1979）》上，第5页。
2　郭沫若:《儿童文学之管见》,《民铎》第2卷第4号，1921年1月15日。

员的样貌、神态、动作，仅以叙述者的内心诉求反映"我"的心理变化。少先队员在诗中作为讲述者的符号，起到呼吁和引导作用。从"我"对仙杖的痴迷和幻想到"我"最后的醒悟——"仙杖就在少先队员手上"，诗人传达了以少先队员为代表的新一代儿童群体需要具备的美好品质，他们不必真的点石成金，而是能用自己的双手为社会主义建设做贡献。

当然，语言的模糊性也应有其限度。对于儿童文学来说，语言注重"文学性""艺术性"的同时仍然要兼顾儿童读者的接受能力和阅读水平，过于艰涩、"精炼"[1]的语言容易导致儿童诗走向玄美的"成人化"，进而阻碍儿童文学的良性发展。袁鹰有效地把握了模糊性的尺度，在"模糊语言"与"精确语言"的调适中达成了良性制衡的和谐关系，以符合儿童文学本体的样态服膺于政治意识形态的要求。

在《扩大儿童文学的主题范围和样式》中，袁鹰对语言问题的探讨是基于新中国儿童文学所面临的主题书写而言的。在他看来，儿童文学的本体特征与新中国政治文化生态之间并非相互对立的关系："少年儿童文学的主题范围，可以同一般的文学同样的广泛。所不同的，只是所写的生活、所表现的思想感情，以至所运用的形式、语言，应该为少年儿童所能理解、体会和喜爱罢了。"一方面，袁鹰将真实地反映国家社会生活视作儿童文学的职责，"我们需要给孩子们多方面的教育，引导他们走向广阔无垠的天地，在他们面前展开祖国的社会主义建设的惊心动魄的场景，使他们从小就知道国家和社会的一些重大事件，养成并且鼓舞他们热爱祖国、热爱社会主义建设事业的豪迈的感情"[2]。正是持守着对国家文学规范和导向的遵循意识，袁鹰以精确语言表征主流政治意识形态，从而坚持儿童文学的党性原则。[3]另一方面，袁鹰没有忽视儿童文学的特点，充分理

1　贺宜:《儿童诗创作中的几个问题》,《贺宜文集》第5卷,少年儿童出版社1988年版,第187页。

2　袁鹰:《扩大少年儿童文学的作者队伍》,《人民日报》1955年10月3日。

3　贺宜:《坚持儿童文学的党性原则——兼驳"童心论"和"主要写儿童论"》,《儿童文学研究》1960年第2辑。

解儿童读者的特殊性，这使得袁鹰儿童诗规避了走向"唯政治与思想论"的极端。在袁鹰看来，"儿童诗歌毕竟不是对成年读者写的，它的对象是少年儿童……这就决定了它的内容和形式、体裁和语言、构思和情趣，都需要按照自己对象年龄的特点来寻找独特的表现方法"[1]。因此，袁鹰对模糊语言的应用是切合儿童文学本体特性的。在文学政治化高度凸显的话语体系中，袁鹰儿童诗的语言样貌表征出一种"溢出"政治框架的姿态，即"文学的反抗"。然而，这种反抗并不意味着袁鹰儿童诗脱逸了新中国文学的整体结构，而是在"一体化"的文学格局中以立足本体的方式参与了政治与文学的合奏。

袁鹰致力于对"精确语言"与"模糊语言"的融合，以公共话语与私人话语的同时出场来弥合政治性与文学性之间的裂隙。不满足于对现实的简单反映，袁鹰认为儿童诗在语言运用上不能脱离实际，而是要深入生活，真实而又真切地反映儿童的思想愿望。袁鹰批判了"只要写得浅近些，用点儿童语言，就是儿童诗"的错误观念，提出了儿童诗的创作要求，即"一要来自儿童的生活；二要来自中国儿童的生活；三要来自社会主义时代中国少年儿童的生活"[2]。换言之，袁鹰儿童诗的真实受众并非一般意义上的"儿童"，而是具有"阶级性"的人民群体的一部分，被称为新中国"社会主义的新一代"。以"五四"儿童文学的"儿童本位"为思想源头，袁鹰没有误入纯化儿童文学的歧路，他以毛泽东《在延安文艺座谈会上的讲话》所提出的"工农兵文艺"为指向，明确将政治视角作为儿童文学的表现方式，深植于国家整体的民族文化机体下思考儿童文学的发展路向。因之，袁鹰儿童诗语言紧紧围绕社会主义时代背景下的"人民文艺"的思想感情，成为文艺工作者与人民大众打成一片的"群众的语言"[3]的一部分。在《保卫红领巾》《当我们栽下第一棵树苗》《和太阳比赛早

1　袁鹰：《序言》，《儿童文学诗选（1949—1979）》上，第5页。

2　同上。

3　毛泽东：《在延安文艺座谈会上的讲话》，《毛泽东选集》第3卷，第855页。

起》《入队宣誓》等作品中，袁鹰均以儿童群体"我们"作为叙述者，以带有公共性的集体话语来完成新人建构与国家想象的使命。问题的复杂性在于，袁鹰儿童诗语言并未由此堕入公式化、模式化的套路，而是以精确语言与模糊语言的融合样态呈现出"政治性"与"文学性"的一种平衡关系。在这方面，袁鹰的叙事诗以真实事件为背景、以贴近个体儿童的真来反映时代与社会的生活面貌值得肯定。这类儿童文学作品并非套路化、模板化的语言产物，而是充满生命力的书写。对此，袁鹰对创作中的公式主义倾向进行批评："不克服公式主义倾向，我们的创作就不会前进。我们就不可能更丰满地表现少年儿童的生活，创造足以表现我们的时代，表现新中国少年儿童的鲜明的、突出的典型形象！"

另外，袁鹰认为儿童诗的书写需要考虑到不同年龄段儿童的心理特征，"那些显示心理特征的细节的描写，是细腻的，也是符合少年儿童的特性的。这样就产生了一股相当强烈的艺术的魅力"[1]。《草原小姐妹》歌颂了玉荣与龙梅两姐妹在遭遇风雪天气时成功护送公社羊群的事迹。在两姐妹面临恶鹰追击时，袁鹰没有忽视玉荣和龙梅的年龄差异，用旁观者与亲历者相结合的语言传递诗歌的多重情感。妹妹玉荣初见老鹰时充满了惊慌，而作为姐姐的龙梅则举起了羊铲与之搏斗，成功击退了空中的猎食者。通过对两姐妹的动作、心理和对话的细致描摹，袁鹰塑造了真实而又立体的小英雄形象，肯定了儿童搏斗鹰群的勇气与保卫羊群的社会责任感。"龙梅先从昏迷中醒来，四面一片白得晃眼，这是什么地方呀？莫非还在风雪的草原？她一把抓住床边的叔叔：'我的羊群呢？它们在哪儿？'叔叔笑着点点头：'放心吧，羊群都很安全！'小玉荣的冻伤很重，到夜里才脱离危险。好消息立刻长了翅膀，给多少人的心上添了温暖。"袁鹰将情绪的变化既藏匿于私人化的模糊语言中，又在公共化的精确表述中进行重复与强调，加强了与儿童读者的共鸣，在书写两姐妹病情时的详略处理

1　袁鹰：《关于少年儿童文学创作的一些问题——在全国青年文学创作会议上的发言》，《儿童文学论文选（1949—1979）》，第39—52页。

亦突出了诗歌语言的丰富性和层次感。在《刘文学》中，袁鹰一方面通过陈述旧中国人民的屈辱和贫穷来传达对阶级敌人的憎恶，用集体的声音鞭笞旧日的黑暗，如"缸里没米，灶下没柴，一家人眼泪往肚里滴。地主家的恶狗，也专把穷人欺"，文学语言直白、简练，易于儿童读者理解，沉重地反映了旧社会的残酷。一方面通过对刘文学的心理描写和语言描写，以私人化的语言展现刘文学作为一名孩子的天真可爱，如对刘文学与母亲的谈话的描写："妈妈呀，好妈妈，你说我啥时候才长大，要像小树有多好，日也长来夜也发。"这种贴近口语化的诗歌语言，既缓和了前文激烈而又煽动的情绪，使小读者能够"喘一口气"，又勾勒出儿童所熟知的家的画面，在亲切温馨的氛围中加深小读者与刘文学的情感共鸣。在两套话语体系的交织下，由于语言的浅易和朴实，儿童读者能够轻松捕捉公共话语的意涵，同时带有"儿童性""自然性"的私人化语言又能贴近儿童的审美趣味。可以说，袁鹰儿童诗语言因介入政治与文学之间的动态结构成为绘制新中国"现代民族国家"的想象方式。[1]

语言不仅是表意的工具，更是承载思想的容器，高玉将其概之为道器合一的"精神系统"[2]。由此看来，袁鹰儿童诗中"精确性"与"模糊性"语言的融合现象，反映出新中国儿童文学"思想性"与"文学性"之间的张力结构，过度偏向思想与文学的任意一极都不利于中国儿童文学的发展。显然，在此语境下，政治意识形态在两者的博弈中占据了主导地位，儿童文学的本体特性极易受到既定的思想性与教育性的宰制。袁鹰儿童诗语言的"溢出"部分，也仍然是"在承认、遵从大的社会框架前提下的儿童真实的写照"[3]，并未脱逸出政治话语的框架。可贵之处在于，袁鹰在儿童诗语言方面所做的尝试，使儿童文学以本体的方式参与了新中国成立后

1 罗岗：《现代国家想象、民族国家文学与"20世纪中国文学"的重构》，《文艺争鸣》2014年第5期。
2 高玉：《语言本质"道器"论》，《四川外语学院学报》2001年第2期。
3 吴其南：《从仪式到狂欢——20世纪少儿文学作家作品研究（上）》，第119页。

新人建构与民族想象的宏大叙事，在新中国文学的"一体化"语境中坚守了儿童文学自身的独立品格。

第四节　返归主体与新时期以来儿童文学的语言探索

新时期以来，随着儿童文学回到"文学本身"的展开，儿童文学语言形式从此前政治一体化的思想中解脱出来。文学"回到文学本身"命题的提出，是以人的主体性、独立性作为出发点的，是"把人当作人本身"的一种理论推衍。而此后的"文学向内转""语言学转向"也是上述文学去政治化的手段，也是产物。在这方面，刘再复的《论文学的主体性》是一篇绕不过去的重要论文。他提出的"文学的主体性"是从"人的主体性"这一基本前提为基点而演化出来的，因而"文学的主体性"内涵就包括如下两个向度："一是把人放到历史运动中的实践主体的地位上，即把实践的人看作历史运动的轴心，把人看作人。二是要特别注意人的精神主体性，注意人的精神世界的能动性、自主性和创造性。"[1]突出了"人的主体性"的基础，"文学的主体性"就变得符合逻辑了。因为文学的主体就是人，它包括作家、读者及作家笔下的人物。

一旦人的"内自然""内宇宙"进入充分自由的状态，文学创作实践才能实现对外在世俗观念、时空界限及"封闭自我"的控驭。遗憾的是，刘再复尽管提及了批评家要理解作家的表现方式，却未讨论作家的语言主体性问题。无独有偶，鲁枢元的《论新时期文学的"向内转"》点出了"语言的情绪化"这一"内转"的特点[2]，但也仅限于提及，并未进一步深入展开。面对文学被功利主义始终缠绕的事实，曹文轩曾提醒国人："文学的目的小于自身，这自然是文学的悲剧……文学必须是文学，不能忘却

1　刘再复：《论文学的主体性》，《文学评论》1985年第6期。
2　鲁枢元：《论新时期文学的"向内转"》，《文艺报》1986年10月18日。

自己而去完成本应由政治学来完成的任务。"[1] 抛开文学与政治之间的张力结构不论，文学主体性的强调对于文学摆脱极端政治化的束缚无疑是非常必要的，激活了作家的主体性也有助于突破定于一尊的文学批评标准。

一、儿童文学分层与语言禁忌

儿童文学内在的分层并非新时期以来才被研究者认识到。早在 1920 年，周作人的《儿童的文学》中就根据儿童年龄的分段划定了不同的儿童文学文体。他的分期是一婴儿期（1 至 3 岁），二幼儿期（3 至 10 岁），三少年期（10 至 15 岁），四青年期（15 至 20 岁）。[2] 此后，围绕着儿童分龄学界有诸多争议。黄云生认为儿童文学的服务对象，包括了从 3 岁到 15 岁的全部儿童。[3] 刘绪源认为儿童文学一般指给 0 岁到 16 岁的孩子欣赏的文学。[4] 朱自强把儿童文学的儿童读者范围定位在 0 到 15 岁左右的儿童。[5] 王泉根则认为所谓儿童文学，是为 18 岁以下的少年儿童服务的文学。[6] 凡此等等，不一而足。"儿童"分龄的特点必然带来儿童文学内部的分层，而这种不同分层类型又具有不同的思想和语言特性。如果不加区分，不仅无法按照年龄来配置相应的儿童文学作品，而且会造成诸如语言禁忌等理论难题。

1962 年，陈伯吹就率先在学界提出这样的疑问："在儿童文学中，是否还存在着'幼童文学'、'儿童文学'、'少年文学'的分野？"[7] 不过，陈伯吹提出这个疑问的落脚点却是"教育效果的丰收"，这显然也窄化了儿童文学的艺术审美性，也不利于三种文学形态的区分。在讨论儿童文学的

1　曹文轩：《曹文轩论儿童文学》，海豚出版社 2014 年版，第 437 页。

2　周作人：《儿童的文学》，《周作人散文全集》第 2 卷，第 280 页。

3　黄云生：《儿童文学教程》，浙江大学出版社 1996 年版，第 16 页。

4　刘绪源：《美是不会欺骗人的》，青岛出版社 2017 年版，第 364 页。

5　朱自强：《儿童文学概论》，高等教育出版社 2009 年版，第 83 页。

6　王泉根：《论人类文学大系统的分类结构——兼论儿童文学存在的客观性、科学性和合法性》，《中国儿童文化》2007 年第 3 辑。

7　陈伯吹：《谈幼童文学必须繁荣发展起来》，《儿童文学研究》1962 年 12 月号。

特点时，鲁兵认为将儿童文学"一分为三"是可取的，他也提醒人们同时要注重作为整体的儿童文学的特点。[1]就语言而言，幼儿文学、儿童文学和少年文学有着不同的特点，因而要分而论之。蒋风的《幼儿文学的语言》[2]是在儿童文学内部分层结构视野下研究语言的论文。此后，其他两种文学类型的语言研究才逐渐得到学人的重视。

儿童文学内部分层成为一个问题，要追溯到1984年。是年，常新港的《独船》因描写了主人公石牙子的死亡事件而引起了学界关于儿童文学禁忌、禁区问题的讨论，这与抗战时期是否要描写儿童阴暗面的讨论一样，都关涉了儿童文学题材的广度、深度及悲剧等本体问题。管锡诚明确地给《独船》下了一个"不是儿童文学"[3]的结论。对于少年文学而言，是否可以写死亡主题可能不是一个需要讨论的问题，但对于幼儿文学可能就不一样了。王泉根不认同管锡诚的意见，他认为《独船》是一部优秀的儿童文学，只不过它属于"少年文学"的范畴。[4]同样，《谁是未来的中队长》《我要我的雕刻刀》《祭蛇》《新星女队一号》《今夜月儿明》也曾引起过争议，争议的焦点是儿童文学可不可以揭露阴暗面、是否可以写性爱等题材问题。这些讨论如果置于整体性的儿童文学的系统来考察，是很难说清楚的。毕竟儿童文学的读者群跨度很大，儿童读者的年龄特征也并不同一，因而需要廓清儿童文学内部的结构，从不同的年龄层次来区别地回应上述议题。为了避免用统一而往往是混沌一团的标准捆绑儿童文学，王泉根在1986年提出了儿童文学的三个层次：幼年文学、童年文学和少年文学，并将其从"儿童文学"这个单一概念中独立出来，自成一系。[5]应该说，王泉根在此运用的是先析离后整合的思维逻辑，这有助于儿童文学内部结

1　鲁兵：《教育儿童的文学》，《儿童文学论文选（1949—1979）》，第101—102页。

2　蒋风：《幼儿文学的语言》，《儿童文学论文选（1949—1979）》，第394—404页。

3　管锡诚：《独特，但不是儿童文学——也谈〈独船〉》，《儿童文学选刊》1985年第6期。

4　王泉根：《为"成人化"一辩——从〈独船〉谈起》，《儿童文学选刊》1985年第6期。

5　王泉根：《论少年儿童年龄特征的差异性与多层次的儿童文学分类》，《浙江师范大学学报》（社会科学版）1986年"儿童文学研究专辑"。

构的分立，来分门别类地解决之前悬而未决的问题。如教育性与趣味性、成人化与儿童化、写光明和写阴暗、类型与典型等一些疑难问题似乎在这种分层的结构中就顺利地解决了。但事实上，这种理论预设和现实之间依然存在着距离，两者之间难以克服的矛盾依然存在。最为突出的问题是儿童年龄的流动性及在强化差异性的同时遮蔽三种文学形态的共性。陈子君曾提醒人们，儿童文学是成人"专为"儿童创作的文学，"专为"的复杂意涵不容忽略。"专为"的提法强调了儿童性及儿童文学的特殊性，但结果却是将儿童文学和成人文学的界限划得太清而忽略了两者的共性。他认为，对于儿童文学，特别是少年文学，要强调相对独立的发展，又要加强和成人文学的联系。[1]关于这一点，杜传坤的观念颇为类似，她担忧儿童文学的分层会拉大儿童阅读的差异性，同时这种强调层次间的断裂会带来儿童文学创作的"双重异质性"，即在隔离成人的同时也区隔了儿童。[2]确如杜传坤所论述的，一旦儿童文学依据儿童年龄的层次而创作相应的文学作品，逐渐细化的儿童阅读的分级必然会造成读者视域的偏狭化、僵化，同时也容易限制三种文学样式在内容、题材及艺术形式上的创新。这也难怪黄云生会感叹，当儿童层次越划越细时儿童文学却变成了"一排碎块"[3]。在分层的基础上搭建三种文学互通的"桥梁"并非易事，更何况，这种分层有时也未必能规避和解决上述板结在一起的"儿童文学"所碰到的问题。

幼儿文学是"人之初"的文学，也是"初阳"的文学。回到中国儿童文学发生的历史现场，那时的先驱没有区隔儿童文学的内部三个层次，是从整体和笼统的层面上来驱动中国儿童文学的出场的。《儿童的文学》里尽管有"幼儿前期""幼儿后期"和"少年期"的划分，但周作人却未能

1　陈子君：《为我国儿童文学的腾飞热烈欢呼》，《儿童文学研究》第26辑，1987年11月1日。

2　杜传坤：《边界与困境：定义幼儿文学》，《山东师范大学学报》（人文社会科学版）2019年第6期。

3　黄云生：《黄云生儿童文学论稿》，漓江出版社1996年版，第210页。

明确界定三个层次的文学特征及相互联系。从发生学的角度看，先驱者以"复演论"作为武器来推导中国儿童文学的特性。这其中，"原人文学""初民文学"的参照系也是主要针对幼儿文学而论的，与少年文学之间存在着较大的隔膜。立足于幼儿的年龄特性，幼儿文学可依循的理论资源主要是"童心"和"原型"[1]。中国古代并没有自觉为儿童创作的文学作品，但一些口传的民间故事、儿歌、童谣、寓言却依然是儿童的宠儿。从这种意义上说，假使中国古代有儿童文学，那么它也是以幼儿为主体的文学，即幼儿文学。幼儿文学的特殊性中，有一个现象应予以重视：幼儿并不具备独立阅读文学的能力，因而幼儿文学的第一读者是成人而非幼儿。关于这一点，金波得出了这样的一个结论："幼儿文学不仅仅是幼儿的文学，它还是家长和老师的文学。"[2]正因为这种混杂着幼儿与成人读者的状况，幼儿文学在"代际"交流与融通上要比童年文学、少年文学更为迫切，表现得也更为突出。而这一特点正是儿童文学区别于成人文学的地方。在不同的历史阶段，儿童文学作品的预设读者并不一致，有的指向幼儿，有的则更倾向于少年，还有的包括了三个不同的年龄层次。通过儿童文学预设读者的分布及变化能窥见现代中国社会发展的讯息。

20世纪80—90年代幼儿文学发展开启了新的征途，学界逐渐廓清了笼罩在幼儿文学上的迷雾，将其从整体性的儿童文学中分离出来。但是这种分离并不是脱离儿童文学母体，而是将其置于儿童文学的初始阶段，从幼儿文学的独立性与游移性中去考察中国儿童文学内部结构的复杂形态。不过，这一时期真正崛起的是少年文学。新时期以前的儿童文学中的"儿童"多指未及少年的儿童，但是到了新时期，随着少年文学的崛起，这种"正宗的没有争议的儿童文学"[3]亟待重新赋名。伤痕文学慰藉了少儿的心灵，但这种充满着悲愤的反思和爱的回归却消耗了儿童文学本有的"力

1　黄云生:《人之初文学解析》，少年儿童出版社1997年版，第25页。

2　金波:《试谈幼儿文学的特殊性》，《文艺报》1987年7月11日。

3　唐兵:《儿童文学中的女性主义声音》，湖北少年儿童出版社2003年版，第67页。

度"与"深邃"。如何祛除思想性过剩的弊端，创构新的儿童文学观念，重建少年儿童新形象已刻不容缓。束沛德将这一时期儿童文学概括为"更新"和"换代"的阶段，所谓"更新"是指儿童文学观念的进一步开拓和更新；"换代"则是指涌现了一大批在儿童文学领域探索的新生代作家。[1] 经过了"伤痕"和"反思"之后的沉淀，中国儿童文学观念开始了新变，周晓的"塑造80年代新型少儿形象"[2]正是基于这种语境而向儿童文学界发出的呼吁。这与曹文轩"塑造民族未来性格"[3]的主张一样，将儿童文学的社会功用提升至民族国家想象的高度，以少年儿童的新形象来勾勒未来民族性格的轮廓。无论是汪盈（庄之明的《新星女队一号》、长白山下少年（常新港的《白山林》），还是章杰（刘健屏的《我要我的雕刻刀》）、马强（萧育轩的《乱世少年》）、熊荣（范锡林的《一个与众不同的学生》），都一反伤痕小说中沉闷低郁的基调，在父辈缺席其成长的过程中，少年独立开创了属于自己的强者人生。在《新星女队一号》的创作谈中，庄之明认为书写"新少年"是儿童文学的新的基点："塑造少年儿童新人形象，不应该形式地反映他们的外在形态，而要本质地揭示他们的精神世界——奋发向上的美的心灵。"[4]这是一种走向未来的人物形象，也隐喻了未来民族性格的精神气度。曹文轩的《古堡》是一个关于少年探索的寓言，山儿和森仔寻找传说中的古堡只是一个引子，他们爬过山顶没有看到古堡却昭示了其是"这个世界上第一个知道山顶上没有古堡的人"。在这里，"这一个"少年幻化为"这一群"少年而成为一种象征的隐喻。塑造民族未来性格是一个集体的、系统的工程，如何呈现一代少年形象的新面貌是这一时期少儿小说关注的重点。程玮的《来自异国的孩子》将一个复数的"孩子"群体展示出来，小说看似讲述法国儿童菲力普在中国求学的经历，但

1　束沛德：《关于儿童文学创新的思考》，《儿童文学研究》第24辑，1986年12月1日。
2　周晓：《努力塑造新的美的少年形象》，《周晓评论选》，少年儿童出版社1992年版，第205页。
3　曹文轩：《中国八十年代文学现象研究》，人民文学出版社2010年版，第365页。
4　庄之明：《〈新星女队一号〉创作回顾》，《儿童文学研究》第28辑，1988年5月1日。

实质上反映了作家"雕刻"儿童群体艺术的阔大情怀:"我们是孩子,我们就是我们,再也没有他们,你们。"中外少年突破文化隔阂,融为一个面向未来的"我们"。李建树的《走向审判庭》刻画了一个为父亲诉讼的少女刘英,她对社会蠹虫的轻蔑的胆识体现了新少年的精神气度。常新港的《独船》中的张石牙无所畏惧和大义赴死的气魄,表征着儿童文学逐渐走出此前"走弱"的偏狭,开拓了更为广阔的现实世界与少年的心灵世界。

从年龄的角度来看,少年是介乎儿童与成人的中间阶段。这个年龄阶段较为尴尬,较之于幼儿,他们是相对成熟的群体,但对于成年人而言,则依然是未成年人,仍有成长的空间。对于少年读者而言,摆在他们面前的要么是"低幼"的儿童读物,要么是"超前"的成人文学作品。真正适合他们阅读的只有两种:少年文学或青春文学。由此类推,少年文学是儿童文学与成人文学的中间阶段。青春文学与儿童文学呈现出不同的特征,前者有明晰的抒情性和风格化的特征,而后者则长于故事特征并且有去风格化的趋势。相对而言,前者的个性化较为明显,而后者更集中于集体潜意识的沉积。

从青春文学的整体背景看,少年文学确实是可视为融通两种文学的一个"过渡性"的标本。因而,对少年文学的界定与理解也曾存在着杂糅或模糊的状态。对于这种状态,白烨认为按读者年龄来配置文学类型有些"粗线条",对于少年读者群体而言,"要不去看成人文学,要不去看儿童文学,这实际上都与他们的实际需要并不对位"[1]。这种"不对位"本身就表征了少年读者的多元化、过渡性的年龄状态。想要弥合儿童文学与成人文学之间的沟壑,有必要贴近少年的年龄特性,从青春、成长等议题来勾连两种文学,破除断裂和分层所带来的文学世界的隔绝。由是,有学者提出,在儿童文学与成人文学间增加一种成熟的"青春文学",从而丰富、

---

1 白烨、张萍:《崛起之后——关于"80后"的答问》,《南方文坛》2004年第6期。

补充和完善了"文学链"。[1]从概念上看，"青春文学"是那些早慧的作家创作的文学。这决定了青春文学并不等于儿童文学，其缘由是儿童文学的创作者是成人而非儿童。从读者接受的角度看，青春文学以同代人聚焦的青春作为书写对象，肯定能得到少年读者的认可。但问题是这种同代人的相互抚慰并不意味着青春文学可以替代儿童文学。成人或成人作家的"缺位"是青春文学无法回避的局限，对于儿童文学而言，这种缺位同样也是一种文化的"失职"[2]。无论是写校园青春还是残酷青春，单向度的青春消费显然失之放纵，而适当的成人化的参照与介入能修正上述缺憾，使之更好地为少年读者提供精神食粮。从这种意义上说，加入了成人或成人社会的参照，不仅扩充了观照视域，而且也深化了其本体的思想容量。在论及文学创作道路时，陈丹燕结合自己的创作经历指出："我开始写作时，刚大学毕业。我所能有话想说的，就是青春期的故事和心情。那时候，这样的故事被分在儿童文学里面，所以就写的是儿童文学了。"[3]对于青春文学，儿童文学界对其褒贬不一，但不管喜欢不喜欢，"都没能阻止青春文学成为覆盖儿童文学的文学品种"[4]。确实，少年文学中少年的人生经验和社会认知非常接近成年，青春期的故事划归到广义的儿童文学中也不无道理，只不过，这种青春期故事于儿童文学所预设的幼儿读者而言却显得不合适了。这其中存在着以部分代替整体的归类逻辑，但尽管如此，立足于少年文学的中间状态来审思两种文学的关系还是恰如其分的。如果将青春文学理解为儿童文学向成人文学转化的中间形态，那么这里的儿童文学应是狭义的概念，特指幼儿文学和童年文学。之所以不包纳少年文学，是因为少年文学中含有青春文学的诸多质素，但不等于青春文学本身。直到21世纪，随着"80后"文学的崛起，青春文学才真正从儿童文学、通俗文学

1　高玉：《光焰与迷失："80后"小说的价值与局限》，《中国社会科学》2012年第10期。

2　李敬泽：《儿童文学的再准备》，《人民日报》2015年7月17日。

3　陈丹燕：《唯美主义者的舞蹈》，文汇出版社1994年版，第6页。

4　陈丹燕：《变化中的中国儿童和青少年文学》，《中国儿童文学》2006年第1期。

等门类中分离出来，成为一个低龄化写作的、特定的文学门类。按照传统儿童文学观念，低龄化写作或儿童写作并不能算作儿童文学，因为这种"同代人"的书写模式与传统"两代人"交流模式存在着极大的差异。低龄化写作体现了"早熟"的作家心理与稚拙的儿童本体的错位，这种错位带来的疼痛感也使他们"走到了悬崖的边缘"[1]。而此时再以青春文学作为"节点"来融通儿童文学与成人文学就显得不合时宜了。

在《想象中的未来》中，曹文轩曾预言儿童文学将走向"一头向高，一头向低"的两极分化。这其中，少年文学的出现打破了传统儿童文学观念，将触及原有儿童文学"不触及""不宜触及"和"不敢触及"的问题，如生命、身体、性等。[2]新时期之前的儿童文学也触及问题，不过这些问题更多的是社会问题，是儿童主体之外的社会机器及其关系机制的外部问题，而少年文学则逼近少年主体的内部，或基于内部的世界而开启对外部社会问题的思考。不过，曹文轩对少年文学的拉伸并非出于廓清儿童文学的概念考虑，而是基于其"成长文学"的理论构想：将少年文学不含纳的向青年发展的一头涵盖进来，从而构成其完成的"成长"体系。[3]在与殷健灵的对话时，曹文轩重申了"成长文学"的理念，认为成长文学是填平儿童文学与成人文学之间"灰色的地带"[4]的概念。从表面上看，曹文轩这种以"成长"之名贯通儿童文学与成人文学的观点有其可取性，毕竟从儿童到成人就是成长的本意。但是，这种以成长的整体性取代成长的阶段性的做法势必会消弭儿童文学的独特性，进而误读两种文学复杂多元的关系。反而是王泉根的观点更具可操作性："儿童文学如果要塑造新的典型形象，那就得从少年文学中去突破，尤其是少年小说，至于幼年文学与

1　徐妍：《凄美的深潭："低龄化写作"对传统儿童文学的颠覆》，《文艺报》2002年3月5日。

2　曹文轩：《想象中的未来》，《中国儿童文学》2000年第1期。

3　唐兵：《儿童文学中的女性主义声音》，第67页。

4　曹文轩、殷健灵：《关于少女心理小说的对话》，殷健灵：《纸人》，少年儿童出版社2004年版，第4页。

童年文学，就让类型化的人物去占据吧。"[1] 即不盲视儿童文学的多层次性，也不基于用一种普适的概念去涵盖它。这样一来，儿童文学依然是儿童文学，成人文学也还是成人文学，只是少年文学具备观照两种文学的视野和支点。跳出低幼儿童的年龄特性，少年文学探测少年敏感细腻的心理在这一时期成为书写的重心。这种由"外"而"内"的视野转换，体现了中国儿童文学返归儿童主体内宇宙的努力，重新唤起人们对于少年人格与人性的尊重。

持守着"儿童性"和"文学性"的自足天地，提防着外来话语的渗透曾一度使得儿童文学走向了封闭的死胡同。为了卫护儿童文学的纯洁性，陈伯吹对于新时期儿童文学作品中出现的一些现象表示出极大的警惕："儿童文学中的某些作品，特别是某些年轻作者的作品，也发现了一些错误倾向。如居然面对情窦未开的少年儿童拔苗助长式地描写爱情的萌芽，宣扬所谓少男少女的朦胧爱情。性态文学虽未敢大胆进门，而荒诞的武侠小说则早已沾上了边。"[2] 事实上，儿童文学的主题、思想、题材有其特殊性的要求，但并不意味着可以罔顾其普遍性或共性。这也难怪艾肯提醒儿童文学创作者要注意这样一个事实："永远不要把自己降到假想的孩子的水平来写作，也不要减少词汇量。"[3]

二、"懂"与"反懂"的语言本体省思

语言是一种表述思想情感的工具，所谓"言为心声"是也。与"儿童"类似，中国儿童文学也是一个"现代概念"。既然具有现代性的品质，那么其思维体系和表述方式也是现代化的。而思维体系和表述方式的现代化都可以通过语言现代化来呈现。具体而论，中国儿童文学的现代化

1　王泉根：《论少年儿童年龄特征的差异性与多层次的儿童文学分类》，《浙江师范大学学报》(社会科学版) 1986年"儿童文学研究专辑"。

2　陈伯吹：《卫护儿童文学的纯洁性》，《解放日报》1987年6月4日。

3　彼得·亨特主编：《理解儿童文学》，郭建玲、周惠玲、代冬梅译，第340—341页。

可理解为作家如何通过语言载体建立表述的立场、方式和边界，即包含了"说什么"和"怎么说"两个层面。这两个层面与一般文学所包含的内容与形式有着较大的差异，它们介入了一般文学动态展开的畛域，而且又辩证统一于文学的语言系统之中。

对于儿童文学来说，由于创作者与接受者的同一性，要求成人作家转换语言表述方式来切近儿童读者的接受心理。这种转换因"两代人"思维体系和表达方式的差异而具有相当大的难度。但是，解决这种难度的方法不是成人作家以"浅语"来弱化思想性，也并不是成人作家模仿儿童的语言来替儿童发声，而是两代人基于"童年"而展开对话。否则儿童文学完全可以绕开两代人的转换难题，由儿童直接创作儿童文学，以实现"为自己代言"的目的。但儿童自己创作文学作品又违背了儿童文学的本义。因而儿童文学的语言实质上还是成人的语言，儿童话语难以在成人主导的儿童文学文本系统中浮现出来。关于儿童话语的隐匿，柯岩曾以医院"小儿科"来打比方，她认为儿童"不会主诉"，所以作为成人的医生就必须替儿童想得更为高远。[1]这种儿童话语的缺席容易滋长成人作家"拿儿童说成人之事"的策略，在一定程度上制约了儿童文学语言的儿童指向性，进而这种受缚的成人化语言也反过来影响了儿童文学的思想性与文学性的传达。

进入20世纪后，西方学界最为显在的变化是从"认识论"向"语言论"转向。受索绪尔的影响，学界普遍用语义分析来解决哲学等其他领域的问题，倚重的是语言的主体性、话语性，即如何运用语言来表述主体对于世界本质的看法。就语言的表意而言，"懂"是人际交流与对话的前提。中国语言的复杂性在于表意的显明与模糊上。弗朗索瓦·于连曾以一个外来他者的身份来讨论中国的语言，他认为要了解中文，光学语言是不够的，还应该学习解读话语，一种"推断的能力"至关重要。这就涉及语

---

[1] 柯岩：《心中的绿洲》，《柯岩文集》第7卷，第306—307页。

言的真实性问题了，这种别样的语言方式让很多外国人不知所措，于连甚至认为存在着一种潜在的危险："它企图要操控我们。"[1]与西方人追求语言的真实性不同，中国语言实际上丰富了这种真实性的内涵。从一般形态的语言到文学语言，这种特性都未改变。尽管钱玄同认为阅读新文学作品的读者不是"初识之无"和"灶婢厮养"之人[2]，但是新文学作品的创作也不能完全无视读者的接受状况。在讨论"什么是文学"时，胡适曾用浅近的话做了说明，文学的三个要件之一就是"明白清楚"，也即其所谓"懂得性"。[3]不过，胡适的这一界定是从语言文字"达意表情"而言的，如果产生误解、"不相信"或"不感动"，显然有违懂得的本义。在《什么是文学?》中，朱自清援引了胡适所谓文学的"三性"，他进一步将"懂得性"概括为"条理清楚，不故意卖关子"，唯有做到这一点，文学才是"好的""妙的""美的"。[4]在语言的表情达意方面，鲁迅的观点与胡适颇为类似，他认为"明白如话"是白话文的写作目标，对于作家而言，要放弃似识非识的字，"从活人的嘴上，采取有生命的词汇，搬到纸上来"。他提议学习儿童的语言，"只说些自己的确能懂的话"[5]。在创作中，鲁迅力避"冷僻字"及"行文的唠叨"，为了传达清晰的意思，他学习中国旧戏的技法，"宁可什么陪衬拖带也没有"[6]。胡适、鲁迅所论及的这一要件看似具有常识性和普遍性，但并不被所有流派视为典范，尤其是在后现代主义者看来稍显呆板，也限制了想象的自由。

20世纪80年代，中国儿童文学在经历了从"写什么"走向"怎么写"的转变后，班马、梅子涵、金逸铭等人的探索性小说运用了不太惯常的现代或后现代的艺术手法，成为儿童文学界备受关注的新潮。从学理上分

1　弗朗索瓦·于连：《迂回与进入》，杜小真译，第5页。

2　钱玄同：《英文SHE字译法之商榷》，《新青年》第6卷第2号，1919年2月15日。

3　胡适：《什么是文学：答钱玄同》，《胡适文集》第2卷，第136页。

4　朱自清：《什么是文学?》，《朱自清全集》第3卷，第160页。

5　鲁迅：《人生识字胡涂始》，《鲁迅全集》第6卷，第307页。

6　鲁迅：《我怎么做起小说来》，《鲁迅全集》第4卷，第526页。

析，这种新潮手法的运用本源于探索者对模式化的"先行结构"的反叛。在教育工具论或政治从属论的框架内，儿童文学给少儿读者预设了诸多文学价值与意义的理解范畴。当儿童文学"回到文学"自身后，这些先入之见的理解范畴不再是儿童文学创作的必要条件，这必然会激活儿童文学创作的自由、开放的天性。这种对于艺术本体的关注使得探索者们将重心置于儿童文学语言形式的实验上，而暂缓了对读者接受的注意。诚如班马所说，探索性小说关注于艺术本体的热情盖过了对儿童读者"接受"客体上的更多考虑。不过，尽管如此，班马却认为这是一种主动性的探索，远比维持惯常接受水平空喊"看不懂"的人要更具解决问题的气质。[1]与"看不懂"相对应的概念范畴是"可读性"。按照胡廷楣的观点，可读性实质是"情感可读"，是打开理解之门的钥匙。在他看来，儿童文学作家和读者之间"相处融洽"很重要，他不认同那种将儿童文学的可读性推至为未来的读者。[2]言外之意，儿童文学尽管是指向未来的，但这并不意味着要以一种"未来投资"的"冒险"来隔离当下儿童读者的阅读。有感于小说离生活太近、童话离生活太远的现状，张之路巧用怪诞的方式来写比较沉重的话题。他所选的角度和位置是"不远不近"，由此造成一种真真假假、虚虚实实、似是而非的氛围。然而，他还是希望"严肃的文学作品也具有可读性，尤其是儿童文学"[3]。回到"看不懂"的概念，那些批评探索作品"看不懂"的观点只是从作品语言"看不懂"的角度来阐发的，而对于少儿读者自身"看不懂"却缺乏必要的反思，这显然是不恰当的。况且，"一篇作品是不是儿童文学，并不是只看它有多少儿童读者，受到多少儿童的喜欢来决定的"[4]，以是否"看得懂"来区隔儿童文学和成人文学显然是错误的。

1　班马：《你们正悄悄地超越》，《探索作品集》，江西少年儿童出版社1989年版，第395页。

2　胡廷楣：《对"可读性"的艰难分离》，《儿童文学选刊》1998年第5期。

3　张之路：《"得意忘形"如是说》，《儿童文学选刊》1989年第4期。

4　吴其南：《转型期少儿文学思潮史》，少年儿童出版社1997年版，第185页。

一般而论，儿童文学并非是一种浅易的"看得懂"的文学，而成人文学也非一种深刻的"看不懂"的文学。关于这一点，对《鱼幻》提出"看不懂"的批评者似乎没有注意到班马那句话所蕴含的真实意图："儿童文学中传统标准对'儿童水平'的颂扬，是一种美学失误。"[1]反过来可以这样说，这种探索对于过去俯就儿童接受水平，过于"低幼化""走弱"的思想艺术观念是一次有意义的纠偏，进而激活儿童文学"元概念"中成人作家认识事物和艺术审美的能力。当然，那些打着"探索"旗号来引起读者注意，或者认为"看不懂"才是探索的看法也是不科学的，其结果如洪汛涛所说把"探索"的名声弄坏了。[2]

寻绎儿童文学"看不懂"的语言书写，就会发现：早在丁阿虎的《今夜月儿明》发表后，其所表现出的"朦胧的爱情"就招致了批评家的否定。苏叔迁就认为这是赞成早恋的"障眼法"，是一种"历史的倒退"。[3]不过，苏叔迁并没有就"朦胧"或"看不懂"的形式展开论述，其批评的立足点只是在思想层面上，也没有从语言形式与思想的关联来辩证考察"朦胧"等艺术形式问题。朱自强的批评在苏叔迁的基础上往前跨越了一步，其《新时期少年小说的误区》从分层的读者角度考察了"看不懂"所制导的"创新贫血"症候。[4]被朱自强称之为"班马们"之一的探索作家金逸铭，也因《长河一少年》淡化情节、视角变幻、时空交叉所带来的"看不懂"而受到批评。刘崇善认为这种"就高求深"实质上是从艺术上比附成人文学，以成人文学中的新花样来装饰童话的"门面"。[5]冰波的《窗下的树皮小屋》《毒蜘蛛之死》《如血的红斑》因涉及"死亡"而笼罩了一层更为浓厚的哲学意味，那种走向少年儿童内心的梦幻、虚无及生命的力量也超越了一般意义上的儿童文学。由此看来，探索性作品"实现超

1　班马、楼飞甫：《关于〈鱼幻〉的通信》，《儿童文学选刊》1987年第4期。

2　洪汛涛：《童话一九八八》，《儿童文学选刊》1989年第3期。

3　苏叔迁：《早恋，不宜提倡》，《儿童文学选刊》1984年第5期。

4　朱自强：《新时期少年小说的误区》，《当代作家评论》1990年第4期。

5　刘崇善：《关键在于怎么写——对〈长河一少年〉的反思》，《儿童文学选刊》1988年第3期。

越"似乎忽视了儿童文学语言形式上的特殊性，进而成为作家孤芳自赏的艺术品。不过，学界也有学人为这种探索小说辩护。吴其南不同意朱自强等人对探索小说所列的诸多"误区"的说法，认为这是"拿一般儿童的标准去要求它"[1]，进而低估了少年儿童审美水平及少年文学的艺术品味。

关于文本与接受者之间"隔"与"通"的问题，作家梅子涵"儿童小说实际上是少年小说"[2]的观点，似可为解答该问题提供启示。之所以认定"儿童小说是少年小说"，梅子涵的理由是儿童小说包罗了儿童丰盈的精神世界，不只是停滞在低幼的启蒙阶段，而恰是少年"对于幼稚的明显摆脱和对于成熟的明显跃进"的过渡性特性符合儿童小说的真实内涵。按照梅子涵的逻辑，读者或批评家就不需要谴责儿童小说采用的意识流手法或呈现的深刻哲思了，因为少年读者对这种司空见惯的艺术形式已经不陌生了。如果梅子涵的观点成立的话，那么"看不懂"只针对低幼读者而言，对于少年读者情况则不一样。然而，必须正视的是，少年尽管有贯通幼儿与成人的过渡性特征，但以少年小说来替换儿童小说显然又是不合理的，儿童小说不仅描写少年，而且还描写未及少年的幼儿，将幼儿那一部分群体挪移出儿童或儿童文学的范畴是没有科学依据的。关于这一点，陈伯吹的考虑更为周密，他意识到了儿童文学"普及"与"提高"的矛盾，在肯定中国儿童文学的诸多"突破"（"提高"）时，他也有对于"普及"的诸多忧虑，尤其是对"成人的儿童文学"或"写儿童的成人文学"[3]趋势的警惕。

事实上，关于探索小说"看不懂"的问题不是简单的"儿童化"与"成人化"之争，而是由儿童文学语言形式创新所衍生的"新"与"旧"文学观念的论争。同时期成人文学领域的先锋小说也有类似"看不懂"的讨论，先锋小说以隐匿的"语言革命"来助推思想拓新，其"语言反抗"

1　吴其南：《错位的批评——读〈新时期少年小说的误区〉》，《儿童文学研究》1991年第3期。

2　梅子涵：《儿童小说实际上是少年小说》，《儿童文学研究》第24辑，1986年12月1日。

3　陈伯吹：《读儿童读物与儿童文学》，《儿童文学研究》第19辑，1985年5月1日。

力图重组叙事话语，来维持文学话语的"独立性"[1]。当我们将儿童文学领域的探索小说与成人文学领域的先锋小说比较时，"看不懂"的背后潜藏着如下疑问需要深入分析：班马等人的少年小说是对西方现代派的临摹，还是突破艺术规律的探索性创新？是跟随成人文学先锋创作的余绪，还是儿童文学全新思想艺术的创构？这种疑问恐怕不是简单的肯定或否定，其间夹杂着多种可能性。评论家批评探索性小说的"晦涩"或"看不懂"的原因是"无视儿童"，实际上也牵扯到了儿童文学的创作风格及社会性认识功能等问题。现实主义是否是儿童文学的创作主流原本并不是一个问题，但在强化"为儿童"等教育功能时，现实主义的创作风格、贴近现实生活的写作往往就成了"贴近儿童"的具体表现。如果从少年儿童的阅读需要的整体性看，强化当代社会问题和明确的意义指向并非其阅读期待的全部，也非缩小文本与少儿读者距离的唯一途径。现代派艺术和幻想性的文学作品淡化现实，却依然能获得少年读者的喜爱，以"看不懂"来拒斥非现实主义基质探索的看法，显然又是不合理的。

从学理上分析，白话取代文言的语言变革体现了"小传统"颠覆"大传统"的逻辑，从而引起了民族文化结构的整体性的演变。这无疑有助于整个中国文学的现代化，对于儿童文学发展而言同样意义重大。具体而论，其价值在于否弃了文言统摄字、音、义的至尊地位，推动了文学语言由少数人的专利向大众化阅读的机制转换。同时，也解绑了文言话语系统中述实传统对于拟构、幻想力的控制。白话文取代文言文后，其语言工具性的任务看似完成，但语言思想性、文学性依然还有很长的路要走。对于儿童文学而言，如何将成人化的语言转换为儿童语言是一个亟待解决的问题，这背后关涉儿童文学本体属性的认知及文学语言的运思方式等理论命题。尽管语言的变革与儿童文学的现代化融合之路漫长艰辛，但这种由语言变革带动儿童文学观念革新的路径，却是文学与时代发展的正途。

---

1 何锡章、鲁红霞：《"先锋小说"：文学语言的革命与撤退》，《学术月刊》2008年第9期。

三、从"失语"到"复语"：21世纪儿童文学语言转向

进入21世纪，包括儿童文学在内的中国文学已成为"世界文学"生产活动的重要组成部分，并成为全球华语文学创作的中心。在这种格局中，21世纪中国儿童文学研究有三个着力点：一是21世纪中国文学的视野，二是世界文学与文化的格局，三是中外儿童文学交流与传播的空间。这三个着力点决定着21世纪中国儿童文学研究的坐标，是儿童文学创作与研究的三维空间。20世纪中国文学始终挥之不去的焦虑是如何"走向"世界文学。从"五四"开始，现代性焦虑的突出体现是"中国人"从世界中"挤出来"，在此后漫长时期都显示了中国（文学）相对于世界（文学）在时间上的滞后，90年代"失语症"更是其显在的表现。这一"失语症"到了21世纪并未得到实质性解决。关于"中与西"资源取径的讨论依然是21世纪文坛的热点议题。如何摆脱照着西方文学或西方话语模式发展的道路，在很大程度上激活了学界重新思考民族化与现代性关系的意识。不过，这种关系的讨论和反思总体上没有逾越百年新文学的思想格局。民族性与世界性原本并非截然对立的概念，两者之间存在着可融通之处，但在90年代以来两者之间的矛盾不断地激化。重视"中国经验"，却忧虑于"带入全球化"成了困扰中国文学界的两难问题。

进入21世纪，这种"不对位"的时空关系伴随着世界全球化的步伐而发生改变，中国文学不再以"追赶"的方式融入世界文学，而是成为全球文学跨语言阅读的重要结构性要素。一种不依靠"身份政治"的优势，而是依靠本土经验的书写，成为新世纪中国文学释放自信力的手段。[1] 即以民族性的阐释来融会世界性的折射，从内而外地走向世界。与20世纪末文学相比，21世纪中国文学最大的不同是文学生存方式的变革。具体体现在如下三个方面：一是作家身份的改变，"自由撰稿人"的出现意味

---

1 张清华：《在世界性与本土经验之间——关于中国当代文学的走向及评价纷争问题》，《文艺研究》2011年第10期。

着与国家体制脱轨，强化了作家自己的身份意识；二是作家与书商建立起默契的合力关系，推动了文学市场化及文化间的对话；三是网络媒介的出现改变了新世纪中国文学生态，打破了以"精英文学"为主导的文学场域，逐渐生成传统型文学、大众化文学和网络文学"三分天下"的格局。在此情境下，21世纪儿童文学的主题文学调控导向，精英文学转向民间立场，与通俗儿童文学、网络儿童文学不互相排斥的新特质也显现出来。

面对国外动漫、幻想类文学（如《哈利·波特》）的冲击，面对新媒介时代创作与批评失序的严峻考验，中国儿童文学从两个层面开启了新的探索：一方面呼吁立足中国本土现实情境来书写"中国式童年"，讲述"中国故事"，这是百年中国儿童文学发展经验的总结，也是从文化传承与精神认同的层面得到的认知。这种精神认同是儿童自我身份认同的核心，它通过文学的方式隐喻地言说作为一个中国人应该是怎样的，即为儿童打好"精神的底子"。另一方面提升童年的文化含量，站在人类命运共同体的视野，去探究更为阔远的未来文化图景及精神家园。换言之，这种探索深植的依然是中国民族化的土壤，但主题却是世界性的，精神则是人类性的。世界性与民族性并不是决然对立的，对于"中国式"和"本土化"的追索离不开全球化、世界性的参照，更离不开历史运动的维度，即南帆所说的"本土必须存在于历史的运动之中"[1]。这里的"历史的运动"主要是指中国社会的历史，当然也复指整个世界历史的演变发展。抛开了这种特定的语境，民族化、本土性就成了抽象而形而上的概念了。

1990年，黄浩针对小说的语言困境提出了"失语症"的说法，直指小说语言表达功能障碍及结构性反常等问题。[2]黄浩的说法是基于先锋小说语言形式实验而言的，尽管先锋作家的语言实验有着显明的革命性，但在中西文化的对接过程中，中国文学的语言该如何表现民族性和现代性的双重特质仍是一个值得探索的根本问题。文学创作语言的失语背后隐

1　南帆：《文学理论：全球化时代的民族性》，《文艺理论研究》2017年第3期。

2　黄浩：《文学失语症——新小说"语言革命"批判》，《文学评论》1990年第2期。

含的是文学理论的失语。夏中义将这种现象概说为"世纪性失语症",并认为这是中国学术文化的"后殖民"现象。[1]此后,曹顺庆于1995年发表的《21世纪中国文化发展战略与重建中国文论话语》就文论失语现象及重建做了系统分析。在他看来,文论"失语症"并不是耸人听闻,一味地以西为师、不加针砭地西化不仅销蚀着中国文论的民族性基石,而且也不利于中国文论的现代化。[2]当然,这也不意味着要打着捍卫传统的旗号而食古不化,融通中西文论、开启中西对话仍是客观理性的姿态。然而,到了21世纪中国文学的"失语"问题并未解决。它不仅出现在理论与批评界,而且也波及创作领域;不仅集中体现在思想范畴,而且还是语言领域无法回避的问题。从表面上看,"失语"问题起因于跨文化和比较研究领域,在全球化和本土化的碰撞中牵引出中西文论的话语阐释问题,但实质上其出现源自新时期以来中国社会所出现的"新问题",是一种历史积淀和思想集成的"整合性"问题。[3]这即是说,所谓的"失语"是在中西文学理论的比照中,中国文学从语言到思想都被西方话语宰制,从而丧失了表述"中国"的功能。21世纪的中国文学亟须申张其中国性,这就意味着要用"中国话"来言说中国文学。借用刘悦笛讨论美学"中国化"的话来说,中国化意味着汉语化,包括儿童文学在内的中国文学要驱动"在中国"向"中国的"转换。[4]显然,这种转换并非易事,但想要表征"中国的"话语,就要从语言到思想都灌注"现代汉语化"的意识,变"失语"为"复语"。

"复语"是基于"失语"而衍生的一种话语,中国文论的失魅恰恰证明了这是一个"需要中国语言"的时代。这种借由"自己的语言"言说的儿童文学必定是中国式的,其表述儿童及当代中国也注定是有效的。整体

1　夏中义:《假说与失语》,《文艺理论研究》1994年第5期。

2　曹顺庆:《文论失语症与文化病态》,《文艺争鸣》1996年第2期。

3　韩经太:《文学理论关键词研究的核心价值问题导向》,《文艺争鸣》2017年第1期。

4　刘悦笛:《何谓美学"中国化"》,《人民日报》2012年1月12日。

上说，中国儿童文学的"复语"是要重振其文学理论的合法性。儿童文学是否需要或拥有文学理论，这原本是一个不需要讨论的问题。作为文学大家庭的一员，儿童文学理应具备相关的理论范畴、概念与术语。然而，学界长期存在着一种唱衰儿童文学的理论偏误，认为它是"小儿科"，是文学的初级形态，儿童文学理论也就是一般文学理论的"简化"。这种被降格的儿童文学配置出矮化的儿童文学理论，文学理论似乎很难在这种思想简易、语言浅显的儿童文学中找到"用武之地"。在"文学理论是关于文学的理论"的描述逻辑中，儿童文学是需要理论并且具备理论质素的，但遗憾的是学界却没有廓清儿童文学与文学理论的深层关系。一种非理性的认识是，文学与理论是相互排斥的，甚至不能相容。确实，文学话语与理论话语有较大的差异，以理论话语粗暴地介入文学的阐释或批评难免折损文学的自足性。桑塔格提出"反对阐释"的出发点在于规约理论"阐释上的自大"[1]，张江提醒人们警惕那种背离文本话语、以前置立场裁定文本意义的"强制阐释"[2]，可作如是观。围绕伊格尔顿《理论之后》所展开的"反理论""理论的死亡""理论的终结"的讨论，则源自"理论的帝国时代"那种"没有文学的文学理论"的反思。[3]在《全球化时代文学研究还会继续存在吗？》中，米勒提出了著名的"文学终结论"，其"文学研究从来就没有正当时的时候"[4]实质隐含着对撇开理论单纯去研究文学的隐忧。显然，上述观点关涉了文学理论的宽度与限度，并不否弃文学理论本身，而是在尊重文学本体的前提下进行理论阐释的省思。如果不加限制地任由理论的强势介入，容易越过文本衍生文学理论的理论化，文学性就很难得到保障。而缺失了主体性的文学显然无法为文学理论提供阐释的土壤，进而致使文学理论失效。

1　苏珊·桑塔格：《反对阐释》，程巍译，上海译文出版社2003年版，第14页。

2　张江：《强制阐释论》，《文学评论》2014年第6期。

3　邢建昌：《后理论及其相关问题》，《河北师范大学学报》（哲学社会科学版）2021年第1期。

4　J.希利斯·米勒：《全球化时代文学研究还会继续存在吗？》，国荣译，《文学评论》2001年第1期。

尽管文学理论的阐释是有限度的，但并不意味着要切断理论与文学之间的联系。事实上，两者是相互依存的关系：一方面文学的生产得益于思想观念的外化，完全不依赖思想及理论的文学创作是很难想象的；另一方面理论的发生发展也要借助文学来推动，文学为理论的阐发提供了施展的场域。进一步说，文学既是感性的、形象的世界，又是理性的、思想性的意蕴世界，这规定了文学话语与理论话语的不析离性。落实到中国儿童文学理论的语义场，儿童的主体性深刻地参与了儿童文学及理论的发生发展，对于"完全生命"的儿童的关注锚定了儿童文学的思想性，理论附着于儿童的生存与发展的全过程，为儿童文学辨认方向并提供科学性的理论支撑。有感于中国儿童文学理论的脱节及裂变，班马倡导一种突破"自我封闭系统"[1]的儿童文学理论。自此，基于儿童/成人"两代人"的对话交流的儿童文学理论范型也由此展开。

需要指出的是，在文学文本中，思想不是直接显现的，"常被文学思潮、文学理论、文学批评等遮蔽，被掩藏于与之相关的各种观念和概念之中"[2]。这样一来，文学思想无法获得主体性的价值，其与文学理论的关系也经常扭结在一起。文学理论确实具有逻辑性、思想性的特点，但因加上了"文学"的属性而使这种理论不是特定意识形态的代称，而是指向文学领域的理论方法与学理路径。换言之，因为文学的在场，使得理论脱掉了过于概念化的外壳，重拾感性的、具体的思想经验。同样，借助理论的绽出，能超越那种完全依靠单纯的感性经验获致文学性的局限，从而赋予文学活动更为深邃的科学性。包括儿童文学在内的文学都不是固化的结构，而是一种敞开的可能性的阐释世界，其意义生成来源于文学理论的推动。

理顺了文学与理论的关系，有助于打破过于"文学化"或"理论化"的偏颇，在一个相互融通的基石上实现两者的双向互动。过于"文

1　班马：《对儿童文学整体结构的美学思考——突破儿童文学的美学意识自我封闭系统》，《儿童文学评论》1987年第1期。

2　王本朝：《中国现当代文学思想史的对象、理念及方法》，《甘肃社会科学》2020年第5期。

学化"，会销蚀理论的有效性；过于"理论化"，则会挥霍文学的主体性。从这种意义上说，任何一方都不是超然物外的"立法者"，理论为文学立法需要遵循协商与对话的原则，如果将文学抽绎为概念，不仅简化了文学的丰富性，而且也确证了理论的无效。中国儿童文学长期以来"走弱"的态势，使其理论意识淡漠，甚至有人认为，简单的儿童文学加上抽象的理论后会衍生难以收拾的后果。厌弃和抽空理论显然有悖于前述文学与理论相互依存的事实。儿童文学看似简单，殊不知其发生依赖于思想性的优先介入。儿童文学的发生源于"儿童性"的确立，只有儿童成为一个独立的主体，与之匹配的文学才具有合法性。因而，针对"儿童"主体而衍生的儿童观就显得尤为重要，儿童性的优先奠定了儿童文学发生的思想基础。难怪有论者会认为，"中国儿童文学的发生，呈现出理论先行，创作紧随其后的独特面貌"[1]。对于儿童文学来说，文学理论不是简单的"要不要"的问题，而是一个"如何是"的议题。由是，那种拒斥儿童文学理论的看法是站不住脚的。

现代思想不等同于文学理论，但它却能影响批评家、作家的审美判断与价值取向，进而接近布莱斯勒所谓"连贯的、统一的文学理论"[2]。但问题是，这种缺乏文学创作实践检验的文学理论难以沉积为具有普遍性的理论资源，还需要长时间的理论探索与争鸣。当然，这种沉积下来的文学理论也不是一成不变的，文学理论是在不断创新中发展的，新的儿童文学理论则是不断克服旧理论的偏狭、在获得发展机遇中产生的。然而，由于中国本土儿童文学理论的稀缺，想要革新很大程度依赖于域外儿童文学理论的引进。如儿童本位观、双逻辑结构的接受理论、童年审美文化、女性主义、结构主义、后殖民主义等西方文学理论渐次传入中国，它们不仅提供

1　朱自强：《论中国儿童文学研究的跨学科范式——以周作人为中心的考察》，《中国文学研究》2021年第4期。

2　查尔斯·E.布莱斯勒：《文学批评：理论与实践导论》，赵勇等译，中国人民大学出版社2015年版，第10页。

了新的方法，而且营构了全新的儿童文学理论氛围，这对于破解中国本土儿童文学理论疲乏困境有着重要的启示作用。尽管如此，对于源自西方的诸多文学理论，中国儿童文学理论界在"拿来"的过程中需要确立民族性的标尺。"唯西方"的路径依赖显然不利于中国儿童文学理论的自觉，重建中国本土儿童文学理论批评话语至关重要。

"中国问题"的提出是基于中国被带入世界体系后，在现代性的视域中探询中国的发展路径而衍生的问题。中西文化的"位"与"势"是不对等的，借西方文化来实现中国文化的现代更新是现代知识分子的使命。但盲目地"移植"西学又容易被西方话语宰制，进而失却了中国的文化自信。对于后发现代化国家而言，中国亟须建立起自身的知识体系来满足中国人的现代诉求。中国儿童文学转换传统资源时要树立现代性的标尺，从而使其发挥古为今用的效用。在遇合域外资源时也应增添民族性的过滤机制，有选择性地择取外来资源，变异质性的域外资源为本土化的现代性资源。林毓生的"创造的转化"[1]和李泽厚的"转换性创造"[2]的差异在于前者的话语全在于西方，是西方话语的推衍，后者则是立足于中国本土的新模式，这个新模式指向将中国文化转向更合乎时代发展的立足点。

在中国儿童文学领域提出"中国问题"，绝非狭隘的民族主义作祟，而是要克服中西二元对立的思维范式，打破"唯西方"的路径依赖，重归儿童文学历史生成及发展的时空境遇，深刻把握儿童文学因时而变的内在机制和发展动力，这一切都要植根于"中国情境"。在这里，我们要警惕以全球化的"空间"来销蚀中国总体性发展"时间"的企图，以重拾中国的主体性。而对于"中国问题"的切近，其目的在于让中国儿童文学回到文学、回归本体、找到自我和阐发自己，从而使这种浸润了中国本土化经验的时间能重新进入全球化的空间。换言之，中国儿童文学知识体系的生成与建构内置于动态中国社会文化的情境里，因而其表现和描摹的文学世

---

1 林毓生：《中国传统的创造性转化》，第291页。

2 李泽厚：《改良不是投降，启蒙远未完成》，《南方周末》2010年11月4日。

界必然或隐或显地要涉及中国的社会人生，尤其是要切近中国儿童生存和发展的问题。在革命与战争语境下，中国儿童文学致力于发现儿童、启蒙儿童和培育儿童，塑造了多种形态的儿童新人形象，而这种形象亦是中国人自塑中国形象的表征。进入后革命时代，儿童的语义中被增加了人民的意涵，思考"中国式童年"就成为中国儿童文学书写中国问题的重要图景。"中国式童年"是中国人以童年为对象的现象还原与精神追索，铭刻了民族性的文化特质和思维方式。在童年前面加上"中国式"，主要是为了反拨那些脱逸中国本土化、民族性的思维观念。着力于建构中国人自己的立场、视野，对于童年的理解显然是中国式的，为世界奉献的也注定是"中国创造"的精神产品。譬如，在探询曹文轩获得国际安徒生奖的缘由时，很多学者将其归因于描绘了具有"人类性"的童年，但曹文轩却坦言其创作的背景是中国，"我的作品是独特的，只能发生在中国"[1]。这显然不是孤例，作为中国的儿童文学作家，植根于中国儿童的童年现状能更好地阐发自己的思想。面对由外而内的幻想儿童文学大潮，增添中国童年的民族文化含量也势在必行。同样，基于媒介变革而引发的"童年消逝"的思考，也应置于中国的情境中予以理性审思。不过，正如方卫平所说，中国童年有"现实"童年和"真实"童年之别[2]，对于中国式童年的理解也因这两类童年而有差异。但尽管有差异，却并不妨碍民族性与世界性的勾连，中国式童年书写必将因聚焦中国而使儿童文学具有了走向世界的辽阔空间。

"在世界中看取中国"衍生的后续议题是"中国走向世界"，这一议题渗透于百年中国新文学的话语实践中。在现代中国，知识分子思量最多的是中国在世界民族之林的身份，作家的文学创作也围绕这种民族国家身份的建构与确认而展开。问题的关键在于，仅有现代中国的理论预设远远无

---

1 周飞亚、葛亮亮、康岩、肖家鑫：《曹文轩：我的背景就是中国》，《人民日报》2016年4月6日。

2 方卫平：《中国式童年的艺术表现及其超越——关于当代儿童文学写作"新现实"的思考》，《南方文坛》2015年第1期。

法解决中国的实际问题，现代知识分子恐惧的"中国永远与世界隔绝"[1]始终挥之不去。这种焦虑衍生一种内省式的归因逻辑，使其将矛头指向中国的传统文化、机制，如何进一步融通中国与世界的关系也成为现代知识分子审思中国问题的内核。于是，在被激活的民族主义之后又有了葛兆光所谓的"奇特的世界主义背景"[2]。正因为交织着民族主义和世界主义的复杂背景，中国知识分子的文学书写才不至于走入某一种极端，始终贴近"世界里的中国"这一议题而展开民族国家想象。

20世纪，黏合中国儿童文学和现当代文学的主导因素有启蒙、革命、救亡、教育等，当这些不再作为主导儿童文学创作的要素时，儿童文学的探索则缺少了成人文学的牵引，伴随其独立性扩张而来的是自律性不足，儿童文学也逐渐失重。"青春文学"所引起的"低龄化写作"风潮即是这种"失重"现象的具体体现。青春文学对于少年文学的挤压所带来的问题是成人作家的退场或失语，这显然颠覆了儿童文学的生产机制。在此情境下，书写"中国式童年"的议题再次提上日程。儿童文学如何书写"中国式童年"原本并非21世纪特有的议题。自创生以来，中国儿童文学关注"童年"问题，只不过这种关注多集中于以教育为内质的现代童年观的建构及民族国家想象等宏大上层建筑上。在经历了"童年消逝"等焦虑后，越来越多的学人意识到，儿童文学危机是一种"可能性而非必然性"[3]，突围之途必须夯实在中国民族文化的情境里，而对于童年的书写及反思也应该是"中国式"的。尤其是21世纪以来中国经济腾飞带来了中国巨变，中国儿童的童年生活已与其父辈有较大的差异，当然更迥异于外国儿童。中国国家软实力的提升及中国儿童文学"走出去"形成一种"驱动力"，使得关注"中国式童年"的紧迫性进一步强化。[4]

1　鲁迅:《未有天才之前》,《鲁迅全集》第1卷，第175页。

2　葛兆光:《中国思想史》第2卷，第690页。

3　吴其南:《大众传媒和儿童文学存在论上的危机》,《淮阴师范学院学报》(哲学社会科学版) 2011年第4期。

4　李东华:《儿童文学呼唤现实主义精神》,《人民日报》2016年5月31日。

如果聚焦21世纪中国儿童文学所处的境遇，不难发现，这种"中国式童年"及"中国式书写"已不是显而易见、约定俗成的事情了。尤其是西方幻想文学的引入及新媒体的出现，使儿童的阅读视线开始疏离于中国现实的情境，儿童文学"世界性"的模仿开始撕裂着"民族性"的标尺。在此情境下，重申"中国式童年"与"中国式童年精神"有着重要的理论价值。这种对于民族性的注意，显然有对全球化语境下文学"一体化"的警惕，更多的是从儿童文学自身发展历程中得出的经验，是在"后革命"时代、童年消费大背景下的中国式发声。换言之，"中国式童年"问题的提出是学界对社会环境变化而衍生"新话题"的一种回应，从而分解为"写什么"与"怎么写"两个紧密关联的创作环节——即何为"中国式童年"、怎样书写"中国式童年"。在"童年"之前加上修饰性的限定语"中国式"是颇有意味的，倡导者指向的是中国的、中国人的童年议题，而不是普适性的人类的童年问题。对于儿童文学语言来说，基于"儿童是什么"的理解自觉，深植母语现代化的文化土壤，探索指向中国的童年文化、童年母题是推动儿童文学发展的必由之路。

结 语

　　进入20世纪，西方学界最为显在的变化是从"认识论"向"语言论"转向。受索绪尔的影响，学界普遍用语义分析来解决哲学等其他领域的问题，倚重的是语言的主体性、话语性，即如何运用语言来表述主体对于世界本质的看法。研究中国儿童文学的语言问题，不能脱溢儿童文学的本体。与此同时，如果不能洞悉中国儿童文学与现当代文学"一体化"的发生机制，不通晓白话文运动在新文学体系的整体运作，以及儿童文学在其中所扮演的角色和功能，那么这种研究难免会出现学理上的偏误。这启示我们有必要对儿童文学语言变革的背景、机制与过程等议题加以特别的关注，尤其是将其置于国语教育的现代体制下来考察，以显现儿童文学语言变革的内在演化的机理。这种理论的自觉能有效规避新文学一体化概念遮蔽其相对独特的语言主体性。循此，从思想现代化与语言现代化融合的角度出发，在"说什么"与"怎么说"的轨迹中开掘中国儿童文学语言的现代品格。

　　传统是一个时间性的概念，它不可能瞬间生成，需要在历史运动中不断沉积，形成相对恒定的范式，并在现实生活中起到规范性的作用。落实于中国儿童文学领域，它存在于百年中国动态语境之中，成为表述现代儿童观推动儿童身心发展的思维和审美方式。至于具体要多长的时间才能算得上"传统"的问题，希尔斯在《论传统》中认为，至少要持续三代，经

413

过两次以上的延传。[1]这当然是一个约数，时间长度的限定对于传统在历史中生成的本义是一种逻辑的接洽。中国儿童文学的发展已有百年的历程，从第一代作家叶圣陶、茅盾、郭沫若等人算起，至今已历五代。从时间层面看，中国儿童文学是具备开创传统的基本条件的。但对于传统的要义而言，时间长短显然不是问题的根本，更为关键的是文学传统要沉积为一种带有普遍性的范型，进入文学的知识化生产过程中，并参与当前的文化建构。

中国儿童文学受现代文学传统的引领，但儿童文学不是现代文学的副本，这决定了中国儿童文学在接续新文学传统的同时也要开创自己的传统。"范式"是库恩的科学哲学思想的重要概念，该概念对于理解科学共同体的自立及主体性有着重要的意义。如前所述，中国儿童文学传统的表征在于形成稳定的范型，这种范型是区别于其他文学门类的显在形态，也是分科立学的前提。在论及范式的生成议题时，库恩指出："从一个处于危机的范式，转变到一个常规科学的新传统能从其中产生出来的新范式，远不是一个累计过程，即远不是一个可以经由对旧范式的修改或扩展所能达到的过程。宁可说，它是一个在新的基础上重建研究领域的过程。"[2]库恩所说道出了时间的远近不是范式建构的标准，范式既可以在修改和扩展中延续，又可以在新的条件下重建。这对于我们阐释中国儿童文学传统建构的方式是有裨益的。就中国儿童文学开创的范型而言，其建构范型的动因在于文化危机，在区隔旧的文学传统时积蓄着更新的力量，表现为一种新体文学。这其中，思想、语言与人是最为关键的三个向度。无论是哪一种范型，都需要在动态历史语境中阐释、建构，并最终能成为可因袭的传统。

首先来看思想范型。中国儿童文学发生的思想资源主要是关于"儿童"

1　E.希尔斯：《论传统》，傅铿、吕乐译，第20页。

2　托马斯·库恩：《科学革命的结构》，金吾伦、胡新和译，第78页。

的现代资源，其开创的也是关于儿童现代化的思想范型。这其中，需要辨析的是"儿童本位论"思想。儿童本位是相对于成人本位来说的，"儿童的发现"要借助成人的现代儿童观的出场，而这种现代儿童观的具体体现就是儿童本位论。儿童本位论树立了儿童的主体地位，从而潜在地推动了儿童文学的现代发生。这种思想资源是从外而内的，在新文学思潮的引领下归并于思想启蒙的立人工程中。儿童本位论的提出拉升了儿童文学的思想性，从而驱动了儿童文学现代化的进程。然而，需要警惕的是，当这种思想资源被推至极致时，也背离了其思想的本义。具体来说，儿童本位观为了确认儿童的主体性，必然要拉开其与成人的距离，以"非成人"的方式来阐释"儿童本位"的意涵。"质"的规定性抽空了儿童与成人的共同性，制造了儿童/成人具有本质差异的"二分式假设"[1]。这种绝对的分殊显然不符合两者作为"人"的共性，生硬的条块分割在保障儿童的权益时也销蚀了其主体性基石。在发生期，与儿童本位论密切相关的另一种思想资源是"复演说"。新文化人在试图界说儿童文学时援引了西方文化人类学的观点，不过，他们有意绕开对儿童文学的描述性阐释逻辑，采用了"类同"与"界分"的方法。先驱者设置了儿童文学的殊异他者概念——成人文学，同时，也设置了另一个类同概念——原人文学。儿童与原人类同，于是复演出儿童文学与原人文学的类同性。同理，原人与成人殊异，于是就推导出原人文学与成人文学的绝对分殊。经过这种类同与界分的复演，他们不仅确认了儿童文学与成人文学的差异，也最终确立了儿童文学的概念本身。其结果借用吴其南的话说即是，成人在发明"儿童""童年"的同时又完成了对儿童的殖民。[2]

　　无论是儿童本位论还是复演说，原本都是舶来品，在新文化人中国式的阐释后，演变为一种现代思想资源，创造了一种适应儿童文学发生需要

1　杜传坤:《转变立场还是思维方式？——再论儿童文学中的"儿童本位论"》,《山东师范大学学报》(人文社会科学版)2018年第1期。

2　吴其南:《20世纪中国儿童文学的文化阐释》,第65页。

的新传统。诚如吉登斯所说，传统是现代性的产物，它是"被发明"的。[1]
言外之意，思想资源是外在的，但建立起来的传统却是当下的、内在的。
这一思想资源从其发生期开始一直被反复援引，并沉积为一种带有普遍性
的规范性力量，甚至在论说儿童文学概念时，常将其论定为儿童本位的
文学。这也成为儿童文学持续"走弱"和深陷自我本质主义泥沼的根本
缘由。

其次来看语言传统。从传统建构的角度看，语言是最为直接的资源。
与现代文学无异，中国儿童文学所使用的语言是现代汉语。从"道器合
一"的逻辑看，语言不仅是一种工具，而且是思想本体。没有不表征思想
的语言，语言品质的优劣决定了思想的优劣。在"五四"文学革命的过程
中，语言变革在其中起到了先决的作用。扩而言之，现代中国文学新传统
的确立，"得力于它所确立的语言体系"[2]。从工具性的角度看，文言与白话
没有实质性的差异，但从思想本体上考察，两者却有本质性的区别。这也
是文学革命要以语言变革为起点、推手的缘由。白话文成为新文学的语言
极大地推动了思想现代化和人的现代化的发展，而思想现代化、人的现代
化的推进也反过来促进了语言的现代化。不过，中国儿童文学语言传统的
确立尽管受新文学语言现代化的影响，但它不是现代文学语言的简化、浅
易化。对此，茅盾将这种看法归结为"缩小论"，他将批评的矛头指向儿
童是"缩小的成人"论的源头。[3]事实上，语言的浅易并非区分儿童文学
与成人文学的标志，儿童文学语言的本体特性在于"谁的语言"与"如何
转换两代人语言"的问题上。这种文学语言的特性本源于儿童文学概念的
特殊性，儿童文学内涵了儿童与成人"两代人"的对话沟通，成人作家与
儿童读者的分立都使得其语言呈现出有别于成人文学语言的特征。中国儿

1　安东尼·吉登斯:《失控的世界——全球化如何重塑我们的生活》，周红云译，江西人民出版社
　　2001年版，第37页。

2　温儒敏、陈晓明等:《现代文学新传统及其当代阐释》，第202页。

3　茅盾:《六〇年少年儿童文学漫谈》，《茅盾全集》第26卷，第257页。

童文学开创的语言传统不是现代文学语言的微缩版，而是自成系统的现代语言体系，它不是成人作家的"仿作小儿语"，而是基于童年对话后持存着两代人话语协商的语言新形态。伴随着内部分层与分化，中国儿童文学语言也出现了差异性、不平衡性的特点，但整体性的基质却是同一的。

再次来看人学资源。将人置于文学书写的首位是新文学区别于旧文学的基本特征，这离不开西方人本主义资源的引入与内化。人的归位扩充了文学的主体性，弥合了人学理念对以形象思维著称的文学的正向作用。自此，"如何认识人与文学的关系"成为新文学关切的根本问题。受现代启蒙思想的影响，对于"人"的理解超越了其本质的先验论的认知，主客二分的认识观奠定了科学精神的基础，人类社会与自然相分离的局面被破除，从而新构了在"自然宇宙的秩序上"来考察人的新的科学精神。[1]《人的文学》《儿童的文学》等文将文学的关注点转向了活生生的人，为新文学思想、语言建设确立了方向。不过，对于人学的思索有一个由笼统到细化、由浅渐深的过程，而这一过程是在历史化中生成的。从启蒙入手必然触及"人"的问题，从而确立了在思想革命的新潮中追索人的意义。此后，伴随着社会革命和中国文化变迁，对"人与文学"关系的思考也不断注入新的内涵。饶有意味的是，在讨论现代中国的阶段及格局时，汪晖曾化用霍布斯鲍姆"短促的二十世纪"[2]的观点，将1911年到1976年的中国概述为"短二十世纪"[3]，其结构特质体现为革命与政治的相互纠缠、反复和转换。这对于研究百年新文学的人学传统是有启示意义的，百年中国政治主题的切换必然衍生对"人的问题"的不同表达，儿童文学的人学思想也因时而变，而这种变化恰是传统延传的具体表现形态。中国儿童文学开创的"人学"传统是儿童的发现及现代化，这不仅顺应了"人"的自由与解放的现代主题，而且在其"新人"想象中开启了走向未来的现代之旅。

1　恩斯特·卡西尔：《人论》，甘阳译，上海译文出版社1985年版，第18页。
2　艾瑞克·霍布斯鲍姆：《极端的年代：1914—1991》，郑明萱译，中信出版社2014年版，第4页。
3　汪晖：《短二十世纪：中国革命与政治的逻辑》，香港牛津大学出版社2015年版，第2页。

问题的复杂性在于，中国儿童文学与现代文学拥有共同的新文学传统，并且儿童文学的发展受到现代文学的引领和推动。那么是否可以用现代文学所开创的传统来套用儿童文学传统呢？答案显然是否定的，原因仍在于两者概念的差异性。两者的同源、同质性并不意味着它们是主与副、整体与局部的关系，它们在百年中国动态语境下呈现出两种不同的行进轨迹。因而，在有意识地统摄两者传统的一体化时，还要启动各自概念的主体性。非此，简单的类同无法廓清其传统建构的出发点、过程及内涵，导致一种传统遮蔽另一种传统的偏误，造成传统的资源浪费。毕竟，新文学的现代性内质不是"非传统"或"反传统"所能概括的，作为时间概念和性质概念的新文学有着不同的含义，粗暴地混同导致了中国现代文学"新文学"本位观的"膨胀"[1]。这显然不利于认知现代文学与儿童文学的关系，也间接导致了"新文学传统"视域下儿童文学主体性的离场。

从语言角度讨论儿童文学与成人文学的创作差异问题，前人早有论述，如孙毓修在《童话》序言里说："每成一编，辄质诸长乐高子。高子持归，召诸儿语之。诸儿听之皆乐，则复使之自读。其事之不为儿童所喜，或句调之晦涩者，则更改之。"[2]这里明确提出句调不可"晦涩"，需要让儿童也能欣赏。再如《儿童的文学》划分了如下标准："小学校里的文学的教材与教授，第一须注意于'儿童的'这一点，其次才是效果，如读书的趣味，智情与想象的修养等。"著者还非常注重儿童文学的文学性，强调"文学趣味"，"文章单纯，明了，匀整；思想真实，普遍"[3]。所谓"单纯""明了"是指词汇简洁、句意通俗易懂，"匀整"是指句式整齐、韵律和谐，这一观念极大地影响了后来儿童文学作家的创作。

从中国儿童文学的内部机制来看，创作者是成人的特殊性将其带入了意识形态的话语系统，意识形态暗含在成人所书写的文本世界中，潜在地

1　高玉：《中国现代文学史"新文学"本位观批判》，《文艺研究》2003年第5期。

2　孙毓修：《童话序》，《东方杂志》第5卷第12号，1908年12月25日。

3　周作人：《儿童的文学》，《周作人散文全集》第2卷，第279页。

影响着儿童读者。很难想象一个儿童文学作品是没有意识形态的，语言、故事、叙事都是表征意识形态的符号。这其中，语言是最为基础却又是最核心的符号。在分析儿童小说语言与意识形态关系时，澳大利亚学者约翰·史蒂芬斯指出，语言是社会沟通最普遍的形式，"意识形态借由语言生成，并且存在于语言之中"[1]。儿童文学的语言系统尽管与成人文学有差异，但这并不意味着两者编织了完全相异的语言系统。中国古代之所以没有自觉的儿童文学，除了陈旧的儿童观外，另一重要缘由在于"语言和文字不一致"[2]。所谓言文不一致，按学理上分析即言不统文、文不统言。这种不统合的现象阻碍了语言的现代化，也不利于中国儿童文学现代思想的传达，而白话文所具有的"口语性"则契合了儿童语言的特性，在儿童文学发生中起到了以形式"固化"思想的作用。[3]这里的"口语性"并非有取代"书面语"之意，而是口语有着契合儿童主体性需要的先在性。事实上，从理论上看，口语也是无法与书面语完全融合的，但无法合一并不意味着要以隔离的状态而存在，两者在儿童文学现代化过程中亟待填平沟壑。

关于儿童文学概念，很多学者常用成人文学与之比较。甚至有这样一种看法：相对于成人文学来说，儿童文学是在"做减法"，即思想更为简单，语言更为浅易。对此，茅盾将这种看法归因于"缩小论"。以往很多人认为儿童是"缩小的成人"，这显然否弃了儿童作为"完全生命"的事实。落实到儿童文学语言上则势必推导出这样的结论："少年、儿童文学不需要不同于一般文学作品的文学语言，只要在故事结构和人物描写比一般文学作品简单些，在文字上浅近些就可以了。"[4]事实上，简易和浅近确实是儿童文学语言的基本特征，但这种特质并不是在一般文学上做减法

1　约翰·史蒂芬斯：《儿童小说中的语言与意识形态》，张公善、黄惠玲译，第8页。
2　王人路编：《儿童读物的研究》，第104页。
3　朱晓进、李玮：《语言变革对中国现代文学形式发展的深度影响》，《中国社会科学》2015年第1期。
4　茅盾：《六〇年少年儿童文学漫谈》，《茅盾全集》第26卷，第257页。

的结果。在对"物""意"的表述中，儿童文学以"浅语"表现"深刻"，生成了切近儿童文学本体的术语、概念与范畴。百年中国儿童文学的现代化既体现在儿童观及儿童文学观的现代性上，还体现在语言、审美的现代性上。在百年中国的发展历程中，语言变革推动了儿童文学的现代发展，而儿童文学的现代化发展又反过来催发语言的变革。两者深刻而丰富的联动表征了现代中国文学发展的精神面向，也为中国儿童文学自主知识体系建构提供了动力和路径。

参考文献

A.P.马蒂尼奇编:《语言哲学》,牟博、杨音莱、韩林合等译,商务印书馆1998年版。

艾布拉姆·德·斯旺:《世界上的语言——全球语言系统》,乔修峰译,花城出版社2008年版。

艾登·钱伯斯:《说来听听:儿童、阅读与讨论》,许慧珍译,五洲传播出版社2011年版。

艾伦·雷普克:《如何进行跨学科研究》,傅存良译,北京大学出版社2016年版。

埃里克·霍布斯鲍姆、特伦斯·兰杰编:《传统的发明》,顾杭、庞冠群译,译林出版社2020年版。

安德烈·约勒斯:《简单的形式:圣徒传说、传说、神话、谜语、格言、案例、回忆录、童话、笑话》,户晓辉译,河北教育出版社2018年版。

安东尼·吉登斯:《社会的构成——结构化理论大纲》,李康、李猛译,生活·读书·新知三联书店1998年版。

安东尼·吉登斯:《失控的世界——全球化如何重塑我们的生活》,周红云译,江西人民出版社2001年版。

安敏成:《现实主义的限制:革命时代的中国小说》,姜涛译,江苏人民出版社2001年版。

班马:《前艺术思想——中国当代少年文学艺术论》,福建少年儿童出版社1996年版。

北京师范学院中文系汉语教研组编著:《五四以来汉语书面语言的变迁与发展》,商务印书馆1959年版。

本杰明·李·沃尔夫:《论语言、思维和现实——沃尔夫文集》,高一虹等译,湖南教育出版社2001年版。

本尼迪克特·安德森:《想象的共同体:民族主义的起源与散布》,吴叡人译,上海人民出版社2005年版。

彼得·伯克:《语言的文化史——近代早期欧洲的语言和共同体》，李霄翔、李鲁、杨豫译，北京大学出版社2007年版。

彼得·亨特主编:《理解儿童文学》，郭建玲、周惠玲、代冬梅译，少年儿童出版社2010年版。

彼得·亨特:《批评、理论与儿童文学》，韩雨苇译，华东师范大学出版社2019年版。

柄谷行人:《日本现代文学的起源》，赵京华译，中央编译出版社2013年版。

曹文轩:《中国八十年代文学现象研究》，北京大学出版社1988年版。

查尔斯·E.布莱斯勒:《文学批评：理论与实践导论》，赵勇等译，中国人民大学出版社2015年版。

查尔斯·泰勒:《自我的根源：现代认同的形成》，韩震等译，译林出版社2001年版。

陈洪、张洪明主编:《文学和语言的界面研究》，南开大学出版社2008年版。

陈嘉映:《语言哲学》，北京大学出版社2003年版。

陈建民:《中国语言和中国社会》，广东教育出版社1999年版。

陈平原:《现代中国的述学文体》，北京大学出版社2020年版。

陈志杰:《文言语体与文学翻译——文言在外汉翻译中的适用性研究》，上海外语教育出版社2009年版。

崔崟、丁文博:《日源外来词探源》，世界图书出版公司2013年版。

戴岚:《女性创作与童话模式——英国19世纪女性小说创作研究》，上海文化出版社2010年版。

董秀芳:《词汇化：汉语双音词的衍生和发展》，商务印书馆2011年版。

杜传坤:《中国现代儿童文学史论》，中国社会科学出版社2009年版。

杜世洪:《脉络与连贯——话语理解的语言哲学研究》，人民出版社2012年版。

恩斯特·卡西尔:《人论》，甘阳译，上海译文出版社1985年版。

恩斯特·卡西尔:《语言与神话》，于晓等译，生活·读书·新知三联书店2017年版。

方维规:《概念的历史分量：近代中国思想的概念史研究》，北京大学出版社2018年版。

方卫平:《中国儿童文学理论批评史》,江苏少年儿童出版社1997年版。

菲力浦·阿利埃斯:《儿童的世纪:旧制度下的儿童和家庭生活》,沈坚、朱晓罕译,北京大学出版社2013年版。

费尔迪南·德·索绪尔:《普通语言学教程》,张绍杰译注,湖南教育出版社2001年版。

费正清主编:《剑桥中华民国史1912—1949》,杨品泉等译,中国社会科学出版社1994年版。

冯胜利主编:《汉语书面语的历史与现状》,北京大学出版社2013年版。

冯天瑜:《"封建"考论》,武汉大学出版社2007年版。

冯天瑜:《新语探源——中西日文化互动与近代汉字术语生成》,中华书局2004年版。

冯天瑜主编:《语义的文化变迁》,武汉大学出版社2007年版。

弗朗索瓦·于连:《迂回与进入》,杜小真译,生活·读书·新知三联书店1998年版。

冈仓天心、九鬼周造:《茶之书·"粹"的构造》,江川澜、杨光译,上海人民出版社2011年版。

高本汉:《汉语的本质和历史》,聂鸿飞译,商务印书馆2010年版。

高玉:《"话语"视角的文学问题研究》,中国社会科学出版社2009年版。

高玉:《现代汉语与中国现代文学》,中国社会科学出版社2003年版。

葛兆光:《中国思想史》,复旦大学出版社2000年版。

哈罗德·布鲁姆:《西方正典》,江宁康译,译林出版社2011年版。

韩立群:《中国语文革命:现代语文观及其实践》,中央编译出版社2003年版。

韩雄飞:《身体的变迁:中国儿童文学与儿童形象(1917—2020)》,浙江大学出版社2021年版。

何九盈:《中国现代化进程中的语文转向》,语文出版社2015年版。

黑格尔:《精神现象学》,贺麟、王玖兴译,商务印书馆2017年版。

侯颖:《论中国儿童文学的教育性》,中国社会科学出版社2012年版。

洪汛涛:《童话学》,安徽少年儿童出版社1986年版。

洪子诚:《问题与方法:中国当代文学史研究讲稿》,生活·读书·新知三联书店2018年版。

胡从经：《晚清儿童文学钩沉》，少年儿童出版社1982年版。

黄兴涛：《"她"字的文化史——女性新代词的发明与认同研究》，福建教育出版社2009年版。

黄翼：《儿童绘画之心理》，商务印书馆1938年版。

黄云生：《人之初文学解析》，少年儿童出版社1997年版。

艾瑞克·霍布斯鲍姆：《极端的年代：1914—1991》，郑明萱译，中信出版社2014年版。

敬文东：《被委以重任的方言》，中国人民大学出版社2003年版。

克利福德·格尔茨：《地方知识》，杨德睿译，商务印书馆2021年版。

J.L.奥斯汀：《如何以言行事——1955年哈佛大学威廉·詹姆斯讲座》，杨玉成、赵京超译，商务印书馆2012年版。

凯伦·科茨：《镜子与永无岛：拉康、欲望及儿童文学中的主体》，赵萍译，安徽少年儿童出版社2010年版。

杰克·齐普斯：《冲破魔法符咒：探索民间故事和童话故事的激进理论》，舒伟译，安徽少年儿童出版社2010年版。

杰克·齐普斯：《作为神话的童话/作为童话的神话》，赵霞译，少年儿童出版社2008年版。

卡尔·波普尔：《猜想与反驳：科学知识的增长》，傅季重等译，上海译文出版社1986年版。

郎宓榭、阿梅龙、顾有信：《新词语新概念：西学译介与晚清汉语词汇之变迁》，赵兴胜等译，山东画报出版社2012年版。

老舍：《出口成章：论文学语言及其他》，辽宁人民出版社2011年版。

理查德·鲍曼：《作为表演的口头艺术》，杨利慧、安德明译，广西师范大学出版社2008年版。

黎锦熙：《国语运动史纲》，商务印书馆2011年版。

黎亮：《中国人的幻想与心灵：林兰童话的结构与意义》，商务印书馆2018年版。

李丽：《生成与接受：中国儿童文学翻译研究1898—1949）》，湖北人民出版社2010年版。

李荣启：《文学语言学》，人民出版社2005年版。

李运博主编：《汉字文化圈近代语言文化交流研究》，南开大学出版社2010年版。

李泽厚:《美的历程》,天津社会科学院出版社2001年版。

列夫·谢苗诺维奇·维果茨基:《思维与语言》,李维译,浙江教育出版社1997年版。

列文森:《儒教中国及其现代命运》,郑大华、任菁译,中国社会科学出版社2000年版。

林良:《浅语的艺术》,福建少年儿童出版社2017年版。

林少阳:《"文"与日本学术思想——汉字圈1700—1990》,中央编译出版社2012年版。

林毓生:《中国传统的创造性转化》,生活·读书·新知三联书店1988年版。

刘禾:《跨语际实践——文学,民族文化与被译介的现代性(中国,1900—1937)》,宋伟杰等译,生活·读书·新知三联书店2002年版。

刘进才:《语言文学的现代建构:语言运动与中国现代文学再探索》,北京大学出版社2015年版。

刘绪源:《中国儿童文学史略(一九一六—一九七七)》,少年儿童出版社2012年版。

刘正埮、高名凯、麦永乾、史有为编:《汉语外来词词典》,上海辞书出版社1984年版。

鲁兵主编:《中国幼儿文学集成》,重庆出版社1991年版。

卢卡奇:《小说理论》,燕宏远、李怀涛译,商务印书馆2012年版。

鲁彦、谷兰:《婴儿日记》,生活书店1935年版。

罗常培:《语言与文化》,胡双宝注,北京大学出版社2009年版。

罗杰·福勒:《现代西方文学批评术语词典》,袁德成译,四川人民出版社1987年版。

罗杰·福勒:《语言学与小说》,於宁、徐平、昌切译,重庆出版社1991年版。

M.H.艾布拉姆斯、杰弗里·高尔特·哈珀姆:《文学术语词典》,吴松江等编译,北京大学出版社2020年版。

马丁·海德格尔:《存在与时间》,陈嘉映、王庆节译,生活·读书·新知三联书店1986年版。

马丁·海德格尔:《在通向语言的途中》,孙周兴译,商务印书馆2008年版。

马克斯·舍勒:《知识社会学问题》,艾彦译,华夏出版社2000年版。

马克斯·韦伯:《学术与政治》,冯克利译,生活·读书·新知三联书店1998年版。

玛丽亚·尼古拉耶娃:《儿童文学的美学研究》，何卫青译，中国少年儿童出版社
　　2021年版。

马西尼:《现代汉语词汇的形成——十九世纪汉语外来词研究》，黄河清译，汉语大
　　词典出版社1997年版。

梅子涵等:《中国儿童文学五人谈》，新蕾出版社2001年版。

米歇尔·福柯:《知识考古学》，董树宝译，生活·读书·新知三联书店2022年版。

尼采:《偶像的黄昏——或怎样用锤子从事哲学》，李超杰译，商务印书馆2013
　　年版。

尼尔·波兹曼:《童年的消逝》，吴燕莛译，广西师范大学出版社2004年版。

倪海曙编:《中国语文的新生》，时代出版社1949年版。

诺曼·费尔克拉夫:《话语与社会变迁》，殷晓蓉译，华夏出版社2003年版。

彭懿:《西方现代幻想文学论》，少年儿童出版社1997年版。

佩里·诺德曼、梅维丝·雷默:《儿童文学的乐趣》，陈中美译，少年儿童出版社
　　2008年版。

佩里·诺德曼:《隐藏的成人：定义儿童文学》，徐文丽译，中国社会科学出版社
　　2014年版。

皮亚杰:《结构主义》，倪连生、王琳译，商务印书馆2022年版。

齐亚敏:《中国当代儿童文学关键词研究》，中央编译出版社2015年版。

钱伟量:《语言与实践——实践唯物主义的语言哲学导论》，社会科学文献出版社
　　2003年版。

乔治·贝克莱:《人类知识原理》，关文运译，商务印书馆2015年版。

乔治·斯坦纳:《语言与沉默——论语言、文学与非人道》，李小均译，上海人民出
　　版社2013年版。

谯燕、徐一平、施建军编著:《日源新词研究》，学苑出版社2011年版。

沈国威:《近代中日词汇交流研究：汉字新词的创制、容受与共享》，中华书局2010
　　年版。

史蒂芬·平克:《思想本质——语言是洞察人类天性之窗》，张旭红、梅德明译，浙
　　江人民出版社2015年版。

史蒂芬·平克:《语言本能——人类语言进化的奥秘》，欧阳明亮译，浙江人民出版
　　社2015年版。

史有为:《汉语外来词》,商务印书馆2013年版。

斯蒂文·罗杰·费希尔:《语言的历史》,崔存明、胡红伟译,中央编译出版社2012
　　年版。

斯捷潘诺夫:《现代语言哲学的语言与方法》,隋然译,北京大学出版社2011年版。

谭学纯:《文学和语言:广义修辞学的学术空间》,上海三联书店2008年版。

汤锐:《比较儿童文学初探》,明天出版社2009年版。

汤锐:《现代儿童文学本体论》,明天出版社2009年版。

陶东风:《文体演变及其文化意味》,云南人民出版社1997年版。

童庆炳:《文体与文体的创造》,云南人民出版社1994年版。

涂纪亮主编:《语言哲学名著选辑》(英美部分),生活·读书·新知三联书店1988
　　年版。

托马斯·库恩:《科学革命的结构》,金吾伦、胡新和译,北京大学出版社2003
　　年版。

万红:《当代汉语的社会语言学观照:外来词进入汉语的第三次浪潮和港台词语的
　　北上》,南开大学出版社2007年版。

王德威:《被压抑的现代性——晚清小说新论》,宋伟杰译,北京大学出版社2005
　　年版。

王洪军:《基于单字的现代汉语词法研究》,商务印书馆2011年版。

王黎君:《儿童的发现与中国现代文学》,中国社会科学出版社2009年版。

王力:《汉语词汇史》,中华书局2013年版。

王立志编:《语言研究中的哲学问题》,中央编译出版社2010年版。

王人路主编:《儿童读物的研究》,中华书局1933年版。

王寅:《语言哲学研究——21世纪中国后语言哲学沉思录》,北京大学出版社2014
　　年版。

威廉·G.莱肯:《当代语言哲学导论》,陈波、冯艳译,中国人民大学出版社2011
　　年版。

威廉·冯·洪堡特:《论人类语言结构的差异及其对人类精神发展的影响》,姚小平
　　译,商务印书馆1997年版。

维克多·克莱普勒:《第三帝国的语言——一个语文学者的笔记》,印芝虹译,商务
　　印书馆2013年版。

维特根斯坦:《哲学研究》,韩林合译,商务印书馆2016年版。

魏寿镛、周侯予:《儿童文学概论》,商务印书馆1923年版。

维维安娜·泽利泽:《给无价的孩子定价：变迁中的儿童社会价值》,王水雄译,华东师范大学出版社2018年版。

文贵良:《文学汉语实践与中国现代文学的发生》,北京大学出版社2022年版。

温儒敏、陈晓明等:《现代文学新传统及其当代阐释》,北京大学出版社2010年版。

吴其南:《从仪式到狂欢——20世纪少年儿童文学作家作品研究》,人民文学出版社2014年版。

吴其南:《20世纪中国儿童文学的文化阐释》,中国社会科学出版社2012年版。

武春野:《"北京官话"与汉语的近代转变》,山东教育出版社2014年版。

西村真志叶:《中国民间幻想故事的文体特征》,中国社会科学出版社2018年版。

夏静:《文气话语形态研究》,商务印书馆2014年版。

熊秉真:《童年忆往——中国孩子的历史》,广西师范大学出版社2008年版。

修刚主编:《外来词汇对中国语言文化的影响》,天津人民出版社2011年版。

徐兰君、安德鲁·琼斯主编:《儿童的发现：现代中国文学及文化中的儿童问题》,北京大学出版社2011年版。

徐时仪:《汉语白话史》,北京大学出版社2015年版。

徐友渔、周国平、陈嘉映、尚杰:《语言与哲学——当代英美与德法传统比较研究》,生活·读书·新知三联书店1996年版。

徐友渔:《"哥白尼式"的革命》,上海三联书店1994年版。

许国璋:《论语言和语言学》,商务印书馆1997年版。

许威汉:《汉语词汇学导论》,北京大学出版社2008年版。

雅克·德里达:《文学行动》,赵兴国等译,中国社会科学出版社1998年版。

亚里士多德:《修辞学》,罗念生译,上海人民出版社2006年版。

杨实诚:《儿童文学美学》,山西教育出版社1994年版。

杨振兰:《新时期汉语新词语语义研究》,齐鲁书社2009年版。

伊夫·瓦岱:《文学与现代性》,田庆生译,北京大学出版社2001年版。

余来明:《"文学"概念史》,人民文学出版社2016年版。

于全有:《语言本质理论的哲学重建》,中国社会科学出版社2011年版。

约翰·史蒂芬斯:《儿童小说中的语言与意识形态》,张公善、黄惠玲译,安徽少年儿童出版社2010年版。

泽诺·万德勒:《哲学中的语言学》,陈嘉映译,华夏出版社2003年版。

詹斯·奥尔伍德、拉斯·冈纳尔·安德森、奥斯坦·达尔:《语言学中的逻辑》,王维贤、李先焜、蔡希杰译,北京大学出版社2009年版。

张法:《走向全球化时代的中国哲学——从世界思想史看中国哲学的现代转型与当代重建》,北京大学出版社2011年版。

张景华:《翻译伦理:韦努蒂翻译思想研究》,上海交通大学出版社2009年版。

张圣瑜:《儿童文学研究》,商务印书馆1928年版。

张美妮、巢扬主编:《中国新时期幼儿文学大系》,未来出版社1998年版。

张卫中:《20世纪中国文学语言变迁史》,中国社会科学出版社2013年版。

张新颖:《20世纪上半期中国文学的现代意识》,生活·读书·新知三联书店2001年版。

张哲英:《清末民国时期语文教育观念考察——以黎锦熙、胡适、叶圣陶为中心》,福建教育出版社2011年版。

张中行:《文言和白话》,中华书局2012年版。

赵侣青、徐迥千:《儿童文学研究》,中华书局1933年版。

钟少华:《中文概念史论》,中国国际广播出版社2012年版。

周晓虹:《文化反哺:变迁社会中的代际革命》,商务印书馆2015年版。

周有光:《周有光文集》,中央编译出版社2013年版。

朱鼎元:《儿童文学概论》,中华书局1924年版。

朱晓进等:《作为语言艺术的中国现代文学发展史:文学语言变迁与中国现代文学形式的演进》,人民出版社2015年版。

朱一凡:《翻译与现代汉语的变迁(1905—1936)》,外语教学与研究出版社2011年版。

朱自强:《儿童文学的"思想革命"》,青岛出版社2017年版。

朱莉娅·克里斯蒂娃:《语言,这个未知的世界》,马新民译,复旦大学出版社2015年版。

宗守云:《新词语的立体透视——理论研究与个案分析》,广西师范大学出版社2007年版。

后 记

　　选择研究中国儿童文学语言问题是基于我对文学语言的兴趣。作为一个中文系出身的人，不能不去考虑语言与文学的关系。尽管两者有着较大的差异，但是不能将两者条块分割。语言与文学之间有着融合性，语言研究可以用文学文本为范例，而文学研究也离不开语言学的视角或方法，由此文学与语言的关系就此联结。简言之，对于文学语言的研究是"回到文学本身"的必然要求，属于本体研究的范畴。不过，对文学语言的研究并不等于语言与文学研究的叠加，两者的融通体现了本体论的特质。

　　2017年我以"语言变迁与中国儿童文学的现代演进研究"为题申报了国家社科基金项目，非常荣幸获批立项。我当时的一个考虑是，儿童文学语言的特殊性不在于表面上的"浅"或"易"，而在于儿童文学内在结构的特质。具体来说，这种特质体现在成人作家与儿童读者的分立上，儿童文学的语言不可能是儿童的语言，而是成人的语言，而成人作家必须考虑儿童读者的存在，因而要转化成人的语言。这样一来，儿童文学语言的特殊性就表现在"谁的语言"与"如何表述语言"两个方面。无论哪一个方面，都与其他文学类型有着差异。基于此，在具体的撰写过程中，我始终紧扣儿童文学元概念，从儿童与成人的话语交流和转换中开掘学理性，力图搭建起中国儿童文学语言本体论的理论大厦。

　　然而，这确实是一个具有挑战性的选题，其难度在于如何调适儿童与成人"两套话语"，并确立切近儿童文学语言本体的话语规范。为了找寻这种代际间的话语实践所衍生的语言本体，我必须在语言的体用二重性及文本的话语博弈中去寻找论析的可能性，这可能是一般文学的语言研究不需要考虑的问题。中国儿童文学的语言形态深植于百年中国社会文化的土壤里，受到新文学语言变革的牵引，并与成人文学一道并行不悖地推动了母语现代化的生成及发展。类似于"人的发现"，如果忽视了"儿童的发现"，那么就不可能达至"全人"的现代化。如果缺失了儿童文学语言这一环节，新文学的语言现代化也是不完整的。

儿童文学不是孤立的、静止的"真空文学"，它聚焦儿童，但不拘囿于儿童。作为人学体系的重要组成部分，儿童文学始终关注人、历史、社会等要素，是对儿童"完全的人"的一种价值建构与审美观照。中国儿童文学是一种现代性的文学，在儿童的发现归并于人的文学时，也自觉汇入了百年新文学发展的整体序列之中。近年来，学界特别关注中国儿童文学与现当代文学的"一体化"问题，这对于确立中国儿童文学与现当代文学各自的本体属性有重大意义。我认为，在考察两者"一体化"的同时应植入"主体性"的意识，从而为两种文学知识学科化的发展提供全新的观念。基于此，在"百年中国文学"的文学视域中考察儿童文学的主体性也成为一种切实可行的方法。在百年新文学的现代化进程中，民族性与现代性的双重质素也自觉地介入中国儿童文学的知识体系中，在不断汇聚中外儿童文学资源的同时也开启了对话，并由此开创了中国儿童文学的新传统。中国儿童文学的语言变革是在历史化的情境中生成的，不仅受新文学传统的滋养，也促发了新文学传统的创构。

这个项目的撰写花费了我六年的时间，个中艰辛只有自己知道。其中原因既有学术能力不逮，也有其他杂务的干扰。有时我在想，儿童文学可做的题目还有很多，为什么自己要选择一个艰难的题目来做呢？也许是为了满足一个父亲想要探询孩子心灵世界的诉求，也可能是为了心中尚未泯灭的理论研究的"野心"。儿童的语言很清澈，是一种初语，儿童文学语言也一定是美丽动人的。带着这种笃定的认知，我阅读了很多文学语言的理论著作。但是，很遗憾，关于中国儿童文学语言的理论著述非常少。就我的目力所见，仅有几篇关于儿童文学语言审美或相关文体的语言形式的论文。这类论文尽管稀缺，却成为我研究中必不可少的理论文献。为了扩充理论资源，我不得不将搜索的范围扩展至百年新文学语言变革与发展的畛域中，从新文学语言的性质、形态、品格等方面来推导，抑或从整个语言转向的趋势中找寻域外资源。这样一来，古今中外的视域在语言的基点上发生了融合，极大地拉升了本研究的价值。

在研究过程中，我深切地体会到了儿童文学研究存在的困局，这既与儿童文学自身特性有关，又与研究者画地为牢的偏误有关。中国儿童文学是一门扭结着各种学科门类于一体的知识集，它的关节点在于"中国""儿童"与"文学"的语法关系上。"儿童"被人们认知并不是天然的，在陈旧的知识、思想、信仰的系统中，儿童的发现经历了从受蔽到复魅的进程。儿童观念的现代化衍生了为儿童创制文学的诉求，这样一来，儿童文学的产生就是现代观念重构的表征，也是结果。尽管"儿童"的主体性预设至关重要，但是却并不能凌驾于"文学"之上。作为一种文学类型，儿童文学不能丧失文学的主体性。与此同时，中国儿童文学的发展不能脱逸"现代中国"的背景与场域，尤其是当其与"儿童问题"乃至"中国问题"统合在一起时，儿童文学的"中国性"就凸显出来了。因而，唯有根植于中国百年变革与发展的经验，才是寻求儿童文学主体性的科学方法。以此类推，儿童文学语言的奥秘也深藏于上述三者的复合关系之中。有此意识，很多问题似乎迎刃而解了，譬如中国儿童文学语言的民族内转译、跨语际译介，如果不顾及"儿童"与"文学"两个层面，两种资源的转化恐怕不会呈现出相互联动的态势，内外两条线索也难以生成互为方法、互为主体的机理。

回顾自己所走的学术道路，充满着坎坷，也有所得，它们化为我人生道路中的宝贵财富。作为前期成果，本著的一些论文先后刊发于《文学评论》《学术月刊》《民族文学研究》《吉林大学社会科学学报》《武汉大学学报》《天津社会科学》《湖南师范大学社会科学学报》等杂志，一些论文被《新华文摘》《中国社会科学文摘》《高等学校文科学术文摘》转载，感谢熟悉或陌生的编辑老师们给予我的支持和帮助。在这里，我要特别感谢我父母的养育之恩，感谢妻子胡美的关爱和理解，感谢儿子蕴曦带给我面对困难的勇气。感谢蒋风教授拨冗为小书写序，序中诸多赞誉之词愧不敢当。感谢南京大学丁帆教授为小书题写书名，这为小书增辉不少。感谢博士导师陈国恩教授、博士后合作导师高玉教授多年来的悉心指导，两位恩师是我人生的领航者。我的学生任超、徐健豪、周莹瑶、孙天娇、谢一榕、马乐瑶整理了不少研究资料，为小书的撰写提供了诸多帮助，一并表示感谢。感谢商务印书馆周小薇老师为小书所付出的辛劳。前路漫漫，唯有继续努力，方不辜负关心支持我的各位亲人和师友。

　　是为后记。

吴翔宇

2023 年 3 月 30 日于浙师大红楼